茅盾文学奖获奖作品全集

筑草为城

茶人三部曲　第三部

王旭烽　著

人民文学出版社

第　一　章

燕子衔将春色去，纱窗几阵黄梅雨。

昨夜一场大雨，今日阳光明媚，但翁家山老革命、老贫农小撮着的孙女翁采茶依旧坐在窗口伤感。天光从窗外射入，打在她的不抹油也发光的刘海上，她的眼睛经过三代人的优化组合，已经不再那么鼓暴，凝视春天时虽然依旧残留着曾祖父的些许呆滞，但憨厚的嘴角一咧，结实的白牙一露，她自己就从祖先的外壳中彻底弹出，她就会像窗外蓬勃的一团新茶，四处飞溅活力。况且她既不是刚暴出来的米粒般的新芽，也不是绿枝成阴的老叶，她就是那种清明前后一芽一叶状如雀舌的优质龙井，闻一闻，喷喷香。

小撮着在堂前一角的门背后，忙着藏茶前的事情，手里捧着石灰袋，一边怨她："发什么呆？也不晓得帮我一把。"

采茶把手衬在方方的额下，很不敬地说："你自己晓得！"

小撮着把口大肚小的龙井坛一推，生气地盯着孙女，这时候祖孙两个的表情便因为血缘关系而奇异地相像。采茶是在他身边一手拉扯大的，最近刚刚到了城里湖滨路招待所烧锅炉冲开水，户口还在乡下呢，就开始人五人六了。小撮着很不满，威严地咳了一声，说："人都要到了，你心思还没有收回来。"

"还说他们怎么好，也不看看现在几点钟！"孙女回过头来，看一眼八仙桌上的自鸣钟。土改后杭家送给小撮着的这口台钟，此时已经中午十二点，但杭家人说好十点就要到的。小撮着懊恼地看看一桌凉菜，又盯着孙女，他越来越说不过她了，虽然他也知道，今天是相亲,杭家不该迟到。

“给你留点时间还不好？来装石灰袋!”小撮着想不出用什么话来解释杭家的这一重大失误,只好转移话题。采茶懒洋洋地走到爷爷的身边,开始帮着干活。

活儿并不多,一只龙井坛,高不过半米,胖着肚子,贮十三斤的茶,还得夹四斤生石灰。小撮着家多年都没有那么些茶了,自家自留地里能采几斤？今年捋捋刮刮,收了五六斤,还不敢让队里发现。国家规定得严,邮寄不得超过一斤,送人不得超过两斤,每个人只能留下私茶半斤到一斤。小撮着虽是老革命,却是脱了党的;虽是老贫农,却是和城里资本家牵丝攀藤的。所以他躲在门背后,不想让队里发现他的能装十三斤茶的龙井坛——他千方百计弄来的茶,也只能装满一半,但左邻右舍连这半坛都装不满呢,有些干脆把茶坛都扔到屋外院角里去了。你想,茶都没有,还要什么茶坛?

小撮着的这只茶坛,就是从院后捡回来的,所以要好好地烘坛。这活儿小撮着在忘忧茶庄做了几十年。“解甲归田”后,给队里干活,大锅饭,手艺粗了。今日便技痒,下了一番心思,要把它给重新“细”回来。

他让采茶往纸袋里装生石灰,再用布袋套上。茶叶事先已用两层的牛皮纸包了,一斤一包,放在旁边矮桌上。然后,他开始了第三遍烘坛。

龙井茶的烘坛,先得两样东西,一只铅丝吊篮,盛了烧红的炭,用了三根铅丝挂到坛底,烘十来分钟,取出;然后冷却,再来一次,凡三遍。小撮着为了这五六斤茶,就忙上忙下忙了一上午。他是成心想把第三次烘坛留给杭家的,他知道今日杭嘉和必带着侄甥孙辈来,就想创造一个热烈的怀旧的氛围,在七手八脚和七嘴八舌中,把儿孙们的事情给定了。

“人家会越升越大的！”翁采茶简直是气势汹汹地喊了起来。

“嘁！”爷爷惊奇又鄙视地问，“你怎么晓得他会越升越大，你是他的领导？”

“看得出的！”

“你什么时候见过他了？”爷爷放下茶坛，乌珠突出，活像一只生气的大青蛙。

“我照片上看到过的。”

小撮着伸出巴掌：“给我看看。”

翁采茶本能地护住了贴身小背心的口袋，说：“就不给你看！”

爷爷见状便说：“我看好不到哪里去。”

“你反动，你敢说解放军好不到哪里去！”

小撮着吓了一跳，连忙“呸”了一口，以表明他刚才的话已经被他“呸”掉了，结结巴巴地说：“我是说相貌、相貌，相貌好不到哪、哪里去！”

这话才是触到了采茶姑娘的心肝肺上。实际上，如果那张两寸照片上的解放军叔叔不是那么英姿勃发的话，她翁采茶才不会动心呢。她为来为去，还不是为了这个绍兴当兵的小伙子的帅。从小到大，她就在这么一群牙齿龅出、乌珠外鼓的黑脸父老乡亲间长大，一下子看到这张穿军装的英俊的脸，她心头哐当一声巨响，从此太阳就从天上落下，一头砸进她的心里，所以她绝不能允许爷爷贬低他，便厉声叫道：“我告诉你，他就是生得好，生得像——”她一时想不出她的意中人应该像谁，突然眼睛一亮，说：“他生得像周总理。”

爷爷小撮着先是目瞪口呆，然后清醒过来，生气地说：“收回，收回，你给我收回！周总理什么人，啊，周总理什么人？你晓得什么，你见过周总理吗？人家是天人，我在梅家坞见到他两回，周总理一站，旁边还有什么人看得见？光都罩住了，我看来看去，就是他一个人了。”

采茶就被爷爷镇住了。她在招待所里，常听人家说周总理是四大美男子之一，还有哪“三大”她也搞不清楚。但周总理和采茶能手沈顺招谈话的照片她是看到过的。她承认周总理是美男子，但她认为她贴身小背心里的解放军也是美男子。

“他就是生得像周总理嘛。”她招架着，口气却软了很多。

“谁像周总理啊，谁像周总理啊？”一个小姑娘跳了进来，边跳边说，“撮着爷爷，快点给我们吃饭，我们都饿了！”

话音刚落，两个小伙子陪着一位老者进屋。老者抱拳说：“来迟了，来迟了……”

左边那一位戴眼镜的小伙子就说：“怪我，怪我，学校里有点事，耽误了。”

采茶认识他，嘉和爷爷的孙子杭得茶。那么右边的那一位，就是“他”了。翁采茶有些失措，有些无奈，有些紧张，还有些害羞，牙齿一咬，抬起头来。那人笑了起来，指着她说：“就是你啊！”

翁采茶只听得耳边又是一声“哐当”，另一个太阳就掉了下来，一瞬间，就把前一个太阳砸得个无影无踪，灰飞烟灭。

杭布朗，在遥远的西南大森林里长大成人，小邦崴一手把他拉扯成会追姑娘的小伙子。正在大茶树下把情歌唱得方圆几十里山林有名，母亲要他回杭州了。他不能够老在森林里待下去，他的户口在杭州。

一回家，他就神奇火速般地交结了一班酒肉朋友，寄草悄悄养的几只母鸡统统被他杀光，不年不节地大吃大喝三天。居民区的小脚老太婆们就轮流来侦察——布朗一视同仁，对酒当歌，人生几何？每人递上一块鸡肉。最后肉吃光了，就搬出一个大盆子，说是鸡汤，凑到老太婆们的皱嘴边。那段时间正在放一些边疆片：《五朵金花》《景颇姑娘》《山间铃响马帮来》……布朗又有异族情调，虽是大森林里出来的小伙子，却是在城里读过初中的，比《五朵金花》里的阿鹏还帅呢，老太婆们简直觉得他是从放电影那块白布上复下来的。她们抹着油光光的嘴唇回家时，决定对这种违反社会主义生活的做派，睁一只眼闭一只眼。

当初把布朗放在西双版纳，实属权宜之计。一来是小邦崴太想念这个义子，二是罗力突然进了监狱，布朗的出身就成了大问题。为此全家人议过此事，谁也没叫寄草离婚，因为谁也不曾想到罗力这一去就没有再回家。

罗力是抗战胜利之后加入中共地下党组织的，淮海战役中，他在他所属的那支国民党军队里成功地进行了策反工作，被收编之后，罗力一度春风得意，打进杭州城时，他也是接收者之一。没想肃反时他找不到他的入党介绍人——他说他牺牲了，他们是单线联系的。本来这事情还不足以让他坐十五年牢。问题是这东北人脾气大，受不得委屈，审他的人不过是诈诈他罢了，他却听不得，暴跳起来，结果把上头查他的人得罪了，铐进去再说。谁知一铐进去，浑身上下都是嘴也说不清楚了。罗力又死不认账，监外的杭家人跟着着急，有人建议不妨先认下来再说，或者刑还可往轻里判。寄草说："他真是地下党啊，我比谁都清楚，他就是地下党啊。"那时候，寄草的老朋友杨真也已经从延安到杭州了，正春风得意地要上北京，他懂外语，又是老革命，国家要把他往国外放，当外交官去呢。他和罗力的遭遇可真是天壤之别。他很关心老朋友的问题，便问寄草："你有罗力是共产党员的证据吗？他告诉过你吗？你参加过他的组织活动吗？"寄草就傻眼了，指着心说："我凭我的心证明他是革命的，他是共产党。"杨真叹着气摇头说："凭你的心怎么能够说明问题呢？"寄草火了，指着他的鼻子骂道："杨真你忘恩负义，你们共产党人做人不凭良心，我们还跟你们见什么鬼？"大哥嘉和连忙喝住寄草，说："不是杨真，罗力现在还不知怎样呢。"这话也不假，那时候镇压反革命，没人拦着，说枪毙也就枪毙了，罗力的命，真还是杨真说过话才保下来的呢。

杨真临走时还去看过一次寄草，寄草"拎"不清，也不想想杨真这种时候还来看她，那是什么样的情谊。话就很重地甩过去，说，你怎么还来啊，我可是反革命家属了呢。杨真摇摇头苦笑，想告诉她什么是延安时期的整风和肃反，又想跟寄草哪里说得清这个。两人面对面看着，寄草眼泪就被看了出来，她想，杨真再也不是那个躺在烂被窝里仰望夜空憧憬共产主义的年轻人了，他们之间的那点朦朦胧胧的感觉，如今已经荡然无存了。杨真不懂女人那种物是人非的复杂感受，以为寄草是在哭罗力，就安慰她，说这么大的革命，天翻地覆，泥沙俱下，难免有吃误伤的，有些事情搞搞清楚也好。比如他杨真从上海跑了来后的那一段，在延安时也查过，要不是这次保育会和寄草出证明，他说不定也得挂起来，不是也和罗力差不多了。罗力就是脾气太大，这样不好，对组织一定要有耐心，要相信组织，积极配合，把事情真正查清楚。这些话寄草听得耳朵起老茧，就反唇相讥，说你要是碰到这种倒霉事情怎么办？杨真听了，突然笑笑说："真要有那么一天，恐怕也只有你那样的人会来看我。"他这么说一句，倒把他们之间的距离又拉近了。

也是罗力晦气，怎么也找不到他的身份证明。越找不到越火冒三丈，在监狱里一点也不老实，那刑却也就往重里判了。到了这个地步，他们杭家人才全部傻了眼。二哥杭嘉平最清醒最务实，首先看到了监狱外的母子该如何活下去，于是便提议，先把小布朗的姓由罗改为杭。"这是一个实际问题，"已经是省政协委员的杭嘉平说，"他姓罗，就会有许多人问他，姓罗的父亲在哪里？所以不如让他姓杭。新社会，男女平等，姓母亲的姓，也是很正常的。"

对改姓问题大家都没有异议。方西泠的儿子越儿就改了两回姓了。原本随父姓李,李飞黄当了汉奸,方西泠离开他去了美国,把儿子托给了前夫杭嘉和,越儿改姓了方。共产党执政,重新登记户口,被收为嘉和义子的方越就正式姓了杭,杭方越,听的叫的都顺口。

布朗姓了杭,但依旧有个罗姓的父亲问题。所以寄草干脆一咬牙,让小邦崴带走。江南与云南,真正是天各一方啊,别人都说寄草狠心,只有嘉和支持妹妹。他说:“不是还有寒暑假吗?眼睛一眨的工夫就好回来的。”

眼睛一眨就眨了十五年,“反动军官”罗力表现再不好,还是刑满了。当局让他留在劳改农场,外人看来,和劳改也没什么区别。寄草这才下了决心,小布朗终于回到了阔别多年的故乡。大舅介绍他暂时到一家煤球店里铲煤灰,还算是消耗掉一点精力,但这种黑糊糊的生活让小布朗实在憋气,下了班后和妈妈又谈不了几句话,妈妈就要去上中班。他发现江南城里的亲戚到底和大茶树家乡的人们不同,比如杭家所有的人都有自己的生活,他们喜欢他,但都没有扎堆的习惯,但小布朗是有扎堆习惯的,他不习惯孤独。

小布朗闷闷不乐,一下班便倚在门前,洞箫横吹。没过几天,马市街的巷口就传开了一个消息:有一个年轻的流浪汉,日夜在家门口发情呢。

一群失意失业的男女青年,顿时闻风而来。向晚时分,捧着饭碗,立在小布朗家门前的台基上,听他唱歌。

布朗是有他自己的情歌的,和《外国民歌二百首》上的歌儿都不一样。有一首中国民歌,年轻人也都会唱,叫做《小河淌水》,可他们那叫什么唱啊,白开水一样。杭布朗的唱才是唱呢,和特级龙井茶一样地隽永啊——

……

月亮出来亮汪汪亮汪汪

想起我的阿哥在深山
哥像月亮天上走
哥啊……哥啊……哥啊……
山下小河淌水清悠悠
……

杭州弄堂里穿进穿出的那些个小家碧玉们,有几个听到过这样的近乎于叹息的"哥啊哥啊哥啊呀",那三个"哥啊"真正是惊心动魄,真正是要了那些个杭州姑娘儿的命。她们谁还有心思去弄堂居民区跟缠过小脚的老太婆啰里啰嗦读报纸学文件发老鼠药啊,一天就盼着傍晚,好到杭家门口去听——哥啊。

这一来小家碧玉们的娘不答应了,她们纷纷跑到居民区去告杭布朗这个小流氓的状,她们不免耸人听闻地说:"我们的孩子,虽不都是生在新社会,却也可以说都是长在红旗下的了。如今每日到那国民党劳改犯的家门口去混,哥啊妹啊的,谁是他的哥,他这样出身的人配当哥吗?"

居民区老妈妈顿觉问题严重,便叫来已经在街道小厂里糊纸盒的杭寄草谈话。寄草听着她们的一番话,也不申辩,回家便问儿子,是不是天天唱歌没干别的?

儿子说,还能干什么啊,就唱歌他们还难为情呢,倒是想叫他们跳舞来着,谁敢啊——胆小的汉人!没趣的汉人!

当妈的不想告诉儿子,他是一个和别人不一样的汉人。又想,其实儿子不是不知道。她说:"她们说你实在憋不住,可以像五八年大跃进时那样,弄些革命的东西来念。"

小布朗不知道一时半会儿的,革命的可以念的东西哪里找去。杭家几乎没有人是学文的,小辈中得荼好不容易学了文,却又是学的历史。《唐诗三百首》倒是有,但是它也不革命。寄草东翻西翻,翻出了一份侄儿杭汉从苏联带回来的茶叶杂志,意外地发现里面有一首汉译诗,夹在杂志当中,正是他们这一代人熟悉的马雅可夫斯基的阶梯诗。

布朗就念了起来:

白熊、
　　驯鹿、
　　　　爱斯基摩——
茶管局的茶
　　　　　谁都爱喝。
哪怕喝到北极
也觉浑身暖和。

“这是什么诗啊,”布朗哈哈大笑说,“好。不让我唱阿哥,我就唱马雅可夫斯基卖茶。”

当晚,杭家院子一片的嚷嚷,不明就里的人,还以为茶庄开到杭家门口来了呢。

我敢向全世界
　　　　　　起誓:
私营公司的茶叶
　　　　　　太次。
茶管局
有信誉。
茶叶成色
　　　　你请沏出来一试,
整个房间,
　　　　会香得如花喷放
　　　　千红万紫。

老太太们这会儿听清楚了,原来刚刚成立了一个茶管局,想买茶,尽管上那儿去。这几年国家控制买茶,一个人只能买半斤,正愁着不够喝呢,这下子好了,有了一个茶管局了。要票吗?要什么票,票是什么都没有才想出来的法子啊。老太太们也不让无业青年们再往下念了,她们急赤白脸地凑上去问道:“茶管局在哪里?我说蛮胡佬,茶管局在哪里?”

布朗说:“茶管局?茶管局在苏联啊!”

众婆婆们闻听大怒,闹了半天,茶管局还在人家苏修的地盘上。这是可以拿来莺歌燕舞的吗?这是可以拿来朗诵的吗?这是可以聚集年轻人日唱夜唱的吗?他们吃不准这算不算是反革命行为,也吃不准到底这个世界上有没有个茶管局。她们且按下满腹疑虑不表,那天夜里,她们截住了刚下中班回来的寄草,开门见山地说道:“都道你市里头有大干部认识,所以你丈夫在牢里,人家也为你作保。这个你要领人民政府的情才是。新社会里做人,前半夜想想自己,后半夜想想别人。”

寄草说:“我新社会里做人这样做,旧社会里做人也这样做的。”

众婆婆们听得几乎厥倒,她们也吃不准这是不是反动言论,只好说:“你这样说话,小心公安局抓了你去,有人保你也保不住。”

所谓有人“保你”,的确有一段掌故。话说三反五反之时,有人揭发杭寄草,说其原本是反动军官的老婆。居民区里要争先进,正愁抓不出一个反革命呢。墙门里里外外,大小标语贴起来,要“过”寄草的“堂”。不曾想那个揭发寄草的媳妇,自己也不争气,从前也是堂子里出来的人,跟过国民党杂牌军当团长的,也不知是第几房的野夫人,风光了没几天,团长就被共产党打得无影无踪死活不知了。这媳妇转眼就嫁给了团长勤务兵,那勤务兵转念一掉枪,又成了解放军,解放军一转业就成了工人阶级。媳妇就从妓女转而成为一个工人阶级媳妇,简称“工媳”。工媳一来要求进步心切,又找不到进步的捷径,这一回找到了寄草这个活靶子,心里只有狂喜的份儿;二来工媳家添了人口,便觉得房子不够宽敞,特别是夏日纳凉少了一个院子,便相中了寄草的房子。寄草是赵寄客的义女,寄客遗嘱中就写明寄草为这套私家小院的继承人,所以抗战胜利寄草回杭后就一直住在那里。现在这工媳就指望着寄草扫地出门她好登堂入室呢。也是她命不好,正在那里国民党长国民党短之时,恰逢了小撮着来替寄草送茶。见那寄草正站在天井中间挨斗,听那工媳说得稻草变金条白鲞会摇尾,寄草这个反革命看样子是死定了,小撮着由不得就上了火。小撮着是无产阶级,1927 年的老党员老革命,虽然脱党了,他自己是当没脱党一样的。年纪大了,资格又老,难免说话天一句地一句的,别人拿他没奈何。一见此状,他就吼了起来:“你是哪路瘟神,也到这里来放屁!人民政府相信你这种野鸡倒是有鬼了。嫁给国民党,那是旧社会里的事。要嫁也嫁个明媒正娶,正房夫人!哪里像你,第几茬野老婆,自己掰着手指还数不清呢。”

这番话吓昏了在场的男女们,工媳一声叫,当场厥倒。

也是天保佑,恰在此时,北京有人发了话,说杭寄草同志早在抗日战争时期就参加了革命工作,不但救了地下党,还掩护护送了不少革命同志和烈士遗孤,杭寄草同志是革命的功臣,和她丈夫没关系,杭寄草同志反不得。

那时杨真还在北京走红着呢。杭寄草因此没有在三反五反中被反掉。君子报仇十年不晚,等了十多年,这工媳终于等到了机会。

话说那几个街道里弄积极分子把寄草一把拦住,工媳使了个眼色,大家就回过了神来,说:“杭护士你掂掂分量,你们家布朗怎么说话,也不该搬出一个苏联的茶管局来。你们那不是成心拿修正主义压着我们社会主义吗?”

这头风波还没平下，那边一个小脚侦察员屁颠屁颠跑了过来，张口就叫："啊哟不得了了，小布朗要放火烧房子了！"

"在哪里？"众人惊叫。

"还不是在他自己家的院子里！"老太太指着寄草就喊，"杭护士你不快赶回去？你这个乱头阿爹的儿子，野人手里教坏了，不要一把火烧起来，把我们也都烧进去了呢。"

原来，那快乐的小伙子杭布朗，那原始共产主义分子、那在西双版纳大茶树下连短裤都会脱给人家的乐观主义者，他哪里有那么些自己的、别人的概念。大舅杭嘉和特地从嘴里抠下来的龙井送给了他，一口喝去，寡淡得很，就几把抓了分光。这会儿已经没有什么可以拿来招待他的朋友们了，他们都是社会青年、无业游民，吃吃荡荡，无所终日，还要受各种教育，等着发到农村和边疆去，心里正烦着呢，也没个可以宣泄之处。天上掉下来一个小布朗，他们唱啊跳啊，朗诵诗歌啊，一到晚上，寄草上中班走了，他们倒是留下了。小布朗又是一个要朋友不要命的人，见没有龙井茶可以招待朋友们了，就说："我这里有云南带来的竹筒茶呢，我们拿来烤了吃怎么样？"

杭州的姑娘儿小伙子从来也没有见过竹筒茶，听听都新鲜，急忙说："拿出来，拿出来。"

"要喝烤茶，可是要先点火塘的啊。"

一个姑娘儿说："啊哟妈，那不就是夏令营吗？"她激动得连妈都叫了出来。

一伙人就分头去找柴火了，转眼间捧来了一大堆，院子里当下点着，小布朗就取了竹筒出来，当中劈开，紧压成形的竹筒茶就掉了出来，细细长长黑黑的一条。有人就惊问："这个东西怎么吃啊？"

小布朗就说："看我的！"

说着，变戏法般地拿出了一套茶具，边人称之为老鸦罐的。这老鸦罐已经被火熏得活像一只黑老鸦了，它还有四个儿女呢，不过是四只小得如一个乒乓球般大小的杯子罢了。

小布朗就让一姑娘先把那竹筒茶用手捻碎了，放在一个盘里，然后就拿着那老鸦罐到火上去烤。早有一个小伙子自告奋勇地从家里厨房中捧出了一只瓦罐，小布朗见了拍拍那小伙子的肩说："这个东西好！"

如此这般，瓦罐灌了水就上了篝火，这边老鸦罐也烤得冒了烟，小布朗抓起一把竹筒茶就往那罐里扔，一阵焦香一阵烟，只听得那噼噼啪啪一阵响，竹筒茶就浑身颤抖地唱起歌来了。

茶都开始唱歌了，人能不唱吗？星星都开始唱歌了，火苗儿能不唱吗？小布朗激动地看看他的朋友们，环视着这个人工的村寨家园——唉，有总比没有好啊！夜晚降临了，多么想念你啊，我的父亲，我的老邦崴爸爸。都说茶的故乡就在大茶树下，都说那株大茶树，就是茶的祖宗，那么我小布朗呢，为什么我就不可以是大茶树下的人的子孙呢？为什么我会来到这里，过上了如此这般的一种令人窒息的生活呢？小布朗喉咙哽咽，不唱是绝对不快乐。他拎起了已经沸腾的瓦罐之水，黄河之水天上来一般地直冲那老鸦罐。哧啦一声，白烟弥漫，仿佛老妖出山一般，又是火又是水又是云又是烟，还没等杭州的那帮姑娘儿小伙子缓过神来，一个声音仿佛是从那遥远的大森林里传来了：

……

山那边的赶马茶哥啊，
你为什么还没有来到？
快把你的马儿赶来吧，
快来驮运姑娘的新茶！
驮去我心头的歌呀，

再细品姑娘心里的话,
茶哥哥啊……

一曲高歌,姑娘小伙子们被惊呆了。天哪,这是发生了什么事情,原来生活是可以这样来过的吗?可以这样点着篝火、数着星星、蒙着茶烟、唱着情歌来进行的吗?原来这不是童话也不是梦,只要夜晚一降临,山那边的阿哥就出现了。

老鸦罐里的竹筒茶浮起来了,翻滚着,咕噜咕噜,那是一种多么豪放的香气啊,那是大森林的气息,那是远古的声音呢。小布朗一边端起老鸦罐,把那沸腾的浓郁的茶汁往小杯子里倒,然后一只只地送到朋友们的手里,自己也端起了一只,望一眼苍穹,不由得再一次引吭高歌:

……
熬茶就如做锦缎衫,
美丽的茶团绣上面,
无花的锦缎不好看。

水只倒三勺不能多,
茶只下三勺不能少,
盐只放三把味道巧。

红茶改色要乳牛,
挤出的白奶要巧手,
牛奶熬茶胜美酒。
……

唱到这里,豪气上来,大声喝道:“有牛奶吗?”

刚刚过了困难时期,牛奶还是个极其奢侈的词儿,但刚才喊妈的姑娘毅然决然地应道:“有,我们家有!”

她家的老爷爷生病,医生说营养不良,得喝点牛奶。全家人不知走了多少门路,才换来那么一丁点儿的牛奶,还不知道哪一天会停。姑娘立刻奔回家中取来,小布朗三下两下就倒入老鸦罐。这就是牛奶熬茶啊!江南的小伙子姑娘们惊叹地看着,他们怎么能够不尝一尝呢?

于是就一人一口地喝开了,谁都觉得味道无法言说,又苦,又香,又醇,又麻,但谁都不敢说不好喝。他们每一个人都激动万分地弹冠相庆般地互道:"真香啊!味道真好啊!从来也没有喝过这样好的茶啊!"

姑娘突然说:"龙井茶哪里好跟这个牛奶熬茶比啊!"

大家不免一愣,但立刻清醒过来,纷纷附和。就在这时候,院子的女主人杭寄草赶到了。

看着一院子的年轻人,个个脸上被篝火映得通红,满院子的香气。住了多年的家,一下子竟然不像是自己的家了。寄草想问布朗他到底又在演哪一出戏,小布朗却兴高采烈地喊道:"妈,来一碗邦崴爸爸煮过的烤茶!"

寄草笑了笑,心里轻松多了,对跟来的老太太们说:"孩子们喝烤茶呢。"

话音刚落,一声凄厉喊叫:"牛奶啊——我的牛奶啊——牛奶啊……"

姑娘的奶奶,拍打着大腿,就哭天抢地地叫开了。

第 二 章

小布朗闹到了这个地步,眼看着就成了杭州城里的不良青年,杭家只好召开紧急会议了。这次会议晚辈一律不参加,旁听的却有小撮着。和以往大多数这样的时候一样,会议由政协委员杭嘉平主讲。他分析了杭布朗的当下情势,以为他只有三条出路:一、回云南大茶树下,从此做个山寨野夫;二、在城里赶快找个正式工作,不要是铲煤灰的那一种,得是一天八小时关起来能收性子的;三、找个合适的姑娘成家,有个地方让他费心思,他也就会安耽多了。三条出路中前一条当下就被寄草否决了。回云南,绝对不可能,除非她不要这个儿子了;找个收性子的工作,当然好,但一时哪里找去?小布朗成分不好,好工作真是没人要他;找个合适的姑娘结婚倒是可以考虑。小布朗二十多岁,也不小了,看他在杭州的巷子里东窜西钻,吹牛皮,说大话,胸膛上手指头红印子拍得嘭嘭响,有个老婆镇着,或许能够改变他的这种与杭家人完全不同的习性。然而,合适的姑娘在哪里呢?

这时大家的眼睛就都朝嘉和看。杭嘉和一过六十,就正式从评茶师的位置上退休了,但在家里,大事最终还是他拍板。听了众人发言,他一声不响,过了好一歇,长叹一口气。寄草见大哥叹气,不等大哥开口就说:“大哥你不要说了,这件事情我做娘的会操心。”

“我倒还可以到茶厂去说说看的。”嘉和说,“我从评茶师这个位置上退下来,好好的徒弟是带过几个的,可惜都是能人,派去做大用场了,如今那里倒是缺人手,前日还来催我出山呢。”

寄草眉眼松了开来,她知道,大哥从来不随便许愿,便说:“茶厂可以的。”

“也不是说去就可以去的,要先挂号。”嘉和看着寄草,“这段时间不要给他空下来,鼓楼旁边这家煤球店还算正气,还是先在那里放一放。”

“你们要叫他铲煤灰铲到什么时候去?”寄草又叫。

嘉和口气有点硬了,说:“什么事情人做不得?挣工吃饭,天经地义。布朗心野,先收收骨头,真到了茶厂,我还有一张老面子要靠他给我撑呢。”

大哥温而厉,寄草最听的还是他。嘉和见大家没有异议,又说:“要相姑娘儿,也把心放得大一些,眼睛不要只盯在城里。”

大家都知道嘉和这句话的意思。你盯在城里也是白盯,有几户人家真正肯把女儿嫁给有个劳改爹的小伙子,你把洞箫吹破了也没用。这样闷了一会儿,寄草又说:“我们那个厂,也不都是十不全,有几个姑娘,还是蛮顺眼的,就是听不见说不出罢了。”

寄草说的是她所在的那个街道小厂,专门制了鸡毛掸子来卖,也兼着糊纸盒子。那里也是什么样的人都有,尤其是残疾人。

话说到这里,旁听的小撮着就听不下去了,接口说:“刚才大先生已经说了,眼睛也不要只盯在城里,我就接了这个口令。我反正是孙子孙女七八个的,你们要谁只管挑。”

大家听了,眼睛就亮了起来,小撮着便顺势说:“我看我跟前的采茶就还可以,她还有份工作,虽是临时的,也难说哪一天不会转正。再说了,布朗真的工作难找,到翁家山落户也不是不可以的,总比城里挂起来强。”

大家就想起来那个有着结实板牙和同样结实背脊的村姑,相互对了对眼,谁也不说话。最后还是嘉和说:“寄草你也晓得,这种事情还是娘舅最大的，我来出面吧。”

大哥一句话，寄草就掏手帕了，边擦眼泪边说：“我也想通了，过几日我就到十里坪去。”

十里坪在浙江腹地金华，劳改农场的所在地。寄草找的肯定是罗力，这时候找他，还能有什么事情？大家听了都不响，只是眼巴巴地盯着寄草，仿佛早就期待又害怕听到寄草接下去要说的话。

果然寄草说：“大哥，我现在提出离婚，不会再是落井下石吧。”这句话刚刚吐出，她就失声痛哭，连带一起坐着的大嫂叶子和侄女杭盼，都一起哭出了声来。

大哥嘉和眼眶里也都是泪水，一是心疼他的小妹寄草——可怜十五年红颜守空房，双鬓渐生华发，苦到今日还没有一个头；二是心痛他的妹夫罗力——他本来还一直指望着十五年后他们能在西湖边共饮一壶茶。他对这个东北汉子一直有着很好的印象。他是个真人，死硬分子，一口咬定坐牢是受了天大冤枉的。硬到后来，也不是没有出狱的可能，但又暗示，得有个前提，先承认罪行，然后再减刑释放。嘉和赶到牢里去见罗力，把这个消息告诉他。罗力听了这话，摊开一双大手十根手指，问嘉和他已经坐了几年牢，嘉和看着那双累累伤痕之手，说，十年有余了；罗力又问：我犯得着为那余下的几年做狗吗？嘉和听罢此言，一只手按住自己的心，一只手抓住罗力的手，说：“大哥三年后再来接你！”

三年过去了，人却还是接不着。

杭嘉平见不得眼泪，连忙拿话来堵，说：“是好事啊，是好事啊，哪里说得上落井下石。有几个人等得了十五年？再说现在罗力也已经出狱了，布朗也准备着成家立业。罗力这个人，我还是了解的，为了儿子，他什么不肯做？”他想了想，一拍胸膛，“寄草，要不要二哥陪你去一趟十里坪？”

寄草连连摇手，说：“你还想当右派啊，这回可没有人保你了。”

1957年时,杭嘉平仗着自己资格老,又是个心直口快之人,差一头发丝的距离就要当右派了。还是因为有着吴觉农这些老先生说话,才保下来了。世上之事,真是白云苍狗祸福难测啊。嘉平苦笑着说:“你看人家杨真,还没坐牢呢,老婆孩子就和他一刀两断了。你到今天才提,还担心自己良心过不去。”

提到杨真,大家就重新唏嘘起来。杨真也是,外交官也做过了,京官也做过了,到底还是管不住自己那张嘴,躲过了五七年,躲不过五九年。好在右倾比右派要轻一个等量级,已经在北京某理论研究部门从事领导工作的杨真又“发”回了杭州,到大学里去教书。唉,马克思主义者杨真同志当年奉旨进京时何等踌躇满志,如今回来又是如何的凄惶落魄,真是昔我往矣,杨柳依依,今我来斯,雨雪霏霏。寄草这才悄悄叫了杨真,湖上三潭印月我心相印亭前,清茶一杯,为他接风。

正是三年自然灾害期间,虽然湖上依旧风月无边,但杨真心情沉重,又不想让寄草这倒霉的人再难受,就和她开玩笑,说他当年的话有预言作用,果然他落难了,他老婆立刻离婚,来看他的,还是她杭寄草。寄草这些年一个人在底层生活,又加这两年没饭吃,双颊黑瘦,动作表情都有了一种下层人才有的麻利无碍,备下的那点瓜子她也用来填肚子了,她飞快地吐着瓜子壳儿,一边听了老朋友的话,说:“你和罗力不一样,他是阶级敌人,你是人民内部矛盾,官当不成了,还不是当教授?我就是不明白,你倒是犯了什么事情?”

杨真这些年读了一些书,又见了一些世面,年轻时的书呆子脾气又重新发作起来:“马克思主义者是历史唯物主义者,相信历史是渐进式前进的。但历史真的可以通过革命而飞跃吗?比如我们真的可以从一个半封建半殖民地的国家直接进入社会主义,也就是共产主义的初级阶段吗?我到苏联当了几年外交官,才明白为什么列宁会在十月革命之后提出新经济政策。你不知道,苏联这个国家,别看有飞机有原子弹,可他们的农业生产,还不如沙皇时期呢。”

寄草噗地吐出一片瓜子壳,说:“我明白了,你是说苏联人吃得还不如沙皇时候好。”

杨真愣了一下,说:“你这话听起来就像批判我的人说的。”

寄草哑哑地笑了起来,她的声音这些年来在底层不停的叫喊声中,已经如残花败柳,和她风韵犹存的面容实实在在地形成一个大反差。她说:“别当我十根手指黑糊糊脏兮兮的真的什么都不灵清,你说的我全明白。你是说我们现在还不如从前活得好,这不是污蔑社会主义制度又是什么?”

杨真一边环视周围一边捶着桌子小声说:“你怎么也这么乱弹琴?我是想从理论上搞明白,社会发展的必然阶段能不能够跳跃,这是个学术问题,可以研究嘛。”

寄草瞪着眼睛说:“你也不要此地无银三百两了。老百姓几年没饭吃了,你那些理论要是不能让他们吃上饭,他们要你的理论干什么!”

杨真看着寄草,觉得她真是一个奇迹,人都快饿死了还敢说这样的反动话,还竟然没有步丈夫的后尘。又想想自己,的确有一点此地无银三百两。实际上这是一个不可能不涉及到实践的重大理论课题,他当然不是没有想过实践,打他右倾也没有冤枉。他干瞪着眼说不出话,倒叫寄草想起那个很久以前因伤寒打着摆子的革命书生。她重重地叹口气,才说:“我知道你在为我担心,可是你不知道我才是真正为你担心呢。你当了这些年的官,也没学会怎么当,我看你学当老百姓也难。你一个人待在这里,没个人照顾,也不知道什么该说什么不该说,那才真正要当心呢。”

杨真摊摊手说:“我也认了,这么多年你也不是这么过吗?”寄草说:“你看看我还像不像个人样。不瞒你说我早上出来时还想把自己弄得像样些,破镜子里照照自己,一点信心也没有了。我说书呆子,你就快快成个新家吧,趁你现在还是个教授,还有人肯嫁你。”

杨真突然不假思索地就冒出了这么一句:“到哪里再去找一个像你这样的人?”寄草一怔,乌珠就亮了起来,脸上有了一点赧色,却笑着说:“是啊,到哪里去找那个把你的《资本论》往车下扔的同路人啊!”

他们不约而同地站了起来,看着湖面,饥饿使他们身轻如叶,他们有一种站不住要被风刮走的感觉。桌面上剩下几粒瓜子,寄草麻利地捡了起来,抓起杨真的手,慷慨地说:“都给你,男人经不起饿!”杨真要推,寄草已经往湖边走去。奇怪,西湖也仿佛饿瘦了似的,湖面浅了许多。寄草想起了当年家族中血气方刚的年轻人。1937 年秋天的湖上,他们的冲撞和呐喊,他们的牺牲和决战……如果楚卿还活着,会不会与她杭寄草继续舌剑唇枪呢?她看了看憔悴的杨真,突然没来由地胡思乱想——如果他们还活着,会不会也和这个杨真一样倒霉呢?温情和忧伤升起来了,她对杨真说:“杨真,别跟我和罗力那样,要跟我大哥学。他总是跟我说,别说话,人多的地方,一定记住别说话,要管好自己的嘴巴。”

“你是要消灭嘴的一种生理功能吗?”杨真苦笑着,用玩笑的口吻说。

寄草撇了撇嘴,说:“用心说话不是一样吗?我年轻时看武打小说,知道武林高手中,有人就会说腹语。”

杨真突然问:“你知道那会儿为什么我老想和你在一起?”看寄草被问得有些茫然,便说:“我就是喜欢和你对话,或者你不停地说,我不停地听,或者我不停地说,你不停地听……哎,多好的日子啊……”

他最后的那句感慨，让寄草一下子潸然泪下了。

还真让寄草说准了，杨真上了几年课，到底也没管住自己的嘴巴，又开始与人理论可不可以超越阶段的问题了。对他这种有前科的人，上头决定不再姑息，“发”到浙北乡下劳动改造了事。此刻嘉平再提起杨真的事情，寄草就回了一句：“我怎么好跟人家杨真老婆比？人家也是延安时期的老革命。我是什么，立场不分，落后分子，连护士都当不成，只好在弄堂里扎鸡毛掸帚。要不是你们替我担着，我也怕是早进了监狱了。”

叶子从头到尾就没有说过一句话，杭家人也早就习惯了只要嘉平在场她就不说一句话的态度。可这会儿她伸出她那双已经干瘪的手，轻轻地按在了寄草的嘴上，发出了一声：“嘘——”寄草这才住了嘴。

另一个没有说过一句话的女子杭盼，刚才一直陪着小姑走过羊坝头，路过青年路口的那座钟楼的时候，不约而同地停了下来，抬起头，呆呆地望着高高在上的那口大钟。寄草很想就那么站下去，一直站回到从前，她强打起着精神做人那么多年，现在有一种要垮的感觉。她想，为什么我就不能像盼儿那样呢？你看她独身一人，在龙井山中教书，倒过得安静，连肺病也好了。那就是因为她有她的上帝啊。她羡慕她，也为自己奇怪。她既不能像杨真那样相信共产主义，也不能像盼儿那样相信上帝。她觉得自己还是更像她的大哥嘉和，他们是相信生活的人，是在生活中讨信心讨希望的人。可是生活却不买她的账，她越想生活，生活就越难为她，越势利。她看看杭盼，长叹了一口气，说：“真是有点熬不下去了。”

盼儿没有回答她，只是习惯地喃喃地祈祷了一声：“主啊……”

天空倏然暗淡下来，暮钟，就在这一声叹息中敲响了……

一开始，大家都以为对小布朗说破这件事情很难。杭嘉和用他一贯举重若轻的作风处理此事。他不让寄草对儿子说什么,他只让侄孙女迎霜来通知布朗。他也不说过几天相亲,他说过几天踏青。

迎霜十二岁,和妈妈一起住在大爷爷嘉和家,哥哥得放则住在爷爷嘉平处。父亲杭汉援非好几年了,母亲黄蕉风常常下乡,这杭家最小的女孩子,和嘉和的关系倒比自己的亲爷爷嘉平还要亲。她的性格也有些像她的母亲的憨。平时她就爱上寄草姑婆家去,他们两家住得近,布朗叔叔和她特别好。此刻她鬼头鬼脑地探身入院,见了叔叔就忍不住抿嘴笑,边笑边说:“大爷爷说……嘻嘻……过两天,哈哈哈……我们一起去踏、踏、踏青,哈哈哈……”

小布朗已经从煤球店里下班,正在给他的小中药园浇水,一回杭州,他就在自己家的鸡窝的废墟上种上了草药,可别人看上去那些都是鲜花:凤仙花、紫藤、芍药、石榴,还有菊花,甚至还有鸡冠花。他能够把鸡冠花种得大如小脸盆,寄草说这是她这一族系的遗传基因,如果布朗的外公还活着,他们肯定会朝夕切磋技艺。听了迎霜的话,他连头都不回,说:“实际上啊,根本不是去踏青,是去干什么呢——也许是相亲吧?”

迎霜就大吃一惊,问:“谁告诉你的,布朗叔叔?你怎么知道是去相亲,我没跟你说啊?”

小布朗回过头来,笑出了一口白牙,说:“她漂亮吗?”

迎霜想了想,把嘴巴一咧,水蜜桃一般毛茸茸的小脸就咧成了核桃皮,她指着自己的那一排密牙,说:“就这样!”

小布朗认真地说:“与小撮着伯伯一样?”

迎霜说:“我不知道,大爷爷说一定要把你叫去,成不成的,人家等着呢。”

小布朗就弯下腰来,笑嘻嘻地盯着迎霜那张嫩脸,问:“迎霜,你说呢?”

“你多少日子也没带我们出去玩了。”迎霜用另外一句话做了回答。

小布朗就果断地站了起来，拍拍手说：“去！起码我可以为她矫正牙齿。实话告诉你吧，小迎霜，地球上没我做不到的事情！”

迎霜知道她的这个表叔爱吹牛，奇怪的是大爷爷却不烦他说大话。大爷爷平常是最看不惯说大话的人了，但布朗叔叔瞎说什么，大爷爷也不生气。

杭嘉和为这次行动做了精细的物质准备：吴山酥油饼，颐香斋香糕，知味观幸福双，叶子昨夜煮的茶叶蛋，他还专门到杭州酒家订了一只叫花鸡。寄草到十里坪去了，错过这个日子，又不知什么时候见得上罗力。这是表面上说得过去的一个理由，另一层理由，他们两兄妹心照不宣：寄草是没有把握，她是担心人家姑娘嫌男方家的成分。她受过多少拒绝了，这一次她可承受不了，不如眼不见为净。这样一来，相亲这件重大的家事，就全部落实在了杭嘉和头上。

两天前寄草到大哥家来时，匆匆忙忙，什么也没有带，要往口袋里掏钱，被大哥两只薄手一把按住了，生气地说：“你做什么？我有。退休工资也够用了！”

忘忧茶庄公私合营后，嘉和就谢绝了拿定息，只拿他的那份工资用于一大家人开销，叶子没有工作。得茶是烈士子弟，国家养到十八岁，上大学后也由杭家人自己负担了，祖孙两个都觉得自己掏钱读书，感觉气顺。蕉风、迎霜母女两个，加上出国前的杭汉，都住在羊坝头。至于寄草一家，这些年来是已经把大哥家的钱袋当做自己家的钱袋了。杭嘉和的生活担子，实在是不轻啊。

寄草临走前递给大哥一个小包，说：“这是我在云南和罗力成亲时，证婚的大爷送我压箱底的，你拿去，采茶若是看得中我们布朗,就送她压箱底。”

嘉和打开一看,是两块已经发了黑的沱茶,形状如碗,天长日久,硬如石头。原来用茶来做聘礼,一向就是老规矩。中国人,东南西北,都是有这个同样习俗的。在江南,这种仪式被称为下茶。那女方若是接了男方的茶,也算是接了一个信物,这门亲事,也就算是那么定了。无怪《红楼梦》里的凤姐要对林黛玉说:你既喝了我家的茶,怎么就不做了我们家的媳妇?嘉和想到这里,心就热了起来,把那沱茶在手里托了一会儿,才说:“小妹,我有数了。”

小布朗却全无母亲那番拳拳心意,一大早他就赶到了大舅家,一口气吞了四只茶叶蛋。见外甥杭得茶还没有从学校回来,又靠在他的床上,美美地睡了一个回笼觉。醒来时,正不知身在何处呢,恰好杭州酒家就送来了叫花鸡,他立刻就扒拉开包着鸡的荷叶,闻着香就用手钳了一块。迎霜看看大爷爷,见这种反常行动并没有遭到谴责,也学着要去钳一块,就被叶子奶奶轻轻地一抹。布朗没看见,吃着舔着,又扯一块塞到迎霜嘴里,手指头油乎乎,要往干净衬衣上蹭,吓得叶子赶快递过一块毛巾。布朗也不难为情,叫道:“你们这里也有这样的烤鸡啊!”

嘉和告诉他,这就是叫花鸡,叫花子发明的制作法,偏叫皇帝看中了。皇帝吃了,却不叫皇帝鸡。

布朗一拍胸膛:“今日我们吃了,我们就是皇帝!”

迎霜吃惊地指着他:“你,封建主义!”

布朗大笑,一只手拍自己胸膛,一只手点她的额头:“小脚老太婆!”

迎霜看看自己的脚,疑惑地问:“大爷爷,我的脚不小,我也不是老太婆。”

杭嘉和知道布朗的意思,是说迎霜也像居民区的老太太那样爱管闲事呢。他很想告诉布朗,这么说话,别人听见了,又要吃苦头的。想了想,还是没有讲,却问:“叶子,九芝斋的椒桃片买了吗?”

叶子慌慌张张地回答:“还没有。刚要走,居民区把我叫去,查特务呢。”

嘉和不以为然地摇摇头。不知道从什么时候开始,叶子就成了这么一个胆小琐碎的女人。

布朗摇着手说:“算了算了,吃什么不一样?”

嘉和郑重其事地摇摇手,说:“可是不一样的。九芝斋的椒桃片,做工那才叫讲究。先把糕蒸熟了,再裹上山核桃肉,然后入模子,一压,就成了长方条。然后呢,再把它切成极薄的片,再烘干,白里透黄,用梅红纸包好。这个好东西,是要就着茶,才能吃出品味来的,布朗你倒是不妨一试。吃一口糕,下一口茶,喷香!那才叫如入太古呢。”

“什么叫如入太古?”迎霜听傻了,她也不是没吃过那椒桃片,但吃出如入太古来,这的确是不曾有过的事情。

倒还是布朗心有灵犀,说:“我知道什么叫如入太古。我在大茶树下吹着那箫的时候,常常如入太古哩。”

舅甥两个会意,淡淡一笑,嘉和拍拍小布朗的肩,说:“把你那箫带上!”

小布朗立刻转过身去,拍拍自己的后背,原来箫就插在腰间衣服里呢,这一次,杭家老小就都笑起来了。嘉和看着布朗年轻快乐的脸,想,这个头开得不错。现在,就差孙子得荼没有到了。得荼是个守时的人,怕不是被什么事情耽误了吧。正那么想着呢,只听街口管公用电话亭的来彩一声尖叫:“杭家门里——电话——”

来彩不用人家评价,一目了然,斜眼瞄去,就是个风骚娘们。她高个细腰,肥臀粉脸,削尖下巴,越发衬得唇红齿白,柳眉杏眼。

头发盘一个髻，穿件阴丹士林蓝大襟衫。她的嗓音也是独具风采的，又尖又细，拎高八度。她又喜欢手里夹着一块手帕，倚门那么一靠，身体就呈S形，整个儿就弯出了一个旧社会的妓女相。

事实上来彩的确也是妓院里出来的，被她养父卖来卖去的不知道卖了多少次，竟然卖到了香港。前几年，正是蒋介石反攻大陆，这个来彩好来不来，这时候突然回来了，说是探亲，也就是探她那个把她卖了不知道多少次的养父。别人说，哪有这样的人，养父把她卖了她还不知道记恨，还回来看他，必有美蒋特务嫌疑。这就扣下了不让她回港了，可查来查去也查不出一个子丑寅卯。养父熬不过这段时光，一命呜呼，把她扔在了新社会的街道里弄。居民区一时也不知把这个尤物怎么处理，最后总算废物利用，塞给一个瞎子做老婆去了。来彩倒也没怎么反抗，嫁给谁不是一个嫁，在香港的那个男人因她不会生孩子，早就外面娶了二房，她回去也没好日子过，这就糊里糊涂地做了瞎子老婆。瞎子的一个八竿子刚刚能打到的远房表姐在清河坊居民区管着一块天，见自家人有了活路，便动了恻隐之心，让正在监督劳动拉煤车的来彩回到人民内部矛盾中来，专门去管羊坝头巷口的公用电话。来彩从糠箩跳到了米箩，她那扭动着的水蛇腰和大肥臀，从此就伴着她尖而骚的声音，出入在清河坊的大街小巷之中。

一听是来彩的声音，叶子就拦着嘉和说："我去接，我去接。"

嘉和侧过脸，扳一下叶子的肩头，微乎其微地一笑，说："哎，还是我去吧。"

布朗一抬头，突然看到舅妈的目光——他就看出来了，那不就是如入太古嘛，一瞬间，竟让他想起遥远的大茶树。

电话是得茶打来的，说他是被同寝室的吴坤的事情耽搁了，现在马上就来。嘉和听了，突然心里一咯噔，脱口就问："他怎么还没有搬走？"

电话那头的孙子得荼沉默了一下，才说："快了，他的未婚妻已经来和他登记了。"

嘉和这才不追问，只说："别忘了买九芝斋的椒桃片。"

搁了电话，他还在想自己的心事，慢吞吞地往回走着，却听来彩叫道："杭先生，你怎么就那么走了？"杭嘉和回过头来，有些茫然地看了看她，把她看笑了，却伸出手，说："喏，拿来。"杭嘉和这才想起自己没有付电话费，连忙口里说着对不起，把零钱就交给了来彩。来彩一边数着一边说："真是儿子像老子，上回方越来打电话，也不付钱。"嘉和一听连忙又说："我付，我付，我替他付。"来彩挥挥手，说："好了好了，谁要他的钱，他一个人山里头改造，也是可怜。"嘉和连忙也挥手，意思是叫她不要再说下去。这个来彩，一点也不接令子，反而还问："你们家方越怎么还在龙泉烧窑，他的右派帽子什么时候能摘？"

嘉和真是怕听到"右派"这二字，摇着头对付着逃一般地退了去。转过巷子的弯，才松了口气，一件心事刚放下，另一件又被捡了起来。

这件心事，正是和得荼刚才电话里提到的那个吴坤有关。

1945年抗战胜利，杭、吴二姓的冤家对头就此结束。两个家族，一在浙，一回皖；一在城，一在乡，互不交往，更无音讯，半个世纪的纠缠，似乎已经被时光顺手抹去。谁知二十年后的某一天，杭嘉和突然收到了一封信。信是从北京寄来的，自称吴坤，和杭家的老相识吴升是亲戚，算起来应该是吴升的侄孙。信里说他从小就不止一遍地听老人说过杭家与吴家的生死之交。老吴升虽然早已死了，但吴家人都知道，当年他是如何背着那忘忧茶庄断指的杭老板死里逃生的。这个名叫吴坤的年轻人，自称刚读完北京名牌大学的硕士学位，因为女朋友大学毕业分到了浙江湖州，所以他也想往浙江方面分。但是在浙江他没有一个熟人,想来想去,只好与久无交往的杭家联系。他还说,他已经打听了,听说您杭老先生的孙子杭得荼就在江南大学留校任教,和他一个专业,都是修史学的,能否请他帮忙打听一下。

杭嘉和抚着那根断指,思忖一夜,第二天就专门从学校叫回得荼看信。信是黄表纸,印着红色竖格子,字是毛笔小楷,透着才气和功夫,这样的行书拿去,哪个老先生看着都舒服。得荼倒是高兴,说:"我们系里,宋史一向就是研究的强项。这个吴坤修的是北宋那一块,再接着研究南宋,那是最完整的了。我先到系里问一问。"

嘉和心里一阵暖,看了看孙子,除了戴着眼镜之外,他和儿子杭忆长得真是像。得荼三岁以后就回到爷爷身边,他连一天也没有见过自己的父亲,但在许多地方,却惊人地继承了他那位年轻诗人烈士父亲的品性——比如他身上的那种潜在的浪漫和无私。所以1958年大跃进,少年杭得荼带着一群人来拆他们忘忧茶庄的那扇镂花铸铁门时,杭嘉和一点也不奇怪,因为事先这个宝贝孙子已经把叶子厨房里的锅碗瓢盆都收去大炼钢铁了。不过,当得荼把茶庄那张有乒乓球桌那么大小的茶桌也搬出去的时候,嘉和还是真正心疼了。对他而言,这绝不是一张单纯的桌子啊。再说,他们要桌子干什么呢,桌子又不能大炼钢铁。

他心里想的话还没有说出来,叶子就忍不住先替他说了。叶子拉着孙子,小心翼翼地问:"荼荼,你们要茶桌干什么?"他们的宝贝荼荼奇怪地看着他们问:"爷爷奶奶,我们要茶桌干什么?"

这一句话就把两位老人全问傻了。他们面面相觑,回答不出。他们的茶庄早已公私合营了,来买茶的人早已没有先在茶桌上品一杯的习惯了。至于一起在茶桌前斗斗茶、看看字画的雅兴,那根本就是前朝幻影,不提也罢,若提,自己都有恍若隔世之感了。

烈士子弟杭得荼的性格在三年自然灾害之中，发生了巨大的变化。这当然不能仅仅归于他的吃不饱。他是在这期间进入大学，并开始和杨真这样的人真正开始接触的，杨真的思想、学说和遭遇很深地影响了他，甚至影响了他的性格与为人处事，直至影响到了他对学业的选择。

此刻，孙子的热情感染了爷爷。杭嘉和可以说是很久没见过得荼眼里燃烧起来的这种热情了，这是一种既为之担忧，又为之欣慰的热情。这份热情也多少消解了因为这封信给他带来的忧虑。杭嘉和已经老了，从他饱览的人生中可以得出一些神秘的不可解释的箴训，比如过于巧合的事，往往是某些事件发生前的征兆。在这封年轻人的信中，虽没有看出过于巧合的机缘，但想起吴家，杭嘉和的感情依然是十分复杂的。

杭嘉和的预感没有错，得荼在得到系里的肯定答复之后，写信给北方的吴坤。果然第二封信里，就出现了年轻人火热的倾吐。得荼看信的时候，激动得信纸都发出了嗦嗦的声音，像饥饿的蚕正在吞吃着桑叶。果然世界既大又小，生命处处设置机缘，原来吴坤的行动里有着这么强大的内在的逻辑；原来他的那位名叫白夜的女朋友、那位名义上是北京某位德高望重的老干部的女儿，实际上却是杭家的老朋友杨真先生的亲生女儿；原来她自愿从北方分到这江南小镇，只有一个目的，就是离她的生父近一点，杨真先生不是正在湖州长兴的顾渚山下劳动改造吗；原来他是那么地爱他的女友，她是他的全部生命，是他的永恒的女神，是他的命运，总之没有她他是无法再活下去了，所以他放弃北京的更广阔的学业天地，宁愿到这东南一隅来重新开始两个人的新生命。他说这件事情只有求靠他们杭家，尤其是他杭得荼了。因为他不能让更多的人知道他和杨真之间的关系——也许这会影响他顺利地分配到这里。这封信倒是用蓝墨水钢笔横写的，办公信纸。

这个尚未见过面的年轻人的钢笔字一开始也很漂亮、潇洒，是那种专门进行过书法训练的人才具有的笔力。但这种笔力行文到三分之一时就开始潦草，很快就转化为一种天马行空般的充满激情的喷涌。急不可耐的倾吐，毫无设防的渴望，简捷而十分有力、子弹一般地击中了得茶的心。最后那一张纸得茶是连猜带蒙读出来的，看得出这位爱情的信徒，此刻已经处在白热化阶段。得茶只把这信看了一遍，就急匆匆地骑着自行车又往家跑。岂料爷爷连他一半的激情都没有，爷爷杭嘉和把两封信同时取了出来，反复比较，这让杭得茶站在一边暗自不解，在他看来，有些东西是不好拿来做比较的，比如说有关涉及爱情的东西。爷爷仿佛看出了他的心思，把信收了起来，只说了一句话："这两封信倒不像是一个人写的。"得茶眼睛一眨不眨地盯着他，他知道，在这件事情上，爷爷还是很关键的。嘉和却只挥挥手让他吃饭。嘉和有嘉和的想法，他要核实一些关键的问题，还要尊重老友的意见，尤其是在老友落魄的时候。他与杨真之间的通信以及他后来与嘉平在这件事情上的努力，杭得茶一概不知。他只知道半年以后，吴坤就如愿以偿地来到了杭州城。

吴坤刚来时没有房子，得茶就让出自己宿舍房间的那一半，两个助教合住。他们相处得很好，学术上也能互补。吴坤长于表述，得茶长于思考与实证，年轻而不泥古，有独立见解，但发乎心止于言，轻易不下定论。吴坤却很有冲劲，一到学校，就发表了好几篇在学术圈子里很有锐意的文章，这其中的不少见解，来自于得茶的思考。有人很在乎自己的东西被他人所用，得茶却完全不在乎，不但不在乎，他还为自己的思考能为他人所用而高兴。他们两人都有相见恨晚的感觉，在系里一时就成了一对才子。吴坤长得十分精神，下巴方方的，每天刮得雪青。头发浓黑粗硬，把前额压了下来。大而略显肥厚的手掌，动作有力不容置疑。他的面部表情生动，脖子略粗但极为灵活，头部摆动时犹如一只灵敏的年轻的豹子。他又那么豪爽、随意，与人交往，三句两句，就拉近距离。总之吴坤是一个好小伙子，大家一开始就那么认为。

实际上，得荼第一次与吴坤交谈就发现他们的根本不同之处，吴坤是那种性格外向的人，而他自己却是一个内敛者。仿佛正因为如此他反倒更欣赏他，或者他要求自己更加欣赏他。在他欣赏他的同时，四年级的女大学生们也纷纷向吴助教抛去媚眼，站在一边的同样年轻的杭得荼倒像是一个书童。吴坤愉悦地和她们对话，这里面的光明正大的调情，像杭得荼这样一位从未涉入爱河的人是感觉不到的。他只能从事后吴坤那闪着愉快的眼神上看出一些异样，他总是摆摆手，仿佛无可奈何地说："南方的女孩子啊，都是这种风格。"每当他这么说的时候，得荼不知为什么地就会想到那位北方的女孩子。吴坤是为她而来的，但直到现在，杭得荼还没有见过她。

总之，一旦有了吴坤，一种格局就形成，那是一种比较的格局，得荼在吴坤的衬托下，显示出了另一种风貌，他喝茶，而吴坤爱酒，看上去他仿佛比吴坤要嫩得多。他羞涩，有时还不免口吃，这也是家族的印记，杭家的男人，几乎都有些口吃。他治学的方向是地方史中的食货、艺文、农家、杂艺类，对这个领域，许多人闻所未闻，纯属冷门。吴坤开玩笑说，他以为像得荼这样出身的人，应该去修国际共运史呢。得荼说："从逻辑上推理，我去修食货也和出身有关啊。我们家可不是光出烈士的，主要出产的还是茶商，所以我最近正准备研究陆羽，他那部《茶经》，不是在湖州写的吗？"这一说吴坤也乐了，回答说："照你那么说，我正准备研究秦桧，也和祖上有关啰？我们家祖上可没有当奸臣的啊！"

得荼为了表达自己那种人生得一知己足矣的心情，破例把吴坤带回家里，吃了一顿饭，知道他对酒的兴趣比对茶更浓，特意请奶奶去买了绍兴老酒。宴毕,又把他带到后院的那间小屋子,门楣上刻着的那四个字让吴坤停住了脚步。“曲径通幽处,禅房花木深。你还坐禅啊?”他笑指着门楣上写着的“花木深房”那四个字问得茶。其实这里早已是七十二家房客的大杂院,再无通幽之感了。得茶笑笑说那是曾祖父手里的事情,属于文物,所以才让它留着的呢。现在这里是他的小书房兼卧室。

吴坤在那间禅房里看到了一些别样的东西,他暗暗吃惊,这里的每一样东西,都是可以体现杭得茶的个性,而在学校里看到的那些却只是杭得茶的一部分,或者一小部分。只有在这里,杭得茶才会在瘦削的面容上露出了些许的得意。他让他看挂在墙上的《琴泉图》,他曾祖父用过的卧龙肝石,他的日本亲戚在六十年前送给他们杭家的砸成两爿后又重新锔好的天目盏,那尊放在案头的年代悠久来历不明的青白瓷器人儿陆鸿渐,还有那把有神奇传说的曼生壶。这些东西放在那里,并不让吴坤觉得有多起眼,但一经得茶解释就不一般了。吴坤更感兴趣的还是挂在墙上的两张大图,一张写着“唐陆羽茶器”,另一张写着“南宋审安老人《茶具图》”,两张画画的都是古代的茶器。吴坤的视野就被第一张画上第一幅图——一只风炉吸引住了。

风炉画得蛮大,三足两耳,风炉旁竖写着四行字:伊公羹,陆氏茶;坎上巽下离于中;体均五行去百疾;圣唐灭胡明年铸。吴坤指着那最后一行问:“圣唐灭胡明年,应该是764年吧?”

“正是那一年。陆羽是安史之乱时从湖北天门流落到江南的,这只茶风炉大概就是纪念平叛胜利所铸的吧。”

“可见陆羽号称处士,也是一个政治意识很强的人。”

他见得茶很认真地看着他,就又指着那第一行字说:“我不懂茶学,瞎讲,关公面前耍大刀。不过拿伊公羹和陆氏茶来平起平坐,说明陆羽,其实是有伊尹之志的。”

伊尹是史籍中记载的商朝初年的著名贤相,有“伊尹……负鼎操俎调五味而产为相”的记载,这也是鼎作为烹饪器具的最早记录。在中国历史上,“伊尹相汤”和“周公辅成王”一样,都被后人祀之以圣贤之礼。吴坤这样评价陆羽,也是顺理成章。

但得茶却不同意这种简单的立论,他说:“在我看来,陆子在此倒不一定把自己摆到政治立场上去。我对他算是已经有了一点初步的研究,至少有句话我敢说,他是封建时期的知识分子中少有的一个具备自己价值体系的人。比如他敢拿自己的茶与伊尹的羹比,应该把鼎的因素放进去。鼎最早不过是一种礼器,传国重器,用于祭祀,也可在鼎上刻字,歌功颂德吧。后来用到炼丹、焚香、煎药等上来。伊尹用来煮羹,陆羽用来煮茶,都是首创。自从陆羽生人间,人间相学事新茶,陆羽事茶和伊尹相汤一样,都是千秋伟业,虽一在朝一在野,一论政事一论茶事,都可平起平坐,不分高低贵贱。所以后来太子两次召陆羽进宫当老师,都被他拒绝了。这就和日本的茶祖千利休很不一样嘛。千利休就当了幕府丰臣秀吉的茶道老师,结果怎么样,活到七十岁,还让秀吉逼着自杀了。”

得茶突然滔滔不绝地说了那么多,倒让吴坤新鲜,但他从来就不是一个在争辩中甘拜下风的人,立刻就回答说:“你那些例子可是个例,别忘了,任何一部历史都是政治史。”

“那可是政治家说的。”

“也是史书上那么写的。”

“别忘了,还有另外一条历史长河,日常生活的历史长河,没有被政治家们正眼相看,但是却被老百姓一代代传承的历史,比如它们。”他指了指墙上的那两幅画。

吴坤第一次吃着了得茶分量,他的内功,就在这里,花木深房中,这番话之后,他微微地有些吃惊和不快。他不是一个能公然听不同意见的人,尤其是得荼,这个在他眼里相当低调的人。但他非常聪明,也有相当敏捷的微调能力,他立刻就指着中间的那两句话,笑着说:“快把这两句没有被政治家正眼相看的话解释给我听。”

得荼突然警觉,像是感觉到朋友的调侃,笑指着他说:“你算了吧,宋朝人最喜欢讲异瑞,算八卦,你会不知道?坎、巽、离你还要我来讲?”

吴坤也笑了,说:“你就让我当一回听众吧,我最懒得记这些东西,真是要用了才去查资料的,快说快说,也让我长点见识。”

得荼这才解释说:“一说就明白。这四行字都是刻在这只陆羽亲自设计的茶炉上的。其中第一行分成‘伊公’‘羹陆’和‘氏茶’,分刻在炉壁的三个小洞口上方;其余三行字分刻在三只炉脚上。坎主水,巽主风,离主火,坎上巽下离于中,不就是煮茶的水在上,风从下面吹入,那火却在中间燃烧吗?至于那‘体均五行去百疾’七个字,就更好理解了。我们都知道,古代中国的中医学是根据金木水火土五行的属性,来联系人体脏腑器官,再通过五脏为中心,运用生克乘侮的理论,来说明脏腑之间生理和病理现象,从而指导临床治疗的。这句话的根本意思,也就是说茶是一种好喝的药罢了。不过陆羽把卦义都渗透到茶事的各个方面去,这种文化对日常生活的介入,却是不简单的。你看这幅风炉图,是我根据陆羽的描述画的,你看那个支架的三个格上,也分别铸上了巽、离、坎的符号,还有象征风兽的‘彪’,象征火禽的‘翟’,象征水虫的‘鱼’,这些,都是根据《周易》上的卦义设计的。这样,当人们使用这只风炉的时候,还会以为在使用一只普通的风炉吗?”

“一只烧茶的炉子都文化成这样,从这只炉子里烧出来的茶,还不知道文化成什么样呢!中国封建社会漫长到两千年,不知道跟这样的烧茶的炉子有没有关系。”吴坤再一次调侃着说，但他的心里充满着对这位同室的尊敬，这才是搞学问，这才叫治史，能把冷门研究得那么热火朝天，这就是一种本事，虽然他对这一方面并无大兴趣。

得荼这一次倒没有听出朋友的调侃，反倒认真地说：“这肯定是研究历史的一个角度。一个民族、一个国家采取什么样的生活方式，对这个国家的正史不会起作用吗？我可以告诉你，喝茶与不喝茶，肯定是不一样的。唐代的甘露之变是怎么引起的，你不会不知道吧，那不就是因为国家的茶事政策做了重大调整引起的宫廷政变吗？鲁迅先生在古书中横横竖竖地看，都是‘吃人’二字；我在古书中横横竖竖看，都是帝王将相。难道历史不可以有另外一种记载法吗？难道以庶民生活变迁为标志的历史不可以是历史吗？所以我才特别看重唐煮宋点明冲泡，因为这是人民自己的历史。你不会觉得我谈得太远吧，我告诉你，我的茶史里有历史观呢。”

吴坤笑着说：“什么唐煮宋点明冲泡，我真是不知道，包括甘露之变的详情，唐史我也不太清楚，那是你的领域。不过宋代王小波的起义倒真是名副其实的茶农起义，他倒也真是影响宋王朝历史发展的。”他们的话说到这里的时候，叶子手指头上钩着两只洗干净的茶杯走来，要给这对年轻人冲茶。得荼说：“奶奶，我们要用曼生壶。”叶子早就把曼生壶洗得干干净净，放在案上，只是说了一声“手脚轻一点”，就悄悄走了。

那天晚上，关于曼生壶，得荼又讲了许多，吴坤认真地听着，不再随便插嘴。得荼讲的许多关于这块土地上的故事和人物，都深深地吸引了吴坤，当他讲到很想收集各种茶事方面的实物，有一天可以建一个有关茶的博物馆时，吴坤真的心血热了起来。他当即表示他家乡徽州还保留着不少这方面的实物，他一定帮他征集回来,说这些话时他已经没有一丝一毫的调侃了。他是京城大学经过名家正宗训练的才子,在外省,突然发现了足以和京城文化平起平坐的另一种力量。

饭后这对年轻人回了学校,嘉和来到厨房,看着叶子在昏暗的灯光下收拾盏碗,他突然问:“你觉得怎么样?”

叶子说:“没看清啊,我的眼睛不行了。”

嘉和怔了怔,想,我的眼睛还很好啊,怎么我看这个年轻人,也是模模糊糊的啊。

第 三 章

一种遭遇被另一种遭遇阻隔，小撮着迟迟等不到的杭家人，是被得荼耽误了。

那年梅雨季节中的某个早晨，得荼第一次看到白夜。在此之前，他只听说过她的名字——她让他想起陀思妥耶夫斯基同名小说的版画插图：黑白分明的俄罗斯姑娘侧面头像，激情飞扬的大裙子和有着美丽花边的女帽。因为吴坤对他几乎无话不说，他开始了解到有关这个姑娘的种种。这使他多少有些好奇，杨真先生在他眼里是一个正正经经的革命的知识分子，尽管他当下在人们眼里是很不革命的。但是传说中的那个姑娘完全和杨真先生对不上号，也许她像她的母亲吧，听说她那姓白的母亲是天津买办家的大小姐，当年和杨真先生差不多时候上的延安。经过这几十年的交叉组合，他们这一家的关系也已经搞得错综复杂，谜上加谜。杭得荼对这种家族间的不正常关系倒是见怪不怪，因为他们杭家就是最典型的一例，所以他对吴坤和杨真之间的低调处理并无异议。倒是吴坤常常要寻找机会解释，说他之所以从来没有和杨真接触，乃是她的本意，是她不愿意他们接触。这倒反而使杭得荼不好理解起来：倘要避嫌，她自己为什么偏偏要来到亲生父亲的身边呢？

昨天下午，吴坤把他从图书馆里拉出来，告诉他，白夜今晚要来了。这一次他们下决心结婚，明天一早就去登记。得荼兴奋地握着他的手，热烈祝贺，他们这一久拖不决的好事经过反复锤炼，终将修成正果。吴坤一脸灿烂，但依旧露出谨慎的担忧，他说他只认历史结果,不认历史动机。现在还只有动机,结婚证书拿到手了,史实方能确立。得荼不以为然地说:"这正是我和你在治史上的一大分歧嘛,我可是从来都把动机和结果看做史实的。"这一次吴坤笑了笑,没有和以往那样,与得荼舌剑唇枪,却说:"好吧,为了支持你的史学观,今天晚上你能否把房间全部让给我。"

尽管吴坤用开玩笑的口气把这话说了出来,得荼还是愣住了,他的脸,突然没来由地红了起来。吴坤有些误解了,连忙说:"不方便就算了,不方便就算了。"看得出来,他也被得荼的表情弄尴尬了。得荼一把拉住了吴坤的手,他用力过猛,甚至把吴坤手里的一卷杂志报纸也夺了过来,然后说:"这太好了,但是你们一定要结婚啊。"吴坤真的有点急了,说:"你又不是不知道是谁拖着?都一年了,是谁拖着。"得荼回头就走,边走边说:"明天一早我来看你们,我来做你最后的说客。"一直走回图书馆,他才发现他手里拿着的杂志是去年12月的《红旗》,翻开的那一页正是戚本禹的文章《为革命而研究历史》;报纸则是《人民日报》,尹达发表的《把史学革命进行到底》。这两篇文章中的不少段落,吴坤都认真地画了红线呢。

二十五岁的杭得荼与女性缺乏交往,他还没有谈过一次恋爱,也还没有哪一位少女打动过他的心。得荼从小由爷爷一手带大,也许某些老气横秋的潜质妨碍了他和姑娘们交流,特殊的出身又无形隔开了他与同龄人之间情感的对应,史学专业则把他训练成了一个穿长衫的按部就班的老夫子——谁知道呢,对得荼而言,关于白夜的印象,一开始都是从她的热恋者吴坤那里来的。吴坤搬进他的单人宿舍时,带来了白夜的照片。从相片上看,她是一个风格独特的女子,刘海拳曲,微笑着,面颊上有着两个深深的酒窝。因为头往上侧仰,看上去她的脖子很长。她的衬衣的领子摊得很开,她的神态,像一个电影明星。她长得真是不怎么像她的父亲,除了那双略显凹陷的大眼睛,那是岭南人特有的眼睛。吴坤得意地告诉得荼,白夜绝对是他们学校的校花,他现在的当务之急,就是赶快把她娶到手。

在得荼看来,吴坤虽然从来不肯错过与女大学生们的调情,但对白夜的那片深情,也着实是让得荼感动的。有时他想,也许正是因为他与白夜之间的感情不顺,才弄得他心烦意乱,和他人过过嘴瘾吧。得荼一点也没有这种爱好,他们杭家从爷爷的爷爷开始,对女性就近乎有一种特殊的敬重。他们杭家风流与风情都有的是,就是没有调情。尽管如此,杭得荼还是能够理解吴坤。

吴坤是几乎一到单位报到之后,就张罗着去湖州的。当时得荼还想,吴坤一定会带着他的明星新娘而来,他们会很快地从他的小屋里搬出,共建爱巢的。谁知三天后吴坤一个人回来了,面色苍白,拉着得荼在宿舍里喝酒。得荼第一次领略青年朋友的如此强烈的感情方式。他醉了,哭了,又笑了。杭得荼震惊地听着吴坤的倾诉,这简直就是一场惊心动魄的感情大战。原来白夜的青春少年都随父母在苏联度过;回国深造,读的是外文系。原来这个女孩曾经有那样光辉的前程,她是外交部点名培养的高才生,似乎等着她一毕业出任外交官呢,但却在学校里掀起了一股爱情旋风。是的,是的,像她那样的姑娘,被一群群青春年少包围,那有什么关系呢?那是她的光荣,而他们追不上她,则是他们活该倒霉。是的,我说的活该倒霉也包括我。没关系,我认了。问题是一个不配爱她的人竟敢纠缠她——一个正在图书馆里劳动改造的右派分子。当然她是无罪的,有罪的是那个人。那个人罪上加罪,竟然用俄语和她讨论苏联文学,还一起翻译陀思妥耶夫斯基。他配吗?一个无产阶级专政的敌人,连老婆都离他而去了,他配和她说话吗?配看她一眼吗?配和她一起翻译陀思妥耶夫斯基吗?我们眼睁睁地看着她日复一日成为被侮辱与被损害的人，被那个人拉入了堕落的泥坑。所有的办法似乎都用尽了，家庭、学校、朋友、同学，没有人能够拆散他们。你已经知道她的继父是谁了，那可是德高望重的老革命，你想这个继父怎么能够允许有这样的家庭关系存在呢？她的母亲拉着我的手，请求我拯救她的女儿，也拯救这个新建的家庭。我那时候血气上来，还和几个朋友联合揍过那右派几次，但我们后来不敢再那么做了，因为我们越打他，她就陷得越深。令我们百思不解的是，她竟然越来越迷人了，让我不能自拔，我一定要把她弄到手。对不起，我说把她弄到手，这个词很霸道粗鲁，也不文明，但我那时候就是那么想的。然后，我的一个机会来了。组织终于出面了，决定把这个勾引女大学生的右派分子送到劳改农场去。你知道，这真是一个一了百了的好主意。让时间和空间出场，在这场较量中担任重要的角色。时空是站在我们这一边的。看来那个堕落的家伙也意识到了时空的力量，他毕竟从前还是中文系的大才子。这一次他明白他走入了绝境，他只有撒手悬崖这一条路了。他只好如此，自绝于人民，自绝于党。

他们在台灯下突然沉默了下来，一只飞蛾停在灯罩上。好一会儿，得荼才问："你是说他死了？"

"他不存在了，纵身一跃，就那么简单。其实并不那么简单，他以另一种方式与我们较量。他在那个世界勾引她，诱惑她，她是无罪的。他诱惑她跟他一起下地狱。她服毒自尽，但我救了她。毕业后她不可能再分往外交部了，她将永远与那些辉煌的挂着国徽的大门无缘。她的继父一家虽然没有与她断绝关系，但她显然已经成为不受欢迎的人。好吧，也算是按照她自己的意愿吧，她才被千里迢迢地发配到江南的这个小镇上来。直到这时候，簇拥在她周围的我的其他几个对手才死了心。"

"可是据我所知，她和她的生父并无来往。"

“这并不影响她真正地爱他。她跟我不止一次地用赞许的口吻评价她父亲的右倾。她身上有着一些相互矛盾的激烈感情,它们常常处在尖锐的火并状态。我应该找一个怎么样的说法来形容呢?我可以说那是一个旋涡,或者一个陷阱,一碗迷魂汤,总之不是什么好东西。”

“可是你被这些东西吸引了。”

“你用了一个好词儿。不过如果用诱惑,或者蛊惑,也许更准确吧。”

“那么她现在开始忘却从前了吗?”

吴坤摇摇头:“这是一场长期的较量,她要求在那个名叫南浔的小镇中学里当一名图书管理员。你看,她就以这样一种方式,与那个已经自寻灭亡的家伙同在。”

“你是说,她还没有同意和你结婚?”

“不,不,她同意和我结婚,她非常乐意和我结婚,但她不爱我。”

杭得茶吃惊地盯着已经进入醉意的吴坤,他现在开始明白什么叫相互矛盾的激烈感情了。他一时无话,眼睁睁地看着坐在他面前的朋友长吁短叹,痛哭流涕,他无能为力。关于爱情,他可真是没有什么忠告可以说。但他结结巴巴起来,反倒说了很多,全是大路货,书上看来的。吴坤终于停止了眼泪,暧昧地笑了起来,说:“杭得茶,你应该去恋爱,品尝书本以外的爱情。”他向他挤了挤眼睛,他的眼睛是混浊的,而这个动作在杭得茶看来,也是非常低级趣味的,他立刻就明白书本以外的爱情指的是什么。尽管吴坤很痛苦,并且已经喝醉,但得茶依旧本能地拒绝接受他下意识流露出来的品位。他盯着他看的时候,他正看着白夜的相片,用手摸着相片上她的脸,甚至把他酒气冲天的嘴印到了相片中她的脖子上。正是在这一刹那,他产生了厌恶感,他想推开他,结果他站起来推开了窗,然后对他说:“你醉了,睡觉吧。”

那一夜他和往常一样,就着台灯看书,他听到了吴坤的鼾声,酒气混浊,使得茶感到窒息。他梦里不设防的睡相有些丑陋,和他白天的样子看上去大相径庭。得茶已经不习惯与人同室相处了,他睡不着,便看到了桌上相片夹里的姑娘。台灯的余光下,她有着朦朦胧胧的面容,脖子长仰着,如受难后垂死的天鹅。他就这样凝视了很久,突然发现自己也是非常低级趣味的,一种不可告人的心情陌生地向他袭来,他就背过脸去,不敢再看。

那对新人准备进入围城的当夜,助教杭得茶在系资料室里度过。从前他也有过这样的时候,彻夜翻查资料,资料员就给他开了绿灯。今夜,他带足了浓茶,准备通宵读书,但心不在焉,只好把新到的《文物》杂志放到一边,顺手乱翻白天放到包里的杂志和报纸。其中有一篇是吴坤的署名文章:《鼓吹历史主义的真相是什么》。文章主要批判六十年代以来史学界有人对1958年史学革命的批评。这是一篇反对历史主义、主张阶级观点的讨伐檄文,有许多问号和感叹号。文章认为,历史主义是反历史上的农民战争的,而我们新中国的天下难道不就是靠农民战争打下的吗?吴坤甚至说,谁否定历史上的农民和农民战争,谁就是反动派。得茶看着看着,眉头就皱了起来,他绝不能同意吴坤这种虚张声势、乱扣帽子、乱打棍子的做法,他认为他过线了,他怎么可以用政治批判来代替学术争论呢?

他们相处刚刚一年有余,但彼此的史学观点,已经从一开始的完全契合到现在的越来越大相径庭了。吴坤一方面认为翦伯赞的历史学观没有问题;一方面又对强势方面采取不加分析的认可,仿佛谁声音大口气横谁就占了真理,对此得茶绝不能够苟同。照此推理,真理就不是什么客观规律,戈培尔谎言千遍,也就真的成为真理了？没想到吴坤对此也没有否认，他眯起眼睛说：这正是我多日来思考的一个问题。杭得荼你和我不一样，你是烈士子弟，特权阶层，你有许多真实的东西都没有看到，而我，我是从什么地方奋斗上来的？告诉你一个秘密，真实和真理是两回事，而我们应该服从的是真理，哪怕它只不过是重复了千遍的谎言。

这是一个根本问题上的重大分歧，它大得甚至使得荼不得不怀疑他们当初曾经推心置腹的真实性。那些在灯下大醉后的独白，是真实的吗？符合真理吗？爱情应该属于真理的范畴吧，那么他的爱情是不是也属于重复了千遍的谎言呢？

尽管如此，在得荼看来，吴坤还是他的好朋友，是他少有几个可以对话的年轻助教之一。没有他的激发，他的许多思想火花也不能迸发。所以他准备立刻赶回宿舍，与他辩论一场。走到门口时，正要熄灯，突然心生一惊，想起今夜吴坤要做的事情。他的眼前白光一闪，一段优美的脖子和敞开的胸襟瞬息即逝。他回到桌边，掩了书卷，闭上眼睛。

多日晴晦到今夜，狂风暴雨做了最后的冲刺，雨注如筷，啁啁哳哳，砸在地上，响如雷鼓。得荼躺在资料室凳子拼成的临时床板上，难以入眠，便想起明人罗廪所言：梅雨如膏，万物赖以滋养，其味独甘。但那应是杜甫的春雨啊——随风潜入夜，润物细无声才是，如此狂轰滥炸，何以如膏？况且罗廪究竟是不是那样说的呢？应该查一查……烦躁的年轻人起身开灯，冲向书架，翻开胡山源的《古今茶事》。没错，罗廪的《茶解》就是这样说的：烹茶须甘泉。次梅水。梅雨如膏……梅后不堪饮……

现在是凌晨二时，窗外大雨滂沱，得荼能够清晰地感觉到，他的身体里面也在下着大雨，他听到了雨在身体里敲击的声音。他关上了灯，在黑暗中站了一会儿，他不明白，这个天人合一的夜晚，季节和他都在疯长着什么？

次日清晨,大雨偃旗息鼓,晨光明亮,万物清新,像广播体操一样朝气蓬勃。得荼晨练跑出校门外,回来时到开水房提水。他看到了吴坤。他看到他满足的神情,如愿以偿,胜券在握。他不知道,这些算不算一个男人的幸福的神情。

吴坤看到他,高兴地叫了起来:“得荼你快回去,白夜正等着,她有信要转交给你,快去。”

他走了过去,在吴坤的胸口重重地拍了一下,吴坤会意地大笑起来,周围的人都吓了一跳,谁都不知道,这突如其来的笑声源于底事。

他几乎没有和白夜寒暄什么,他们甚至连通常的握手也没有,得荼慌慌张张地半斜着脸,问:信呢?是谁给我的信?这么说着的时候,一只女人的手就从桌上推了过来,手指下按着一封信,得荼看到了粉红色的贝壳一般光滑的手指甲,和手指甲下面的信封上的杨真的字迹。信是杨真写来的,很长,里面还夹着一批照片。原来前不久杨真去顾渚山中采茶,发现了几组有关茶事的摩崖石刻,信上说:

> 前些天接到了你的信,说有志于收集有关茶事的实物,以便聚沙成塔,积少成多,将来或许可以自成一家。我了解你的性格,知道你没有考虑成熟的想法是不会轻易提出来的。你问我有什么意见,我当然是举双手赞成。我们的一生,就是为人民服务的一生,为人类的永久的幸福生活奋斗的一生。我现在的处境,用范仲淹的说法,是处江湖之远,则忧其君,但这个君,不是君王,而是人民。你选择的治学方向,也是为人民的,从某种意义上说,是更加直接地为人民。我们的目标既然如此一致,我怎么会不举双手赞同你呢?
>
> 而且,说到茶事,我目前的处境,反倒是对你会有些直接的帮

助呢。

关于我下放劳动的茶区顾渚山,尽管你已经知道地名,《茶经·八之出》中专门点到了它。但是因为直到现在你还没有亲临现场看一看,所以根据我手头的资料,仅供你参考。写到这里我想扯开去再说几句,我在这里除了茶园劳动,没有别的精神活动,所以能干点什么就干点什么。听说沙文汉活着的时候,也在专门从事奴隶制社会的研究。不过因为我年轻的时候从事革命活动,以后又搞了很长一段时间的外事,再教书,重新拣起学业,研究经济学,没搞几年,现在又来从事世界观的改造劳动。因此,就我目前的情况而言,是自己也已经无法判断我有没有机会完成自己想干的事情。如果不能,做一架人梯,让你们这样的有为青年从我的肩上踏过去,便是我的最大心愿了。我相信,真理会在历史进程中显现它的真理性,但这显现的过程,是要靠我们大家的努力,尤其是你们这些青年的努力的。

好吧,让我们现在回过头来看顾渚山。陆羽在《茶经》中曾说,浙西的茶,以湖州的为上品,而湖州的诸茶中,他首推的就是生在长兴县顾渚山的茶。我记得陆羽好像是写过《顾渚山记》的。《吴兴志》里提到顾渚时曾说它“今崖谷之中,多生茶茗,以充岁贡”。《吴兴志》里提到的顾渚山明月峡,还有一段很漂亮的文字,我现在全部抄下来给你:

明月峡,在长兴顾渚侧,二山相对,壁立峻峭,大涧中巨石飞走,断崖乱石之间,茶茗丛生,最为绝品。张文规诗曰:明月峡中茶始生。

关于明月峡,明代的布衣许次纾在他的《茶疏》中也有记载,说:姚伯道云:明月之峡,厥有佳茗,是名上乘。这个姚伯道为何许人也,我这个半瓶子醋就不知道了,请你查出后再写信告诉我。

又,明月峡所产的茶,明代人有把它叫做岕茶的。长兴这个地方叫岕的不少,比如罗岕,悬臼岕,应该算是一个方言词吧,老乡说这个字发“卡”音，我猜想，也就是小山谷的意思吧。手头没有工具书，方便的话也请你帮我一并查阅。

至于这个地方何以茶事如此之盛，大约总是与山形及太湖水有关的吧，我所知仅为皮毛，此事你可访你爷爷，他才是这方面的真正专家。长兴是茶圣陆羽久居之地，你家世代事茶，想必是知道的。陆羽为湖北天门人氏，安史之乱后来浙江，他对浙江的经济也是有贡献的。因为陆羽在长兴，故而有了推荐顾渚紫笋茶给皇家的可能。又因唐大历五年紫笋茶被定为贡茶，才有许多官员包括杨汉、杜牧等人有关茶事的摩崖石刻。这些珍贵的石刻此次被我发现，高兴的心情，不知道用什么才可以传递。我觉得，无论搞经济研究还是治史，都离不开实事求是，而实事求是的精神之一就是说话立论要有证据。这批摩崖石刻与唐代贡茶关系密切，是研究古代浙江经济的重要史料。我不知道在我之前有没有别人发现和利用过这批石刻的史料，但就我个人而言，这次摩崖石刻的发现，无疑是为我提供了一个为党为人民继续工作的机会。

想必你已经知道我的大女儿白夜在南浔工作，这次她专门带着照相机过来，利用星期天来此山中帮我拍摄，现在，照片已冲洗印好，还算清楚。我让白夜与信一并送来。当然，你若有可能来顾渚实地考察，那是再好没有的事情。

顾渚茶如今已经没有了一千多年前的盛况，我想给你寄点来，请你爷爷和姑婆尝一尝。但是茶事的情况你不应该比我知道得少，真正好茶，都作为出口物资换取外汇了。白夜带了半信封，说是让你们尝一尝。我们已经好几年没见面了，我目前的状态，过多地与她接触是不利的，她不是还年轻吗？她应该有更通畅的生活。这次我们在明月峡间谈了很久，我还是有点为她担心。你们都是同龄人，在可能的情况下，帮助她，与她共同进步吧。

这封信写得长了，就此打住，问你爷爷和姑婆好，听说小布朗已经从云南回来了，也向他问好。我不知道今年有没有可能回到

学校重新工作,想念杭州的一切。即颂

夏祺

杨真　1966 年 5 月 28 日

这是一封多么好的信,杭得茶心急慌忙地想,一定要好好地从头再读几遍。然而,即便信写得那么好,那么情真意切,得茶还是没有心思立刻再读。他手忙脚乱头不敢抬,便只好抓起那叠照片来看。

照片的每一张背面都有解说,一看就是白夜的字迹。得茶说不上来这是什么原因,反正他觉得白夜的字就应该是这样的——女人的字。得茶喜出望外的神情显然带动了站在一旁的白夜,她指着照片告诉得茶,这里共有八张,分三组,其中金山外岗村白羊山那一组,就有唐代诗人杜牧的题字:"……刺史樊川杜牧,奉贡(茶)事　春"。

白夜说:"我查了一下史料,这一组石刻时间跨度是七十多年,正是顾渚紫笋茶作贡的盛期,最高年贡额是一万八千四百斤。"

"这里讲的唐兴元甲子年——"得茶疑问。

白夜立刻接口:"公元 784 年——"得茶还没有点完头,白夜又继续解释,"唐兴元甲子年是袁高的题词……您看——大唐州刺史臣袁高,奉诏修贡茶……赋茶山诗……岁在三春十日。接下去这一张是贞元八年于頔的题字——贞元八年就是公元 792 年——肯定不会错,这些年代,我都已经查过了。"

另外两组石刻,一组在悬臼岕霸王潭,另一组在斫射岕老鸦窝。白夜指着那些落款,说:"这个杨汉公,做过湖州刺史,为了推迟贡茶时间,还给皇帝上过奏折,皇帝也还真的批了,也就是说,得到了诏从。那是为老百姓说话,不容易。还有这个张文规,写过著名的茶诗,你记得吗?"

得茶吃了一惊,说实话他的功夫还没有到这一步。白夜并不让他尴尬下去,旋即背道:“牡丹花笑金钿动,传奏吴兴紫笋来。”

得荼看了看白夜,这才算是他第一次正面看她,他说:“没想到你对茶也有兴趣。”

她站了起来,两只手撑住了桌面,上身朝得荼倾斜,她的脸离得荼的脸很近,缓慢地闭了一下眼睛,摇着头,仿佛很认真,仿佛在撒娇,仿佛因为什么而陶醉了,又仿佛对什么都不在乎了,一股从昨夜挟裹而来的男欢女爱的强烈的气息就扑面喷出,得荼便看到了她着碎花衣裙的胸部——松开两粒衣扣而不是一粒的胸部。她的略黄的浓发盘在头上,被阳光照出了一圈光环。

她突然呈现出与刚才完全不一样的风貌,用一种仿佛有些做作的声气回答:“我对什么都有兴趣。”

这些话和动作,可都是当着吴坤的面的。得荼看到了她的眼睛,他被她目光中的神色吓出了冷汗,手指甲叩在桌上,发出了轻微的嗒嗒嗒的响声。他发窘地说不出一句话来,突然想起了那个“尜”字,立刻就去翻书,一边翻辞典一边说:“那个尜字,你父亲还等着要呢。”

他听到了她的笑声,略带沙哑,很响亮。她说:“不用翻,辞典里没有这个字。”

得荼困惑地看着她,她又说:“两峰相阻,介就夷旷者人呼为尜,你要出处吗?”

得荼怔着,看看吴坤,吴坤一边翻抽屉,一边得意地朝他笑。白夜也笑了,对他说:“吴坤,你看,杭得荼他脸红了!”

吴坤关上抽屉,有些发窘地说:“白夜,你别吓唬得荼,他还没有女朋友呢。”说完这句话,拿着手里的一叠证明,朝得荼挤挤眼睛:“得荼你别怕她,她这是外强中干,你们谈,我去系里跑一趟,很快就回来。”

杭得荼见吴坤走了,呼吸都紧张起来。想了想站起来也要走,找了个借口说："还有那个姚伯道……你爸爸也要他的资料，我去找找，你坐一会儿，失陪。"他走到门口，想想有点不礼貌，才又加了一句："祝你们幸福。"

对方没有一点声音。他鼓起勇气，再看了一眼，怔住了，一个准备结婚的女人是不应该有这样的神情的，她让他走不成。

她说："吴坤到系里去开结婚证明了。"

"你们会很好的。"他语无伦次地回答。

"请你帮助我一件事情，"她严肃地说，"我请你陪我等他回来。"

他想说，他上午要出去，他要办的一件家事，也和婚姻有关。但是看着她严肃的神情，他却摊摊手说："这太容易了。"

她脸上就露出了欣慰的表情，缓慢地闭了一下眼睛，头往后微微仰去，仿佛因为感激而陶醉。她的这个神情，往往在她想要特别强调什么的时候，重复出现，就像电影中那些重复播放的经典镜头，永远地刻在了杭得茶年轻的心里。

他还记住了她的许多可以反复回味的表情和话语，比如她用纯正的普通话、用她那略带沙哑的女中音说："我知道你会陪我的，我从我父亲那里已经深刻地了解了你。"

她的单刀直入般的话实在让得茶吃惊。但白夜懂得用什么样的方式为他压惊。她说："看见了吗，我有茶，顾渚紫笋茶。"

"你有顾渚紫笋茶！"杭得茶终于可以为茶而欢呼，但他的脸更红了，他觉得自己的欢呼很做作。

她没有呼应他的欢呼，却从身边那只漂亮的小包里取出一只信封，两只手指如兰初绽，轻轻一弹，撑开信封，把手臂伸向得茶，她说："请看，请闻。"但实际上得茶根本没来得及看和闻。他只看到了她的手，他看到她取过来一只茶杯，她说："只有一只茶杯。"

她冲了一杯茶，顾渚茶是长炒青，细弯如眉，略呈紫色，浮在杯面,看上去没有龙井茶那么漂亮。得荼说:“是山中野茶。”

“你喜欢吗?”

“很难搞到这种茶了。”得荼回答,他心里有些乱,羞涩使他两眼不定,东张西望,有失常态。

“你喝,”她把茶杯推到他眼前,“早上我洗干净了,这是你的茶杯。”

“是我的,你喝吧,我们家有茶。”

“我爸爸让你喝的。”她的话有点撒娇,她是一个女人气十足的女人。

邢瓷类银,越瓷类玉,茶汤泡在龙泉梅子青色的杯中,衬托出来的一片野绿色和喷散出来的一片扑鼻香,把得荼四下里不知往哪看的目光定住了。他端起杯子,轻轻地吸了一口,说:“好茶。”

“怎么好?”

“说不出来,也许……是那种不成规矩的香吧。”

她伸出手去,眼睛看着他,拉过得荼刚刚放在桌子上的那只杯子,端到嘴边。她看着他,芳唇一点,含住杯沿,在他的嘴刚才碰过的地方吸了一口,得荼的气就短了起来,他说:“你坐你坐,你喝茶,我看书。”他取过那本昨夜没有心思看的《文物》,翻来翻去,他能感觉到她坐在他对面,慢条斯理地品茶,一会儿看看杯子,一会儿看看他,他的心就又慢慢地平了下去,重新抬起头来,说:“我真的为杨真先生高兴。”

“因为我去看了他吗?”

“你早就应该去看他的。你知道他不敢来看你的原因,是怕他牵连了你,我了解他是一个什么样的人。”

可是他发现白夜根本不和他处在一种状态下说话。她沉浸在自己的泛滥的情感世界里,她几乎可以说是多情地看着他,声音充满着磁性,她问他:“问你一件事情,知道马是怎么变成骆驼的吗?”

她的大眼睛很黑，黑得发蓝，波光粼粼。得荼被搞糊涂了，这到底是怎么一回事啊？女人，正要结婚的女人，这到底是怎么一回事啊？女人却很清醒，缓缓地深沉地说："马，背上驮着太多的东西，它累得连声音都发不出来了，它只能在心里对自己说，我受不了了，我真的受不了了，别再往我身上压东西了。就在这时候，天上飘来了一根羽毛，不偏不倚，就落在了马背上。只听咕隆嗵一声，马背压塌了，马就这样成了骆驼，懂吗？"她朝他挤了挤眼睛，但她挤出了泪水，她接着说："马就这样变成了骆驼。"

"马就这样变成了骆驼。"得荼傻乎乎地重复了一句。

"可是因为这样，它背的东西就更多了，而且还没有水喝。"

她突然被她自己的最后一句话说笑了，就仰着脖子把杯中的茶大大地喝了一口。

杭得荼就这样走近了她，他为她倒了一杯茶。十分的茶，倒得七分，留三分人情在。她对他说谢谢，泪眼汪汪的，不再有刚才那种失态；得荼摇摇头，他看着她时不再害怕了。就这样他以为他是了解她的了，他认为他非常了解她。她孤苦伶仃，无所适从，迷乱彷徨，她在命运的转折点上，寻求最后的一根救命稻草。她是来结婚的，事实上他们已经结婚了，可是她依然不愿意结婚。那么谁是那根羽毛呢？

吴坤好久才从系里回来，满头大汗地骂着人："今天倒是节日，六一儿童节，可是关办公室的大人什么事情？都跑到哪里去了，说是学校有紧急会议，传达中央精神，怎么不早说！这半个月，系里就那么乱糟糟的，找谁谁就不在，还让不让人结婚了？"

杭得荼和白夜都紧张地站了起来，问："证明开出来了吗？"

吴坤这才笑了，扬了扬手里的那只信封，说："没有我干不成的事情！"

那两个刚才留在屋里的青年男女对视了一下，长嘘了一口气，从此他们有了他们的隐私。杭得茶的目光一下子暗了,仿佛他的生命突然地被笼罩了,他说:“对不起,我该走了,我的确是有事,的确是有事。”他边说边退,他的目光,再也不敢望她一眼了。

与得茶同岁、在辈分上高出一代的杭布朗,在与异性交往的过程中,完全呈现出另一种风采。没几句话他就和翁采茶打得火热了。杭得茶一开始甚至为他表叔的过于坦诚没遮没拦的行为感到难为情。比如他们刚刚吃罢了饭,布朗就拉着采茶到门口稻场上。开门见山,山上有茶,茶间有姑娘采茶。布朗见了姑娘,就激情澎湃了,他就对采茶说:“姑娘,唱个歌好吗?”

采茶吃惊而着迷地看着他,问:“唱歌,什么歌?在这里唱?”她觉得不可思议。他的做派与众不同,令人慌乱。

杭布朗不慌不忙地抽出别在身后的箫来,他要高歌一曲,而且真正做到入乡随俗,广播里不是也在播这首曲子吗?

……

溪水清清溪水长
溪水两岸好呀么好风光
哥哥呀上畈下畈勤插秧
妹妹呀东山西山采茶忙
插秧插得喜洋洋
采茶采得心花放
插秧插来密又快
摘得茶来满屋香
多快好省来采茶
好换机器好换钢
……

他到底已经在杭州生活了一段时间了,到底能够听出一个大概意思了。在他想来,这首江南的采茶歌,不就是一首情歌吗?这里面不是有一个插秧的哥哥和一个采茶的妹妹吗?他不知道眼前那么多妹妹中,哪一个是他的。他只是快乐地吹着箫,边吹边在她们对面摇头晃脑。那些姑娘都惊讶地停下手来,手里还拎着一片新叶呢,她们又禁不住窃窃私语,然后掩嘴而笑。天底下的姑娘都是一样的,他们都喜欢勇敢的小伙子,英俊的小伙子,快乐的小伙子。慷慨的杭布朗觉得不能只顾自己出风头,他还得顾及他的表侄杭得荼呢。他就一边吹着箫一边用脚钩着、用肩膀撞着走出门来听他吹箫的杭得荼,想把他也推到前面去。他的举动让采茶的姑娘们大笑起来,被布朗撞得跌跌绊绊的杭得荼面孔都红了起来。

比杭得荼脸更红的当然要数翁采茶。她兴奋地走到门口场地上,和对面山坡上的小姐妹们高声对话,露出那一口结实的白牙。她已经自觉不自觉地表露出这位帅小伙子属于谁的神情。姑娘的心,夏天的云,一顿饭工夫,她已经惟恐小布朗不是她的了。

小布朗听到眼前姑娘的让他几乎听不懂的郊区方言土语,就想起此行重大使命。把洞箫往后腰一插,他飞快进屋,从大舅包里掏出母亲交代过的普洱茶,一手托着一个,又奔到门口的采茶面前,问:“美丽的姑娘,这是给你的,你要吗?”

采茶大吃一惊,她活到二十岁,从没听过人家赞她是“美丽的”,实事求是说,她离“美丽的”毕竟还是有一段差距。但她不懂这个,还以为小布朗第一个发现了她的美。她激动,要哭了,但依旧指着对方手里那两个黑坨子,问:“这是什么?”

得荼用杭州话来做解释,他告诉她,这是他们云南的茶,你要收了它,你就接受了这个小伙子的求婚,你要不同意,不接就是了。

小布朗从他们说话的表情中猜出了意思。仿佛为了表达他的诚意,他上前一步,两手一伸,把两块沱茶直直地展到采茶姑娘的眼皮子底下。

翁采茶万分激动,看看对面山坡,姑娘们又惊又乐,尖叫起来,有人高声问,那小伙子要送她什么?金子吗?不接受看来是万万不行了。她一把抓过那两块沱茶,只听对面山上"哄"的一声,她又羞又乐,就一头扎回房中,把正从屋里出来的小姑娘迎霜撞了一个满怀。她也顾不上解释,飞快冲进闺房,打开梳妆匣,那里藏着一个农村姑娘的乱七八糟的宝贝:玻璃丝、毛线、小镜子、明星剧照,现在加上了那两块沱茶。迎霜走了进来,手里举着一张两寸照片,问:"采茶姐姐,这个解放军叔叔是你认识的吗?"

原来刚才她们撞了一下,采茶藏在胸口的那张照片掉了出来,正好让迎霜捡了。此刻,翁采茶陌生地盯着那张照片,想,那是谁啊,跟我有什么关系啊!我可不认识他。她摇摇头,迎霜说:"不管是谁的,扔在地上让人家踩,多不礼貌啊。"她就放进自己的小口袋里去了。

布朗放下了箫,愉快地看着茶山,说:"工作实在难找,那我到这里来采茶也行啊。"

"这么快就决定了?"得荼到底还是有点吃惊。

小布朗却很认真地想了想,说:"没有一个姑娘是不好的,我喜欢她们每一个人。"

得荼想说,这是不对的,这说明你不爱她。可是他没有说,他再一次想起了那个叫白夜的女人。他想,她现在已经是别人的妻子了。他不能就此进行深入的探讨,他知道,这些青年男女们,都在做一些超越爱情的事情。比如他们今天一天的努力,就是要小布朗喜欢上杭州。因为要他喜欢杭州,才给他一个杭州郊区的姑娘。眼前再一次闪现出另一个姑娘的长长的脖子,还有关于马与骆驼的故事。这是一些多么本末倒置的事情啊,而我,竟然也参与在其中了。

那天夜里,天已完全黑了,八点多钟,他们才疲倦而轻松地回到羊坝头。叶子慌慌张张地来开门，说："得放等了你们好几个钟头了。"

一听说堂弟来了，得荼赶紧往厨房里走，奶奶却说他在屋里听广播呢。

得放在客堂间，趴在桌上，盯着正在播新闻的收音机。他是个浓眉大眼的少年，眉间一痣，被皱起的双眉挤得鼓了出来。见了得荼，也不站起来，却问："荼哥，什么叫牛鬼蛇神？"

得荼一边咕噜咕噜喝水，一边回答："鲸去鳌掷，牛鬼蛇神，不足为其虚幻荒诞也。从出典看，所谓牛鬼蛇神一词，乃是杜牧用来歌颂李贺诗歌的瑰丽奇想的，不妨说是一种浪漫气息的比喻吧。"

"错了，牛鬼蛇神，泛指妖魔鬼怪，也就是形形色色的……你看看这个吧。"得放递过来一张报纸，是《人民日报》，头版头条大字标题——《横扫一切牛鬼蛇神》。

得荼根本来不及看报纸，他已经被收音机里那个无比振奋的声音吸引住了：

> ……革命的根本问题是政权问题。……有了政权，就有了一切，没有政权，就丧失一切。因此，无产阶级在夺取政权之后，无论有着怎样千头万绪的事，都永远不要忘记政权，不要忘记方向，不要失掉中心……

得放看得荼开始认真听，连忙把音量调到最高处，嘉和正在洗脸，听到收音机里的大声音，拎着毛巾进来，眯着眼问："怎么啦？"

"爷爷你好好听听，我要回学校去了。"得荼拿起报纸就走，得放说："我跟你一起去，我跟你一起去！"

嘉和茫然地跟着两个孙子走到天井，收音机的声音也一起跟着响到了天井：

> ……一个无产阶级文化大革命的高潮，正在占世界人口四分

之一的社会主义中国兴起……

杭得荼正忙着推自行车,布朗从厕所里出来,一边系着裤子,一边拉住车后座:"说话不算数,讲好了今天夜里陪我谈天的。"

天井里没有灯,屋里光线射出来,只衬出得荼眼镜片上的闪闪反光。他说:"文化大革命开始了。"

"开始了!"堂弟得放跟着强调了一句,跳上了自行车的后座,转眼不见了。后面跟着手握锅铲的叶子,她心急慌忙地轻声喊着:"什么要紧事情,饭也不晓得吃了,布朗你快给他们送几个茶叶蛋去。"

布朗捧着几个茶叶蛋冲到门口,路灯下哪里还有这对兄弟的影子,倒是有一对老棋枪正在灯下酣战。初夏的夜晚,行人们大多到西湖边去了。月儿弯弯照九州,几家欢乐几家愁,布朗想起了白天的故事,幽黑的夜里,他有些记不清那姑娘的容颜了。布朗慢慢地走到路灯下的棋盘前,蹲了下来。文化大革命开始了吗?他想,开始就开始吧。

第 四 章

然后,夏天到了。那是一个人物和事件纷至沓来的夏天,一个陌生女子的修长的腿一脚踢开杭得荼屋门的夏天。

非常苗条的姑娘,身材可用“极好”来形容。头戴军帽,双肩消瘦,黄军装上扎皮带,胸部刻意挺起,连带眉眼五官都竖拔起来。黄毛丫头,文静而暴烈,如中国传统武侠小说中某些乖戾的武林女高手。个把月来的暴风骤雨,人们对此一族已刮目相看。不用提示,这些人很快就知道了腿的诸多用处——除了跳舞,踢球,跑步,行走,腿还可以这样发挥功能啊——像一根雨后的春笋,“嗖”的一声,弹开了杭得荼书香小屋的木门。

她身后保镖似的站着一个身材适中的少年,浓眉大眼,眉间一痣,略呈红色,鼻梁高挺,他也穿着一身旧军装,指着得荼,却对姑娘说:“就是他。”

这样的见面依然使得荼别扭,多年来,在爷爷熏陶下,他已经成为一个在生活习性上非常注意细节的人,他勉强克制着自己,说:“得放,你们找错人了吧。”

“没错,她要找的人就住在这里。”杭得放强调说。

这些天,杭得荼已经这样接待过好几批人了,他们都是来找吴坤的,说是革命战友。吴坤也真是出人意料之外,他本是上街买喜糖去的,还借了得荼的自行车,谁知就着了魔似的,跟着一群人进入了省委大院。那群人乱哄哄,吴坤看他们公说公婆说婆的,忍不住出来协调了几句,这就被他们抓住不放了,非要他加入核心小组不可。吴坤拎着一包喜糖说:“不行不行,我还得回去结婚呢。”一个家伙就叫:“先革命吧,革命完了我们给你举行盛大的婚礼!”吴坤又叫:“我的自行车还是借来的!”那群人哪里还容他说更多的,一把把他推进了人群。他只好把钥匙扔给一个他认都不认识的人,然后说:“骑上我的自行车,把我的喜糖带回去,告诉新娘子,一会儿我就回来。”这乃是他对这场即将举行的婚礼所说的最后一句话。

两天以后白夜也没有等到她的新郎,皇帝不急急死太监,得茶去找了吴坤好几次,没有一次找到的。第三天白夜就准备走了,和得茶告别时倒蛮正常,好像婚没结成,她却更轻松了。杭得茶问她,要不要他带着她再去找一次新郎,白夜摇摇头笑说:“提这样的问题,说明你太不了解此人了。”她把他叫做“此人”,用词中已见轻慢。得茶连忙说:“你别生他的气,要知道他有多爱你,他是为你才到南方来的。”

白夜用一种奇怪的神情看着他,说:“不完全是吧。”见得茶那老实的样子,想了想才说,“你不知道,他在北方处境并不好。他原来是翦伯赞历史学派的后起之秀,这一派受批后他就跟着倒霉了。他要不是分到这里来,这场运动,也会够他受的。”

得茶简直可以说是大吃一惊。在他的心目中,说吴坤是反历史学派的青年健将还差不多。他那副受到强烈刺激的神情,一定也让白夜吃惊了,她笑笑说:“新娘子揭新郎的老底,你不会给他贴大字报吧。”

得茶这才醒过来,见她一定要走,想送送她,她又摇头:“千万别送,我会爱上你的,我可是个大情种。”

“别用这种口气跟我说话!”他突然说,看上去他真是有点生气了。白夜仿佛无动于衷地笑笑,不再说话。得茶推着自行车,还是把白夜送到了汽车站。直到快上车的时候,一路无话的白夜才问:

“生气了?”

得荼脸红了,他能够感觉出来,因为耳朵烫得厉害。他说:“我没生气,你不用对我也那样,那样是很痛苦的。”

她一下子睁大了眼睛,她的面容发生了奇特的变化,另一种严肃的神情从玩世不恭的表象中渗透出来了。

她的样子让得荼不安起来,他拉着她的行李包,说还是回去吧,他一定负责把吴坤给找回来。姑娘却使劲地摇摇头,抽泣了一会儿,再次抬起头来时,目光里都是焦虑。她说她想早一点赶回去看看父亲,这场革命到底怎么回事,谁也摸不清,还是先回单位再说。

“可你为什么嫁给他呢?”杭得荼终于问。

她摊开了手,近乎于惨然一笑,说:“因为牵骆驼的人只有他。”

她再也没有用曾经让他出冷汗的那种目光看他,她是低着头和他分手的,甚至没有和他握一握手。

白夜走后差不多一个星期,吴坤才从外面回来。他几乎变成另一个人了,到校务处去领了纸墨毛笔来,把他和得荼原来视为书斋的宿舍弄得硝烟弥漫。得荼进门,见桌上床间,到处墨迹斑斑,就指着吴坤摇头,说:“你啊,操之过急了。”吴坤一边对不起对不起地收拾东西,一边说,正等着他杭得荼回来,道一声告别呢。得荼说:“好嘛,学校分房子让你结婚,你倒想用房子当起造反总部来了!”吴坤听出得荼的弦外之音,却也不反驳,只是笑指他的额头,说:“妇人之见,妇人之见。”他倒也不劝得荼加入他的行动,反而问他,最近又有什么收获。得荼这才兴奋起来,说发现一把大盘肠壶,从前吴山顶上茶馆中用的。吴坤听到这里,叹了一口气,说:“你倒还有心做学问,我想写的《秦桧论》,现在也只有搁一搁了。”

吴坤研究宋史,到抗金那一段,学问反着做,不从岳飞处下手,却从秦桧这个人物来解剖,得荼原来是很佩服的。他说这就从一种乡愿式的非学术态度中解放出来,以历史主义的严肃态度进入史实了。吴坤所以要把秦桧从道德层面的声讨中剥离出来,摆到南宋初年的大时代背景下深究其行动的社会动因,得荼也是极为赞赏的。个人品行与大时代间的关系,他们过去也时有争论。他们私下里讨论的东西,和吴坤发表在杂志上的不少论文,往往大相径庭。渐渐地,得荼就以为吴坤起码在学问上是心口不一的了。所以他现在即便长叹一声,得荼也不怎么当真。他只是劝他别忙着革命,连结婚都忘记了。吴坤正要走,听了此言,开玩笑似的说:"你看你,白夜已经回湖州了,你比我们还急呢。"得荼听了,张口结舌,一句话也说不出来了。

果然,吴坤搬走之后,就听得到他的惊天动地的响声,静坐啊,点名啊,通报啊,致电啊,果然,婚也顾不上"结"了,人也见不着踪影了。"文化革命"工作组进驻院校之后,运动有人领导,吴坤他们一行人就显得犹如另类,仿佛无政府主义者一般的了。个把月过去,朝令夕改,工作组突然又被撤回去了,说是执行了一条资产阶级反动路线,吴坤这一派大获全胜,潇潇洒洒杀了回来,在学校里冲杀了一阵,又搬出去和别的造反派联合造反。这其间他倒是回来过一次。这一次得荼再劝他冷静一些,他就不像第一次那么客气了。他说:"我本来还想劝你和我一起干呢,没想你到底还是采取保守主义立场。"

"你没说我保皇派,算是客气了吧。"得荼笑笑说,他还是不愿意因为观点问题破坏他们之间的友谊。吴坤也笑了,说:"因为单纯轻信而受蒙蔽,历史上不乏其人。"

"这话难道不是应该由我来说给你听的吗?"得荼说。两个青年人,仿佛半开玩笑,其实是越来越当真的了。

吴坤愣了一下,突然神色一变,笑了起来,从口袋中取出一封信说:“好了好了,暂时休战,给你。”

得荼打开一看,却是当年徽商开茶庄时的茶票,这可是宝贝,坊间已见不着这些东西了。得荼大为高兴,一边小心地对着天光看品相,一边笑着说:“你还没忘记为那个未来的博物馆收集实物啊,这可都是四旧。”

“家里人一从安徽寄来,我就立刻转给你。放在我手里,可说不定什么时候就把它破掉了。”

得荼盯着那张茶票,爱不释手地看,他像是已经被这张茶票吸引似的忘记了他们刚才的争论,实际上完全不是这样。他们两个智商相埒,且都是生性敏感之人,在这方面,得荼一点也不比吴坤逊色。只是得荼常常内化为理解,而吴坤则往往外化为多疑,又往往不能控制他的多疑,你从他的脸上总能看到那猜疑的蛛丝马迹。正因为如此,得荼不相信吴坤和得放他们一样不假思索就一头扎进运动。恰恰相反,吴坤在许多方面甚至比他更为深思熟虑,难道他真的以为在 1966 年的夏天之前,中国已经有了一个足以颠覆党中央毛主席的资产阶级司令部吗?

见他拿了几件换洗衣服要走,得荼从抽屉里拿出那个相夹,白夜仰着脖子在玻璃后面向他们微笑。他吸了口气,说:“物归原主,拿去。”

这一次吴坤没有像上次那样随意,他英气焕发的脸灰暗下去,接过相夹说:“到现在还没把事情办了,倒把白夜给气走了,真是罪该万死。”

“跑一趟接回来就是了嘛,别再耽误了,自己的事情也是事情,何况还是终身大事。”这话把吴坤说感动了,相片夹重新放到桌上,回答说:“我是真走不开,特别是现在,每天都有可能发生不可预测的事情,大家眼睛都瞪着我。你别看我在你这里不算个什么,我在他们那里就是一个精神支柱,说实话,我哪怕想隐退,也不能在这个时候,再说我就是去了湖州,白夜也未必肯跟我来,她生我的气。这些天我打了多少电话她也不理我。你别看她笑得那么甜,她骨子里就是不肯妥协,我有时候真是觉得自己迷上了一个反革命。这样吧,你就帮我跑一趟,她一个人在湖州我实在不放心。拜托了。"

得茶连连摇手,他可没想到吴坤会来这一招,他心里一惊,口吃起来,这怎么行这怎么行地拒绝着,他说他的新娘子应该让他自己来安排,吴坤却一边看表一边作揖一边强调地说:"拜托拜托,如果连你我也靠不住,我还靠谁去!"

得茶说:"真是岂有此理,那可是你的新娘子!"吴坤摊开手说:"拿来,茶票!"得茶一愣,吴坤哈哈大笑,拍着他的肩膀说:"帮帮忙吧。也不是我真没有时间,问题是她现在生我的气,我去了反而带不回来,这个女人,我看出来了,对你倒还算客气,哎,帮帮忙吧。"

他走后,得茶才发现桌上那个相片夹又被吴坤留下了。她看着他,有一种受难的圣洁感,还有点无可奈何,仿佛说:你们到底想把我怎么处置啊?得茶就用自己那只大薄掌,把相片夹遮了起来。

眼下这个姑娘显然也是吴坤的同道,却不知中学生杭得放怎么跟她搞到了一块。他只得重申,吴坤已经不在这里住了,你们到你们的造反总部去找他。姑娘也不搭腔,两手叉腰,像是插了两翼翅膀,双脚呈八字形,在方寸之地来回走动,戴着军帽的小脑袋昂首朝天,审视周围,像是高级将领决策大战之前在大地图面前的运筹帷幄。杭得放用完全崇拜的目光看着来回走来走去的女中豪杰,说:"她们是女中'全无敌'战斗队的。"

"什么?"得茶真的没听明白。

"要扫除一切害人虫全无敌的'全无敌'!"姑娘说。

和她的奇大无比的口气刚刚相反,她的声音喑哑,仿佛被囚禁在嗓子眼里，难见天日。听见这样的声音你有一种婉约派词家的遐想。当然你不能看她，一看就是一个悖论。现在她终于伸出了手来："我叫赵争争，注意，不是珍宝的珍，是斗争的争。你就是杭得荼？我见过你，我上小学的时候，那时你和现在很不一样。你那时还没戴眼镜，你给我们全市优秀少先队员做报告：做共产主义的接班人。我那时候很崇拜你，不像现在。贵校已经有人和我们联合去北京串联，取革命火种，吴坤去了，你为什么不去？我们已经核查过你的烈士家庭出身，你不革命谁革命？同志，我可以叫你一声战友吗？两个司令部的斗争已经开始了，横扫一切牛鬼蛇神的暴风骤雨已经到来，国际悲歌歌一曲，狂飙为我从天落。我们的身上都有红色的印记，我们是天生的红色接班人。老子英雄儿好汉，老子反动儿混蛋，基本如此。参加我们的战斗队吧，我们虽然受到了资产阶级反动路线的迫害和压制，但我们不怕，有毛主席给我们撑腰，我们刀山敢上，火海敢闯——没事没事，我口不渴，我们已经百炼成钢了。"最后一句话是对给她递上水来的得放说的。得荼不满地看着得放，他竟然把他已经喝过的茶杯递了上去。他想说那样不卫生，但已经晚矣，她还是口渴了。

趁她喝水，杭得荼打断了她的滔滔不绝，问："请问你到底要我干什么？"

女中学生赵争争瞪着眼看了他半天，红红一对薄唇奇怪地颤动："干什么？除了干革命，还能干什么？"

这个嗓子幽幽的少女好像天外来客，她的言行举止，她的豪情壮志，不知道是从哪一个世界搬来的，得荼有一种他们正在彩排什么的感觉。赵争争很漂亮，有一种刻薄美，言行举止，一板一眼，像个正在无意识表演的演员。得荼把目光转向了得放，他实在不明白，堂弟为什么要把这个"全无敌"带到这里来。

赵争争本来是代表女中红卫兵来找吴坤，想成立一个两校联合的革命联络站的。吴坤不在，正巧在大学门口碰到了杭得放——一年前他们在团市委组织的夏令营活动上认识的，得放就自告奋勇带她过来。

得茶的回答令他们失望，他说："这事我不能答应你们。我们是大学，你们是中学，不是一个系统。再说，我们的认识也不尽相同，至少我不同意血统论。赵争争同志，你有事情，可以找我们的学校领导——"

这个正常的回答反而使赵争争小将感到了反常，她摊摊手，问杭得放："怎么回事，他们竟然还有领导！"

得茶说："还没人下令撤了他们。"

赵争争叫了起来："迟早要撤！"

"那就等撤了再说。"他边说边开始整理东西，作为下逐客令的表示。

两个中学生呆呆地看着这个大学助教，赵争争突然冷静，恢复刚才不可一世之傲气："联络站的事情，也不是想成立就可以成立的，还要审批，还得看看够不够格。你这里封资修的东西也不少啊。这里，这里，这里，这是谁？"

她指着桌上夹着白夜的相片夹子。得茶终于不耐烦了，说："你去问吴坤吧，是他放在这里的。"

得放为难地看看赵争争，不知道怎么解释好，说："要不先到别处看一看？"

赵争争想了一想，爽快地答应了，说："杭得茶同志，我们过几天再来拜访，有不同的观点，我们也可以辩论，真理越辩越明嘛！"

"我也还有点事情，要和我哥哥商量。"得放为难地对赵争争说。赵争争打量了他一下，突然一拍他的肩膀，说："行啊，小不点儿，商量去吧。"

看着她迈着那仿佛经过训练的矫健步伐扬长而去的背影，杭得放发了一会儿愣,突然抓住杭得茶的手臂,叫出声来:“去北京见毛主席,他们没有选我!”

他的一向自信的大眼睛里,此刻,流露出了从未有过的神情——这是哥哥杭得茶没有看见过的被嫌弃的人的深刻的恐惧。

杭得放与杭得茶,犹如白堤与苏堤,是杭氏家族中的“湖上双璧”。这位杭州重点中学的高一男生,无论从哪一个方面而言,都可与他的堂哥杭得茶相映生辉。杭得茶,杭得放,一个烈士子弟,一个学者后裔;一个大学毕业留校,一个初中毕业保送;一个前途无量,一个后生可畏。这个年方十七的杭家后人,雄心勃勃,目标明确,在内心世界与众不同的同时,外表也长得与众不同。他的容颜是吸收了父母身上的优点的:一个杭汉般的大额头与一双黄蕉风热带丛林中马来人种特有的深陷的大眼睛。他的鼻梁却是承继了奶奶叶子的——日本女人特有的那种秀气挺拔的、略带些鹰爪形的鼻梁。他的脖颈和脊梁也和他的鼻梁一样挺拔,眉心奇特的一痣使他走到哪里都众目睽睽。他长得并不高大,在瘦削略高的杭家人中,他只能算是个中等个子,但看上去他甚至比那个酷似爷爷嘉和的得茶还要高。得茶虽然才二十几岁,可是他的背却已经略略地弯下来了。得放不一样,他从来就是一只雄赳赳气昂昂的小公鸡。他走到哪里,就把他的声音和形象带到哪里。他走后,人们就会相互打听:这孩子是谁?长大后可不得了!

在学习兴趣上,得放和他的哥哥一样,更喜欢文史哲。也许受着父亲杭汉的影响,得放也热爱自然与生物。他还正处在少年跨向青年的门槛上,但他那不得了的架势已显端倪。在这个年龄段上,他已经熟读了《可爱的中国》《钢铁战士》《星火燎原》《牛虻》《斯巴达克思》《钢铁是怎样炼成的》等文学作品,还不止一遍地看过由小说改编的电影《保尔·柯察金》。强烈的成就欲和教育所带来的革命欲搭配在一起,把他培育成六十年代中期的典型的中学生。

高一第一次活动课上,他走上讲台,高声地朗诵保尔・柯察金的名言:人最宝贵的是生命,生命属于人只有一次,一个人的一生应该是这样度过的,当他回首往事的时候……

第二天,全年级的女生中就传开了一个消息,学校诞生了一个保尔・柯察金式的人物。得放不动声色地听到了这一传闻,继续不动声色地回到家中,锁上卧室之门,便在镜子前摆出种种角度,越看自己越像保尔・柯察金。再继续往镜中人看,竟然又被他看出了《牛虻》中的亚瑟,《绞刑架下的报告》中的伏契克以及《斯巴达克思》中的斯巴达克思……如果他继续那么把自己凝视下去,谁知还会不会把自己看成一个青年马克思。幸亏他终于不能再在镜前自恃,一个跟头翻到了床上,竖蜻蜓打虎跳,直到门外的人听到屋里轰然一声——原来床被他生生地折腾塌方。他顶着一头灰尘从卧室中出来的时候,他的爷爷嘉平有些不认识他了:他的孙子有一种电影里要上刑场的仁人志士的伟大庄严的表情。

杭得放一直住在爷爷那宽敞的院子中,由会画画的华侨奶奶、骄傲的黄娜哺育成长。父亲本来就住在郊外云栖茶科所,一个星期才回来一次,后来又出了国,两年多没见人影了。母亲黄蕉风和婆婆一起住羊坝头。她这个人心宽体胖,无心无事,儿女像朋友一般地对待,想起来了看一看,有时候一个星期也不照个面,所以得放不觉得母亲是可以谈心的对象。他和爷爷奶奶倒是能说上一些什么的,但华侨奶奶比较资产阶级,得放便只和她谈生活和学业,不和她谈思想。后来奶奶出国去了,他连生活和学业也无须再与人谈,只与爷爷谈谈思想便可。在家族中,少年得放目前崇拜的对象也只有两个——他的爷爷杭嘉平、他的堂哥杭得荼。

高中才上了一个星期的课,杭得放就已经看清了形势,摸清了底牌:一个班的佼佼者中,被重点培养的对象亦不过三人。其一为一高干子弟,其二为一工人子弟,其三便是他杭得放。之所以如此排坐次,并非他杭得放谦虚谨慎、不骄不躁。少年杭得放,聪明过人,心高气傲,但头脑清醒。他明白,论真才实学,他是当仁不让可以排第一的,可是论出身,他能排上第三也就相当不错了。

他曾经像一个大男人一样地分析过自己:是的,他有一个民主党派政协委员的爷爷,一个具有全部日本血统的家庭妇女奶奶和一个具有一半日本血统的茶学专家父亲,还有一个华侨画家的继奶奶以及一个教师母亲。说句夸张一点的话,他的家就够得上组织一个联合国了。当然,还有另一种成分的排列法,比如太爷爷是一名辛亥革命老人,爷爷是一位爱国人士,父亲是一名抗日英雄,母亲是一个归国华侨,旁及大家族,又有革命烈士数人。但是,和那排第一的女高干子弟董渡江和排第二的工人子弟孙华正相比,他不得不感到心虚,不得不显出底气不足。他那颗敏感的心灵,总弥漫着一层说不出来的危机的阴影。尽管从小学到高中,每到关键时刻,他都没有落下。挂红领巾、当大队长、升重点中学。但入团,他小小年纪,就有危如累卵之感。他能从人们的信任的目光之中,发现某一种尚未言说出来的困惑。

这正是杭家后人杭得放和他的祖父杭嘉平看似相像实质大不一样的原因。一句话,如果嘉平是希腊,那么得放就是罗马。

如果他们看上去都是那样的与众不同,那么,青年杭嘉平的所有努力,在于从那个整体秩序中厮杀出去,以个体的形象冲击社会,以对旧有制度的拒不认可为最高原则,以盗火者为最高使命,以叛逆者为最高荣誉。少年杭得放的所有努力却恰恰相反。他渴望参与集体并打入集体的核心,他是以顺从为手段,以认可为目标的。在他的少年血液里流淌着两种成分:一是热爱,热爱党,热爱人民,热爱祖国,热爱一切教我们去热爱的事物;二是斗争,斗争帝修反,斗争地富反坏右,斗争封资修,斗争一切教我们去斗争的。热爱加斗争,等于革命。而革命是不用论证的。最远大的终极的东西,是人家早已为我们考虑好的,就像我们一生出来就有父母一样,我们呱呱落地,扑通一声,顺理成章地就掉在那只金光灿灿的思想的托盘上了。

所以少年杭得放的真正痛苦,不是叛逆的痛苦,而是认同的痛苦。没有人知道,他的少年早熟的心灵总是绷着一根弦,他担心,恐惧,搅得内心世界惶恐不安。从上中学开始,他就迅速地发现了什么叫阵营,什么叫人以类聚物以群分。在任何地方都存在着左、中、右,在少男少女组成的班级中也分成干部子弟、一般人子弟和出身不好者子弟。他怀着一种近乎地下工作者的警觉,每一次都成功地打入左派,但每一次他都疑惑着,都以为别人暗暗地把他划在中间。他恐惧着那种中间的感觉,就像他以为小业主比资本家还差劲,中农比地主还可疑一样,他觉得中间比两边都平庸,而且更危险,甚至更不安全。他形容不出来落在中间的那种上不上下不下的悬置感有多么可怕。那时他已经知道希腊寓言中的达摩克利斯之剑了,他觉得,“中间”就是一把随时会落到头上的达摩克利斯之剑。

为了避免落入“中间”这个深不可测的陷阱,他自己努力地在任何地方都出类拔萃。考上高一的那一年,他没有和任何人商量就写了入党申请书。这份申请书他只给几乎混沌未开的妹妹迎霜看过。妹妹是他的崇拜者,她也非常努力,可惜能力有限,从上幼儿园开始就是个中间人物。她无限敬仰地看着哥哥,向他取经说:“有什么办法才能做到像你那样的进步呢?我的学习成绩,在班里已经进入前十名,但他们还是不给我评优秀少先队员。”

得放一边仔细地叠着申请书,放到贴胸的口袋,一边语重心长地教导妹妹:“这就说明你做得还不够。像我们这样的人,只能够争第一，第二就不行，一定要第一——除了加加林，谁能记住那第二个登上了月球的人。”

迎霜吃惊地看着哥哥，然后把这段话记在她的小本本上。她是个十分认真的糊涂姑娘，严肃而又轻信，每天晚上都用铅笔记录各种各样的人生格言。在有一段人人都吃不饱饭的日子里的一个晚上，她坐在床头，突然哭了起来。奶奶黄娜走到她身边，问她是不是饿了。她泪眼汪汪地看着奶奶，说她害怕美帝国主义。原来学校白天刚刚宣传了国际形势，说美蒋特务可能要反攻大陆，美帝国主义的飞机常常飞到中国来。迎霜越想越害怕，万一美帝国主义的飞机扔原子弹的时候，她却偏偏睡着了、被炸死了怎么办？

黄娜听了哭笑不得，就把她抱到自己的被窝里来，搂着她睡。就在她快要睡着的一刹那，突然又惊慌失措地醒了过来，疑惑地盯着奶奶，问："奶奶，如果你是美蒋特务，你一定要告诉我，我带你上公安局去，坦白从宽，抗拒从严。"

黄娜很吃惊，她不明白为什么七八岁的孩子会生出这样奇怪的念头。迎霜却一本正经地说："你不是要到帝国主义那里去吗？"

那是指黄娜出国探亲的事情。说这话不久，奶奶黄娜就真的去英国。大人们花了很长时间，才让她懂得什么是探亲，什么是到帝国主义那里去。在哥哥得放眼里，她是一个因为缺乏洞察力而犹犹豫豫的头脑一般的姑娘，于是他开导妹妹："像我们这样的人，如果不能做到第一，那么就有可能做最后一个了，明白吗？"

迎霜不明白，她继承了母亲性格单纯的那一面，生来不要强，也没有危机感。因此得放便叹了一口气，并想到了他们的父亲。他知道，父亲很好，但父亲的面目总是不清，你不知道他到底是站在左边的还是站在中间的。有的时候，你甚至以为他已经跌入了右边。父亲出国援非之前有过一次惊天动地的政审，那一次，刚刚上初中的得放，甚至以为父亲要像那个小叔方越一样，成为右派呢。

杭得放来自心灵深处的恐惧,可以用一句话做出结论:因为家庭出身的暧昧,他认为他自己的革命思想也是生来暧昧的。在现有的社会秩序里,他实在是拿他的这个“家庭出身”没办法。然而,现在一切都变了,砸烂旧世界,建立一个红彤彤的新世界,给了他个人一个重生的机会。在这个机会中,他有望成为一个彻底的革命者,一个革命的第一号种子选手!

但他依旧担忧,惟恐自己落后于革命了,因此这个对政治实际一窍不通的大孩子,成为一个有高度政治敏感性的人物。否则他不会为了一篇社论花几小时等着他的堂哥。6 月 1 日运动正式开始的那天夜里,他是在得荼的宿舍度过的,可说彻夜不眠。当时还与得荼同室的吴坤对形势也有着巨大的关注,这种热情甚至已经超过了他多年来对爱情的穷追猛打的热情。他把他的新娘子扔在一边,自己则一口气拿出一叠报纸:《资产阶级立场必须彻底批判》《在真理面前人人平等是修正主义的反党口号》《揭穿用学术讨论掩盖政治斗争的大阴谋》《揭露吴晗的反革命真面目——吴晗家乡义乌县吴店公社调查材料》,等等。实际上杭得放没有一篇是读懂的,但又可以说是已经领会了深意。他问大哥哥们,中学生有可能介入这场运动吗?从那时候他就看出得荼和吴坤的区别了。但他把这种区别理解成得荼的斗争性不强。他是烈士子弟,他斗争性不强是觉悟问题,没关系,但有的人斗争性不强就是立场问题了啊。杭得放也不清楚自己若出了这样的问题,是划在觉悟上,还是划在立场上。他想关键的关键是不能出现这样的问题。第二天一早他从江南大学出来时,一路上眼前晃来晃去的仿佛尽是那些暗藏的阶级敌人的憧憧鬼影。

事件发展甚至超过了他们对运动的估计,停课闹革命了,成立红卫兵了,贴大字报,斗老师了。得放一样没落下,但人家偏要落下他。昨天他骑着自行车赶到学校,一见学校里挤满学生,就有一种不祥之感。到班级教室门口时,看见了教室里已经一群群地拥着了许多同学。董渡江眼尖,已经看到了得放,她先跑了出来,声音有些不太自然地说:“你到哪里去了,怎么现在才来?”

杭得放不知道班里发生了什么,但他决定先发制人,热火朝天地喊道:“哎,到江南大学去了!”

一下子就拥上来许多同学,杭得放用眼角扫了扫正在讲台旁的孙华正,立刻就开了讲,原来江南大学造反派给毛主席党中央拍电报了,有近两千人署名,还到省委大院去静坐呢。他的消息够惊天动地的了吧,但同学们看他时都有一种奇怪的神情,仿佛他是条恐龙化石。他花了好长时间才明白,一夜之间,他已经失掉了民心,也就是说失掉了天下。你想他甚至不知道今天班级聚会的原因——原来是选上北京的代表,他当然没份。他问了一句为什么,孙华正冷冷地说,问你爷爷去吧,大字报上都写着呢。顿时就把杭得放问得哑口无言。那天上午从教室出来,他跌跌撞撞,热泪盈眶,怒火万丈,全然没有杭保尔的半点影子。他出乎意料之外地不在第一批上北京名单之中,理由是这样的显而易见,他的血液不纯粹,离无产阶级远着呢;小心你的爷爷被揪出来吧。

如果不是因为受到了严重的挫伤,杭得放不会注意走在他前面的那个长辫子姑娘的。他满肚子的理想计划,从来也没有真正注意过班上的那些不是班干部的女生。此刻他走在学校的大操场上,目光发直地盯在了走在他前面不远处的那两根甩动着的长辫子上。长辫子的发梢上有着两个深绿色的毛线结,它们轻轻地磨擦在那件浅格子的布衬衣上,突然停住了。

杭得放和这个名叫谢爱光的同班女同学,没有说过几句话。在他眼里,她和他的妹妹迎霜一样,都属于一般的女孩。况且,他还听说这个谢爱光有一个背景十分复杂的家庭。班长董渡江曾在一次公开场合上声称,谢爱光能进他们这个学校,完全是一个疏忽,她是条阶级斗争的网箱中的漏网之鱼。这个比喻如此深刻,以至于他一看到这个苗条的姑娘,眼前就出现了一张破了一条口子的大网,一条真正的鱼,缓缓地悄悄地从口子中漏了出去。

现在,这条鱼儿静悄悄地等在了他的身旁——这条长辫子的鱼。

他走到她的身边,看看她。她也看看他,朝他笑笑,像一条鱼在笑。一片碎叶的树影衬在她的脸上,她的脸就成了一张花脸。

"干什么?"他生硬地问。

她显然有些吃惊,脸一下子红了,半张开了嘴。她的嘴很小,像小孩子的嘴。杭得放也有些吃惊,怔住了,说:"你怎么先走了?"

班里的同学还在表决讨论,有许多事情需要立刻做出决断,杭得放被自我放逐了。

她的红云退了下去,她轻轻地说:"我和你同路。"

她的脸又红起来了,她又张了张嘴,像鱼儿在水里吐气,她真是个黄毛丫头,额上颈上毛茸茸的,松软的头发,亮晶晶的,长长的,她同情他吗?那么她为什么要同情他呢?因为物以类聚人以群分吗?因为他也是一条漏网之鱼吗?

他的心尖子都惊了起来,他的一只眼睛警惕万分,另一只眼睛委屈万分,除此之外,他必须保持自己的杭保尔的一贯风度。他干咳了几声,说:"我没关系。"

说完这句话他吓了一大跳,他怎么说出这句话来,这是什么意思?这不是不打自招吗?

她却突然抬起头来,坚定地同时也是张皇失措地表白:"我选你的!"

她的眼睛并不亮,直到说这一句话的时候,她的眼睛才突然亮了一下,然后立刻又黯淡了下去。她的眼睛,和她的头发一样,都是毛茸茸的,不是油亮油亮的。

杭得放不知道为什么,竟然像外国电影里的那些人一样,耸耸肩膀。他只有一张嘴巴,却同时想说两句话,“我不在乎”是一句,“谢谢你”是另一句,可是他没法同时说,所以他只好沉默。在沉默中深入了话题,问:“为什么?”

现在她不再脸红了,她缓缓地走在了他的身边,看样子她也是一个杭保尔迷,只是隐藏得更深罢了。她依然激动,但注意控制自己,她说:“一个人应该公正。”

他看了她一会儿,出其不意地问:“你们家也有人被贴大字报了吧?”

她显然没有想到他会这样说话。她怔住了,脸白了下去,他亲眼看到她的脸从鼻翼开始发白,一直往耳边白过去,甚至把她面颊上的浅浅的几粒雀斑也白了出来;然后,他又看到她的浅浅的眼窝里水浮了上来,像是小河涨水一样;他看到她的眼睫毛被大水浸泡了,有的竖了起来,有的倒了下去,这是他第一次发现女孩子的眼睫毛。最后,他看见她像电影里的慢镜头一样,缓缓地,倒退着,走了。她走过了操场边的那排白杨树,走过了白杨树外的沙坑,走过了双杠架子。阳光猛起来了,晒得操场泛起了白光。杭得放先是看不到她的绿辫梢,接着就看不见她的长辫子,再接着,就看不见她的人了,她仿佛整个儿的,都被耀眼的强光吞没了。

生活所呈现出的奇异瑰丽的一面——那些瞬息即逝的一瞥,那些游离在主旋律外叹息一般的副调,那些重大事件旁的琐屑细事,原来正是它们,像被树叶倒影切碎的阳光一样,闪烁在我们度过的时间深处,慰藉我们的生命。然而,在阳光没有被切碎的岁月,往往在我们把它称之为青春的那个阶段,我们看不到世界对我们的体恤,我们看不到那双注视着我们的眼睛。

总之,中学生杭得放的心思被眼神微微拉动了几下,眼神就断了,很快就又被挫败感吞没了。他万分委屈,失去常态,找不到更痛切的词儿来诅咒人们的背信弃义。他又痛恨自己掉以轻心,没有做好思想准备——是的,他应该有落选的思想准备,他应该有!别人只把他看成一只小公鸡,那是不对的!是看走了眼!他要比一只小公鸡深刻多了,复杂多了!忍辱负重得多了!后来他开始伤感,孤独,那天夜里辗转反侧,脑海里一片毛泽东诗词——啊,独立寒秋,湘江北去……怅寥廓,问苍茫大地,谁主沉浮……而早晨起来时,他已经进入惶恐。他越想越不对头,越想越害怕,他不能没有集体,不能失去战斗……

他本能地又朝江南大学飞奔而去,他还是需要他的哥哥杭得茶给他打气。爷爷已经开始受到冲击,偶像已经倒塌,但他相信,杭得茶是不会倒塌的。

江南大学门口停着一辆宣传车,有人在车上的大喇叭里反复喊:马克思主义的道理归根结底,就是一句话:造反有理!

黄军装,标语,口号,糨糊桶,高音喇叭,宽皮带,再加上一个朗朗夏日——够了,青春就这样立刻进入颠覆期,几乎成了一种生理反应。十分钟内,三好学生杭得放完成了人类历史上最迅猛的脱胎换骨。在他的青春期,有着许多难言的痛苦,以往他从来也没有想到过要通过外力来解决,更不要说是像当下那样的暴风骤雨般的外力了。现在好了,一切摧枯拉朽,一切荡涤全无,一切正常的和非常的苦恼如今都有了一个借口,一切的秩序都将彻底砸烂——我们迄今为止所经历的心事都将有一个宣泄口——资产阶级反动路线!

他把他那辆飞鸽牌自行车随手一扔,就跑上前去打听:中国发生了什么?世界发生了什么?噢!噢!噢!原来是这样,竟然有人敢反对毛主席,反对无产阶级文化大革命!竟然出现了一个资产阶级司令部,要让中国人民受二茬罪,吃二遍苦,红色江山从此变黑!这还了得,我们一千个不答应,一万个不答应!向他宣传革命真理的是女中的赵争争,杭得放去年在夏令营时见过她。那时她梳着长辫,辫梢也有臭美的蝴蝶结,而今迈步从头越了,两把小板刷,英姿飒爽。杭得放一开始还问她,她们这么出来,是谁组织的。赵争争气势磅礴地反问他:革命需要批准吗?造反需要恩许吗?克伦威尔是有了批准才进行英国革命的吗?巴黎人民是有了批准才攻打巴士底狱的吗?阿芙洛尔巡洋舰是有了批准才有了十月革命那一声炮响的吗?革命者失去的是锁链,得到的却是整个世界!不用理论来证明什么——你只要走出校园,从你那些棺材板文化中抬起头来,举目四望,你就知道,全中国都已经沸腾了。从中央到地方,从工厂到学校,从城市到农村,人民已经最大限度地被发动起来了。海燕在天空飞翔,它在迎接暴风雨,它在呐喊——让暴风雨来得更猛烈些吧!

杭得放看着她,简直就如看着一个天外来客:这种说话的腔调、词汇,走路的直挺腿与八字脚,红袖章和扎着牛皮腰带的腰,同样是一身旧黄军装,穿在赵争争身上却显得气宇轩昂。这才是革命!这才是生活!这才是理想!什么推选——让一切推选之类的鸡毛蒜皮见鬼去吧!他拿眼前的这一位比较起他自己学校中的那几位来,真是有比较才有鉴别,两下里一对照,他们学校的什么董渡江什么孙华正,简直就是小儿科,就是杭谚里的“蟑螂灶壁鸡,一对好夫妻”。杭得放的脑海里像是在过电,胸膛上仿佛在滚雷,真是四海翻腾云水怒,五洲震荡风雷激。他面孔煞白,双目发呆,他仿佛在思考着什么,其实什么也没有思考。他只是强烈感受到,一定要和眼下的革命者在一起,只有和他们在一起,才有出路,才有前途,才有未来。杭得放就这样跟着赵争争进了大学门,谁知被他的堂哥泼了一盆冷水。

杭得茶决定从事他选定的专业研究时，少年杭得放就有些不理解，他自己是对那些所谓的食货之类的东西一点也不感兴趣的。他的心向往未来，希望有感受新事物的狂喜。但他尊重荼哥，把这疑惑藏在心里。他不能接受的现实是，时至今日，如火如荼的形势，荼哥怎么还要到湖州去考荼事之古，还要去接什么新娘子，婆婆妈妈的怎么就到了这个地步！他怎么会对局势发展保持这样一种少有的冷静，在他看来，这已经是近乎冷漠了。甚至在听到他亲爱的弟弟没有被推选为第一批上北京的红卫兵之后，也没有表现出特别的忧心忡忡。他说，文化大革命究竟怎么搞，搞成多大的规模，还有待于时间定论。中华人民共和国还是中国共产党的天下，事情并没有发展到一夜之间人头就要落地的地步，他总怀疑，有些人把局势估计得那么严重，是有其自身的不可告人之目的的。

杭得放用一种不可思议的目光盯着他的荼哥，他甚至认为他的思维是不是出了问题，他怎么还会得出这样大错特错的估计，一个崭新的世纪就要开始了，旧世界砸个落花流水奴隶们起来起来……

得荼真的不知道得放的这种激情究竟是从哪里来的：什么是旧世界？为什么要砸个落花流水？谁是奴隶？得荼在攻读史学中的确已经养成了吃猪头肉坐冷板凳的习惯，凡事不务虚，他对那些大而无当的口号，本能地就有了一种抵触和警惕。

“这一次你肯定错了！”得放盯住了得荼的眼睛，说，“你肯定错了！你看着吧，你会为你的错误路线的立场付出代价的。”

“我不要你的结论，我要你的论据论证。”

“你错了！错就错在你给我设置了一个理论的圈套，可是我不会去钻！理论是灰色的，生命之树常青。克伦威尔是有了论证才进行英国革命的吗？巴黎人民是因为有了论证才攻打巴士底狱的吗？阿芙洛尔巡洋舰是因为有了论证才有了十月革命那一声炮响的吗？不用理论来证明什么——你只要走出校园，从你那些棺材板文化中抬起头来，举目四望，你就知道，全中国都已经开始沸腾了。从中央到地方，从工厂到学校，从城市到农村，人民已经最大限度地被发动起来了。海燕在天空飞翔，它在迎接暴风雨，它在呐喊——让暴风雨来得更猛烈些吧！”

海燕在呐喊，杭得放也在呐喊。他在得荼的斗室中来来回回地走，形如困兽，怒气冲冲；鹦鹉学舌，豪情万丈。他接受这些言论与思想，不过是在刚才，但仿佛这些言论和思想的种子从来就生在他脑子里，只是一场春雨把它们催发了出来罢了。他的口才、他的学识、他的勇气和魅力，像原子核突然核裂变，放出了人们根本无法估算的能量。

比他大七八岁的哥哥大学助教杭得荼，虽然被他依旧大而无当但毕竟如暴风骤雨般的演讲镇住了。他紧张地看着得放，心想，会不会是我真的错了呢？人民群众正在创造的历史，难道是可以用以往的一切经验来囊括的吗？如此近距离地洞察历史内在的发展规律、把握历史进程的走向，对年轻的杭得荼而言，显然是一件力不胜任的事情。他向得放递过去一杯茶，他想趁他喝茶之际，见缝插针地思索一下。茶是白夜上次信封里剩下的那一点顾渚紫笋，非常好喝，但恰恰属于得放所言的棺材板文化。杭得放显然进入状态，一边就着那棺材板文化，一饮而尽，一边继续滔滔不绝——

“人民群众为什么会被广泛地发动起来？为什么振臂一呼而百应？为什么这呼声来自最高统帅？什么叫史无前例？是谁真正歪曲了真理的声音？是谁要在神州大地上建立水泼不进针插不入的独立王国？谁是躺在身边的赫鲁晓夫？”

杭得放那么东一句西一句地对着他的堂哥呐喊着,仿佛得荼就是他革命的死敌,又仿佛那个死敌就在他自己的心里,他要通过这种穷追不舍的方式把它从灵魂深处逼出来。这样一阵没有明确目标的穷追猛打,终于把他自己给追累了,伸出手去,对得荼说:“再给我倒点茶。”

现在他坐在床头,神情沮丧,昨天被选下来的失败感重新涌上心头,他也就总算和从前的他挨上了一点点边。

得荼发现他不再那么歇斯底里了,被他搅乱的思绪也才开始恢复一点正常。他当然还是同情他的堂弟的,堂弟的生活原则是永远第一,不要第二。这其中不是很有着少年人的虚荣、资产阶级的个人主义和英雄主义情结吗?他的那么些排比句,那么些反诘,那么些“必须”“绝对”“肯定”之中,不正包裹着一个非常软弱的、卑微的东西,非常个人的东西吗?如果真要批判,他自己不正是靶子吗?不过此刻当哥哥的并不想点破他罢了。他爱他的弟弟,甚至爱他的“永远第一不要第二”,他相信他是会很快成熟起来的。

“塞翁失马,焉知非福?革命也不在乎别人挑选。”他只好那么泛泛地宽慰他。

“爷爷在政协也受冲击了。”他告诉得荼,得荼并不奇怪。这场运动会涉及很多人,他们杭家人是在所难免的。

“就把它作为对我们的一场考验吧。”得荼回答。

得放很感动,抬起头来,说:“我会调整好自己的。我会让他们接纳我的。毕竟我还不是黑五类嘛。”

现在,得放接受了这个同情和安慰,他的心情好起来了,信心足起来了。他站了起来,说:“你还要去湖州接人家的新娘子吗?等你回来,这个世界会变化得让你认不出来!”

第 五 章

茶学家杭汉，自马里首都巴马科乘飞机归国，在北京待了一天。或许因为时差，他尚未从某种恍惚状态中恢复过来。

杭汉是在六十年代初马里独立后的第三年去那里的——黑人兄弟想喝在自己土地上生长的茶，他们的愿望得到了茶之故乡中国人民的支持。茶，到底是种出来了，被命名为 49—60 号，显然与两个国家的国庆节有关。49—60 号长势特别好，插穗一年就可抽长一米，每个月都有乳白色的茶花悬挂枝头。作为主攻茶叶栽培学的中国学者杭汉，在那个懒散而又好客的热带国家里，便分外地享受着荣誉和承受着别情了。

在国外事茶，回头看东方，遥远得像梦，中国就带上了马可·波罗般的传奇色彩。西非内陆的茶园又大又静谧，叫你无法想象"四海翻腾云水怒，五洲震荡风雷激"的现实含义。杭汉亦不是一个耽于玄想者，他的房间里挂着一副对联：和马牛羊鸡犬豕做朋友，对稻粱菽麦黍稷下功夫。那是茶学教授庄晚芳先生在他出国前赠送的，说是他早年立志学农务茶时的座右铭呢，杭汉也就把这种务实精神拿来做了自己的座右铭。

故而，人到中年的杭汉，通过各种途径听说的国内局势，不过是一个令人既感不安又生猜测的问题。杭汉模模糊糊地想到这十几年来的历次"运动"，在国外，这两个字的尖锐感，被距离磨钝了。

恢复感觉是需要氛围的。此刻，杭汉站在根本进不去的天安门前。盛夏八月，红旗翻飞，人山人海声浪如啸。所有的人都在叫喊,用的那一套词语,是以往运动中都没有用过的。杭汉除了听清楚了"万岁"和"打倒",其他都还不甚了了。他不由想起了杭州的一双儿女,他无法判断他们会不会也在其中——他已经在西非待了好几年,最后的那几个月,他想家想得很厉害。可是眼下他站在首都北京,站在红浪终于退去的天安门广场,夕阳西下,华灯初放,他看到一卡车一卡车从广场上捡起来的在欢呼中被挤掉的红卫兵们的鞋子,却一时找不到自己作为一个中国人的感觉了。

这种找不到感觉的感觉,一直从北京延续到上海,又从上海延续到杭州,直到他挤掉了衬衣所有的扣子,从火车车厢的窗口狼狈地跌出,终于站到了月台上。

尽管他把国外带回的东西都暂寄在北京朋友处,但火车上依旧挤得一天一夜没地方坐。他累极了,而妻子黄蕉风果然没有来接他,关于这一点,他早有思想准备。他们虽生有一双儿女,但在杭汉的心目中,他始终是三个孩子的父亲。他是把蕉风当做大女儿来看待的。她总是出错,没有他的照顾,这个胖乎乎的女人的生活,就像她的近视眼,终日懵里懵懂。杭汉激动地想念着家人们,步行从城站穿越半条解放街。虽然满街都是"万岁"和"打倒",以及五花八门的游街队伍,但没有影响杭汉思家心切的情绪,他折入中山路,在快到羊坝头的一家菜场里,竟然还发现了集市上的半木桶黄鳝。杭汉心头一热,中国人的感觉,杭州人的感觉,一下子就回来了。

称了三条本地大黄鳝,按老规矩,杭汉请营业员烫杀了再带回家。他记得菜场旁边有家老茶馆,老虎灶上有现成的开水。杭汉与伯父同住,知道伯父喜欢吃炒鳝丝,但全家人没一个会杀,以前杭汉买了黄鳝,都是在那里烫杀了拎回家的,多年来也就成了习惯。

杭汉不知,此一回破了祖宗多少规矩,连烫杀黄鳝也一并破了。女营业员是个少妇，刚才卖黄鳝时就很不耐烦。菜场里成分比她差的人都造反游行去了，单把她留在这里抓这些滑腻腻的黄鳝，心里不平衡。想迁怒，正恨着没有机会呢，机会就找上门来了。她定定地目击了杭汉片刻，用大拇指戳戳后墙，嗓音嘶哑地喝道："你给老子看看灵清，什么年代了，还要我们革命群众杀黄鳝？啥个成分都没查就卖给你，已经便宜了。你听好，革命不是请客吃饭，不是做文章，不是绘画绣花——不是杀黄鳝！"

杭汉先是吃了一惊，手提着那几条黄鳝一时发愣，后来便有些生气。杭州，出苏小小的地方，女子都该如西施一般的，怎么可以手指戳戳，老子老子，一副青洪帮的吃相！杭汉自小在温良恭俭让中长大，在国外待的时间长了，又是茶学权威，别人也是当他一个人物来对待的，这样听人说话，倒还不曾有过。援非的中国人，虽然也离不开政治学习，但也不曾发展到日日背诵语录，故而孤陋寡闻，竟不知刚才那段"革命不是请客吃饭"乃是今日造反天下的口头禅。一时语塞，愣了片刻，才轻轻地回敬了一句："你这个女同志，这么说话，什么意思？"

谁知那女子就蹬竿上房，秤盘扔得震天响："你你你，你这个现反，竟敢说毛主席的话什么意思！抓你到造反司令部去！"

现反！杭汉狠狠地眨了一下眼睛，才想起来现反就是现行反革命。这下子，杭汉可是真正地碰了个顶头呆——怎么买了几条黄鳝的工夫，他就成了现行反革命。正不知如何是好，一旁有人来拉劝他，边推边说："好了好了，这位革命群众看样子是跟不上飞跃发展的革命形势了，赶快回去斗私批修，再不狠斗私心杂念，就要戴高帽子跟牛鬼蛇神一起游街了。"

杭汉认出来了，拉他的正是开茶馆的周师傅，从前在汪庄当伙计的，抗战前夕他还请他们杭家人在三潭印月喝过茶的，杭家和他向来就熟。他不解地边走边说："这位女同志是怎么啦，为什么这么恨我？对待同志要像春天般的温暖嘛，六四年我出国前全国人民都在学习雷锋，大家见面都是笑嘻嘻的嘛。”

周师傅边拉他到拐角处的老虎灶旁，边说：“杭老师你就再不要多说一句话了，今日要不是小撮着伯让我拉了你出来，说不定一顶高帽子已经戴在你头上，锡锣敲敲游街去了。”

正说到此，小撮着就在老虎灶旁的旧八仙桌后立了起来，用脚踢开了长凳，说：“我眼睛不好，也没看出是汉儿。不过听声音看做派，必是我们杭家人。”

杭汉见是小撮着伯，虽是老了一些，精神却是好的，便着急地说：“撮着伯你也进城来了，亏了你拉我过来。我出国几年，家里的事情都接不上头了。”

小撮着伯用手指了一下周围，说：“莫提你出国几年，连我这日日在家门口拄着的人，也接不上头了呢。”

周师傅连忙为他们二人冲了茶，摆着手压低声音说：“撮着你也是管不住自己这张嘴，小心被红卫兵听见，抓去游街！”

“老子1927年的老党员，老子革命的时候，这群毛孩子的爷爷还不知在哪里穿开裆裤呢，老子怕他们这些小猢狲屌毛灰！”

“你小撮着是1927年的老革命，我周二可没有你的光荣历史可以拿来吹。不要到时候你掸掸屁股就走，连累我这老虎灶也开不下去。”

杭汉见周师傅一边在老虎灶前为他烫杀黄鳝一边那么说，心里过意不去，就说：“不会的，不会的，公私合营那会儿，我们忘忧茶庄都合营掉了。记得当时你也想合的，没地方合，这才留下的嘛。”

“杭老师，你真是不知今日天下如何走势！我已经看出来了，这根资本主义尾巴，割了多少年，这一回算是真正保不住了。”

周二这么说了，杭汉倒是有些上心，这才抬头仔细看那老虎灶。老虎灶的炉面是平的，下埋大锅，靠里砌两口小锅，远远看去，小锅似虎眼,大锅似虎口,那通向屋顶的一根烟囱,倒是像煞了一根老虎尾巴。旁边又置着几张八仙桌,配着数条长凳,这就便算得上是茶馆了。杭汉还能记起那老虎灶旁贴的一副对联:灶形原类虎,水势宛喷龙。如今这副对联已经换得一新:为有牺牲多壮志,敢叫日月换新天。

虽然这资本主义的尾巴说割就割,但此刻既未割,那尾巴上便依旧坐满了看热闹的人。从前茶客相坐,谈的话题,天一句地一句,什么都有,杭州人称之为说大头天话。这个大头天话里也是包括革命的。但从前在茶馆里阔谈革命,毕竟多为风雅,不像今日,除了革命,茶馆里也没别的主题可以阐发了。杭汉边喝茶,边等着周二和撮着帮他收拾黄鳝,边听人们评点眼下局势,听一个茶客搭腔:"我们街道有个女人,一个人守着个儿子过,人也漂亮,脾气也好。昨日红卫兵去她家抄了,说是台湾特务呢。我去看了,嘿,那才叫挖地三尺!把地板都撬完了,说是要查那发报机呢。"

"查出来了吗?"众人就心急地问。

"要那么好查,还叫台湾特务吗?"说话的不屑,"那女人也是硬,红卫兵拿皮带抽,也没把发报机抽出来,我看就差上老虎凳了。可惜不是白公馆渣滓洞,那女人也不是江姐。最后几个小将也急了,说她是花岗岩脑袋死不开窍,浇了一头的沸水……"

听到此,众人不由轻叫起来,说:"亏这些小将想得出!"

茶客站了起来,抖抖手里的小彩旗说:"你们哪,都记着,这碗茶也不能够再喝上几天了。保不定一会儿来群红卫兵,也往茶桌上泼那沸水。你当我们这样二郎腿跷跷,茶杯托托,是什么人?统统都是封建主义资本主义修正主义,要打倒在地再踩上一只脚,一万年不得翻身呢。"

他这么说着,就扬长而去。杭汉心里忐忑,想问问那人是哪个街道的,张了张嘴,也没有开口。眼前发生的一切,令他摸不着头脑,也让人恐惧。他有一种万丈高楼就要一脚踏空的不幸的预兆。现在他已经彻底忘记了非洲——真不可思议,他离开那里才两天,就已经无法判断,那个黑非洲中的绿色的茶园,究竟是现实还是梦了。

头上不远处钟声响了,是熟悉的钟声,青年会的钟声,是他杭汉青年时代的英勇无畏的象征。可是,此刻他手里拎着一串杀好的黄鳝,却茫然失措。他看看东又看看西,一双脚不知道往哪里挪。他记挂着杭州的所有的亲人,既想往羊坝头走,又想别过头到解放街,那里住着他的亲生父亲杭嘉平和他的宝贝儿子。父亲是政协委员,也许从他那里,能得到一点局势的内幕。

就听口号与锣锣又密密响起,但见一队人马便浩浩荡荡地杀将过来。那领头的小将,一身军绿,一边倒走,一边叫喊,黑发一耸一耸的,背脊上一大片的汗渍。因为不停地挥手,皮带扎着的衣服下摆都耸上去了,在腰上拧成了一团。游行队伍一圈是用绳子围起来的,前面绑着些牛鬼蛇神,挂着大牌子,戴着高帽子,个个都弄得奇形异状,恐怖古怪,像是古装戏里被押赴刑场的囚徒,只是自己敲着锣锣开道罢了。后面,倒像是开了一家流动的成衣铺子店。两个人一排,一头一尾地扛着晾衣服的竹竿,竹竿上挂满了花花绿绿的衣服,有貂皮大衣、缎子旗袍、高档呢料子的西服。人群一下子就挤成了堆,杭汉被他们裹挟在其中,看着看着,耳朵就嗡嗡响,眉毛上的汗直往眼睛里掉。不知怎么的,他瞧着这些东西怪眼熟。

小撮着在旁边对他耳语:“你看看你看看,如今的人革命真是容易,把人家屋里的衣服抄出来到各处亮一亮相,也没有国民党蒋介石来追杀,这算什么好汉?我们那时候才叫提着脑袋——”

杭汉一边擦着汗一边说:“小撮着伯,你给我上去仔细瞄瞄,那件灰呢大衣旁边,捧着个暖锅一般的东西走着的姑娘,我看着有几分像我们家的迎霜——”

小撮着脚一踮就回过头来说:“不是迎霜还能是谁? 你看她手里捧着的那个东西,你仔细看看,不是那年你上苏联专门买回来煮茶的? 你爸爸喜欢,你就送给他了。”

“莫非这个茶炊也成了四旧?”杭汉还是有点不相信自己的眼睛。还有一层不相信他没有说出来——他的那个和她妈妈一样胆小的女儿迎霜,竟然敢捧着个茶炊——那东西可不轻——走在斗志昂扬人群簇拥的大街上。

小撮着跺脚叹气说:“你这个人啊你这个人,那年你刚刚捧回这个东西,我就说了这种洋货没意思。苏联修正主义赫鲁晓夫他们用过的东西,你拿来用干什么? 还不是用出祸水来了!”这么说着就一头钻进人堆里,找迎霜去了。

杭迎霜手里捧着的那个茶炊,俄语称为“沙玛瓦特”,是紫铜锻制的。那年浙江农业大学茶学系教授庄晚芳先生带国外留学生,首先就是从两名苏联学生开始的。杭汉第一次从他们那里听说茶炊,回家向曾经去过苏联的父亲请教,父亲对那渗透俄罗斯风格的茶炊大加赞赏。以后他作为中国茶叶代表团的成员出访苏联,千里迢迢地就专门背回来一个,送给了父亲。没想到今日竟然在八月的骄阳下,由自己的女儿捧了出来示众。他满脸发烫,汗如雨下,后背却刷的一阵凉到了前胸,此时女儿已出现在他面前。

1956 年,杭汉与他的同事们刚刚培育出了一种小乔木种的茶树优良品种,因在霜降之后仍有新芽萌发,故名迎霜。回到杭州,妻子在医院生下了一个姑娘,正等着他取名呢,他看着姑娘的小胖脸,说:“就叫迎霜吧。”

迎霜比三年前高出了一大截,胖乎乎的,像她的妈,但一脸的紧张,看不出见到父亲时的喜悦,只是睁着大眼睛说:“是哥哥叫我来的,是哥哥叫我来的!”

“你哥哥呢?”

迎霜指指那个已经蹦远了的领头喊口号的红卫兵,杭汉可真正是一点也认不出他来了。

"你们把爷爷家给抄了?"杭汉的声音变了调。他这才醒悟过来,怪不得看了这些大衣旗袍他会那么熟悉。

迎霜低下头去,俄顷,又抬起头来看着父亲,目光又空洞又坚定。那么就是了,就是这一对儿女干的好事情了。他一把抱过了茶炊就往回走,迎霜跟在父亲后面,几乎就要哭了起来,抽泣着说:"妈妈进牛棚了。"

杭汉停住了脚步,看着女儿的眼睛。女儿的额上,奇怪地浮着几条皱纹。女儿像看一个陌生人一样地看着他,她小声地问:"爸爸你到底是不是特务?"

"我?"

女儿一边往前走一边说:"妈妈进牛棚了,交代你的问题。造反派已经来过我们家了:你是日本特务,爷爷是国民党,我们是要和你们划清界限的!"她像是突然清醒过来了似的,猛地站住,从父亲的怀里抢过了那只茶炊,小声而坚定地说:"我是可以教育好的子女。有成分论,不唯成分论,一切重在表现。"

这话根本就不像是她这样十二岁的孩子说的。她回头就走,杭汉还没来得及抓住她的胖胳膊。他一边揩着自己脸上的汗——他已经分辨不出那是热汗还是冷汗——一边问:"你要和我划清界限?"

他自己都能听出来,他的声音在发抖。

女儿皱起眉头深深地看了他一眼,看样子,这个问题已经困惑着她许多天了。她一边摇头一边倒退着走,那个大茶炊被她抱在怀里,胖鼓鼓的像是抱着个小孩。她就这么摇着头转身,小跑着走了。后面看去,她可真像是一只摇摇摆摆的鸭子。杭汉没弄明白,女儿的摇头,究竟是什么意思;他也没弄明白那些突然涌现出来的从来也没有听说过的名词:黑五类、牛鬼蛇神、无产阶级司令部……他恍兮惚兮,不但不知今日是何时,也不知今日所处何地。他想张嘴,但突然发现自己语言发生了障碍,母语已经发生了巨大的变化,他已经不能用“对待同志要像春天般的温暖”这样的词组语段,来与人们对话了。

杭汉到羊坝头的时候,天色已近黄昏,大街上白天群情激奋的场面暂告一段落,小将们纷纷回营补充粮草去了,杭汉也拐进了伯父嘉和家的老院子。

在大院门口的垃圾箱盖上,杭汉看到报纸堆里露出了一双白色的高跟皮鞋,样子很摩登,看着眼熟。他想起来了,是蕉风的鞋子,放在家里很多年了,也没人再去穿它。他顺手拎了起来,眼睛都热了,仿佛那上面还有着蕉风的体温。他的另一只手上还拎着那串黄鳝,小半天下来,都有些发臭了。他顺手一扔,让那黄鳝换了皮鞋,没有再多想,夹着鞋就走进院子,穿过早已失去了原样的弄堂和天井,到家门口。见房门紧紧关着,就用细细的高跟鞋跟敲打着。从门里伸出了一个脑袋,是住在龙井山中教书的盼儿。一见他手里的高跟皮鞋,细眼睛都惊圆了,失声叫道:“怎么又回来了!”

杭汉丈二和尚摸不着头脑,就见母亲叶子一撸手把杭汉拉了进来,接过了那双鞋子,心有余悸地问:“有人见你手里的鞋了吗?”

杭汉说:“没注意,好像……”

“——有人看见了?”叶子问。她那种大惊小怪的样子很好笑,杭汉摇摇手说:“你们也太草木皆兵了,这么大的群众运动,谁顾得上你们手里的一双高跟皮鞋啊。”

这么说着的时候,他就走进了自己的房间。房间掀得天翻地覆,日本鬼子扫荡过一样,叫他愣住了,瞠目结舌。回过头来看看,伯父嘉和站在门口。母亲叶子哭了起来,说:“他们昨天来抄的。”

杭汉干巴巴地问:“蕉风是从这里带走的吗?”

嘉和说:“不要急,不要急,他们不过是翻了翻,没大弄。我刚刚从她那里来的,他们说是教职员工集体办学习班。被带走的人还有很多,蕉风自己把事情说说清楚就好了。”

杭汉坐都没有坐下来,就要向外走,说:“我现在就去说清楚。”

他碰到嘉和的薄薄的胸脯上。叶子拉住了他的袖子,说:“你明天再去吧。”杭汉看着这两位老人的眼睛,知道他们拉住他是对的。他现在根本就不能够露面。他一露面,就会被那些人抓进去的。

嘉和几乎半夜没睡,从昨天那些不速之客来翻过这里之后,他就开始整理家里的东西。

要说杭家的细软,这几十年来,也可以说是几乎荡然无存了。他们的生活和几十年前茶庄中的小伙计相比,也没有什么高下之分了,嘉和觉得很踏实。直到昨日造反派们从这里带走了蕉风,他们才发现,原来还有那么多需要破的四旧啊。

左邻右舍都在热火朝天地毁物,院子里焦火烟气,纸灰满天飞,倒像是下了场黑雪。叶子不停地轻轻跺脚,对着嘉和发小火:你怎么还不烧啊!你怎么还不烧啊!可杭嘉和不是一个轻举妄动之人,他看着叶子,说了一句相当严厉的话:“又不是日本佬进城!”叶子就怔住了,眼泪流了出来。嘉和顿时心软下来,搂过了叶子,贴着她的脸,说:“别害怕,有我呢。”叶子看看丈夫,说:“我不是害怕,我是担心。”嘉和拍拍叶子的肩膀,说:“我去去就来,回来就办事。”叶子说:“我真是担心。”嘉和就叹气说:“不要担心嘛,我们什么样的事情还没有经过?”

嘉和是想去一趟陈揖怀家,他在中学里教书,市面应该比他更灵一些。

陈揖怀住在离他家不算远的十五奎巷,还没走到他家客堂间,就听里面一片哗啦哗啦地卷纸轴的声音。进门一看,桌子上凳子上到处铺着名人字画。陈揖怀这个胖子,在这个初夏的一大早,已经忙得油头汗出。他关着门,开着日光灯,手里举着个老花镜,扑到东扑到西,舍不得这些一世珍藏的宝贝。见了嘉和,举起一张文人山水画,说:“嘉和,这张画还是上个月我专从苏州收得来的,说是文徵明的真迹。我看着也不像是仿的,还想让你来过过眼,不料两个小祖宗就催死催活要我当四旧烧了。昨日已烧了半夜,你看看你看看那些东西——”

他用脚踢踢红木桌子底下的那只破脸盆,里面那些拆下来的画轴头子横七竖八的已经塞得满满,像一只撳满了香烟屁股的烟灰缸。陈家夫人听了丈夫的牢骚,吓得一边趴在门隙上看,一边压低声音埋怨:“轻一点轻一点,当心人家听见。”

这边话音刚落,门就嘭嘭嘭地响,陈家那两个晚辈——嘉和都认得,从小就抱过他们的,一个外孙,一个孙子,臂上套着个红袖章,已经雄赳赳气昂昂地打上门来了。爷爷外公地叫得一个响,陈揖怀看看老友,无可奈何地说:“来了,破四旧的来了!”

说着就去开门,虽然心乱如麻,脸上还露着笑,说:“我和你奶奶外婆都准备了一夜,全部都在这里了。”

那两个小将叉着腰,见了嘉和也当没见着,连个头也不点,仿佛一夜间他们已经高不可攀,只用脚踢踢那堆旧纸,说:“都在这里了吗?”

“都在这里了,都在这里了,不相信你们自己再去查查。”陈夫人连忙搭腔。看看嘉和在一旁不语的样子,又连忙解释说:“揖怀学校里的红卫兵原来说了,要到家里来抄这些四旧的,还是看在孙子外孙的面上,让我们自己处理了,两个孩子回学校也好交代。”

陈揖怀抖开了那张古画，走到院子里，只听哗啦一声，自己就扯开了画轴，扔给那两个孩子，说："烧吧。"

听着这嘶啦的一声，嘉和的心都拎了起来，手按在胸口，一时就说不出话来。探出头去看，见那两个小祖宗正蹲着，一人一把刀，对开劈剖那些圆鼓鼓的画轴，一边嗨嗨地叫着，说："劈了通通当柴烧，废物利用，通通烧掉！"陈夫人站在旁边，一边抖着脚，一边点着头，连声说："通通烧掉，通通烧掉！"

杭嘉和原是来寻求支持的，看到此处情状，竟也是泥菩萨过河自身难保，就什么也不想说了，点了点头，只说了一声："你们忙你们忙"，就往外走去。刚刚走到门口，就见揖怀赶了上来，拉住嘉和问："嘉和，你说，这个运动还要搞多久？会不会和五七年一样？"

五七年陈揖怀也是差点做了右派的，提及往事依然心有余悸。

嘉和无法回答陈揖怀的问题。他一生，也可谓是历经人世沧桑了，但他还是没见过这样的事情。他只预感，正如那些红卫兵高喊的一样，这是一场史无前例的运动。它会走向哪里，会把我们每个人的命运挟向何方，谁都不知道啊。

正相对无言说不出话呢，只听陈师母就在巷口那边叫："揖怀，揖怀，革命小将到我们家里来了！"

两只残手就突然拉紧，陈揖怀紧张地说："是我们学校的学生来抄家了。我晓得她们是要来的，我晓得她们是要来的，幸亏昨日烧掉一些。"

嘉和只好说："女中的学生，姑娘儿，怎么闹也闹不过得放他们的，你随她们去吧。日本佬手里都过来了。"

这句话对陈揖怀显然是个很大安慰，他松了手，说："等这阵子过去我再来找你，你自己也当心。"两人这才告别。那胖子也不敢慢吞吞走，跑着回去，一边还叫着"来了，来了……"嘉和站在那里，一直看着他的身影消失在巷口转弯处。

嘉和回到家中，才发现四旧这个东西，也不是那么容易根除的。这些年来，尽管他身处寒舍，清心寡欲，可还是不可避免地留下了一些四旧的蛛丝马迹。

首当其冲的就是蕉风的那双高跟皮鞋。

叶子拿着一根棍子在床底下捞的时候，只是想检查一下床底下会不会藏着什么四旧，没想到果然就捞出了一双皮鞋。她顺手拎出那双鞋子的时候，还无法断定它究竟算不算是四旧。她把它提在手里，就问刚刚下山来的盼儿，说："你看看，造反派能容得下这双鞋子的跟吗？"

盼儿接过来一看，大惊失色，画着十字轻声呼道："主啊，这不是那年黄姨从英国带回来的皮鞋吗？蕉风脚胖，又嫌它跟太高，一次也没穿过。那时还说要送给我呢。我一个当教师的，为人师表，哪能要这个，没想到你们一直把它放在床底下。"

"照你这么说来，这双鞋就是四旧了？"两个胆小的女人，大眼瞪小眼，相互感染着心中越来越浓的恐惧，然后几乎同时发出一个声音："扔了！"

叶子把这双高跟皮鞋递给了盼儿，盼儿走到门口，打开门缝看了一会儿就回过头来说："我不常来，这会儿拎双皮鞋出去，人家会盯住我的。"这么说着，就把皮鞋递给了叶子。

叶子想了想，用一张旧报纸包着鞋就出了门，没过两分钟，就大惊失色地夹着皮鞋跑了回来，说："不行，门口正在开批斗会呢，斗的是巷口粮站的老蔡，说是反动军官，这鞋扔不出去。"

"你回来的时候，后面有没有人跟着？"盼儿又问。

叶子吓得冷汗都冒出来了，一把把皮鞋扔进床底，说："不知道，根本就没敢往后面看。"

嘉和想了想，薄薄的大手掌就握成了拳头，说："唉，不就是一双高跟皮鞋嘛，把它砸了不就完事。"说着蹲下，又用扫帚柄把那双皮鞋弄了出来,一边说:“拿刀来。”

杭家人原本是连鸡都不敢杀的。从前这类事情,自有下人去做。以后没了下人,总还有小撮着跟着帮忙,再后来就是邻居朋友帮忙,所以家里除了一把切菜刀,哪里还有什么利器。此刻,叶子从厨房里取了菜刀来,嘉和接过,就地对着那高跟一阵猛砍。叶子一迭声地喊道:“小心手指头,小心手指头。”突然想到当年嘉和自己砍自己手指的事情,立刻就噤住了声音。

他们都小看了这双英国进口高跟鞋。嘉和怎么砍,那鞋跟也稳如泰山,纹丝不动。叶子这就急了,说了一声“你不对,还是我来”,接过那刀来继续砍。这一刀下去不要紧,高跟鞋索性一个大反弹,一下子蹦到五斗橱上,砸破了一只茶杯,又掉到地上。盼儿不由尖叫一声说:“不得了,千万别砸了伟人像,我们学校一个一年级小学生昨日还被公安局抓走了,说是拿伟人像当了手纸呢。”

嘉和也吓出了一身冷汗。他倒不是担心伟人像,五斗橱上共放着两件要命的东西,都是从花木深房里取出来的:一是那把无价之宝的曼生壶,一是那只天目盏。好在这两样宝贝还在,他就又伸出手去说:“还是我来吧。”

盼儿却接过了刀,一边画着十字,念叨着上帝,一边避着刀锋,颤抖着声音说:“还是我来试试,还是我来试试!”

眼看着这双该死的高跟鞋,在杭家几个人的轮番打击下,已经被砍得面目全非,白色的鞋皮下面灰色的鞋跟坯也露了出来,但鞋跟与鞋面之间的联系,却依旧令人惊奇地牢不可破。嘉和束手无策地坐在床边,盯着那双被按在地上负隅顽抗的高跟鞋。生平他曾杀过一次鸭,用力过猛,鸭头都断了,挂在脖子上就是不往下掉。鸭子带着这截断了的头颈,疯狂地在院中瞎跑,最后跑到他的眼前,用一种人一般绝望的眼神看着他,很久,一头栽下死去。此刻,他突然生出了一个奇怪的念头——如果这双皮鞋是有眼睛的,那么它会用一种什么样的眼神看着他们呢?

他不愿意再这样对待这双高跟鞋了。他觉得,如果再这样砍下去,这双鞋跟会睁开一双断头鸭子一样绝望的眼睛。他一声不响地捧着那双用报纸包着的鞋子,送到了门口的垃圾箱旁。垃圾箱里很脏,他的手伸了好几次,也放不下那双白色的美丽的鞋。最后两眼一闭,撒手悬崖一般地一扔,放在箱盖上,掉头就回来。

没想到,才一顿饭的工夫,这双皮鞋又顽强地回来了。

嘉和长叹了一口气,说:"看来物与人一样,也是各有各命的。随它去吧。"他说完这句话后,朝叶子看看,老夫老妻,都是心领神会的了。她就拿出一只纸盒,把皮鞋放了进去,重新推到床底下了。在座的几个人,这才不易察觉地松了口气。

杭家这几十年来,慎独为本,这才保着一派平静。嘉和老了,一切狂风暴雨的事物,都不再适应他那颗激情已经预支殆尽的心了。

他转身取过了那把曼生壶,对盼儿说:"这把壶,原本就是你交给我的,我想来想去,还是从禅房里拿了出来,重新还给你吧。"

盼儿的脸突然就红了起来。她因生着肺病,已经在龙井山中独居二十年了,以后病好了,她也不想再下山。那里的空气好,茶园中养着她这么一个人,先是做代课老师,以后日子长了就转了正,她也就安安心心在那里待着。她没想到,父亲这一次叫她下山,竟然是为了这一把壶。这么愣了一会儿,想说什么,喉咙就塞住了。嘉和也摇摇手,不让她说,却对杭汉他们说:"山上人少,这东西易碎,还是她留着省心。"

嘉和又指着那天目盏说:"还有这只兔毫盏,是个锔过的,我想想总不见得也当四旧了吧。什么时候方越回来,送给他。方越干了烧窑这一行,收了这个我也放心。这几样东西分掉,我手头要藏的东西,现在也就只有项圣谟的《琴泉图》了。不要说它是四旧,哪怕它是八旧十旧一百旧,我也不能毁了它的。”

杭家人都知道这张画的珍贵:当年扒儿张在茶楼为嘉和助棋,被日本佬打死,咽气前还不忘记告诉嘉和此画的下落,从此嘉和就把它当了性命来看的,他说这番话,大家也不觉得奇怪。只是不知道这种时候,这幅画又能藏到什么地方去。

嘉和却说,他已经想好了,放到得荼的学校去。放在他那里,不会出事的。

“其余东西,生不带来死不带去,随便了吧。”

他的那只断了一根手指的手掌,在空中轻轻地划过了一条弧线,杭汉看得心都惊起来了。

这就是少少许胜多多许,万千话语,尽在不言中了。屋里小,家具就显多,摆得一屋子黑压压的,又兼黄昏未开灯,外面的沸腾声仿佛就远了。一家老小默默地围在一起,茶饭无心,闷声不语,只想那么久久地待下去。

猛听到外面一个尖嗓子叫了起来:“杭家门里——”叶子吓得跳了起来,才听到下一句——“电话——”

两老就争着要出去接电话,一开门,来彩就挤进门来,压着嗓子耳语:“杭先生杭师母,清河坊游街,我看到你们家方越戴着高帽子也在里面呢!”

一家人顿时就被冷冻在这个消息里了。

来彩顾不上杭家人的表情,一边说:“别告诉人家是我通报你们的。”一边开了门走,在门外还没忘记喊:“革命群众都记牢,我们羊坝头从现在开始不叫羊坝头,叫硬骨头巷了!革命群众都记牢……”

第六章

“右派”分子杭方越，在革命群众眼里是死老虎，扔在浙南龙泉山中烧窑，眼不见为净。没想到他自己送上门来，那怪谁？这是个命既大而又苦的人，从小颠沛流离，日本佬枪炮下几次死里逃生，绝处总有贵人相助。自幼受了杭家人熏陶，就成了一个不太有政治头脑的憨子。既然憨了，就憨到底吧，却又到底还有血缘里的那份聪明，一大半用在业务上了，一小半张开眼睛东张西望，就用到了不该用的地方上。在美院学的工艺美术这一行，刚刚工作，五七年大鸣大放，他提了条意见，说解放后人民生活不注意审美趣味，烧的一些瓷器过于粗糙，还不如明清时期的一些民窑瓷器精致，结果一总结，变成新中国的共产党还不如三百年前的皇帝会当领导，这还了得？又加生父为汉奸，生母在美国，他不当右派谁当右派？发配浙南山中——你不是那么关心烧窑吗，我就让你烧它一个够！

好在方越跟着忘忧在山里也呆了那么些年，也还吃得起苦。再加从小就跟着无果师父烧过窑，大学里学的又是工艺美术，龙泉又是中国古代名窑哥窑弟窑的发祥地，杭方越在那里倒也是歪打正着。

这一去，就好像回不来了。哥窑弟窑的烧制法，已经失传了几百年，方越和同事们花了好大力气，终于在前几年相继破秘。山中一住十年，虽然户口还在杭州，但老婆孩子却都是当地农民。山里人倒也不曾对他白眼相加，他也算是过了一段平静日子。可怜终究是个倒霉人儿，屋漏偏逢连日雨，老婆带着儿子上山劳作，竟被毒蛇所咬,来不及抢救,死了。方越痛苦了一番,想想忘忧哥一生未娶,在天目山做了守林人,不是也过了半辈子,这才活过心来,只是儿子杭窑太小,他一个人带不过来。正发愁呢,得荼来信,说他的养母茶女可以带杭窑,于是便跟了去。而他和他的同事们,也就在山里扎下根,继续恢复对龙泉窑烧制的课题研究。这次来杭,就是汇报这方面的进展。没想到一进机关大院就被拿下,临时套了顶高帽子就上了街。

游斗正酣,突然红卫兵们就散了,说是灵隐寺那边有行动,需要人力支援,他们把牛鬼蛇神扔在路灯初亮的十字街头就不管了。杭方越在山里时间太长,本机关有许多造反派竟然都不认识他,赶着牛鬼蛇神往回走,就把他给落下了。方越运动过得多,也有些老油条了,再说刚进城里,还不明此次红色恐怖究竟有多恐怖,傻乎乎地提着个帽子正四下里观看呢,一眼就看到了养父嘉和与二哥杭汉。

杭汉一把抓过他手里的帽子,快步往前走着,边走边说:“走得理直气壮一点,就当我们是造反派,专门去游人家街的。”亏他回到杭州才半天,就已经开始学会斗争了。

嘉和却问:“越儿,你怎么改名叫周树杰了?”

方越被这二位挟着走,边走边埋怨着:“我跟他们讲了我不叫周树杰,我叫杭方越。可是他们根本就不听我的,非把周树杰的帽子给我戴上了。周树杰是我们厅的领导,那年我的右派还是他定的,怎么我就成了他。我再回头看,他就排在我身后,戴着我的高帽子呢。我想换回来,红卫兵也不让。他们都不理我,当没听见。”

方越好像说着别人的事情,东张西望,突然站住,指着街对面一家店说:“这不是奎元馆吗?我一天没吃饭了。”

杭嘉和想,亏他这种性情,随遇而安,想得开,这十年才活得下来,换一个人试试?又想,也不知方越这孩子多久没吃过杭州城里的面了,这么想着,接过了那顶帽子,说:“走,吃虾爆鳝面去。”

他把高帽子随手放到门口,三人就进了面馆。这奎元馆的面,也是几十年的好名声了。革命,革命,总算还未把虾爆鳝面革掉。嘉和要了三碗,又对伙计说:“三碗都过桥。”伙计走开时,嘉和对方越、杭汉二人笑笑说:“今日越儿是辛苦了,汉儿又刚刚从国外回来,我请你们客,过桥。”

过桥面,或是杭州人的一种特殊的面条吃法,就是把面条上的料加足了另置在小盘中,用来下酒。嘉和要了过桥面,就是要请他们二位喝酒了。果然嘉和又点了一瓶加饭,说:“下次专门吃过,今日意思意思。”

杭汉虽和大伯几年不见,但他是最懂这老人心事的,喉咙就噎着,说不出话来,三人就先干了一杯。热气腾腾的面上来了,他几次举箸也难以下咽。他是不胜酒的,此时却陪着伯父一杯一杯喝。方越饿了一天,自顾填肚子,呼噜呼噜吞着面条,却问:“二哥,非洲比这里热吧,茶叶可生得好?”

杭汉一下子就想起了非洲,才离开了两三天,却恍如隔世。他不是一个很善于言词的人,但这时却强打精神,自己宽自己的心,说出的话倒像是首诗:“非洲怎么不热,一年到头都可采茶,每个月都可见茶花发,白花花的一片。我们在苗圃里插下茶穗,一年就有一米可长。到了雨季,茶叶就越发可看。茶园周围,那是一片片的火焰树,高高大大的,比街上游行的红旗还红。火焰树旁边,芒果树挂满了浅黄色的果实。香蕉的叶子,比门窗还大,一串串的香蕉,就挂在中间,就像一串串的眉月。还有一大球一大球的菠萝,像士兵一样,五步一岗十步一哨,立在茶园旁边——”

正说到这里,突听一声吼:“周树杰!周树杰!谁是周树杰!”

只见一个服务员拎着那高帽子走进店堂,猛的一声吼,那三人顿时半张着嘴说不出话来。眼看着杭汉的脸就刷的一下白了,方越突然就站了起来,却看见嘉和坐着,朝他笑了一笑。突然,方越就感到了一阵轻松,就像那年从深山里出来时第一次到杭家见到他一样。义父那没有了小手指的左手朝他挥了挥,他就重新坐了下来。那服务员却走了过来,警惕地问道:"谁是周树杰!"

嘉和却问:"请问,厕所在哪里?"

服务员用手指了一指,拎着高帽子回灶间去了。嘉和咧了咧嘴,说:"再往下说——"

"说什么?"

"说你的非洲啊!"

"噢噢,非洲,非洲的茶园旁边,还开满了合欢花。茶不是喜欢阳崖阴林吗?这些合欢花一束束地开着粉红的花,就是阴林。茶树上面成群地飞舞着长尾巴的金色鸟儿。我们的茶,在它们眼里,就是最美好的东方伙伴。噢,我差点忘了说,还有面包树,猴子最喜欢吃那东西。仙人掌长得比人还高,它开的花,那才叫好看呢,非洲啊……"

杭汉突然停箸不言了,看着他们,他看见他们的眼睛都已经是红红的了,自己的眼眶就一热,喃喃自语:"非洲……非洲……"

"被你那么一说,我真想去一趟非洲啊……"嘉和说,和两个晚辈碰了碰杯,一饮而尽。两个晚辈却停箸望着他——他们的目光中流露出崇敬的神色。这是大难临头时的成年男子对德高望重之辈的依赖。杭汉一口气干下了这杯酒,就着眼泪,说:"伯父,吃了饭,我想到父亲家里走一趟。"

杭嘉平被封在院子里,既进不了他的屋门,又出不了他的院门——红卫兵可真能革命,拿大字报把他家的院子大门和屋门都糊了起来。好在七斗八斗一阵,皮肉吃点苦头,还未伤筋动骨,也许是看在得放的面上,还没拉他去游街,只是乱七八糟掳了一些东西,一声号令,就撤了。

八月份之前,嘉平是拥护这场革命的。要抓党内走资派,他想,这又何乐而不为。反正他也不是党员。有些党员干部,早就该这么冲击一下,头脑清醒清醒了。五七年是知识分子给他们提意见,还没怎么触及灵魂呢,就被一棒子打下去了,他算是侥幸过关,当时吴觉农先生也在政协,关键时刻保了他。不过他也没有少检查,想起那时候他杭嘉平竟然也有在大庭广众之下痛哭流涕之时,事后他汗毛都会竖起来。他想这还是他吗?还是那个搞工团主义、去苏联留学、参加过北伐的杭家二公子吗?从此以后,他再也不唱反调了。不用他唱,因为毛主席已经发现了问题,毛主席还是伟大啊,他不会因为五七年"大鸣大放"之后就对党内的严重问题视而不见。这次他不再依靠知识分子了,他依靠青年学生,依靠工农兵群众。群众和知识分子风格是不同的,群众什么也不怕,他们不但要触及人的灵魂,还要触及人的皮肉。从前那些严重的官僚主义分子,这下确实有他们的好看了。群众的怒火不是无缘无故就那么点起来的,他乐观地想。

要抓走资派,难免他们这些无党派人士也会吃点误伤,围攻起来一起批斗的事情也不是没有,但杭嘉平私下里愿意承受这种磨难。他想,要党改正错误,看来也只有这样猛烈地冲击一下了。谁知过了八月,中央《关于无产阶级文化大革命的决定》一发表,工作组联络组一撤销,毛主席在天安门城楼把军帽那么一挥,一切就迅猛地走向了极端。杭嘉平从年轻时代开始,就是一个思想趋于极端的人,年纪虽大,思想依然容易偏激。即使是他这么一个人,对这场运动的理解也已经走向了不理解。运动越来越激烈,范围越来越大,党内党外、各行各业、知识分子、工农群众,谁挨上运动的边就谁倒霉。最后弄到传统也不要了,学校也停课了,工厂也不上工了,街上出现造反派,所有的社会秩序、公德、规范、习俗,全都翻了个底朝天。到了这个地步,杭嘉平不得不想想,这个世界,正在发生着什么,而他自己,也正在面临着什么了!

杭嘉平最痛心的是他的得放。他没想到首先带着红卫兵来抄家的,会是他的最得意的孙子。当他和一群黄毛小子黄毛丫头站在他面前,要他交出反动证据时,他吃惊地摊着手说:“我哪有什么反动证据!我革命都革命不过来呢,你们说话可是要有证据的啊!”

孙子冷笑一声,说:“你当我们革命小将是瞎子?这半个月来,你每天早上在厕所里塞什么东西?”

杭嘉平惊得背上的汗刷地流下来。这段时间,他确实是在销毁一些信件。办法也独特,先拿脸盆把信件泡软了,第二天一早倒到抽水马桶里冲掉。他爱写信,自然回信也多,但五七年之后,他写的多是应酬之作,还参加了诗词学会,也无非是风花雪月加三面红旗罢了,他自己都觉得自己已经充满了遗老的头巾气。即便如此,这些东西他还是不敢留下,统统消灭在下水道里。有几回马桶被塞住了,他就让孙子来帮他通。他虽然没跟孙子说厕所为什么会堵,但也没有想过要隐瞒。没想到孙子就那么出卖了他。孙子竟然能从厕所里拣出一批信,那是黄娜从英国寄来的。孙子大声地叫道:“老实交代,你是怎样里通外国的?”

“那是你奶奶给我的信!”

“谁叛党叛国,谁就是我不共戴天的敌人!”得放突然叫了起来。杭嘉平活到六十五岁,此刻真是如梦大醒,盯着孙子得放,一句话也说不出来了。

杭嘉平住的院子,在解放街的马坡巷小米园后面。这小米园,传说是明代大书法家米芾的儿子小米的故居,后来又成了清代大诗人龚自珍家的院子。平日里,此处也是一个闹中取静之处,杭家又是个独门独院，被画家黄娜悉心收拾，很是像样。如今造反不过月余，院里院外，摊得一世八界。各家墙头和门上贴着一张张的标语和大字报，大字报上的墨水还是湿的，流下来一条条的，像是被雨淋过了一样，人名上打着红叉叉，那红颜色也是湿的，流下来，像血，殃及南廊下的一只八哥，也被“打翻在地”，“踏上一只脚，永世不得翻身了”。现在整个街巷突然一下子冒出来那么多打着红叉叉的人名，那情景，不能说是不恐怖的了。

白天来抄家的时候，大门口来来回回地集聚着一群人，冲进来也是着实地看了一会儿热闹，后来大门被封上了，院子里反倒安静了。现在是夜里，残月东升，杭嘉平当院而坐，就着天光，还能看到挂在晾衣服的铁丝上的那些红红绿绿的标语，东一条，西一条，就在风中轻轻地舞动。间或，他还能听见院角处有泼剌泼剌的水声。他想起来，那是黄娜从前在院角建的金鱼池，被小将们砸了，水漏得差不多了，那些半死不活的金鱼正在挣扎呢。

反正家里也进不去，他不知道自己此刻还能干什么，什么也不能干了，就去救那些金鱼的命吧。

院里还有一个自来水龙头，所幸还未被砸了，嘉平正接着水呢，就听后门钥匙响。这扇后门自黄娜走后，就没有再被开启过。嘉平神经绷紧地想，是不是小祖宗又回来了。他自己都不敢想，他竟然会突然之间地怕起他的孙子来了。

推门进来的，却是已经三年未见的儿子杭汉，他激动地冲了上来，抓住父亲的手就说：“让我看看，让我看看，他们打了你哪里？”

父亲的头就晃着，躲来躲去，说：“门都封了，瞧你回来的好时候。”

杭汉这才说，后门还有人，是伯父，专门来看他的，不知道要不要紧。嘉平说估计今天夜里不会再有人来了，赶快让嘉和进来。杭汉又说，还有一个人呢，方越，他能不能也进来？

自从方越做了右派，嘉平就再也没有见过他，算起来已经十年了。嘉平一跺脚，说："横竖横拆牛棚，都进来。"

话音刚落，身材偏矮的方越就搀着瘦高的嘉和，出现在院子里。大家愣了一会儿，无言以答。好一会儿，嘉平方说："惭愧惭愧。"

嘉和连忙摇手，答："彼此彼此。"

"屋里封了门，进不去了。"

嘉和说："找个角落就行。"他们移到金鱼池的水泥池边，摸索着坐了下来，说："人活着就好，还能说话就好。"又说，"越儿，看看你嘉平叔，多少年没见到了。"

方越鼻子一酸，叫了一声嘉平叔，就蹲了下来。

杭汉团团转了一圈，想撕了那哗啦哗啦挂在空中的标语纸条，又吃不准，手都伸出去了，看到上面写着打倒国民党反动军官杭嘉平，便问父亲："这是谁那么胡说八道?!"

嘉平摆摆手，生气地说："让他自己回来撕!"

杭汉知道父亲指的是得放，叹口气说："还不如前几年跟着黄姨去英国呢。"

"她是一向做逃兵做惯的，哪一次不是国内有些风吹草动，她就想往国外跑。你看你妈，那么多年，她出过杭州城吗?"

杭汉想，也许并不是国内的那些风吹草动让他的这位后妈走的，也许正是父亲刚才的那番话才把她气走的呢。二三十年过去了，杭汉的这位岳母从来也没有停止过对嘉平前妻的忌妒。杭汉由他的岳母想到了他的妻子蕉风。蕉风十九岁就成了他的妻子，二十岁就生了得放，现在也还不到四十岁。她一向习惯了在杭汉的羽翼之下生活，她怎么对付得了这样的冲击呢？一想到蕉风那双有些木然的大眼睛，一动不动地睁在她的眼镜片后面，杭汉心里就发急了，说："也不知他们会把蕉风怎么了，会拉她去游街吗?"

“他们又不是要整她，只不过是要通过她整你罢了。你倒是把自己要回答的问题理一理。”

“笑话，我是什么人，谁不知道？别人不清楚还好说，这两个毛孩子也跟着瞎起哄。”

杭汉还是忍不住地站起来，要去找得放。他要他向爷爷赔礼道歉，还得让他把大字报揭了，要不一家人还怎么进屋？总不能造反造得不让人吃饭睡觉啊！

杭嘉平摇摇手说：“你几年不在家，你这个儿子可是生出大脾气来了。他若连我都敢造反，我看也不见得就会理睬你的了。他从前除了相信我，就是相信得茶。现在我是不相信了——”

“得茶他也不相信了。”嘉和轻轻叹了口气，“两兄弟碰到一起就吵架，喉咙还是得放响。”

“这有什么奇怪。你看你儿子，刚才把我批斗的。”嘉平用手指指他头上的一个紫血包。杭汉心都拎了起来，抽了口凉气说：“他打的？”

“谁晓得是谁打的，反正是他带来的人打的，说我是红茶派，红茶是专门给帝修反喝的。我心里想，真要批判红茶派，还不是得先从你爹批判起。那年是你跟我谈了国内红茶出口的情况，我才在政协会议上做了个提案的。”

“这话怎么说呢，扩大红茶生产还是吴觉农提出来的，莫不是他这个当过农业部副部长的人也是红茶派，也要挨批斗了？”

“当过部长算什么，吴老现在还是全国政协的副秘书长。比他厉害的人，还不是名字上都打叉叉了？”

杭汉就更不明白为什么要搞这场运动，但他非常清楚什么是红茶派。1950 年 12 月，得放的母亲在杭州家中分娩生得放的时候，他正在杭州参加全国各地茶叶技术干部集训。开学第二天，吴觉农先生的报告，内容是关于中国与全世界红茶生产趋势。正是在这次报告中,杭汉知道了国外红茶的市场。当时的需求量是二十四万担,而我们的实际生产只有十四至十五万担。杭汉还清楚地记得吴先生的原话:至于国外市场上的需要,特别是苏联红绿茶的消费,红茶要占75%至80%,其他新民主主义国家,如民主德国、波兰、罗马尼亚、捷克、匈牙利等都需要红茶,资本主义国家如英国和美国需要的也是红茶。杭汉记录下这些国家的名字时,一点也不曾想过,把苏联和美国放在一起有什么关系。正是那次回家之后,家人告诉他,蕉风已经被送到医院去了。他和同样兴奋的父亲跑到了产房门口,在等候新生命出生的那个空隙里他们也没停止对建设新中国的热情探讨,谈到锡兰这个国家还没有我们浙江省大,但我们中国的红茶生产只有他们的三分之一。国际市场对红茶的需求,占全部茶叶需要的90%。正在这时,婴儿出生了,孩子那张小老头一般的红脸出现在他们面前时,刚过天命之年的杭嘉平激动地说:"中国人民得解放,我们已经有了一个得茶,就叫他得放吧。"

今天,就是这个得放,把苏联、美国和他杭嘉平一锅端了。他不但封了他的门,还让人在他的大脑门上砸出了一个包。他们祖孙两个一向亲密无间啊。就像杭汉一点不理解那个陌生的营业员为什么那么恨他一样,杭嘉平也不理解,为什么他的孙子会这么恨他——嘉平突然激动起来,仿佛忘记了儿子刚刚从非洲回来,盯着儿子,又盯着哥哥,问:"这句话只有今朝夜里蹲在门角落里问你们了,这是为什么?啊,这样弄,到底是为了什么?"

他的声音忍不住又要响了起来,嘉和站了起来,用手压一压,说:"轻一点,轻一点,要熬得过去,要熬得过去……"

杭家这四个男人,同时蹲了下去,谁都不再说话,却就着天光,捞起那些半死不活的金鱼来了。

杭得放并不是一开始就决定批斗爷爷杭嘉平的。他并没有什么批斗目标,只有一个坚定的信念:必须行动了!必须批斗了!必须造反了!

前不久杭得放与堂哥得荼交换过对运动的看法之后,的确是打定了主意,暂时看一看,不以眼下的得失论成败。他自信这场运动不会只给孙华正之流一个舞台。他应该学一学得荼,应该沉得住气。然而他太年轻了,世事太瞬息万变了,造反太突然了。总而言之一句话,革命太伟大了,大出了一切年轻人的梦想。一夜之间,全班每一个人都有了自己的战斗队,干部子弟跟着董渡江去了,工农子弟跟着孙华正去了,黑五类子弟灰溜溜地回家陪斗去了。一小撮中间的红不红灰不灰的子弟们,自己集成一个小堆,一边有心无心地说着话,一边脸上挤出一种讨好的笑容,朝各个阵营里探头探脑。得放刚刚走进教室,他们中的一个就焦急地拉住他的胳膊,说:“杭得放,他们都行动起来了,我们怎么办?”

得放打量了一下他们,心想,我就落到了这个地步,落到了非得在“中间”安营扎寨的境地?他放眼望一望革命格局,发现果然没有一个人要理他,他就有一种虎落平阳被犬欺的英雄末路之感。但他还不甘心,要做最后的斗争。他环顾周围,知道孙华正根本不可能要他,眼看着只有那飒爽英姿的董渡江还有些缝隙可钻。他就朝她那公社妇女主任般健壮的背影走去。他屈尊挤进董渡江的队伍要说话,可是别人不听,别人用一种陌生的目光审视着他。董渡江一张一合着她那辽阔的大板牙,严肃地问:“你家里的问题搞清楚了吗?”

“我家,我家有什么问题?”

“你难道还不知道?你父亲有历史问题,你母亲单位也准备审查她了。”

“不可能!”

“怎么不可能？老实告诉你，我刚刚外调回来。你父母的单位，我们都去过了。”

“去我父母的单位？”

“怎么，去不得吗？”孙华正咄咄逼人地说。

“可我是和我爷爷住在一起的。”得放想了想，搬出一张挡箭牌。不料那两人都冷笑起来，说：“你就别提你那爷爷吧，政协门口自己去看看，你爷爷的大字报大标语多到天上去了。”

得放咽了口气，又咽了口气。他知道，如果他不那么连续地咽气，他会冲上去咬他们一口的。咽气的结果，是他压低了声音，问道：“你们是说，我不配做无产阶级革命派了？”

“忠不忠，看行动！”

杭得放绝望地想，怎么看行动，该批斗的牛鬼蛇神都让人揪走了，该成立的战斗队都成立了，他还有什么可以行动？还有什么事情可以证明他是红色的、革命的、纯洁的？

他环顾四周，自己也不知道自己，就像一头饿狼一般到处寻找食物。他突然看到了那双眼睛。那双眼睛，恐惧地善良地望着他，眉头皱了起来，痛心的样子让人永生难忘。千钧一发之际，命运给杭得放送来了那条大辫子。看样子这的确已经是全班惟一的一条大辫子了。他本来不是应该欣羡于它，爱它，拥有它吗？然而他却对它一刀两断。杭得放举起放在桌子上的一把剪刀，突然大吼一声：“我让你们看我的行动！”

他扑了上去，一把抓住谢爱光的那两根辫子，以迅雷不及掩耳的动作，飞快地绞了下来，提在手上，大声地叫道：“这是资产阶级的生活方式，这是四旧，革命的同学们，跟我走，造反去！”

他就这么提着两根辫子冲出了教室，后面一阵排山倒海的欢呼声，杭得放的气势压倒了众人，征服了众同学，连孙华正也向他拍手致意，他成功地在最短的时间里再次成为学生领袖。他雄赳赳气昂昂地走出好远,听到了教室里传来了一阵惨叫,他的心,就在那惨叫声中剧烈地跳了起来,然后一直往下坠去,坠去,坠得他眼中逼出了泪水,他想:这就是革命的泪水,造反的泪水,革命就是人民的狂欢节,革命无罪,造反有理!他挥着辫子回过头来,连蹦带跳地喊着口号,又激动又茫然地想:到哪里去造反呢?到哪里去抄家呢?他们已经来到了十字街头,有许多过路的群众以及也在游行的队伍都停了下来,看着他。同学们开始停下脚步发出追问:"我们去哪里,我们去哪里!"董渡江问他:"杭得放,革命的下一个目标在哪里?"

杭得放盯着手里抓着的那两根黑油油的大辫子,辫子的下端是两根绿色的细绒线的发绳,他应该想到他的下一个造反目标在哪里,可是他却无法控制自己地想:为什么绿头绳可以配黑头发呢?为什么家里的厕所老是堵塞呢?然后,他就声嘶力竭地举起双手喊道:"战友们,跟我走,抄我的家去,冲啊!……"

现在的杭得放也并没有回家的打算。这是一个被清算的家,一个无产阶级专政的对象之家。他现在要做的首先就是和这样一个家族划清界限。另外一方面,他的革命行动也很忙。杭州大中学校一批红卫兵正在筹备成立红卫兵司令部,他也终于成为了他们的联络人之一。晚上是他们开会的时间,不料临时被赵争争从女中派来的人叫走了。他还以为有什么了不起的事情,没想到是让他用自行车把妹妹迎霜接回去。赵争争在日光灯下面的脸色苍白,她有些神经质似的在屋里来回走着,不停地说:"你要对你的妹妹说,革命是暴动,是一个阶级推翻一个阶级的暴烈的行动。"接着她又不满地说:"她离一个革命者太远,你不应该让我来带领这样一个革命素质太差的人。"得放不知发生了什么事情,他惶恐地说:"不过她的确还是小了一点。"赵争争叹了口气,说:"她在医务室里,把她带回家吧。”

但是他没法把妹妹直接送回羊坝头,妹妹手里死死捧着那只大茶炊,两眼发直,全身发抖,像是受了巨大的惊吓。他反复问她,发生了什么事情,她就是不说。还是旁边的人告诉他,今天学校斗一个隐藏得很深的历史反革命,那家伙像茅坑里的石头又臭又硬,怎么斗他也不交代。鞭子也抽过了,喷气式也坐过了,大牌子把脖子也快挂断了,他就是死不承认。正好迎霜手里还抱着那个茶炊,几个女红卫兵里,就有一个人,举过那茶炊就往那反革命砸去。杭得放一时听得热血沸腾,问砸过去后那老反革命有没有招,回话的那人叹了口气,说:“招什么呀,他就带着花岗岩脑袋见上帝去了。”

死了!杭得放想,他有一点茫然,有一点惋惜。他没有亲自经历这样的场面,却让赵争争经历了,他这才明白为什么赵争争反复强调革命是暴烈的行动。他想起了这段话的出处《湖南农民运动考察报告》。他想,可惜现在是没有地主的牙床了,否则他也是一定要上去打一打滚的。

迎霜却被这暴烈的革命行动吓傻了。得放怎么给她背毛主席语录都不行。她只是一个劲地磕巴着牙齿说:“回家,回家,回家……”杭得放想,抱着这么一个大茶炊,怎么回家啊。他想把这修正主义的破玩意儿扔掉拉倒。谁知迎霜就像杀猪一样地尖叫起来。得放也是实在没办法,只好先回爷爷家,把茶炊扔了,随便拿几件换洗的内衣裤,再送妹妹去羊坝头——噢——不是,是送妹妹到硬骨头巷去。

进家门还真是费了一些工夫,整个大门都被大字报封住了,得放又不能扯了它们,就蹲在那里一点一点细心地剥,剥得像个门帘子,才掀开爬了进去,然后,再把那抱着茶炊的迎霜拖了进来。一进院子,他一把夺过那茶炊就往墙角扔去,边扔边说:“这下回了家,你该扔了这修正主义的破玩意儿了吧。”

只听迎霜一声尖叫就朝墙角冲去,她叫了一声爷爷,得放这才看见月光下墙角边靠着的四个身影,再定睛一看,指着方越就叫:"你,你这个右派分子,你怎么还敢到这里来!"

从前方越回羊坝头,也是常见到得放的。他不像得茶,对他总有些心不在焉,但总算还客气,一声越叔还是叫的,他想不到得放会对他这样说话,一时心如刀割,条件反射一样,身体一弹,嗫嚅着:"我这就走,我这就走……"

嘉平一把拉住方越的手,说:"我还没扫地出门呢,这还是我的家!"

杭汉也忍不住了,说:"得放,得放,你给我住嘴!"

杭得放看见父亲,突然大爆发,跺着脚轻声咆哮:"都是你们!都是你们!都是你们!"

"都是你们"下面的内容实在太多,只好省略了,黑夜里这压抑的愤怒的控诉声,就在这刚刚被荡涤过的院子里回荡。然后是一阵巨大的沉寂。好一会儿,方越说:"我,我,我走了。"

一句话也没有说的杭嘉和这时说话了:"一口茶总要喝的。"然后才对得放说:"你把屋门的大字报给我们处理掉,我们要进去。"

"一千个做不到!一万个做不到!"杭得放庄严地宣告。

"你去不去?"

"不去!"

"去不去?"

"不去!"

突然,杭嘉和拎起那桶放金鱼的水,"嗨"的一声,夹头夹脑泼到了杭得放的脸上。然后,他伸开那个只有半截的小手指,一字一顿地问道:"你、去、不、去!"

被一盆凉水浇得一个透心凉的杭得放,突然心里有一种焦灼后的妥帖感。星光下水珠成串地隔着眼帘往下落,看上去仿佛眼前的那四个影子都在流泪。就那么呆若木鸡般地怔了一会儿,得放顺从地去扯那些大字报了,三下两下,就打开了封着的门,说:“好了。”

然而大家都没有回答他,都没有进去,都沉默地盯着他。现在是他嗫嚅了,他说:“明天人家问,就说是我拿东西打开的。”

影子们依旧盯着他,不说一句话。得放开始觉得自己的脸上麻麻的,有热水在流。这种伤心的感觉已经久违,且不合时宜。他被自己的乱作一团的爱恨交加的感情扯裂着,又为自己而感到耻辱。他哽咽着,说:“我走了……”转身就推开了大门,大字报门帘就一阵风似的被这少年带出的力气推出好远。院子里的影子们依旧一声不响——发生的一切令人心碎,还会发生什么又不知道……

迎霜突然尖声哭叫起来,断断续续地说:“死了……用茶炊砸死了……用茶炊砸死了,爷爷……”

大人们又拎起心来,问:谁死了,谁被这茶炊砸死了?什么?是陈老师?谁是女中的陈老师?

嘉和突然就眼前一阵发黑,朝天上看,星星噼里啪啦冒着火星直往下掉。他颤抖着嘴唇,半天也没有把“陈揖怀”三个字吐出来,就一下子坐倒在地上了。

第七章

仿佛童年的流浪正是今夜亡命的预演，或者今夜的亡命正是童年流浪的复习。1966年夏天，杭方越加入了骤然暴涨的无家可归之人的行列。夜幕下他踽踽独行，街上人流川涌，杀声震天。他却仿佛行走在荒野。前面看看也没有亲人，后面看看也没有亲人，他被命运第几次放逐了？

以往他就是很少回杭州的，但凡回来，单位里那间斗室还给他保留着，他毕竟还是这个单位的正式职工嘛，况且，怎么说对国家都还是有贡献的。前几年单位分进一个年轻人，没有房子，就暂居在他那里。偶尔他回去，若多住几天，那年轻人的脸色就不好看。这也罢了，再往后回去，竟发现门锁已换，叫来那小伙子，目光近乎愤怒。夜里来了一姑娘，两人叽里咕噜说个不停，方越多迟回来他们也不走。方越只好说声对不起，先躺下头朝里睡，一觉醒来，那小伙子正在摔摔打打，当然摔的都是他的东西，叫他为难。他不能跟他说：同志，这是我的床，我的书架，我的箱子，我的房子，你长期在我的房间里待着，应该摔打的是我。然而今日挨斗游街，他发现那青年臂箍红袖章，显然是造反派一个了，他若连夜回去，还有他的好果子吃！

至少今天夜里是绝对不能回去的了。

还能去哪里呢？从嘉平叔那里出来，他就不打算回羊坝头了。他自认自己是个灾星，挨上谁谁倒霉，刚才得放的那一句惊喊，让他心里实在震撼。说不上委屈，只是发现自己在别人眼里的实际地位已经到了这个地步,他自惭形秽。

他举头看一看天空,月轮有晕,云厚气闷,难说会不会有雨。他再没有别的想法,要紧的是先把今天夜里对付过去再说。

右派分子杭方越不敢走大街,那里太亮,一切"魑魅魍魉"都会暴露在光天化日之下。他就专门寻找那些小巷,沿着中河边密密的贫民窟一般的居民区走。说起这条河,八百年前,也是繁华地带,皇帝赵构、大臣秦桧,都在这河边住。如今俱往矣,王谢堂前燕,平常百姓家了,一片的旧垣颓楼,黑糊糊的,路灯也隔着好远才有一盏。

一开始他自以为找个地方睡觉并不困难——果然,在一偏僻处的小屋门前,他发现了一张"睡床",那是一辆停歇着的黄包车,显然主人已经休息了。

杭方越没有再多想一下,就钻了进去。他的个子本来就不大,两个人可坐的座椅,被他一个人一缩,也就安下身来。很快他就睡着了,还做了一个梦,梦里他狠狠地摔了一个跟头,头着地,痛得他大喊一声,睁开眼一看,果然他已落在地上。他的确是摔了一个跟头,他被车主人从后面一掀,从车里倒了出来。

车主人说:"什么人贼大胆,我上了一趟茅坑,你倒钻到我车里睡觉了!"

方越想,他自以为美美睡了一觉,还做了一个梦,原来不过上一趟茅坑的时间,真是一枕黄粱。灵机一动就顺着那人话说:"我是等你拉我的呢,上城里看大字报去!"

那人一听果然口气就变了,说:"大字报啊,我晓得哪里最多了。解放街百货公司门口,还有医科大学大门两边的围墙,密匝匝,炮轰省委呢。"

一个拉车的,平日里知道什么,现在说起省委书记,也跟说起隔壁邻居一样,方越终于知道,这一次和五七年真的不一样,一座城市,也是一片人民战争的汪洋大海了。于是便想赶快溜,再扯下去他就得露馅,说:“我也去趟茅坑,去去就来,你等着我。”然后,顺着人家拉车人手指的方向,溜之大吉了。

在暗夜里又跑了一阵,进入一条狭长的小巷,确信人家不会追他,才放慢脚步,定睛端详,是大塔儿巷。大塔儿巷啊,旁边就是杭七中,他的中学母校。他入中学那一天,还是义父嘉和亲自送来的。报完到,义父带着走过这条巷,告诉他说,这是戴望舒的撑着油纸伞的雨巷啊,是走过结着紫丁香般愁怨的江南姑娘的雨巷啊……从那时候开始,他知道了戴望舒。然而知道了又怎么样,紫丁香的雨巷通向爱情,流浪者的雨巷通向流浪,他这么茫然地想着从前的伤感诗人,茫然地往前走,有一滴水落在他的鼻梁上,是露水,还是雨水?方越突发奇想:如果戴望舒还活着并且依旧住在这里,那么紫丁香般愁怨的姑娘肯定是隔壁母校杭七中的女学生,而且她肯定不愁怨了,说不定此刻她正上房揭瓦,在抄戴诗人的家呢!那么戴望舒将怎么办呢?诗是肯定写不出来了,只有两条出路:要么吐血,要么上吊!五七年他们那一批右派中,好几个人就是这样死掉的。

方越那么胡思乱想着,又踅进了另一条巷。巷不长,狭狭的一线窄天,两旁是高高的山墙。他仿佛是走到死胡同里面去了,却转过了弯,并看到了清吟巷小学的挂牌。这一回他清醒了:那是从前王文韶住的清吟巷啊。幸亏王文韶这个老滑头琉璃球、这个封建王朝的最后一任宰相1908年就死了,要是活到今天,还不被人活扒了皮吃掉。也许还没等人来扒皮,自己就先吓死掉了吧。方越如一条丧家之犬,横横竖竖地在杭州的拐弯抹角的弄堂里踽踽独行,遥想着世纪初的往事,竟不知今夕何夕。终于眼睛一亮:真是天无绝人之路,路旁有一幢正在施工的建筑物,夜里空着,恰好钻进去睡觉。

这一次却是睡不着了,躺在潮乎乎的地上,有地气泛起,有硬物硌着他的腰,朝天上看,有一闪一闪的星星在乌云里明明灭灭。方越又突发奇想:究竟是乌云遮不住日月星,还是日月星终究要被乌云遮住呢?从前他也是拿这个问题问过忘忧的。忘忧是有佛性慧根之人,话多有机锋,说:“那就看你是心向乌云还是心向三光了。”这么想着,他便定心守住丹田,一心向着星星。谁知也是白向,一会儿,星就完全被乌云遮住,然后是闪电,在空中划出许多的冰裂纹,像窑变后的瓷片,轰隆隆的雷声炸响,噼里啪啦的雨就下下来了。

一下雨这里就没法待了,方越只得再起身,沿着巷子出来,一怔,想,此处不正是寄草姑妈所住之巷吗?听说小布朗也回来了,他还没有见过呢。又想,寄草姑妈怕也是凶多吉少的,不妨也去看一看,哪怕暗中看一眼,也是牵挂啊。

杭方越看到了他最不愿意看到的光景。院子里灯火通明,人进人出。方越仔细找,也没看到他们母子俩,心一急就凑了上去,见屋里造反一般的乱,连地板都被撬了起来,东一块西一块,湿漉漉的,扔在院子里。他就问看的人挖地板干什么,旁边有人白一眼,说:“搜敌台,连这也不知道?”

“这家人会有敌台?”

“什么东西挖不出来!”

“我怎么没看到敌台啊?”

“那么好找,还要造反派干什么?”

“那,这家人都到哪里去了?”

“谁晓得,反正没有好下场!”

方越听得额上汗水直渗,默默地走开,喉咙憋得喘不过气来,就蹲在电线杆子下装吐,背上雨水噼噼啪啪打,脑子一片空白,想:现在我该到哪里去呢?

这家的主人,此刻却是在西湖上度过的。

原来白天得放带着人抄自己家去的时候,寄草也没有被闲着,她被单位里的人揪出来挨斗了。

别人一直叫寄草杭护士,其实她从丈夫被捕之后,就再也没有干过护士这个行当。这期间她做过种种杂事,甚至还给人当过保姆。直到五八年大跃进,她和一群家庭妇女,才组织起了这么一个街道小厂,糊纸盒,粘鸡毛掸子。她也算是办厂的元老,因为不肯和丈夫离婚,所以也当不成厂长,但副厂长还是非她莫属的,其实,厂里一应大小事情,她还是常要出面拿主意的。

寄草生性是这样的倔强,简直让人想不通。她生得细瘦高挑,分外秀气,又加这些年来爱流眼泪,貌似弱不禁风,不了解她的人就当她好欺侮,偏没想到她一边流着泪一边冒出来的话,能把人听得噎死。这次她去了一趟十里坪,就有人说她进行反革命联络,要在厂里斗一斗反动气焰。你想他们这个街道小厂,本来就是一个大杂烩,人堆里比来比去,大多半斤八两,谁斗谁啊。推选半天,才推出一个名叫阿水的斗鸡眼,原是厂里的搬运工。因为常拉着人力车在外,算是领略过革命形势的人,心里痒痒的,总想自己也能造一把反,把厂里的这粒芝麻绿豆般的小权夺过来。

他自告奋勇主持批斗会,且先下手为强,把厂里的一枚大印先抓到手里。身上衣服也没个口袋,又怕大印放在别处被人盗走,实在是无计可施,憋出一个馊主意,把大印就吊在了裤腰带上,挂在裆下。他本来就是一个小丑式的人物,旧社会里跑过码头,胳膊上刺着青龙,一双乌珠"斗"得有点过分,裆下晃荡晃荡一只"南瓜柄儿"摇了上去,已经站在台上准备挨斗的寄草,先还流着眼泪呢,这时就指着那人裆下,哈哈哈哈地笑了起来。台下站着的革命群众,本来觉悟就不高,和杭护士个人关系又好,见阿水师傅这样一副吃相,都禁不住前仰后合地跟着大笑。阿水大怒,手里拿着一把鸡毛掸子,指到东,指到西,命令群众闭嘴。可怜他又是一个斗鸡眼,他指东,人以为指西,他指西,人又以为指东,小小一个会场,就演绎了一场闹剧。

看看会再这样闹下去就开不成了,他把掸子往桌上一摔,拼力一喊:批判大会现在开始——果儿,果儿,上来!

那叫果儿的一位,却是个中年瞎子,正是来彩的丈夫。他翻着没有瞳仁的白眼,手里一根探路的马杆,甩搭甩搭,准确地走上前去,一只手捏着本红宝书,又按在胸前,那样子也是很神气的。到什么位置根本就不用人家说,不远不近,恰恰就在台子前立定,把马杆在台子边靠好,手伸开,一声叫口穿云裂帛:"茶来!"

立刻就有人给他端上一大茶缸,他接过,咕噜咕噜半缸下去,抹了抹嘴,道:"想听什么?"

台下的人就纷纷叫:《为人民服务》,《为人民服务》!还有人叫:《纪念白求恩》,《纪念白求恩》!又有人打横炮:《愚公移山》很好听的,上回我听果儿全本念过。果儿笑嘻嘻地听着,又不耐烦地摇摇手,说:"那么喜欢听,'老三篇'通通来一遍算了!"

台下的人们就轰的一声,然后纷纷拍手,果儿就笑,说:"白念念,有那么好的事情?"下面就又笑,有人朝他身上扔硬币,有一枚竟准确地扔进了他的圆领汗衫内。果儿一边抖着,一边手往屁股后面摸,又往裆前摸过来,还笑嘻嘻地说:"怎么滑到前面来了,怎么滑到前面来了。"下面的人看了,简直笑得前仰后合,包括站在台上准备挨斗的寄草,也笑成了一团。就有几个妇女冲上去搡果儿,一边搡一边笑说:"《三大纪律八项注意》第七条是什么?"那果儿就叫:"第七不许调戏妇女们!""好哇,你违反了第七条,该当何罪,大家说要不要给他搡年糕?"下面的人,瞎的亮的哑的响的,都一道起哄,要给果儿搡年糕,也就是四脚四手拎起来往地上摔,吓得果儿直叫:"我是妇女,我是妇女,你们不要调戏我好不好?"

寄草早就习惯了这些从前杭家大院里绝对不会听到的荤笑话，而且她也晓得为什么果儿今天会这样说，人家会那么闹。她手下的这些弱人，有他们的弱办法来对付这个强梁时代。

阿水先也斗着眼睛笑，眼看着阶级斗争的大方向就这样要被转移了，这才醒来，连忙敲桌子，果儿咳嗽了几声，终于开始了：

“我们的共产党和共产党所领导的八路军、新四军是革命的队伍。我们这个队伍完全是为着人民服务的，是彻底地为人民的利益工作的……”

开门见山，此一段非背也，乃唱也；且不是劫夫所作的那种曲，这一段唱腔用的是风靡吴山越水间的越剧调子，果儿一开口，老太婆们就击掌道：“真正徐派！跟徐玉兰的贾宝玉一式一样！”

又有老太婆反驳：“我听听是范瑞娟的梁山伯。”

“你耳朵聋了，明明是徐玉兰的贾宝玉！”

“不要好的坯子，连范瑞娟的梁山伯都听不出来！”

“贾宝玉！”

“梁山伯！”

“贾宝玉！”

“梁山伯！”

“不要吵了，已经到张思德背炭了。”有人气呼呼给她们一掌，这才停息，屏气静心，侧耳倾听。

果儿的“老三篇”实在是表演得好。嗓音如裂帛，这倒也罢了，难得一口纯正的绍兴方言，可谓铿锵有力，错落有致，跌宕起伏，抑扬顿挫，再配以动作和表情，如说杭州小锣书一样，把“老三篇”说成了一场大戏。果儿的张思德一出场，听得人恨不得立刻就到山里去背炭；说到白求恩，毫不利己专门利人，不远万里来到中国，为中国人民的抗日战争献身，听得人又恨不得一路冲到火车站，买一张票夹脚屁股就赶到越南，和美帝国主义决一雌雄；至于那老愚公,太行山,王屋山,果儿自己也说得一时兴起,单腿飞扬,一根马杆踢出丈把远,腿倒是架到了台面上,双手握拳,顺手捞起阿水摔到桌上的鸡毛掸帚,高举在上,那老愚公就成了打虎英雄武松,一腔豪气,直冲云天。厂里大大小小,台上台下,都听得恍兮惚兮,目瞪口呆。寄草站在一边,也不由想起她小时候随父亲读古文,念到张岱的《陶庵梦忆·柳敬亭说书》,父亲每每就高声朗读:"……其描写刻画,微入毫发,然又找截干净,并不唠叨。哱夬声如巨钟,说至筋节处,叱咤叫喊,汹汹崩屋。武松到店沽酒,店内无人,謈地一吼,店中空缸空甏皆瓮瓮有声……"念到此,父亲就忍不住击节赞叹,不知是柳敬亭的书说得好呢,还是张岱的文写得好。此刻寄草看着果儿说大书,禁不住想,别看果儿是个瞎子,讨个老婆还是从前的婊子,若是活在张岱手里,说不定也是一个柳敬亭呢。

正那么胡思乱想,"老三篇"已经演完,果儿嘴角泛起了白沫,寄草连忙把台上的那杯大茶缸的茶再递给他。他咕噜咕噜地又喝,大家都傻了,想来想去,没人能把毛主席的话表演成这样,余音绕梁,三月不知肉味。倒是寄草虽站在台前,却由衷地鼓起掌来,说:"果儿真正是个人才!"

阿水这才想到,序曲已经结束,正剧应该开场,斗鸡眼乱晃一阵,叫道:"给走资派杭寄草挂牌!"

果儿听到这里,夸张地喷出一口茶来用手搭着胸腔,说:"哎哟姆妈哎,我要落去哉!"马杆也不摸了,跌煞绊倒就往下逃,大家就又都笑了起来。

也没有人给我们的阿水师傅打下手,只好样样自己来。阿水从椅子背后拉出一块硬纸板做的牌子,上面歪歪斜斜写着:国民党臭婆娘杭寄草,上面还很时髦地打着一个红叉,仿佛叫这名字的人立刻就要拉出去枪毙。

寄草看到那牌子,顿时就从刚才的闹剧中脱出,忍不住悲愤交加。她想起了罗力,想起了她在十里坪跟他商量离婚时的情景。她是看着他在离婚协议书上签字的,他们是抱头痛哭一场的啊,罗力,我千里迢迢赶到缅甸和你成亲,难道就为了这一天!

她一把抢过那硬纸牌,三下两下,扯成几片,扔在阿水头上,嘴里叫着:“你这个畜生!你敢,我看你敢!”

阿水想这还了得,这些天外面走来走去进行革命串联,何曾见过那些牛鬼蛇神中有谁敢撕掉那挂牌的?他以牙还牙也大吼一声“我看你敢”,就冲上前去,和杭寄草这走资派推推搡搡打了起来。但寄草也不是一个逆来顺受之人,她尖叫着,披发跣足,横竖横拆牛棚,不顾一切乱抓乱跳起来。这一来阿水是真动怒了,他不是一点政治素质也没有的人,旧社会里也是入过青洪帮的,两只手臂上还刺着青龙呢,露一手厉害的给你们瞧瞧!他一边挣扎一边气喘吁吁地叫了一声:“春光,你还不给我上!”

话音刚落,一个拎着粪勺的青年人就冲进会场。此人精神病,每年春天都要把厂里一些年轻姑娘的手臂掐出几块乌青来,杭州人的说法是一个花疯。春光被收留到厂里专烧开水,还是寄草发的善心,体现的也着实是社会主义的优越性了。可他压根儿不懂这个,人家叫他干什么他就干什么。会前阿水就对他布置好了,一声令下,他就冲将出来,手里举的那粪勺盛的既不是粪也不是开水,却是一勺专门用来浇柏油路的沥青。只见他大吼一声,就将那粪勺横泼过去,台上的人全都尖叫起来,其中阿水叫得最惨。他穿得少,又加正和寄草厮打,背上被浇了一大摊,另外溅起来的,就浇在了寄草的头上。寄草头发厚,皮肉虽有烫伤,倒没受多少苦,但沥青黏糊糊的粘到头发上结成了饼,怎么也拉不下来,台上台下,这才就真正乱成了一锅粥。

这一出杭州小市民的文化革命闹剧,小布朗没有赶上。那一日他倒是休息,但母亲让他留守在家中,以防居民区的那位工媳趁他家没人来抢占房子。不料果儿摸着道给他来报信。果儿又看不见,又是个生性夸张之人,上气不接下气,说得寄草几乎要一命呜呼了,小布朗还能不急?门都没关就往卫生院里奔,还好是一场虚惊,那阿水才成了真正的抢救对象。寄草有预感,挥着手一定要让布朗回家,布朗却不肯,一直陪着母亲上完药,用自行车把她推回来。谁知就那么一会儿工夫,那老工媳已经带着造反派来撬他们家地板了。小布朗不干了,操起一根木棍要上去拼命,却被寄草一把拦住。小布朗跳着脚叫:"妈妈我把他们打死了,背着你上云南!"

寄草连拖带拉地把儿子拉出巷口,说:"你父亲还想来参加你的婚礼呢。"

此刻,星稀风紧,残月当空,当杭方越正在杭州的古老深巷里仓皇踌躇之时,寄草、布朗母子两个,却在西湖六公园边大樟树下的木椅上舔伤口。

他们的身后,是一头巨大的石雕狮子像,一尊战士雕像,再后面就是湖滨路。到处都在造反,只有西湖在暗夜里依然一如既往地温柔。布朗心痛母亲,让她在长椅上躺下,头就搁在他的腿上。湖上的风很热,小布朗的膝盖也很热,小布朗能够感觉到母亲虚弱的身体在一阵阵地颤抖。

他轻轻地抚摸着母亲的遍体鳞伤,他说:"妈妈,你一定要放心,我是你的儿子,有我在呢!"

寄草叹了一口气,说:"不晓得你爸爸现在过得怎么样?"

"我想爸爸也许在里面更好一些。"布朗若有所思地回答。

母亲对儿子的话表示同意:"至少不会像我们现在这样,打得半死,头上浇柏油,地板撬光,还被从家里赶出来,躺在西湖边,看天上闪电,挨大雨淋。"

她说这话的时候,一声雷鸣,雨点就打下来了。小布朗却轻盈地跳了起来,说:“妈妈,我不会让你挨雨淋的。”他一把将母亲扶起,然后纵身一跃,跳入岸边一艘有顶棚的小舟,一拉手,又把母亲扶上了船。

小布朗的原意,只是临时跳到小船上躲躲雨,不料那小舟的缆绳未在岸上系紧,人一上去,吃到了分量,就一下子离开了湖边。又加上下大雨,岸边的人都跑光了,小舟自由荡漾在湖面上,竟然没有一个人来管他们。

一开始寄草还有些心慌,但儿子却叫了起来:“太好了,我们就让这只船一直荡下去,一直荡到金沙港,然后我们就上岸去龙井,我们到盼姐姐那里去。那里有剪刀,我来给你修头发。”

“你可真能想,然后呢?”

“然后就然后再说吧。”小布朗回答,“如果我很快结婚了,你就可以和我一起搬到翁家山来住,我们可以一起采茶,那是很快乐的事情。”

“有那么好的事?斗鸡眼会放过我!”

“他起码还得在床上趴半个月呢。”

寄草躺在小舟的靠椅上,咬牙切齿地说:“好狠毒的斗鸡眼啊,当年还是我把他收下来的呢!”

小布朗这一次的回答却是有一点开心了:“妈妈,这里还有一壶热开水,还有两只茶杯。噢,这里什么都有,还有一包橄榄,还有半包山楂片,还有什么——哈哈,这里还有半个面包。”

估计这些东西都是白天顾客留下的。小布朗不由分说地把这些东西都塞到母亲眼前,自己却走到船头,头顶着暴雨狂风。寄草欠起身来,看见儿子背对着她叉开双腿的背影,他的头发被风吹得乱作一团,竖了起来。从仰视的角度看去,他显得十分高大。此时惊雷闪电,狂风大作,他们的一叶小舟,正在湖面上颠簸,湖面在闪电下大出了无数倍,西湖刹那间成了汪洋大海,一个没有彼岸的地方。恐惧和疼痛让她赶快缩回身体。大雨哗哗地下着,闪电不时照亮保俶塔的塔尖和白堤口的断桥。寄草斜靠在椅子上就着茶,一口一口地吃着那半块面包,看着儿子兴奋地钻回船舱,说:“妈,我在西湖上撒了一泡尿。”寄草说:“西湖可不是撒尿的地方。”布朗说:“我知道,可我就是想在西湖上撒尿。”寄草看着黑暗中的儿子的轮廓,叹了一口气,就躺了下去,一会儿就睡着了。

杭氏家族的义子杭方越,以同样智慧和不同的方式面对这场突如其来的狂风暴雨。他跳上了从拱宸桥到南星桥的一路电车。在电车的最后一排位置上找到了最角落的位置。他浑浑噩噩地半睡半醒,从杭州城的北端到西端,跳上跳下,打了好几个来回。直到一位售票员走过来严肃地问他:“‘为人民服务’,你坐了几趟车?”才把他吓醒,掏出一把车票说:“我买票了。”

售票员根本不理他的回答,严厉而又固执地提高了声音:“我说‘为人民服务’,你耳朵呢?”方越我我我的,不知道应该怎么回答。倒还是旁边一个老人热心,推着他说:“还不快说‘造反有理’!”方越这才明白,连忙一声高喊:“造反有理!”他那傻乎乎不接令子的样子,把一车的人都弄笑了,那老人方说:“乡下人吧,思想觉悟没那么高。”售票员也笑了,说:“你怎么又说半句话,我问你坐了几趟车了,你记不起来了吗?”

杭方越连忙摆出一副可怜相,用一口浙南普通话说:“我是从龙泉来的,下着大雨,一时认不到路,只好在电车里避雨,我自己也不晓得坐了几趟车了。”

售票员说:“真是寿头,你看看,老早天晴了。”她总算正常地说出了能让方越听得懂的杭州俚语。方越抬头一看,又要到拱宸桥了,连忙说:“我这就下车,我这就下车。”售票员也说:“看你老实,不追究你了。”那老者也说：“是啊是啊，‘我们都是来自五湖四海，为了一个共同的革命目标，走到一起来了’嘛。”说着就和方越一起跳下车，又接着轻声说：“你这个家伙今天算是运气的了，这几天车厢里日日都有牛鬼蛇神抓出来呢。”方越一听，冷汗出来，缩头缩脑，再不敢说一句话，道一声谢谢就朝老者反方向走去了。

看一看手表，现在已经是凌晨时分了。拱宸桥一带，杭一棉和杭丝联的工人们上中班的已经下班，上夜班的，也已经上班了。周围是那样的黑暗，在黑暗上方的一盏路灯，更衬出世界的荒凉；而路灯下的那只垃圾箱，那只垃圾箱旁的一条正在觅食的狗，更加衬出夜行人的凄楚。这是一个什么样的夜行人啊，在他的身上，还能看出一个美术学院的风流才子的一点一滴的影子吗？他现在惟一还能思考的是缩到哪里去睡一觉，茫茫人世，哪里还有他方越的栖身之地呢？

茫然地往前走去，他突然闻到了一股强烈的臭味，一条大河，黑黢黢的，躺在眼前。是大运河啊，又闻到你熟悉的臭味了。方越打起了几分精神，至少，大运河的臭味接纳了他。还有拱宸桥，高高的大石桥，黑暗中拱着身体，无声地横跨在运河之上。他晃晃悠悠地上了桥，站在桥头，看着水面。远远地，还有突突突突的拖轮驶来。死是多么容易啊，只要往下那么一跳！

方越朝天空望去，一场大雨之后，夜空如洗，月牙儿弯弯，又挂在天上了。方越下意识地回过头去，后面没有一个亲人，连忘忧哥哥也不在。他想起了他那洁白的身影，想起他当年把他送出山去时的担忧的眼睛。他曾经一遍遍恳求哥哥和他一起回到生他的故地：到西湖边来吧，到山外繁华的都市里来吧。忘忧只是摇摇头，他说他喜欢山里，他习惯了生活在白茶树下。方越那时候不能理解哥哥，他以为忘忧是因为不能摆脱一个残疾人的自卑感，才隐居山间的。他说：“哥哥，跟我回城里去吧，我会养活你的。”忘忧笑了,说:“越儿,谁养活谁啊?”

这话没过多少年就让忘忧哥哥说准了。他当了“右派”之后,每个月都能够收到忘忧寄来的钱。救命恩人啊,几十年之后你还在救我。我想念你,没有你们我活不下去。绝望使他低下头,他在黑稠的河水中寻找亲人的影子。没有,谁也不会从这样混浊的水中显现出来。我们杭家人是洁净的,我们无法在混浊中生存。

大学期间,方越就曾到这里来写过生,画过素描,他那时候就知道杭州其实有三种水:西湖水、钱塘江水和大运河水。人们择水而居,那么杭州也就有三种人了:属于西湖的人,属于钱塘江的人,属于大运河的人。一种是雅的,一种是勇的,而一种正是卑微的啊,方越发起抖来了。

背后有人轻轻拍了他一下,声音尖尖地问:“喂,你在这里干什么?”

方越一颤,回过头来,认了好一会儿,才认出她是羊坝头那个管电话的来彩,突然拍拍脑袋,说:“我还欠你电话费呢,这就给你,这就给你。”

来彩就嗲兮兮地摇着肩膀说:“你倒头脑还清爽啊,我当你要跳河自杀了。”

方越这才想起来,问她跑到这里来干什么。来彩说:“我是这里人啊,你脚板底下这块石头,就是我爹把我抱来的地方,我不到这里,我到哪里去?”

原来来彩的养父是拱宸桥的卖鱼人,一次赶早市,就在这桥头捡了她这个女婴,养大后再卖出去的。尽管如此,来彩还是念着养父的养育之恩。养父死了,他那间房子来彩就理所当然地继承下来了。夜里十二点以后,不叫电话了,她有时会回来看看,次日一大早赶回去。没想到竟然在这里看见了右派分子杭方越。她已经在后面盯了好一会儿了,以为他要自杀呢。见他没有死的意思,这才放心了，只是忘不了那老习惯，纤手一掌拍在方越肩上，说："哎呀，你可吓死我了，你要死了，我明日怎么跟你爹说去。我跟你说，好死不如赖活。六二年我从那边回来，当我特务呢，鞋儿袜儿脱光，六月里赤一双脚，到这桥头来拉煤车。那个痛啊，脚底板起泡，真正弄得我活撞活颠。后来问我瞎子嫁不嫁，我心里想，什么瞎子，死人也嫁，先活下来再说。你看，我现在不是活下来了吗？"她就顾影自怜地环视了一下自己，又说："方越，你不要以为我这话对多少人说过，我只对你一个人说，因为我怕我一走你又要寻死。我是救人一命胜造七级浮屠啊——再会！"她就再一次嗲兮兮地向方越招了招手，扭着她那个细腰大屁股就下了桥。方越傻乎乎地还没回过神来呢，那尖嗓子又回来了，这一次是告诉他她在拱宸桥的地址，说："你什么时候到我这里来玩噢，不要以为你们杭家有好茶，我这里也有好茶的！"这才一扭一扭地消失在半夜里的大石头桥上。

方越呆若木鸡，手抚被来彩拍过的肩膀，女人的手掌又温暖又柔滑，他有一种心酸的幸福，一种活下去的勇气油然而生。他用手掌拍拍栏杆，冰凉骨硬，和女人的感觉完全两样。大运河的臭水闪着一亮一亮的白光，黏稠地铺在身下，一直伸展到遥远的看不到的地方。在这样短暂的时刻，杭方越修正了自己的想法。他想，大运河并不真正卑微，大运河通向所有的活路。杭方越决定了要做一个自觉的贱民。他已经找到了一个贱民入睡的地方，桥洞下，运河旁，那里太臭，巡逻队不会到那里去的。

第二天上午，杭州西郊茶乡龙井小学还算安静。学校放暑假还没开学，几个要革命的青年教师到城里活动去了，农村的造反虽然也激烈，但作为文化革命，发动时总还要比城里慢半拍的，红卫兵陆陆续续来过一些，跑到烟霞洞砸了一些石雕菩萨。龙井茶多，四旧倒不多,昨日砸了一天,今日便放过一马。

尽管如此,龙井小学教师杭盼还是心惊肉跳,教堂是再也不能够去了,城里也不敢再去。思澄堂和耶稣堂弄教堂的牧师们,大多都受到冲击了,异教徒眼里是没有上帝的,他们把《圣经》扔到厕所里去,或者烧掉——这些迷途的羔羊啊,这些被撒旦控制的犹大啊。

上帝在杭盼的心中。她几乎把整本《圣经》都背下来了,她一边祈祷,一边从脖子上摘下她那一枚小小的十字架,挂了几十年了,现在她要把它放在那把带回山中的曼生壶里。壶里还放了那只古老的怀表,那是当年小堀一郎在湖上自杀前交给她的,她从来没有动过它,甚至连看也没有再看一眼。现在她拿起它来,看到了"江海湖侠赵寄客"七个字,眼睛就立刻闭了起来,头别转了过去。这几十年她就是以这样一种姿态面对生活的,这一次也准备这样。她想把壶送到胡公庙去保存,当年接待过父亲的老师父还活着呢,他们经常走动的。

在杭布朗眼里,盼姐姐是一个非常古怪的女人。她比母亲要瘦小得多,眼睫毛特别地长,还喜欢不停地眨眼睛,一眨,两只眼睛就成了毛茸茸的两团。她讲话的时候不停地夹着不知从哪里来的句子,因为不时地画十字,她看上去显得特别的手忙脚乱。寄草母子的突然到来显然使她措手不及。她哆哆嗦嗦地让他们进来,又让寄草对着镜子坐下,在她脖子下面围上一块毛巾,说是要先把她头上的那些柏油去掉。但她手里拿着一把剪刀,上帝长上帝短地念叨了半天,也不知从何下手。最后还是寄草自己等不及了,接过剪刀说:"自己来吧,我看上帝在这里也用不上。"

两个人就一声不响坐在一旁,看寄草自己处理臭柏油。寄草是大刀阔斧的,几剪刀下去,脚下就摊开了一地的粘着柏油的青丝。布朗捡起一缕,叫道:"妈妈,你有白头发了!"

寄草说:“早就白不过来了,这种日子,能不白发吗?”

“我给你上山采何首乌去。盼姐姐,你们这里有何首乌吗?”

“那得先看你盼姐姐这里能不能收留我们。”

盼儿就急切地眨起眼睛来,脸上就只看到那两团毛茸茸,说:“主啊——除非我死了……”

寄草放下了剪刀,严肃地看着盼儿,说:“定个规矩,从现在开始,杭家人谁也别说死。日本佬手里都没死呢,共产党能让人随便死吗?”

说完这话,她就让儿子再取一面镜子来,放到她脑后,她就反背过手来给自己剪发。一会儿,剪完了,满意地看看前后,说:“人倒是显得年轻了。”

她让布朗到门口自来水龙头去打水,她要好好洗一下头,把斗鸡眼的晦气洗洗掉。布朗走出门外,却发现自来水龙头前站着一个叫花子一样的男人。他汗臭熏天,朝他笑着,还露出一口白牙,结结巴巴地问:“为、人民、民、服务,你是谁?”

“你是谁?”布朗反问。

那人轻轻笑了起来,说:“你、应该、应该说‘造反有理’,然后再说,我是布朗。”

狮峰山下老龙井胡公庙内,老师父以茶待客。这里早已不是香火鼎盛之处了,老师父抱得一个养子,从此也过起俗家生活。只是龙井茶人心善,并不多去打搅他们。胡公虽在杭州名气不大,但在浙中一带,可是以大帝称之的,永康方岩,他的香火旺盛得很呢。只是香火到胡公的葬身之地却已经断了脉,一年到头,竟然也没几个人来拜访,庭前那两株宋梅,也就只管自己纷纷地且开且落,反倒让那从前庙里的师父还能过上几天清静日子。盼儿把杭家几个不速之客一起请到了这里,也是心想这里人少,造反派一时也不会抄到这里来。谁知一到庙门才发现情况不妙,胡公庙的一进院子已经被人扒了大门,显然已经被人破过了四旧。师父一见他们就合掌念阿弥陀佛,说:“你们可是来巧了,昨日还有一批红卫兵来造反,把大门也砸了,我跪在地上,求他们不要再往里砸。真是菩萨保佑,小将们竟然退了,只把那里面老龙井的龙头给砸了,你们来看看,你们来看看,阿弥陀佛,总算门前的那十八棵御茶保住了。”

胡公庙前那块三角地带上的十八棵御茶,已经被挖得七零八落,不成样子了。布朗不知那御茶的来历,说:“什么御茶,皇帝的茶吗?皇帝种的吗?皇帝能种茶吗?”

茶倒不是皇帝种的,但也不能说和皇帝一点也挨不上边,红卫兵来破这里茶的四旧,也不是没有一点革命道理。原来乾隆六下江南到杭州,倒是有四次来过这西湖茶区——骑马来到了狮子峰下的胡公庙前时,于石桥边勒缰下马,在溪边那块三角茶地采了茶叶,夹在书中,一骑红尘,差人送往京城,请皇太后品尝。因茶被书给夹扁了,从此龙井茶形扁;因乾隆亲手采过胡公庙前的茶,所以被封为十八棵御茶。

寄草刚刚活过一口气,就说:“哪里就真的是乾隆手里封的茶,不过是后人借了皇帝之名来抬高茶的地位罢了。若说它们都是封资修,那么中国人只好从此闭口不喝茶了。”

见大家都没情绪响应她,又对垂头丧气的方越说:“别臭烘烘地站着说话,赶快到后面老龙井把自己冲一冲。”

那老龙井就在胡公庙后面,一泓深潭,生着年深日久的绿苔,伏其前,一股寒气扑面而来。明代张岱曾有记载,说此地的水是如何的好,泉眼上方还刻有老龙井三字,早已被杂草盖了,经师父指点,众人才看出来的,师父说,听说这三个字还是苏东坡写的。

那只龙头已经身首异处,从山岩上细细流下的泉水不再从龙嘴里流出,而是直接淌入潭中。

杭盼这才捧着那曼生壶过来，对师父说："我想把这把壶埋在老龙井旁边。"

老师父看看壶，说："曼生壶啊，真是可惜。"

"总比让人砸了好。"寄草也小心捧过壶来，细心摸着，"这把壶还是我义父当年送给父亲的呢，他自己是宁为玉碎不为瓦全的，地下见了这把壶，怕不是要倒过来说，宁为瓦全不为玉碎呢。"

方越却突然难得地来了一句机锋，说："本来就是瓦嘛，泥中来，泥中去，倒也是物有所归。"

寄草却说："被你那么一说，你也不必去试制什么官窑了，制出来，还不是等着被毁被埋。"

方越听到这里，突然心里一阵悲哀，没有了说话的兴趣。原来他们这个组，自攻克了龙泉青瓷这个课题之后，就开始把目标定在了南宋官窑上。南宋官窑，堪称陶瓷史上的世界级宝贝，南宋之后便神秘地消亡了，至今出土的，还不足三位数。方越他们一群高智商的工程师技术员，花了那么些年，也没把它的配方找出来。可一旦要毁它，哐啷一声就够了。现在想来，历史上也不知道有多少次这样的毁灭，最美的东西总是最容易被毁灭的吧。他心里的荒诞感像一个无底洞，不知要把他的灵魂带到何方。为了不让自己陷入在这种向下坠的情绪中，他拿起铲子工作，就在老龙井旁，挖了一个很深的洞，把用木板箱装好的曼生壶轻轻地放了进去，埋上土之后，又在那上面移种了一株新茶。在做这一些的时候，他们中没有人再说过一句话。

第八章

车过洪春桥，入龙井路，神仙世界，訇然中开，两翼茶园，如对翻大书，千行茶蓬，绿袖长舞，直抵远方。江南的夏日清晨，骄阳初升，映得地绿天蓝。一面斜坡，鹤立鸡群般，突兀拱出数株大棕榈，阔叶翻飞，像是风车轮转，衬得茶乡平静如水。

有一个男人，一边双放手骑着自行车，一边歌唱：

韭菜开花细茸茸，
有心恋郎莫怕穷；
只要两人情意好，
冷水泡茶慢慢浓。

不用问，那是杭布朗，他是一个心急功利的求婚人。原本两手空空，一无所有，如今有了一枚戒指，就信心百倍地冲到翁家山去谈婚论娶，且准备了满腹的情歌——

哎，大茶树后面的小寡妇泰丽啊，你不但教会了我无数情歌，你还教会了我男人的生活，多么怀念被你勾引的日子啊，虽然因此而被剽悍的叭岩打得落花流水，但我小布朗是不记仇的啊，你们的婚礼我不是又回来了吗？我不是又喝了你们的竹筒茶，为你们唱了祝福歌吗？

戴起草笠穿花裙，采茶的姑娘一群群，
采茶上山冈呀，采呀采茶青。
采茶要采茶叶青，你要看一看清，
嫁郎要嫁最年轻，也要像茶叶青。
……

这哪里是祝福歌啊，这就是对往日初恋的无尽怀想啊——我的心爱的小寡妇泰丽，你如今已经是那第三巡的浓茶，你已绿冠成阴，你已儿女满行。你心爱的小布朗，在千山万水之外，也要娶上一个茶乡姑娘了。

小布朗对采茶没有什么不满意的地方。看得出来，她是喜欢他的，但她总是生气，因为他为别的姑娘吹洞箫。她还为他的职业生气，她从不愿意到他的煤球店里去找他。尽管大人们早就承诺，小布朗在煤球店里不过是过渡，以后一定会到国营企业里去的，嘉和舅舅是已经答应过的。但她还是不放心，亲自去找了一趟嘉和舅舅，她不敢找她未来的婆婆寄草，她有点怵她。可她不怵嘉和舅舅，她才不管嘉和是什么样的人呢，开门见山就说："大舅舅，你答应给布朗解决工作的。"

嘉和用他的老眼看了看她，他记得从前采茶是叫他爷爷的，和她自己的爷爷一个辈分。现在她叫他舅舅，是跟着布朗叫呢，说明她还是有心做他们杭家人的。想到这里，便问："我什么时候说过不帮他了吗？"

"我们等不及了。"她回答。

"要办事了吗？"嘉和问，"要办事，就办事的做法；不急着办事，就不急着办事的做法。"

采茶脸红了，她还是个姑娘嘛，就不知道怎么回话了。嘉和看了看这姑娘，叹了一口气，他对她没什么太大的好感，这姑娘心太凶——这是杭州人的话，也就是"要心"太重。可布朗还能给他什么呢？现在正是搞运动的时候，要安排一个工人，谈何容易。茶厂和别的单位一样，都在造反。好在造反的保皇的两派头儿，都是他从前带过的徒弟，找准一个机会才好开口。事情做得还算顺利，但嘉和不喜欢别人来催，尤其是这么一个黄毛丫头。

虽如此,嘉和知道,布朗和采茶处得不错,他们好就行了,就是不幸中之大幸了,嘉和想到这里,就为自己刚才的冷淡抱歉,说:“你们不要着急,总会给你们想办法的。”

采茶听了这话,脸红还没退下去,眼睛又红了,说:“大舅舅,我阿爷当时跟我说好,城里有房子的,现在房子也被人家抢了去,你说我们办事,我们到哪里去办事呢?”

嘉和怔住了,他原本以为他的那番话会给她有所宽慰,不料她倒越发气急了,健壮的腰一扭,扬长而去,倒把嘉和一个人晾在那里了。

采茶的这些火倒发不到布朗身上。她刚要发火,他就仿佛能猜出来,立刻扑上去拿嘴亲住。采茶活到二十岁,何曾经历过此,一开始真是神魂颠倒,不知东西南北。回到城里继续给客人冲茶,水都冲到桌子上。小姐妹来问她,那个解放军叔叔你还谈不谈,她连连摇头,不谈不谈,哪个晓得以后会不会留在杭州。那段时间招待所也乱,各色各样的人来进驻造反,一会儿这一批,一会儿那一批,采茶也不过问,谈恋爱要紧。

可是你要以为翁采茶就是那么一个粗放型的姑娘,那你就错了。翁采茶喉咙梆梆响,该细的地方全都细,关键问题上她是门槛煞精的。比如吻香她不反对,吻得越多越好,不过煤球灰一丝都不能有。还有,再进一步她是绝对不做的。她晓得,弄到床上去她就完了,要房子没房子,要户口没户口,要工作没工作了。再说运动这么搞下去,好像越来越厉害,采茶心思担着,新鲜劲一过,她就又开始回过头来想,做劳改犯的儿媳妇犯不犯得着了。这么心思活佬佬,小布朗知道吗?反正从他那张龇着白牙的脸上是什么也看不出来的。他现在要面对的是两个女人,首先是他的母亲,他得让她有地方住,有饭吃,还要保护她不再让斗鸡眼阿水来斗。另一个女人采茶要简单得多了,他现在最大的目的,就是想和她上床睡觉。想上床的目的也是非常清晰的,一是他纯粹地想上床,在他们生活过的大茶树下,爱一个姑娘固然是要唱情歌吹洞箫的,但根本的目的就是上床。不上床的爱能算是爱吗?想和采茶上床的另一个目的也是明确的,只要上了床,什么事情都不是事情了,什么房子什么户口什么工作都不着急了。杭州人是很把睡觉当回事情的,所以舅舅才要专门来跟他说,不要乱脱鞋子。可是他想,他并没有乱脱鞋子啊,他只想在采茶姑娘的床前脱鞋子啊。你们不是都要让我娶她吗,不是都说娶了她我就好了吗?可是为什么大家都不赞成他和她睡觉呢,连采茶她自己也不赞成。布朗宽容地想到,这就是汉人姑娘最不可爱的地方,也是采茶和小寡妇泰丽的最大差别之一——虽然她们同样地爱吃醋,在这点上,云南女人和杭州女人倒没有任何区别。

采茶和小寡妇之间还有另外一个差别,就是采茶时不时地要提起彩礼和嫁妆。她总是说:"爷爷已经答应我,全套嫁妆备齐,马桶一定要红漆的,里面花生红鸡蛋都要备好的。城里那个院子,总归是我们的了吧。"

小寡妇泰丽却是把什么都准备好,酒和山歌,还有滚烫的身体,她可是从来也不曾向他要过一分钱的啊,尽管布朗没少往她家里背山鸡和野猪。许多次布朗都想把小寡妇泰丽和他的已经遥远了的但依旧是香喷喷的爱情告诉采茶,最终还是忍住了,他再天真,总也知道在一个女人面前歌唱另一个女人,是犯规的。

但是他能到哪里去弄到这些红漆马桶全套家具呢。他吓唬她说:"现在已经文化大革命了,再那么搞就是'四旧',要拉去游街的。"采茶就有些被吓住了,但心里不服,说:"戒指总要给我一只的,我把它放在枕头底下,别人也找不到。"

这就是今天布朗唱着山歌前往翁家山的原因了。昨天夜里,在龙井山中,小布朗硬着头皮对母亲说:"她要戒指。"

寄草正躺在盼儿的床上打盹,听了此话,眼睛睁开,看着天花板,说:“要一只戒指,本来也不为过的。”

盼儿坐在窗口一张椅子上,正做着晚祈祷:耶和华是我的牧者,我必不至缺乏。他使我躺卧在青草地上,领我在可安息的水边……

房间里暗暗的,没有开灯,听得见盼儿的呢喃的声音:“我虽然行过死阴的幽谷,也不怕遭害,因为你与我同在。你的杖,你的竿都安慰我,在我敌人面前你为我摆设筵席……”

寄草叹了口气说:“我哪里还有什么戒指。”

话音刚落下一会儿,杭盼手指上那只祖传的祖母绿便取下,放到了寄草手里。寄草也不推,怔了一会儿才说:“盼儿,你的主才是最好的。”

盼儿也没有回答,却又顾自己回到了刚才她坐的地方,继续她的祷告。

寄草招招手叫儿子过来,对着儿子耳语道:“按说要只戒指也是不为过的,只是这只戒指实在珍贵。你爷爷先是给了你大舅的生母,她死后又到了我姐姐嘉草手里,姐姐死后由你大舅保管,后来又给了你盼姐姐。戴过它的人,把太多情谊渗到它上面去了。你若给了哪位姑娘,你就要把心交出去了。你说,你已经答应把心全给了她吗?她真的要你的心吗?”

布朗想了想,说:“没关系,如果我们的心不在一起,我会把它要回来的。”

此刻,戒指就在小布朗的手指上。有情歌,又有戒指,小布朗觉得他实在是天底下最胸有成竹的求婚者了。

事情一开始进行得很顺利,采茶看到那只戒指,眼睛就亮起来,脸蛋也红起来,她的手指头都几乎跷到小布朗的鼻尖,就等着小布朗把那戒指往上套呢,突然一惊,发问:“那么新房呢?”

小布朗早有准备,从容不迫地说:“就这里啊,到哪里去找比这里更好的新房呢?”

翁采茶是真想去城里的,城里哪怕造反造到天上,她也喜欢到城里去。听了小布朗的话,采茶不由得一阵失望,叫了起来:“你们真的不想把人家抢去的房子要回来了?你们不敢,我敢,我找几个人把他们的东西都扔出去。”

布朗说:“不是不想要,是暂时不想要,等我妈妈单位里不再批她了再说。”

“你们这是一户什么人家,怎么随便什么事情都要沾到一点?你妈妈算一个什么走资派?我们招待所里揪进揪出的走资派,那才叫走资派呢。我爷爷1927年入过党的人,他才算是走资派呢。”

“你那么一说我就更放心了,”布朗说,“用不了多久,我们就搬回去,可我们现在还是得先结婚啊。”

“你那么急着要结婚干吗?”采茶警觉地盯着他。布朗笑了,说:“真的是想和你睡觉呢,你们杭州人不是一定要结了婚才能睡吗?”

他那么一个疙瘩也不打地就把别人一辈子也说不出口的话说了出来,叫采茶目瞪口呆,也算是出奇制胜。采茶腾的一下,脸红得连耳朵也红了,不要脸不要脸地捶骂了对方一阵,就心软手软下来,想:小布朗的户口还在城里,房子也在城里,迟早都是他们的。再说,他肯入赘到郊外,也是他的一片诚心,至少爷爷会非常喜欢的。爷爷收养她的时候,原本就是为了防老,不料她又想进城,现在暂时把新房放在翁家山,也算是对爷爷的报答吧。

这么想着,就羞答答地问:“那,把你妈妈一个人扔在城里,她同意吗?”

小布朗说:“什么同意不同意,我们一结婚,我就让她搬过来跟我们一起住，城里那个鸡毛小厂的走资派，我们也不当了，退休还不行吗？我已经看过了，你们家有四间房，一间当客堂，其余三间，够我们四个人住了。”

采茶一听，大吃一惊——什么什么，小布朗你是不是疯掉了，放着城里独家小院不住，要跑到这里到处是茶的乡下来住。什么意思？什么意思嘛！我可是不要婆婆管的，我本来就不喜欢这个连照面都不打的婆婆。这么想着，跳起来喊：“谁说让你妈妈过来住了？”

小布朗一听，这才真正着急起来，说：“爷爷都同意的。”

“他同意让他同你去结婚好了！”采茶嘴巴也硬了起来。

小布朗这才把底牌亮了出来：“我们城里的房子，一时半会儿的，也要不回来，已经被人家占去的东西，哪里那么方便就拿回来！”

采茶听了这话，真正厥倒，半天才回过神来，指着小布朗的鼻子，骂道：“你打的什么主意？你是跟我结婚，还是跟我们家房子结婚！”

小布朗这也才真正算是领教江南姑娘的厉害了，他愣了半天，一跺脚才说：“也是和你结婚，也是和你们家房子结婚！”

采茶倒还真没想到小布朗会那么老实招供。他把话说得那么白，简直叫她无话可说，越想越气，越想越气，头毛痱子一时爹起，叫道：“你爱跟谁结你就跟谁结，反正我是不跟你结婚了！”

小布朗也生气了，他毕竟也是读过书的人啊，也有他的自尊心啊，冷冷地收起了他的戒指，说：“这话是你说的吗？你再说一遍？”

采茶又叫：“是我说的，怎么样，怎么样？流氓！你这个小流氓！”

小布朗一下子就推开窗子，对着对面山坡上采茶的姑娘，举着他的戒指叫道：“美丽的姑娘们，我的未婚妻已经和我解除婚约了。

你们谁愿意和我结婚,可以来找我,我有世界上最美丽的宝石戒指,我还有一颗宝石般的心!”

屋里屋外,山上茶坡,茶蓬间所有正在摘夏茶的女人们,都愣傻了,一只喜鹊横飞过她们身边,吱吱喳喳叫着。空谷间,突然就听到采茶一声号哭:“啊呀我的姆妈哎……”

小布朗没有时间多生气,他跨上自行车骑出龙井路,便是另外一个世界。本来他是准备回城到家里去看看——扫地出门,也不能不给他们一个栖身之处啊。这个地方看来还是要占领的,从刚才采茶的那些个尖叫里面,他也已经领悟到一席之地的重要性。可是一拐到洪春桥,见一路上不断有人急匆匆地往灵隐方向赶。那是一队队的红卫兵,基本上都穿着黄军装,脚步声咔咔咔,有一种逼人的气势,夹带着陌生的恐惧和兴奋,直往人们的心里而去。他的自行车龙头就不由自主地转了向。

还有一些自行车也从他的身边飞快驶过,朝那些赶路的红卫兵丢下一句威胁之语:“走着瞧吧,你们的行动必将以失败而告终!”

赶路的红卫兵一边气喘吁吁地跑着,一边振臂高呼:“砸烂封资修!保卫毛主席!”

布朗好奇,问一个掉队的红卫兵:“你们有什么行动啊?”

那红卫兵朝他看了看,说:“到灵隐寺去啊。”

他这才发现,这个头发又短又乱的中学生还是一个女的,她的长脖子下面是一个斜斜的肩膀,把她那身军装也穿得不像军装了。

“那你还不快点跟上去?”

“随便……”

布朗不知道这个随便是什么意思,就说:“要不我用自行车带你一段?”

这个女孩子突然睁大了眼睛盯着他,上下一阵打量,就飞跑起来,跑出了一段路,回过头来,吐了一口唾沫,尖声喊道:“流氓!”然后背过身去,一下子就跑得看不见背影了。

杭布朗撇撇嘴,在自行车上一个双放手,今天真倒霉,已经被两个姑娘骂过了。一抬头,却看见了他的表侄杭得放。得放全副武装,皮带把腰扎得像女孩子的腰那么细,神气活现地喊着口号,往灵隐方向赶。他还在他们的那支队伍后面,看到那个男不男女不女头发的姑娘,她仿佛想跟上去,又仿佛刻意地要与大部队保持一点距离。

小布朗叫着得放,问他们要去干什么。得放一边气喘吁吁地跑着,一边说着:“……去砸……封资修……砸灵隐寺,革命……行动……保皇派反动……”

小布朗一听这话,也不再和得放说什么,就加紧往前蹬车,蹬了一会儿,一个大转弯回了过来,掠过得放身边,伸出手去,一把捞下了得放的军帽,说:“借你的帽子一用。”然后飞也似的骑回到那掉队的女孩子身边,说:“流氓又回来了!”

姑娘紧张地看着他,说:“你要干什么?”

“干什么?”小布朗一下子把那顶帽子往姑娘头上一罩,说,“你是雌的还是雄的?美丽的姑娘要像孔雀一样爱惜自己的羽毛啊,这样子走出来,不怕人家笑话吗?”

姑娘先是愣着看他,突然,嘴唇哆嗦,眼睛里就有泪哆嗦出来。小布朗不想让姑娘在大庭广众之下失态,拍拍后座,用当下最流行的话说:“向毛主席保证我不是流氓!”

姑娘还流着眼泪呢,但不知为什么就上了小布朗的后座,他们一会儿工夫就超过了得放。得放依旧一、二、一地喊着口令,目睹着表叔带着谢爱光扬长而去,心里却想:都要结婚了,还勾引女人,这个严重违反《三大纪律八项注意》第七条的……分子!他很想给表叔扣一顶帽子,可是一时脑子混乱,怎么也想不出来了。

杭家叔侄赶到灵隐寺时,寺外可说是人山人海。几日来,以中学红卫兵为代表的一方组成了捣毁派;以大学生和工人、农民组成的一方形成了保存派,双方各有理由,各不相让,就这样纠众在灵隐寺前僵持对阵。到得今日上午,火药味愈浓,武斗已经一触即发。

得放一到现场就说:"怎么还没有砸了那破庙!"

布朗比得放早到,早已在人群中转过一圈,此刻就凑过来说:"听说请示过总理,总理指示,灵隐寺不能砸,无论如何要保下来的。"

得放一听就火了:"这是谁造的谣,反动派的一贯伎俩就是拉大旗作虎皮,以达到他们阻碍历史进步的真正目的。"

布朗笑笑,却说:"谁是大旗,谁是虎皮?"

这一问,倒把得放给问住了,他张了张嘴,回答不出来。

布朗大拇指跷跷,说:"是我造的谣,行吗?是我伪造的总理指示,行吗?"

布朗回杭时间不长,和得放这样的小辈话也不多,得放从来还没听到他说过火药味这么重的话,可他心里反感他。他也大不了他几岁,再说也不是一个阶级阵营的。这会儿得放非常生这位表叔的气,可是他绝不愿意承认那是因为刚才布朗载了谢爱光,他才把这事情往阶级斗争上靠。此刻,他看到谢爱光就站在布朗身边,头上还戴着他的帽子,便拿出十二分的热情来说:"革命是需要狂热的,革命还需要红色恐怖,不狂热,怎么显其革命的波澜壮阔?没有砸烂旧世界的胸怀,怎么可能建设一个红彤彤的新世界?"他突然来了一段虚的,这些日子他们在学校里,革命来革命去的,用的全是这一套新鲜语系。

布朗摇摇头,说:“得放,我听不懂你的话。”

“对你来说,这是很正常的。”得放耸耸肩说。这句话相当无情和刻薄,小布朗一下子就听明白了,这是一句划清立场的宣言,也是一种自上而下的鄙视。他不由又问了一遍:“你说什么?你再说一遍?”

“我说这很正常啊。”得放有些心慌了。其实他知道这很不正常,可是没法再把话说回来了。他自己也不知道为什么近来他总是把话说过头,把事情做过头。他为什么要去剪谢爱光的头发呢?他瞥了谢爱光一眼,苦恼地想。

布朗终于又笑了,说:“我是你叔,我有的是时间揍你,你好好地把屁股给我撅着。不过现在我没有时间,我得上那里去。”他指一指大殿上方那些保卫大庙的人群。

得放就眼看着表叔往上走,一边对站在旁边的谢爱光说:“他是我表叔,快结婚了。”

谁知道他为什么要说这么一句莫名其妙的话。他看见谢爱光惊慌失措地扫了他一眼,就飞快地离开了他。那一瞥他终生也不会忘记。那一瞥照出了他的令人憎恶的一面——但这不是他想成为的那种人。不!他杭得放一点也不想成为这样的一个人。

阵线此时已经非常分明。大学生们站在殿门内外,黑压压的一群,布朗立刻就在那里找到了自己的位置。与此同时,得放也准确无误地找到自己的位置——殿门石阶下的平台上。那里,黑压压的也都是人。市政府已经派了人来,此时一阵掌声,有人就上去说话。得放旁边一个小个子说:“听这个走资派说些什么,他要拦我们,立刻就把他拉下来开现场批斗会!”

得放看了一眼,愣了一下,说:“这个人我认识,是我们同学董渡江的爸爸。她今天也来了。”

董渡江的爸爸站在一边,另一个看上去更像首长的人,就在台上宣布市政府的意见。乱哄哄的,得放也没有能够听清楚,但总的精神是明白了:

一、灵隐寺是名胜古迹,又是风景区。驰名中外,由来已久。飞来峰的摩崖石刻、参天古木和寺内的宏伟佛像、经卷珍藏,都是国家的文物,必须保护;

二、我国宪法规定,人民有宗教信仰自由。杭州是佛地,作为供佛教徒从事宗教活动的场所,现在保存下来的只有灵隐寺和净寺了,所以不能再减少;

三、东南亚各国信奉佛教的人很多,有些国家领导人也一样信佛,比如缅甸总理吴努、柬埔寨亲王西哈努克,所以我们还要适应国际活动和国际宣传的需要。

他的这番话刚刚说完,那边平台上,得放就看见一层层手掌升起,欢呼鼓掌。他没有看到布朗的身影,但可以想见他拥戴的样子。这使他生气,因为政府站在了对方一边。至于政府的话到底有没有道理,他压根儿就没有时间去想。他只是在感情上站在了捣毁派一边了。那种由叛逆带来的巨大的激情,需要通过破坏来发泄。可是这些人却不让他们发泄,因此得放对他们义愤填膺。旁边那个小个子及时地高举起小红书,高喊道:“革命无罪,造反有理!”

这一句口号原本是得放刚刚想喊的,没想到就被那旁人喊走了。还好这次运动的口号很多,而且还随时可发明创造。得放头脑灵光,立刻振臂高呼:“我们不要封建迷信,我们要宣传毛泽东思想!”

他这一派的红卫兵举起手上的小红本本和他一起喊,他灵机一动,又喊:“不要给西哈努克看佛寺,要发给他们《毛主席语录》!”

大家一起也喊,喊完就哄堂大笑,把语录发到柬埔寨去,让亲王学习,大家都觉得这条口号发明得好。得放注意地看了董渡江一眼,董渡江面色不正常,但连她也勉强笑了。倒是站得更远一些的谢爱光没有笑,她的两只手揪在胸口,不知道是在为谁担心。

这一边的大学生们也觉得不能沉默,要拿口号来以牙还牙,有人也振臂高呼:"坚决遵循周总理的指示!"

得放听得耳熟,抬头一看,果然是大哥得荼。他不是跑到湖州去接别人的新娘子吗,怎么一下子又卷入运动了?不管怎么说,他是从旁观者转变成参与者了,虽然参与得不对头,他站到他对立面去了。他不安地想,也许他早就看到他了吧,凡是腐朽的东西,他没有不喜欢的,你看他那间书房,还叫爷爷手里的名字"花木深房",他那个花木深房里塞满了什么封建主义的东西啊,还说是茶事资料呢。这么喝茶,本身就是四旧,和灵隐寺一样的性质。不管怎么说,杭得荼已经不是他从前崇拜的那个大哥了。

得荼这一喊,四周山上的工人农民都接应着,飞来峰上那些石像也好像跟着一起张开了嘴。可见得保护灵隐寺的人,还是要比砸灵隐寺的人多。

又有人高喊:"灵隐寺不能砸!"

这下呼应的人就更多了,小布朗也用尽力量吼了起来:"灵隐寺不能砸!"

这么呼喊的时候,布朗心里很痛快。他很喜欢那个"不"字。他已经看到了得荼,就用口号和他打招呼。

另一边又有人喊:"灵隐寺一定要砸!"

得放也声嘶力竭地跟着喊。他们人少,但人少不但没有使他们感到气馁和心虚,相反,他们有一种少数派的幸运感,有一种少数派才有的众人皆醉我独醒的优越感。和布朗相反,得放喜欢那个"要"字。这些天来,他每天自言自语的就是要!一定要!一定要!

灵隐寺内外,此时口号此起彼伏,乱作一团。寺中僧人已散去大半,红卫兵已经在此围了三天三夜,僧人和尚也无法坐禅,只在各个门房院落把守。董渡江的父亲站了出来,只得说:“请大家静一静!请大家静一静!让我们回去与市委再作商量。我们马上就回来,告诉你们处理意见。时间不会长,我们马上就会回来。红卫兵小将们,你们千万不要冲突!千万不要冲突!”

他说这番话时,眼睛血红,喉咙嘶哑,他的口气里面,不但带着恳求,而且还有着明显的无奈。他的女儿站在对立面,一副可怜相。得放带着快意看着他的同学的这位从前貌似威严的父亲以及他们那一伙人,他们终于也落到了如此下场。

一阵狂呼之后,大家都觉得口干舌燥,天也渐渐地近了中午,市政府人还没有赶到,双方都不敢松懈那剑拔弩张的架势,可端着架势又实在是有些吃不消了。得放一挥手,就带着几个战友去侦察地形,看看有没有可以进入的其他边门。走来走去,却都是高墙石窗,没有一个地方是可以翻身跳入的。没奈何,只得重新回来,等董渡江的父亲带回那个早已焦头烂额的市委的决定。

喊了这半天,有些人就跑到冷泉旁去喝水。站在上面的人却不敢走开,惟恐人一散,这些小将们就上来冲庙门。也是我佛慈悲,此时竟还有一个人从寺庙后面出来,挑着一担茶水,一声不响地放在两伙人中间。那人虽不是僧家打扮,但也是皂衣皂裤,剃着光头。与众不同的是,他那一身皂,与他皮肤与头发的雪白,形成了鲜明的对照。要不是搞运动,谁都会好奇地多看他几眼。

佛是公正的,一碗水端平的,一桶水拎到平台下的捣毁派当中——他们要消灭灵隐寺,灵隐寺的和尚还要给他们弄水喝。茶使人冷静,使人清醒、理智、温和、善良、谦虚、友好,也许灵隐寺的僧人想用这种饮料来打动他们。另一桶水便留在平台上了。得茶见了那人,眼睛一亮,那人却也一边发着竹筒勺,一边就走到了得茶身边,说:“我早就看到你了。”

得茶轻轻地问:“忧叔,你什么时候到杭州的?”

忘忧并没有出家,却在天目山中做了一个在家的居士,他的职业也好,杭家竟出了一个守林人。有时他回杭州,也不住在家中,只在灵隐寺过夜。杭家人对他的行为也都习惯了,可是以往他总要先到羊坝头报个到,不像这一次,家中人不知,他已先到了灵隐寺。

忘忧说:“走,跟我回庙里说去。”

他回头要去取扁担,却发现已经在小布朗肩上。小布朗刚回杭州时,忘忧特地来过杭州,所以认得。但得茶对他的出现还是觉得奇怪,在他们眼里,布朗是个游离于杭州的局外人。布朗却很自然地说:“你们有没有看到得放?”

杭家三人边走边叙,忘忧说:“你们俩比赛喊口号,一个响过一个,我都看到了。”

布朗笑了,说:“我喜欢灵隐寺,砸了它,我就喝不上灵隐寺的好茶了。”

忘忧说:“我也算是和灵隐寺有缘的。十多年前有一次游灵隐寺,也是逢着一劫,让我碰上了。还好那次我正在殿外,就听殿内一声轰隆,那根大梁突然断了,将原来的三尊佛像也砸塌了。灵隐寺这一关就是三年,后来还是东阳人来重修的。那时就有人不愿意做这件事情,说是不愿意搞封建迷信。”

“这事情我知道,那次也是周总理发的话,这次也是。我看灵隐寺砸不了,得放白辛苦。”

得放在台阶下,看着杭家三人都在台阶上,轻声说着,转过庙的墙角而去。一种失落和气愤同时向他袭来,那天夜里嘉和爷爷一盆水向他泼来之后的感觉又冒出来了,他一时就没了情绪,坐到石阶下发愣去了。

忘忧说,现在局势已经那样了,急也急不得,乘着等市政府通知的空当,不妨学学赵州和尚,吃茶去吧。忘忧的这个提议,使得茶紧张的心情松弛了下来。他想,也只有忘忧这样的山中人才会有此等闲心呢。

忘忧要请二位品他从天目山中带来的白茶。这茶,往年忘忧也带来过的,数杯而已,但布朗听都没有听说过。忘忧取出的那套茶具却叫得茶看得眼热。但见这套青瓷茶盏呈冰裂纹,铁口赤足,忘忧用净水洗冲之时,自己那茂密而又洁白的眼睫毛就缓慢地颤动起来,真有心安茅屋静,性定菜根香之感。得茶看着忘忧,觉得人家都说他活得可惜,他却觉得他活得自在,便说:"这套茶具倒是好,像是宋代哥窑的制法。"

"到底在行,一眼就识货。"忘忧泡上茶来,一边说,"正是越儿他们试制成功的样品。你不是也得过一只杯子?你们再尝尝我这茶,今年的白茶另有一番味道,得茶你也没有喝到过的。"

这两位就低头看杯中茶,果然奇特,但见这山中野白茶浮在汤中,条条挺立,看上去像是山洞里的石钟乳一般,上下交错,载沉载浮。这汤色也和龙井不一样,橙黄清澈,喝一口,淡远深韵。得茶说,好,果然和往日你送我们喝的感觉不太一样。布朗是头一回喝,只说:"太淡太淡,太讲究了。"

忘忧点点头说:"你说太讲究了,倒也没错。我这次制茶的手法,是专门从福建白毫银针处学的。白茶是个稀罕物,从前都说只有福建有。《大观茶论》里宋徽宗还说过:'白茶自为一种,与常茶不同。'物以稀为贵,自然就讲究了。从前制作白茶,要先把春日里长出的芽头,待鳞片和鱼叶开展时用手掐下,投入水中洗,说是水芽,然后还要再摘去那鳞片鱼叶,再经过拣选,蒸焙到干,这才算是完了。现在简单一些了,只把那初展的芽叶及时掐了,拣去鱼叶鳞片,只取那肥壮毫多的心芽,称为抽针,再制成茶。我以往的炒制白茶,只是按一般的眉茶手法。今年春上来了一个专到禅源寺拜韦驮的福建云游僧,正逢我要制茶,他就把那一手绝活教给我。真正是不比不知道,这才晓得山外有山,那白茶虽只有一株,也不能入乡随俗的,该这么制茶,才不委屈了它呢。"

布朗不知怎么地就又想到了他们在龙井山中胡公庙前的那番对话,说:"你们这里的人凡事都喜欢和皇帝扯上关系,不知这个白茶会不会也和皇帝挨上边?"

忘忧点点布朗说:"这话说起来就长了。若追究也算是四旧,也是要被得放他们打倒的。"

"真是岂有此理!"得茶放下杯子,声音也高了起来,"什么东西都要造反,中国名山名刹名茶要多少?名茶多多少少和皇帝有点关系,莫非这样的茶都不能够喝了!"

"你以为我们还能够喝茶吗?"忘忧突然发问,几如棒喝,把得茶问得一时怔住。倒是布朗明快,回答说:"我们这不是在喝吗?"

忘忧回答:"不过是偷着喝罢了。"

布朗一口饮尽,说:"偷着喝也是喝!"

忘忧轻轻一拍桌子:"布朗你的脾气表哥我喜欢。"

得茶才说:"还是忘忧叔方外之人,六根清净。外面七运动八运动,你还有心和我们谈茶。"

"山里人做惯了,草木之人嘛,别样东西也谈不来了。"

得茶在忘忧面前是什么话都肯说的,这才叹了口气说:"哎,说起来我本来也是不想那么快就陷到运动里去的。我高中毕业的时候,爷爷跟我谈过一次,问我日后到底走哪条路,我说我要走又红又专的道路。爷爷却说,世界上两相其美的事情,大约总是没有的。我那时不能说是太懂爷爷的话,现在运动起来了,才知道,所有想走又红又专道路的人，其实要么走在红上了，要么走在专上了，这两条道根本就不是一回事。”

忘忧说：“大舅也不过是说了一层的意思。其实世界上不要说两全其美的事情是没有的，一全其美的事情怕也没有。比如我，你们都道我活得清静，却不知我此刻也是一个戴罪之人呢。”

原来忘忧所属的林业局也来外调忘忧，说是他十来岁时就成了美国特务，用飞机联络，还在林子里接待美国鬼子。这说的是当年忘忧弟兄救下盟军飞行员埃特的事情了。忘忧此次来杭，就是要有关部门出具证明。另外，他还得找到越儿，统一口径，免得如五七年一样，人家说什么他就认什么，有时还自作聪明，其实上的都是圈套。

布朗本来不想把家里的事情立刻就告诉他们，他是个大气的人，自己的事情是很藏得住的，听到这里，他才把方越和他们杭家近日的遭遇前前后后地道了一遍。那二位都听得愣了，得茶一时心乱如麻，站起来说：“我去了一趟湖州，刚回杭州，气都没喘一口就到这里来了，没想到那里乱，这里也乱。我把得放揪进来，这种时候，他还头脑发昏。”

忘忧连忙说：“这件事情我来办，我这里还要请你们帮忙做一件事情呢。”

原来忘忧一到寺里，就和留守的僧人们商量了，要立刻去买一批伟人像来，从头到脚贴在佛像上，看谁还敢砸菩萨。

布朗一听，大笑起来，说：“这主意该是由我出的呀。还是我去！”

“你去买？”忘忧也微微笑了，他喜欢这个小他许多岁的表弟。他要不是天性那么豁达，这些年来，怕是愁也愁死了。

得茶也起身告辞，他要到门口去组织好守护队伍，等着伟人像一来就贴上。两个年轻人站了起来，一盏清茶入口，他们的心情沉着多了。

布朗出得门来,才发现自己口袋里空空如也。伟人像四毛钱一张,起码得买他二十张。他一向是那种兵来将挡水来土掩之人,这时也不慌,急中生智往四下里看,就看到了刚才他帮过忙的那个女学生。他挤了过去,挥挥手,让她出来。女学生不像刚才那么警觉了,反问他有什么事,小布朗摊开手问:“你有钱吗?”

那女学生就问他干什么,他说买毛主席像。女学生说:“你可不能乱说,人家要抓你的,得叫请宝像。”

布朗说:“我也记不得那些口诀,你陪我跑一趟吧。”

那女学生真行,果然扔下她的那些战友,跳上布朗的自行车后座,就跟他去了。这一次她自在多了,不再有刚才的那番害怕。布朗开玩笑地问:“你小心,我可是流氓。”

姑娘突然在背后扭了几下,摇得自行车直晃,不好意思地说:“我们不说这个了。”

“谁跟你说这个了,走吧走吧,再去晚一会儿,宝像可能就请不着了。”

他们说的这些话,得放统统不知道。他被忘忧叔拉进厢房喝白茶去了。喝了半天茶,也没喝出什么不一样的地方来,更不要说谈出什么不一样的地方了。倒是他杭得放滔滔不绝地教导了他表叔一番:要批判主观唯心主义,宗教是精神鸦片之类等等,最后还劝忘忧改信马列主义后再成个家。他语重心长地对他的忧叔说:“你想想当个守林人有什么意思?一个人住在山里,什么革命运动也够不着。肉也吃不来,还不让结婚,这是什么道理!这次文化大革命,就有一个内容,让和尚尼姑都配对结婚去,不结也得结,赶出庙门,他们不结,怎么行?你看你还不是一个真正的出家人呢,你认什么真啊,别人都结婚,你为什么偏不结呢?这几个破菩萨,值得你那么认真吗？说起来你和得荼哥哥一样，还是烈士子弟呢，省里多少次要把你接出来，你为什么不肯？老子英雄儿好汉，你应该继承革命遗志才行啊。"

忘忧趁他喘一口气的时候，问："你真的认为会有姑娘嫁给我吗？"

得放这才想起来，从头到尾地打量了他一遍，说："怎么不能？连布朗都有姑娘跟呢，他什么成分，你什么成分？"

"那好，你现在就给我请一个女红卫兵进来，只要她肯嫁我，我就回杭州城，不看林子了。"

得放就傻眼了，他突然发现忘忧表叔还挺能说话，他也立刻明白自己近乎于胡说八道，就不好意思再说什么。等他喝饱了一肚子的白茶水，出得门去时，傻眼了，董渡江见了他就叫："你跑到哪里去了，你看看，你看看，成什么样子了？"

得荼正在大雄宝殿大门口贴最后一张大毛主席像，见了得放，终于说了他们在灵隐寺集会后的第一句话：遵照周总理的指示，灵隐寺大庙，暂时被封起来了。

第九章

杭氏家族最后一名女成员,在此大风暴席卷的红色中国懵懂登场。

黄蕉风,从来就不知道什么叫暴风骤雨,什么叫摧枯拉朽,什么叫再到地主家的牙床上翻一个滚,还有踏上一只脚叫他永世不得翻身之类等。多年来她就像一只心宽体胖的瞌睡虫,声音大一点时她醒来了,跟在人家后面,人家干什么,她也就干什么,人家声音稍微轻一点,她就睡着了。

她还不到四十就已经发福,人称杨贵妃。她甚至比她丰满的母亲还胖,圆圆的脸上一对酒窝,大眼睛上架一副眼镜,那眼睛也被她多年来的微笑挤压成了两弯新月。一头黑发倒是像少女时代一样油亮。这个年代的中国妇女,几乎个个都是齐耳短发了,偏这个黄蕉风还是一头长发,用手绢扎成了一把,披在脑后,成为他们那个专门进行茶学教育的中专中的资产阶级景观之一。谁都知道,实验室里的那个侨属女教师与众不同,接近于旧社会的十里洋场或者近乎帝国主义修正主义。但全校师生又都对她网开一面,认为她可以不打入党申请书,可以穿花衣裳,可以在十次政治学习中有一两次在实验室里做研究,甚至开全校大会时睡着了也没有被点名批评,只在小组会上不点名地说了一下。大家都看着这个胖美人儿笑,胖美人儿自己也笑,一边笑一边说:“开大会睡觉,这样对校长是不礼貌的,希望那位同志以后一定要改正。”

大家笑得就更厉害了,目光宽容,仿佛她就是一个不可用同一价值观念来对照的异类,仿佛她不是一个有思想有灵魂的人,而是一个可爱的小宠物,只有她才配被他们宠爱。这种特权难道不是很危险的吗?黄蕉风可不晓得。

有一位从农大茶学系毕业的女学生,刚刚分配到他们学校,就下了茶场锻炼,茶场劳动苦,她很羡慕黄蕉风的特权,想挪个位子,进实验室锻炼。她一边学着蕉风的打扮亦步亦趋,倒也不曾东施效颦,一边开始积极活动,跑到蕉风那里去说她对业务的精通。她说她知道茶树鲜叶有两大成分:水分占75%—78%,干物质占25%—22%;她又说她知道干物质分有机化合物和无机化合物,有机化合物中有蛋白质、氨基酸、生物碱、酶、茶多酚、糖类、有机酸、脂肪、色素、芳香物质、维生素等,蕉风听了半天才知道她想进实验室。她高兴极了,有一个人和她做伴,那还不好?她就去找书记要那个人,书记搞党务工作多年,怎么会不知道这些年轻人的鬼把戏,就把那青年人找来,一阵斗私批修,斗得那女学生痛哭流涕。书记是个转业军人,看姑娘哭了,有些不忍,便把自己身上的担子往外推一推,说黄蕉风处实际上也不需要人了。女大学生从办公室回去就把自己打扮成一个贫下中农,从此再也不提实验室之事。奇怪的是,她没有恨党支部书记,却恨上了"归国侨眷"黄蕉风。她认为这都是她的阴谋诡计。她来到了黄蕉风的实验室,神情严肃地考问黄蕉风:"黄老师,你那么忙,有时间学习政治和业务吗?"

黄蕉风傻乎乎地说:"我不忙啊,比你们在农场的,实验室里的工作是不忙的啊。"

"你一天洗头换衣服要花多少时间啊?"

"很快的很快的,我婆婆会帮我洗的。"

"你是指哪个婆婆啊,听说你有两个婆婆呢。"

黄蕉风愣住了,她从来还没有听到过这样的问话,这有点过分了,但她还是笑笑,说:"你也知道啊,有一个婆婆就是我的亲妈妈啊!”

黄蕉风如此坦然,倒也叫对方没话说,看着黄蕉风在自来水龙头前洗实验瓶,长发挂下来,真好看。拨拨自己的脑袋,真是焦头烂额一个,失落的感觉很多。这女学生个子奇小,本来并不坏,只是出身小市民,“要心”很重,也有点忌妒心,看着人家过着好日子,自己一无所有,想效仿,又挨批评,一肚皮气郁积在那里,泛在脸上,一股晦气相!一副欠她多还她少的神情就露出来了。

想来想去,总想占一点先,就问:“你争取入党了吗?”

黄蕉风这才吓了一跳,问:“我可以入党的吗?”

“为什么不能?”女青年说。

“可是书记已经跟我谈过了,说我可以留在党外干革命的啊。”蕉风不安地解释说。

女大学生愣着看着对方,这个无懈可击的胖女人,太气人了,她看着满架的瓶瓶罐罐,不知从哪里下手。倒是蕉风憨,反而问:“你的事情怎么样了?”

女大学生冷冷地看着她,想:大奸若忠,大智若愚,口蜜腹剑,两面三刀。

女大学生在下面劳动了一年,回来后对黄蕉风心怀仇恨。这就是运动一来,她便手举张小泉剪刀冲进实验室,一刀剪掉那披肩长发的下意识。

仅仅是下意识倒也就罢了,但运动可不是靠下意识可以发动起来的,运动需要上意识。上意识一蹿上来,那年轻女人就一刀扎下去,把黄蕉风的脑袋剪成了一个正在挖坑种地的大寨梯田。经过一段时间的运动教育,她已经把黄从生活枝节问题上升到无产阶级政权的高度上来了。她大吼一声:“黄蕉风你这个钻进社会主义阵营的蛀虫,你这个资产阶级的娇太太,你老实交代,是不是你想破坏中国社会主义的茶叶事业!”

黄蕉风,自从八月间被糊里糊涂关进牛棚之后,再也没有看清楚过这个世界。她从来就是一个养尊处优之人,在家里被丈夫和公婆宠着,在单位里被领导同事宽容着,她完全就不能适应这样一种使人惊惧的生活。在此期间,伯父嘉和与女儿迎霜来看过她几次,但她已经被惊惧击垮。她翻来覆去地只会说一句话:“汉哥哥什么时候回来?汉哥哥什么时候回来?”

杭汉此时其实已经回到了杭州,但夫妻还没有见上面,他就被单位里的人弄到牛棚里面去了。他也是悄悄写了便条叫迎霜带来的,便条上只有一句话:蕉风,要活下去。可是蕉风看着字条就大哭起来,说:“我活不下去了啊,我活不下去了啊……”

嘉和几乎是杭家上两代人中惟一还没有被冲击到的人了,也惟有他还有点行动自由。他只好翻来覆去劝慰她,不要担心,事情总能说清楚的;不要害怕,该干什么就干什么。要吃得下饭,尽量睡好觉,等着一家人团圆。蕉风泪眼模糊地问,全家人什么时候能团圆啊?嘉和一时就回答不出来了,只好含含糊糊地说,快了,快了。黄蕉风就又问了一句:“十月一号总能够回家了吧。”公公就说:“那是一定的了。”蕉风这才不哭了,对迎霜说:“跟你哥哥说,让他来看我。他又没进牛棚,他又不考试了,他怎么就不来看我呢?”迎霜看看大爷爷,见大爷爷拿那只断指朝她微微摇动,她就哭了,说:“他革命着呢,特别忙呢,让我带口信来,要你好好地在这里待着,他忙过了这一阵就来看你。”蕉风这才心里好受一些,又说:“你跟你哥哥说,再不来看我,十月一号就到了,我就出来了。见了他,我可就不理他了,看他害不害怕?”

迎霜看看头发乱如女囚的妈妈又要哭,虽然见着出国归来的杭汉时,也曾想“脱离父女关系”,但她最终没有在哥哥那张脱离关系的声明上签字。哥哥早就不认我们杭家人了,妈妈还不知道,妈妈多么笨啊。回来的路上,她对大爷爷说:“不管人家说妈妈怎么样,我都不和妈妈断绝关系。”嘉和伸出那个断指,对迎霜说:“好孩子,我用这个手指头跟你拉钩。”大爷爷的断指在杭州城里,是革命传统教育的一个著名故事,所以迎霜知道用断指拉钩的意义。他们就那么钩着手指回到家里,却不知道这是他们最后一次见到活着的蕉风。

黄蕉风被伯父安慰了几句,立刻就又分不出里外了。她算了算日子,到十月一日,还有半个多月,难熬啊,就拿出丈夫的字条哭。那女大学生进来了,蕉风看了她就害怕。她本来也不必失措成这样,但她控制不住自己,一把就把那字条塞进了嘴里。那年轻女人这时一阵尖叫:反革命,销毁罪证!立刻就冲进来几个人,掰嘴的掰嘴,掰手的掰手,一声声喊:“吐出来,吐出来!”

黄蕉风,此刻已经被肉体革命惊吓得失去思维,她本可以吐出来,结果她却咽了下去。看来这个世界上的确是有两种人的。有一种人怎么打都在皮肤上,进不了心,有的人不能挨一下,挨一下就和挨一万下挨一辈子一样了。黄蕉风躺在地上,浑身颤抖,结结巴巴地说:“我……我……我……我……”

她为什么如此惊慌,难道不是心里有鬼?常言道无风不起浪,白天不做亏心事半夜不怕鬼敲门。你光天化日之下都敢扎着手绢儿养着长辫儿在社会主义的朗朗晴空下扭动你那资产阶级的腰肢,你现在怎么连话都说不出来了?有什么东西见不得人,为什么要吃进肚子里?女大学生真正认为黄蕉风是在破坏社会主义的茶叶事业的了。她就又大吼一声道:“老实交代,和谁搞反革命串联?”

黄蕉风只会摇头,说不出话来。女大学生很生气,又拍桌子喊:“要不要我拿出证据来?”

黄蕉风还是只会摇头。女大学生一声怒吼:“茶叶愈采愈发,是不是你说的!”

黄蕉风稍微清醒了一下,说:“不是我说的,是庄晚芳先生说的!”

“庄晚芳这个资产阶级反动权威,这会儿农大正有人盯着他呢。你不要说别人,你只说你自己的。是不是你支持‘愈采愈发’?老实交代!”

黄蕉风实在是想不起来自己什么时候支持过“愈采愈发”,或者自己什么时候反对过“愈采愈发”。她倒是模模糊糊地想起来过,许多年前,当庄先生的那篇文章发表之后,在茶学界立刻就形成了两大派别。她记得丈夫杭汉站在庄先生一边的,丈夫是“愈采愈发”派。既然丈夫是“愈采愈发”派,她黄蕉风就不可能不是“愈采愈发”派了。那是多少年前的事了啊,那时,这个姑娘还不知道什么是茶吧。黄蕉风挣扎地从地上爬了起来,她想解释一下了,什么是“愈采愈发”。她听丈夫说过,这是一个乍一听起来容易引起人家误会的概念,它是需要被阐明的。所以她就继续结结巴巴地说:“愈采愈发,不是庄先生提出来的,是农民提出来的——”

这还了得!一个学生大吼一声:“黄蕉风污蔑贫下中农罪该万死!”

另一个同学就更革命了,他飞起一脚,边飞边叫:“黄蕉风不投降,就叫她灭亡!”

黄蕉风这么一个胖女子,竟被那个精瘦如猴的男同学踢出老远,一下子就踢到了实验室的角落。实验室架子轰的一声就倒了下来。上面的瓶瓶罐罐哗啦啦地往下掉,砸在了黄蕉风的脸上头上,血淋淋的一片。什么叫黄蕉风不投降就叫她灭亡,这才真正是应了这句口号了。黄蕉风摇摇晃晃地站起来,一脸的玻璃碴子,她艰难地说:“愈采愈发,是农民先提出来的。”

然后她就再一次轰然而倒,再不能够交代什么了。

此时的庄晚芳先生，正在杭州华家池浙江农业大学接受革命小将们的批判。他的家已经被抄，他本人已经被当做日本特务、反动权威，乱七八糟好几顶帽子，日斗夜斗斗得昏昏沉沉。他可万万不能够想到，还有别人，在为那个愈采愈发送命呢。

正如黄蕉风在半昏迷状态时所言的那样，愈采愈发，这的确是一条茶农的茶谚。

茶谚有许许多多，其中有关采摘的茶谚，比如“头采三天是个宝，晚采三天是棵草”；比如“割不尽的麻，采不完的茶”；比如“头茶不采，二茶不发”；比如“茶树不怕采，只要肥料足”等。茶学教育家、茶学栽培学科的奠基人之一庄晚芳先生，就此发表《论“愈采愈发”》一文，刊登在1959年第一期的《茶叶》杂志上。此文在茶学界引起强烈反响。1962年，庄晚芳先生又在《中国农业科学》第二期上发表了《关于茶叶“愈采愈发”的问题》，再一次对他的论点做了补充和论证。

文章的开头就开门见山地说：“自从茶叶‘愈采愈发’的论点提出后，引起了茶叶界的不少争论。有的认为农民愈采愈发的经验是片面的，没有理论根据，甚至把‘愈采愈发’与‘捋采’或‘一把抓’混为一谈。有的认为茶树没有愈采愈发的特性。如果依据愈采愈发的理论，只会把茶树采坏采死，没有指导生产实践的意义。概括起来，争论一方的论点是茶树没有愈采愈发的特性，另一方是茶树有愈采愈发的特性，问题是在于如何正确地掌握它，以便更好地指导生产，制定合理的采摘技术。”

文章接下去层层递进，从茶树愈采愈发的概念问题到理论依据，最后当然是讲在实践中发挥指导作用了。杭汉作为先生的弟子，也作为主攻茶学栽培学的农学专家，是茶叶愈采愈发的坚定不移的支持者。他一边读着文章，一边击节而赞：“透彻！透彻！”

黄蕉风已经记不起丈夫出国前在灯下读这篇文章时的一番具

体的言说了,但她还能记得,那天正巧父亲嘉平来看伯父嘉和。两人坐在客堂间里谈天,见杭汉正在看文章,嘉和便拿过来看。细细读过,沉吟半晌,也没说话,便把杂志又递给了嘉平。嘉平看了一个标题就不看了,口中终究是没有遮拦的,张口就道:"什么愈采愈发,又要我们给茶树脱裤子啊。"

这一说别人倒没怎么样,一旁的黄蕉风却噗嗤一声笑了出来,说:"我想起那时候半夜里两点钟就上山,工农兵学商,一起去采茶,片叶下山,四季采摘,弄得我走路爬山都打瞌睡。有一回瘫在茶蓬里,叫你们大伙儿满山遍野好找一天。"

杭汉见状,不由得给蕉风就使劲眨眼睛。蕉风是个好忘性的人,怎么就没想起来,正是那天深更半夜地把她从山上找回来之后,父亲嘉平才想到要给政府提意见的。

提意见之前,嘉平和嘉和也是有过一番谈话的。他们见着大冬天里,那些大石磨推碾起茶树的老叶子来,嘉平就问:"大哥,你说这叶子真能吃吗?"

嘉和看着那墨黑的叶子,说:"这不就是茶叶的裤子吗?"

原来茶叶采摘,历来就是摘那新发的茶芽,一般也就是春夏秋三季,留下那老叶在下面,那是茶树的命呢。如今扒了茶树的裤子,把那些老叶全采了,且大冬天的也不放过,这就叫片叶下山,赤膊过冬。你想那满山的人,二更就打着火把上山,哪个行业的人一时都成了茶农,采得那些郁郁葱葱的茶蓬,几天工夫就在寒风里打赤膊,一个个天生丽质的绿衣美人,刹那间就成了一把骨头架子。

那一日,年近六旬的嘉和也随着年轻人上得山中。陪他一起上山的还有孙子得茶。得茶此时还正上中学,并未真正见识过茶叶的生产过程,见了这满山的人,倒也气势浩荡。只是从未采过茶,一味地用手捋下就是。倒是那嘉和见了不忍,说:"哪有这样采龙井茶的。采龙井早有定论,得用指甲,不能用手指,快快地掐采,这才不会使鲜叶发热,损害叶质。”

得荼试了试,那些老叶子,哪里是可以用指甲掐下来的,生在枝上,金枝铁叶一般的呢。得荼就叫道:“爷爷,你那些古人的指甲,怕不是老鹰爪子变的吧,我怎么就掐不下来呢?”

嘉和看了看孙子,想跟他说,这哪里还是茶叶!这哪里还是采茶叶的时候!吃茶叶饭的人,没有一个不晓得,茶树是个“时辰宝”,早采三天是个宝,迟采三天变成草。虽说中国地大,茶叶采摘时期各各不同。海南岛可采十个月,江南亦可采七八个月,即使长江以北茶区,也可采五六个月的。但也从未听说过可以在冬天里采茶,且采得片甲不留。

采茶是科学。老祖宗陆羽早就在《茶经·三之造》中有言:一是茶叶择土而采:长在肥地中的茶,新梢四五寸时便可采摘了;长在草木丛中的细弱之茶,须待其生出那四五枝的,选着那秀长挺拔的,也可采摘。二是茶叶择天而采:下雨天不采,晴天有云不采,在天气晴朗有露的早晨才可采摘。这些当然是茶圣的上上之说,一般人也未必能做到的。但弄到茶叶需推着磨盘方能碾碎了,这也是千古未闻之事。

杭嘉和见着那工、农、兵、学、商们稀里哗啦地推着磨,心里实在难受,别人那里不便说,就跑到一头雾水正在修理摘茶机的杭汉面前,说:“汉儿,我有句话要跟你说。”

杭汉已经三天三夜没有睡觉,倒不是采茶,却是在单位院子里炼钢铁。此时见着嘉和连平日里的礼数都记不起来了,只是蹲着,喉咙哑得发不出声来,问:“伯父有什么事?”

嘉和蹲了下来,看着汉儿那发红的眼睛,发木的眼珠,想说的话咽了进去,却换了另一句:“你们打算亩产报多少?”

“起码干茶得在五百斤以上吧。”杭汉说。

嘉和听了,也没有吓一跳,反正现在到处都在放卫星,无论报出怎样一个吓死人的数字,也不会让人大惊小怪了。嘉和不解的是杭汉说这番话时的那种麻木不仁的口气,好像他真的认为一亩茶园能产出五百斤干茶来一样。嘉和这么盯着他看了一会儿,叹了一口气,还是说了话:“去年组织我们这批人下乡去考察全国茶园的现状,说是有二十五万公顷老茶园得重种、补缺或台刈。”

杭汉仿佛根本没有听清楚他的话,木愣愣地看着伯父,只是说:“要是能修好这台机器,手工换了机械化,这些茶叶采起来就省力多了。”

嘉和知道他的这番话是白说了——他想说的是不应该采,但杭汉却说的是怎么样才能采得更多更省力。他们在这个问题上发生了尖锐的对立。但嘉和不会像他的弟弟那样不管不顾地就把话说出来。回到山间,那黑夜里满山的呐喊,满山的火炬,使他突然想起了北宋诗人梅尧臣的一段话,不由感慨万千地轻吟而出,所幸一旁的工农兵学商没一个听得懂,不料这句诗却让弟弟嘉平当做意见提上去了。

你当这是一句什么文言,却原来是梅尧臣《南有嘉茗赋》中的名句:当此时也,女废蚕织,男废农耕,夜不得息,昼不得停……

嘉和念这段话时,并没有别的意思,只是以为这样做对茶树不好罢了。但一经嘉平认可,整理成文字,政协会上放了一炮之后,事情就闹大了。梅尧臣的这首同情劳动人民的文字,也可以作为对封建朝廷的抗议,古为今用到这里来,不是把我们新中国的天下当做封建社会来攻击吗?嘉平险成右派。只是时光已经过去了两年,右派已经变成了右倾。

事后嘉平觉得自己的确是幼稚了。他说那些话,提那些意见干什么,谁不知道大跃进是怎么一回事儿。全国上下一起说假话,那就不是纠正哪一句假话的问题了。

可是,这种局面还会延续多久呢?妻子黄娜对此已经失去了信心,她现在念念不忘的就是出国。嘉平却还是想看一看。他不能想象离开了这个充满斗争的舞台会怎么样。他深陷在中国,不想拔出去。

黄娜也想动员女儿黄蕉风出去。但黄蕉风天性软弱,嫁鸡随鸡嫁狗随狗,丈夫不走,她也就不走。她也知道妈妈和父亲有矛盾,但究竟怎么回事,她是没头脑管的。有一次她还听到他们对话。她听到嘉平长叹一声,道:“黄娜哪,你什么时候才能真正懂得我哪。”

然后她就听到妈妈黄娜说:“我是不想离开你的。可是你看你们这个国家,闹到要饿死人的地步,接下去谁知还会怎么样呢?”

“不管怎么样,总还是在我们中国嘛。”

“亲爱的,你的话缺乏理智。这个政府的人民正在挨饿,而且许多人已经饿死了!”

“闭嘴!”嘉平跳了起来,环视了一下周围,又问:“你把大门关上了吗?”

黄娜苦笑了起来,说:“我连在家里都不能说话了吗?亲爱的,你刚才那副样子,叫我怎么也想不起来,你当年怎么在重庆码头和国民党打架的了!”

这才叫嘉平真正大吃了一惊。二十年英雄豪杰,如今怎么落得这般贼头狗脑的境地,长叹一声说:“我这个人,你应该是知道的,做寓公,当快婿,或者南洋巨商,或者英伦豪富,都非生平所愿。文天祥早就有言:人生自古谁无死,留取丹心照汗青。况且我不过是作为右倾思想被批判了几声,离死还远着呢。”

黄娜也就长叹一声,说:“我就是不能同意你的这番辩解。你不说给你按上右倾公不公正,你却只说你不怕当右倾。就像你们不说上山给茶树脱裤子对不对,只说不怕没茶叶喝。这是什么逻辑?大而无当罢了。我虽不是英国人,但英国人的重事实、重逻辑却是叫我心服的。嘉平,不是我硬要早走一步,这个国家如此折腾下去,怕是要完了。我走了,安顿好那里的一切,再来接你们。哪怕你死不肯走,还有那几个小的呢。"

嘉平这些年来还没听到过这样的话,尤其此话竟然是从黄娜口中说出,他真有惊心动魄之感,轻声地说:"你怎么能这样说话,这话是你说的吗?"

黄娜却说:"我早就该说这些话了,只是怕说了一人坐牢,全家遭殃。你想想,这些年,不就是应了安徒生的童话了吗?皇帝明明光着屁股,谁都只能说他的新衣服漂亮。你不过是说那纽扣钉歪了,便是一顿好训。我却真实地告诉你了:皇帝的确什么也没有穿啊!"

嘉平连忙就把黄娜往屋里推了,边推边说:"我们这就讨论你怎么走的事情吧。"他不想让黄娜再这么说下去了。

这些话,黄蕉风全都听到了,但她似懂非懂。她也挨过饿,但后来吃饱饭,饿的滋味也就忘记掉了。

嘉平虽然送走了黄娜,但黄娜的那一番话,到底还是在他的心里起了作用。他心里头服他的右倾吗?当然不服。平时说不得,在嘉和这里还是敢说。故而,这里一提起愈采愈发,他就这么来了一句,且说:"要给茶叶脱裤子啊,你看,我们现在连茶叶都喝不上了,还要凭票。每人还不能超过半斤。那日我给黄娜寄茶,邮局说超过半斤了,不能寄。我真想大喊一声:这不是社会主义!"

"你喊了?"杭汉吓了一跳。

"我能喊吗?我已经是右倾了,害得你这次出国还七审八审的。我要再喊,还不成了反革命!"

杭汉这才松了口气。他总觉得父亲虽然叱咤风云大半生,却是一个政治上非常幼稚的人。这些年他牢骚多起来了,看问题就意气用事。杭汉基本上没走出业务这个圈子。他觉得国家大事都是搞行政的人做的事情,他们有他们的套路,好的坏的,只要不跑到业务里来插一脚就可以了。当然因为他的这个态度问题,也有人来提醒他,不要走白专道路。对这些话他都笑笑,虚心接受,坚决不改。他心里明白,找他谈话的人,是要他写入党申请书。可是自己掂掂分量,以为他的一半日本血统,已经决定了他是不可能入党的。那么这种装腔作势拿花架子的行动又有什么意思呢。杭汉不愿意欺骗任何人,他认为他们杭家人,还是应该做一点实事。因此,从心底里说,他以为父亲没有走伯父的道路,实在是吃亏了。他在政协务的那份虚,怎么可能不犯错误呢?

这些话自然也是不能够和父亲讲的,便不讲也罢。杭汉却是一向极为重视伯父意见的,便接着刚才的话题说:“伯父,你倒是吃了一辈子的茶叶饭了,还是你说说,茶叶愈采愈发有没有道理。我就要到马里去,总有许多道理要对他们讲的。误人子弟总归不好啊。”

嘉和想了想,说:“茶叶愈采愈发,这本来就不是什么了不起的事嘛!又不是庄先生一个人凭空想出来的,千百年茶农积累下来的经验嘛。你看,这里不是说得清清楚楚,一是茶树提供较长的采摘期,第二是提供较多的采摘次数,第三是采摘间隔时间短,第四是单位面积产量高。”

“还有下面,庄先生也提出来了愈采愈发的前提,一是应使茶树形成新梢的营养芽保持一定水平;二是应使茶树在发育周期中生长活动时期内能经常葆有正常的营养生理机能。你看你看,不是正反两面都讲到了嘛。”杭汉兴奋地补充道。

黄蕉风正在翻一本电影杂志,听着他们说闲话,就又插嘴:“那不是太好笑了,没什么可以争的,还争个热火朝天干什么?我们学校老师,也拿这愈采愈发分成两派呢。”

“有些话,在马里说得,在这里说不得。”嘉和突然说。

杭汉没有太听懂他的意思,抬起头来,看了伯父一眼,突然明白了——伯父是不赞成这时候提出这个理论的,也就是说,他不是一个愈采愈发派。可是他从来也不把话说透,只让人家去领会。父亲比伯父性急,说:“发现了原子能的科学家好不好?可是美国人拿去造原子弹了。愈采愈发本来只是个学术问题,可是人家要用来脱茶叶裤子了,那就不好了嘛。”

“那不是科学的罪过,是利用科学的人的罪过,这是两个概念,不能掺和在一起的。”杭汉激烈地反抗父亲的反科学观念。他希望得到伯父的支持,但这一次他失望了。伯父说:“科学是什么?就真理本身是不是真理是一个问题,什么时候讲也是一个真理问题。围棋这个东西好不好?好!符不符合科学?符合!那么我为什么对日本人说我不会下围棋?我为什么斩了手指头也不肯下围棋?是我不科学吗?”

杭汉听得瞠目结舌。嘉和从来也不愿意在人前提他斗小堀一事。解放后一开始不少单位学校还叫他去做报告,都让他给挡了。天长日久,人们记得这故事,倒把故事的主角渐渐淡忘,没想到伯父今天却把它提了出来。这说明他们之间所谈的并不是一个学术问题,伯父是在和他说做人,也是在以某一种形式向他的兄弟表示他的立场。

黄蕉风听不懂男人们之间的这一番话。说起来她很小就开始跟着杭汉进入茶界了。但她是茶人们的宠儿,吴觉农先生亲自来参加了他们的婚礼呢。她天真、厚道,天资比她的母亲要差一截,生就不是一个读书人。黄娜曾经为此长叹过一声道:“到底还是像她那个没出息的父亲。”那是说的蕉风的生身父亲。

然而杭汉却喜欢这个傻乎乎的胖妹妹。他们杭家出的人精儿太多了,尤其是女中人精太多了,这就太费杭汉的心思。杭汉喜欢和这个不用他花脑筋去琢磨的姑娘说话。对他而言,这是一种最好的休息。

从十二岁以后,黄蕉风就在宠爱中成长起来了。宠爱的结果是她变成了一个漂亮的木乎乎的不爱动脑筋的爱吃零食的年轻小媳妇儿。不到二十岁她就和杭汉结了婚,结婚之后她就更不爱动脑筋了。所幸杭汉给她找了一份在实验室工作的清闲活儿。她不愁吃不愁穿,二十岁刚过,她轻轻松松地生下了一对儿女。她的下巴因为发胖兜了出来,杭州人看了都说这女人好福气。实验室里放着一些大瓶子,瓶子里面浸泡着一些茶叶标本。有从云南来的大叶种,也有本地的小叶种。蕉风一天到晚对着它们,也没有觉得厌烦。她和丈夫住在婆婆也就是伯父家里,他们的一双儿女有上辈扶养,所以她没有一般女人的辛劳,这就是她之所以有时间养着一头长发的原因。

丈夫去非洲后,有一段时间她也觉得寂寞,不过她很快就调整好了。也就是在那一段时间,她开始了茶叶的标本整理。干这一行她可完全没有工作的观念,她是把它作为打发业余时间来做的。但是这件事情得到了伯父的大力支持。伯父看着她在那个标本簿上贴的茶叶,喃喃自语说:“好!好!”又叫来叶子一起看,说:“叶子,你看我们蕉风,汉儿不在身边,她倒反而有那么多想头了。”

叶子和蕉风,可以说是世界上最好的一对婆媳了。叶子内向勤劳,蕉风憨厚懒散,两人一对,那才叫和谐。蕉风啊,真正是下巴兜兜的福相啊,她怎么熬得过眼下这样的日子,一个这样的下午就能让她去死!也就是说,当实验架哗啦一声倒下,那些大叶种小叶种标本和着玻璃碴子一起砸在她的脸上的时候,黄蕉风就已经死定了。

所有的人都不能猜透蕉风为什么会跳井自杀。那天早晨,几个红卫兵还在井边盯着她,罚她跳忠字舞来着。她胖乎乎的样子,每一个动作都那么丑陋,那么不堪入目,那么引人发笑。小将们笑得前仰后合的时候,她倒是哭了,眼泪把昨天下午砸的满头血又冲了下来。所以她的眼泪是红色的,挂在脸上,活像一个跳梁小丑。后来她就不见了。再出现时已经是井底的一具更胖更难看的尸体。大家都很惊讶,都说,红卫兵小将没把她怎么着啊。你看,虽然剪了头发,但还没来得及游街啊!也没给她挂牌子,也没给她坐喷气式,也没拿皮带抽她。再说她自身也没什么大问题啊。他们只是说了她公公是右倾分子,她丈夫有日本特务的可能——听清楚了,是可能;她自己有破坏社会主义建设的嫌疑——是嫌疑啊,这种时候,这种运动,谁不得摊上一个嫌疑?她凭什么畏罪自杀!凭什么转移斗争大方向!凭什么扰乱阶级斗争的视线!

蕉风的噩耗对杭家人而言,简直就是平地一声雷,炸得人魂灵出窍,嘉和、叶子这对老夫妻,当场就被定在原地,说不出一句话来。还是嘉平,他气得血气上冲,也不管自己是不是右倾,下场如何,拍着桌子,要校方查核黄蕉风的真正死因。“是他杀!一定是他杀!她清清白白的一个人,凭什么自杀!”

一直抱着蕉风尸体不放、已经麻木了的杭汉,没有力气说话了,但他还有力量默默地给那双熟悉的已经僵硬的脚套上高跟鞋——正是那双怎么砍也砍不断的高跟鞋啊!杭汉的努力是徒劳的,这双美丽的脚现在已经被水浸泡得肿出了一倍,根本就套不进去。但杭汉却固执地继续着,只有他明白,蕉风为什么会死!像她这样的心灵,给她一个耳光,都可能让她去死的!这样快快乐乐生活在世界上的人们,就是最容易去死的人啊。

第 十 章

杭得荼一直把守着的那种内在的平衡,今年夏天彻底倾斜了。重大的断裂开始,从前某些时候只是小小的不适、隐隐的疑惑,现在变成灵魂重新锻造时的剧烈痛楚。

以往他的身体里另有一人,一个温和的,有些伤感甚至虚无的人,制约着他的生机盎然着的躯体,在某些人生的重要关口牵引住他,使他不至于和那个外在的、场面上风光的烈士的儿子拉扯得太开。他不是没有过那样的时刻,少年岁月他曾经是非常走红的,他常常出现在一些庄严大会的主席台上,给外宾献花,做优秀少先队员们的楷模。这样的簇拥不但没有使他趾高气扬,反而折腾得他在疲惫不堪之后生了一场重病。他不得不到杭嘉湖平原上的养母处、那父亲和母亲长眠的茶园旁去休养生息。

那些岁月,他常常会在傍晚或者清晨路过茶园旁的烈士墓前。父母的牺牲并没有给他带来太多悲伤,也许那时候他实在太小,以后又来到了爷爷身旁。爷爷给了他应接不暇的日常生活,许多许多的细节都是重大的。他的目光从鲜花和掌声中收缩回来时,心里感到很轻松。乡村的生活虽然比城里要清苦,但他小心翼翼地向爷爷奶奶提出在乡下读书时,爷爷不顾奶奶的不悦,点头称是。他在那里读完了高中,每年寒暑假回家。乡间的父老谁不知道他的特殊身份,但他们给了他尊敬,却没有给他虚荣。他重新开始宁静下来,并学会了热爱宁静。

在那些日子里,如果回城,爷爷会带他去走访一些人,如果爷爷不带他去，他永远也不会知道，杭州城里还生活着这样一些人。他们像鼹鼠一样生活在地表深处，在南方多雨的细如蛛丝的小巷一闪，就消失在某一扇逼仄的门中。他们大多居住在大墙门院中的小厢房内，破破烂烂的家具中偶尔闪出一件精品。比如茶杯往往是缺口断把的，但上来一盘炒瓜子，那碟儿却是乾隆年间的青花。他们往往会有许多的礼节，让座的程序十分讲究，尽管那座椅已摇摇欲坠。有一次爷爷还带他去走访过一个怪人，他住在拱宸桥边一幢危楼中，爬他的楼梯时得荼真有一种地下工作者接头的感觉。那人的屋里凌乱，到处都是纸片。看不出他的年纪，有一双亮眼，他和爷爷谈论文章之道，以及一些遥远的事情。爷爷的声音很轻，得荼在这样的时候翻着书，他接受另一种气息。出门时外面阳光灿烂，红旗翻飞，强烈的反差使得荼产生了幻想，他发现这是一个套起来的世界，像魔术一样，大箱子里套着小箱子，小箱子里又套着小小箱子。

他逐渐不能接受这样一种格局——他自己的处境仿佛很好，而他周围的亲人朋友们却处境不好。他觉得自己这样夹在当中是很不自在的。罗力姑公和方越小叔犯事的时候，他已经很懂事了，他看不出他们有什么必须被专政的理由。他的特殊身份和他所受的教育，是要让他成为这个专政中的重要一员，而这恰恰是他所不愿意的。他为他自己心里萌生的反叛的种子而痛苦。爷爷说，不要急，到乡下去好好读书，我们会有办法的。要学会在惶恐面前做一个哑巴。

爷爷一点也不陈腐，他有他的并没有被打断了的一贯的生活信仰，这是得荼的生活总有所依赖的地方。在这一点上，他是比得放要幸福的。得放除了外在强制浇灌的精神营养之外，没有别的营养来源。得放的爷爷和得荼的爷爷不一样，嘉平爷爷也老了，但有一颗年轻的心，他狂热地放弃了许多以往建立起来的精神支柱，后来他再想捡起,却已经残缺不齐了。

得荼在进入江南大学之前,良渚文化中的杭州老和山遗址、水田畈遗址以及湖州的钱山漾遗址都已经挖掘过了,当时已在学校教书的杨真,曾邀请嘉和兄弟去观看一部分出土文物,这杭家的两兄弟便带上了得荼。即使是在这样纯粹的学术活动中,他们的关注热点也大不相同:杨真和嘉平更关心的是这个文化遗存所反映出来的阶级状况:等级、分配、权柄、战争与宗教等;而得荼和他的爷爷一样,被出土的黑陶、玉器、石器强烈地震撼了。杭得荼第一次知道了一些称呼:璧、环、琮、璜……这些造型奇特的青黄白三色的玉器,使他心潮澎湃,那年他刚上高三。回家的路上,他一声不吭,突然跺脚站定,对嘉和说:"也不晓得那张茶桌现在在哪里了?"嘉和看看他,推着他往家走,一边说:"在哪里都一样的。"得荼说:"我真想把它再背回来啊。"

一切的犹疑,那些在选择未来的过程中的失意彷徨,至此戛然而止。得荼是从美切入史学的,从对美的茫然无知的蒙昧状态中突然觉醒了——首先是狂热地热爱一切古老的美的东西,再慢慢地分辨真伪,然后,再从那美中对应而看到丑。第一次目睹良渚玉琮上的兽面神像时,他激动得发呆,激动得害怕别人看到他的激动,美使他眼眶潮湿了。他真的不明白,美好的事物怎么竟然能使人落泪。

因为那种神秘的感觉——那种使他全身震颤、目瞪口呆、神情恍惚的感觉太强大了,太不可解释了,他进入了对一切神秘的不可知世界的敬畏和玄想。他秉性不是一个十分具有批判力的人,即便具有洞察力,并非看不到假丑恶,但他的心灵不由自主地更趋向于对世界上一切真善美的赞美和认同。在他成长的丰满期与成熟期中,爷爷的对细节的优雅关注、杨真先生的对事物的批判能力,甚至后来的吴坤的年轻的锐气和进取心,都给他海绵般正在努力吸收着生活养分的心灵带来巨大的冲击和感染。这些原本仿佛来自外面的东西,有的已经渗入他的内部,成为他自己的一部分,有的则和他本人进行着长期的有时不乏激烈的冲突、消化或者排斥,进行着日复一日的艰难的磨合。

他逐渐成了一个在人们眼里多少有些怪癖的人,比如不随大流,有时却又很极端,做一些别出心裁的决定,比如他所选择的专业方向,实在说不出名堂,暂时也只能归类在经济史中。大学毕业那年,他一个人跑到良渚附近安溪乡的太平山下,考证一个古墓,他断定它是北宋科学家沈括之墓。这个写了《梦溪笔谈》的大科学家给他一种启示:正史之外的杂史未必比正史不重要。也就是在这时候,他决定以研究食货等民间生活习俗为自己的专业方向。他的毕业论文也很怪,《陆羽生卒年考》,详细论证了这位公元八世纪的古代茶圣的出生与逝世的年代。当时系里有领导就曾经跟他谈过,说他外语好,选择国际共运史更合适,他们劝他再作考虑。他想了想说,他已经决定了,不用再做考虑。

1966 年夏天的杭得茶,从情感上他是绝不适应,从理论上他也是无法接受那种狂飙式的变革:周围的人们都在仇恨和千方百计地学会仇恨,甚至于他本人也学会了抽象的仇恨:仇恨帝修反,仇恨地富反坏右,仇恨阶级敌人。然而,只要想起一个具体的人,比如想起远古时代人们磨打着玉璧的手,盛唐时代一双正在凝视着茶器中碗花的眼睛,或者直到今天还放在他桌上相片夹中的那个刚刚相识的女子的受难般的玉颈,他就心潮起伏,久难平静。他的那种内在的激动和外部生活的狂热,如两股平行着的山路,有时也交叉,但大多时候都是各顾各地在自己的精神坡面上攀登。而正是在那样一个灵魂双重攀登的早晨,他离开过杭城,又进行了一次精神的特殊漫游。

杭得茶对湖州并不陌生,在湖州德清有着他的曾奶奶的娘家——那个据说是被他的小爷爷用大缸闷起来后又吞金自杀的烈性女子的出生地。这个姓沈的家族,几乎是他杭家政治上的对立面,忘忧叔的父亲和他的曾奶奶之死与沈家人直接有关,他父母的牺牲也不能说和他们沈家人没有关系;反过来,据说那位大汉奸沈绿村的死和今天的茶学专家二叔杭汉以及他杭得茶母亲楚卿之间,也有着不可分割的关系。因此一部中国现代革命史,在得茶的童年里,就几乎是他的一部分亲戚和他的另一部分亲戚的殊死拼杀的过程。

杭家和沈家在抗战胜利后就几乎绝了来往。这倒不仅仅因为他们两家之间已经彼此追杀得血赤淋淋,且沈家解放初镇压的镇压,逃亡的逃亡,自杀的自杀,出走的出走,当地已无人,也没有再交往的可能。说到底,他们沈、杭两家自结亲以来,就没有情投意合过。嘉和爷爷说,这就是道不同不相与谋。或因为如此,去年得茶带学生到离湖州城东南七公里处的常潞乡钱山漾去参观良渚文化遗址时,也没想过要到邻近的德清城去看一看。但是,来回两趟都路过德清,在青年学子的欢声笑语中,得茶还是想得很多。

德清这个地方,地处杭嘉湖平原西边,出杭州城百把里路程就到了。境内有清凉世界莫干山,夏天好避暑的人,大多都知道其名。还有个著名的唐代诗人,那"郊寒岛瘦"中的前者孟郊,也是德清人。得茶自小就随爷爷读他的诗:慈母手中线,游子身上衣。临行密密缝,意恐迟迟归。谁言寸草心,报得三春晖。少时读他的诗文,真有高山仰止之感,谁料就这么近在咫尺呢?

沿路山坡上一路的茶山,密密匝匝,行行复行行,大学生们看着激动,纷纷寻找形容词,有人说像一条条绿弧线,大家听了都笑,说这也是形容?还有人说是群山的一顶顶毛线绿帽子,大家听了又笑,说像倒是都像了,不过给山都戴绿帽子,山也太委屈了。有个女生倒有想象力，说像是造物主奶奶纳出的鞋底子，不过是用绿线纳的，大家听了都说这才有点意思了。那女生就问杭老师，听说您的名字才是与茶有关的，得荼而解，就是得茶而解，您说，这高山坡上的绿茶像什么啊？得茶看来看去也找不到形容词，只好开玩笑说：道可道，非常道，名可名，非常名，茶，可说乎？不可说也。说得大家都再一次大笑，这才把话转移了。

杭家得茶这代人中，已经没有一个人在真正事茶了，只有得茶在研究地方志中的食货类时，对茶进行了专题的关注。他是专门研究陆羽的，德清的茶和茶事当然不可能不知道。《茶经·八之出》有记载，说到浙西之茶，以湖州为上品，产于“安吉、武康二县山谷”。文字虽少，却是权威性的，定了德清产茶的品质和地位。得茶还记得旧年陪嘉平爷爷去庄府看农大茶学教授庄晚芳先生，临别前庄先生送莫干黄芽数两，又说了一段当年轶事。那还是五十年代，庄先生曾在莫干山荫山街上，于一农妇手中买得十块钱一斤的芽茶，问产于何处，笑而不答。庄先生品饮之后，随即赋诗一首，其中有“塔山古产今何在，卖者何来实未明”之句。嘉平爷爷把茶和茶诗同时带回了羊坝头杭家，嘉和喝了，说好，似山中老衲。读了诗，却笑了，说：“到底是庄先生，两句都有典。”嘉平说：“前一句的典我倒还记着一点，县志上记着：茶，产塔山者尤佳。那后一句典出何处，倒是费解了。”嘉和淡淡一笑，回答说：“你这一典是古典，我这一典却是今典啊。典出中央文件，国务院不是早就规定了农民不得卖私茶吗？你想庄先生问那农妇卖茶何来，她敢回答吗？她笑而不答，庄先生不是只好‘卖者何来实未明’了吗？”

得茶不敢想象上一次来湖州与这一次来湖州之间，会有这么重大的事件发生。他本来还计划着，陪爷爷专门来一趟湖州，一是去顾渚山下看望正在劳动改造的杨真先生；二是走访一下位于武康的小山寺，爷爷说俗称此寺为翠峰寺，他年轻时还去过那里。

《茶经》上记载的那个释法瑶,“耳垂悬车,饭所饮茶”,以茶代饭的故事就发生在这里。爷爷说这个寺建于公元五世纪,至今还有遗址。然而,这一次得茶肩负吴坤的使命而来,却再也没有上一次来时的那种求知的热情了。另一种更为不安的激情,却以暧昧的方式引导着他,使他在深感不安的同时,却马不停蹄地直奔浙北。

湖州城离杭州三小时车程,将近城郊,有人站了起来,兴奋地指着车外说:“我说肯定要砸的,我说肯定要砸的,我老公还不相信,还要跟我打赌,说陈英士是孙中山看中的人。孙中山算个屁?要是活在今天,也不是一个走资派,一个赫鲁晓夫,说不定现在也在戴高帽子游街了呢!”

说话的是个中年妇女,难看,脸皮憔悴刻薄,眼梢吊起,嘴角下拉,看上去有些面熟,得茶心里一惊,突然想到那个专门来找吴坤的女中红卫兵。真是不可思议,一个那么美而一个那么丑,同时又那么相像。这种相像的表情,正在1966年的夏日以惊人的速度裂变。它们仿佛是自身带着生命出现的,繁殖的速度如此之快,犹如雨后大森林里的蘑菇;又好像这张脸本来就潜伏在后面,只要时机一到,就突然显现出来罢了。得茶从本质上讨厌这种对破坏的发自内心的呼应,但还是不由自主地和另外一些乘客一样站了起来,听着人们朝着英士墓的方向惊呼和议论。

去年杭得茶带学生到钱山漾去时,曾经顺便去过英士墓。英士墓在南岘山,看上去相当宏阔,墓前有孙大总统诔词,平台前沿两侧有青石狮子一对;墓道前有四柱三间冲天式的石坊,正中横额镌有孙中山的“成仁取义”题字,左额是林森的“浩气长存”,右额则是蒋中正的“精神不死”。四根石柱上镌刻的那两副楹联,得茶倒是记下了。蔡元培所书的是:轶事足征可补游侠货殖两传,前贤不让洵是鲁连子房一流;于右任所书的是:春尝秋帝生民泪,山色湖光烈士坟。

得荼对陈英士这个人的认同感,或许多少来自于一点家族,他的曾祖父和那个曾舅公,都曾经是英士的辛亥战友,只是后来分道扬镳罢了:曾祖父脱离了革命,沈绿村当了大汉奸,而躺在坟墓中的这一位,当了沪军总督之后没多久,就被军阀暗杀了。葬在这里数十年,湖州乡党倒是把他当个大英雄看的,也还算安静。像这样的墓地也要砸掉,得荼的心一下子就沉了下去,刚才出杭州城时的那种莫名的兴奋,顿时就被冲得七零八落了。

从湖州小城下车,抬头见飞英塔还在,杭得荼忐忑之心又稍安了一些。这飞英塔才真正是湖州一绝,说是唐代咸通年间有个叫云皎的僧人自长安得舍利子七粒,又有阿育王饲虎面像一尊,归湖州建塔而藏之。到了北宋年间,民间传说有神光出现在绝顶之上,故又做了一个外塔笼之,这才有了塔中之塔的式样。佛家有“舍利飞轮,英光普现”之说,故取名飞英塔。得荼一年前也专程去看过此塔,那塔因年久失修,外塔塔顶倾塌,内塔也被殃及而受损。当时他还专门跑到文物部门去摇唇鼓舌了一番,说飞英塔乃唐宋之古物,独一无二的构造古今惟一,历代都由政府主修,不能到了我们这一代人手里眼看着倒掉。……现在回想起来,简直恍然若梦。

小镇南浔离湖州六十里路,有班车前往,正是中午时分,得荼也没心思再跑到城里去吃过去爷爷常常托人带来的湖州千张包子和想起来就要咽口水的湖州大馄饨,倒是车站小卖部的钢精锅里还盛着半锅粽子,早已凉了,得荼买了几个带上,一个还没吃完,车就来了,上车时心里便有些忐忑不安,不知那个近代史上江浙财团的发祥地,号称国民党半个中央的所在处,史称四象、八牛、七十二条狗的资本家满地捡的江南名镇将是何等光景。杭得荼又不免为自己的行动感到茫然,与茫然相伴的,还有那种自己也不愿意承认的激动——那种企盼与某一个女子见面、同时又非常害怕相逢的奇怪而又陌生的感情。

无论如何,这一次一定要说服她赶快收拾好东西,等他从杨真先生处回来就立刻动身回杭。至于回杭后她和吴坤结不结婚,那就是他们的事情了。想到他们还有机会一起坐车,单独待上三至四个钟头,他激动得脸都红了。同时又一再地下决心:只有那么一次,第一次,也是最后一次。要是被吴坤看破他的心思呢? ……年轻的杭得荼怔在那里,嘴唇就干了起来。

站在南浔镇市河与运河的汇流处通津桥上,阳光白得炽人,晒得得荼目光发散,几乎集中不起来。往河两岸扫了一下,墙门上也有各种大标语,但比起省城的闹猛,这里毕竟要宁静一些。

大学时代得荼利用寒暑假跑过许多江南小镇,其中嘉善的西塘和湖州的南浔,都给他留下了深刻的印象。野花临水发,江鸟破烟飞,从感情上说,南浔这样的古镇给他更多的认同感,所以一听说白夜到的是这个地方,感觉便好了许多。他很难想象一个如赵争争一样的红卫兵,如何在这样的小桥流水人家处叉腰走来走去。

行至中心学校门口,得荼发现,这里的造反还没有发展到砸烂一切的程度。至少,这所 1912 年建成的从前的丝业会馆的大门上,那用英文书写的 SILKGUILD 横额至今依然存在。他探头往里面望了一望——还好,那个原名叫“端义堂”的大厅也还在,上面抬梁式木结构上的双凤、牡丹图案也都依然如故。这里曾经是南浔丝经公会办公之处,厅内宽敞,可设宴五十四桌。多少年前的每年四月,在此开蚕王会,数百人聚首一堂共祭蚕神。如今早已是一所学校了,应该是最容易受到冲击和砸毁的那种地方了,竟然静悄悄的没有人。得荼心里好受了一些,此地虽然不是白夜所在的学校,但南浔人看来还没有从省城沾染上暴力行为。

南浔中学却很乱,到处是标语,砸烂、炮轰和油炸等,人却很少。中学生总是比大学生更激进的,得茶担心着白夜会不会也出现在这样的白纸黑字上。她已经在这里工作两年,要了解她的底细,这点时间也已经足够用了。

图书馆里也没有她,门倒是被两条交叉的纸条封起来了,说明这里面的东西,都是封资修。得茶走到图书馆临窗那面的墙根下,向窗口望去。玻璃窗紧关着,映出了他的脸和他身边的那株老藤树。树上一只知了突然嘶叫起来,得茶眼睛眨了一下,心生一惊,想到那个他从来没有见过的已经死去的右派,那个白夜的真正的情人。白夜是为了他才选择这个职业的,她究竟是一个什么样的女人呢?她也深深地诱惑了他,迷惑了他,甚至可以说是蛊惑了他。他盯着玻璃窗上他自己的那张模糊的脸,陷入了对自己的沉思。

俄顷,脸突然破了,窗子对面打开,有两个少年如轻盈的猫,跳上了窗头。他们各自的肚子胖鼓鼓的,双手按着,看着窗外站着的青年男子,一时也愣住了。

想来,这就是两个六十年代的"窃书不算偷"的孔乙己吧,彼此愣了一下,两个少年正要往回跳,被得茶一把抓住了,说:"别跑,我不抓你们。"

两个少年并不十分害怕,其中一个稍大一些的说:"我们才不怕呢,外面都在烧书。"

"烧书可以,偷书不可以的。"说了这句话,连得茶自己都觉得真是混账逻辑。

两个少年听了此话,一番挣扎,想夺门而逃,被得茶拽着不放,问:"图书馆的白老师认识吗?"

两少年使劲地点头,一个说:"白美人啊,谁不晓得!"

这样一句老三老四的话,倒是把个得茶都说愣了,白夜成了南浔镇上的风云人物?他问他们她住在哪里,那大的犹豫了一下,审视了他片刻,点点头说:“她就住在学校大操场后面的平房里。”

另一个说:“我知道她现在在哪里,我说了你可不能告诉她我们在这里干什么。”

“那是,”得荼说,“别人都烧书呢,你们是拿回家藏起来看吧,什么书?《海底两万里》吗?”他松开了手,那少年高兴了,说:“还有《环球旅行八十天》,还有——”

另一个连忙说:“我这里还有《聊斋志异》,有鬼的,全是封资修,你要不要?”

得荼连连摇手说:“你们快跳下来吧,让人看到了,这些书全得烧。”

两少年这才往下跳,他们长得很像,一问,果然是两兄弟。那哥哥说:“白老师到嘉业堂去了。”

杭得荼大吃一惊,说:“这里还敢烧嘉业堂的书?”

“那有什么,我们这里的人什么都敢做,人也敢打死的。”

哥哥连忙更正说:“嘉业堂还没烧书呢,什么时候烧也难说,我们本来是想偷了这里的书,再到那里去偷的。不过那里的都是古书,我们也看不懂,就算了。叔叔,你想要那里的书,趁乱去偷几本,也没有人在意的。我们这样趁人家抄家,已经偷了不少书呢。”

杭得荼笑笑,摸摸他们的头说:“你们说起‘偷’字,怎么一点也不脸红?”

两个少年捧着“大肚子”弯腰往回走,一边走一边说:“我们又不是偷别的东西,我们就是拿了几本书,人家说外面的人现在枪都乱抢的呢,几本书算什么。叔叔你快去吧,嘉业堂的书可值钱呢。”这么说着,一溜烟地就跑掉了。

路过学校操场时,得荼想了想,还是往白夜住的那排小房子走过去,凭直觉他就找到了白夜的那一间,和别人不一样,她的窗帘是双重的,白纱衬着一片灿烂的大花布。得荼在她的门把上套了一张他写的纸条，告诉她无论如何回来之后要等着他，因为他是专程为她而来的。

嘉业堂在南浔镇西南的万古桥边华家弄，与小莲庄毗邻，一条鹧鸪溪流过旁边，屈指算起来，建成此楼也有四十多年了。1914年，楼主因助光绪皇陵植树捐了巨款，得溥仪御笔题赠的“钦若嘉业”九龙金匾一块，1924年该楼建成后，就取名嘉业堂了。

说起来，这嘉业堂主刘承干也是爷爷嘉和认识的老朋友，来往虽然不多，彼此倒也尊重。江南一带商人多儒雅之士，杭家早先是什么东西都喜欢的，字画善本样样都往家里搬，后来发现这样弄下去这点家底都要搬光了，这才有所取舍，把善本的那一块忍痛割爱了。发现有好的版本，就先收下来，然后通知藏书界朋友。杭家收的书，一般也就是两个去处：宁波范家，还有就是这里的南浔刘家。

杭、刘两家的交情，还得追溯到他们的上一辈。刘承干祖父刘镛乃南浔首富，所谓四象八牛之首，其子刘锦藻，就是当初有名的清朝《续文献通考》的编纂者，又以候补四品京堂的身份，辅助汤寿潜出任清末浙江铁路有限公司的副理，嘉和的父亲杭天醉和杭家密友赵寄客，还有那后来当了大汉奸的沈绿村，当时都是汤、刘二人在保路运动中的得力干将，因为父执辈的关系，杭、刘二家的下一代也就相识了。刘承干年龄要比嘉和大得多，杭嘉和开始发蒙读书的时候，刘承干已经开始藏书了。辛亥前一年乃宣统庚戌年，据其人自述：南洋开劝业会于金陵，瑰货骈集，人争趋之，余独步状元境各书肆，遍览群书，兼两载归。越日，书贾携书来售者踵至，自时即有志聚书。当时同在南京劝业会上出现的浙江商贾中，就有杭嘉和的父亲杭天醉。杭天醉是个什么东西都要醉心的人，当然也不可能不醉心于书，刘承干独步书市之时，天醉也在独步书肆。只是当时天醉要醉心的事情太多，头一条就得醉心革命，所以寻寻觅觅,虽也得几本好书,终究也都到了嘉业堂主那里去了。

自辛亥后二十年间,嘉业堂藏书达六十万卷,这倒还真得感谢他的那些参加辛亥革命的朋友们的壮举。因为革命之故,南方一些故旧世家纷纷避居上海,一时间大量藏书外流:比如甬东卢氏的“抱经楼”,独山莫氏的“影山草堂”,仁和朱氏的“结一庐”,丰润丁氏的“持静斋”和太仓缪氏的“东仓书库”等,都把他们珍贵的藏书卖给了刘承干,连清末著名的藏书家缪荃荪,都把自己所藏的宋元善本卖给了刘承干。年复一年,嘉业堂积书竟如此之巨,其中宋、元、明各代善本达二百三十种。嘉业堂又兼刻书,甚至连清代的一些禁书也敢刻。这一来,嘉业堂自皕宋楼后崛起,成为湖州又一大藏书楼,与浙东宁波的“天一阁”相提并论,雄称于中华藏书界了。

历代藏书,总是不能免于战火离乱,嘉业堂亦如是。抗战沦陷期间,刘家家道中落,其藏书不免散出去许多。1949 年 5 月,解放军进南浔,部队立刻就进驻嘉业堂保护。后不久,刘承干将部分藏书又捐献给浙江省图书馆。嘉业堂也就成了浙图的一个书库,还被定为省级重点文物保护单位。1963 年刘承干在上海病逝的时候,杭嘉和还专门去了一封唁信,这封信经得茶之手寄出,所以,杭得茶对嘉业堂的感情,似乎又近了一层。

嘉业堂此刻的情景却使他心里抽紧。天井里混乱不堪,一派焚烧的遗迹,杭得茶踩得纸灰腾起,如入巫境。他吃惊地问:“谁敢烧嘉业堂?”管门的老头满脸油汗地过来,说:“我有枪,我们自己的事情我们自己会做,要烧书也轮不到他们。”得茶这才松了口气,便问那守门人白老师在什么地方。老头手里握着那把真枪,警惕地问:“你是谁,打听她干吗?”得茶想了想,说他是白老师的哥哥。老头一把上来就抓住得茶的手,跺着脚,用手势催他:“啊呀你快去镇政府,白老师刚刚被造反派拉走!”大热的天,得茶后背刷的一下就凉到了前胸,老头又说:“白老师在图书馆工作,和我们嘉业堂熟,造反派要来这里,她先报了信,她让我把枪拿出来,还跟我在院子里装样子烧一些无关紧要的书。你看这些,我们正在烧着呢,他们就到了。他们把她带走了,他们说她管了不该管的事情。”

“他们会把她怎么样?”

“不知道,他们什么都敢干。镇政府正在开批斗大会。我不知道他们会把她怎么样,白老师在这里太触目,她,她……”老头突然仔细地盯了一眼得荼,“你们长得不怎么像……快去啊!”他挥着枪继续开始跺脚,大声地叫了起来。

他看到了他不应当看到的,他要为此付出代价。信教的人们把这样的事件称为神的考验,信命的人们以为是天意,什么都不信的人们把它称之为悲剧——一些本应珍藏的东西就这样在人们眼前活生生地撕开。他看见镇政府的院子里有四株玉兰树,孩子们爬到树上去了,玉兰树荫下阳光把他们照成了花狸一般的小鬼脸。他们油头汗出,无比兴奋,却又开心地比赛,看谁把唾沫吐到那些跪在树下的坏人身上。而这些正在遭受万劫不复之苦的人们,则在树下用他们的吴侬软语诅咒着自己:我是牛鬼蛇神!牛鬼蛇神就是我!我该死!打倒我!我该死!打倒我!他们的脸上全部用墨汁打了叉叉,和省城一模一样。

他看到她在其中,他们在劫难中的碰撞如同天意。一群人拉扯着她的长发,扯剥她的衬衣,主要是一群女人。那些人在喊着什么,得荼听不见,但他听见她的呼喊,她叫着:“不要——”她的声音和她的长发一样,在夏日阳光下跌宕起伏。长发被惊心动魄地扯开,披挂在背后与胸前,被迫扬起时飘散在空中,闪闪发光,如一面破碎了的黑色的叛逆的大旗。最隐秘的最神秘的,被公开了,光天化日之下被暴晒了,有一双破旧的鞋子挂在胸前,与黑发纠缠在一起,看不见她的脸,只看见她从黑白中伸出一只手——像从前得荼在舞台上看过的厉鬼女吊。他清楚地听到她的声音:“不要——,不要——”

得茶突然明白,那“不要”是冲他喊的,她不要他!不要他干什么?他一下子就怔住了。发生了什么,发生了无法复述的事件!如何制止?有两分钟他呆若木鸡,眼看这群暴徒裹挟着她,他清醒过来,直扑院子后面的大厅,找到头目,掏出吴坤和白夜的结婚登记介绍信。头目吃惊地瞪着得茶:你是吴坤?得茶摇摇头说他不是,吴坤在省城忙于革命,派他来接她的。头目结结巴巴:可是可是,她和反革命有串联——得茶一把抓住那头目的衣领,咬牙切齿地问:“电话在哪里?”

头目立刻明白了事态的严重性。吴坤目前是造反派中如日中天者了,是他们造反派中的省级领导,而她是他的妻子。那么你是谁?头目突然回过头来警惕地盯着他,他想也没有想就怒吼起来:我是她的阿哥!头目一愣,突然叫道:把她弄上来,送到会议室去。得茶又怒吼:她这个样子,你们把她送回家!送回家!头目连忙又改口下命令,刚才那些个扯开她衣服的狗男女,现在懵里懵懂地往回架起了被按在地上的她。但得茶什么也没有看见,他在会议室里,闭上了眼睛,头别转,手攥拳头喝了一口茶,猛然一拳砸到桌上。那头目吓了一跳,以为他要发难,等了片刻发现他眯着眼睛直盯着天花板,却没有动静,就匆匆解释:我们本来没有想搞她的,可她实在可疑,你妹妹太招人眼。她又老往嘉业堂跑,给那老头通风报信,这点已经毫无疑问。我们这才翻了她的档案,这才晓得她原来有过那样的事情——她的事情你们家里人知不知道?那个那个吴坤他知不知道?头目突然又怀疑起来,再一次盯着得茶问:“她结婚了,怎么这里没有人晓得?”

得茶依旧盯着天花板,哑着嗓音问:“什么事情?她有什么事情?她反毛主席了?写反动标语了?杀人放火了?偷渡国境偷听敌台了？散布反动言论了？你给我讲清楚写下来，我回去找吴坤交代！”头目重新感到压力，发出小镇聪明人特有的笑声：“对不起对不起，我们弄错了，回去你给我解释解释，好人打好人是误会，坏人打好人是好人光荣，好人打坏人才是活该，我们是误会，是误会，吴坤我是佩服的，大学里只有他们几个才算是真正揭竿而起的……”得荼面色苍白，直到这时候冷汗才冒了出来，目光收回到眼前这个人身上：猥琐，狡猾，愚昧，兼跃跃欲试的野心。就这样一群乌合之众，掀起了小镇的红色风暴，成了吴坤他们的群众基础，并且还是得放朝思暮想渴望挤进去的队伍！

第十一章

暮色沉沉,杭得茶沿着郊外的田间小道往回走去。

这里是浙西北真正的杭嘉湖平原,这里的平原也是女性的,微微起伏的曲线,像是大地正在呼吸。和女性神秘的有待探索的身体一样,这里的平原内容丰富,它那毛茸茸的植被,明亮的不大而又星罗棋布的池塘,不时冒出来的一丛丛的竹园和灌木丛,一字儿排开的、在平原的阡陌上稀稀拉拉地生长着的美丽的杨树,以及村口的那些老态龙钟的大樟树,都是令人遐想的。

黄昏星升起在天空,它是从远山间的两座丘陵的谷底升起来的,像是大地撑开的一双手掌托起的珍珠。朦胧中传来农人挑担的声音,有几个农民正收工回家,小道旁是正在收割的早稻和正在种下去的晚稻,还有成片的桑林。正是双抢的季节啊。不一会儿,天色完全黑了,太白星特别明亮,孤独地挂在高空。由于天太黑,刚才如裙带一样的远山的轮廓现在已经消亡在黑夜中,所以那粒亮星愈加显出了它的孤高。运河水面上,偶尔也传来突突突突的声音,那是一列长长的拖轮,它划过了水面,留下一条从灿烂归于黑暗的静寂的水路。得茶路过一片茶园的时候,停了下来,他那生来就敏于感受的心灵深深地感到,大自然和人,在这样的时刻多么地泾渭分明啊。大自然不站在这些人的一边,它用沉默来表示它的立场。

学校的操场属于人的领域,人正在烧着他们以为要烧的一切,火光冲天,人们兴奋地朝火堆里扔着书稿、漂亮的戏装和有着美丽女演员头像的杂志。杭得荼对这一切已经不再感到惊奇,如果刚才从田间走来时感到了水的善意,那么人间就是火。他径直地朝操场一排小杉树后面的平房走去,他看见属于白夜的那一间没有亮灯,但他相信她在那里。他果断地走了过去,门果然虚掩着,他轻轻地敲门,他听见她说:我知道你来了。

他不知道自己该不该走进去,他刚刚那么想,她就说了:“我知道你为什么等到天黑了才来。”

他站在门口想,她真是不应该把这句话说出来,在这一点上她是和我们杭家人不一样的。我们一向就知道什么样的事情不应该说出来,因为诉说也是一种展示,还是一种渲染。我们不是应该尽量地弱化某些东西吗?让它在心里慢慢地消化,不是比说出来更重要吗?比如现在,你明明已经知道我是想用夜幕来掩盖那被撕裂的一切,为什么你自己还要重新撕裂一次呢?这就像你的婚姻一样,有一种故意的破坏在其中。可是你不该这样,你并不是无依无靠的,你弱小的时候,不是没有力量支撑在你背后的。

他就这样在门口一声不响地站了一会儿,看到了旁边玻璃窗上映出来的前面操场上的火光,它们突兀地明亮突兀地黯淡,火势古怪,在映象中幻化出一种冰冷的火热,那个倒影世界仿佛又是很幽深的,是一个无底洞,要把一切想吞噬的人都吞下去。得荼回过头来,再朝大操场望去,那里的人们多么狂热啊,他们的力量几乎能排山倒海推翻一切啊。他能够感觉到处在这两者夹缝中的走投无路的人的绝望。他仿佛就在这样的时刻被人推了一把,然后又撞开了门径直走了进去,在黑暗中准确地走到她的身旁。他伸出手去,自己也搞不清楚要干什么。是握手,还是拍肩?他突然紧紧地抱住她,这可不是他想做的,可是他想做什么呢?他在这样一个动荡迷乱、火光冲天的晚上,对这样一个刚刚受过凌辱的女子,究竟能够做什么呢?

她却仿佛对这一切都是有准备的,她顺从地完全放松地依靠在他的身上,她重重地叹了一口气,他们一声也不吭,清清楚楚地听到了外面的破坏与毁灭的欢呼声。她的身体仿佛是没有生气的,他感觉不到她是一个女人,她在他的怀抱中,犹如一个孩子。

她说了一些话,很慢地贴着他的耳根说的。她的话像是经过了深思熟虑:"我知道,我是一个混沌的女人,我和你之间就像泾水和渭水一样分明……"

他刚刚听完这句话,就把她的嘴埋进他的肩头,他不想让她说下去。

"你是我见到过的第二个纯洁的男子,我要求你听我说……"

"要洗涤我是不容易的,你看,外面的世界多么肮脏,我的五脏六腑全是尘埃。"她轻声地和他耳语,仿佛在说一个与她本人无关的话题。仿佛她是那种善良的风尘女子,而他才初涉人世。

为了使他那不停抽搐的心坚强挺拔起来,他甚至努力地正了正腰,把他身体里的那个敏感的灵魂往心的深处用力地填进去,他要把它压扁,不让它再蹿出来。然后他缓缓地说:"没那么严重,一切都会过去的,但你要有信心。"

"这样的话我已经听了很多,我爸爸也曾经这样跟我说过。但我比说话的人更透彻。说这些话的人,没有那种实现这种愿望的力量,你明白我的意思吗?"

"……"

"我初恋的情人就是在说了这样的话之后抛弃我的,在说过这些话不到三天之后……"

"这不是抛弃,你不该用这样一个词——"

"是抛弃!"她突然离开了他,她还有愤怒的活力,声音虽然依然很轻,但急促起来,"离开他生命的一部分,让她在世界上苟活,这就是抛弃!"

“并不是所有的人都和他一样——”

“比如说你，你就不会这样，是不是，你看我又把你没说出来的话说出来了。你和吴坤非常不一样，但你们都有相当一致的地方，你们总是话中有话，生活下面都有另一层生活……”

“你怎么啦，你在生我的气？是不是，我的感觉不会错，你在生我的气！”

她突然沉默了，站在墙的一角，他们始终没有开灯，他看到的只是一个黑暗中的身影。她终于勉强地说：“是的，我生你的气，因为你让我又混浊了一次。”

得荼有些吃惊，他的脸一下子就烧了起来，他下意识地为自己辩解，甚至口吃起来：“我、我是吴坤再三求我，他一定让我来，你看……”

“是他让你来的，也是你自己让你来的。我知道，我是多么地不纯洁啊，我的被凌辱不是没有一点由来的。你都看见了，真脏，真是不可思议的恶心，咎由自取，自取灭亡。”

她的话非常有力，她让他哑口无言，她一下子就切中要害了。是的，是他自己要来的，吴坤只是他的借口。他第一次感受到他有限生涯中的性的美丽，这还不是致命的诱惑，致命的是他活生生地感受到美的破损和消亡，这使他疯狂。他要抓住她不让她散去，他要抢救她，让她凝固在最美的当下。她当然应该与他在一起，而不是任何他人，因为保护她的使命只能是他的。在同样的撒满罪恶的土壤里，必须开出了神圣的花朵。

白夜走到窗口，掀起了窗帘的一角，火光映了进来。她披头散发，美丽而凄绝，她甚至没有换下那一身白天被他们扯裂过的白衬衣。衬衣的领子已经撕破了，后背露出了一大块，黑夜中白晃晃的，却没有应该会有的暧昧。她一边窥看着窗外，一边说：“外面在干什么？他们正在烧我们图书馆里的书。”

“……整个中国都在燃烧。”

“热爱破坏就是热爱建设。你知道这是谁说的?”她回过头来,双眼闪着暗光。得荼想起了另一句风靡中国的语录。白夜又回过头去看操场上的火,继续说:“巴枯宁说的,一个无政府主义者在一百年前说的话。你不觉得这是一种惊人的巧合?这些人正在烧的东西,都是些他们认为带毒的迷惑物,其中也包括我。假如我们在中世纪,我就是被绑在十字架上烧死的女巫。吴坤告诉过你吗,有罪的女人也是最能迷惑男人的女人?”

“这和他没有关系,现在是我们两个人在这里——”

杭得荼能够感觉到她在黑夜里笑起来的样子,那是一种无可奈何的容颜,比最动人的面容还要能够打动人。他看到她再一次打开窗帘,轻轻地念道:“明天早晨,将是天空明朗,无限美好。这生活啊可真幸福,心儿啊,愿你开窍!——这是谁的诗?”

得荼沉重地摇着头,他不知道这是谁的诗,但他知道这是谁、在什么样的夜晚念给她听的诗。他还感到了惊异,因为在这样的时刻她竟然还有诗意。这在别人是不可想象,甚至做作的。他发现,在这个世界上她是配有那种有诗意特权的,当她沉浸在非世俗的天地里时,却是她和生活的最合理的、最天经地义的安排。

“我们都分不清什么是爱情——吴坤一直想要征服我,也许这就是他的爱情,”她缓缓地走了回来,突然改变了话题,敲了敲桌子,“我冲了两杯凉茶,我知道你会来喝的,是你们的顾渚紫笋。”

他们分隔着桌子坐了下来,他们在黑暗中默默无语。得荼想起了中午买的粽子,他取了出来,剥了一个给她,这一刻他们仿佛是默契多年的知心人,就着凉茶吃起粽子来。这个日常的生活细节似乎冲淡了下午发生的事件。她说:“我是有些饿了。谢谢你救了我,我差不多以为自己要死在他们手里了。”

“你应该早一点来杭州的,或者你就根本不应该再到这里来。

杨真先生那里我会照顾的,这是我们男人的事情。”

“到杭州来干什么?跟吴坤结婚吗?你真的以为我会和他举行婚礼吗?这事不怪你,连我自己也以为我会嫁给他的了。我想堕落了,我想品尝堕落的轻松的滋味,我确实挺不住了。你知道,从前我不是这样的,我是说,当我和我的亡灵在一起的那些岁月,噢,太遥远了,当我和他在一起的时候,我们只有心碎的感觉。你明白吗,我不是不清楚我们不能相爱。我的骨头里的骨髓都在命令我离开他,但我们不能不相爱,这是一种什么样的罪孽……真可怕,一切仿佛又重演了,刚才我投入你的怀抱中。这对你太不公平、太可怕了。我敢说你要为此历尽磨难,你会苦死的。现在你答应我,一切到此结束,请你现在就离开我……”

当她这样请求的时候,得荼站了起来,他再一次地拥抱了她,把她拥抱得更紧,甚至把她的骨骼拥抱得咯咯地发出了声音。而她即便在这样的时候,也没有停止她的喃喃自语,她的散发着粽子香的口气一阵阵地播散在得荼的面颊上:

“……但是那种抓救命稻草一般的感觉呢?我是说灵魂太重了,肉体承载不住了,需要别的肉体来介入。难道那不是罪孽?你能从吴坤的眼睛里看到这种欲望。你只要静下心来,盯住他看,你就能从他的目光中看出所有的欲望——他什么都要,越多越好。对不起我不该跟你说这些。其实你还比我大几个月,但你在我眼里是个孩子。我已饱经沧桑,你还情窦未开。我离开杭州以后一直觉得内疚,我对你做了一些不严肃的事情,我不该诱惑你,我把对你的诱惑当做救命稻草,那是对另一种生活的仇恨,也是我对生活的自暴自弃。真对不起,你是那么样的干净。我一直想,你会跑过来的,你迟早会以各种各样的理由做借口跑过来的。这使我既激动又恐惧,但是你找了一个最最不好的理由,你为什么要充当这样一个使者呢?”

她轻轻地推开了得荼,再次坐回原处,一声不响地吃完了最后一口粽子,不再说话了。

杭得荼回到座位上,他也慢慢地吞吃着手里的粽子,但他根本不知道自己是在吃什么。有好几次心潮涌了上来,几乎把他的喉口噎住,是他用粽子硬压下去的。他什么都听进去了,最后却只得出了两个简单的概念:他爱她,而她不爱他,就是这样。现在他坐在她身边。如果他伸出手去拥抱她,抚摸她,她一定不会反对,可能她还会感到欣慰,但他已经没有这种欲望了,痛苦洗涤了他,他说:"我爱你,犹如你爱你的亡灵。"

"这是不能相比的。"

"可是你刚才说你的心碎了。"

她站了起来,走到他的身边,她的带着一股粽子香气的手抚到了他的手上,她轻轻地惊讶地问:"你是说,你的心也碎了?因为我?你不怕弄脏了你自己!"

得荼坐在那里,他的手正好碰到了她的衣角,他就拉住了它们,把它们凑到了自己的脸上。泪水渗出来了,夹带着破碎了的心流出。他能从骨子里感受到他对她的爱情。他发起抖来,越来越厉害,他抱住了她的腰,然后慢慢地往下滑,最后他跪倒在她的脚下,抱住她的膝盖,他的破碎的心,全都从眼泪里带出,流到了她的膝上。她有些惊讶,摸索着也跪了下来。一开始她仿佛还有些不明白发生了什么,只是轻轻地抚摸着他的脸和头发。当她摸到了湿淋淋的泪水时,她的手停住了。她仿佛不敢相信命运再一次地降临。他们两个终于抱头相泣起来,呜呜咽咽,和外面操场上那盛大的狂欢的祭奠式的场面相比,那几乎就不是声音,甚至连一声叹息都算不上了。

而在不远处的黑夜里,一些阴谋正在秘密地进行,他们正急速而隐蔽地穿行在浙西北的公路上。当那对情人困在火光后的小屋中相拥而泣时,当另两个与他们发生着本质关系的男人行进在夜幕中时,他们各自都想到了对方,但谁也不曾想到对方在干什么。

杨真是吴坤当夜亲自用吉普车押送回来的。他必须这样做,以表示他的政治立场。说实话,他一开始并不是有意支开得荼来从事这件秘密行动的,那时他只预感到杨真可能会受冲击,但没想到事情那么严重。杨真曾经在当今中国几个必须打倒的领袖型人物手下工作过,并且曾经保持过比较密切的关系。得荼还没走,他就接到了通知,要把已经在当地监督批判的杨真押解回杭。

此刻杨真就坐在他的后面,现在已经是半夜,他上车后不久就睡着了,并且还发出了鼾声,这使吴坤能够比较放心地仔细端详这个与自己有着复杂关系的男人。他对他几乎没有什么了解,他甚至不知道他有没有把他认出来。吴坤始终没有暴露自己的身份,这并不能说明他对这个真正的岳父有着什么样的亲情——不,他对他并没有感情,但他不想把事情做得太过火,这只是一个技术问题。吴坤一边听着杨真的鼾声一边想,看来这场政治运动方兴未艾,绝不会草草收兵的了。这不是历史的机遇吗?几代人造势,才能让一代人趁势啊,王侯将相宁有种乎?

到长兴是要路过湖州的,但他不可以绕路去接白夜,这件事情现在还不能告诉她,至少必须等到他们见面。想到那个不是新婚之夜的新婚之夜,吴坤依然激动兴奋。他知道这些天白夜一直在生他的气,她不和他对话,也不回杭州。但吴坤胸有成竹,他相信,经过那样的夜晚,她就一定是他的了。倒是那个同室的得荼让他头痛。他本来只是让他去帮忙接新娘子,后来就带上了阴谋的色彩,其实得荼在杭州还没动身的时候,对杨真的秘密押解就已经决定了。正因为如此,吴坤就愈加希望引开得荼的注意力。他一下子就看出来了,得荼和他当初一样,迷上了白夜,这使他好笑。这个书呆子,到底也有开窍的一天。但他一点也不担心,他既然能够从重重包围中得到的白夜,还怕这个一天到晚拨弄古董的吃猪头肉坐冷板凳的书生?这不过是许多年之后饭后茶余的一段善意的笑料罢了。

吴坤不知道自己为什么会那么喜欢得茶,他很少看到过这样有学术功夫的同龄人,并且心里那么清爽,分寸有度。在他身上看不到任何超越自己界限的过分之举,他不张狂,并不证明他没有力量。君子好色而不淫,发乎情而止乎礼。让得茶做这件事情,他是可以放心的,他略微有些不安地对自己说。吉普车从南浔擦肩而过,那是他特意让司机绕一绕的,他想,也许得茶已经把白夜接回杭州了吧。想到这里,他突然急了起来,对司机说:“能不能再开得快一些?”

到杭州城时,天色微明,杨真也已经醒过来,他下车后第一次正眼看吴坤。他那双闽南人特有的深眼眶的眼睛眯了起来,他说:“我昨天夜里没有看清楚你,现在看清楚了。”

吴坤的心一拎,突然明白,他碰到了什么样的对手。他从一开始就把他认出来了?一定是这样的,他一开始就知道他是谁了,所以他一上车就睡大觉。

“你和相片上距离很大,”杨真挥了挥手,“怪不得白夜不肯把你带来。”

“怎么,莫非我还会在乎在你面前过不了关?”吴坤笑笑,终于也开口了,老家伙这种气势让他看了难受,他想用调侃式的语言打击一下他的气焰。

“你当然过不了关,你也当然在乎。我思考了你一夜,我在梦里思考你,我断定你是一个什么都在乎的人。你看,你可以派人来抓我,可是你亲自来了,你怕带不回来我,你不好交代。你什么都在乎,我没说错吧。”

听着这样的话,吴坤眼睛开始发直,这是他万万想不到的。杨真和城里那么多的牛鬼蛇神的风格显然不同,他一开始就占领了他们二人的制高点,这是一个不怕死的老家伙!他在山中茶蓬里住野了,不知道城里发生了什么事,不知道大祸临头了!

但他没有思想准备,突然一下子语塞,回不了杨真的话。他对他顿时刮目相看,这老家伙政治上也是一把高手,别弄砸了。尽管他气得眼冒金星,还是没有再跟他较劲,挥挥手对手下人说:"按原定计划,先关起来再说。"

天色很快地亮了起来,吴坤看了看手表,焦急地往宿舍赶,房间里没有人,他想了想,又往得荼的宿舍冲去,也没有,显然他们还没有回来。又去打长途电话,没有人接,气得吴坤想砸电话,挂完电话出来的时候他忧心忡忡,赵争争朝他扑来的时候他也心不在焉,那丫头伸出手说:"战友,祝贺你成功地完成了任务!大义灭亲,英雄!"她伸出了大拇指。

"可别那么说,远远还不到灭的份上呢。"吴坤勉强笑笑,说。

"迟早都得灭!"赵争争干净利索地回答,她一点也没有听出那些话后面的微言大义。

天快亮的时候杭得荼带着白夜离开了小镇南浔,走出校门的时候,他们听到没有人管的空荡荡的传达室里,电话铃急促地响个不停。他们停下脚步,回头看了看操场,昨夜的余烬依旧。他们都知道,这里毁掉的是他们心里需要的东西,没有这些东西,这块土地就没有什么可以留恋的了。他们走出好远时还听到电话铃在响,这和他们没有关系,所有这些,都是那个燃烧的世界里的声音,他们不想听。

赶到长兴顾渚山下时,他们才发现他们到底还是来迟了一步,杨真不见了,这里的组织已经认识了白夜,对她还算客气,说昨夜被他们学校带回去了。得荼有些不相信,他怎么一点风声也没有刮到呢。专管杨真他们一拨的管理员说:“这些天我们这里的人,都让原单位提得差不多了,杨真还算是最后一批的了,你们看看,这是学校来提人的人签的名。”

两人看着那张单子,不由得眼睛发直,面面相觑,这上面分明写着吴坤的名字,还是他的亲笔签名。他们再打听,接待他们的人也不耐烦了,说:“来了好几个人,都是年轻人,我怎么知道谁是谁,反正有公章,事先还有电话,我们就放人。早晚都得揪回去,谁揪不是一样!”

得荼有一种要勃然起怒的感觉,他听不得人家用这样的口吻说话,倒是被白夜拉住了,婉言说,能不能到她父亲的房间再去看一下。白夜的美还是通行证,管理员嘟哝着同意了。房间也不大,只有一间,里面东西也差不多已经搬光。白夜在翻席子查门角的时候,得荼却看见一张黑白相片被钉在墙上,因为是叠在报纸上的,不注意还看不到。照片上有好几个人,一看就是白夜他们当年在学校时的同学合影。得荼把白夜叫了过来,让她注意相片上的记号。那个画了一个箭头、被圈起了脑袋的人,不正是吴坤?

白夜想了想,一下子坐在床上,说:“我明白是怎么回事了。爸爸当时想要了解吴坤这个人的时候,我寄来这张照片,告诉他哪一个是吴坤。前几天我说好了要再来看他,这张相片肯定是他有意留在这里的,他肯定是要告诉我们,是吴坤把他带走了。”

她忧心忡忡的样子让得荼看着心痛,安慰她说:“也许这是塞翁失马吧,与其让别人提杨先生,还不如吴坤,不管怎么样,他们之间总有这么一层关系吧?”

白夜摇着头叹息:“你啊你啊,你不了解。我爸爸要是对他没用,他是绝对不会冒着得罪我的危险来做这件事情的。”

正说着呢,那管理员就来催他们了。脸色很不好看,得荼也把脸板了下来,白夜连忙把他拉到外面,说:“这不算什么。”

得荼看了看白夜,一夜过去,她憔悴了一些,他说:“我连别人对你的一点点的粗鲁都不能接受。”

“那是你遇见得太少。走吧,现在班车还没有到,我们到前面明月峡里去走一走,听说那里还是楚霸王避难之地,他后来也在这里发过兵呢。爸爸带我去走过一次,就是那一次,我们找到了那些摩崖石刻。”

得荼惊讶地站住了,好一会儿才说:“真不敢想,半年前我还准备到这里来实地考察呢。我知道明月峡,明月峡畔茶始生。我们是不是已经进入峡口了,我能够感觉到这里的与众不同。有多少人走过这里,陆羽、皎然、十年一觉扬州梦的杜牧、大书法家颜真卿、皮日休、陆龟蒙,陆龟蒙可是在这里开辟过茶园的。你找到过顾渚山的土地庙吗?听说那上面有副对联就是写他的,让我想想,他是怎么说的?噢,是这样的:天随子杳矣难追遥听渔歌月里,顾渚山依然不改恍疑樵唱风前。这个天随子就是陆龟蒙啊。”他突然站住了,说:“根据我对这条路线的研究,如果我们再往前走,我们就有可能走到江苏宜兴去了。”

这里真正是两山之间的一块峡谷之地,两旁长满了修竹,不知怎的让得荼想起杭州的云栖。他现在能够理解陆羽为什么不肯到朝廷去当太子的老师了,这里的确是神仙居住的地方。

他们俩默默地往回走,很久,白夜才问:“你是不是想说,隐居在这里才是最幸福的事情?”

得荼搂住了白夜的肩膀,声音响了起来:“那是没有认识你之前。现在我不这么想了,我想到了你刚才说的话,你说霸王在这里起过兵,所以这里才叫霸王潭。”

“你也想起兵?”

“如果我扮演的是吴坤的社会角色,如果这次是我而不是吴坤来押解杨先生,你就用不着担心了。昨天夜里你说得很对,没有能力保护自己所爱的人是一钱不值的。”

“我没有那么说——”

“可是我就是那么想的,我要对你负责。我要成为有力量的人。”

“你现在就很有力量。”

“我知道我的致命伤在哪里。我不接近权力,我甚至不喜欢看上去过于强大的东西。但是我会改变自己的,我要保护你,我就要有保护你的力量。”

“你想成为楚霸王,可看上去你更像陆羽。”

“我们面临的生活,会让陆羽也变成楚霸王的。”

“你的话让我忧虑,”白夜站住了,把头靠在得茶的肩膀上,“你不要为别人去改变你自己。”

“也许我不是为你,我已经思考了很久,我应该怎么生活,”得茶捧起了白夜的脸,他看到了她熟悉的仰脸的动作,她的受难者一般的玉白色的长颈,他突然发誓一样地说,“我决定,不再像从前那样活着了。”

他的唇吻在了他曾经梦寐以求的地方。山风吹来,竹林哗啦啦地响,看不到明月峡的茶,谁也不知道它们躲到哪里去了。

他们是坐夜班车赶回杭州的。一路上他们紧紧相依,很顺利地回到了杭州江南大学杭得茶的宿舍中。他们几乎没有说什么话,仿佛劫难已经过去,或者尚未发生。在小小的书屋里,放着那张长颈姑娘的相片,得茶放下行李,就把它捧起在手中,他看着真实的姑娘,吻着那镜中的,他的眼神充满了甜蜜的柔情,白夜热烈地和他拥抱,亲吻他的额头,眼含泪水,然后说:“去把吴坤找来吧,你什么也别说,这完全是我自己的事情,我会把一切都告诉他的。”

得荼也已经做好了精神准备。所谓做好了,实际上是什么也没有做,因为他根本无法想象吴坤会怎么样表现。他想他会疯了的。但他根本没有疯的机会,得荼刚刚打通电话,告诉吴坤白夜已经回来了,正在他的寝室里。吴坤就在那头紧急呼吁,让得荼赶快带一队人马到灵隐寺去,红卫兵要砸灵隐寺了。他让他先安顿好白夜,说他一会儿就过来接她,然后就搁了电话。得荼举着电话耳机半天也回不过神来。最后他决定再打一个电话过去,这一次接的是个姑娘,口气很大,说他们的吴司令已经走了。得荼回到白夜那里,通报了情况,白夜面色惨白地勉强笑了,说:“我应该和你一起去灵隐寺,可是我担心吴坤现在就已经过来了。我是不是应该把我的决定越早告诉他越好,你说呢?”

得荼紧紧地抱着白夜,从昨夜到今天,他已经有许多次那样紧紧地拥抱她了,奇怪的是他没有一丝一毫想占有她的念头。他心疼她,像爱一个女儿一样地爱着她。这种奇怪的带着父爱般的感情,出现在初恋的从未做过父亲的杭得荼身上,实在不能说不是一种奇迹。他说:“我真想把你吃到我肚子里去,这样你就永远不会受伤害了,你也就永远和我在一起了。请原谅我说出这样野蛮原始的话,也许这是一种返祖现象。但即便在动物中,母亲把刚刚生下的孩子吃掉也是罕见的,那么是不是我对你爱得有点病态了呢?我不明白,我仿佛已经爱了你一百年,仿佛你生来就是我的爱人。对不起我得走了,不过你无论如何要等着我。真舍不得走,一想到留下你一个人和他摊牌,我竟然还会生出忌妒。我恨那些红卫兵,因为他们要砸庙,所以我不能再拥抱你了,再见,亲爱的……”

他说了那么多亲密的话语,留下了不时摇头向他微笑的白夜,匆匆地走了。他那些不祥的预兆果然降临,他回来时没有看到她,只剩下吴坤一个人。他盯着他冷笑,他心里一紧一松:现在一切都好了,一切都摆到桌面上来了。他们各自站在桌子的一侧,像隔着万丈深渊。他们完全是陌生人。他告诉他,杨真在他们这一派手里,也就是在他手里,要对牛鬼蛇神进行无产阶级专政啊,哪怕是岳父也不行。得荼的心一下子缩成了一块冰,那么狂热的夏天,他的话说出来时也喷着冷气。他问他,白夜到哪里去了?他说,这跟你有关系吗?有关系!杭得荼当仁不让。吴坤声音更加轻了,他说,好吧,我告诉你有关系的内容吧。她回北京了,她北京的继父和母亲都死了,自绝于人民自绝于党,她回去料理了。

杭得荼越来越冷,越来越冷,但他还能说话,他说,好吧,我会等她回来的。另一个笑了起来:等她回到你的怀抱吗?别忘了她是我的合法妻子!得荼想了想,说:“我知道,她只是你的合法妻子。”吴坤说:“这就足够我对付你们了,你走着瞧吧。”他就控制着自己,尽量优雅地走到门口,突然回过来,拎起桌上那个相片夹就往地上狠狠地一砸,当他抬起头来的时候,眼里含着泪水,脸气歪了,得荼看见了一张他从未看到过的面孔。

第十二章

继“八·一八”毛泽东在北京天安门接见首批红卫兵之后，外省红卫兵破“四旧”之风转向砸寺院，毁佛像、古墓、文物，焚烧书画、戏装等。杭州的平湖秋月碑、虎跑的老虎塑像碑、岳坟的秦桧像都被砸了。

杭氏家族最最投入这场革命的少年杭得放，与他的一群志同道合的朋友，砸灵隐寺未遂之后，放眼展望全城，发现该砸该打的，都差不多扫荡过一遍了，那实在砸不了的，比如灵隐寺，看来也只得作罢。得放感觉杭州天地太小，他要杀向更大的战场，那更大的战场，当然是在北京。临走前他才听说妈妈和爸爸都办学习班，也就是都进“牛棚”了。这消息使他非常沮丧，但不足以使他一蹶不振。他分别写信给父母，告诉他们，他现在不得不和他们断绝一切关系了，因为谁知道他们是不是反革命啊。等到审查结束，如果他们回到了人民的怀抱，他也会重新回到他们的怀抱之中的。但如果他们被人民判定为敌人，那么对不起了，从此两个阶级的阵营交火时再见面吧。他急急忙忙地离开杭州城，其中父母的原因不可谓不重要。赶得早不如赶得巧，正好那时听说毛主席又要接见红卫兵了，这一次是浙江美院的红卫兵战斗队代表上了天安门。得放他们则在下面欢呼啊歌唱啊跳跃啊，直叫得喉咙发不出声，这才班师南下。却也不回家，随便挤上一辆火车，就去革命大串联了。

留在家乡的年轻的革命者，可没有闲着。出现了许多的司令部，自然也就出现了许多的司令。这些司令又发出了许多的通告，其中最为振聋发聩的，就是红卫兵司令部发出的有关血统论的宣言。

派系间激烈的战斗，不可避免地开始了，红卫兵之间开始了一系列的流血事件。他们还得同时伸缩着腿脚，以便踢开党委闹革命，他们在呼喊着打倒对方的时候，也不能把他们的主要任务——批判资产阶级反动路线的伟大使命给忘了。他们手忙脚乱，四处出击，闹得“环球同此凉热”。

杭得放从陕西延安回来之时，天气虽然已经凉了，但满街看到的气象，依旧可以用热气腾腾四个字来形容。“炮轰”啦、“火烧”啦、“打倒”啦、“油炸”啦，这些口号回荡在西子湖畔，让杭得放产生一种小别重逢之后的亲热，他心里急切切的，没想过那亲热是来自于口号，还是来自于西湖。

家里发生的一切重大的事件他都不知道。杭家人找不到他，他也没想过要和他们联系。按理他应该先到马坡巷他自己的家去，但三个月前刚刚抄过自己的家，一下子也实在有一点走不进去，想了一想，还是先冲到了羊坝头大爷爷家。他倒是有一点想念自己的母亲了，这才记得，革命开始时，他是给他的母亲写过一封义正词严的信，而且仿佛从那时候开始，他就没有和母亲再打过照面。想起母亲，他略略有点不安，他想，现在母亲要生他的气了，不过她从来也气不长。她这个人啊，真是太幼稚了。

老屋里只有叶子奶奶，见了得放，几乎跌坐在厨房里，半天说不出话来。得放扔下身上那些乱七八糟的东西，说：“奶奶你放心，你们是抗日英雄，烈士家属，这里不是我们造反的对象。”

叶子很少有这样性情外露的时光，她一下子扑过去，抱住得放，声音轻得连她自己都不能听见，但得放听见了，她说：“你妈妈死了。”

得放机械地重复了一句：“我妈妈死了……”他的脸上还堆着

因为奶奶扑到他身上而不好意思的微笑呢。然后,这微笑就在脸上僵住,先是变成苦笑,继而才是一种令人恐惧的发怔的呆笑——没有声音,飞扬的眉眼上一下子渗出遽然遭到沉重打击之后冒出的汗珠。

他不知道自己问了些什么,只听到有人告诉他母亲是办学习班时投井自杀的。他第一个反应是惊慌失措地环顾四周,厨房里已经围过来几个大妈,他想都没有想,脱口而出:“她这是自绝于人民自绝于党吧。”

这句话刚刚说完他就呆住了,悲从中来,巨大的恐惧,他吓得头发都倒竖了起来,用手一把抓住了按在头皮上,嘴唇和眼睛像渗水的沙地一样顿时干枯。叶子奶奶突然拿起手里的那块抹布往他嘴上擦,边擦边说:“快给我呸,呸呸!快把你刚才说的话呸出来,你给我呸出来,呸出来!”

得放一下子蹲在地上,呸了两声,突然跳了起来,叫了一声妈,就冲出去了。他跑到了巷口,看见外面红旗招展,标语满天,又是一个艳阳天。他听见后面有人在喊:你回来,你爸爸和爷爷都——不在家里,都在单位里,你回来,我带你去找你妈!

有那么一天一夜,杭得放崩溃了,他几乎精神错乱,到处乱跑,叶子哪里是他的对手,根本就抓不到他。连忙就喊迎霜去追,还是迎霜手脚快,跑着跑着哭了起来,跟在哥哥后面喊:“二哥你不要到马坡巷去,二哥你不要到马市街去,那里不好去的!”得放气势汹汹地站定吼叫:“你给我说清楚,到底哪里不好去的?”迎霜一边哭一边说:“都不好去的。爷爷办学习班去了,姑婆家里抄了——”

“爸爸哪里去了?也进牛棚去了吗?”

答案自然是肯定的,爸爸的确是进牛棚了;还有姑婆,这种人不进牛棚谁进?方越表叔——杭家第一个该进牛棚的就是他;忘忧表叔回到了大森林,我想他在那里也该是进牛棚了;布朗表叔,虽然他在煤球店里自由地铲着煤灰,但跟在牛棚里铲煤灰有什么两样,他不过是一个不进牛棚的进牛棚者。那么还有谁没进牛棚呢?得放看看天,他突然觉得普天之下莫非牛棚。他仿佛突然得了脑震荡,记忆力暂时消失,只模糊地感觉到他还是有救命稻草可以捞的,他们杭家还是应该有人没进牛棚的。他搜肠刮肚,突然摸了一把脸,仿佛脸上又被人劈头盖脑地浇了一盆凉水,他眼睛突然一亮:嘉和爷爷,杭家人的主心骨,他平时是想和他保持一点距离的,因为他发现他不那么接受他。得放哭了出来,叫了一声——大爷爷——现在还顾得着什么自尊心,妈妈死了,永远也没有了,这是怎么一回事啊,怎么一个人可以说没就没有啊,得放一下子小掉了十岁,兄妹俩执手相看泪眼……妈妈埋在哪里了,他总算问了一句着边际的话。妹妹却说她也不知道,因为那是保密的。火葬场里有很多这样自杀的人呢,烧掉就倒进农民田里当化肥了……你去问大爷爷吧,他什么都晓得……他脑子里一团乱麻,七想八想:谁都有可能进牛棚,嘉和爷爷可应该是看牛棚的人。不过也难说,他虽然是抗日英雄,但他毕竟还是资本家啊——快说,大爷爷在哪里?迎霜哭哭泣泣,大爷爷到外地评茶去了……什、么——这种时候,还有人喝茶?还有人卖茶买茶?还有人拿着白杯子,口里含着一嘴的茶水,眼睛朝天琢磨它们该是几级几级——而这个人就是他的大爷爷!天底下还有这样不是人的大爷爷吗?迎霜又哭了,说:哥哥,爷爷骂你才不是人呢,爸爸关起来了,全靠大爷爷和大哥哥料理妈妈后事,妈妈已经死了三个月了,你刚走她就死了,你是最坏最坏的哥哥,我再也不会理睬你了,你走吧,我再也不会理睬你了……得放这才想起来,他不是还可以找他的大哥吗?他得先找上一个人才行啊,得找上一个活生生的人,然后陪着他一起面对这样的大灾难——他打到东打到西,砸这个砸那个,他已经看到不少死在这场风暴中的人们了,可他就是没有想到,他的最最软弱、最最没有问题的妈妈——偏偏却是她死了……

杭得荼并没有给杭得放带来什么安慰。他倒是躺在卧室里睡大觉,但看上去已经是另外一个人了。得放不能忍受大哥得荼对他母亲自杀的态度,他没有和他抱头痛哭,扼腕相叹,他只是点了点头让他坐下,破天荒地递给他一支烟。他们兄弟俩在相同的时间不同的地方同时学会了抽烟。得放觉得人们太无动于衷了,生活没有因为一个亲人的死去而停止,这太不公平了。他趴在大哥的桌子上,眼泪流得很少,余光里还能看到桌上那张姑娘的相片,他甚至还能看到裂成了三片的玻璃片的形状。他断断续续说了许多,心里千头万绪,思想像水银柱一般迅速而又敏感地从这个极端滑向另一个极端,从伤心欲绝一下子又跳到冷嘲热讽,从流泪一下子变为假笑。他哑着嗓音说:“我妈妈是被人弄死的。这口气死都咽不下。”

得荼慢慢地吸着烟,躺在床头上,好久才说:“你们也在弄死人!”

得放心里一惊,悲痛却被这一惊消解了一些。得荼又说:“陈先生不是被你们砸死的?”

“不是我,是赵争争她们,我从来没有打过人。”

“打不打过,谁晓得。”得荼冷漠地把他的话弹了回去。

“我向毛主席发誓真的没打过人。”得放也急了,再一次声明。可是哥哥依然没有像从前那么怜惜他。杭得荼冷静地看着他,说:“你急着辩护你自己干什么,就算你没有亲自动手,你们一伙人不是在动手?你以为我这些天吃吃睡睡真的成了逍遥派?我是在想你们这些人是怎么回事呢!怎么那么活泼可爱亲亲热热的红领巾共青团员,一夜之间说打就打说杀就杀呢?我是想不明白,可是后来我想明白了,我不想别人,我就想你。你从小真正地爱过你父母吗？爱过你爷爷奶奶吗？没有人教育你去爱他们，连二爷爷也不教育你爱亲人如手足，他们只教育你爱——”得茶咽了口气，不往这个思路说下去了，却换了另一条思路，继续说，“所以，我想来想去，你们是我看到过的最可怜最愚昧的人。所以我老实告诉你，我同情迎霜，我不同情你。”

得放手里举着那根燃烧到一半的烟，这一次他真的是手足无措，他遇见了真正的个人的声音。可是他因为长期以来浸润在集体之中，他们所用的公开场合上与私下里的语言，全是集体的，包括他和得茶从前的交流，也都是集体的，是全国通用粮票。包括现在、当下、一门之外，那里的声音也是和这位坐在床上的青年男子发出的声音完全不一样。因此他张口结舌，说不出话来了。

就这么坐了片刻，他突然跳了起来，向门口冲去，但得茶比他跳得还快，像豹子一样一口咬住了他，兄弟俩小小扭打了一阵，手足之情突然如闸洞开，得放抱着得茶就哭了起来，他终于说出了心里的恐惧：“是我把妈妈害死的啊，我给她写了断绝关系的信，我是刽子手……”

弟弟的恐惧和泪水化解了得茶刚刚见到他时的愤怒，他拍着他的后颈说：“好了好了，你爸爸妈妈根本就没有看到这份东西，迎霜没有交给他们，她交给大爷爷了。你看，迎霜书读得比你少，年纪比你小，又是个女孩子，却比你懂事。”

不管得茶再怎么批评他，得放不再生气，兄弟两个不再有芥蒂了，他们坐下来谈论着一些接下去的事情。得放因此知道了妈妈的骨灰已经秘密地安葬在杭家老祖坟的一株老茶树旁了。虽然没有什么记号，但毕竟是和自己家里的人在一起，以后局势好一些的时候再修墓吧。这件事情杭家人都知道，迎霜也知道，但家里人一开始都说好了先不告诉你，看看你的态度如何。突然，得茶问道：“你带来的那个赵争争，到底是怎么一回事啊，她有没有什么不太正常的地方?”

得放摇摇头说:“没有啊,她只是特别爱激动罢了,听说她舞跳得很好的呢。怎么啦,她又来找过你了?”

“她刚才还在这里,你来时,她刚走没几分钟。”

得放看着得荼的眼睛,他现在明白了,为什么他一进来时得荼脸上会有那么一种心不在焉的神情了。

这些天来,杭得荼开始想方设法营救杨真。别的牛鬼蛇神都关在学校里,惟有杨真被吴坤转移了,这说明吴坤确实是一个无毒不丈夫的男人。杭得荼还是低估了他。那些日子里他一遍遍地想起白夜对他说起的有关吴坤的话,他开始理解和洞察书本之外的生活,虽然依旧没有参加学校的任何一派组织,但他不再打算袖手旁观。一开始他打算赶往北京,但北京传来的消息是白夜失踪了,他只知道她还活着,别的什么也不知道。得荼想到不能这样干等,要把身边的事情继续做下去,首先,就是得把杨真先生保护好。然而事实上他没有再见到过杨真先生,他不知道吴坤把他押到了哪里。就在此时,只用脚开门的女子又来了,她嘭的一声弹开房门,重新出现在他的面前。

这一次杭得荼连门都没有让她进,他抵着门说,我不是已经告诉你,吴坤搬走了吗?

而她则用肩膀撞开了门,破门而入,睁大了眼睛说知道。但她就是来找他的。

为什么找我,我又没参加你们的组织,你和我有什么关系?

革命使一切都发生了关系。吴坤怎么能够和那个有严重问题的女人结婚呢,绝对不能,绝对不能!我爸爸也认为不能。

你爸爸?杭得荼莫名其妙,你爸爸是谁?他同意不同意关吴坤什么事?

怎么没有关系?赵争争声音激烈起来,像是又开始了大辩论:没有我爸爸,中央文革的许多内情吴坤能知道吗?毛主席第二次接见红卫兵的时候他能够上天安门吗?告诉你,我爸爸是林副主席的老部下,是江青同志的亲密战友。

原来是这样,得茶明白了,他点头,但你找我有什么用啊。我又不是吴坤,又不是我在和白夜谈婚论嫁。说这话时他明显地脸红了,他在撒谎,他甚至还有一点兴奋,他多么希望这是一种事实啊——即便在这样的时候,他依旧有他道德上的内疚感,让这个沉重的包袱,因为革命而刷的一下落在吴坤头上去吧——这念头闪电般照亮他的心。

她说,我知道你是他最好的朋友,他说你是一个头脑清晰的很少盲动的人,他还说你才配做他的对手。我认为现在他需要你的指点。你要告诉他,波澜壮阔的无产阶级文化大革命需要他,这场革命深刻极了,深刻到了人们想都想不到的地步,没几个人能够知道它的深刻程度,除了江青同志,林彪同志,张春桥、姚文元等同志——对不起,得茶打断了她的话,他发现她这个人有点神经质,这是他第一次见到她时没有发现的。他问:你怎么知道只有他们几个人才知道的事情——是你爸爸告诉你的吗?赵争争愣了一下才点头,说是的,是的,其实我爸爸和吴坤都说过,革命的要害问题是夺权,有了权就有了一切,没有权就没有一切。你给我跟他讲清楚,他到底是要一个破鞋——她用这词时杭得茶紧握拳头才没给她一耳光——还是要红色江山?你给我马上就去问!

杭得茶终于从她的歇斯底里当中发现了什么。他小心翼翼如探地雷一般地问她:"但是,但是,你跟他……你跟他……你……他……"

她果断地打断了他的"你跟他",快刀斩乱麻地说:"是的,就是那么一回事,的确发生了,革命的友谊升华为另一种东西,比山还高，比海还深，所以你一定要明白，他不能和她结婚！绝不能，绝不能，否则我就要消灭她！我说到做到，我就要消灭她！消灭她！消灭她！”她终于哭了，苍白的小脸上两行薄泪——杭得茶听得心里发颤——这就是革命时期的爱情！你也可以说这是海燕在暴风雨来临前的大海上胜利的喊叫；你也可以说这是母狮子在河东怒吼。

他再一次小心翼翼地试问：“可是我听说杨真也在你们那里啊。”

“这正是我要找你的原因，你必须和吴坤认真地谈一次。你知道这一切有多可笑，他把他关在上天竺的破庙里。多可笑，他还以为他的那个破鞋（杭得茶又一次捏紧了拳头以免劈她耳光）会因为她的亲生父亲而回来。他跟我说他们是合法夫妻，呸！合法夫妻？”

杭得茶怀着极其复杂的心情，请走了这位赵争争。他陷入了生活的泥沼，这是他没有精神准备，完全没有精神准备的。

同样的遭遇不也是落在了兄弟杭得放身上了吗？他的生活突然变得茫然失措。他一次一次地给茶科所打电话联系，但对方的造反派坚决不同意杭汉与他的儿子见面。得放只得在妹妹哥哥的陪同下去了一趟鸡笼山。但他们无法辨认出属于黄蕉风的那株新茶。他陷入了一种半空虚的白板状态。接下去该怎么生活，他完全茫然了。夜里他躺在床上翻来覆去睡不着，没有了妈妈，连枕头都和从前面目全非。半夜里他坐了起来，无聊使他想到继续抽烟，一扔枕头，一条大辫子从枕头里掉了出来。一开始他吓了一跳，呆呆地看着系着绿绒线的这一握长发。后来他想起了一切，想起那个像一条鱼一样的轻声轻气的姑娘，有一种心酸的委屈的感觉涌了上来，他轻轻地把那条辫子抱起，重新躺了下去，他不想抽烟了。

半个月之后他终于动身出门和以往的生活接轨时，却在谢爱光家的大门口见到了董渡江。杭得放看到她完全没有那种同学见面时的兴奋,只是冷冷地看着她,指指墙头说:“没想到你爸爸也上墙了。”

董渡江想了想却说:“你们家的事情我们已经听说了。”

得放铁青着脸,他很想说他实际上不是来找她的,在这里碰到她连他自己都很意外,嘴上却说:“我本来只是想给你们家打个电话的,没人接。”

董渡江连忙解释:“我在串联路上就发现家里电话老没人接,当时就担心,现在才知道,总机话务员都造反去了,电话还有什么用?”

“你们这种人家,也会有这一天。”得放冷冷地说,董渡江从来没有见过杭得放这样的神色,这样的口气,更不要说是这样的话语了。她不知道杭得放找她干什么,杭得放找了一个理由,说他也没有什么别的事情,只是通知一声,以后什么组织也不想参加了,什么事情也不想干了。

直到听清楚来意,董渡江才说:“实话跟你说,我也不能去了。”

得放说:“你爸爸的名字还没有打红叉叉呢,你怕什么!”

董渡江看着得放,大圆脸上露出异样的神情,说:“杭得放,我还可以信任你吗?”

得放是醉翁之意不在酒,其实,他根本不明白她的意思,便顺口说:“随便。”

董渡江这才急急忙忙地说:“你不来我也要去找你,我们碰到麻烦了。”

董渡江去找他,是希望他能够介入一个秘密的行动。原来,省政府的造反派正在组织材料,准备上京告浙江省委镇压革命群众的状。打听到这一消息之后,省市机关另有一批干部,其中包括董渡江的父亲等数人,准备抢先一步先到北京向中央反映真实情况,此行需要人护送,董渡江的革命组织责无旁贷地担负起了这个任务。

董渡江说不清是对毛主席的热爱,还是对保皇派的热爱,还是归根结底对她父亲的热爱,总之,在她家的大门口那株大法国梧桐树底下,她把这件并没有交给她的战斗任务当做一件神圣的使命,秘密地向杭得放传达了。在她的描绘中,革命的生死存亡,就仿佛押在这一次秘密上京汇报之中了。倾听着的杭得放当然也不可能不加上自己的合理想象、合理推论,加上自己的阶级感情。风萧萧兮易水寒,虽然没有易水,但杭得放依旧有一种悲壮的寒。秋风生钱塘,落叶满杭州,梧桐树叶落到了他的身上,落到了董渡江的宽肩上,丑姑娘董渡江甚至在这一刻美丽起来了。杭得放明白了,母亲并不是死于这场革命,也不是死于自己的罪行,也不是死于莫名其妙的一时冲动——母亲是被那些钻进革命阵营里打着红旗反红旗的反革命迫害而死的。这些反革命用心何其毒也,他们借着天高皇帝远,拉大旗作虎皮,闹得天下大乱,妄图欺骗毛主席,欺骗党中央,欺骗全国人民,然后在乱中夺权。是可忍,孰不可忍?

现在,真正是问苍茫大地谁主沉浮的时刻了,那么,到底是谁主沉浮呢?我们,我们,当然是我们!董渡江是一个从来也不会撒谎的人,但她现在说出了一串妙语连珠般半真半假的谎言,这些话都是当她看见了杭得放之后才突然想出来的。她说因为她跟她父亲的特殊关系,她没法护送父亲前往北京,想来想去,同学中真正有赤子之心的,首推杭得放,她已经到处派人满城地去找他了,没想到他突然出现在面前;她也许是已经看出了得放的疑惑,又说,她是十分明白孙华正这个人的,这种住在拱宸桥西的小市民,在革命的紧要关头是靠不住的,他们至多不过是革命的同路人,绝不是革命的先行者,革命的桥梁。只有像他,他杭得放这样的人,明白什么叫无产者只有解放全人类才真正是解放了自己的人,才担当得起革命的重大使命。

董渡江这些从革命总部刚刚学来的红色理论,着实地叫杭得放刮目相看。这些理论,原本应该从杭得放这张嘴里滔滔不绝才顺理成章,可见革命是一所大学校。杭得放的心又热了起来,他感到他被信任了,他又回到了组织。这个组织此刻正在危难之中,他们千方百计地找到了他,没有他怎么能行呢?他说:"好吧,让我考虑两分钟。"

眼前突然一辆三轮车飞奔而来,定睛一看,怔住了,踏车的是表叔布朗,车上放着一堆煤灰,车档上坐着一个灰头土脸的姑娘却是谢爱光。见了得放,布朗倒没有发愣,谢爱光却明显地愣了一下,车就进去了,但她还来得及叫一声:"杭得放,你进来一趟,我有东西还给你。"

得放心里突然一阵暖潮,刚才云集在大脑里的热血,刷的一下,流了下来,直到心窝。他脸红了,耳朵发烫。他正是为她而来的,却在她家的大门口密谋了半天革命。为了掩饰自己,他也撒谎,问:"怎么谢爱光也住在这里?"董渡江这才告诉他,她们本来就住一个院子,她爸爸原来就是市级机关的干部。

得放想,怪不得董渡江知道谢爱光是一条漏网的鱼,又问:"我怎么没见过你们说话?"

董渡江有些勉强:"我们就是不说话的。"

得放看出董渡江的神情了,他也勉强地回答:"谢爱光不像是一个坏脾气的人啊。"

董渡江沉默了一下,突然心烦地说:"都是大人闹的,其实我小时候和她挺好。后来她爸爸出了问题从机关调走,她妈妈又和她爸爸离了婚,他们家就从原来住的小楼搬了出去,到后面放杂物的小平房过渡去了。没过多久,我们家又搬到他们家住的小楼。再后来,她妈妈结婚嫁到外地去了,谢爱光不愿意走,就留了下来。

唉,这么搬来搬去折腾,也不知怎么搞的,就不说话了。”

得放突然说:“谢爱光的妈妈做过你爸爸的秘书吧?”

董渡江一下子就愣住了,问:“你怎么知道?”

“大字报不是都写着了吗?”得放这么说着就朝后面走去。

谢爱光家的小平房在机关宿舍院子的最后一排,靠墙一长溜。看得出来,在旧社会里,这就是下人居处,或者大户人家用来放花锄当仓库的地方。如今被机关干部当做厨房和停自行车处。靠头的那一间,却被谢爱光家做了正房。

得放没有能够进房间,布朗表叔正在谢爱光家门口的那一小块水门汀上给煤灰和水,做煤球。水门汀左侧靠墙一边还有一个小水龙头,谢爱光就在这里洗脸。看见得放来,她抹了一把脸,露出半张干净的面孔,她套着的那件男式的中山装显然不是她的,因为领口太大,脖子在里面晃荡,显得更加黑细,像电影里的小萝卜头。

他这么看着她的时候,心跳了起来,他说不出话。

她绞了一把毛巾就往屋里走,边走边说:“我有东西要给你。”

她进了屋找东西,得放无事,只好走到布朗身边。他已经意识到表叔不再理睬他了,有些尴尬,说:“表叔,你也在这里啊。”

布朗正蹲在地上,一个一个地搓煤球,听了这话,抬起头,伸出那只沾满了煤球泥的大手,朝得放脸上就是那么一撸,笑着说:“我就等着你叫我表叔呢,我和爱光打了赌。”

得放想,什么意思?谢爱光就谢爱光好了,什么爱光啊,嘴上却不得不笑笑说:“打什么赌?”

布朗却不理他,朝屋里叫:“爱光,我要喝茶。”

爱光笑着答道:“我输了,你等着。”转眼就见她拎着一只茶壶出来,把壶嘴就对着布朗,说:“喝吧,热着呢。”

得放又想:什么作风,还没毕业,就来社会上那一套了。脸上就有些不好看,问:“你到底有什么东西要给我啊,我还有大事要去做呢。”

谢爱光顺手就把自己头上戴着的那顶军帽拿下来,说:“还你。”

原来是那顶军帽。得放一下子就想起了那天莫名其妙剪谢爱光辫子的事情,脸就“腾”地红了起来,头别到一边,说:“我还有,你留着吧。”

他听到她冷冷的声音:“我用不着了。”

得放吃了一惊,这声音是那样的拒人千里,那么冷漠,那么生硬,他心里咯噔一下,忍不住抬起头来,就看到她的好看的面容和生气的面孔,看到她继续用那样一种表情说:“你快拿去,布朗哥哥帮我把头发修好了。”

得放这才发现为什么一段时间没见到谢爱光,谢爱光突然漂亮起来了的原因。她的短短的头发,毛茸茸的,趴在她的青春的额头上,使她那种大众化的女孩子形象突然改变了。在她身上,出现了另一种别致的美丽,她是纤弱的,但又像是一个小男孩子了。得放甚至注意到她脸上和眼神中的新出现的一种光芒,那也是他从前没有注意到过的。如今再黑的煤灰,也遮不住她脸上的光彩了,这光彩不是他给她的。在这一刻,得放感到了从来没有过的心酸,他低下头,拿过了帽子走了,他想起了母亲,甚至没有心情再和表叔布朗道一声别。

刚走到门口,就听到后面有人喊他,是谢爱光的声音。她跑了出来,手里拿了一块毛巾,冲到他面前,说:“你脸上有灰。”得放接了过来,擦了擦,又还给了她。她还是不走,低着头说:“你戴戴看这顶帽子,不知道我有没有把它撑大。”得放戴上了,不大不小,刚刚好。他们再也找不到话题,只好那么僵着。看看实在不能再僵下去了,谢爱光才说:“你们家里的事情,我听布朗说了。”得放听了，还是不说话，这下谢爱光真是没有话了，说了一声“再见”就往回走。走了几步，却听见得放叫她“谢爱光”，她连忙停住了，又听到他叫了一声“爱光”，谢爱光回过头来了，他看见她眼睛里的光，这一次他看清楚了，那是为他流露的光。

杭得放走了上去，心要跳到脑袋里去了，但他看着她的眼睛，说：“你的辫子在我那里，你还要不要？”

爱光的脸一下子红了，眼睛里立刻就涌出了泪水，嘴唇哆嗦着，一句话也说不出来。杭得放一看她要哭，立刻就慌了神，连忙说：“你别哭，我本来今天是要给你送回来的，怕你不在，先跟你来打个招呼。别哭，我马上就取回来还你。”爱光却一个劲地摇头，摇头。得放又说：“你不要了？”爱光却又点头。“那是要了？”谢爱光这才收回去眼泪，说：“谁剪走的，谁负责。”说完就跑回去了。

杭得放这就怔住了，让我负责，这是什么意思？这是什么意思呢？他垂头丧气地往回走，董渡江赶了出来，拽住他着急地问：“你到底决定去不去啊？”

杭得放这才想起来刚才的事情。他仰头看天发愣，呆呆地想，到哪里去不是一个样？不就是坐一趟飞机吗——去！

第十三章

杭家忠诚的老仆人、1927年的老革命小撮着，被他自己的多事害苦了。他什么都把握不住了，无论是形势、孙女、孙女的未婚夫，还是他自己。

孙女不停地向他控诉，这个云南蛮胡佬，不但自己要搬过来住，还要把他娘也搬过来。她现在不再称寄草叫姑婆了，她一口一个“他娘”——“他娘”是个厉害角色，国民党里当过太太的，被造反派斗得房子也斗没了，这才想逃到翁家山来避难。“都是你给我弄出来的事情，你给我退婚退婚，我不要和他结婚了，我什么人不好嫁？现在我认识的城里人一点也不比你少了。”

翁采茶正处在人生的重大抉择的关头。情况完全发生了变化，她，一个乡村的柴火丫头，从奴隶到主人了。她眼看着自己倒茶的对象翻了一个个儿。那些衣冠楚楚之人，那些大腹便便的大人物一个个地倒了，垂头丧气地被造反派押到东押到西，有的还要戴高帽子游街，或者开万人批斗大会，坐喷气式挂牌子。采茶在大街上看到他们的狼狈相，一开始还十分不解呢。

招待所新进驻的是一批她从前没有看到过的人，有工人，有农民，更多的是学生。采茶现在给他们倒茶了，老张，老刘，小吴，多么亲切，从前哪敢这么叫？叫声首长，还不敢抬头呢，所以采茶感到新生活的快乐。小吴是大学里的老师，很有学问的，现在是造反总部的头儿之一，他们一起站在大门口，看游街的走资派狼狈走过，他双手藏在腋下，挺着胸膛，他一句话就把新生活的实质挑开了，他说："凭什么你这样的贫下中农只配给这些走资派倒茶，今天造反，就是要造到他们这些人的子女来给你这样的人倒茶。"

真是醍醐灌顶，真是当头棒喝，采茶手里拎着那把茶壶，突然明白，她的这种生活真正象征着什么。革命对得放是一回事，对采茶是另一回事。采茶也想举旗造反了，但她的目的性十分明确，她一定要当一个世世代代不再给人倒茶的翁家人。现在她忆苦思甜，想起她的太爷爷撮着，想起她的爷爷小撮着，想起她的倒插门的父亲小小撮着，他们哪一个骨子里不是给人倒茶的，他们这一倒，给城里人资本家杭家人就倒了一辈子啊——天！现在生出我来，莫非还是倒茶的命？感谢毛主席，感谢红卫兵，造反了，革命了，命运的转机来到了！

这样就想到了不如意的婚姻——嫁给小布朗，三辈子也是跑堂倒茶当下手的，不管三七二十一，先退了他再说。爷爷是给这个迅速转变的孙女儿给拨昏了，小撮着长叹一声说，好了好了，前世作孽，我去退掉拉倒。不过我跟你把话说清楚，婚事管婚事，他们母子两个还是要住到这里来的。房子是我的房子，我爱让谁住就让谁住。我要看着你不顺眼，说不定还要赶你出去呢。

采茶一听，嘴上是硬的，想来想去，夜里就睡不着，脸色就不好了。小吴是住在招待所里的，见了她闷闷不乐的样子，就关切地问她是怎么一回事情，采茶吞吞吐吐，半天才说出她的心事。吴坤听了，一时也说不出话来。他想起了他自己，这个大时代下，有多少相似的事件在发生啊。

入夜，她拎着热水瓶，走进吴坤那暂时安静下来的房间，她一边给吴坤倒茶，一边对吴坤说："小吴，我想来想去，阶级还是要的。亲不亲，阶级分嘛。"

吴坤正在独自喝闷酒，抬起眼睛看看这纯朴的乡村姑娘，又低下头来看到她的红嘟嘟的生着胖酒窝的手，一冲动，就握住了。那胖手激动地瞎抖起来，吴坤就闭上眼睛，警告自己，他知道他近来已经有过几次不检点的行为了，这有碍于革命，也有碍于自己的将来。这么想着，又使劲地握了一下那胖手，放开，庄重地说："慎重，要慎重，要三思而后行。"

采茶是听不懂"三思而后行"的，但采茶从吴坤刚才凝视她的眼睛里、从小吴刚才那使劲的一握里看出了别样的意思，傻瓜才看不出呢。采茶的眼神里闪耀起了乡村少女才会有的纯洁的光芒，还有夹杂在其中的困惑与痛苦，吴坤不敢笑她——真诚的姑娘，痛苦的姑娘，他想。但和白夜是不能比的。

这段微妙的时光，无论如何还是一种享受，还是有纯洁的东西在里面的——如果没有别的东西来干扰。吴坤不能不想念白夜，但想念她就意味着想念痛苦，想念一切和他目前所从事的伟业背道而驰的一切。想念她还意味着拉扯上别的不干净的东西，比如拉扯上赵争争。他刚刚想到这个令人头痛的名字，不速之客赵争争来到了。她风一样地旋了进来，手叉在腰上，她常常这样不招自来。因为什么，就因为那天夜里发生的事情。只有一次，惟一的一次，以后永远也不会有了。

吴坤厌烦透了，后悔，永远也不能原谅自己。若是和白夜在一起你永远也不会有这样的担心——他喜欢白夜身上那种道德约束与放肆浪漫错综复杂交结在一起的不可知的美。这是一种强烈的刺激，唤起他的征服欲和男人的野心，把他的情感的位置提到某个常人不能到达的高度。

而这个赵争争是怎么一回事，她为什么那么在乎那一次，那不成功的一次也是在她的渴望之下实现的嘛，而且你也可以说根本就没有实现。难道我就该承担全部责任？他再看了看采茶，纯朴、健康,虽然忧心忡忡,但一点也不发神经病。她说:你们谈,我走了。还给赵争争也倒了一杯茶。赵争争连起码的头也不点一下,什么感情?一点劳动人民的感情也没有!吴坤讨厌这种农民起义军兼暴发户式的做派——包括他们的子女们的做派。他说:你别走,我也没事,我们一起聊聊。

然而这个赵争争却说,我有事,我有正事,中央文革有最新精神来了,我爸爸让我赶快叫你去。

一听说中央文革,吴坤就像打了强心针一样,立刻弹跳起来,说:什么精神,什么精神,快透露给我一点。

精神来自北京,保皇派们又一次遭到了惨重的打击,上京告状的这几个小爬虫一下飞机,就遭到了迎头痛击。现在文化大革命要深入发展,走资派还在走,但他们越来越无法和革命相抵抗了。他们不得不假惺惺地准备进行检讨了。

吴坤听了,也非常激动,但还是忘不了叮咛一句:“以后再有什么新精神,叫你爸的秘书打个电话给我就可以了,还用得着你当通信员跑来跑去?”

她听懂了呢,还是假装不懂,她说:“我不就是想来看看革命战友吗?”她的脸上泛起不自然的红晕,在情感上她不是和这个乡下姑娘一样,白纸一张吗?吴坤要是还能为自己脸红的话,他是要为自己刚才说过的那句话脸红的。难道她一点也不明白,她根本就没听出这一句话的另一个翻版——谢谢你,你能不能以后不要再通过这样的方式来见我了,其实我并不想再和你有什么瓜葛呢!

吴坤心里明白,他这样做是不公正的。这时候的姑娘赵争争,并非一点也不可爱的啊!

他一边拿过一件大衣给她披上,一边说:“那么晚了,我送你回家。”

采茶从吴坤房间里出来，请了假，她就到布朗的煤球店里去了。布朗正从外面送煤回来，灰不溜秋的，下了车就开始铲煤。穿着旧工装，浑身的腱子肉，非常帅，像电影新闻简报里那些炼钢炉前的工人。

采茶隔着一条巷口看着他心又开始动摇，她吃不准自己该跟她的未婚夫说什么好，在巷口她是决定一刀两断的，可是一看到未婚夫她又糊涂了。她又想，布朗他虽然在城里铲煤，但还是比在乡下种茶要好，而且他马上就要到香喷喷的茶厂去工作了。你看他有多快乐啊，她看到他铲煤时快乐的白牙。在他身上仿佛没有什么运动——那些半夜三更开会，到哪里哪里去抓当权派之类的事情，统统和他无关。当然他的妈妈很麻烦，不过听说查来查去没有查出花头来——她现在连国民党臭婆娘也不是了，她已经和那个国民党离婚了。她想着想着，温情上来了，快快地跑到煤球店门口，说："小布朗，我来了。"

小布朗一边干活一边说："采茶姑娘你真好，跟我分手了还来看我。"

"说什么，你倒当真了？我等你下班，去看看我准备的那些东西。"

小布朗吃惊地拉下了口罩摊开手，问："为什么，我们不是已经分开了吗？"

谁说的！采茶害怕周围的人听见，把他拉到外面："那么简单，你说分手就分手？"

"但那是你说的分手啊！"小布朗回答。

"我说分手你就分手啊？你就那么不把我当一回事情？"采茶说。

小布朗久久地盯着这张脸，这张红红的苹果一般的皮肤厚厚的脸。他觉得她太厚了，他进不去。他喜欢那种轻轻一弹就会出水的姑娘,她不是。他抱歉地说:“对不起,你不是我要的那种姑娘。”

采茶听得连眼乌珠都要弹出来了,小布朗一眼望去,姑娘脸上除了一双牛眼一般大的眼睛,什么也没剩下了。他急得大声地说:“我不是说你不会流眼泪,我是说,我喜欢那种流眼泪的时候,既不喊叫也不跺脚的姑娘。”

他刚刚说完那句话,就发现眼前那个只剩下一双眼睛的姑娘,无声地流下了眼泪。她说:“你要到茶厂去了,你就可以不要我了吗?你叫我回去怎么做人呢?”她既不跺脚也不喊叫,呜呜咽咽地哭了起来。在一秒钟内,她就成了那种小布朗必须去喜欢的姑娘了。而小布朗也愣住了,他怎么能够这样做人呢?这是患难时刻答应跟他约会的姑娘啊。他自己也不知道这件事情是什么时候发生的,他就把放在内衣口袋里的那只戒指,套到采茶手上去了。

那天夜里,他在爱光家里坐了很久,他唉声叹气,手抱脖子,不停地问她:“你怎么不跑出去串联啊,你怎么不跟着得放这些家伙一起出去造反啊?”

谢爱光搓着手问道:“你怎么啦,不就是结个婚吗?你要是不愿意结,你就不结呗。”

“可是我必须结婚啊,我大舅说了,只有等我结了婚,他才放心给我介绍工作。我必须工作,必须有一个家。”他突然眼睛一亮,盯着单薄的谢爱光,问,“你愿意嫁给我吗?”

谢爱光正在小口小口地喝着一杯茶,她的家里破破烂烂的,她坐在一堆破烂中,活像一个灰姑娘。她手里提着个小茶杯,傻乎乎地看着小布朗,突然鼻翼抽动,轻轻的一声:“——妈啊——”她哭了起来,吓得小布朗连连摇手:“算我刚才胡说,行不行,你别哭,这算什么?你这小屁孩子,我还不想要呢。”

谢爱光不好意思地笑了起来,说:“你别吓我,我胆子小,我才十六岁呢。我特别想要个哥哥,他们都欺侮我。”

“谁?”

“杭得放他们!”

“这狗东西又不知道上哪里去了。等他一回来,我打烂他的屁股,你等着。”

“算了吧,到那时候你那个新娘子还不管着你?你再也不会给我送煤来了,我再也见不着你了。”

“她敢!她要敢拦我,我就揍她,她要闹,我就跟她离婚。这一次是她求着我。我没说错吧,我小布朗在云南就是一条好汉,有多少姑娘喜欢我啊,要不是因为回杭州,我把她们一百个也娶下来了。”

谢爱光叫了起来,她还分不清男人的吹牛和实话,她惊讶地说:“你可不能那么做啊,婚姻法规定一夫一妻制,你千万不要犯法啊!”

小布朗深深地看了一眼谢爱光——天哪,都十六岁了,在西双版纳,从前的邦崴爸爸,就可以让她们当妈妈了,我多么喜欢你啊,多么想和你上床啊……小布朗使劲摇了摇头,站了起来,在今天刚发的工资里抽出了二分之一,说:“看到了吧,我一份,你一份,没少吧?”

十五支光灯光下的爱光的眼睛里,又流出了眼泪:“我妈妈已经两个月没给我寄生活费了,我给她写信她也不回,我告诉她这两个月的生活费都是向人借的,她怎么还不回信啊,我真担心——”

小布朗突然一搂,把爱光搂到怀里,迅速放开,拍拍她的肩膀,说:“不是都跟你说好了吗,等我这里稍稍安定一些,我就替你跑一趟,不就是江西吗,不远,打个来回,方便着呢。”这么说着,他已经推门而出,还没忘记回头交代一声:“外面乱,别出去闹,闹得男不男女不女的,不好,听到了吗?我会常来看你的,你不听话我就要揍你了!”这才消失在暗夜中。

现在,一个老男人出场了。他出现在小布朗家的门前,他看上去的确像是一个彻头彻尾的叫花子,衣衫褴褛倒就不去说它了,奇怪的是那套褴褛的衣衫还东一个洞西一个洞,边角又都是卷了上去的,像是刚被从火里抢出来。鉴于前些天一直在广场巷口烧那些旧戏装和旧画报,所以凡与火沾边的东西都让人们怀疑。这高个子的老男人往那院门口一站,老工媳就从门里头走了出来,上下打量着他,问:“你是什么人?”

那男人衣衫虽破,一头花白头发却十分茂密,他露出那种一看就知道是装出来的谦卑的微笑说:“我……找个熟人,听说就住在这里……”

小布朗一家已经被赶到门口的厢房里,因为房子太小,布朗只好睡在吊床上。铲完了一天煤灰、正在吊床上睡觉的小布朗,仿佛是在梦里头听到过这声音,他一个翻身,背起一件大衣,跃下床来,直冲门口,看着那男人,他说:“走,我带你去。”

他推起自行车就往外跑,老工媳万分警惕地想:这家伙会是他们家的什么人呢?她搜肠刮肚,从五十年代开始想起,也没想出这家伙何许人也。

小布朗陪着那花白头发的高个子男人一直走到巷口,把大衣一把裹在那人身上,然后拍拍自行车后座说:“你先上来。”

那男人说:“上哪?”

小布朗说:“我先带你去翁家山,我要结婚了。”

他们就这样对视了一眼,小布朗突然说:“爸爸,你没什么变化。”他笑了,罗力的眼睛挤了一阵,没让眼泪出来,说:“长这么大了。”

父子两个就往虎跑路上走,罗力坐在自行车后座上,一路上见那些大字报大标语,说:“你这辆自行车好。”

“飞鸽牌,大舅送的。”

“大舅景况好不好?”

“比二舅好一些,”小布朗虎背熊腰,有力的背脊一弹一弹,“大表嫂死了,大表哥关起来了,就这些。”

“你妈妈呢?”罗力一只手按在了小布朗的背上,小布朗身上的热气,仿佛透过棉袄传了过来,脸上被冷风吹着的寒意,也仿佛没有了。

小布朗就跟他说妈妈一开始很倒霉,现在开始好起来了,就是那个占了我们院子的老工媳讨厌。她不是一个好东西,要知道你回来了,会闹得天翻地覆,所以我今天先把你带到我们准备结婚的新家,等明天我们再把妈妈接过来。你不用担心,到了杭州,有我呢,儿子嘭嘭嘭地敲着胸脯。罗力看不见儿子的脸,心里就想,太像我了,太像我了,这话就是二十多年前我对寄草说的。

正那么想呢,儿子又问:“爸爸,你是怎么出来的?逃出来的,放出来的,还是请假出来的?”

罗力这才有机会说说自己,他拎起手里那只塑料口袋,说:“农场起火了,我什么都没抢出来,只抢出了一只鞋,倒是我专门为你的脚准备着的呢。”说着就把那一只火里逃生的棉鞋取了出来,交给布朗。布朗一只手单放,接过那只鞋,贴在自己的脸上,说:“真暖和。”罗力说:“可惜只有一只了。”小布朗说:“没关系,叫妈妈再做一只。”

话说到这里,小布朗车龙头一弯,进了满觉陇。两边山色一暗,扑面而来的便是黑糊糊的茶坡。罗力一把抱住儿子的腰,把头靠在儿子的腰上。

这一次,采茶的确认为杭布朗是疯了,如果不疯,他不会做出这样丧失理智的事情,他竟然敢把他的劳改犯父亲接到翁家山来住。采茶不会一让再让,她现在越来越觉得感情问题的重要,她越来越觉得自己的轻率。原来,经吴坤的力荐,翁采茶已经作为杭州市郊农民造反派的代表常驻造反总部。她立刻就从从前招待所四个人一间的宿舍搬出,住到了吴坤的隔壁,昨天还睡在她下铺的那一位小姐妹,今天早上就开始给她倒茶,今天中午,小姐妹又重提上次介绍给她的那个解放军叔叔了。而今天夜里,他们还有一个重大活动呢,她要和吴坤他们并肩战斗,去夺报社的权了。后天,1967 年 1 月 1 号,那就是翁采茶的另一个人生的开始了。这是怎么样的翻天覆地的变化!翁采茶深深地感到了革命的伟大,而且她一下子就明白了为什么那么多人要革命。

她有许多事情要做,首先就是要学习文化,要扫盲。她小学里的这点东西,后来已经飞快地还给了老师,她觉得,要配得上和吴坤他们这样的人坐在一张会议桌上,起码你得识字啊。这是从今天就可以开始的。再一个,这次她下了铁血之决心——必须和小布朗解除婚约。这件事情麻烦一点,因为她和小布朗短短半年打了那么多的回合,弄得大家眼花缭乱,不要说别人,连自己也被自己搞糊涂了。不过这一次采茶已经有了后路,有那解放军重新接头,还有吴坤就睡在她隔壁,她突然觉得她的感情生活将开始山阴道上应接不暇。哪怕这云南佬再发嚎,她也绝不和他在一个锅里喝粥。

她已经有很多天没回翁家山了,今天回来,就是和爷爷宣布这件事情的。她还没宣布呢,爷爷却开始宣布了,说:“采茶你去跟你们那些造反派说,叫他们赶快给毛主席拍个电报,就说是我小撮着叫他们拍的。”

翁采茶心里真是感到好笑——你以为你是谁?1927 年跟蒋介石对打过,你就有权利给毛主席打电报?而且电报的内容又是这样的反动。原来这些天农村吹风,说是要开始割资本主义尾巴,要农民捐献自留地、宅边地和零星果木。听说再发展下去,就要合并生产队。农民们不干,这是可以理解的,连毛主席都教导我们说了,严重的问题是教育农民。问题是小撮着带头闹事,他说:是不是又要我们回到五八年大跃进共产风,又要我们过饿死人的日子。采茶说:你为来为去还不是为了你门前门后那几株茶树。那几株茶蓬,能采出几两茶来,你好好一个老革命不做,要去做资产阶级的尾巴!

小撮着大叫起来:“我就是为了那几株茶树,怎么样?那几株茶树还是我爸爸手里种下的。他也是老革命,被蒋介石杀掉的。他种下的树,怎么到我手里就要送出去?土改的时候都没送出去呢。”

孙女也叫:“那是什么时候,现在是什么时候,现在是文化大革命,你头脑清不清?”

这可真把爷爷气死了。这个孙女,从小黄脓鼻涕拖拖,十个数字一双手点来点去点不清的人,城里造了几天反,竟然问他头脑清不清。他说:“我头脑不清?我头脑不清你哪里来的钞票结婚?你以为你到城里倒那么几天的茶就够你活了?自己肚子填饱算你不错了。你那些热水瓶、挂钟,那些棉被,还不是我辛辛苦苦这点私茶摘了来偷偷摸摸去卖掉,几年几年攒下来,才凑起这个数字的。”

翁采茶听到这里,门嘭的一声关紧,指着爷爷鼻子轻轻跺脚:“你还要叫,你还要叫,你就不怕抓了你去游街?这是投机倒把你晓不晓得,要坐牢的你晓不晓得?”

“我不晓得?我不晓得还是你不晓得?”小撮着看不得孙女这种造反派脾气,说了一句正中翁采茶下怀的话:“你有本事自己挣钱结婚去!你不要我的房子,也不要我的钱!”

翁采茶说:“我本来就不想结婚,是你硬要我结的,我现在就不结了。你也不准再拿我结婚的名义去卖私茶。我跟你说了,我现在身份和从前是不一样了,我是参加革命造反派的人,我不想让人家把我爷爷抓到牢里去,为了几两茶,犯不犯得着?"

"你造反!你造反!你造反怎么也不为农民说说话,毛主席都是被你们这些说造话的人骗的。五八年就这样,现在还这样!"

采茶听得慌起来了,她想她这个爷爷,这样乱说,迟早要进大牢。她甚至觉得奇怪,城里许多没说什么的人都被打得半死了,她这个爷爷怎么还没有人来抓。

正那么想着,小撮着一脚踢开门走了。采茶问:"爷爷你要到哪里去啊?"小撮着对着满山的茶蓬,说:"我去给毛主席拍电报。你们都给毛主席说假话,我给毛主席说真话去!"

他前脚走,布朗后脚就到了,你想,这种时候,他们父子两个,还能听到好话?一听说站在小布朗旁边的那一位竟然是劳改释放犯,采茶快刀斩乱麻,站在门框上,手指着外面,说:"快走,快走,趁现在天还不太晚,你们想上哪里就上哪里去。我这个地方,你们就不要来了!"

小布朗走上前去,一把拖过采茶到灯下,慌得采茶直喊:"你要干什么?你要干什么?"

小布朗一声也不响,把采茶搡到灯下,仔细辨认了一会儿,确认是她之后,才轻轻地放开,说:"把戒指还我。"

采茶就心慌意乱地还戒指,她也没往手上套,放在她那个百宝箱里了。箱子又上着锁,七弄八弄好一会儿才打开,找到了祖母绿,一声不响地还给了布朗。这只戒指,严格意义上说,她是连一天也没有戴过的。小布朗依然不走,站在那里,看着她。她不解,问:"你怎么还不走?"

小布朗突然大吼起来:"不要脸的东西,退我的订婚茶!"

这是翁采茶从来没有见过的小布朗的发怒,她吓得尖叫一声,跳了起来,哆嗦着问:“什么,什么,什么茶?”

小布朗啪地再打开那箱子,从里面取出那两团被旧报纸包好的沱茶,举到她面前:“看到了吗?就是它!就是它!我的心,我把我的心取回来了,我再也不想见到你了,你是我见到过的最最不可爱的最最丑的女人!你照照镜子吧,你丑死了,我现在看到你就要恶心!”他噢噢地竟然还做了几下呕吐状,捧着他那两块沱茶,一下子扔给爸爸罗力,说:“快走,快走,这个人臭死了!”罗力还没弄清楚是怎么一回事呢,就被重新拉上了自行车后座,扬长而去了。

翁采茶也是愣住了,半天才回过神来,第一件事情就是走到镜子前照自己,镜子中一个哭丧着脸的姑娘,前几天因为想到自己,做了造反派代表,要老成一些,故而辫子剪成了短发,因为剪得过短,头发又多,如今堆在头上,衬出一张阔嘴大脸,左看右看都是一个丑字。翁采茶立刻对自己失去了判断力,对着镜子里那个蓬头垢面者就哭了起来,一边哭一边整理衣服。她不敢再在茶山住下去了,在这里,她已经自己认不得自己了。

她披头散发地冲到了造反总部,已经过了夜里八点。放下东西,看看隔壁房间灯还亮着,就不顾一切地冲了进去,看到小吴还在,还有那个赵争争。屋里一股热气,暖洋洋的,慰藉了她那颗受伤的心。她热泪盈眶,心潮澎湃,猛然一扑,到吴坤的床上,大声哭了起来,边哭边说:“我已经彻底地和他们划清界限了!我已经彻底站到无产阶级革命路线一边来了。”

“那你还哭什么?”赵争争有些不耐烦地问,她本能地讨厌这个贫下中农的女代表,她总是在她最不应该到场的时候到场。

采茶抬起一双泪眼,飞快地朝屋里那面大镜子照了一下,说:“他说我是世界上最丑最丑的姑娘,还说他看着我就要恶心。”说完她就又倒下痛哭。

吴坤不由自主地和赵争争对视了一下,还没说什么呢,赵争争就站了起来,说:“低级趣味,真正的低级趣味。”

她的脸红了,眼睛却亮了起来。吴坤看看她,再看看蓬发如鬼、身材矮胖的翁采茶,心里懊恼了起来,就说:“该出发了,报社那边,已经有人在接应我们了。”

从虎跑往城里去的路两旁,种满了落叶的水杉树,现在叶子已经快落光了,枝杈露出了多指的细骨,一群群地悬在半空,像一只只巴掌,伸向天空。月亮挂在夜空,四周有一圈月晕,这是一种要发生什么的预兆。

四周很暗,又好像很亮,风刮得很紧,那是因为坐在车后的缘故。小布朗把车骑得飞快,他没有再说一句话,他的父亲也没有再说一句话——他的手里拿着两块沱茶。他突然说:“你把我放下,你回去。”

小布朗一声不响地骑着车,不理睬他的父亲。过了一会儿,才说:“爸爸,我谢谢你。我真的不知道怎么样才能把她打发走。你看,你一来,她就走了。”

罗力想了想,说:“我们下来,我们走一走,好吗?”

下了车并排行走的父子两个几乎一样高,如果罗力的背不是略略驼了一些的话。他们慢慢地走着,好像从来没有分开过。有时他们在黑暗中对望一下,阔别重逢后的感觉并不如事先想的那么难以预料。他们就像多年的父子成兄弟那样亲切默契。罗力说:“我一来就给你们添乱,实际上,我只想看你们一眼就走。管教只给我三天假。你还记得我,这太好了,我真怕你把我给忘了。我还怕你不认我。”

“你走时我快十岁了,我还记得那辆警车。我最后看到你的黑头发。那天风很大,你后脑的头发吹得很高,像长得非常茂密的茅草。你现在头发还是那么多,只是花白了。"

"我不应该回来,你妈妈会恨我的。那个姑娘真的就那么轻率地退婚了吗?"罗力还是不相信似的问。

小布朗却笑了起来,轻声地说:"我们都退了好几次了,我不习惯这些汉族姑娘,她们喜欢把一次婚退许多次。"

罗力深一脚浅一脚地走在儿子旁边,他们中间,隔着一辆自行车,他还不敢想象,他就是这样地获得了自由。他看看夜空,就想起了茶园。他判刑之后一直在劳改农场里种茶,他曾经开辟出多少茶坡啊。

他站住了,说:"往这里面走,是不是花港观鱼?"

"是的。"

"再往里走是金沙港,盖叫天住在那里面。"

"是那个坐在垃圾车里游街的老头吗,武松打虎,唱戏的。"

"他也游街了?"罗力不相信地问儿子。

"谁都游街了,连二舅都游了好几次街了。"

"……"

他们这样说着话,就不知不觉地走到了龙井路,他们杭家人在这里演绎了多少故事的地方。夜色里那几株大棕榈树依然如故,在晚风中微微地摇动,它们依然像那些微醉在月夜下得意归来的僧人,他们依旧是那样的一派化境,仙风道骨,不沾红尘。大棕榈树下,一大片一大片的茶蓬依然故我,罗力甚至能够感受到茶蓬下的白色的茶花,以及在她们的花瓣上的晶莹的露水。父子俩把自行车搁下,就一起心照不宣地朝那个地方走去。一直到他们完全置身大茶蓬里,他们站住了,一声不吭地站着,看着这个露水正在覆盖着的世界。

小布朗说:"爸爸,我要告诉你一个秘密。这话我从来也没有跟别人说过,可是我能跟你说。有的时候,我是说,像现在那样非常非常安静的时候,在这样的茶园里,在山坡上,竹笋突然暴芽的时候,我想到了城里面的事情,我会突然想到放火。我想,我要把这一切都统统烧光,我克制不住自己,想要把一切都统统烧光。放一把火,我想我会很快活的。"

罗力就抚着儿子的肩膀坐下,在大茶蓬下,他们两个人一起披着那件沾满了煤灰的大衣,罗力就说:"现在我也来告诉你一个秘密,这件事情,我从来没有和别人说过——现在我告诉你,我和你妈就是在这里过了第一夜的。后来你妈妈也是在缅甸的茶丛里怀上了你的。当时我想:跟你妈过上一夜再死,我也值她也值。孩子,你还没有开始做人呢。"

杭布朗在听完这样一番话之后,一边推着自行车与父亲一起往城里方向走,一边说:"爸爸,你放心,我不会放火烧山的。现在我们走吧,我带你到我大舅家去,那里会有一张你的床。"

他们终于从寂静一直走进喧闹。当他们走到湖滨的时候,看到了一辆绑着两只大喇叭的宣传车迎面开了过来,喇叭里播放着一篇刚刚出炉的社论《我们为什么要封掉浙江日报——告全省人民书》。无论车里的人还是车外的人都没有相互注意——车里朗读社论的是赵争争,旁边坐着的,是给她当助手的翁采茶,她们的心思,现在全都集中在由吴坤亲自起草的这份政治宣言上。而车外的西子湖畔,那竖起领子推着自行车匆匆走过的父子俩,虽然耳朵里灌进的都是这些口号和声讨,但他们的手上各自托着一块沱茶,他们的心,还沉浸在刚才的茶园里,沉浸在茶园里刚刚叙述过的那些往事上。

1966 年最后一个夜晚,冬夜多么长啊,当罗力站在了羊坝头破败的杭家门口时,他听到了记忆深处那湖边的夜莺的啼声,那是故园的隐约的声音。罗力半生闯荡,多年牢狱,不知家在何方,只认定了投奔亲人。他的军人的直觉是准确的,罗力止住了儿子欲推门的手,他凑过脸去,把眼睛贴在门上。他透过门隙往里看,他看到了坐在桌前的杭嘉和,想起了1937年冬天的夜访杭家。他仿佛看到了三十年前的大哥,看到了他独自一人才会显现出来的浓重的忧郁。那忧郁至今依然,它浓重得几乎就要从大哥的身影里流淌下来了。他轻轻地推开了门,他看到大哥站起来,惊讶地看着他们,他听到他说:"回来了……"

第十四章

下一年的开始和上一年的终结几乎没有什么两样。1967 年 1 月 1 日的杭州城,天空青白,阳光很薄,但你不能说它不是阳光。运河边的大街小巷很热闹。这里是杭州大厂的聚集地,派系斗争的中心,武斗的场所,这里每天都在酝酿着与市中心西湖边不同的暗暗激动人心的大事件,新年伊始也没有停息。宣传车五花大绑着两个大喇叭,由远而近,宣布着 1967 年将是全国全面开展阶级斗争的一年,是向党内一小撮走资本主义道路当权派和社会上的牛鬼蛇神展开总攻击的一年。拱宸桥弯着它那古老的躯体,从它身上踏过的依然是那些引车卖浆者。不管人们的双脚有多么狂热,拱宸桥是不动声色的。同样不动声色的,还有在它身下流淌的大运河。

一个女人正拉着一车回丝上坡。她低头奋力,使出浑身的劲来,发出了男人般的号子声,这就是那种生活在最底层的人们发出的特殊的声音。偶尔她抬起头来看一看桥顶,那时,身边那些看到她容颜的人们,几乎都会回头再看她一眼。

寄草现在常常拉着大板车上街,在街上看到各色各样的熟人,他们有的和她打招呼,有的根本不理睬她。从前,他们都是和她一起捧着青瓷杯喝过龙井茶的。寄草觉得这一切都很正常,她很少怨天尤人,吃苦对她而言,已经是日常生活的全部。劳动使她一直保持着极为苗条的高挑身材,虽然徐娘半老,但风韵犹存,加上家世曾经显赫,因此当她拉着大板车在街上行走时,她本人就常常成了一道暗藏着的风景线。

元旦那一天夜里加班,第二天她也不得休息,到拱宸桥丝厂拉着一车旧回丝,正在翻拱宸桥呢。突然浑身一轻,回头看,儿子推着车朝她笑,还向她努嘴。再一看,她的头猛地抬了起来,车子差一点倒退到桥下去,罗力正在后面帮她推车呢。

一家三口在大运河下桥洞旁团圆了。寄草没有和罗力抱头痛哭,她仿佛在竭力回避动感情的一刻,她在王顾左右而言他,指着桥洞说:“这里安全,越儿还在这里睡过觉呢。”

布朗想起来了,一边帮着妈妈搬回丝一边说:“就是抄家那天夜里吧,也不知道我们偷着划掉的那条船有没有被人家找到。”

“那几天我是魂灵儿都被你抖出了,万一人家查到我们怎么办?再斗我一次我是吃不消了!”寄草一边笑着一边回答。母子俩说的话,做父亲的接不上碴,他傻乎乎地站着,不知道怎么跟寄草说话。寄草抬头看了他一眼,说:“过来啊,坐在我旁边,这块石头干净。”

“我帮你做点什么?”罗力笨手笨脚地问。

寄草一边忙自己的,一边说:“你真当你是离婚了?想做什么就做什么呀,还那么客气。”

罗力一下子蹲着,抓住寄草的手,要去抢她手里的木槌,说:“我跟布朗来,你歇着。”

寄草一边和他夺那木槌,一边说:“你干什么呀你?人家当我们两个在武斗呢。”

罗力突然轻轻叫了一声:“你做这种事情做了半辈子了!”

寄草愣了一愣,两只大眼睛顿时蒙上一层水雾,目光就移到了运河上。一会儿才说:“你看看,这里有什么变化?”

罗力摇摇头,他说不出来。从看见寄草的那一刻起,从看到她像牲畜一样地拉车起,他就说不出话来了。倒是小布朗自顾自,一边帮着母亲往河边取出那些回丝,一边说:“我可真是从来也没有闻到过这么臭的河。”

是的,对从大森林里来的杭布朗而言,一条河能够流淌得那么肮脏,散发出那么一种臭气乃是一种奇迹。更为奇迹的便是这样一种平行的对应:高高在上的堤岸马路上是斗争的人流,平行在河堤下的,形影不离地伴随着时代洪流共同滚滚向前的,则是一条人工河的污泥浊水。各式各样的轮渡、小划子、运输船、小火轮甚至木筏,从高耸的桥洞下漂过去了。两岸住房歪歪斜斜,低矮得可怜,点缀着红旗与彩旗。这样一种格局,似乎仅仅为了给生活在两岸的人们一个深刻的启示:一条河总是配着这条河两岸的人家的。我们之所以生活劳作在这条臭气熏天的大运河边,肯定有着它的宿命的谜底。

寄草已经找到了一块大石头,她把一大篮旧回丝都浸到了水里,污黑的水面立刻就泛上了一大层油花。寄草戴上皮手套举起了一根木槌,开始击打起来。她的神情十分专注,左手扬得很高,打下去的时候,背部连带着臀部就弹了起来,仿佛儿子的自信也感染了母亲。

捶好的回丝,小布朗接了过来,他用他那双穿着高帮套鞋的脚去使劲地踩。他们母子俩很投入,把这件最下等的劳动做得那么专注。罗力看了一会儿,到底还是夺过了寄草手里的木槌,也学着寄草的样子击打起来。他投入的力量更大,花白的浓发不时地往下滑。滑下来,女人就给他捋上去,滑下来,女人再给他捋上去。小布朗看着看着,头就别开了,走到远一点的地方去了。

他们之间静默了一会儿,罗力才说:“我给布朗留了一双棉鞋,只剩一只了,你能不能够再给他配一只?”

“看时间吧,有时间就做。”

罗力停止了捶打,看着寄草,突然说:“寄草你知道我这次来是做什么的?”

寄草盯着他,两只眼睛大出了一圈,说:“叫我好去嫁人了,是不是?”

罗力愣了,嘴角抽搐地笑了起来,问:“我心里想什么你都知道?”

寄草也笑了,从罗力手中抽回了木槌,指指桥上的人,耳语道:“你看看这个社会,乱成这样,我嫁给谁去?”

罗力盯着寄草,嘴巴张了张,到底还是说了出来:“杨真。”

寄草愣住了,突然就用木槌去触罗力的肩膀,一边轻声嗔道:“我叫你胡说,我叫你胡说!”这句话这个动作,都是他们小夫妻时的私房话啊,那时候罗力就爱把杨真拿出来开寄草的玩笑,那时候的玩笑中却不是没有一点醋意的啊。

罗力一把抱住了木槌,虽然脸上还在笑,但目光中却闪着泪花:“寄草,我说的是真心话,你不要再这样没有指望地等下去了。杨真是个好人,我知道你喜欢他的。他现在大学里教书,一个人,你跟他,还有几天好日子过,我在农场里也放心。”

寄草看了看他,突然板下脸来问:“说实话,是不是农场里有什么相好了?”

罗力愣住了,好一会儿,才长叹了声道:“你开什么玩笑啊?我想这个事情,多少天都没睡好,你正经点好不好?”

寄草就又开始劳作,一边用脚踩着那回丝一边看着桥头说:“你啊,坐牢都坐糊涂了。杨真让造反派抓到哪里去都不知道了,你还让我嫁给他?我到哪里去嫁?”

罗力听了此言,吃惊地站了起来,这可是他没想到的。寄草的脚一直就没有停,边踩边说:“说实话,我连跟你假离婚都后悔了。离婚不离婚,有什么两样啊!”

他们的话说到这里,终于开始沉重起来,面对面四目相望,周围喧嚣的声音全都远了。两双眼睛仿佛在比赛谁忍得住眼泪,眼眶中泪水满上来又退下去,满上来又退下去,就是不溢出来。终于,罗力重新接过那木槌用尽全身力气捶打起来,声音啪啪啪的,在桥洞口发出了回声,响极了。

小布朗拎着一大篮子洗好的回丝过来,他开心地看着他的这对父母,一个用脚踩,一个用手捶,他们一家三口,这样劳动团圆,多幸福啊!他喝着那个大茶缸里的浓茶,看着高高的大石桥,突然像是发现了什么,说:“妈妈,那年爸爸炸钱塘江大桥的时候,你就是站在这样的桥下看爸爸的吧?”

两个历尽沧桑的中年人吃惊地对视了一眼,站了起来,静静地看着石桥,好一会儿,寄草才说:“哪里啊,那要远着呢。我怎么叫,你爸爸都听不见啊。”

她朝罗力笑了笑,罗力的身上一下子暖了起来,现在他的感觉好多了,真的好多了。他开始专心致志地干起活来,这一车的回丝,够他们一家三口忙的呢。

在同样的时代里也有各样的人生。杭布朗比他的两个表侄要活得干脆多了。他已经进了茶厂。但他当评茶师的梦想却不是那么容易实现的。他现在还只能当个杂工,一会儿搞搬运,一会儿搞供销,一会儿收购茉莉花,一会儿打包,布朗没意见;工资只有十几块,也没意见,分出一半给谢爱光了。他爱厂如家,不参加任何派别,但哪派叫他贴大字报他都高高兴兴去,给他们拎糨糊桶,搬梯子。茶厂也分成两派了,两派的姑娘打照面时都恨不得掐对方一把,但哪一派的姑娘都愿意把自己家里带来的霉干菜焐肉夹到小布朗的饭碗里去。她们还拉着布朗的袖子逼他表态:你给我说清楚,你到底参加哪一派?你给我站队站清爽,不准你骑墙!小布朗笑了,露出一口白牙,说:“姑娘,我喜欢你,别对我这样说话。”姑娘们吓得尖叫着跳开了,一边笑骂着:“流氓,我说他是个流氓,你们还要不相信!”

杭布朗很快就成了人们心中的异类。西双版纳,在人们心中意味着另一种文明。他仿佛是未开化的森林子民,因此被划出文明人的残酷的游戏圈。他也很忙,永远有姑娘等着他去呵护,虽然谁也不会跟他上床。这是汉族姑娘们的天规啊,想让他爱护她们,你就得做他们想要做的人。

但布朗这一阶段的热情,主要还是倾注在谢爱光身上。因为有了杭布朗,谢爱光甚至不再觉得生活过于恐惧了。

杭布朗喜欢和谢爱光在一起,爱光爱光叫得很亲切。谢爱光是很会小鸟依人的,那是多年来无依无靠的生活里突然出现了强大支柱的缘故。这和对杭得放的感情不一样。一想到这位眉间有红痣的英俊少年,早熟敏感的谢爱光就会心跳,无端地脸上泛起红潮。他们突然在一种非常状态下取得了联系。谢爱光在家门口的传达室接到了他的来自北京的电话。电话里没有任何废话,只让她赶快找到董渡江,给他出一张证明,证明他是到北京来外调的,然后赶快寄去。谢爱光在电话里叫:“董渡江整天跟孙华正打派仗,我不知道该怎么找他们啊!”然后她就听到电话那头的声音:“我正在拘留当中,就看你能不能把这事办成了。”

能不办成吗?谢爱光风里来雨里去地跑遍杭城,寻找董渡江。终于找到了,董渡江还警惕地问她:“这事他怎么会找你啊。”

谢爱光就撒了一句谎:“他找不到你,才让我找的,他不是知道我和你邻居吗?”现在,她确信她与杭得放之间已经有了一种别人无法得知的隐私了。

这两天她病了,也许就是让那事闹的,不过是小小的感冒,她躺在床上,尽量想让自己不失常态,虽然照顾她的并不是她心目中的白马王子,而是白马王子的表叔。

布朗现在几乎每隔一天就要来看他的小妹妹爱光。这样他就很快从翁采茶那里过渡了过来。听说那姑娘嫁给了一名当兵的,还是四个口袋的呢,布朗撇撇嘴,他觉得这事情已经和他没关系了。再说他现在和爱光好着呢,反正爱光在学校里也像是个没人要的孤儿,不知道为什么,他们都喜欢说她作风不正派。为此谢爱光曾经哭得死去活来,她知道那是别人说她的妈妈作风不正派,但这和她有什么关系呢,难道作风不正派也会遗传?

现在她躺在床上,由布朗照应着吃药。布朗从叶子舅妈那里要来了几包胡庆余堂的万应午时茶。颜色像咖啡一样,长长方方的一块。布朗往杯子里放的时候,爱光苦着脸问:"这是什么,苦吗?"

布朗一本正经地说:"我是医生,你听我的,没错。"

这种药物冲剂里有连翘、羌活、防风、藿香和紫苏,这和一般的万应午时茶倒也没有什么区别。但胡庆余堂的午时茶和别处不一样的恰恰是在那个茶字上。别人用的是陈红茶,他们用的却是红绿茶各半,并且还是在铜模里压制出来的,长方形的小块,每块九克。人若受了风寒感冒、食积停滞、腹泻腹痛等症,轻者一块,重则两块,每块泡两次,上午九十点钟,下午三四点钟,这倒跟英国人喝午时茶的时间正相巧合了。叶子存放着一些这样的中成药,正好让布朗拿来派了用场。

冲入开水的午时茶汤色像老酒,布朗想到要用茶杯盖子闷一闷,这样里面的成分才不会跑掉,找来找去地找盖子,哪里有?谢爱光皱着眉头说:"我可没钱买杯子。"

布朗一只大手就盖住了杯口,说:"你要杯子,那还不好办,我们家那个右派哥哥在龙泉山里头烧出多少杯子,等你病好了,我给你搬一箱来。"

谢爱光又撒娇,说:"你看你的手,煤灰都掉进去了。"

布朗伸出巴掌来给她看，边看边说："你闻闻，都是茶末子香呢。"

谢爱光真的闻到了茶香味。她不由得说："我要是有工作就好了，有了工资，就到江西找我妈去。我妈也不管我，她会不会也和得放的妈妈一样……"

这么一说，她就哭了起来。布朗已经把茶杯送到她嘴边，说："哭什么哭什么，不是跟你说了吗，我请了假给你江西跑一趟就是了。"

"我要我妈给我做一条被子，天那么冷，我都睡得冻死了。"

布朗想起来了，连忙打自己的额头，说："看我的记性，把眼睛闭上。"

谢爱光把眼睛闭上，她感觉到脸上一阵冷风，一个重重的东西压在她腿上。睁开眼睛一看，是一件劳保大衣。她的鼻子一酸，要哭的样子。布朗连忙又把茶送到她嘴边，说："快喝了，发一发汗，睡一觉，明天早上起来就好了。"

谢爱光乖乖地喝完了药，却坐着不躺下去，愣愣地看着布朗。布朗说："快睡下去啊你快睡下去啊，闷一觉就好了，我给你盖被子。"

谢爱光盯着他看了一会儿，突然说："也不知道得放怎么样了？"

布朗打了打自己的头，说："你看我这是怎么啦，今天尽忘事。我跟你说，得放有消息了，迎霜告诉我的。有人在北京看到他了，特意跑到羊坝头去通风报信呢。"

"真的，那是什么时候的事情？"爱光一下子坐了起来，又被布朗按了下去，说，"你可别这么激动，这么激动我看了不高兴，你不是还生着病吗？躺下！我告诉你，我这消息是从迎霜那里来的，你听我慢慢跟你说。"

说来话长，此事还得从迎霜近日的遭遇提起。按照常规，放寒假的日子到了。学校里说是停课闹革命呢，但依旧热闹得很。杭家小姑娘迎霜则是能躲则躲，能藏则藏。

但是昨日夜里有同学来通知，今天一定要到校的，不去的人就是反革命嫌疑犯。胆小的姑娘迎霜不敢不去，一大早，奶奶叶子就被孙女折腾得不得消停。迎霜从起床开始就没停过哭叫，她翻箱倒柜，没一样满意的。反正大爷爷也不在，她那颗小小的受了惊吓的心也没个发泄去处，奶奶就成了她的出气筒。她不吃饭，不洗脸，翻了几下床，就一跺脚哭开了。

叶子说："好孩子不哭，先吃饭，奶奶替你找你要的东西。"

迎霜说："我要红宝书，不带上这个学校大门不让进的。"

叶子连忙说："我给你找，我给你找。"迎霜这才捧起饭碗，又不放心，端着饭碗，口中热气和碗里热气升成一团，哧啦哧啦也没吃两口，见叶子奶奶没有找到她要的红宝书，把碗往桌上一摔，哇的一声又哭开了。奶奶又问："乖乖女别哭，跟奶奶说哪里不舒服。"迎霜其实也说不出哪里不舒服，就说："那么烫你叫我怎么吃啊？"奶奶就连忙端走碗，一边用勺子拌，一边用嘴吹，说："奶奶这就给你凉，心肝宝贝不要哭，有奶奶呢。"说到这里，突然拍了拍脑袋，叫了一声："我想起来了，你布朗表叔要去茶厂报到，昨日来借了你的'语录'用的。"

迎霜一听，天就塌了下来，手一松，稀饭撒了一地，瓷碗四分五裂，人就呆若木鸡。她原本并不是这样一个性情，打陈先生被一茶炊砸死之后，她就成了这个样子。叶子心痛心肝宝贝的迎霜，见她一下子吓成这样，一边揉着迎霜的心一边说："宝贝，宝贝，你今天就不要去学校了。"

迎霜发呆一般地念叨："要去的，要去的。火车站有反动标语，每个人都要对笔迹。"一边说着，一边就闷声不响躺到床上去了。

她那个样子比刚才乱蹦乱叫还要可怕,叶子就悔死自己,不该让布朗把那红宝书借去,现在临时到哪里再去弄呢。正愁得在门口直打转,就见来彩扭着大屁股走了过来,满面的春风,斜挎一只塑料小红包,见了叶子就说:"杭师母,你看我这只包式样怎么样?昨日我表嫂送的。可以放一本《毛主席语录》,一本《毛主席诗词》,刚刚出来的新样式呢。"

叶子嘴里一声阿弥陀佛都要叫出来了,双手合十,从嘴巴里吐出的却是一句:"真正是毛主席万岁万万岁!"也顾不得脸面,一把握住来彩的手,说:"来彩嫂,你救救我们心肝宝贝,她今日这一关,没有你是过不去了。"

来彩吓了一跳,叶子是大户人家,还是外国人,她是晓得的,平日里叶子虽然对她客气,但她对叶子却尊敬得有分寸,她是不敢随便跟她拉手的,怕她嫌她脏。没想到叶子为了这样一本"语录",放下老脸,几乎就要扑到她卖过的身体之上。来彩很感动,爽快地说:"不就是一本'语录'吗,来彩送给你们了。"

她这句话还没落脚,迎霜已经从床上跳了起来,"哇"的一声哭了起来,一边哭一边跺脚:"奶奶你快谢谢来彩阿姨,奶奶你快谢谢来彩阿姨啊!"

一老一少就把来彩往家里拖,一边说:"喝杯茶去,喝杯茶去。"

来彩这才是受宠若惊呢,前前后后左邻右舍,有几个人能喝上他们杭家的茶?来彩是大面子了。虽说是因为文化大革命,但什么人分量重,什么人分量轻,来彩心里还是有数。迎霜一杯热茶捧上来,恭恭敬敬双手递给来彩,说:"来彩阿姨,以后你常到我们家里来喝茶。我们大爷爷家是烈属,不会牵连你的。"迎霜心里有事,一边说着奶奶你一定留来彩阿姨多喝茶啊,一边背起那新式的语录包,一阵风似的跑了。

迎霜心里急，害怕迟到，一路上几乎疯跑。学校门口站着两个挂红袖章的男同学，看见她远远跑来，一边招手一边叫："快点快点，公安局已经来了！"迎霜急了，飞快跑，到校门口，一个筋斗摔了进去，红挎包从她身上腾空而起，在半天中漂亮地打了几个滚，落在校门内的大字报前。迎霜自己可没那么潇洒，她一个跟头，把膝盖当场摔破。耳朵和右面颊也擦破了皮，立刻就由青转红，渗出血来。迎霜自己还不知道，疼出眼泪来了，还死要面子活受罪地笑笑。她那样子肯定也是万分可笑的，走在她前面的同学们回过头来，也都哈哈地大笑起来。可没一个人来扶她一把，只拍着手说："杭迎霜，你怎么摔得一个嘴啃泥呢？"迎霜就苦笑着脸，强作欢颜，走过去，捡起语录袋，痛得嘴里咝啦咝啦直吸冷气，还笑着，样子比哭还惨。

接下去的形势却急转直下。教室里大家刚刚坐好，每人就发了一张纸。一个大金牙走了上来，乌黑的倒背头，脸红得像是刚刚杀完猪。他怎么看也不像是公安局的。老师早就打倒了，但这时候还得老师出面说话。老师一上来就喊口号："向造反派学习！向造反派致敬！"——原来大金牙是个造反派。向造反派们学习完了，又翻开《毛主席语录》第几页第几条，读得个不亦乐乎。迎霜读得特别带劲，因为她到底把这"语录"给派上用场了。

"语录"还没学完，那大金牙突然手指老师，大吼一声："你这个臭知识分子给我靠边！"

老师只好靠边，大金牙就自己上来领读："千万不要忘记阶级斗争！"一连读十遍。一群孩子就一个手指一个手指地数着，怕念不到那个数。总算念完，大金牙开始训话："火车站离这里不算近吧？我们无产阶级的眼睛，就是孙悟空的眼睛，什么阶级敌人看不出来？老实告诉你们，反动标语就出在你们这些人当中！"

他那一双杀猪眼睛就一个个地审视过来。迎霜吓得直哆嗦，她甚至怀疑自己是不是作案人。标语的内容是打倒江青。她想，为什么要打倒江青呢？

大金牙又喊："坦白从宽，抗拒从严，现在站出来还来得及。"

没有人站出来，大家都把头低下了，仿佛人人都是不肯坦白的罪犯。大金牙这才命令大家写字，写自己的名字，写毛主席万岁。迎霜坐在最后一排，要下笔了，却怎么也写不下去了。她焦急万分地回忆：会不会是别人给我下了迷魂药后按着我的手写的反动标语呢？或者会不会是我夜里梦游写过反动标语了呢？会不会我一时丧失了记忆后写的反动标语呢？要查出来真是我写的，那该怎么办呢？她把头低得不能再低，终于想出了一个办法，用左手写字。用左手写字是要冒风险的，但总比当反革命强。看看前后左右，所有的同学都用手肘给自己围了一个围城。她也如法炮制，很快趁人不注意，用左手写了一条毛主席万岁，这才松了一口气，靠在椅子上。

大金牙收齐了笔迹，朝这帮孩子数声地冷笑，喝道："走着瞧吧。"然后挺着大肚子走了。坐在下面的孩子们互相看来看去，也没看出谁是作案人，便开始轻松起来。不知怎么回事，大家开始朝迎霜的位子云集过来。一个全班最大个子的姑娘，热情地一把搂住迎霜的脖子，差点没把迎霜给憋死，说："杭迎霜，你这只语录包真好看！"

她一边说着，一边就斜背在自己的身上，在教室里走来走去。迎霜受宠若惊，一开口竟然溜出了一句谎话："是我北京的亲戚送给我的。"

"给我也要一个好吗？"大个子说。

"一句话，没问题。"迎霜的大话越说越大。立刻就有许多同学扳着迎霜的肩膀说："杭迎霜给我也要一个吧，给我也要一个吧。"

迎霜一一答应，说："我回去就写信，叫我北京的亲戚马上就寄过来。”

“会不会很贵?”有人问。

“我送你们,不要你们的钱。”迎霜又豪爽地拍胸脯。大家都高兴,杭迎霜杭迎霜地叫个不停,让迎霜都忙不过来了。

正热乎着呢,大个子突然问:“杭迎霜你是支持哪一派的?”

杭迎霜在这关键的时刻犯了一个关键的错误——这仿佛是她以后命运的写照,她总是在最要命的时刻忙中出乱,然后前功尽弃。其实她知道她的这些同学都是支持一个叫“红色风暴”的组织的,她再稀里糊涂,这些大事她还能知道一些,这对一个十二岁的小姑娘,实在已经难为她了。为了讨好她们,取得被她们承认、进入她们圈子的资格,她也准备声明自己就是红色风暴派的。问题是她一张口,红色风暴就成了“红暴”。要知道,“红暴”,也就是“红色暴动”这一派,它和“红色风暴”虽然都有“红暴”二字,却是两个势不两立、不共戴天的组织。杭迎霜的同学们别看才小学六年级,但对这些复杂的派系斗争,却已经了如指掌了。

教室里热闹的气氛就立刻凝固,这些十二三岁的小大人们,目瞪口呆地看着这个突然冒出来的死对头。瞧她的胆量,她竟然敢直言不讳地说:“当然是‘红暴’!”她不要命了吗?这个小狗崽子,这个老子反动儿混蛋的现实例证。而且她还敢跟她们开心地笑,用一种这样轻松的口气把她的反动立场通知她们。同学们一起看着大个子姑娘,她是她们的头儿,得让她先拿个主意。大个子姑娘正背着小红袋在教室里美滋滋地走着呢,听了迎霜的表态,也愣住了。好半天才回过神来,拽下小红包,劈头盖脸扔在迎霜脸上,手指头尖尖,一直触到迎霜的鼻子,眼睛刚才笑得像新月,突然就瞪得像满月,狠狠地叫道:“谁要你的东西,你这个保皇派,小反革命!”

迎霜还在笑呢,她都来不及把脸上的笑转为痛苦,已经被人家来回地推搡起来。她甚至还不知道她的错出在哪里。她被人迅雷不及掩耳的翻脸不认人的突然袭击惊得智力一时丧失。这些人是什么时候走的,为什么走,又对她喊叫了一些什么,她都不知道。可怜她才十二岁,已经目睹了死亡和背叛,还有人性的如此粗鄙。她的内伤很深很深,一生也难以医治。她摇摇晃晃地回到家,爷爷奶奶都不在。她给自己倒了一杯茶,想迫使自己镇静,然而手一抖,茶杯翻了,碎在地上,溅了一身的水。她越想越怕,越想越怕,关上门拉上窗子,闷头就钻进了被窝。她在被窝里吓得哭开了,她的耳边,不时出现有人敲门的幻觉。她拼命克制自己不去理睬,但做不到。就在这时候门被推开了,是个穿着军装的年轻人。当他看着那个缩在床上浑身发抖的女孩子,着实地吃了一惊。就在他吃惊的同时,那姑娘大叫一声:"哇——"一头就重新闷进了被窝。青年军人大大吓了一跳,站着不敢动,好一会儿,才问:"请问杭得荼同志是住在这里的吗?"

被窝里那个发抖的小姑娘依旧不钻出来。青年军人等了一会儿,只得环视四周,看能不能找出一点他要找的那户人家的印证。房间不大,也没什么东西,墙上挂着一张毛主席身穿绿军装的像,像下是五斗橱,橱面玻璃台板下压着一些照片,那青年军人看着看着就放心了,他看到了在北京认识的得放,却没有看到同时认识的白夜。突然,他的眼睛惊诧地睁大了——他看到了他自己,他新兵时的穿着军大衣的二寸相片。隔着玻璃,他用手摸摸那相片,的确是他,已经被水浸濡了一角,但毕竟还是自己的形象。他顺手取了出来,但有些茫然,回头看看后面床上,他看见那小姑娘从被窝里钻出了头,像一只正在化蝶的蛹。她不再像刚才那样惊恐万状了,但她也十分诧异,她问:"你不就是他吗?"

而他,也一时忘记了他此行的任务,他也诧异地举着相片,问:"你们是从哪里搞来这个的?"

这张相片,正是当初迎霜从采茶家里捡到的,顺手压在玻璃台板下,现在变成了活生生的人,他的名字叫李平水。一个与杭家素昧平生的年轻人,就这样戏剧性地走进了这羊坝头的茶叶世家。

武装力量的介入运动,对李平水这样的青年军人而言,完全是很自然的。1966 年 11 月初,当地方政府在地方军区保护下召开会议,传达来自北京的红头文件精神时,身为军区政治部干事的青年军人李平水,就开始身不由己地卷入运动。一面是由于会议过程中不断受到冲击,不得不经常转移会场;另一面是因为恰在此时别人给他介绍了一个姓翁的姑娘,是个招待所的服务员,家在杭州郊区,人长得健康,也很热情,没有杭州弄堂姑娘的那种势利相。一开始李平水还想接触接触看再说,部队的青年军官近年来虽一直是姑娘们的最佳择偶对象,但一旦转业麻烦也特别多,所以李平水不想那么快就把这件事情定下来。但姑娘非常主动,一天好几个电话,还跑到部队来看他。当兵的人就是这样,有姑娘上门了,一般也就认为是木已成舟了。战友们一起哄,李平水稀里糊涂的,就算是定了终身大事。事后想起来,他都不知道和那姑娘见了几次面。

那段时间他也是真忙,千余名造反派轮流在军队大院的操场上绝食、静坐,安营扎寨一个多月,谁也不敢把他们怎么着。战士们把轻机枪压上了子弹,冲锋枪抱在怀里,气得直掉泪,干部们每天睁开眼睛第一件事情就是化解战士心中的块垒。李平水祖上是世代当师爷的,到他这一代,师爷是没有了,师爷的那份心气倒还是在的,所以小李是四个口袋青年军官中头脑十分灵光的一个。他深知,若是战士们一旦激怒向造反派开枪,后果将不堪设想。因此,特殊的日子里,他把他手下的一批战士管理得很好。他的表现,自然也是被首长看在眼里的,因此,当下一年初北京来电要求浙江派出一个代表团解决冲击军队事件之后,军区领导立刻决定把小李也排在赴京名单之中。

赴京前与翁采茶突击结婚时,他一点也不知道采茶的那些事情,采茶对她和杭布朗的那一段事情严防死守,就怕别人知道。这是她的小吴告诉她的:世界上的许多事情,坏就坏在公开了。比如原子弹,不爆炸的时候,它算是个什么东西呢,一堆不中用的钢铁罢了。一旦爆炸,它才成了天大的灾难。保守秘密,也就是不让原子弹爆炸。翁采茶听了吴坤的话,亲都亲他不够,当下表示:“你放一千一万个心,我若是透露你不让我透露的事情一个字,我就千刀万剐。”吴坤正色说:“我这还是说了一半,对敌人,要像严冬一般残酷,对组织,要像亲人一样赤诚,要有一颗赤诚之心。该对组织上说的,一件也不该隐瞒。”采茶真诚地问:“那我怎么知道什么样的话是该对谁说啊?”吴坤看着她那双也可以说是天真也可以说是愚昧的眼睛,忍不住笑了,摸一把她的头,说:“好吧,以后你有什么事情,就先告诉我,我给你当刁参谋长吧。”采茶哈哈哈地大笑起来,说:“那我不成了胡司令啦!”

采茶和吴坤早已偷吃了禁果。找不到白夜的吴坤,是不能够一个人熬过那漫漫长夜的了。这一段时间里他的私生活相当混乱。赵争争也常常来找他,半夜半夜地跟他谈着革命,眼睛里却另有一番情欲和渴求。有一次勉强站起来走了,吴坤睡不着,正不知如何是好,翁采茶拎着热水瓶进来了,说是给他送洗脚水来。这对旷男怨女可是心里明白,送上来的到底是什么。七分醉意的吴坤二话不说就关了灯,把采茶按到床上去了。快天亮时采茶要往自己的宿舍里摸,吴坤抱着她的脖子,眼泪流了她一下巴。他向她喃喃自语,诉说他的身不由己,他的不幸的爱情和他的革命之间的矛盾。他说了白夜,也说了赵争争,说他不能忘怀白夜,也不能摆脱赵争争,而真正能够慰藉他灵魂的,却还是像她翁采茶那样的来自茶乡的少女。他说他也是从农村来的,奋斗出来,真不容易啊。革命是多么错综复杂啊,白天要在各种力量之间学会平衡,该说的说,不该说的打死也不能说,讨厌的人要面对,喜欢的人又要装作无所谓,真正是难啊。只有夜晚才是他的,因为夜晚有她,他的采茶姑娘,他一定会对她好的,一定会对她好的,但是她一定要理解他啊。

翁采茶也哭了,她也向他忏悔,说她心里也是乱极了。实际上那个小布朗她还是很喜欢的,要知道他可是亲过她的嘴儿的第一人啊。现在人们又把一个解放军叔叔介绍给她,那解放军也是生得很好的,可她心里就是空落落的,她知道自己是得了相思病了,她不该想一个云端里的人儿,可是她做不到,日里也想,夜里也想,做梦也想呢,你说怎么办呢,我的好人儿啊。她说,我知道我是配不上你的,可你若要我去死,你只管呛一声,我立刻就从窗门口跳出去死给你看。

采茶这陡然高涨的情爱之火倒着实让吴坤暗暗吃惊,他想他幸亏有备无患,连忙把那健壮的农妇般的肉体再抱得紧一些,声音更加真诚,眼泪再一次涌出,他说他怜惜都怜惜不过来呢,怎么会叫她去死呢?小丫头你真是胡说八道啊,再胡说我可要生气了。不过做我这样的人是很不容易的啊,白夜的事情还没有了掉,赵争争又穷追不舍,我又不能得罪她的父亲,你叫我怎么办啊。你别看我白天万人大会慷慨激昂,碰到这种事情我也头痛得要命啊。

比采茶再笨的人这时也该听明白了,可她不但不恍然大悟,反而产生一种大无畏的牺牲精神,她说,你放心,你放心,我是真正爱你的,我要再给你添乱,我还配得上爱你吗?我的事情你不要管,我只问你一句话,不管我的处境怎么样,你还像今天这样爱我吗?

看你说到哪里去,我就是有一天化成一堆灰了也要飞到你脚边啊，我现在就只有你一个知心人，可以说话的人了——

——你说什么啊，化成灰的该是我啊，你放心吧，有你这句话，我就够了，我就知道该怎么活了——

他们二人就互相当着牧师，在忏悔中又达成默契。采茶走后，吴坤美美地睡了一觉，他真是长久没有睡得那么踏实了。在梦里，他终于见到了白夜，这是白夜离开他之后他第一次梦见她。醒来后他很放松，开了一个秘密会议，要掀起新一轮的革命行动。采茶又进来倒茶了，看上去比以往稍添一成姿色。他想，他要想办法，让她成为一个不倒茶的女人。果然，不久之后，采茶就成了革命指挥部中的农民代表的要员。

为了表示对小吴的爱情没有一点私心杂念，翁采茶把自己给嫁出去了。婚后三天李平水就去了北京。白天，受到了周恩来总理的接见，李平水心情不错，晚上在他的战友那里见到了得放与白夜。

李平水的战友是驻北京某部队高级军官的秘书，他们住的那幢小院就在一个大院里面，相对要比外面安全一些。高级军官有两个儿子，两个儿子又有一群朋友。他们面目不清，行踪不定，匆匆忙忙出入于大院和小院内外，有时蜻蜓点水，打个招呼就走；有时一住几天几夜，也不出门。小院后厢房有一间空屋，一群穿着不戴领章帽徽军装的青年男女常常聚集在这里谈论革命。他们往往谈到一些高层的内幕，用一些代号和别称来特指某些风云人物。只有一个人他们袭用了老称呼，他们依旧称呼他为总理。他们慷慨激昂的时候，有时也会忘记他们中有些人正是逃犯，造反派正在满街找着他们这些狗崽子呢。

总之，这里的气氛，有点像1789年法国大革命时的某个贵族家庭沙龙，只是带着中国特色罢了。李平水一进入这间烟雾腾腾的屋子，就有一种特殊的放松。这里有一种军事共产主义式的开明，你不用说什么套话,立刻就可以切入主题。

他身旁坐着一位眉间有一红痣的英俊少年,听说他来自江南,便用家乡方言说:“给你一点内部情报吧。你们不会带着什么好消息回去的。”

李平水辩解说:“我不明白中国当下怎么会出那么多自相矛盾的指示。你看,你们这里把打倒刘、邓、陶喊得那么响,我们省里开的批判大会,总理办公室再次传达了周总理的指示:会议上不管喊打倒谁的口号,省军区的人都不必举手,一举手就是表态嘛。结果我们这些参加会议的军人都没有举手。”

一个脸色忧郁的尖下巴青年说:“这只是个时间问题,迟早是要逼你们举手的。”

他说这番话的时候,一位姑娘正提着茶壶进来给大家冲茶,恰好冲到他身边。他亲热地摸摸姑娘那略微垂下的头发,他那种随意而又突然的动作,反而透露了他们之间的亲昵的关系。姑娘也朝他笑笑,一屋子的人都把话停了下来,默默地注视着她。她的容貌身材,甚至压倒了他们热衷于谈论的话题。但她的注意力显然更在这群人的谈话上,她有些吃惊地放下了茶壶,问:“你也住在杭州?”

李平水却看着她发愣,他是看着她手里的那只平水珠茶茶罐发愣。姑娘很聪明,连忙要给他倒茶,还告诉他,这珠茶很浓,吃了不犯困。李平水说:“我知道,这是平水珠茶。”平水的战友碰碰他的肩说:“他就叫平水,这茶就是他们那里出的。”那红痣少年说:“你们家做茶的吧,我听你的口音家在绍兴。”李平水也用方言问他怎么知道,少年这才回答:“我们家从前也做茶。我哥哥就叫得茶,得茶而解。做茶人家喜欢用茶来取名,现在都该重新取过了。”

李平水倒真是有点兴奋,他家从前真是做茶的,平水珠茶,那可是全世界惟一的圆形绿茶产地,外国人特别喜欢,他很想就此说一点乡音可以交流的东西。但操京腔的人们显然对南方的鸟语兴趣不大,他们很快就回到了自己的话题,开始讨论进行世界革命的可行性。是从友谊关进入越南,还是从西双版纳进入缅甸,还是干脆从乌苏里江进入苏联。谈话的时间越长,屋里的空气越恶劣,浓烟与浓茶把李平水呛得头昏脑涨,他们的话题也越来越让李平水觉得少听为妙。他不得不退出屋子。在门外走廊上,却碰见了那个倒茶的姑娘。她是专门站在那里等他的,请他为她捎一封信回杭州。收信人是红痣少年的哥哥,就是那个用茶作名字的杭得茶。姑娘的眼圈发黑,因此她说话时的神情更加忧心忡忡。她希望他把这里的情况告诉那位名叫杭得茶的大学助教,请他想办法把他的弟弟弄回杭州去。她说他在这里非常不安全,和这些人在一起,随时都有意想不到的事情发生。

李平水几乎凭着直觉发现了这位姑娘和那个名叫杭得茶之间的特殊的关系,他不由好奇地问她,为什么自己不直接和杭得茶联系?她摇摇头说:“请你给我带一封信给他,我相信你。”

她很美,仿佛还有什么不幸的命运正牢牢地扎在她的美丽之中。他想到刚才那个尖下巴青年对她的亲昵的动作,甚至在这种亲昵中也包含着某种不幸的成分。他突然想起了那个他几乎不了解的新娘子,一下子站住了,说不出话来。

北方的冬夜,是南方人无法想象的。他们站在小门口时,已经冻得有些站不住了。即使这样,当她把信交给他的时候,依旧像是漫不经心地问:“小李,你结婚了吗?”

这样年轻的姑娘来问他的私事,让李平水脸红了,说:“刚刚结婚。”

她又说:“那你更要小心了,以后请不要到这里来了,这里并不像想象的那么安全。”

李平水明白了她的意思。好姑娘,他看着她忧郁的眼睛说:

"我们是军队,和地方不一样。"

她说:"也没什么两样,再下去也会分裂的。"

李平水吃惊地看着她,她使劲地握了握他的手,热气喷在他脸上。她热切地说:"记住我,但不要对任何人说起我的事情,也不要通过任何人转交这封信。我叫白夜,不管在什么场合下听说了我的什么事情,都不要说话。你是一个军人,我信任你,我知道信任一个陌生人是极其冒险的,但我不知道为什么突然就会寄希望于你,也许就因为你们家也做茶,你也有一个关于茶的名字吧……"

他和杭家的关系,没敢多告诉新婚的妻子翁采茶。直到领了结婚证,才知道冲省军区时竟然也有这个翁采茶一份。在军区大院里看到她为造反派张罗这张罗那时,李平水就知道是铸成终身大错了。他原来以为姑娘是乡下人,又在杭州工作,不失纯朴,应该是与他相配的。谁知完全不是那么一回事情,姑娘奋发得很,非常地要有事情,三天里有一天在家就算好了。他们结婚也不过两个月,但彼此心里却淡得很。而且他还发现了一些奇怪的巧合,比如采茶和杭家的关系,他已经发现那天迎霜来他家时他的妻子的表情。

迎霜还是个孩子,不会掩饰,看见开门人,吃惊地张大着嘴巴,一句话也说不出来。她指着采茶,又指指李平水,结巴着:"你……他……"

李平水还有些不好意思,说:"她是我妻子,你进来呀!"他热情地招呼着。

翁采茶自以为嫁了人,又有了小吴的爱情,一下子就是个双丰收。没想到开门不利,又撞到他们杭家人手里。幸亏还是个小孩子,不知深浅,也不理睬她,就对李平水说:"不是说好了今天上街的吗?"

李平水知道那是翁采茶的借口，但新婚夫妻，也不想让她难堪，就对迎霜说："你有什么事吗？"

迎霜看了看他们，她突然明白了许多事情：采茶是怕她呢。她就摇摇头，说："也没什么事情，我就是路过这里来玩的。"这么说着就走了。

李平水知道她是肯定有事情的，连忙就追了上去，问："是你得茶哥哥叫你来的吧？"

迎霜到底是孩子，还是藏不住话的，就说："大哥说他会来找你的，让我先告诉你一声。"她低下头，又抬起，说，"我怎么不知道你是有新娘子的啊。"

她这一句孩子话，把李平水说笑了，说："你这孩子，大人的事情，你知道那么多干什么？"

迎霜对别人说话一向怯场，惟有对李平水不，她有些生气地说："我不知道为什么，"噔噔噔地朝前走了几步，才回过头来，说，"你千万别跟你家的新娘子说我们杭家的事情。"

"为什么？"李平水有些愕然，迎霜却一本正经地说："我现在不能告诉你，你以后会知道的。"

这么说着扬长而去，妻子走了上来，心事重重地问："这丫头跟你说了什么了？那么鬼鬼祟祟。"

李平水疑惑地回过头来打量他的新娘子，这个他本来以为是纯朴的乡间姑娘，看上去十分可疑。他冷静地问："你认识她？"

采茶愤愤地说："剥削阶级，剥削了我爷爷、我爷爷的爸爸，扒了他们杭家人的皮，也能认得出他们的骨头。"

她一张口就说出那么毛骨悚然的话来，竟然让丈夫一句话也对不上去了。

小布朗当然不可能知道以上那么多事情。那天迎霜从李平水那里出来就跑到布朗那里去了,世界上竟然会有这样的事情,让她非常惊诧。那个翁采茶,竟然嫁给了一个当兵的,而且就是相片里的那一个。这个人还认识得放哥哥,这是怎么回事啊,迎霜被搞糊涂了。她也同情布朗,忿忿不平地说:“我早就说她不好,你看她那口大牙,越来越往外龅。布朗叔你不要难过——”

布朗叙述到这里,忍不住大笑起来,说:“爱光你看我会难过吗?”

爱光舒舒服服地躺着,小布朗还给她塞好了被头,拿刚发下来的劳保大衣再严严实实地盖住,她已经有些睡意了,说:“你会难过?你高兴还来不及呢。”

小布朗看她要睡了,就说:“你睡吧,你睡着了我就走。”

“你在我可睡不着。”

“那我现在就走。”

“不,你别走,你走了我就更睡不着。”

“你要我怎么办?”

“我躺着,你给我讲故事。”

“讲什么,我可没好故事。”

“你就讲你怎么给泰丽的丈夫赶出去的故事吧。”

“这故事太远了,还是让我讲怎么被采茶姑娘赶出去的故事吧。”

“别讲这个,听上去你一点也不恨她。”

“恨过一个晚上,第二天就不恨了。”

“为什么,她对你太不好了!你还那么宽容她?”

“我对她才真正是不好的。我想要她的房子,装作很喜欢她。现在我明白了,我从来也没有喜欢过她。第一次见到她的时候我就想,她为什么不再漂亮一点呢?”

“可是她不该把你的父亲也一块儿赶啊。”

"这有什么,到处都是这样的事情。比如我们现在坐在这间小屋子里谈天,黑糊糊冷飕飕的大街上,到处都是那些被赶来赶去的人——"

"谁——"爱光突然跳了起来,盯着窗口问。

仿佛就是为了验证这句话一般,玻璃窗被人轻轻地弹响,有一个声音沙哑着说:"我,谢爱光,我是杭得放。"

布朗坐在床档上还没反应过来呢,谢爱光嗖的一声弹跳起来,穿着一条棉毛裤就射向小门口,哗的一下打开了门,急切地说:"杭得放你快进来,快呀!"她又一下子奔回床前,一边使劲地套裤子,一边喜出望外地对布朗说:"杭得放回来了。"

得放夹着一大股冷风,跌跌撞撞地走了进来,看见屋里的情景,显然是吃了一惊。他有点进退两难的样子,呢喃地说:"我,我只是路过这里,顺便看看,学校里有没有什么新的活动。"

谢爱光一边套袜子一边说:"杭得放你快坐啊,布朗哥哥,你怎么不给得放冲一杯热茶啊,你冻坏了吧,这段时间你跑到哪里去了,天哪,你怎么这副样子,要不要洗个脸?你别动,我给你打洗脸水。"

她一下子说了那么多话,那天真的样子重新放松了得放的心。看样子这里没有发生什么事情,他们之间也没有什么特殊的关系。布朗冲了杯热水给得放,一边使劲地搓了搓他的冻得像个冰柿子般的脸,说:"你别跟我说你还没来得及回家,我告诉你,家里人都差不多要为你急疯了,快喝,这是午时茶,治感冒的。把你这破围巾给我摘下来吧。"

这边,爱光已经给杭得放递上了绞好的热毛巾,这是布朗从来也没有享受过的待遇。他看着这对少男少女那默契的样子,突然觉得自己是多余的。主角一上场,替补的人就得下场了。布朗心里有一点酸,不过立刻就调整好了,说:"如果没什么事情,我是不是该走了?”

谢爱光仿佛这时候突然猛醒过来,看了看布朗,又看了看得放。得放一边洗脸一边说:“我有不少事情得告诉你,谢爱光,我的这段经历你想都想不到,布朗叔,你能不能给我到羊坝头去弯一弯,告诉家里人我回来了。怎么啦,布朗叔叔,你怎么不说话,你肯为我跑一趟吗?”

布朗忧伤地摇摇头,说:“废话,你不是我们家的小崽子吗?”

他摸了摸得放的脖子,又点点爱光的鼻子,说:“明天早晨要是忘了吃药,我会揍你的,上班前我要过来检查的,你给我记住。”

他说这话的口气已经不像一个哥哥而是一个父亲了。他不得不把自己这样给转过来,否则他就觉得他走不了。他看见爱光调皮地吐了吐舌头,但完全没有要挽留他再坐一会儿的意思。他失望了,临走时手脚还有些不自然,顺便往桌上捞了一张什么纸,再也没东西可抓了,这才告辞。门在他背后哐当一声关上的时候,他立刻听到了里面的两人忙不迭的激动的说话声。冷风灌进了杭布朗的脖子,刚才来的时候没那么冷啊,他想了想,想起来了,他把新发的大衣送给爱光了。

第十五章

杭得荼和李平水接上头的那天，李平水忙了一日。周恩来办公室特意从北京打来电话，当晚周总理要对军区全体干部战士进行电话讲话。傍晚时分，李平水正忙着检查线路，门口岗哨打电话进来，说有人找他。在大门口，他见一个架着眼镜的年轻人走了进来，问谁是李平水。有一种直觉让小李感觉到，这个人一定就是杭得荼。他没有他弟弟的英气，也没有这个时代的年轻人一般都会有的那种咄咄逼人的神色，他身上有一种超然的东西，仿佛并不怎么关心眼前的重大事件。他们一边往里走，还没寒暄几句，他就迫不及待地问："她怎么样？有没有说要回来？"李平水抬起头来，从杭得荼脸上读到了某一种激动的很个人的东西，他这才想起有东西要给他。就说："你在值班室等等我，一会儿听完了周总理的电话指示，我再跟你好好聊。"

那天夜里，周总理讲了不少的话，他的话里包含着这样一种精神，为了大局而使个人受委屈，那是符合我们的时代精神和我们的道德准则的。这恰恰是最能够打动像李平水这样年轻军人的话。青年军官十分感动，这种感动一直延续到他重新见到杭得荼。他再一次想到那个姑娘，他连忙取出那封保存得很好的信，为了安全起见，他竟然把它封进了保险箱。

信很薄，匆匆的笔迹，只有两张纸，第一张上字很大，称呼让得荼一下子闭上了眼睛，他的不能自控的神情把李平水看呆了。好一会儿，杭得荼才睁眼读了下去——

心爱的我的亲人,爸爸拜托给你了,保护他吧。我只能匆匆给你写这些话,不仅仅是因为时间仓促,还有许多许多原因。在北京已经没有我的家了。我想你或许知道我这里的情况,但你还不知道一些更加可怕的事情。我好像永远也不能再回到南方了,是吗?不管我做了什么,请记住那个夜晚。你曾让我以为重生。是的,尽管我没有资格说这些话了,但我不能不说:在你对我的爱情中,几乎看不到眼下人们通常应该具有的男欢女爱的场景。……噢,心乱了,我不知道该怎么写下去,“原先我曾确信,你还会回来与我相聚。”——多么荒唐,在这样的时刻竟然想起了诗,多么荒唐,你说呢?但我还是要告诉你,这是苏联诗人阿赫玛托娃的诗句,我现在还能全文背下来的,只有这首与我的名字相同的诗了。

诗是抄在第二页纸上的:

哟,门扉我并没有闭上,
蜡烛也没有点燃,
你不会懂得,我疲乏极了,
却不想卧床入眠。

看一枝枝针叶渐次消失,
晚霞的余晖变得暗淡,
我陶醉于温馨的声息,
恍惚见到你的音容笑颜。

我知道,往昔的一切全已失去,
生活就如同万恶的地狱!
噢,原先我曾确信,
你还会回来与我相聚。

信就这样戛然而止,仿佛写信的人因为不可预测的灾难骤然降临而不得不断然结束。得荼只匆匆忙忙地看了一遍就放进了口袋。那天夜里,他和李平水聊了很久,谈局势,谈北京的那群人和那群人中的弟弟得放。他几乎没有再提过白夜,实在不得不提时也是夹在那群人中一起提的。李平水一直小心翼翼地绕着那个姑娘的话题走。最后他们终于沉默了,杭得荼朝李平水苦笑了一下,嘴角可怕地抽搐起来,仿佛告诉对方,瞧,关于今天晚上我们的首次相见,我的确已经尽力而为了。

直到李平水把得荼送往大门口时才打破了沉寂,李平水突然想起来了似的问:“你认识翁采茶吗?”得荼想了想,说:“很认识。”

“她现在是我的妻子了。”

杭得荼慢慢地绽开了笑容,说:“成家了,祝你好运。”

“我跟她从认识到结婚,还没两个月。”

得荼说:“也许这和时间没关系。”

“可我们没有一见钟情。”李平水突然激动起来,说,“说老实话,我真的很羡慕你们,我对她从来也没有过这样的感情,她对我也没有。我不知道,这样的时候我结婚合不合适。部队那么乱,我的家在绍兴农村。局势再这样发展下去,迟早我们这些下面的干部会被殃及的。我对她一点也不了解,我甚至不知道冲我们省军区时,也有她一份,这不是太滑稽了吗?”

李平水茫然地看着杭得荼,他愿意把这样的话说给这位初相识的人听,他信任他,相信他是一个有判断力的朋友。杭得荼也认真地听着,他不能告诉对方他所知道的事实真相,还有一些关于新娘的更可怕的事实真相,是连他杭得荼也不知道的。

还要和最不愿意见面的人交手。想起这个人的名字杭得荼都会窒息,同时却在精心策划与他的战斗。一个杭得荼与另一个杭得茶像揉面一样在进行日复一日的磨合，自从白夜走后，他没有和吴坤讲过一句话。这并不等于说他们没有再见过面。恰恰相反，他们见面的机会越来越多。他们在江南大学里简直进行了一场小型的土地革命，他们各自划分了自己的势力范围，这又是吴坤始料未及的。吴派是资格最老的，在各路诸侯中理当称雄的。杭派却神龙见首不见尾，一旦亮相，异峰突起，大旗一杆，招兵买马，顿时就成吴派最大的对立面。他们甚至在地理位置上也做到了针锋相对。两幢大楼，各占一幢，中间那个大操场，以往是吴、杭二人每天来此挥羽毛球拍的地方，现在成了吴、杭二派的三八线地带。小规模的冲突不断发生，吴坤和杭得茶用电话进行指挥的时候，可以各自在办公室里看到对方手提话筒的身影。他们各自拥有各自的汽车，擦肩而过的时候，各自都盛气凌人。偶尔他们也会有面对面相对而过之时，每当这时候，双方都表情傲慢，但内心都痛苦。在杭得茶，那是他彻底背叛了自己以往的生活方式，他为他的新生活而痛苦。在吴坤，则是友谊破灭的痛苦。这是很难让人理解的。当他抽象地想到那个杭得茶时，他只是他对立面的一个重要对手，而一旦看到活生生的人，看到那双同样的眼睛里的完全不同了的目光，他会为失去的温情而痛苦。他并不希望得茶真正成为与他一样的人。有许多时候他讨厌自己，因此反而喜欢从前的那个杭得茶，那个在花木深房里给他讲解陆氏鼎的杭得茶。仅仅一年时间，他到哪里去了？

他们之间的再一次接触，正是杭得茶在接到白夜的信之后不久。吴坤给他打电话，让他到涌金公园茶室去见一面。这让得茶多少有些不解，透过窗户，他看到对面大楼里吴坤办公室中他的身影。得茶还在犹豫，他看见吴坤已经走到了门边。一会儿工夫，他就下了楼，骑上自行车，这说明此次会见纯粹私人性质。得茶跟着他下了楼，他没有骑车，慢慢地走着，然后坐公交车。他非常不愿意见他，并且开始了解自己，原来他并不像从前表现的那样，真的就与吴坤亲密无间。他努力地想去回报他人的热情，其实他对这热情并没有真正的投契。

他们的见面并没有想象的那样紧张，靠窗的桌前坐下，临湖眺望，暖冬如春，好像什么事情也不曾发生。吴坤等着得荼坐定了才说："我挑了一个好地方，这地方曾经有过我们两家共同的茶楼。我到杭州的第一天就来这里考证，可惜我没有找到从前的忘忧茶楼的遗址。我一直还想问问你爷爷呢，没好意思开口，怕老人家经不起回忆那段往事。"

得荼歪着头看湖面，冬日的湖心，有几只野鸭在三潭印月一带嬉戏，鸟儿总是比人快活的，鸟儿也不知道什么是虚伪。想到这里，他回过头来，对吴坤说："你觉得我们之间，还有怀旧的基础吗？"

吴坤咽了一口气，苦笑一下，说："怎么没有？你看，这是我家乡专门寄来的一件宝贝，非你莫属。"他从口袋里掏出一封信，信封里装着一张信函，一看就是三十年代的东西。吴坤一边把它摊开一边解释："这还是我爷爷那时通过杭州民信局邮寄茶叶时的信函，现在看来，也就是押包裹单吧。里面的内容倒也清楚，是从杭州发往宁波的一批茶叶，你看，连有几箱也写得清清楚楚。邮寄茶叶包裹，就是从我们杭、吴两家开始的，这个资料应该算是珍贵的吧。"

得荼的热血一下子上来了，他的目光闪击了好几次，但他还是控制了自己，他想，吴坤给他这个东西，不亚于对他施美人计，接下去肯定还有好戏开场，不要操之过急。

他的最细微的表情也没有逃过吴坤的眼睛，他指着信函上写着的"力讫"二字，说："你看，这里写着力讫二字，信里面还有茶讫另付，我就不太懂这是什么意思了。我毕竟是个外来户，不明白这里面还有什么讲究。"

得荼这才问:"你把我叫到这里来,就为了力讫和茶讫啊?"

"也算是其中之一吧。"

得荼站了起来:"尽管这都是四旧,我还是满足你的求知欲吧。力讫就是正常的邮资费已付的记号,茶讫就是小费。我可以走了吗?"

吴坤没有站起来,他推了推桌子,长叹一口气,说:"行了,和你兜什么圈子,你有白夜的消息吗?"

得荼想了想,就坐了下去,他不想先说什么。吴坤这才低着头说:"我知道你有,但我知道的却是最新消息。和白夜一起的几个干部子弟偷越中苏国境,被当场击毙。白夜下落不明,我现在还不知道她本人有没有参加这次行动,她失踪了。"

"这说明她还活着。"得荼沉默了一会儿,说。

"你听了这样的消息之后,对她的感觉依然如故吗?"

"这是我的私事。"

"也是我的。你不用回答这个问题了,我和你的感觉一样。而且我以为我比你更了解她,如果真的发生了叛逃这样的事情,对她而言也并不是不可能的。我希望我们之间关于她的消息能够做到互通有无,其他的一切,以后再说。"

他们两人一起走出了茶室,向湖边慢慢走着。不知道的人,会以为一对朋友正在散步谈心呢。他们一直走到了停放自行车的地方,杭得荼这才后发制人,说:"既然来了,还是谈点正事吧,我们发给你们的通知,你都知道了吧。"

"什么通知?"

"吴坤,我想告诉你,我们之间装疯卖傻完全没有意义,兜圈子也是浪费智力。你还是说实话,到底打不打算把杨真还给我们?"

吴坤一边推自行车一边说:"你不要以为我不想把杨真还给

你，我知道经济系是你的势力范围，杨真归你管。再说杨真放在我这里对我也并不合适，可以说是有百害而无一利，我和他之间的那层特殊关系怎么说得清？但是我现在不能放他。我放了他，我们这边的人不会放了我。杨真和别人不一样，他是有可能作为历史的证人出场的。杭得茶，你真的已经从实践上懂得了东方的政治吗？”

“那要看杨先生愿不愿意当这样的证人，也要看人如何去理解东方的政治。”

“我还是喜欢你身上的书生气的。”吴坤笑了起来，“虽然我绝对不会把杨真放给你。”他一边这么说着一边跨上了车，却听到杭得茶说：“书生认真起来，也是不好对付的啊。有关你在文革前夕的那一段研究生时期的所作所为，我们已经全部整理完毕。你是谁的小爬虫，很快就会公布于众的！”

吴坤这下子才真正地震惊了，他从车上又跳了下来，问：“你，杭得茶，你也会整理我的黑材料？”

“这不是向你学的吗？你不是也在整理杨先生的黑材料吗？”

杭得茶等待着吴坤的暴跳如雷，他特意把他引到茶室外面湖边空旷的草地上，就是为了一旦发生冲突不至于声势太大。但吴坤却出乎意料之外地没有发怒。他上上下下地打量了一番得茶，才说：“你爱上了白夜，我没有太意外。几乎每个见到过白夜的男人都会被她吸引，你我都不过是其中的一个。可是你会整人的黑材料，这太出乎人意料之外了。不错，我的确曾经是历史主义学派的，但你直到现在还是，你不是在整你自己的黑材料吗？”

“我这样做也是向你学的，是不问动机只问结果的历史实践。”

“可是你想怎么样，你想让我把杨真放出来吗？这是不可能的，这是一个虚拟的结果。他保管在我这里和保管在别人那里，有什么两样呢？他很勇敢、固执，甚至偏执，但他依然不过是一个历史的小人物。要拉他上场的时候,他是无法躲避的。杭得茶,你对这场运动还是太缺乏了解,太幼稚了。听我一句话,回你的花木深房去吧,运动总会过去的,新的权力结构一旦稳定,人们还是要喝茶的,风花雪月是任何时代也不会被真正拒绝的,不过隐蔽一些和显露一些罢了。”

“你这番忠告倒是和去年夏天的刚刚翻了一个个儿。”

“那是因为我对运动也缺乏体验,现在我体验过了,我知道了个中的滋味。也许你并不是没有能力介入,但你天生不属于这场运动。听我的忠告,当一个逍遥派——”

“让杨真先生这样的人被你们一个个折磨死!”杭得茶突然厌倦了这番谈话,他高声叫道,“我的忍耐是有限度的。过了这个限度,我会把你的底牌掀得底朝天,你就等着吧!”

他回头迈开大步就走,走得很快,直到吴坤用自行车重新拦住他的去路。他们两人的话其实彼此都触到了对方的心肝肺上,想伪装正经也伪装不成。两个人都气得发抖,面色发白,嘴角抽搐。吴坤比得茶还要不能控制,他从口袋里掏出那通信函,揉成一团,恶狠狠地一把砸在杭得茶脸上,然后跨上车就扬长而去。杭得茶弯腰捡起那封薄薄的信,气得两手拽住就要撕个粉碎。手抖了半天,眼睛定定地看着信封上的那个力讫,运足了气,终于缩回手来,把那揉成了一团的宝贝,放进了自己的口袋。

正是在杭、吴二人交锋的当天夜里,布朗给羊坝头杭家里人带来了得放归来的消息。可巧那天得茶也在家,见到布朗高兴得很,拍着他肩膀连说来得好来得好,他正有事情求助于他。布朗也说正好你在,我有件宝贝要交给你,顺手掏出他放在口袋里的那张纸。他们杭家上上下下的人都知道得茶在集什么,布朗以为,得茶看到这张万应午时茶的包装纸,应该非常高兴。这张包装纸和别的包装纸不同，木刻印制的，借此可以说明茶与药之间的关系。但得茶看着它，只是把它按在桌面上一下一下地抚平，和吴坤扔给他的信函放在一起，锁进抽屉。然后，又怔怔地看着布朗，突然问："表叔，你认识杨真先生吗？"

布朗摊摊手，表示不置可否。得茶这才开始把他头痛的事情讲了出来：原来杨真先生被关在上天竺了。他这一派现在要做的第一件事情，就是把这些非法关押的牛鬼蛇神统统弄回来，弄到他们这一派的手中。布朗不明白地问，把他们统统弄回来干什么呢，放他们回家吗？得茶摇摇手说，统统弄回来，控制在我们手中，至少我们可以保证他们的安全。现在大专院校中已经有一些人被非法折磨死了，和陈揖怀先生差不多。……可你们是大学生啊，和得放他们可不一样啊！……嗨，现在是什么时候了，不想打人的人，也有中学生，也有工人农民，真要想打人的，大学生照样会伸老拳，读再多的书也没用。再说人也不是打就能打死的，有一些人自杀死了，还有一些人生病不让上医院，病死了。有的人强迫他干重活，累死的。还有的人整天交代，写材料，时间长了，发神经病，迟早也是一个死。

布朗听了那么多的死，想起那个杨真，问："杨真先生关在破庙里，不会发神经病吧？"得茶摊摊手，说："我估计不会，我们家姑婆是最早认识他的，他们年轻的时候就认识。"布朗一拍前额，现在他想起来了，他父亲刚刚抓走的时候，他妈妈还带着他去看过这个杨真呢。

布朗准备走了，他站起来看了看这小小禅房间的有关茶的事物，那些壶啊、瓦罐啊，挂在墙上的图啊、标本啊，还有一大块横剖面的木板，那还是小布朗特意从云南一株倒了的古茶树上截下来的呢。他嘱咐得茶，把这些东西都放好，等得放这个混世魔王回来，他可不管你将来还用不用得上它们。得茶感激地搂了搂布朗的肩膀，可是他心里想，难道还真的会用上这些东西吗？至少在很长一段时间里不会用上。这么想着，他从钥匙圈上取下一把备用的钥匙，说："这些东西以后拜托你替我多照应一把了。"布朗接着钥匙说："你刚才说什么，你说杨真先生被关在破庙里，你什么时候需要我把他弄出来，你就给我打招呼，谁叫我是你表叔呢。"他这才拍拍得荼的肩，走了。

那天晚上，得荼一直在小心地整理他以往精心收集的那些东西。有的放了起来，有的整理到床底下。只是那几张大挂图，不知道为什么他依旧没有取下来。也许在潜意识里，他依然不愿意把自己的以往清理得太干净，他还是想留下一点什么，作为某一种相逢或某一天归来时的相识的标记。

他一直忙到后半夜，这才想起杭得放根本就没有回来。他到大门口站了一会儿，后来又悄悄地打开了后门，最后他实在是有些受不住冻了，这才回到小房间和衣而眠。天亮时他被小布朗弄醒了，小布朗问："得放没有回来吗？"

"出什么事了？"

"你瞧，谢爱光也不见了。"

"谁，谁是谢爱光？"这是杭得荼第一次听到这个名字。布朗却叫了起来，"谢爱光你都不知道啊，就是得放的女同学，昨天夜里他先到她那里的。"

得荼想了一会儿，还是没理清头绪，便说："也许他们一早出去办事了，他们是同学嘛。"

"他一个晚上不回家，和一个女同学在一起。他们会一起睡觉吗？"

得荼一下子脸红了，好像布朗指的是他，他连连摇手，轻声说："你可别瞎说，也许谈天谈迟了，回不来了。"

"那么好吧，我收回刚才的话。可是谢爱光感冒了，我跟她说好的,今天要去检查她的吃药的情况。”

得茶瞪着他,一会儿,突然想起来了,问:“她是你的女朋友吗?”

布朗一摊手,说:“现在我已经不知道是不是了。”

正如得茶猜测的那样,杭得放在谢爱光那里聊得太兴奋了,他要说的事情太多了。怎么去的北京;怎么一下飞机就被人绑架,怎么被人饱揍一顿后又扔了出去;怎么身无分文,到处流浪,穿梭在北京的各个红卫兵司令部之间;怎么在山穷水尽的时候想起了堂哥告诉过他的一个女朋友母亲的工作单位;怎么跑到那里去时发现那母亲已经自杀而那女儿却正在单位整理母亲的遗物,而这种天大的巧合又怎么样改变了他的朋友圈;他怎么生活在那些人中间,那其中又有多少惊心动魄的故事。他几乎讲了一切,只是当他讲到最后怎么跑回来的时候,他看着她纯洁的眼神,使劲地忍住,没有再往下讲。按照他和那些北京朋友的约定,连他前面讲的许多内容,也是不能够讲的。

到后半夜他们终于都累了。好在布朗帮谢爱光装的那个煤炉通风管也修好了,煤也贮藏足了,谢爱光开了炉子,火光熊熊的,照着得放那眉间有颗红痣的英俊而又疲倦的脸。他几乎已经说不动话了,但他继续顽强地断断续续地说:“爱光……我要求你一件事……明天一早我要到云栖茶科所……看我的爸爸……我已经很久很久……没有再见到过他了……”

谢爱光一边打着哈欠起来把布朗的大衣披在杭得放的身上,一边也断断续续地说:“没问题……你要到哪里我都……跟你去,上刀山下火海……反正人家也不要我……”她突然被什么惊醒了,流利地说:“不过我们要早一点溜出这大门,别让董渡江看到我们!”

得放没有回答她,他已经趴在床档上睡着了。

第二天清晨,踏着满地的寒霜,这对少男少女就溜出了门,他们遇见了他们最不愿意看到的事情,他们看到了女革命者董渡江正端着一只牙杯从房门里走出来,她披头散发,睡眼惺忪,仿佛还在梦中,陡然与一个熟人相撞,她的牙刷还在嘴巴里呢,她惊得来不及拿出来,堵着一嘴牙膏沫子,目瞪口呆地看着她最熟悉的两个同学,而他们也看着她。大家目不转睛地盯了一会儿,董渡江刚刚把牙刷从嘴里拔出来,这边一对刷的一下,就跑得无影无踪。

谢爱光跑出了老远还在心跳,跺着脚说:"这下完了,这下完了,董渡江要恨死我了。"

"随她去恨吧。反正不碰见我们她也恨你的。"

"那可不一样,从前是因为我妈妈恨我,现在是因为我恨我。"

"我没听明白。"

"你呀,别装傻了,她看到一大早我们一起出来,她会怎么想,她会以为我们……啊,你明白吗?"

"还是不明白!"得放说着,他终于笑了起来,这是这几个月来第一次露出的笑容。"你就别担心了,这有什么,我们在北京,男男女女,经常一大屋子的人,谈天谈累了就睡,地板上啊,床上啊,沙发上啊,哪儿能靠就靠哪儿,才不管你男男女女呢。"

茶科所很远,他们俩走到那里时已经快中午了。好在都是年轻人,也不感到怎么累。只是那里的造反派很一本正经,听说是资产阶级学术权威的儿子来看他老子,一口就回绝,说是人不在茶科所,在五云山的徐村监督劳动呢。

五云山是又得倒走回去的了。得放说:"不好意思,让你走得太多了。"爱光说:"就当我是长征串联嘛。再说这里的空气那么好,都有一股茶叶香,我以前从来没有到过这里,我真的没有想到,你爸爸在这么好的地方工作。种茶叶一定很有意思吧。"

得放不得不告诉她,关于这方面的知识,他一点也不比爱光多到哪里去。他只依稀记得他刚上小学的那一段时间父亲特别忙,说是筹建一个什么茶所,也就是这个茶科所吧。他还能记得那些天父亲常常累得一回家就倒在床上,说是选址什么的,最后选择在一家从前的佛寺,也就是这里,现在是云栖路一号。因为他住在爷爷那里,和父母妹妹都分开住,他对父亲的工作性质一直不怎么了解。他说:"你可不会想到,我从前甚至连茶都不喝,觉得喝茶的样子,有点像旧社会的遗老遗少。"

"可是我昨天看到你一杯接一杯地喝茶,根本就没有停过。"

"说出来你不相信吧,我这个南方人学会喝茶却是在北方。我这些天全靠茶撑着,否则早就倒下了。现在我可不能离开茶,而且我不喝则已,一喝就得喝最浓的,我不喝龙井,我爱喝珠茶。你喝过珠茶吗?"

"我也不喝茶,都是布朗哥哥给我的,他不是在茶厂工作的吗,他发的劳保茶一半给我了。他也不喝这个,他喝他从云南带回来的竹筒茶,那样子可怪了呢,你们家的人真怪。"

"我也觉得奇怪,你怎么和我的表叔处得那么好。他很帅是吗?他书读得不多,也没太多的思想,但他的歌唱得很棒,姑娘们都喜欢他。你说呢?"

"我不知道。我从小没有哥哥,爸爸和妈妈又处得不好,我觉得他像我的大哥哥,甚至我的爸爸。他很孤独,我觉得他根本就不是我们这里的人,他就是从很远很远的地方,从大森林里来的。也许他还会回去,你说呢?"

"你问我啊,我不是还问你吗?别看他是我的表叔,你对他的了解已经超过我了。他不太喜欢我,我也一样。好了,关于这个我们暂时不谈。你看五云山是不是已经到了,我记得刚上高一的时候我们组织活动,到这里来过一趟。"

“我想起来了,我们还去过陈布雷的墓呢。”

五云山和云栖挨在一起,传说山头有五朵云霞飘来不散,故而得名。那云集于坞,方有云栖之称。五云山的徐村岭,也就是刚才造反派让得放他们到这里来找杭汉的地方,它也叫江擦子岭。这徐村还有个萝卜山,山上有座疗养院,董渡江的妈妈在这里当过医生,所以那一次班级活动到这里时,董渡江就带他们来参观医院,顺便就去看了陈布雷的墓,它被圈到医院里去了,知道的人特别少。得放他们这些年轻人不知道如何对这样一个人定位:这个慈溪人陈布雷,当过《天铎日报》《商报》和《时事新报》的主笔,民国十六年又追随蒋介石,先后担任过侍从室主任、国民党中央党部宣传部副部长和中央政治会议秘书长,民国三十七年终于在南京自杀。他是蒋介石的头号笔杆子,又以自杀来表达对蒋家王朝的失望,听说他下葬的时候蒋介石亲自来参加。但即便如此,共产党还是没有挖他的坟。听说他的儿女中有很革命的人物,这对在不是左就是右不是正就是反的价值评判中长大的年轻人而言,实在是一种很特殊的个例。得放曾经对这个人表示过极大的怀疑,他暗自以为这个人有点像他们这种家庭,不三不四,不左不右,哪里都排不进去。得放从来没有把这个人作为自己的人生坐标,谁是我们的朋友,谁是我们的敌人,这是革命的首要问题。但他现在已经不再那么想问题了,他的思想发生了很大的裂变。他们一直走进了疗养院大门,一直走进医院内长廊尽头的一扇小门内,尽管他们不能说没有思想准备,但眼前的一切还是让他们愣住了。一片狼藉包围着一片茶园,好久,得放才说:“我以为这地方偏远,他们不会来砸的。”他绕着被开膛破肚的坟墓走了一圈,那里什么也没找到,他叹了口气,说:“我应该想到,他们不会放过他的。”

“我记得上次来时,董渡江还在墓前说,有成分论,不唯成分论,这话就是陈布雷的女儿对台广播时说的,那是由毛主席肯定的呢。”爱光说。

他们已经开始默默地向外走去,得放一边走一边说:“我正想告诉你这一切。我这次从北京回来时路过上海,在上海听说,陈布雷的女儿跳楼自杀了。”

谢爱光听了这个有点宿命的消息之后,好久没有再说话。冬日下午的阳光里,一切都非常安静。他们走过了一片茶园,冬天里的茶园也很安静。他们不知道要到哪里去,也没有心情打听路程。他们甚至不再有心情对话,慢慢地走着,心里有说不清的荒凉。

得放现在的思想,当下根本无法用三言两语说清。有时候,他觉得自己身体里有一大堆人,统统红袖章黄军衣,冲进打出,喊声震天,把他的灵魂当做了一个硝烟弥漫的大战场。他自己却是在外面的,像个瞎子,看也看不清,打也打不到,摸也摸不着。有的时候,他又觉得自己置身在荒漠,在月球,在茫茫大海中的一条孤舟上,他是那样彻骨地心寒,那种感觉,真像一把含着蓝光的剑刺进了他的腹部。这种感觉尽管如闪电一般瞬息即逝,却依旧让这火热情怀的革命少年痛苦不堪。那些以往他崇拜的英雄中,如今没有可以拿来做参照的人物。

只有一点他是很明确了,他不就是希望自己出身得更加革命吗?但现在他不想,不在乎出身革不革命了。得放像是理出了说话的头绪,边走边说:“谢爱光,我不是随便说这个话的。我是想告诉你,血统论是一个多么经不起推敲的常识上的谬误。在印度有种姓制度,在中国封建社会有等级制度,这些制度正是我们革命的对象。我们不用去引证卢梭的人生而平等论,就算他是资产阶级的理论吧,那么我们马克思主义的理论是怎么说的呢?从马克思主义的哪一本经典著作里可以看到什么老子英雄儿好汉老子反动儿混蛋的说法?这不过是一种未开化的野蛮人的胡言乱语,历史一定会证明这种胡说八道有多么可笑。一个人绝不应该为这样一种胡说去奋斗。”

这些话振聋发聩，强烈地打动少女的心。同样是姑娘，同样是崇拜真理，董渡江与谢爱光完全是两码事：董渡江崇拜真理，因为她所受到的一切教育都告诉她，真理是必须崇拜的；谢爱光崇拜真理，和教育关系不大，对她来说，谁是传播真理的人才是最重要的。换一句话，因为崇拜传播真理的人，谢爱光顺便就崇拜真理了。

盯着那英俊的面容，那双眉间印有一粒红痣的面容——那红痣现在甚至都沾上真理之气，谢爱光搜肠刮肚，想让自己更深刻一些，她好不容易想出了一句，说：“我讨厌那些脸，那些自以为自己家庭出身高贵的优越的神情，他们的样子就像良种狗一样！”

得放吃惊地看着爱光，他没想到她在批判血统论上会走得那么远，那么极端。看样子她不但是他心目中朦朦胧胧的异性的偶像，还是他的战友、他的信徒了。他看着她，口气变得十分坚定，他说：“我们的道路还很长，要有牺牲的准备。你看过屠格涅夫的《门槛》吗？”

其实谢爱光并没有看过《门槛》，只是听说过，但她同样坚定地回答：“我会跨过那道门槛的。”

他们的话越来越庄严，庄严得让得放觉得有点继续不下去了。他想了想，说：“今天说的这些话，只能到我们二人为止，要是有人告发，我们两个都够判上几年的了。我们的目标那么远大，需要我们去努力，所以我可不想现在就去坐牢。”

爱光闷着头走，这时抬起头，看着她的精神领袖，说：“我向马恩列斯毛保证，绝不透露一个字！”

时下最流行的誓语是“向毛主席保证”，相当于“对天起誓”，现在爱光一下子加上了“马恩列斯”，天上又加了四重天，保证就到了无以复加之地步。

他们终于煞住了这个话题,一方面被这个话题深深感动,另一方面又被这个话题推到极致以至于无话可说。结果他们之间只好出现了语言的空白,他们只好默默地走着,一边思考着新的话题。他们默默地往前走的时候,一开始还没意识到后方茶园中有个人盯着他们看,那人看着看着就走上前来,走到了他们的身后。爱光有些不解地回过头来看看他,然后站住了,拉住低头想着心事的得放。得放回过头来,有些迷惑地看看身后。那人把头上的帽子摘了下来,得放看了看,就转身走过去,指着谢爱光说:“爸爸,这是我的同学,叫谢爱光。”

谢爱光已经猜出他是谁了,连忙说:“伯父,我们到你单位找过你了。他们说你在这里。你一个人在这里干什么?”

杭汉指指山坡上一小群人,说:“我们有好几个人呢,这里的茶园出虫子了,贫下中农找我们打虫子呢。”

他虽那么说着,眼睛却看着得放。得放眼睛里转着眼泪,一使劲就往前走,边走边把头抬向天空。天空多么蓝啊,妈妈永远也不会回来了。他坐在路边的大石头上揉眼睛,为这短短半年所经历的一切,为他现在看到的父亲杭汉。他几乎认不出他的父亲了,他比他想象的起码老出了一倍。

那天下午的大多数时间,这对父子加上谢爱光,走在茶园里,几乎都在和各种各样的茶虫相交游,有茶尺蠖、茶蓑蛾、茶梢蛾、茶蚜……这些茶虫在杭汉的嘴巴里如数家珍,听上去他不是要想方设法杀死它们,而是他的家族中的亲密的成员。他说茶树植保一直是个没有被解决的薄弱环节,比如1953年到1954年,光一个云栖乡遭受茶尺蠖危害,受害面积达六百亩;1954年,新茶乡一百多亩茶园,被茶尺蠖吃得片叶不留。到六十年代,茶尺蠖被长白蚧取而代之,成为一号害虫了。现在他们又发现另一种危险的信号:一种叫做假眼小绿叶蝉的害虫开始蠢蠢欲动。它们给茶叶世界带来巨大的灾难啊,真是罄竹难书。什么云纹叶枯病、茶轮斑病、茶褐色叶斑病、芽枯病和根结线虫病……一开始这对年轻人对这些茶虫和茶病还有些兴趣,但很快就发现事情不对,他们发现对方除了谈茶虫和茶病之外不会谈别的了,而且他根本煞不住自己的话头,他几乎是不顾一切地狂热地叙述着,仿佛这就是他的生命,他的感情。什么文化大革命,什么妻离子散,统统不在话下,只有他的那些个茶虫和茶病与他同在。在杭汉那些滔滔不绝的茶虫和茶病中,这对少男少女不约而同地产生了幻觉:他们发现这个胡子拉碴半老不老的长辈已经幻化成了一株病茶树,他的身上挂满了各种各样的茶虫,他正在和它们做着殊死的搏斗。

日薄西山时杭得放开始惊慌,杭汉突然停止了对茶园的病树检查,对儿子说:“去看看你爷爷,我没事。”

儿子跑上去,抓住父亲的围巾。父亲立刻就要把围巾摘下来给儿子,一边说:“你来看我,我真高兴。我身体好着呢,我是有武功的。”

得放其实并不是想要父亲的围巾,他身上有一块围巾呢,是早上从爱光家里拿的,就这样和父亲换了一块。天起风了,茶园里残阳没有照到的那一块变成了黑绿色,一直黑绿到纯粹的黑色。这对年轻人和父亲告别了。他们一开始走在路上时还各顾各的,走着走着,手就拉在了一起,最后得放搂住了爱光的肩膀。他们默默地想着父亲,想着那些各种各样的茶虫子。他们进入了另一种感情世界,进入了和见到父亲前的慷慨激昂完全不一样的另一种人的感情世界去了。

第十六章

这样阴晦潮湿又寒到骨头缝里的天气，只有江南才有。雪有备而来，先是无边无尽的小雨，像怨妇的眼泪流个不停，然后，北风开始被冻得迟缓浓稠起来，仿佛结成薄冰，凝成一条条从天而降的玻璃幔，挂在半空中。再往后，雪霰子开始稀稀拉拉地敲打下来了。

清晨，杭家的女主人叶子，悄悄地起身，开始了她一天的劳作。这位曾经如绢人一般的日本女子早就从一个少奶奶演变成衰老的杭州城中的主妇。她的个子本来就不高，年纪一大，佝偻下来，就真正成了一个眉清目秀的中国江南的小老太婆。虽然她大半生未穿过和服，但走起路来，依旧保留着日本女人穿和服时才会迈出的那种小碎步子。她的动作也越来越像她的小碎步，细细碎碎，哆哆嗦嗦，任何一件小事情，到她手里就分解成程序很多的事情。这倒有点像她自小习的日本茶道，茶只品了一次，动作倒有一千多个。

和她的左右邻居一样，为了省煤，每天早晨她都要起来发煤炉。煤炉都是拎到大门口来发的，就对着当街口。现在什么都要票，煤球也不例外。叶子的日子是算着过的，能省一个煤球，也算是治家有方了。

天色阴郁中透着奇险的白，是那种有不祥之兆的光芒。雪霰子打在煤炉上，尖锐而又细碎地噼噼啪啪地响。前不久下过一场大雪，后来天气回暖了几天。这天是除夕，又应该是到了下雪的日子了，但没了过年时的喜庆气氛。据说，举国上下，一律废除过阴历年。不让人们过年,这可是在中国生活了大半辈子的叶子从来没有碰到过的事情。这也算是新生事物吧,叶子暗暗地感到自己是一个外国人,她不理解这个国度突然发生的这一切的事情。这可真是一件不可思议的事情,她不怕死,连沦陷时最艰难的日子都过来了,面对那些骤然降临的灾难她惊人地沉着。但这些年漫长的日复一日的潜在的不安,与包围在她身边的不祥的事件接二连三,把她的意志逐渐地磨损了。

嘉和悄悄地来到她身旁,他是出来给叶子拎煤炉的。煤炉却还没有完全发好,拔火筒顶端往上冒着火苗与烟气,叶子突然用手里的蒲扇指指,问:“哎,你看看,像不像游街时戴的高帽子?”

嘉和有点吃惊地看看拔火筒,他突然想起了被拉去游过街的方越,有些恼火地摇摇头回答,亏你想得出来。一边那么说着,一边把雨伞罩在叶子的头上。雪下得大起来了,半空中开始飘飘扬扬地飞起了雪片。叶子把手拱在袖筒里,盯着那拔火筒上的火苗说:“上班的人要上班,也就算了,学生不上班,怎么除了迎霜,谁也不来打个招呼?”

嘉和说:“得放你又不是不晓得,他这个抹油屁股哪里坐得住?可能是去接嘉平了吧,也不知道能不能接回来。”

叶子更加闷闷不乐,说:“得荼也是,忙什么了,他又不是他们中学生,向来不掺和的,怎么一个多月了也没有音信。都在杭州城里住着呢,年脚边总要有个人影吧,你说呢?”

嘉和就想,还是什么也不要对叶子说了的好,她怎么会想得通,得荼现在成了什么角色呢?她会吓死的。

虽说一家人过年不像过年,叶子还是决定做出过年的氛围来。吃完泡饭,就要给迎霜换新衣裳,还准备打鸡蛋做蛋饺。昨天排了一天的队,总算买到了一斤鸡蛋,两斤肉,迎霜想起妈妈,夜里哭了一场,不过早上起来,吃了汤团,换上新衣服也就好多了。自反动标语一事后,她一直逃学在家,反正学校乱糟糟的也不开课。现在奶奶一边给她换新罩衣,她就一边想起来了,问:“奶奶,布朗叔叔今天来不来?”

叶子说:“怎么问起这个来了?”

“二哥和他有斗争呢。”迎霜用了一个可笑的词儿,“跟一个女的。”

“瞎说兮说。”叶子用纯正的杭州方言跟迎霜对话,到底是女人,这种话题还是生来感兴趣的。迎霜能够从奶奶的话里面听出那层并不责怪她的意思,就更来劲了,又说:“布朗叔叔前一段时间跟那个谢爱光很好的。谢爱光啊,就是二哥的同学。二哥一回来,她就跟二哥好了。布朗叔叔又没人好了,只好来跟我好,带我去了好几趟天竺了呢。”

嘉和用毛笔点点迎霜的头,说:“什么话!小小年纪,地保阿奶一样!”

“地保阿奶”是杭人对那种专门传播流言蜚语的人的一个不敬之称,但嘉和对迎霜的口气并不严厉,迎霜也不怕大爷爷,还接着说:“不骗你的,大爷爷,我们真的去了好几趟天竺了,都是布朗叔叔休息天带我去的。我们还看到很多千年乌龟呢。全部翻起来了,肚皮朝天,哎哟我不讲了,我不讲了。”

迎霜像是想到了什么,突然面色苍白,头别转,由着奶奶给她换衣服,一声也不吭。那二老就互相对了一个眼神,知道这小姑娘又想起了什么。嘉和突然说,“去,到大哥哥屋里给大爷爷把那块砚台拿出来,你当下手好不好,磨墨,大爷爷要写春联。”

迎霜勉强笑笑,那是善解人意的大人的笑容,说明她完全知道大爷爷为什么要让她打下手,但她也不违背了大人的好意。她刚拿着钥匙走,叶子小声问丈夫:“什么乌龟肚皮翻起来,我听都听不懂。”

嘉和却是一听就明白了。原来上天竺和中国许多寺庙一样，殿前都有一放生池。上天竺历朝就是一个香火旺盛之地，到放生池来放生的善男信女自然特别多。嘉和小的时候，就跟着奶奶到上天竺放过乌龟。放生之前，一般都是要在乌龟壳上刻上年代，有的还会串上一块铜牌，以证明是什么年代由什么人放的生。那乌龟也真是当得起“千年”，嘉和曾经亲眼在天竺寺看到过乾隆时代的乌龟。活了多少朝代，日本人手里都没有遭劫，现在肚皮翻翻都一命呜呼了。办法却是最简单的，现在寺庙里和尚都被赶走了，反正也没有人敢来管人家造反派造反，造反派就奇出古怪的花样都想出来了。不要说在大雄宝殿里拉屎拉尿，放生池里钓鱼也嫌烦了，干脆弄根电线下去，一池子的鱼虾螺蛳加千年乌龟，统统触杀。佛家对这些人又有什么办法？他们还说有十八层地狱，可三十六种刑罚也没有电刑这一说啊。嘉和一向是个玄机内藏的人，这些事情他听到了就往肚子里去，不跟大人小孩子说的。又听说布朗瞒着他带迎霜到这种地方去，不免生气，想着等布朗来，要好好跟他说说，别再让迎霜受刺激了。

“也不知道盼儿什么时候到，往常这个时候，她也该下山了吧。”叶子担完孙子的心，又开始担女儿的心。

“今天下雪，难说。也可能会迟一点，你就不要操这个心了。”

两个老人正说着闲话，迎霜已经把那方大砚取了来，正是儿子杭忆的遗物，金星歙石云星岳月砚。叶子打鸡蛋，一边发出哗哗哗的声音，一边说：“今年的春联还写啊？”

嘉和说：“你不是也要做蛋饺了吗？”

“那你还写去年那样的吗？”叶子盯着他。嘉和淡淡一笑，说：“我去年写了什么啦？”

“去年写什么你记不得了？揖怀不是还跟你争——”叶子一下子顿住了，原来她也有说漏嘴的时候。嘉和心一缩，眼睛就闭了起来,再张开,那边桌前正在磨墨的迎霜却变成了陈揖怀,这胖子还是那么笑容可掬,右手缩着,用手腕压着砚台一角,却用那只左手磨墨,一边笑嘻嘻地说:“你写啊,你写啊,我倒要看看你的褚遂良字体今年又有什么样的筋骨了。”

陈揖怀书颜体,但他知道嘉和一向是更喜欢褚河南的字。嘉和与陈揖怀不一样,陈揖怀是杭州城里的书家,大街小巷一路逛去,劈面而来,往往是他的招牌字。嘉和是个茶商,只拿做茶叶生意的好坏来说话的,所以从来不在人前透露自己也喜欢写字。从前是大户人家,一门关进,他怎么写也没人知道。奇的是后来羊坝头五进的忘忧楼府已经成了一个地道的大杂院了,左邻右舍还是不怎么知道他会写字。他们虽然跟他住在一起,但大多对他有些敬而远之,即使有人知道的,也不敢劳驾,到叶子那里就挡掉了,说:“大先生哪里会写字,不过练练气功罢了。”对此孙子得茶多有不解,问:“爷爷我看你是每日都要临一会儿帖的,你的褚体真是得其精髓了,怎么你就不肯给人写字呢?”嘉和说:“一个人只做一个人自己的事情。给人家写字是陈先生的事,不是我的事。人家左手都能写出这样的筋骨,我去插上一脚干什么?”得茶用心琢磨了半天,突然悟了,唉,爷爷还是在教他做人啊。纵有千般才华,不要处处占先,有所为有所不为,舍弃也不是明哲保身,更有为众人、为亲朋好友的一片玉壶冰心。

但嘉和也不是什么都不写,他是有所弃有所不弃的,比如他给得茶的那幅《茶丘铭》,就是他亲手写的。得茶十分喜欢,叫西泠印社的朋友给裱了,放在他的花木深房之中还舍不得挂,只是清明品茶时节拿出来照一照眼,平时夜深人静时,自己拿出来看看。《茶丘铭》也不长,原是清初著名诗人杜濬的文章。这个杜濬也是个茶痴,他每天烹茶之后,要把茶渣“检点收拾,置之净处,每至岁终,聚而封之,谓之茶丘”。还特意写了这篇《茶丘铭》:“吾之于茶也,性命之交也。性也有命,命也有性也。天有寒暑,地有险易。世有常变,遇有顺逆。流坎之不齐,饥饱之不等。吾好茶不改其度,清泉活火,相依不舍。计客中一切之费,茶居其半,有绝粮无绝茶也。”

嘉和对得荼说:“你搞茶的研究,这些东西我零零碎碎的有一些,看到了我就给你抄下来。这一篇你裱了也就裱了,以后不要再那么做了。从古到今多少书家,能流传的有几个?”

除了抄抄这些资料之外,也就是每年除夕时的写春联了。这一项他倒也是当仁不让的,陈揖怀这个时候就只有给他打下手的份,一边磨着墨这陈胖子就一边发着牢骚:“你啊你啊你这根肚肠,真正晓得你心思的只有我陈揖怀。关键时刻就看出你的态度来了,你说是不是? 说来说去,你还是不认我的颜体,你还是认你自己的褚体啊。”

每每这时,嘉和就略带狡黠地一笑,回答说:“颜真卿固然做过湖州刺史,毕竟不像褚河南,算得上是个杭州人啊。”即便在这个时候,他也不愿意在老朋友面前承认,实际上他是更喜欢自己的字啊。

嘉和喜欢褚体,当然不是因为乡谊。褚遂良深得王羲之真传,嘉和最喜欢的却是他晚年的楷书,学王右军而能别开生面,且保留相当浓厚的隶书色彩,丰沛流畅而绰约多姿,古意盎然又推陈出新,奔放而节制,严谨又妩媚,那微妙之处,只可意会不可言传。凡此种种,嘉和的性情,都在褚体的字上显现了出来。

也是爱屋及乌吧,甚至褚遂良的命运也成了嘉和感叹不已的内容。褚遂良反对高宗立武则天为皇后,到了在皇帝面前扔了笏,叩头出血,还口口声声说要归田,高宗差一点就杀了他。后来武则天当朝,遂良一贬再贬,竟然被贬到了今天的越南,一代大家,便如此地客死万里之外。嘉和喜欢这样的人格,虽不暴烈,但绝不后退一步。

因了这种性情的暗暗驱使,去年他写了一副春联:门前尘土三千丈,不到熏炉茗碗旁。为此还竟然差一点和陈揖怀争了起来。陈揖怀一看他写了这么一幅字,顾不上说他的字又更加精到,只是说:“你这是什么,不是文徵明的诗吧,它也不是个对子啊。”

“我是向来不相信什么对子不对子的,先父都知道法无法。你还记得当年忘忧茶楼时的那副对子吗?谁为荼苦,其甘如荠,这哪里是对子?不过《诗经》上的两句诗嘛。”

陈揖怀点头承认了杭氏的法无法,但他还是心有余悸地问:“你还真的打算把它贴到门口去啊?”

嘉和又说:“怎么,还非得贴‘向阳人家春常在’,或者‘听’谁的‘话’,‘跟’谁‘走’啊!”

他这一句话简直就是反动言论,吓得在场的叶子和陈揖怀如五雷轰顶,面如土色,风一般“嘭”的一声关上门,指着嘉和又跺脚又捶胸,说:“你这是说什么,不怕人家告发了你?”

嘉和把毛笔一扔,指着他们说:“谁告发?是你,还是你?”

这一说,那两个人倒是愣住了。嘉和这才走到门前开了门,让阳光进来,一边说:“真是八公山上草木皆兵。”

那二位还是愣着看他,他也叹了口气,轻声说:“我若不是相信你们就跟相信我自己一样,我会这么说话吗?你看看我什么时候在小辈们面前说过这样的话,什么时候左邻右舍有人的时候说这种话。我杭嘉和不是人?一年到头我就说这么一句话,也不能说吗?你们也要让我出口气啊!”

虽这么说话,他还是团掉了那幅字,换上了另一幅,只八个字:人淡如菊,神清似茶。这才又说:“这幅字你们看怎么样?”

陈揖怀点头说:“这幅字放在你家门口还是般配的。放在我家门口,学生来拜年,就要想,陈老师怎么那么不革命了?”

嘉和这才笑了,说:“陈胖子,你还是变着法子骂我啊。算啦,不革命就不革命啦,你们给我贴出去吧。”

这副对联就在门上贴了半年,直到六月里扫“四旧”,才被叶子心急慌忙地扫掉了。现在又要贴春联,该怎么写呢?写什么呢?陈揖怀那嘹亮的笑声永远消失了,被他的学生们一茶炊给砸死了;陈揖怀写满杭州城大街小巷的招牌都被摘了,那些老店名——什么孔凤春啦、边福茂啦、天香楼啦、方裕和啦,统统作为“四旧”废除了,名字都没有了,那些写名字的招牌还有什么用呢?嘉和默默地看着磨墨的迎霜,一边用温开水化着王一品的羊毫湖笔,想,要是得茶在这里,或许他还可以给我出个联子。可是,他会回来吗?他还能想到他的亲人正在等他吗?

1967年春节前夕,风雨如晦,压弯了杭州郊外的竹林,革命正在更加如火如荼地进行,吴坤也在为江南大学的“揭、批、查”日夜费心,时至今日,他和杭得茶之间的分歧已经成为一种不可调和的你死我活的阶级斗争了。

前不久,江南大学杭派与吴派发生了一场严重的冲突,起因是由批斗杨真开始的,而批斗杨真,则是从杭派对吴坤的揭老底开始的。一夜之间铺天盖地的大字报,吴坤顿时成了变色龙和小爬虫的代名词,一个有严重政治问题的革命对象。赵争争气得直跺脚,说:“杭得茶这个王八蛋,他是成心不让你过年!”吴坤当然比赵争争要沉得住气,但心里还是有些发虚。他边穿大衣边交代:“没我的话谁也不要轻举妄动。”赵争争一把抓住他,问:“你要到哪里去?”吴坤掰开她的手说:“别担心,我去找该找的人。”赵争争又扑上去抓住他的大衣领子,说:“去找爸爸,我跟你一起去!”吴坤一听到这两个字就上火,他痛恨赵争争提她的“爸爸”,虽然他清楚这两个字的确至关重要。他假惺惺地笑着,说:“你不用为我担心,这事情我自己能处理。”赵争争依旧抓住他的大衣领子不松手,她的狂热简直让人烦透了,可是他依然不得不和颜悦色地安慰她,一遍又一遍地说:“谢谢你,革命者经得起任何考验,谢谢你的革命友情……”而革命战友赵争争就向他深情地望去,他能从她闪闪发光的眼睛里看到革命之外的东西,那东西强烈得很,一点也不亚于革命。但那东西越是闪光,他越是要和她谈革命:罗伯斯庇尔、福歇、马拉之死……只有他的革命之水能够浇灭她目光里的欲火。他发现他怕她,可是他为什么要怕她呢?

现在想起来他依旧不得不承认,其实一开始他和赵争争还是挺好的,尽管那时候他已经听说了茶炊事件,但他并不认为这是一种杀人行为,他把它归于革命的必然。夜深人静,他们畅谈了一会儿革命,他就开始诉说他的苦恼,他的感情领域里的苦恼。他知道这一招最灵,没一个年轻姑娘不上钩的。再说这时候他已经喝了一点酒,但还能想到他得利用这个难得的机会把他的尴尬地位通报到上面,他不想因为白夜和她的生父的问题影响他的政治前途。事情就在那种叙述中发生了变化。应当说,短暂的革命,使他飞快地越过了女人之河。从肉体上说,女人对他已不再新奇了。革命加性的感受是非常奇特的,相当刺激的,也是无法抵御的。而在内心深处,他又明白,那是低级趣味和无聊的。因此,扪心自问,这事儿一开始得归罪于他。因为他频频向她射去深情的目光,然后站起来走到她的身旁,然后又离开她,这么拉皮条似的以她为轴心远远近近地拉了一会儿,他突生一念,请她唱越剧“十六条”,又请她跳芭蕾《白毛女》。这些都是赵争争的拿手好戏。她兴奋起来,一开始还不好意思,后来且歌且舞,腿踢得老高,双飞燕、倒踢紫金冠这种高难度动作也出来了,真是欲罢不能。跳到红头绳的时候,也是天助我也,突然灯泡坏了。屋子里一片黑暗,屋子外长夜漫漫。谁知怎么一回事,他们就把舞跳到床上去了。床很小,舞也没有跳完。在黑暗中吴坤听到了姑娘可怕的喘息声,还有她的近乎歇斯底里的扭动。这使他兴奋起来,真是万事俱备只欠东风。就在这时候,唉,就在这时候,就在这关键的时候,姑娘叫了起来!你叫什么不能叫,你却偏偏要叫……万岁……吴坤一下子愣住了,不相信自己的耳朵,但他很快听到了第二声第三声和无数声……万岁万岁万万岁……

完了,一切就此告终,心理上的疲软和生理上的疲软同时出现,脊背上一阵冷汗,全身就瘫痪一般。他不能和任何人说这个事情,连对当事人也不能说,连对自己也不能说。而且他也不明白自己,为什么一叫万岁他就不行了,这说明他不喜欢万岁吗?他想他是喜欢万岁的,问题是想到这个词儿他就要疲软,和阶级斗争一样,不以人的意志为转移。那么赵争争知道这个吗?他想她永远也不会知道。她亢奋,激动,也许还很纯洁。她盯着他,贪婪的目光写着那隐秘的、狂热的激情。她越来越急躁,他听说她在继续打人,成了很有名的女打手。有一次他亲眼看到她抽人的耳光的狠劲,就跟她谈过要文斗,不要武斗。她说,要文攻武卫。他说不过她。她简直能说到了极点。他说英国革命,她就说法国革命,他说修正主义,她就说伯恩斯坦,他说巴枯宁,她就说考斯基。她记忆力惊人,是那种病态般的记忆。如果没有运动,她可能可以成为那种有点怪癖的科学家。总之吴坤已经发现,要甩掉这个赵争争,绝不比追求白夜容易。况且,他还不能得罪赵争争的父亲,他陷得很深,有许多事情唇齿相依,休戚与共。难道他真的要和这样一个女人纠缠终身?一刹那间他闪过这个问号,脑袋痛得头发都倒竖起来了。

吴坤是赵争争的初恋。她爱他的精神,也爱他的肉体。她一生都不会理解在她身上发生了一些什么事件——对革命而言这只是余数,对会跳舞的美丽姑娘赵争争而言,这却是青春的死结,她全身心地豁出去了。

激情使她灵感如雷击电闪,她理所当然地想:吴坤为什么不敢动那个杨真,是他对岳父有恻隐之心吗?不!她从来就没有看到过对革命如此坚定的人,他不过是自己不便下手罢了。可是他不便下手,我便啊,为什么不能够把杨真拉到中学里去批斗呢?让他触及几次灵魂,他就知道他那个花岗岩脑袋如何开窍了。她虽年轻,却已经看到过多少德高望重之辈,跪倒在毛主席像前痛哭流涕。难道这些经历过枪林弹雨的老家伙膝盖就那么软?非也,要是事先不触及皮肉,事后怎么会触及灵魂?吴坤就是坏在他的心慈手软上了,运动搞到现在,他还没有挥过一次手呢。这一次就让我代他行使革命权力吧。

这么想着,她已经火速回到学校,纠集了一群战友,就直冲上天竺。

上天竺值班押守杨真的人中,有吴坤的另一位女战友翁采茶。吴坤虽然追白夜追得苦煞,但在白夜之外却是交了桃花运的。两个女人对他表示了不同形式但却是同样火热的感情。在翁采茶一方来说,那是灵与肉的全面奉献,她已经不和李平水同床共枕了,绝大多数时间都住在他们的造反总部。吴坤什么时候要她,她就什么时候扑上去,还常常扎到吴坤怀里哭,说:“离婚,我要离婚,我不跟这种人过日子了。”她那种多少有点类似于表态的动作,配上她那张银盘般的沾了一片鼻涕眼泪的大脸庞,让吴坤看了一眼就闭上眼睛,然后干脆关了灯。他还不如摸着黑眼不见为净呢——他仰着脸,注意着不让自己的身体沾上这女人脸上的那一片湿。女人是个傻女人,兴奋得不知道东南西北。不管怎么说,她的肉体还有几分泥土气,在上面开垦的时候,他不感到吃亏。把杨真交给她守,他也比较放心。采茶是说一是一的,不像赵争争,你说一,她能折腾到十。

可是这一次,他还真是失误了,他真没想到赵争争会亲自冲到上天竺去提了杨真,采茶急得连蹦带跳,连连说不行不行,杨真要押到北京去,中央要派用场的。赵争争轻蔑地斜看了这个贫下中农阿乡一眼,说:“你知道什么,叫你干什么你就干什么,别的事情少插嘴!”挥挥手就把采茶挡在路边,一辆车风驰电掣般就押了杨真到学校。

学校里早就组织了群众,口号震天响,杨真被连拖带拉地押上台。正是大冷的冬天,杨真穿着一件灰呢大衣,那还是当年从事外事活动从苏联带回来的,看上去还有七八成新。他刚刚站定,就有一个红卫兵手提糨糊桶上去,像是看着一个大字报棚子一般端详了一下杨真的身板,刷刷的两道,湿淋淋的糨糊就熟练地涂上大衣的前胸和后背。然后又是刷刷的两道,前胸后背就跟背带似的,贴上了两条大标语,前面是“杨真是一条大走狗”,后一条是“打倒杨真挖出后台”。

杨真刚才显然是被那群争夺他的年轻人吵懵了,这才有点缓过劲来。他这个人与别人就是有些两样,照杭州人说法,他是那种独头独脑的家伙;另一点不同,那就是运动一来,他就被软禁了。虽然也有拉出去的时候,但疾风暴雨般的大规模批斗他没有经历过,他就只按自己的思路行事。台下正在高呼口号呢,他突然不假思索,前后两只手出击,两条标语就被他扯了下来,上前几步,把标语放在主席台上、赵争争的眼前。他说:“批判我是可以的,但是不要搞人身攻击,杨真我不是狗,杨真我也没有后台。”

赵争争吓了一跳,大家也都愣得张开了嘴巴,会场上乱哄哄的声音突然没有了,大家都瞪着眼看这个老家伙。就见这老家伙又主动走到台角站住,又添了一句:“开始吧!”

两个男学生如武林高手一般,一下子就从台下跳到台上,要去抓杨真的两只手,被赵争争挡住了。她一句话也不说,仿佛根本用不着动口,她只是挥挥手,刚才提糨糊桶的小将会意,上去又跟刚才一模一样地做了一遍。离台近的人都看到了那老家伙在动嘴,就叫:“他说什么?他说什么反动言论?”那刷糨糊的傻乎乎地说:“他说你白费工夫,这样做不符合中央精神。”

于是便肃静,不知是困惑还是震惊还是手足无措,因为批判会开到现在,这样的事情真的还从来没有碰到过。俄顷,平地一声雷,也不知道谁喊了一声:“打!”顿时打破僵局,山呼海应,电闪雷鸣:“打打……打……打打……”

也不知道有多少人冲到台上去了,反正被批斗的人已经不见了,台上塞满了打手。他们那么凶猛地击打着杨真,杨真的身影立刻就被湮没在一群生龙活虎的青春躯体中。他们在台上跳来跳去,发出了嗨嗨的声音,双拳紧握,仿佛杨真是一个沙袋,而他们则是在练武功。一群黄军装一会儿拥到这里,一会儿拥到那里,喧嚣着,犹如波涛汹涌中的大浪头。赵争争突然意识到这样做不行,她对着麦克风叫道:“同志们,留活的,留活的,还有用,留活的!”台下立刻一片相互提醒声:“留活的,有用,留活的,有用!”那些人就收回拳头,像下饺子似的往台下跳,杨真重新显露了出来。他被打倒在地,血流遍体,头上鲜红一片。人们继续呼口号,直到现在,真正的批判还不能算是开始,这不过是个下马威吧。他艰难地爬了起来,好几次摇摇晃晃,像一只被屠宰后没杀死的牲畜。台下的人,从呼喊到沉寂,屏声静气地看着他爬,像是看一场惊险电影。他终于站住了,抬起头来看着台下,台下的人清楚地看到,两股鼻血怎么样从他的脸上喷涌而出,一直流向胸前。

提糨糊桶的人第三次上台,这一次,连他自己也有些难为情了。他走路的样子有些别扭,下面已经有人在笑他,这使他实在不好意思。这也是打他开始拎糨糊桶以来从未碰到的事情,给一个牛鬼贴标语,竟然要贴三次,只能说明他的无能,他的自尊心受到了伤害。一开始他对这个杨真并没有什么感觉，一个普通的老牛鬼罢了，但现在不同了，他对他结下了私怨！脑子一热，他突然发起狠来，一桶糨糊夹头夹脑倒在杨真身上，然后掏出一大卷标语，七张八条地就往杨真身上扔，把他的脑袋贴得完全盖住，白色的标语带垂挂下来，看上去杨真就像一个白无常。这个出其不意的效果显然使年轻人大为开心，人们禁不住鼓起掌来，赵争争带的头。气氛一下子松弛了下去，现在，刚才那个倔强的老家伙顿时就变成一个跳梁小丑了。

有人突然惊喊："血！血！"

偌大的会场再一次沉寂，所有的人都看到了鲜血。它不是喷涌出来，而是从头部贴住的白色标语后面迅速地渗濡出来的。顿时人们就看到了一朵鲜红的血色花。鲜血顺着标语往下滴，滴成了一条血路，溅成了一幅奇异的图案。

那个头顶血色花的人，那个被埋在标语中的人，在寂静中猛然迸发出笑声："哈哈哈哈哈——"

他仰天大笑，声嘶力竭，他笑得那么惊天动地，那么拼尽全力，最后变成了呐喊。他笑得被鲜血浸透的标语突然在顶部裂开，露出一张裂缺的嘴来，他再一次哈哈大笑，白色的牙齿，被他在笑声中喷射而出。

台下，突然响起了回声，那是惊恐的尖叫，先是一声，然后是一片。胆小的姑娘们终于撑不住了，开始叫喊着往外跑。赵争争也吓住了，这个杨真，第一次超出了她的批斗的经验之外。

当笑声再一次推向极致的时候，所有黏在杨真身上的标语突然全部脱开，它们就像一件血衣，沉重地落在了杨真的脚下。那个血人睁开眼睛，眼睫毛上都挂着血珠，他直愣愣地看着会场，终于，缓慢而沉重地轰然倒下。

吴坤赶往赵争争处时,杨真还没被送往医院,他孤零零地躺在台上,身下一摊鲜血。一群年轻人正在讨论是让这死不悔改的花岗岩脑袋死掉,还是送去抢救。吴坤赶到现场,一看杨真的样子,二话不说,走到赵争争面前就是一个耳光。这个耳光把所有在场的中学生都给打愣了,赵争争颤抖着,一句话都说不出来。吴坤一挥手,急救车就把杨真送往了医院。

这头杨真还在急救室里抢救,那头警报又来,杭派已经包围了医院。吴坤还没有走出医院门口,就被杭得荼堵在了楼道上。他们两人怒目而视,各不相让,在楼梯上僵持数分钟之后,杭得荼突然冲了上来,狠狠地撞了吴坤一下,就擦身而上,直奔急救室。

看着已经面目全非的杨真,杭得荼更下了非把他夺回来的决心。这些天来为了杨真,他一直没有好好睡觉。他每天都在想着、交涉着把杨真先生从上天竺解救出来。但对方看守得很紧,布朗已经去侦察过好几次了。有一天他成功地让迎霜朝那间屋子的窗口扔进了一个废弃的牙膏壳,他们的秘密文件就在牙膏壳里。过了一会儿,那个牙膏壳又被扔了出来,布朗把它带回了家交给得茶。得茶看了之后,说:“我们必须抓紧时间把杨真先生救出来,否则他会很快被转移的。”布朗说:“我发现吃饭的时候只有两个人在外屋看守着,难道我们不可以想办法让那两个人滚开?”得茶问他有什么锦囊妙计,布朗说:“那还不简单,天竺山里现成就有一种漂亮的毒蘑菇,我可以采来送给他们,让他们当菜吃,不到十分钟,他们就会不省人事。夜里杨真先生只管自己走出来就行了,我们在外面用一辆车接他,什么事情都不会发生。”

“会毒死人吗?”得荼铁青着脸问。

“瞧你说的,不会毒死人,那还叫毒蘑菇吗?”布朗反问。

得荼立刻严厉阻止了布朗的这个漏洞百出的荒唐举动,真是亏他想得出来,可他们还能有什么好办法呢?下下策才是强抢,得茶后悔自己迟了一步,看着杨真先生此刻昏迷不醒的样子,他想:我还是不够狠,我还是让吴坤先狠了一步!

有那么三四天时间,医院简直就成了一个造反总部,杭派和吴派的人对峙在其中,等着杨真的伤情结果。第四天他终于脱离危险了,杭得荼和吴坤都吐了一口气。杨真恢复得还算快,从他的眼神中可以看出,他头脑依然清晰,耳朵也能听得到,他只是还没有说过一句话罢了。

这一次杭得荼主动把吴坤堵在医院的后门,他面孔铁青,开门见山地说:“吴坤,你这一次是放也得放,不放也得放,不带回杨真先生,我会和你决战到底。”

吴坤想了想,说:“好吧,杨真已经能说话了,也听得懂别人说话的意思,你自己跟他去谈吧,他愿意跟你去,我绝不阻拦。”

杭得荼转身要走,被吴坤一把拉住,他几乎换上了一种苦口婆心的语调,对得荼说:“杭得荼,我可以实话告诉你,你这么做,一点现实意义也没有。我不知道这是不是白夜的意思,我看你们两人在青天白日里做大梦这点上,真是一丘之貉。你挖我的脚底板也好,贴我的大字报也好,对杨真有什么意义呢?难道我会莫名其妙地死抓住个杨真不放?他怎么说也还是我的岳父,不是你的岳父吧?难道我就一点恻隐之心都没有?我他妈的对你都把话说到这个份上了,你还要我怎么说?”

得荼讨厌吴坤说话的神情,他仿佛很痛苦,但那痛苦里是夹着很深的炫耀感,夹杂着对权力的根深蒂固的崇拜。他在暗示他,他深谙权力的内幕,他对权力的介入与认识,远远要比人们多得多。但得荼偏偏要弱化它:“说得那么耸人听闻,无非是上面盯着要他的证词。”

“无非是!你还要什么样的压力,啊?”

“你想做的事情我照样可以做。有就是有,没有就是没有,共产党不是最讲实事求是吗?”

“真照你那么说,北京就不会来人押他了。”吴坤闷闷地说,“要不是赵争争这一次横插一杠,杨真已经在北京了。”

听了这话,得荼也有些发愣,说:“你把你岳父看守得可真好啊,这回你又要为革命立新功了。”

不知道为什么,听了这样刻毒的话,吴坤也没有发火,对这样的刺激他仿佛已经疲倦了,只是说:“我跟你已经没话好说了,你反正永远也不可能懂。”

直到现在,他还没有和杨真真正交谈过一次,但他能预感到杨真是一种什么样的人。他心里头是敬佩这种人的,他相信他不会无中生有,所以他是历史的祭品。历史当然属于强者,杨真这样的人只是历史的清风,掠过也就罢了,不管他们曾经怎么地艰苦卓绝。他挥挥手请得荼自便,他知道,杨真是绝不会让自己扮演一个导火线式的人物的。

杨真的样子让得荼流泪,但不能真的流出来。他和他在一起的时候,喉咙口一直又湿又咸。杨真先生的情况,他严格地向家里人保密,该是他来挑起担子了。他坐在杨真先生的床头,杨真先生的肿成一条缝的眼圈今天退下去了许多,他一直躺着,听得荼诉说他的打算:我要把你弄回去,由我们这一派接管。放心,你在我这里,只会是一个名义上的牛鬼。至于他们要你交代的什么问题,有什么说什么,没什么就不说。难道定中国最大走资派的罪,真的还需要你这样的人的什么证词?我不相信,我看是吴坤在故弄玄虚,是他在捞政治稻草。你怎么看这个问题?不,你不用说话,我能明白你的意思。你不表态?你是不是觉得我不应该搅到这样的事情里去?可是我不能再沉默,我不能眼看着你们受苦受难,我自己却逍遥自在。先生,我没有机会与你交流,但我可以告诉你,我发现了自己身上的那种政治热情，我不知道这是从哪里来的，我过去从未感觉到它的力量。一开始完全是被迫接受它的，让它进驻到我的心里让我非常难受，可是我现在开始习惯于它的存在了。你知道这些日子我想起了什么？我想起我的父亲，听说他从前一向是个自由散漫的人。个人是怎么样转向集体的，你们有过脱胎换骨的过程吗？我现在就有这种感觉，这让我非常难受，同时又有一种牺牲的神圣感。你怎么啦？你说什么，你让我打开窗帘？好的，我现在就打，我现在就给你打开，你想看什么？

杭得荼打开窗帘的时候，自己先愣住了，纷纷扬扬的大雪下来了，窗外站着一个包着头巾的女人，手里撑着一把雨伞，那是他的姑婆杭寄草。得荼要打开窗子，寄草拼命摇手，意思是说外面冷，别开窗。杭得荼连忙过来，扶起杨真先生，他看到他那鼻青脸肿面目全非的脸上露出了笑容。他还看到对面窗外的寄草姑婆也笑了，她的脸贴在窗玻璃上，鼻子压得扁扁的，样子很古怪。雪下得越来越大，一会儿就遮盖了伞面，寄草姑婆一个劲地做手势，让杨真躺下。杨真摇着头，死死地盯着寄草，他还是在微笑，一直就在微笑。但他没有说一句话。得荼真是觉得奇怪，窗帘拉着，杨真先生是凭什么知道寄草姑婆站在外面的？是凭心灵感应吗？这是神秘主义的理论，是四旧、迷信，但至少现在那是事实。他只好再一次走到窗前，告诉寄草姑婆，快回家吧，这里不让人进去，外面又那么冷，快回家吧。寄草微笑着摇头，眼泪和雪花飘在了一起。但她终于还是离开了，告别时手朝天上指了指，杨真仿佛会意，笑得更甚，露出了他那被打掉了几颗大牙的牙床。他的样子非常陌生，他的笑容令人心碎，让得荼想到了那个与他有着血缘关系的女人。他不忍再看，走到窗前，他看到寄草姑婆那踽踽远去的背影，在医院的大门口一闪，就不见了。

半个多月后将近年关,有关押杨真去京的指令再次下达。这一次杨真开口了,他把吴坤叫来,告诉他,他要回上天竺去,他会在那里尽量回忆他所知道的一切。从未有过的狂喜和失望同时袭击了吴坤,他激动地甚至讨好地对杨真说:“你放心,我会对你的晚年负责的,革命无罪,反戈一击有功。这些话我早就想跟你说,其实我很敬佩你,如果你不是坚持资产阶级反动路线立场,你的性格是很让我欣赏的。说实话我也不愿意你去北京,你一到那里,什么情况都可能发生。我是说,那种精神上的东西……”吴坤看着他的脸色,突然觉得自己的话多了,小心翼翼地问:“要不要你自己跟得茶说一下?他总说要来抢你,你知道,这会酿成大规模武斗,要死人的。”

正当天空又开始飘起大雪,而杭嘉和在羊坝头自家窗口的桌前为1967年春节的对联踌躇之时,杭得茶和吴坤亲自送杨真回了上天竺。吴坤答应,绝不让类似的毒打事件再发生,而杭得茶也默认了现实,不再提要抢杨真回去的要求。为了表示诚意,吴坤当场打发掉那几个看样子很凶蛮的看守,然后叫来采茶,让采茶领着几个人“照顾”杨真春节期间的生活,还把杨真安排在楼上,说楼上暖和一些。吴坤也非常关心杨真的纸够不够,还关心笔墨等琐事,旁敲侧击地问:“要你回答的问题都清楚了吗?还要不要我再给你提示一下?”

杨真摇摇头,他的眼神告诉他,他什么都明白了。这眼神让吴坤失落,那里面不再有桀骜不驯的骨气了。个人永远是渺小的,他想,并为个人的渺小而悲哀。

杭得茶并没有那种失落的感觉,他不相信吴坤的诚意。他觉得自己已经开始变得和吴坤一样狡猾了。因此他一直守在杨真的身边,帮他张罗伙食和被褥,直到离开杨真下山,杭得茶才松了一口气。杨真一直把得茶送到山门口,奇怪的是他送了一本书给得茶,英语版的《资本论》,三十年代的版本。看着吴坤不安的样子,杭得茶说:“怎么样,是不是还得再检查一下?”吴坤就硬着头皮让手下人拿过来,来来回回地翻,除了扉页上写着一行字母之外,到底还是什么也没翻出来。吴坤记忆极好,他记下了那行字母:Fengyu Ru Hui Ji Ming BuYi,一时没看懂,想了想说:“这里的东西,最好还是都别带出去。”得茶皱了皱眉,对杨真说:“我会来看你的。”此时雪越来越大了,杨真向得茶握手告别的时候,脸上露出的微笑,让得茶想起了医院里他向寄草姑婆的微笑,那是很坦然的,让人放心的,但又是令人心惊的——它是那么样地令人心碎,以至于看上去,那告别甚至有一点儿像永别了……

龙井山中的杭盼,是那天下午终于决定不再等车,从山中徒步向城里走去的。她撑着一把橘黄色的油布雨伞,伞上缀满了一层雪花。她眼前也是密密麻麻的大雪片,天地间一片大白,什么都被遮住了。

从山里出来的时候,她还不时地听到竹子被压断的声音。喀嚓,喀嚓,然后嘭的一声,竹子折断了,压在别的树上,反弹出一簇簇的雪花,抛到山路上,抛到走在山路上的行人们那一把把的伞面上,再簌簌簌地往下掉,在行人的眼前,撒出一小片粉尘。有时,她也走过一大片一大片的茶园,它们像是蘸着白颜料画出来的一道道臃肿的粗线,几乎就看不到绿色的叶子和茶蓬了,只看到它们躲在雪花被子下的隐约的曲线,像那些伊斯兰教规下的披长袍的妇女。

偶尔,她还会在雪路上看到一丝丝的鲜红的色泽,当她定睛细看的时候,它们又消失了。这时她就会站定,略有些不安地环视周围,有一次她甚至蹲了下来,她觉得这些逶迤不断的红色,真的很像是鲜血。然而没过多久,大地又开始一片雪白。她不知道有谁与她擦肩而过,也不知道谁留下了这些印记,仿佛这也是神的圣迹,但她还不能理喻。

少许的惶恐之后,杭盼又恢复了平静。多少年来,杭盼已经熟悉了这样的孤寂。那些只有自己知道的曾经创伤剧痛的夜晚,已经不会再来光顾她了。有多少人惋惜她的美丽的容颜,多少人被她以往岁月的经历倾倒,多少人为她不动心的圣女般的意志困惑,如今青年已经过去,连中年也快要过去了,这一切都已经过去,她开始老了。

当周围没有人时,她轻轻地唱起了赞美诗:

仰看天空浩大无穷,万千天体错杂纵横,
合成整个光明系统,共宣上主创造奇功。
清辉如雪温柔的月,轻轻向着静寂的地,
重新自述平生故事,赞美造她的主上帝。
……

她很少去想她自己的事情,思念主,向主祈祷,这是她目前惟一要做的事情。期待主的降临,神迹降临,期待主拯救他的羔羊。还有就是爱,无尽的爱,因为爱就是主。要守住爱,这是最根本的,守住了才能施爱,这是信仰,秘而不宣在心里,杭盼因为它而活到今天。

她深一脚浅一脚地走进城市,绕过清河坊走向中山中路时,她看到前面有一个女子没有撑伞,却在雪中散步,背着一个大包,两只手插在口袋里,像一个漫不经心的少年。雪那么大,把白天也罩成了黄昏,在这样的日子出游是大有深意的。她走过她身边,把伞凑了过去。

伞下的那个姑娘并不感到惊讶,她淡淡地看了看帮助她的人,她面色惨白,几乎和白雪一样白,她的眼睛漆黑幽暗。她拿出一张纸,问她认不认识这个地址。杭盼惊讶地看了看她,轻轻地取下她背着的包,说:“跟我来吧……”

第十七章

1966年阴历除夕，杭家羊坝头两位主人在青灯残卷中迎来黄昏。杭嘉和以他如此智慧的头脑，一天之后依然没有拟出一副对联；叶子等待了一天也依然没有等着一个亲人。这个白日本来就风雪交加，到傍晚更哪堪点点滴滴，双重的暮色里，叶子连灯也没有心情开。直到时钟敲过下午五时，迎霜湿着一双棉鞋从大门口跑了进来，在门外喉长气短地叫着："来了来了——"这小姑娘一天里不知道大门口跑进跑出跑了多少趟，总算等来了第一批家人。

两位老人激动地站起来打开门，略为有些吃惊，杭盼陪着一位陌生人进来，他们迎接了一位他们不认识的女客人。杭盼话少，只说她是专门来找得荼的，在清河坊十字路口恰恰碰着了，就一起过来。嘉和与叶子立刻表现出杭家人特有的热情，他们让出了炉边的小椅子，让她坐下。她脱下大衣的时候他们同时看到了她挂在手臂上的两块黑纱。这是一种非常奇特的挂法，两块黑纱串在一起，倒像是左边生了一只黑袖子。小屋里一时沉寂下来。但这种沉寂很快就被更加的热情冲破。

他们看出来了，这位姓白的姑娘心神不宁，还没有从户外的紧张气氛中缓过来。但她已经能够感觉到眼前的温馨。灯一开，金黄色的暖洋洋的热气，就轻盈地飘浮到她脸上，她眼前的一切也开始浮动。这种梦幻般的感觉，让她惊魂甫定中又犹犹疑疑，仿佛这一切都是她前一段惊心动魄的日子里留下的梦。

她摇摇晃晃的样子，让人一看就知道她疲倦到了极点。因此，当她喝着叶子端上来的面汤的时候,嘉和已经安排了家事。他亲自把火炉搬到了花木深房里,又让叶子抱来新翻干净的棉被,还重新冲了一个热水袋。等她吃完了,让她洗了一个脸,她惊人的与众不同的容颜在吃饱喝足之后,终于泛上了红晕。她开始感到昏昏然,头重脚轻,打哈欠。叶子轻轻地拉着她的手,包好她的头巾出门。曲径通幽处,禅房花木深。房间里墙上的《茶具图》让白夜重新睁开了眼睛,但她很快被睡意笼罩,她倒在床上,叶子把她盖得严严实实。蒙眬中她感觉到爷爷走到她的身边,爷爷问:"你就是白夜吧?"她一下子睁开眼睛,看着爷爷清瘦的面容,她的脸上出现了某一种习惯的受惊吓后的神情。但爷爷的声音使她安心,爷爷笑笑说:"如果我没有猜错,你是杨真先生的女儿。"

白夜坐了起来,问:"我爸爸呢?"

"……他还活着。"

白夜一下子就躺倒了,却又迷迷糊糊地问:"得茶怎么还不回来啊……"

嘉和怔了一下,他想,她果然没有问她的丈夫,他不知道怎么回答她。她已经闭上眼睛了,突然又睁开,挣扎地坐了起来,说:"我要见我的父亲……"

嘉和轻轻地把她扶下去,说:"你放心,我们会告诉他的……"

"我能见到他吗?"

"试试看吧……"嘉和想了想,说。

"最起码让他知道我回来了,请得茶告诉他,我回来了。可是得茶呢?"她又问,她还是没有提她的丈夫。一会儿,她就睡着了。

从花木深房回到自己的客堂间,他发现又多了一位女眷,寄草赶到了。这三个女人正在嘀嘀咕咕地说着什么,见了嘉和,寄草就紧张地站起来,说:"这是怎么回事,得放不见了,得茶更不用说了,鬼影儿也不见。方越、汉儿,还有二哥,今年都得在牛棚里过年,忘忧也不知道能不能从山里赶出来,我要晓得这样,我就不让布朗到他爸爸那里去了。他这个人没心没肺,我怕他跟着得荼他们两个又惹出事来,想想罗力一个人在场里也是孤单,儿子去跑一趟,看不看得上都是个心意。没想到把这里就给冷落了。莫非今年年夜饭,杭家屋里那么多女人,就跟你大哥一个男人团圆?"

嘉和开始换套鞋寻雨具,一边说:"我出去一趟。"

叶子惊讶地拦住他说:"你干什么,这么大的雪,你不过年了?"

嘉和终于转过身来,说:"你们先吃饭,我怕是一时赶不回来。"一边说着一边把寄草拉到门角问:"杨真先生是不是还在医院?"

寄草告诉他,她正是从医院赶过来的,扑了一个空,听说他已经被吴坤和得荼一起送回上天竺了。

嘉和一听有数了,回头就交代叶子,说:"你们几个人守家,白夜醒来后就陪她说说话,告诉她我去办她托的事情。她父亲会知道她回来的。"

"哪个白夜?"叶子吃惊地问,"你说的那个白夜,是不是那个吴坤的新娘子?她没有问她丈夫的消息吗?"

"这种落材女婿,你们都没看到,杨真被他们打得都没人样了!"

"落材"是落棺材的意思,是最厉害的咒语了,杭家只有寄草说得出来。寄草这一说非同小可,叶子几个立刻又去检查窗门的严实,然后凑过脑袋来,小声地问:"这是真的,怎么我们一点也没有听说?"

"得荼千交代万交代,不让我和布朗跟你们说。快一个月了,多少次我都想张口告诉你们,憋在心里,难过死了。"寄草眼泪汪汪,顿时就一片唏嘘之声。嘉和眼眶也潮了,杨真的事情他也知道,他也去看过,可他就不说,女人啊。他一边换鞋子一边说:"都记住,一会儿白夜醒来,你们都去陪她说说话,弄些高兴的事情做做,千万不可再提她父亲挨打的事情。还有,她那个丈夫,她不提,你们也不要提。居民区若有人来查户口,就说她是得荼的同学,外地人,到我们家来吃年夜饭的,其他的话都不要说了。"

叶子一边给他找雨衣,一边说:"但愿今天居民区放假不来查人。哎,这么个雪天,上天竺多少路,我陪你去算了。"

嘉和摇摇手,意思是让她们不要再多话了,男人决定要做的事情,女人再多话有什么用呢！他拿了一个大号手电筒,戴上棉纱手套和棉帽,又套上一件大雨衣,整个人像个巡夜的。门一开,白花花的一片,几个女人突然同时跳起来,叫道:"你不让我们去,我们也不让你去!"

真是千巧万巧,迎霜又激动地叫了进来:来人了来人了！一道幽暗的白光泻入了杭家人的眼帘:忘忧啊！杭家的女人们都惊呼起来。往年春节,忘忧常常就在山里守着过的,今年不放假了,他是想着什么法子出来的呢?忘忧啊,当所有的杭家男人几乎都不在场的时候,你出场了!

听了杭家女人紧张而又轻声的几句交代之后,杭嘉和的外甥林忘忧,几乎连一口气都没有喘,放下行包,挥挥手,就跟着大舅出了门。杭家几个女人想起了什么,七手八脚地跑上去,往他们口袋里塞了一些吃的。杭嘉和不喜欢这种渲染的气氛,一边小声说着快回去快回去,一边就大步地走进了雪天中。忘忧紧紧地跟在他身边,两个人的身影很快就消失在雪夜里了。

白夜是在一阵奇异的暗香中醒来的,幽暗中她听到一个磁性很足的女中音说:"嫂子你没记错吧,那玻璃花瓶的底座是两个跪着的裸女,去年夏天你们真敢把它留下,真的没有砸了?"

另一个声音是奶奶的,她虽然看不到,但一下子听出来了,那声音像小溪的流水,非常清新,一点杂质都没有,但语速却有些急,像小跑步,她说:“我自己的东西我会不知道?当时倒是想砸的,你大哥想来想去舍不得,说是法国进口的好东西,砸了,永世也不会再有。我也是没办法才想出一个办法来,给那两个裸女做了一条连体连衣裙,你等等我摸摸看,好像就在这里,开了灯就看得出。”

那磁性的声音说:“那就算了,等一等她醒了再说,醒了再说。你说什么,你给它们套连衣裙,亏你想得出。”

听得出两人是在蹑手蹑脚往外走,白夜却起身开了身边的台灯,说:“没关系,我已经醒了。”

两个女人就站在了白夜的床前,那高挑个儿的手里拿着一束腊梅,不好意思地对白夜说:“你看你看,想着不要吵你,才睡了两个钟头,还是把你吵醒了。睡得可好?”

看白夜微笑着点头,叶子就说:“这是得荼的姑婆,我们是来找花瓶的。你只管躺着。”一边说着一边蹲下,果然就取出了一只套着连衣裙的玻璃花瓶。寄草姑婆接过来,三下两下就剥了那裙子。白夜注意到了,这果然就是两个裸女跪坐的姿态组成的花瓶底座,浅咖啡色玻璃,一看就是一个有年头的进口货。叶子还有点不安,寄草一边用抹布擦着一边说:“怕什么,就在这屋里放一夜,明天再把裙子套上去不就是了。”

白夜一边起身一边悄悄说:“你们家还有梅花,真好!”

寄草说:“是我从家里院子摘的。暖气一熏,刚刚开始发出香气来了,你闻闻。那个臭婊子还盯着我看,我心里想,我的房子你占了,你还想占我的花啊,年脚边我看你跟谁发威!我反正是破脚梗了,你叫我饭吃不下,我让你觉睡不着!”那后面几句话显然是对叶子说的。

叶子早就习惯了寄草说粗话,她一边小心翼翼地往那玻璃瓶里插梅花,一边说:“真是乱套了,梅花是应该插在梅瓶里的,梅瓶倒给我砸了,反而用这插玫瑰花的瓶子插起梅花来了。”

“算了算了,你当还是在你们日本啊,什么真花瓶、行花瓶、草花瓶的,今天夜里有什么插什么,就算是运气了。”

“我哪里还有那么多想头,真要照我们的规矩,这梅花也排不上2月的。白姑娘你真起来了,你稍稍坐一歇,我这里弄完了给你冲茶。”

白夜记得得茶对她说过,他奶奶是日本人。此刻她虽然依旧心事重重,但睡了一觉略微好一些,听着她们的对话,一边致谢着说不用不用,一边就插了一句:“我上大学的时候学外事礼节和风俗习惯,说到日本茶道中的插花,好像还记得,从1月开始到12月,每个月都有规定的花的。现在是2月,应该插什么,我却记不得了。”

“你是说2月里应该插什么花啊,很简单,茶花。因为2月28日是千利休的逝世日,是这个日子指定的茶花。花瓶要用唐物铜经筒。你知道什么是铜经筒吗?就是装经文的容器。说出来你别有忌讳,经筒是纪念死者的茶会上常用的花瓶。可我们是中国人,我们可不会像他们日本人一样地来喝茶,我们就用这个光膀子的玻璃花瓶。”寄草一口气说了那么多,白夜惊讶地发现,她能把臭婊子和千利休和光膀子这些完全风马牛不相及的事物说到一块去,却不让人觉得不协调。

门轻轻地开了,杭盼和迎霜也一起走了进来,迎霜手里捧着一把雪,说:“就用这雪水养梅花吧,奶奶你说好不好?”

杭盼却轻轻走到白夜身边,说:“睡醒了?吃点东西吧,我们刚才都吃过了。”她身上有一种非常慈祥的东西,她的睫毛和得茶很像,是的,他们甚至容貌也很相像。

作为一家之主的叶子交代迎霜说,去,到那没人走过的地方,弄一脸盆干净的雪水来,给你白姐姐坐一壶天泉,等爷爷他们回来也好喝。白夜这才想起来没看见爷爷,才问了一句,寄草就拍拍自己的额头,说:“看我们刚才弄花把什么忘了。爷爷让我们告诉你,他去通知你爸爸你回来的消息了,好让你们安心过个年。”

眼前走动的全是女人,连她在内竟然有五个。因为屋里暖和,她们脱了那一色的黑蓝外套,就露出里面的各色杂线织成的毛衣,五颜六色的,很抢眼。她们不管高矮错落,却一律的都是苗条瘦削的,但和白夜一比,就比出南北来了。她们窸窸窣窣的声音,走进走出的身影,仿佛在一霎间把那些残酷冰冷的东西过滤掉了。这些南方的女人轻手轻脚地做着自己的事情,全是一些琐事。外面是什么世界啊,白夜不敢想象自己经历的事件。她不明白,同样是女人,同样在受苦,为什么她们和她生活得完全不同。她走到窗前,掀起帘子的一角,看着黑夜里洁白的雪花,她想,她们之所以能这样生活,正是因为有那些为她们在雪夜里跋涉的用自己的受苦受难来呵护着她们的男人吧。她说:“对不起,实在是对不起,我到哪里都是添乱的,对不起……”

那几个各忙各的女人直起腰来,沉默地看了看白夜,寄草走过来,看着白夜,说:“我认识你爸爸那会儿,还没有你呢。”

叶子转了出去,很快就回来了。一只手拎着茶壶,另一只手托着一个木托盘,里面放着粽子、茶叶蛋、年糕,还有几小碟冷菜,对白夜说:“我们就在这里守夜好了,这里静,不大有人会过来查的。你肚子还饿吗,我给你煨年糕,这是我们南方人的吃法。你坐,你们都坐。”

盼儿突然想起来了,一边从包里往外掏东西,一边说:“我这里还有吃的东西,小撮着伯送来的龙井茶,二两光景,够我们今天夜里喝的了。还有小核桃,是我的一个教友送的,教堂里去不来了,她想到送我一斤小核桃。”

寄草又站了起来,小声道:“真有龙井茶啊,我闻闻。”她取过那一小罐茶,打开盒子,深深地一吸,闭上了眼睛,说:“不晓得多少日子没闻到这香气了。小撮着伯也真是,儿女的事情是儿女的事情,要他难为情干什么,多少日子也不跟我们来往了。”

叶子也接过盒子闻了闻,说:“我正发愁呢,做茶人家,过年没得茶喝,这个茶送得好,白姑娘你闻闻。”

白夜接过来看了,寄草就在一边给她解释:“这是明前龙井,撮着伯的手艺,你们看看,撮着伯挑过的,一片鱼叶也没有,等等开汤,那才叫香呢。”

叶子突然长叹:“不晓得得放得茶哪里去了,他们也该品品这个的,这两个小鬼啊,心尖都给他们拎起了。”

话音未落,就被寄草轻轻搡了一下,说:“你看你嫂子,今年上头规定不过年了,得放得茶他们不在学校里还会在哪里?你不用为他们担心的,我去看过他们的,都有自己的造反司令部呢,他们无法无天,日子比我们好过,没准现在也在学文件喝茶。我刚才说的也是气话,现在不气了,有这么好的茶,还气什么!”

明摆着这是宽心话,叶子却听进去了,站起来说:“今日有好茶,还有好水,我去拿几只好杯子来,我看再过一会儿,你大哥也要回来了,他最在乎这个了。”正要站起来往屋外走,就被盼儿拦了,说:“妈,你坐着不要动了,我去取杯子。”

三四个女人为谁去取杯子又小小争论了一番,最后还是杭盼去了。白夜听她们杭家女人对话,有点像是看明清小说。她也插不进去话,就开始小心翼翼地咬着那外表光溜溜的小玩意儿。她从来没有吃过这种东西,一时也不知从哪里下嘴,迎霜见了,就从木盘里抽出一个夹子,说:“看我的。”

她一夹一个,一夹一个,夹出好几块核桃肉来,细心地把壳剥开了,说:“白姐姐你吃吧。”

说话间杭盼就回来了,捧着个脸盆,里面放着几只杯子,都是青瓷,只有一只黑碗,叶子见了,说:“你把天目盏也拿来了?”

这只天目盏，嘉和原本说好要给方越的，他现在连窑也没得烧了，只好先存在这里。杭盼把脸盆放到炉上，又从水壶里往那脸盆里冲水净杯。白夜呆了，她从来没有看到，也从来没有想到过，连冲水都能够美得让人流泪。杭盼的手拎着水壶，那水壶是简陋的，尽管擦得锃亮，但它的器形包括它的壶嘴，都是粗放的。然而在幽暗中，为什么水从那粗糙的口子中流出时，却神奇般地精致绝妙了呢？你看它是那么悠久细长，那么缕缕不绝，它又是那么绵延无尽；水从高处下来，成一笔直的线条，却又无声无息地落入盆中，没有一滴水花，没有一丝声音。一圈，又一圈，白夜的心，被这一圈圈的绕指柔肠揪住了，她从来不知道女人被女人之美感动时是怎么样的，在这样一个严寒的绝境般的冬夜，在杭家的花木深房里，她第一次体会到了。

女人们都仿佛意识到她们进入了什么样的庄严的仪式当中，她们默默地看着盼儿净杯，只有寄草轻轻地给白夜解释，说："看到了吗，这是盼儿在欢迎你来做客呢。"

白夜不解，叶子用手做了一个逆时针的动作，说："就是这个。"

迎霜也跟着奶奶做这个动作，说："这是来来来，"她又顺时针地做了几下，"这是去去去，盼姑姑现在是对你说来来来呢。"

她的话让女人们都轻松地笑了，气氛便从刚才的肃穆中跳了出来。盼儿却一言不发，只是轻轻地取出毛巾来洗杯。她的手薄而长，手指尖尖，干净白皙，灵巧洗练，她洗茶杯时的手的形状倒映在了对面墙上，放大了，像两朵大兰花，像两只矫健的大蝴蝶。

这里的气氛是东方式的，而且是东方的中国江南式的。一只脸盆架在火炉上，一个女人在脸盆里细心地洗杯子，她穿着绛红的开襟毛衣，里面是一件格子背心，白夜便在想象中给她换上了一件旗袍，她为她的这种奇异的想法而感到了好笑。寄草没注意到她的表情，她继续担当着她自己的解说的角色："杯子是一定要洗干净的。器具是品茶的一道重要程序。你有没有听说过,没有好的朋友是不足以一起品茶的,没有好的环境是不足以品茶的,没有好的火水是不足以品茶的,没有好的器具也是不足以品茶的。现在我们几乎什么都有了。你看,我们已经有了你,杨真的女儿,我们就当你爸爸在我们当中;我们还有了好茶好水,我们也有了那么好的一间屋子,暖洋洋的。"说到这里,环视了一下周围,突然又站了起来,到得荼的书柜里去翻东西。

叶子小声地劝阻她说:"你可不能翻他的这些东西,等他回来怨死我。这里的东西都是他大学这么些年搜集的,说是将来有一天要派用场。旧年我要烧掉,你大哥死活不肯。亏了得荼是烈士子弟,这房子又离正房隔了两进,左邻右舍也还算有良心,这些东西才保下来。"

"嫂子,迎霜,还有你,白夜,你们再给我检查一遍门窗,窗帘都给我夹紧。"寄草没理会嫂子的劝阻。白夜看出来了,父亲年轻时代的女朋友是一个爱说爱动、聪明绝顶又有些自说自话的女子,现在她一边翻东西一边说,"我晓得的,你放心我不会给他少一样东西。不过这种东西藏在这里不见天日,多少有点暴殄天物。你看,我们已经有花,有茶,有水,有器,还有客人,怎么着还得有张画吧——好哇,找到了,你们看,把这个挂起来怎么样?"

这是白夜第一次看到的《琴泉图》。她并不知道凝聚在这张画上的人世沧桑,但她还是能够看出这张不大的画对杭家人的特殊意义。白夜不懂国画,看上去这张二尺长、一尺宽的纸本,也就不过是左下方的几只水缸一架横琴,倒是右上方的那首题诗长些。白夜来不及定睛细看,就见叶子站了起来拦住寄草说:"这可是你大哥的性命,万一被人看到了不得了。"

寄草可不管,一边挂那画儿,一边说:"性命也要拿出来跟人拼一拼的,不拼还叫什么性命!"

寄草姑婆的这句话突然感染了白夜,她站了起来,边敲着自己的前额边说:“瞧我给你们带来了什么,我也知道得茶一直在搜集这些跟茶有关的东西,你看看我给他带来的。”

她从她带来的那个大包里取出一块长方形的东西,凑到台灯下,杭家那几个女人也围了过来,白夜轻轻地把它打开,一块色泽乌亮的方砖展现在她们眼前。寄草还没有接到手中,就准确地对嫂子叶子说:“是茶砖。”

这是一块年头很长的茶砖,砖面上印着一长溜的牌楼形状,图案清晰秀丽,砖模棱角分明。盼儿爱不释手地端详着它,轻轻地说:“这么漂亮,真不是拿来吃的。”

“我好像在得茶哥哥的茶书里看到过它的,是得茶哥哥给我看的。”迎霜说。她接过茶砖,像捧孩子似的捧了一会儿,还给了白夜,然后果断地走到书柜旁,学着寄草姑婆的样子翻起书来。

叶子看着孙女要动得茶的书又心疼,忍不住说:“你也不要翻了,如果我没有弄错的话,这应该是一块牌楼牌的米砖,从前我们茶庄里卖过的。”

迎霜却固执地抽出一本书,仿佛为了证实她在这方面也是专家似的,很快就翻到那一页,那上面有着几种型号紧压茶的图片,下面还配有图片说明。

现在,这些女人仿佛都突然忘记了自己的身份,仿佛她们现在正置身于学院的图书馆内,仿佛她们又回到了汲汲求学的年代。这年代其实离白夜并不遥远,但回想起来,竟然已经有了一种恍然隔世之感。图片上标有米砖的那一幅,果然与她们手里捧的那一块具有一样的图形,下面的一段文字上说:米砖是以红茶的片末茶为原料蒸压而成的一种红砖茶,其撒面及里茶均用茶末,故称米砖,有牌楼牌、凤凰牌和火车头牌等牌号,主销新疆及华北,部分出口苏联和蒙古。

迎霜好奇地抬头看着白夜，问道："白姐姐，你是去过新疆了？还是内蒙、苏联了？苏联现在已经是苏修了，人家说从前是苏联的时候你在那里住过。你在那里吃过它吗？"

白夜的心紧了起来，她的脸色一下子苍白了，但她离开了台灯光，女人们没有发现她的变化。她坐回到炉前，定了定神才说："是的，我在苏联时常喝这种茶，不过那时候我还小。你们不知道苏联人喝茶有多凶。我们一开始也是入乡随俗，后来就和他们一样离不开茶了。不过我们和你们江南人不一样，我们熟悉各种各样的红茶。真不好意思，我得告诉你，我早就知道这是米砖茶了。我低估了你们，怕你们不了解这个，还特意抄了一份详细的解说，喏，就是这个。要是我碰不到得荼，请你们转交给他。也许没什么用了，但这对我来说很重要……"

她一边说一边就往外拿她抄的那份纸，她的眼睛里闪耀着一种渴求，仿佛如果她们不看，什么重大的事件就变得毫无意义一样。寄草接着，一边说："看你说的，这是你的心意啊。"就接过了那张纸片。

纸片上抄着那么一段话：

米砖产于湖北省赵李桥茶厂，生产历史较长，原为山西帮经营。十七世纪中叶，咸宁县羊楼洞产八十余万斤。十七世纪中国茶叶对外贸易发展，俄商开始收买砖茶。1863 年前后俄商去羊楼洞一带出资招人代办监制砖茶。1873 年在汉口建立顺丰、新泰、阜昌三个新厂，采用机械压制米砖，转运俄国转手出口。俄商的出口程序，一般是从汉口经上海海运至天津，再船运至通州，再用骆驼队经张家口越过沙漠古道，运往恰克图，最后由恰克图运至西伯利亚和俄国其他市场，后来还动用舰队参加运输，经海参崴转运欧洲。由于米砖外形美观，有些西方家庭给米砖配以精制框架放入客厅，作为陈列的艺术品欣赏。

杭盼默默地读完了这段文字,把它折叠好,放到书架上。然后对她说:“等得茶回来,我们让他把这块茶砖也放到镜框里去。”

米砖靠在书架上,发出了它特有的乌泽。画儿挂在墙上,散发出了朦胧悠远的微光。墙角的梅花也在散发着微香,而坐在炉上的水壶又很快就发出了轻微的欢唱,台灯给这间不大的屋子罩上了一层非现实的微妙的幻觉,女人们的身影投射在墙上,微微地摇曳着,白夜觉得自己的心里也在开始微微发光,她是在做梦吗?她怎么能在这样的冰天雪地里,找到这样一个圣洁的地方?

沸腾的雪水突然在这时候溢出来了,她们手忙脚乱地忙着冲水。她听到迎霜问:“奶奶水开了,可以冲龙井茶了吗?”

不等叶子开口,白夜就回答说:“再等一等,再等一等,等爷爷回来,爷爷应该是快回来了吧。”

当她这么说着的时候,那些微光突然停顿了一下,台灯暗了暗,仿佛电压不稳,刚才那些微乎其微的感觉消失了,花木深房的女人们,开始把心转到了等待男人的暗暗的焦虑之中。

多么大的风雪夜啊,杭嘉和能够感觉得到风雪的无比坚硬的力量。他老了,这样的对峙已经力不从心了。如果没有忘忧,他会走到目的地吗?他看了看眼前那个浑身上下一片雪白的大外甥,他紧紧地跟着大舅一起走,已经走过了从前的二寺山门,走过了灵隐。他们又热又冷,汗流浃背,头发梢上却挂着冰凌。杭嘉和突然眼前一片漆黑,他什么也看不见了,他仿佛掉入了万丈深渊,一下子往上伸出手去,想要抓到什么,但他马上站住了,向上伸的手落下来,遮住了脸。他那突然的动作让忘忧担心,他说:“大舅我自己去吧,我先把你送到灵隐寺,我那里有熟人的。”

杭嘉和站着不动,他清楚地知道他现在什么也看不见了,但他同时又看到了无数石像,披着雪花朝他飞驰而来。耳边杀声震天,哭声震天，火光映红了整个天空。这是他的心眼打开了吧，他惶恐地想，他多么不愿意重历数十年前的灭顶之灾啊。

就那么站了一会儿，他抬起头，雪花贴在了他的眼睛上，他感觉好一些了，模模糊糊的白色的世界重新开始显露出来。他对自己说，不用那么紧张，我只是累的。他问忘忧他们已经走到哪里了，忘忧回答说，已经过了三生石了。他又问忘忧现在几点，忘忧说他是从来不戴表的，不过照他看来，现在应该是夜里八九点钟吧。嘉和握着忘忧的手，说："你看这个年三十让你过的，明天我们好好休息。"

忘忧不想告诉他明天一早他就得往回赶，他只是淡淡地说："这点山路算什么，我每天要跑多少山路啊。"

他们继续往山上赶路。雪把天光放射出来了，现在，杭嘉和已经能够看得到路旁茶园边的那些寺庙的飞檐翘角，它们压了一层厚厚的白雪，看上去一下子都大出了很多。还有那些茶蓬，它们一球一球的，雪白滚圆，根本看不到绿色。两个寡言的男人结伴夜行，虽一路无言，但心里都觉得默契。幽明中他们时而听到山间的雪塌之声，有时候伴随着压垮的山竹那吱吱咯咯的声音，像山中的怪鸟突然鸣叫。有时候，只是"轰"的一声，立刻又归于万籁俱寂，仿佛那苍凉寂寥之感，也随雪声而去。忘忧无声地笑了笑，说："大舅，你猜我想到了什么？"

"……"

"林冲夜奔，风雪山神庙。"

嘉和一边努力往上走着，一边说："这个想法好，一会儿看到杨真先生，可以跟他说的。"

"只恐那管门的不让见。"

"走到这一步了，还能无功而返？"嘉和突然站住了，拍拍忘忧的肩膀，说，"天无绝人之路，我们杭家，亏了你留在山中。"

"我喜欢山林。"忘忧话少,却言简意赅,正是嘉和喜欢的性情。

"我也喜欢山林,可我回不到那里,真要走投无路了又离不开它。哪一天我找你,必有大难。我不指望得荼,只指望你了。"

这话让忘忧吃惊,他站住了,想说什么。嘉和却只往前走去,他的脚步很轻,像在山间飞。大舅身上,有时候会闪出一道剑侠之气,比如此时此刻,雪夜上山急人所难。这样的时候当然很少,也不易发现,但忘忧知道。当年他挽着方越出山,在杭家客厅,忘忧也曾经感受到过大舅包藏很深的风骨。当时他担心因为方越的父亲李飞黄当了汉奸,大舅不肯收留方越,又担心杭家人不肯放他回山林,一进大厅就给他跪下,不说一句话,只是定定地看着大舅。大舅站在他面前,正色而言:"我刚从越儿那里来,跟他说了,他愿意姓方,愿意姓杭,都由他喜欢。只是以后不准他再姓李,你听懂我的话了吗?"他依旧跪着,不肯起来,大舅又说:"你的房间我给你留着,你愿意来就来,你愿意去就去。"大舅有此承诺,他才起来,走到大舅身边。又见大舅取出一个东西,正是那青白瓷人儿陆鸿渐。他把它挂在他的身上,那瓷人儿是湿的,不知是汗是泪。那天只有他一个人看到了大舅的泪水,那泪水难道不是湿润到心,直到今夜。

忘忧紧紧地拽住大舅,想说什么,又闭上了嘴,默默地走了一会儿,才说:"我把山林给你们备下了。"

风雪很快把他们两人的背影盖住了。现在,离他们出门已经有几个小时了,他们已经看到了上天竺寺那雪光中的一檐翘角了。

或许,正是此刻,夜渐入深之时,花木深房小门訇然而开,把叶子吓得一下子扑到《琴泉图》旁。台灯很暗,白夜几乎认不出得荼来了。他没有戴眼镜,因为眼镜使他看不清楚她。刚才他在门外站了一会儿,目光在镜片后面激动地闪耀,喘出的热气一会儿就把镜片蒙住了。他不顾一切地就把眼镜摘了下来,现在他突然冲了进来,不戴眼镜的面容一下子陌生了许多,也好笑了许多。白夜真的就笑了起来,他抓住了她的手,但立刻就感到了他自己那双手的寒冷,连忙退回去一边搓,一边放在嘴上哈气,还说着:“对不起太凉了对不起太凉了……”白夜窘迫地看着杭家的几个女人,她热泪盈眶,一边握手,一边嗔道:“你这是干什么啊你!”

杭得荼想不了那么多。屋子里暖洋洋的,女人们的眼睛也是暖洋洋的,潮湿的,多么美好,白夜站在灯前,像画中的女神。得荼傻乎乎地看着她,时间停止了,幸福开始了,现在几点钟了?得荼摇头,答非所问:“我都怕再也见不到你了。”

他的样子让家族中其余的女人们吃惊。她们没有想到,他们的书呆子得荼还会有这样一面。因为屋内的热气,得荼的脸少有地发出了健康的红光。白夜从来也没有感觉到过得荼是个漂亮的小伙子,他很得体,均匀,不抢眼,也许是因为架着一副眼镜,看上去总像是被什么给挡住了,是被遮蔽着的很内在地藏起来的一种类型。但是今天他很快乐,他少有地把他暗藏的那一面流露了出来,他一下子变得光彩夺目,英气逼人。而这一切,在常人眼里,却是属于吴坤的,甚至白夜也不得不承认,吴坤是那种外表很能展示风采的人。

叶子小心翼翼地问,得放是不是和他在一起,得荼目不转睛地盯着白夜,显然是心不在焉地回答,说他不知道。“奶奶我饿了,给我做点什么好吗?”他微笑地要求着,他的索取使奶奶幸福。但另一个孩子的消息使她不安。“得放到哪里去了呢?”她再一次问寄草。寄草已经拉着迎霜往外走了,边走边说:“我跟你说不要担心,你看得荼不是就这样回来了吗?”

四个女人就一起拥到厨房里去了。叶子一边打开炉子,一边问:“你们看这是怎么回事,她不是姓吴人家的新娘子吗?”

“把姓吴人家的新娘子抢来,也是我们杭家人的本事。”寄草开玩笑地说。叶子的脸终于挂下来了,说:“寄草,你就真的不在乎这些事情?”

寄草一边扇炉子一边说:“怎么不在乎?可是你急成这样了,我还能把我的在乎说出来?”

杭盼回到客厅里去了,多少年了她都是这样,所有的关于情爱方面的事情,她的对策,都是眼不见为净,耳不听不烦。倒是迎霜顽强地坚持着不去睡觉。她想再到大门口去迎几次,也许,得放哥哥就会这样地被她迎候回来呢。

花木深房中,得荼看出她微笑中的心事。是的,这是他们共同的心事。青春飞驰,他们在奔跑中寻找一个人,这就是他们奔跑的全部意义。只要找到一个人就够了,全部就在这“一”里面了。其余的东西都可以退到很远的地方,直至消失。

得荼不想让那短暂的彩虹那么快就被阴霾遮蔽,他们接下去还有很多严肃的话题,他要告诉她一系列的计划,他变了,他已经成为有力量的人。但他对这个变化着的自己还有一些不习惯,他还有些羞于在她面前立刻暴露自己的变化。水再一次开了,白夜要用沸水往杯里直接冲茶,得荼阻止了她,他顽强地抓住了茶这个杭家人的永恒的话题,他需要深化它拓展它,他不想立刻就听到她对她前一段经历的叙述。他有些手忙脚乱,他告诉她,明前的绿茶很嫩,不能用一百度的沸水冲泡。他把水先冲到了热水瓶中,还开了开瓶口,说最好是八十度,他们日本人的六十度我倒是觉得太低了一点。你现在看到我用青瓷杯冲茶了吧。因为邢瓷类银越瓷类玉,邢瓷类雪越瓷类冰,银雪和玉冰,你感觉一下,哪一种品位高啊。其实陆羽做出这样的评价是主观的,他有他的理由。他觉得茶汤本性泛红,若用白瓷,更显其红,若用青瓷,倒衬出绿色来了。

你看,他是不是想说,美有的时候是非常主观的。噢,你看我奶奶,她把天目盏也拿出来了。你能看出来吗?它是锔过的,是一只破镜重圆的历史悠久的茶盏,从这里能够冲出宋朝的茶来。当然我这是跟你开玩笑。宋朝的茶全是粉末……你怎么啦,白夜我的……我的……你怎么啦?

得茶傻乎乎地看着白夜,令人吃惊的欲望突然爆发。那是一种似曾相识的感觉,当得茶刚刚知道世界上有白夜这样一个人,看到她的相片就产生不可告人的欲望时,这种欲望被阻隔了。他们之间有过拥抱,但那是没有这种欲望的拥抱,像父亲拥抱女儿,兄长拥抱小妹。得茶来不及思考这股力量是怎么样陡然从心的谷底喷发出来的,他一把抱住了白夜的脖子。他从来没有真正吻过一个女人,甚至不知道应该怎么接吻——这就是爱情吗?他开始焦虑不安起来,眼前出现了越来越多的白雾,大脑开始缺氧,他开始有些上气不接下气,他想得到更多。他的与以往完全不同的做派显然使白夜吃惊。她按住了他的手,说:"不!"他立刻就愣住了,脸红到了耳根,头一下子扎到了她怀里,白夜使劲地抬也抬不起来。好一会儿,他自己抬起头来,平静地说:"对不起。"

白夜笑了,她坐下,对他说:"我想和你说说话。"

得茶轻松起来了,仿佛欢迎远方朋友归来的接风盛典已经完成,现在开始进入正常的怀旧阶段。他坐下来说:"你等一等,先喝了茶再说,我发现你竟然连一杯也没有喝。"

他说这番话的时候,动作和口气都有些女性化,这使他看上去更像一个男人了。这种感觉,只有像白夜那种饱经风霜的女人才会体会出来,比起刚才的狂热,她更喜欢这个温和的杭得茶。她说:"我得告诉你我这段时间的经历,我得让你有一个思想准备,你收到我的信了吗?"

得茶站了起来,凝望着白夜,他想,终究还是要谈的,那就谈吧,只是不要谈得太深,他不想让这些事情进入得太深,他想他会有办法化解它的。他说:“你还活着,并且行动自由,这就说明了一切。至于其他的事件,我想那不是你的过错,我了解你——”

“不不,你千万不要对人说你了解了他(她),因为你永远也不可能完全了解一个人,尤其是像我这样的人。我刚才见到你们杭家的女人,真令人吃惊,她们使我自惭形秽。她们身上有些不变的东西,看不到年代的印记的、每个时代都会有的东西,比如说冲茶和洗杯子,也许这就是永恒。我要是早一点接触到她们就好了。我和她们太不一样了,时代的每一个浪花都能打湿我,使我险遭灭顶之灾,这就是命运。我为什么要和吴坤结婚呢?这简直是太荒唐了。我父亲曾经对我说过这个词儿。不,我不能够老是谈我自己,我是首先为我父亲回来的。请你先告诉我父亲的下落,我曾经去过你们学校。可我打听不到他的消息,我必须跟你谈我的全部生活,因为也许以后我不再有机会了。”

第十八章

这个大风雪之夜，难道不同样是翁采茶的百感交集的除夕！即便是一个贫下中农的女儿，受过许多生活的磨难，在年根边离开家人，跑到这么一个鬼地方来当看守，也是从未有过的事情。况且她的脸上还留着鲜红的五个手指印，这是丈夫李平水在这个革命化的年关里给她留下的光荣纪念。他们已经冷战多日，表面的原因是翁采茶不准他与杭家来往。李平水对妻子从来没有真正响过喉咙，所以今天当采茶接到通知，要她重新上山看守杨真时，她也没有想到丈夫会阻拦。一旦丈夫反对她上山的时候，她也没有想到他会给她耳光。当他冷漠地问她，是不是她的亲密战友吴坤又给她打革命电话时，她只是轻蔑地对他点了点头，说："是的，你想怎么样？"

他走到她的身边，出其不意地说："我想揍你！"

她愣住了，一边收拾东西，一边笑了起来，头别转漫不经心地说："你是什么东西，你这小爬虫，敢动我一个小指头！"话音未落，她脸上结结实实地挨了一下。她愣住了，打死她也想不明白，这突如其来的火山是怎么会爆发的。一时不知道如何动作，只好呆着一双大眼盯着他。就听那李平水说："你要是留下过年，你我还是一家人；你要是走，你就别再回来！"

采茶气得浑身发抖，一头朝李平水撞去，那受过训练的军人轻盈地转开了，她捂着脸上了山，没工夫和李平水打内战。此刻夜深人静，大雪无声，她一个人缩在床前，委屈和愤怒才交替着上来。

电话机就在身边,伸手就能够到。吴坤会来看她吗?她自己也不知道,不过她相信他一定会来,哪怕为了这个老花岗岩脑袋杨真,他也不会忘了这里。

脸上火辣辣的,她想起了白天挨的那一下,火苗子又从心里蹿了上来。她光着脚板一下子跳下床,从抽屉里取出一支笔和几张纸。她正在积极地进行扫盲活动,结合大批判识字儿。现在活学活用,准备结合打离婚报告来识字了。这四个字里后面三个她都能写,偏那第一个她记不全了,房间里又冷,山里又寂寥,采茶这么个豪情满怀的铁姑娘,也被那"离"字儿憋出了眼泪。正苦思冥想呢,就听见山门外有人敲门。她还以为是她亲爱的吴坤雪夜来访了,套上大衣就往大门口奔。雪花被她踩得溅进了鞋子也不觉得冷。大门一开,竟然是两个男人。手电筒一照她愣住了,说:"你!嘉和爷爷,你到这里来干什么?"

嘉和与忘忧两个没有做任何解释就进了门,这是他们事先商量好的,要是说了见杨真,保不定连门都进不了。

可是听了嘉和要见杨真的要求后,采茶的造反面孔就拉下来了,她用她那支重新开始学文化的笔敲打着准备打离婚报告的纸,说:"你们杭家人怎么那么头脑不清,这个杨真是可以随便见的吗?他是什么人你们是真不知道还是假不知道?年三十想起这出戏来了,真是!快点趁现在还不算太晚回家去,这是我认识你,我若不认识——"她上下打量了他们一番,嘉和接着说:"你若不认识,把我们也得关起来审查,是不是?"

旁边那一片雪白的男人就跟着这老头儿咧了咧嘴,算是笑过了。那样子让采茶看了拎心。用那种居高临下的口气对别人说话,并不是采茶的习惯,严厉和粗暴并不是与生俱来的,这也需要有一个学习的过程。她不知道该把他们怎么办,就去叫了值班的那几个年轻人。那几个看守正把酒喝到了七八分,走出来就喊:是谁不让我们过年,啊?谁不让我们过年,我们就不让谁过年!

嘉和这才对采茶说:“我们只跟杨真说一句话,告诉他女儿回来了。”

“一句话也不准说!”采茶愣了好一会儿,突然强硬地说,两只大乌珠子病态地暴了出来,这神情倒真是有点出乎嘉和意料之外了。他环视了一下周围,便断定杨真是住在楼上,给忘忧使了个眼色,忘忧就突然跑到雪地当中,对着楼上一阵大喊:“杨先生你女儿回来了,杨先生你女儿回来了!”

采茶大吃一惊,见楼上开着灯却没有反应,先还有些得意,想:你叫也白叫,人家被打怕了,根本不敢应。但她立刻否定了这个愚蠢的想法,突然背上就刷的一下,透凉下去,一直凉到脚后跟。她脑子里闪过的第一个念头就是“自杀”,这是吴坤千叮万嘱的,无论如何不能让他死了。她自己一下子就脚软了,只是催着那几个喝酒的:“快上去看看,快上去看看啊!”其中一个就说:“老头子吃过饭就坐在桌前没动过。”话音未落,那忘忧已经在楼上了,他攀登的速度这才叫神速。凭感觉他冲开了杨真先生关押的那一间,屋里果然坐着一人,背对着门,忘忧一看连走都没有走过去:假的!再一看,后窗打开了,窗棂上挂了一根绳子。此时嘉和也已经赶到楼上,往楼下一看,便回过头来,对吓得呆若木鸡的采茶说:“人呢?”

采茶已经吓得说不出话来,站着一个劲发抖,嘉和看着她,说:“快点把袜儿鞋子穿好,呆着干什么?”

只听采茶一声尖叫,几如鬼嚎,七撞八跌,直奔楼下,给吴坤打电话去了。忘忧已经跑到楼下看过,这时扶着嘉和下楼,一边说:“大舅,你看杨真先生会朝哪里去呢?”

嘉和站在山门口,往西北看,是万家灯火的杭州城,往东北看,翻过琅珰岭是九溪十八涧,走出九溪,便是滔滔钱塘江。无边的大雪越下越猛,雪片落在人的身上真如鹅毛。嘉和与忘忧已经完全忘却了冷。他们的心头火一般地燃烧。一个饱经忧患的男人亡命于漫天飞雪中,他会往哪里去?嘉和问忘忧:"要是你呢?你会去哪里?"

忘忧想了一想,把手指向了东北,嘉和抖了抖身上的雪,说:"我们走吧。"

这两个风雪夜行人,重新没入雪天,一直向大江奔涌的地方寻寻觅觅而去。

羊坝头杭家的小姑娘迎霜,不知道第几次来回打探了。客房里干坐的几个女人,没有再等回男人。迎霜一会儿就回来向她们报告一次:他们还在说话呢。寄草就问:"听他们说些什么了吗?"迎霜想了想,摇摇头说:"没听清楚,他们好像在吵架。"这话让她们吃惊,他们不应该吵架。盼儿站起来说:"我去给他们续水。"她就走进了花木深房,两个年轻人看着她笑笑,一言不发。她回到房间,说:"他们好像是有些不痛快。"叶子也站了起来,寄草说:"别去,等大哥回来再说。"迎霜问:"爷爷他们怎么还没有回来?我到门口都去了十趟也不止了。"她的话让她们三个都站了起来,她们顶着雪花和子夜的寒冷,一起走到了大门口。路灯下雪厚得没过小腿了,没有人走过。

花木深房里,这对年轻人的心就像越积越厚的白雪。他们不是不想心心相印,然而他们越真诚,给对方的疑惑就越深,这是始料未及的事情。他们仿佛一直在迫不及待地争着向对方倾诉,实际上却都没有真正的勇气面对他们所听到的全部。知道其中的一部分,以此猜测其余的,这就已经超过了他们可以承受的心理能力。但他们又不得不把自己的软弱包藏起来,特别是得荼。在各自叙述的时候都表现得平静自若,这使他们的心灵痛苦极了。她说了她的可怕的边境之行,她说她最终在什么样的千钧一发之际回过头。“当我在那家边境小镇上看到这块茶砖的时候,我就突然想到了你,我想我得给你一点什么,一定要给你一点什么。我去买茶砖,回来的时候,他们就不见了。”

她几乎只字未提她和同行人之间的关系,但得茶完全听明白了。他笑笑,勉强地说:“你做这样的事情时,不像是一个有过经历的人。”

“有过经历”这个提法,隐隐地让白夜不快,她说:“你不是在取笑我幼稚可笑冲动吧。”

得茶看着她有些不悦的面容,她生气的样子很可爱。他搂住了她的脖子,盯着她的眼睛,说:“我越了解你,越觉得你像一个孩子。”

“你为什么不觉得这个时代太老谋深算?难道我们不都是它的弃子!”

得茶松开了他的手,他觉得她的话非常沉重,她一点也不像他第一次看到的那样,那一次她表现得多么华丽啊。他轻声地尽量和缓着话音,仿佛怕吓着她,问道:“告诉我,你目前的处境到底怎么样?需要我做什么?你得明白你现在有多危险,什么事情都有可能发生。”

白夜明白了他的意思,她抚摸着他的头发,说:“从边境回来,我在路上走了半个月,没有人跟踪我。其实我不怕跟踪,也许我进监狱死掉更好。但是我想看到爸爸,还有你。当我看了你们杭家女人喝茶时,我觉得我不配活着,我太混浊了!”

得茶站了起来,走到窗前,一边观察着外面,一边说:“我想知道你目前的真实处境,而不是你对你自己的道德审判。这对你我目前都不重要,明白吗?发生了什么,怎么处理?现在你说吧。”他站在窗前等了一会儿,不见回答,回过头,发现白夜低着头,手捂住了脸,一言不发。他走到她身边,蹲了下来,摸着她的后颈,说:“对不起,我不是不想跟你谈一些别的,但是我们必须面对现实,你不也这样希望吗?"

白夜抬起头来,突然说:"等爷爷回来,告诉我爸爸的消息,我马上就走。"

"为什么?"得荼很惊讶,"你以为你还可以那么行动自由。也许你走出这个大门一步,你就被盯住了。现在让我和你来统一口径。第一,你无论如何不能承认,你是自觉跟他们去边境的。你必须强调,你是被拐骗到那里的,最后你利用买茶砖的机会逃脱了他们的控制。"

"我是自觉跟他们到边境的。在北京不是没有那样的例子,有人就从南边偷渡出去了。"

"请你不要再在我面前提起这样的事,一个字也不要提。"得荼突然急躁起来,声音压得很低,但口气非常严厉,"你明白你在做什么事情?"

白夜也突然站了起来,她的声音又低又闷:"我们没有犯叛国罪,我永远也不会承认我们犯有叛国罪。我们说定了,等祖国的局势一稳定我们就回来。我们的亲人和朋友都在中国,我们是中国人,我们比谁都明白这一点。这就是我痛苦的原因,我们并不想离乡背井,尤其是冒着这样的危险,用生命去换取这样昂贵的自由。除此,我们还能到哪里去,我,陷在泥淖中的我,被别人的污浊和自己的过错玷污了的我,还有什么办法让自己逃脱噩梦?重新开始,不!不要说我幼稚,不要以为我是在异想天开,有极个别的人成功了,他们逃脱了。我的悲剧就在于我看到了,想到了,但是我永远没有能力做到。你无法体验那种感觉,一步步地离家离国远了,你越来越发现你对这块土地的感情,和恋爱的感觉完全一样,令人心碎,不能自拔。难道真的就没有最后的退路?我一直在想这个问题,直到他们死在边境线上。多么残酷的启示,我突然明白,我也可以死。想到死我轻松极了。我终于获得了自由。我曾经死过一次,但那是被迫的,盲目的,那不是有尊严的人的死。现在不同了,所以我开始往南方走,我要见我的父亲,还要见到你。这是活着必须做到的事情,可是我对我自己做过的事情绝不后悔!”她面容刷白,嘴唇哆嗦着,“你让我一个字也不要提,可我提了那么多,现在该你说了。”

她重新坐了下去,在这个雪夜,她突然爆发出来的叛逆的力量令人吃惊。得茶的心抖了起来,他的一向自控力很强的情绪,顿时激荡起来。这就是白夜的魅力,她总能使人进入非常状态,这也是她的痛苦,因为别人为她而受苦。她当下说的话,不管怎么有理,都是大逆不道的,得茶自己从来也没有想到过亡命天涯,所以他从来不曾思考还有一种尊严,它的名字叫逃亡。他的激动的眼神在镜片后闪着异样的光,他说:“我请你不要再提那件事,也就是让你不要再提‘死’。我爷爷曾经告诉我,死是很容易的,比活着容易多了,所以他选择了活。再说一切并不像你想象的那么可怕,是你自己把自己推向极致。我们现在必须抛开道德层面上的论证,现在是革命年代,我们要学会行动。”

他们目不转睛地对望,彼此都觉得有些陌生,因为他们都期待对方与自己一模一样,但革命年代使他们出现了差异。白夜被得茶的力量有所征服了,她点点头说:“好吧,我听你说,也许你是对的。”

她的态度使得茶的心松了一些,他紧紧地握着白夜的双手说:“看上去你好像麻烦很多,实际上抓住主要麻烦就行。那么你说你目前的主要麻烦是什么呢?”

白夜皱眉看着他,她还不大明白他想说什么。得茶放开了她的手,在小小的斗室里来回走了几圈,他下了决心,要把他做的事情都告诉她,他不想对她有任何隐瞒。他靠在书柜前,说:“吴坤是主要矛盾的主要方面，只要他的问题解决，什么问题就都能够迎刃而解。”

白夜也站了起来，她有些吃惊，问道：“你要解决他？”

“我已经开始解决他了。”

“怎么解决？”

“也不过是以牙还牙以眼还眼罢了，并没有什么新招。”得茶这才把吴坤这段时间来的所作所为，包括他给杨真先生带来的灾难，粗粗地对白夜说了一遍，但他隐去了杨真被打得奄奄一息的那个细节，然后说：“我还得感谢你给我提供的炮弹，是你告诉我他在北京是属于历史主义派，是翦伯赞和黎澍先生手下的一员后起之秀，我把这些老底都给他揭出来了。”

“你说这些是我提供的炮弹？这些是炮弹？”白夜不相信自己的耳朵，“你把这些都给他揭出来了？”

“其实这些都不算是什么，主要是先在群众中把他搞搞臭，”得茶说到这里，自己也笑了起来，兴奋得双颊发红，“我没想到群众对此反响这么大。不过群众运动中群众的态度并不是起决定作用的，吴坤以为我不知道个中奥秘，但他错了，在心狠手辣方面，我以往的确不是他的对手。但是，从今天夜里之后，一切都改变了。”

白夜惊奇地看着眼前这个兴奋得有些摩拳擦掌的青年男子。他在屋子里来回地走着，一会儿坐下一会儿站起，他停不下来，双眼闪闪发光。他目光中冒出的那种狂热的一意孤行的意志，是她刚刚认识他的时候，一丁点儿也没有发现的。他用的那些词汇——解决、以牙还牙、以眼还眼、炮弹、对手、揭老底、心狠手辣……这是一些本来完全与杭得茶无关的词组啊，为什么他的口气中有了一种似曾相识的东西，当他这样说话的时候，他开始像谁呢？

现在，杭得茶再一次握住了她的双手，仿佛她已经与他结成联盟:“你不是希望我能够保护你的父亲吗?我一直担心自己不能够做到。这是我的使命,我必须完成。现在我可以告诉你,吴坤完蛋了!”

白夜一下子站了起来,她突然明白他开始像谁,他说话的口气,开始像那个他要他完蛋的人了。但她还是不知道他有什么办法让他完蛋。尽管得茶把吴坤形容得像一个恶棍,但白夜并没有仇恨吴坤到这一步。不,她远远说不上对吴坤有什么仇恨。她只是怀疑他,有时也讨厌他罢了。她和他的婚姻中的确有许多无奈,但难道不也有她自己的失误?她只想离开他,但并不想让他完蛋。

她的心情是得茶当下不可能了解的,他想当然地认为她应该完全与他想到一起。由于信任,由于自己也从来没有过的体验,他沉浸在自己的世界中。他迫不及待地要把自己的好消息告诉心爱的人。他说:“吴坤不是最喜欢拉大旗作虎皮吗?不过他头上有辫子,屁股上有尾巴,真要拉大旗作虎皮,他拉不过我。今天夜里的这顿年夜饭,我是和一些关键人物在一起吃的,我告诉他们,吴坤对他们而言,是一个多么不可信任的家伙。我让他们认为,吴坤和你父亲的那一层特殊关系,使他决不可能完成他自己夸下的海口。我告了他一黑状,或者说,我狠狠地打了他一个小报告:这是一个借革命名义达到个人目的的野心家。事情好像就那么简单,他完蛋了。其实并不简单,我在这之前做了许多的铺垫,我知道,即便在同一个大派别里也有许多的小派别。比如赵争争的父亲和北京方面的来人,他们看上去在一条线上,其实并不在一条线上。事情就这样起了转机。明天一早,我就可以到上天竺,把杨真先生转到我的手下。我已经拿到了手谕,你高兴吗?”

白夜像听天方夜谭似的听得茶说了那么多,好几次她企图打断他的话来表达自己的意思,她想告诉他,她没有给他提供什么炮弹,她也不希望吴坤在他的攻击下完蛋,但她根本插不进去话。得荼亢奋起来,也有一泻千里之情。当他说话的时候,她就只好悄悄地掀起窗帘的一角,窗外是阴历年1966年除夕的最后时光,雪依旧像是梦一般在下着,没有刚才那么密集,但一片片更大了,缓缓地从天而落。这样的子夜,仿佛是要昭示你认可一种铁定的不可改变的现实。白夜想,现在她能够说什么呢,她惟一能够坚持的,就是见到她的父亲。

她回过头来,说:"明天我和你一起去接我父亲。"

"这正是我马上就要和你谈的事情。"得荼走到了白夜的身边,他把她搂到自己的怀里,他知道他接下去要说的事情会让她伤心,但此事无可通融。他说:"你明天不能够和我一起去。不但不能一起去,你还不能够露面。不要让任何人知道你已经回来了,我会想办法连夜就把你转移的。"

"这怎么可能?爷爷已经去通知父亲了。"

得荼皱了皱眉头,说:"我们会有办法的,我们会说你已经走了,不知去向,这样的事情很多。"

"为什么要这样做?"

"别人会拿你做文章的。无论是吴派还是杭派,都会拿你做文章,所以你必须隐藏起来。"

这一次白夜是真正地吃惊了,她挣脱了得荼的拥抱,瞪着他,轻声地叫了起来:"可我是为了见我的父亲才回来的!"

得荼低下了头去,好一会儿才抬起头问:"没有一点别的原因了吗?"

"也为你,但不是现在的你。我没想到你卷得那么深,你失去的会比得到的多。"

"我知道,我想过了,但我还得那么做。"

白夜像突然生了大病似的,脸上的红光一下子黯淡了。

"那么说你还是不能同意我去见我父亲!"

他点了点头。他们僵持在了那里,突然她抓过大衣就往外面冲,早有准备的得茶一下子就把她抓住。她一声不吭地就和他扯打起来,没打几下,就听到门口有人惊慌失措地跑开,他们立刻住了手。得茶说:“别怕,是迎霜。”

白夜一边掰他的手一边说:“我怕什么?我谁都不怕,你放我走,我要见我的父亲!”

他们又开始在花木深房里拉扯起来,得茶的力气远远比白夜想象的要大得多,他攥住她的那只套着两只黑袖章的胳膊说:“你不能露面,因为你现在还是吴坤的合法妻子,你自己的事情还要静观事态,更不要耽误你父亲的事。杨真先生几乎被他们打死,当务之急要把他先救出来,你要理智一些,不要因小失大,听见了没有!”最后一句话他是不得不咆哮出来的,虽然声音压得很低,因为白夜看上去有些丧失理智。

原来得茶一直不敢告诉杨真挨打的事情,现在不得不说,白夜听到这里,手松了,双手一把就扯住了自己的头发,说:“这是可以想象的,可以预料的,从北到南,到处都在死人,你要是不那么说,这才奇怪呢,是不是?”她那样子突然变得古怪起来。

客厅里那几个杭家女人进了花木深房,一股寒气被她们夹带了进来。寄草厉声轻喝:“得茶你干什么?”白夜这才想起来,一把抓住寄草的前衫胸口就问:“姑婆,我爸爸快被打死了?”

寄草白了得茶一眼,说:“哪有那么严重?挨倒是挨了几下,文化大革命,谁能不挨几下?你看我,我都被他们用臭柏油浇过。”

白夜放下了抓住自己头发的手,直到现在她才彻底明白了她和她父亲的处境。寄草姑婆故作轻松的口气中透露出的完全是相反的信息。她开始明白得茶为什么会有点像吴坤。可是要把她藏起来,这是她绝不愿意的,她无力地坐倒在炉边,双手捂脸,摇着头,她的身影毛毛茸茸地映在墙上,头发乱糟糟的,像一个囚犯。

叶子见此情,使了个眼色,大家开始收拾刚才被弄乱的房间。正在此时,迎霜的脚步又响起,她的声音在子夜的雪天中格外清晰——来了,来了……

叶子手忙脚乱地拍着胸,说:“这个迎霜,现在已经半夜三更了,还那么叫。人家不吓死,他爷爷都要给她吓一跳呢。我去看看!”要去拉门,就听门外一阵骚乱的脚步,门被一阵强力推开,人未进,声音已经进来:“杭得茶,你给我把人交出来!”说话间,吴坤一阵风般地杀了进来。

翁采茶把电话打到吴坤那里的时候,他正在赵争争家吃年夜饭,赵争争的母亲半盛情半要挟地把他弄到她家里。他一边喝酒一边听那老头回忆他和副统帅的战斗友谊。老头喝了一点酒,心情也愉快,谈笑之间也不时透露一点内幕,在吴坤听来,那都是高层之间的分分合合的政治斗争。吴坤对这些话题天生是感兴趣的,他像一个虔诚的小学生在听政治课,贪婪地吸收着这些光天化日之下不可能吸收到的政治营养。他也豪饮了几杯,年轻气盛的心一时就膨胀起来,模模糊糊地想到了他的新对手:杭得茶啊杭得茶,你那么徒劳无益地死保杨真干什么呢?你知道这场运动的真正目的何在吗?他过去对识时务者为俊杰这句话一直是反感的,以为那是投机取巧的代名词。现在他开始明白什么是时务,什么是识时务。大势所趋时,逆历史潮流而动者,绝无好下场。杨真被打时他升上来的那些内疚之情,就在此时冲淡到几乎乌有,举起杯子就对赵争争说:“争争,不用说了,当着你父母的面,这杯酒算是对你的赔礼道歉吧。”

赵争争的眼泪一下子涌了出来,她是个十分倔强的人,从小娇宠,也不大知道害怕,吴坤那一掌是真正打到她心里去了。她就那么站着,一时不知道是甩门走掉好呢,还是接过酒来一饮而尽好。

只听父亲说:“行了,这件事情就到此为止。你们都不是小孩子了,起码的政治素质还是要具备,都那么冲动不冷静,将来怎么接无产阶级这个班,啊?”

这话批评得让吴坤真是舒服,他想,要学的东西真多啊!他正要再举酒杯,电话铃就响了,赵争争过去接,一听那声音,就把话筒递给吴坤,一边说:“喏,阿乡姑娘打来的!”这声音里有醋意,吴坤笑笑没在意,但他的心里却忐忑不安。整个晚餐他一直在暗暗担心着杨真那里会不会出事。也许精神准备充分,真的听到这天大的消息时他反而沉住了气。放下电话他只说了杨真失踪的消息,白夜回来的事情他就隐下了。他套上大衣就要走,赵争争一听,什么也不顾了,起身就要和吴坤并肩战斗去。他父亲一个眼神,母亲一把就抓住她的手说:“你去干什么,这是吴坤他们的组织行为,你就一个人,参与得还不够深?你看你给小吴已经带来多大的麻烦,他不好意思说,你还真不明白了,你给我坐下!”

这话让吴坤听得心里一愣,还没有反应过来,那当爹的过来,一边给吴坤递围巾,一边说:“别着急,路上小心,天大的事情也得细细去做。”吴坤打开着门,略一迟疑,老头子又问:“有车吗?”

他连“事情有结果后打个电话”这样的话都不说,吴坤的心一下子寒了下去,就像这屋内屋外的天气反差那么大。他点点头,勉强笑了笑,钻进吉普,就奔进了雪夜。

凭一种直觉吴坤就准确地判断出,白夜此刻必定是在杭得茶的花木深房里,很难说杨真会不会也在那里。

他的火气是看到花木深房才开始爆发的。自己的老婆在人家的书房里,虽然不像是出了什么事情,但依然怒火中烧。他那一声吼也带些诈,如果杨真真的在他们那里,这一声突然袭击怕也是能把他们杭家人吓出马脚来的。但他的目的显然没有达到,白夜惊异地站起来,看着已经半年没见的丈夫,轻轻地问:“你说什么,把什么人交出来?”

吴坤一个大步冲了上去,可是他没有能够抓住妻子,他们之间插进了杭得荼。两个男人出手同样迅疾,各自抓住对方的胸襟。这种戏剧化的冲突让吴坤和得荼都痛苦,他们几乎同时闪过了“可笑”这个词。然而此时的行动不可能不大于思考,尤其是容易冲动的吴坤。他盯住杭得荼,没注意到周围所有的女人都突然冒了出来盯住了他。并没有人来拦阻他,这反而使他不好下手,他只好再咬牙切齿地重复一遍:“杭得荼,别装蒜,你给我把人交出来!”

直到这时得荼才突然明白吴坤子夜袭击的原因,他也咬牙切齿地问:“你在找谁!啊?你在找谁!”

吴坤从对方的眼睛里明白了现实,大祸临头之感直到这时才升腾上来,他垂下手,茫然地看着这间他曾经在此高谈阔论的小屋。他看到杭得荼向他挥手,仿佛对他叫喊:还不快去找!然后他看着杭得荼推着白夜出去,他也跟着走到门口。风雪之夜使人渺茫,一个人消失在其中,将是那么的轻而易举,他还没有开始寻找就意识到他将不可能找到。回过头来,看着杭家的这些女人。她们沉默地看着他,其中有一个还靠在墙头,显然是为了护住那张古画。她们的神情和动作使他愤怒,他几乎下意识地伸手一抓,一把扯断墙上的另一张。直到跑出大门口,他才想起来,他扯断的正是那张杭得荼临摹复原的陆羽的《唐陆羽茶器》,但他顾不上那些了,他、杭得荼、白夜,他们坐上了同一辆车,在漫天飞雪之中,在1967年大年初一到来的刹那,直冲杭州西郊上天竺山中。

发生了不能控制的事件,吴坤从进入上天竺前二楼的禅房开始,就不可扼制地开始发抖。他走到窗前,看到那根挂下去的绳子,它硬邦邦地挂在那里,被冰雪冻成了一根冰柱。那只已经被打掉了门牙的“死老虎”,就是从这里出山的。但山外还会有什么?他探出头去,仰望天竺山中的天空。雪开始小了,山林可怕地沉默,山林披着孝衣,它是在预示谁的消亡?是杨真他们,还是我吴坤?

赶到这里的人,都分头去搜寻了,连杭得荼带来的人也共同参与了此事。杭得荼是听说爷爷朝九溪方向寻去之后,立刻寻迹而去的,走前还没有忘记过来交代白夜,让她在父亲房中好好地等待,他一定会带回消息的。她那已经有些失态的神情让他不敢再跟她多说什么,但他还是没有忘记走到吴坤面前问了一句:“你呢?”

这是运动开始以来得荼第一次对吴坤产生了恻隐之心,他那不可控制的茫然是他以往从来没有看到过的。他仿佛对寻找杨真并不积极,仿佛已经看透了这场大搜寻之后的结果,他摇摇头,呆呆坐在椅子上,一言不发。得荼无法再跟他说什么,他自己也已经到了心急如焚的地步,掉头走到门口,却发现吴坤跟了出来,在楼梯口拦住他,问:“他还活着吗?”

得荼盯着无边的黑夜,他无法回答这个问题。身边站着的这个铁青脸的男人是冰冷的,因为一脸的胡子没有刮去,吴坤比他平时的容颜多出了一分狰狞,他看到了他平时没有看到过的那一面:那种狂怒之下的隐忍,隐忍之下的惶恐,甚至还有惶恐之下的绝望。与他相对的是另一张容颜:杨真先生浮肿的眼皮间射出来的一线光芒,在天竺山的雪夜中喷发出来。杭得荼突然闪过了一个念头:原来一个人的力量也可以是那么巨大的,他使另一群人因为他而绝望!因为他使他们无法得逞!他迅速地下了楼梯,不想再见到眼前这被欲望扭曲的面容。

而他,也就这样一无所获地回到了屋中。可以说,直到现在,吴坤才开始了解这个他本来完全可以称之为岳父的男人,直到他在他眼皮底下消失了,他才真正开始感受到他作为一个人的存在。

他还没有失去忏悔的机会,直到现在他还不算走得太远,他和她还可以有共同的苦难。这种机会总是瞬息即逝的,要意识到它的一去不复返又几乎是当事人不可能做到的,至少吴坤和白夜都没有这种自觉。现在他们处在一间屋子中,仇恨和同情像两股大浪不时击打着他们不堪重负的心。他走到她的身边,看着她,想:这是为什么?我为什么爱这样一个女人,为什么要因为她毁了自己?他盯着她,像盯着一个陌生人,他想推开她,他想拥抱她,他需要她,他想永远不再看到这样的容颜。他张开嘴,自己也不知道自己要说什么,他耳语般地几乎无望地问:"告诉我,他到哪里去了?"

他说话时的热气喷到她脸上,因为这个男人的气息、因为焦虑、因为已经无法理清的痛苦和愤懑,她厌恶地别过头去。这厌恶并不是仅仅针对他吴坤的,那里面始终包括着对自己的厌恶:一种可怕的对爱欲的厌恶——如果她的肉体里没有爱欲的魔鬼,大难临头之时,她或许还可以对父亲有所慰藉;我不是应该静悄悄地,像那些净杯品茶的女人一样,无声无为地度过艰难时光吗?是什么原因让我把事情做到不可收拾的地步?是什么原因,把我和眼前这个男人绑到了一起?

她的厌恶被他看出来了,但他并没有看出她对她自己的厌恶,他只看到她拒绝他的那部分。他从心底里骤然蹿出了巨大的不可扼制的仇恨,仿佛灵魂里的那扇地狱门一下子打开了,他一下子扼住了她的脖子,咬牙切齿地吼道:"说,他到哪里去了!"

他的声音如此凶猛,连他自己都不敢相信。夜半天竺寺,轰隆隆地响起了他的咆哮,但很快又归于沉寂,没有一个人来理会他的怒吼。白夜被他扭过了脸来,现在她不得不正视他——他要干什么?揪头发?劈耳光?大发雷霆?争吵不休,或者干脆大打出手?或者像他从前一样,一把抱住她的腿,跪下来痛哭流涕?或者不理睬她,扬长而去?

他们谁都没有想到,甚至连吴坤他自己也没有想到,作为一个人他竟然还会有那样一面!他扑到门口,嘭的一声,一把关上了门,狠狠地插上。白夜尖叫了一声:你要干什么!话音未落,电灯开关线被吴坤狠狠地一拉弹到半空,屋子里一片黑暗,他抓住她的腰,一把扔到了床上。从这时开始的一切行为,就都是一个恶棍的行为,一个强暴者的行为。她觉察到了不对,开始尖叫起来,只叫了两声,便被什么东西塞住了嘴巴。她的两只手,被他的一只有力的手拧在了一起,她能够听到黑夜里她的棉袄扣子噗噗噗地弹扯开的声音,她的挣扎仿佛激起了他的更大的狂暴。她被按在床上的时候,甚至连鞋子也没有脱掉。他的肉体令人恶心,即使在这样的时刻她还有能力分辨出,她遇到的是爱,是欲,还是蹂躏。一开始她拼命挣扎,后来她不再反抗,她想,她现在并不是和人在搏斗,因为她面对的完全已经是一只野兽。

他终于松开了她的手,取出她嘴里的堵塞物,她长长地叹出了一口气,强烈地咳嗽起来。随着她的咳嗽声,他坐了起来,发出了类似于哭泣的吭哧吭哧的声音。她开了灯,他不再发声,仿佛已经精疲力竭。他体内那种兽性的狂热冲动已经被发泄掉了,现在,那毒蛇一般啮咬着他的恐惧和绝望总算能够被忍耐住了。他哆哆嗦嗦地穿着大衣,一言不发,直到白夜站起来,走到门口。

他像是已经恢复了理性,赶快跑上前去顶住了门,问:"你要到哪里去?"

白夜厌恶地轻轻一喝:"走开!"她一下子推开了房门,朝楼下走去。雪大概正是这个时候停止的吧,世界在某一个特定的时刻凝固住了。大门被打开时发出了清晰的声音,白夜轻轻地往前走着,像夜半时分的怨魂。雪扑簌簌地往下掉,像是她痛哭之后的余泣。雪地里有几条长长的脚印,有的伸向城里,有的一直往九溪方向而去。她几乎是下意识地开始翻越天竺山,她要翻过那绿袖长舞的茶山琅珰岭,沿着茶树生长的路线,去寻找她的父亲。

吴坤气急败坏地跟在她后面,苦口婆心地跑前跑后,雪地里被他踏出了深深的雪窝。现在他混乱的头脑开始清晰起来。他不停地开始说:“你可以提出和我离婚,你对我提出什么都可以,但是你现在不可以抛头露面,我希望你能够明白这一点,你必须立刻就隐蔽起来。”

白夜站住了,惊异地喘了一口气,她不可能不想到杭得荼,怎么他们竟然说出了一模一样的话。吴坤再一次误解了她的意思,他以为她已经被他说动了,就拽住了她的衣袖,他的两条腿就几乎全部没到路边的雪层里面去了。他说:“你父亲突然失踪,你突然出现,你说这意味着什么呢?”

白夜想,是啊,这样神秘的联系,意味着什么呢?意味着父亲不想见我吗?他们已经登上了山顶。天色已经在洁光雪片中显出晨曦,大雪已停,天放晴了,白夜能够看见夜半行人的脚印,深深浅浅,伸向远方。她想,哪一条脚印是父亲的呢?

吴坤也停住了,站在高处,面对群山雪峰、空旷无人的世界,呼吸着凛冽的仿佛接受过洗礼后的空气,在暗暗的生机之中,他活过来了。他说:“白夜,我知道你的处境,你的事情别人不知道,我都知道。可我不怪你,有时候,我欣赏你的离经叛道。可是你现在应该回去。你放心,你想跟我离婚,这并不难,你会很快如愿以偿的。接下去,也许就该是轮到我做阶下囚了……”

说到这里他再也说不下去了,他摇摇晃晃地朝来时的方向下山,他对那么多人寻找杨真的举动,根本不感兴趣。在他看来,杨真是永远也不会再出现了。

钱塘江畔,六和塔下,杭家三个男人在此会合。最初的脚印就是在这里真正中断的。江边一块大石头上,放着那本三十年代的《资本论》。正是千山鸟飞绝,万径人踪灭的时节,江上连那独钓寒江雪的蓑笠翁也不见了,也许他随江而去,也许他沉入江底,也许他化作了那驾怒潮来去的素车白马的英雄潮神——而那三个男人在此伫立,亦不知是凭吊,是追怀,还是遥祭。他们的面颊上挂着坚硬的冰水,那是不会流淌下来的男人的泪。

后来他们捧起了放在大石头上的《资本论》,他们打开了扉页,那上面的暗红的字迹使他们心潮起伏。他们仔细地辨读那行字母时,得荼的心为之大跳大恸起来,这是蘸着血书写下来的:风雨如晦,鸡鸣不已。

滔滔钱塘江,正是在此折一大弯,再往东海而去的。那掀起全世界最大浪潮的钱塘江潮,正是在此酝酿而成的。天眼开了,乌云中射出一道强烈而愤怒的光芒,而在雄伟的六和塔与凝重的钱江桥之下,江水发着青光,那是一种像青铜器一般的色泽,它在不动声色地向前流淌,偶尔,从它深处发出了闪闪的白光,瞬息即逝。这三个男人也仿佛不动声色地立在江边,他们也仿佛罩上了江水的青光。

而那边,那边是已经不再繁华的旧时古都,那有人甚嚣尘上有人噤声屏息的省城,那乱哄哄你方唱罢我登场的历史舞台,那依旧像蜘蛛网般的南方的雨巷间,一扇不起眼的后门悄悄地打开,一对少男少女从门里猫着腰出来,看着四周无人,这才伸开手打了个哈欠。大雪铺盖的大地使他们吃了一惊,他们一夜窝在半地下的贮藏室中,从事着他们的神圣使命,竟不知道外面发生了什么,改变了什么。此刻他们的手,已经都让油墨沾黑了。他们相互看了看,指着对方的花鼻子脸,都忍不住笑了起来。

整整一夜,杭得放和谢爱光都是在假山内的贮藏室里度过。

他们的第一份政治宣言已经诞生，静悄悄地叠在假山内煤球筐子后面的小柳条箱里。紧张与危险之后，他们来到了天光下，青春一下子释放出来，他们开始打起了雪仗，从小门内外冲进打出，嘻嘻哈哈的声音，回响在羊坝头杭家的大杂院里。

然后，他们仿佛发现了什么，他们手里捏着雪球，突然站住了。他们回过头去，看见了杭家那些个女人。她们凄楚的容颜令他们吃惊，手里捧着的大雪球，便惶恐而无声地落到地上去了。

第十九章

春天依然到了。1967 年春天的茶芽与革命一样蓬勃发展，它们没有因为去年夏天以来的劫难而垂头丧气，革命的人们与被革命的人们，对它也依然保持着同样亲切的心情，仿佛一切都面临着砸烂，茶却超越在了砸烂之上。

在世代事茶的杭家那惊心动魄的风雨小舟中，早早就被社会放逐的小人物杭方越，既进不了中心，也不具备进入中心的素质。连批斗他的时候也大多是陪斗，打他的时候也一样，往往是痛打别人的时候陪打。这个整数后面的零数，就在这个春天，被发配到玉皇山脚下的八卦田中，帮着郊区的贫下中农们种田。

正是油菜花开的季节，方越挑着一担粪，一边在阡陌上行走着，一边还有雅兴看看玉皇山。单位里现在也不再让他研究什么青瓷越瓷了，可他们，主要是那个占了他房间的年轻造反派又不想让他回来。恰好人家环卫所的环卫工人们要造反，紧急向有知识分子的单位呼吁，要一批知识分子的牛鬼蛇神来替他们倒马桶，条件是知识越多越好，越多越配倒马桶。这一下子，杭州城里各个有知识分子的单位就找了一批出国归来的、懂三国外语的、弹钢琴的、动手术刀的、世代书香门第的、教书的、唱歌的，方越和他们一比，知识竟然还不算多，凑合着一起就发配过来。半年之后业务发展，一条龙服务，干脆让他们把粪便直接送到地头田边去。方越负责的就是这里，杭州城南山脚下。

天气很好，空气中浮动着游丝，方越干一会儿活，就朝玉皇山仰头望一会儿。春天,站在玉皇山上往下看,能够看到这八卦田。看上去它很有些古怪,像是一个神秘的大棋盘。老杭州人都知道这是南宋时的籍田,是用八卦爻画沟塍,环布成象,用金黄的油菜花镶嵌成的边,里面的青菜杭人叫做油冬儿菜,那可真是长得像碧玉一般的绿。

八卦田当然也是四旧,小将们也不是没有来造过反。但造八卦田的反实在太累,不像砸那些佛像,一锤子的买卖,这里可够你挖十天半个月的土,不划算。杭州人把算计叫做“背”,小将们背一背,背不过来,就胡乱挖了几个洞,走人了,方越他们这些牛鬼蛇神这才有了一个继续劳动改造的场所。

方越喜欢这里,杭州城虽三面环山,但惟有南边一带对他最有吸引力,他总能在那里找到一些有关官窑的蛛丝马迹。手握粪勺干活时,他不时地放下粪勺,跑到前方被粪浇湿的那块地上,捡起一些被打湿后发出光亮的东西,有时候是一块石头,有时候是水泥,有时候也会是瓷片,但绝不是他想要的那一种。他手握粪勺,再一次眺望南山,他一直就有一种预感,认为陶瓷史上数百年未解的一个谜——修内司窑窑址,就在眼前。他所能看到的这片山间。

和杭家的大多数人不一样,他们是品茶,他杭方越却是品茶具。但他真正决定把研究瓷器作为自己的一生的选择,还是因为某一个偶然的机会,在花木深房帮助义父整理爷爷杭天醉的遗物时产生的。

爷爷的遗物其实已经不多了,在那不多的东西中,一把旧折扇引起了他的兴趣,折扇的一面画着一个品茗的白衣秀士,坐在江边品茶,天上一轮皓月,但那茶杯明显地就不是紫砂壶。折扇另一面是一幅字,上书杜毓的《荈赋》,全文并不长,但方越看得很吃力：

> 灵山惟岳，奇产所钟。厥生荈草，弥谷被岗。承丰壤之滋润，受甘露之霄降。月惟初如秋，农功少修，结偶同旅，是采是求。水则砥方之注，挹彼清流。器择陶简，出自东隅。酌之以匏，取式公刘。惟兹初成，沫沉华浮。焕如积雪，晔如春敷。

方越的古文根底并不好，这和他几乎没怎么受过完整的传统文化教育有关，但他明显地就对这段文字表现出浓烈的兴趣。他请嘉和帮他解释这段文字。

正是这一篇古文让方越进入了一个奇妙的世界，他由此而知道，在那高峻的中岳嵩山上，长着满山遍野的茶树。一群一千五百多年前的文人，结伴而行，到山中去采摘与品尝它们。煮茶的水呢，是要用山间流淌下来的清流的；煮茶的器具呢，要用上好窑灶，还要用越瓷的茶具。用瓢来斟茶，这规矩是从公刘那里学来的。这个公刘是个了不起的人，是古代周族的领袖，他率领着周族迁居并发展了农业，开创了周代的历史。这样把茶煮好了之后，茶渣就沉在了下面，而茶的精华，就浮在了上面。那时候的茶啊，看上去明亮得像积雪，灿烂得就如春花一样美丽呢。

嘉和讲述这一段内容时平平静静，但方越却听得如醉如痴，他从来就没有想到过，茶是可以这样来吃的。他不解地问："父亲，我不明白，我们喝的茶，颜色应该是绿的啊，怎么杜毓却说它是明亮得像积雪一样的呢？难道古代的茶是白色的吗？"

嘉和笑了起来，说："你让我想起我小的时光，我也是和你一式一样地问过我的父亲，他说，你自己看书想去吧。"他看到方越一时着急的模样，才说，"这个也不难，我告诉你就是。茶嘛，古代的人跟我们是不一个吃法的。他们是要把茶弄碎了，跟其他东西拌在一起做成了茶饼，喏，就是现在的砖茶那种紧压茶。等到要吃的时候，还要再把它们弄碎，用茶碾子碾，也就是现在中药店里的那种药碾子的样子。碾成了白色的粉末,再煮,煮好了,白花花的一层在上面,好看得很。一次煮好了,也就是盛个四五碗,大家喝,要是水掺得太多了,就不好喝了。这种品茶弄到后来,就开始斗茶了,看谁的茶越白越好了。喏,下城区孩儿巷里住着的陆游,就是写'小楼一夜听春雨,深巷明朝卖杏花'的那个陆游,下面还有两句诗,写的就是斗茶:'矮纸斜行闲作草,晴窗细乳戏分茶。'这个分茶,就是斗茶啊。"

方越还是好奇,问为什么今天的人不斗茶了呢?父亲的回答让他心服口服,父亲说,喝茶要又简单又好喝才行,因为说到底,这是老百姓的饮料,不是人参白木耳,富贵人家只管掉头翻身玩花样。比如这样喝茶,喝到宋朝人手里,皇帝都是品茶高手,品茶倒是品出精来了,但茶农可是苦死了,玩物丧志,国家也亡了一半了。所以到了明朝朱元璋手里,下了一道命令,从此宫廷里不进紧压茶,统统都进我们现在喝的这种散茶了。所谓唐煮宋点明冲泡,说的就是这个过程。

听到这里,方越突然恍然大悟,说:"我现在晓得,为什么天目盏的茶碗大多是黑的,碗面那么斗笠形的了。你听我说有没有道理。因为那时候崇尚茶要白色,所以碗要黑,碗面要大,这样白色才衬得出来。后来喝我们现在这种样子的茶了,茶要绿了,所以青瓷白瓷就吃香了,你说是不是?"

方越的不大的眼睛机智地闪着光芒,让嘉和看了突然心疼。方越越长越像他的亲生父亲,但他身上并没有父亲的油滑和卖弄,这孩子是忘忧从火坑里救出来的啊,是他杭嘉和的亲骨肉。他搂住了方越的肩,说:"放暑假的时候,我带你到处去走走。"

方越能说得明白,烧一辈子窑,这个最初的决心,是在曹娥江的那一段江面上产生的吗?那年夏天,义父嘉和带着他游历了一次浙东。他们去了上林湖,那里的原始青瓷片随处可捡;他们沿着曹娥江走,到了上虞那越瓷的发祥地。在余姚,他们甚至还去了一趟瀑布山,正是在那里他第一次听说了丹丘子这个名字——汉代余姚人虞洪上山采茶,遇见了一位道士,牵着三头青牛。那个道士把他引到了瀑布山,对他说,我啊,就是有名的仙人丹丘子,听说你很会煮茶,就常常想能不能让你煮一些茶给我尝尝。现在我告诉你,这山里头有大茶,你可以进去采摘。不过你得答应,以后有了多余的茶,别忘了给我一些。果然,虞洪从此以后就采到了大茶。以后他就用茶对丹丘子进行祭祀。

他们是在那个名叫河姆渡的村子里喝过了好茶再进山的,但他们并没有遇到丹丘子。随后他们又去了上虞三界茶场,这就是当年抗战时期吴觉农先生办的抗日茶场啊。方越说:父亲,吴觉农先生就是今天的丹丘子吧。父亲想了想,却说:丹丘子是仙人啊。方越又说:我不过是一个比喻,吴觉农先生也是指引你们茶人怎么得到好茶的,和丹丘子一样。嘉和点点头说:这个我知道。但还是不要这样说更好,要学会不说。

方越没有在那一次游历中学会不说,这是他遭难的原因之一。但他在那一次游历中得益亦匪浅,其中曹娥庙给他留下深刻印象。它那规模宏大和壮丽辉煌,它那众多雕刻名人书赠的匾额楹联,它那些石柱、桁、梁、轩和石板,还有那千年中国第一字谜的“黄绢幼妇外孙齑臼”,给了他强大的冲击力,但他吸纳最多的还是有关越瓷的知识。正是从义父的老朋友们那里,方越第一次知道舜曾经避难于上虞,并在那里做陶灶制陶;他也由此知道,那里的小仙坛东汉青瓷窑的瓷片证明了它们已经达到了现代日用瓷器标准,是成熟瓷器的发源地,也是中国青瓷的发源地。巨大的献身热情正是此时萌生的,他拒绝了母亲的建议:让他转道香港去美国继承遗产。高三学生杭方越游历归来,心里塞得满满的,关于对祖国山河的热爱，对表现在越瓷上的美的热爱，以及因为孝女曹娥的刺激而愈加深刻体会到的对杭家亲人们的热爱，这众多的来自不同角度的爱，促使他向美国发了一封豪情万丈的信之后，就报考了美院的工艺美术系。

他非常清楚那一次出行的意义，那就是义父的无言教诲。在短短的大学时代，他理清了越瓷发展的脉络：越窑自东汉创瓷，至孙吴、两晋出现了第一次高潮，杜毓当年在山中煮茶所用的东瓯，应该就是这时候的越瓷吧。到了南朝和隋代，越瓷面临着第一次的短暂低落。但是不要紧，因为伟大的圣唐时代到了，第二次大发展的时代到了。至于五代吴越国，为了保境安民，把越瓷作为向中原纳贡的重要特产，因其特殊的历史地位而繁荣，并一直延续到宋代初年。然后，它就不可遏止地衰落下去了。

方越没有在不可遏止面前停止步伐，即使他被划为右派发配到龙泉山中去之后，这种爱也没有结束。他在哥窑弟窑的所在地、当地人称之为大窑的地方一待多年，那遍地的碎青瓷片使他欣喜若狂。啊，哥窑，那胎薄质坚、釉层饱满、色泽静穆的哥窑，它的粉青、翠青、灰青和蟹壳青，它的冰裂纹、蟹爪纹、牛毛纹和鱼子纹，它的紫口铁足，是怎样地让他欣喜若狂；还有弟窑，它的滋润的粉青酷似美玉，它那晶莹的梅子青宛若翡翠，那是陶瓷艺人最高的艺术境界啊，那样的美，难道不是难以企及的吗？

接着便是官窑了。真是九秋风露越窑开，夺得千峰翠色来啊。这世界碎纹艺术釉瓷的鼻祖，让人叹为观止。那独特的胎薄釉厚，那创造性的开片和紫口铁足，那深刻展示宋代哲理的简约的造型和线条，方越看到这些宝贝，就会眼睛发直。

和中国许多传统的工艺大师一样，因为心无旁骛，他的技艺在他的那个领域里越来越精深，而对别的事情却越来越隔膜。那种对命运执著的怀疑精神、辨析能力、形而上的思考，原本正是他们杭家男人的内在精神资质,方越却很少涉及这个领域,因此避开了精神领域里的一个个重大的暗礁。职业给了他另一种狂热。即使是现在,沦落到最底层了,他的脑子转来转去,转到后来,又回到了他的瓷器上。他呆呆地望着南山出神地想:那修内司窑,到底是在哪一片山林之中呢?

一个女人扭着屁股向他的方向走来。走走停停,那样子很是古怪。方越能够感觉到她的样子像谁,但他没有往细里想。实际上方越是很喜欢女人的,这仿佛是画家艺术家的职业习惯,但他确实也已经好几年没和女人打什么交道了。妻子死后数年,刚刚缓过一口气,准备考虑续弦的问题呢,文化大革命就开始了。他出神地看着那女人在春天原野里的身影,女人穿着一件阴丹士林蓝的大襟衣衫,下面是一条差不多颜色的蓝裤子,整个人的样子,就像一只正在向他走来的祭蓝葫芦形瓷瓶。这年头还能看到这样的线条,简直就是一个奇迹。他正想入非非呢,就见那祭蓝葫芦瓶喊开了:"喂,你是不是方越,喂,杭方越,杭方越,要死啦,我到处找你,山上都爬过一圈,你快过来,你快过来,你阿爹叫我一定寻着你,啊哟皇天,我总算寻到你了……"

不知道从什么时候开始,嘉和开始害怕听到来彩的尖嗓子,害怕听到她那高亢的一声:杭家门里——电话!他知道这样是不公正的,她甚至连一个传递消息的人也算不上,她只能算是一个传递消息的工具。如果那些消息是不幸的、悲哀的,那和来彩有什么关系呢?

昨天夜里得放突然打电话来,嘉和心里一惊,就叫叶子去接。电话是得放的声音,没有了平时的故作镇静,说是嘉平爷爷在牛棚门口的大操场扫院子呢,也不知道是哪里来的一块飞砖,从墙那头飞来,不偏不倚,就砸在爷爷后脑勺上,当场就把爷爷给打倒在地。

医生看了,要求病人卧床休息。造反派想了想,还是把这个花岗岩脑袋推出去了事。他们心里或许还暗暗赞许那个放暗箭扔飞砖的家伙,帮他们做了一件好事。这些天来他们对付这个老家伙可把他们气坏了。

直到这时候,革命群众才发现杭嘉平这个人很怪:他不是共产党,挨不上党内走资派的边;也不是国民党,挨不上台湾反共老手的边;他甚至连个民主党派都不是,说他和共产党没有同心同德,更挂不上号;且也没有资产,和资本家没什么关系;他是一个无党派人士,你又不能说他不革命,因为他几乎可以说是从十七八岁就开始革命了,中国人民解放事业中所有的进步事情他都参加了,你说该把这个哪头不落实的老家伙靠到哪里去呢?造反派们总觉得太便宜了他,可再想一个什么整他的办法还有待于研究。正琢磨呢,墙外飞来横祸,一切问题迎刃而解。

叶子接到这个电话,回到家中,三言两语把事情交代清楚,就开始收拾东西,一边说:“迎霜看家,我们先一起去一趟马坡巷,到那里再看是你留下还是我留下。”嘉和吃惊地看了一眼妻子,在昏黄的灯光下,叶子突然一下子挺拔了许多,甚至人也高出了一截。她说话的口气也变了,点石成金般的,她自己也没有感觉到,仿佛一下子回到了几十年前,她还是嘉平妻子时的神情了。

在马坡巷,得放已经把爷爷接了回来。从前那两间朝北的小房间,现在成了祖孙两个的栖息地。嘉平躺在得放的小床上,面色苍白,但精神还好,看见他们来了,还摇着手说:“不要慌不要慌,我那是吓吓他们,找个理由好回家的,那么敲一下哪里就敲出祸水来了。要那么容易出事,我这一年老早死过去一百次了。”

嘉和坐下来,看着弟弟的脸色说:“还好还好,我倒真给你吓一跳。你先不要动,我们想想,接下去怎么办?”

两兄弟在商量着怎么办的时候,叶子麻利地走到了另一间屋子,铺床,打扫屋子。这是她第一次到嘉平家里来,但她熟门熟路,像个在这里居住过几十年的主妇。她先是到厨房里烧好了开水,喂嘉平吃药,然后和嘉和一起扶着嘉平回到他的那个小房间。她甚至能在这么短的时间装上一个窗帘,还有一盏台灯。女人啊,就是生活。三个男人默默地看着这个女人在忙碌,那种心惊肉跳的、手忙脚乱的哆嗦,仿佛意识到灾难太大只有责无旁贷地挑起,竟神奇地消失了。

嘉平的小床旁放着一张躺椅,叶子点点它说:"谁守夜谁就躺在这里。"

嘉平连忙说:"不用了不用了,我现在已经好多了。没事情,让得放守夜就可以了。"

嘉和连忙说:"夜是一定要守的,哪怕装装样子也要装的。这次既然回来了,就要想办法不再回去。"他说话的声音很低,但决心很强。

"那你看谁留下来呢?"叶子问。

嘉和想了想,其实他出羊坝头门的时候就想好了,只是他不想那么快地就把自己的主张说出来,他不愿意让嘉平和叶子有任何的尴尬,他要让这件事情做得天经地义,看起来也天经地义。他掏出一个信封,交给叶子,说:"这个月的工资,你们先拿去用。我想想还是你在这里守好一些,顺便好给他们做一点吃的。我们单位里也是三日两头地找我,他们造反,茶又不造反,生出来要摘,摘下来要评,评茶的人造反去了,寻来寻去还是寻到我。我到这里来,他们找不到我,也是一个麻烦,你们看呢?"他又露出多年来的语言习惯:征询意见。

杭家人都知道,当大哥嘉和说"你们看呢"的时候,也就是说"就这么定了吧"。嘉平没有再说话,看着大哥,眼睛里的神情,只有他们兄弟二人知道。

叶子把嘉和送出小门口的时候,正是春风拂面的夜,天上一轮残月,细细弯弯,几粒疏星,粗盐一般,撒在两旁。叶子摸了摸嘉和的袖口,说:“回去添一件衣裳,夜里头凉的。”嘉和笑笑说:“几步路就到了,别担心。”叶子说:“这倒也是。”她站着不走,嘉和就知道她还有话说,也站着不走。突然叶子叫了一声:“大哥……”就不说下去了。嘉和先是暗暗吃惊,多少年叶子没有这样称呼他了,再一看叶子还是不说话,就有些急了,说:“你看你你看你,有什么话就直说,你看你这个人,啊?”叶子什么也没说,突然发出一个久违的声音,嘉和想了一会儿才回忆起来,竟然是一句标准的日语,“谢谢你”的意思。

嘉和醒了过来,他突然意识到叶子是一个日本女人啊,一个日本人啊。他这么多年来,几乎已经把这一条彻底忘记了。在他的眼里,叶子已经是一个杭州弄堂里的标准的江南女人了。他轻轻地抬起手来,擦着叶子的眼泪,说:“你要做的事情都是我要做的,我们两个人是一个人,我们三个人也是一个人。你懂不懂?啊,我的话你要往心里头去,你要相信我。”

但是杭嘉和并没有能够很快实现自己的诺言,第二天一大早,他又听到了来彩的尖嗓子:杭家门里——电话——她的声音简直像利剑一般直插进他的胸膛,他害怕这不祥的声音,预感到不幸比不幸降临还要使人感到不幸。迎霜看到爷爷呆呆的神情,吓得自己先就打了一个寒战,问:“爷爷,你怎么啦?”

嘉和首先就想到,会不会嘉平出什么意外了?脱口而出的却是另一句话:“迎霜,你去帮爷爷接个电话好不好?”

迎霜放下正在吃的泡饭,就朝巷口跑去。嘉和一下子清醒过来,连忙也跟着跑了出去,三步两步就超过了迎霜。电话却出人意料之外,那一头也是一个哭哭泣泣的女人的声音,但不是叶子,却是个长途电话,是得荼的养母茶女打来的电话,说方越的儿子杭窑,作为反革命被抓起来了。

一听这晴天霹雳般的消息,嘉和眼前几乎一团焰火爆炸,他立刻想会不会弄错了,连忙压低了声音问:"你弄清楚,你说谁反革命?窑窑,他几岁?"

那边的声音显然已经急得哭都哭不出来了,只说:"窑窑八岁了,不算小了,我们这里还有六岁的反革命呢!你快想想办法怎么弄吧。我自己现在也是泥菩萨过河,不牵连你们已经算天保佑了,你快想想办法吧。"

嘉和连忙又安慰她。

原来杭窑从龙泉山里出来的时候,带着一个烧制好的胸像,一直就放在壁龛里,也没有人去问过那是谁。谁知前天一个邻居来串门偏偏就看到了,也是多嘴问了一句那是谁啊,正在打弹子玩的窑窑神秘地笑了,说:"那是谁你还看不出来啊。"

"那到底是谁啊?"那人好奇,又问。

"伟大领袖毛主席啊,你怎么连毛主席也不认识了?"

那人还真是吓了一跳,定睛一看,笑得肚子真叫痛。原来这尊像,不点破,谁也不知道那是谁,一旦点破了,越看越像毛主席。这个漫画般的毛主席胸像把那邻居笑得直在地上打滚,一边喘着气问:"这是……哎呀谁让……你那么……我的妈呀……让你做出……来的啊?"

窑窑理直气壮地说:"我自己呀,大人烧窑的时候,我自己捏了一个毛主席,我自己把他烧出来的啊。"

小小的村子并不大,一会儿就来了不少参观毛主席胸像的人,一个个捧着肚子笑回去,再作宣传。终于,公社的民兵们来了,造反派也来了,看了胸像,铁证如山,背起窑窑就跑,立刻就扔进拘留所。像他那样的小难友,还真不少呢。县里也不知道该把这些个小反革命怎么处理,往省里一请示,过几天就送到杭州来等待发落。

杭嘉和一下子头脑清醒过来,说:“你别急,我今天就赶到,你等着,叫窑窑别慌,爷爷今天就到。别的事情我到了再说。”

放下电话机,见身边正好无人,他拱起双手,对来彩作了一揖,说:“来嫂子,家里出天大的事情了,你无论如何要帮我一忙,帮我立刻找到方越,只说一句话,万一有人问他儿子的事情,让他说,他儿子做的事情,他一点也不知道,拜托拜托,拜托拜托。”他一连说了四个拜托,把来彩的眼泪都拜托出来了。二话不说,托人代管了电话亭,就直奔南山而去。

这头嘉和回到家中,又对迎霜说:“奶奶不在,你就是家里的女主人,你就是一家之主。现在到你爷爷那里去告诉他们,我要到窑窑那里去一趟,去去就来,叫他们别着急,有什么事情可以找布朗叔叔。我现在要先去得荼哥哥那里一趟,他还有要紧事情做呢。大爷爷讲的话,一句也不要对外人说,听到了没有?”

迎霜连连点头,但还没回过神来,就见大爷爷已经奔出门去,他走得那个快啊,无声地,就像风从水上飘过去一样,转眼间就不见了。

嘉和、得荼祖孙两个到茶院公社的最后一站路,是划着乌篷船赶去的。日子仿佛偏偏要和时局对着干,革命形势发展得越快,生活就越过得一成不变,同样的茅草房,同样的小石桥,同样的牛耕田,同样的小木船,不同的只是越发破旧罢了。船儿慢悠悠,嘉和得荼祖孙两个心急如焚,眼看着小船驶过通向烈士墓的小路——当地政府在茶园内专门修了一个烈士墓,隔着茶园新抽的茶芽枝条,还能够看到拱起的青冢,祖孙两个相互对了一眼,嘉和说:“等事情办好了再回来扫墓吧。”

窑窑到底还是一个孩子,只当杭州爷爷接他回杭州,能够看到爸爸了,心里一下子就欢喜得把小反革命这件事情也给忘记掉了。在茶园里对着烈士墓鞠了一躬,就开始东张西望地捉蝴蝶,撩蜻蜓,又去采了那嫩茶叶塞进嘴里,一个劲地叫着,茶叶好摘了,茶叶好摘了。

嘉和现在的全部心思,都在他手里捧着的这个牛皮纸袋上,刚才那个治保干部专门交给他的。当时他已经背着窑窑走出那个临时的拘留所了,治保干部突然捧着这么个牛皮纸口袋冲了上来,他示意让窑窑先下来,然后把牛皮纸袋交给嘉和,一边说捧好捧好。嘉和不知道什么东西,刚要问突然明白了,把口袋捧在手里就朝那人深深地鞠了一个躬。嘉和看孙子开心地跑远了,猛然把那扎紧的纸袋往青石碑上一砸,里面的东西立刻就碎了,滑到了碑脚下。得茶先是吃一惊,继而恍然大悟,赶快上前一步,想把纸袋里的陶片倒出来碾碎,被爷爷一把抢过,说要到河边洗手。得茶不由分说地取过纸袋就往墓后面的那条通小河的石阶走去。石阶边正好没人,得茶借着洗手,就把那纸袋里的碎陶片全都撒向了河中心,刹那间一切都消失得无影无踪。

得茶并没有马上走回墓地,他在小河边站了一会儿,这里很安静,他也想使自己焦虑的心情有所缓解。有许多心事埋在心里不能说,有些事情还非常大。两个月来杭城出现了一些内容非常出格的传单,表面上看是针对血统论的,而有心人却看出了其中的矛头,那文笔不由得就让杭得茶想起他的弟弟得放。前些天回家,偶然从花木深房前的假山旁看到得放,还有他的亲密战友谢爱光,这是他第一次看到这个姑娘。她看到他时明显地脸红了,不是害羞而是某种程度上的紧张与不安。他们手上都有油墨,他看着他们期期艾艾地从他身边走了过去,当时他就想,一定要找个机会好好和他们谈一次。此刻,站在这宁静的小河旁,这种心情更加急迫了。

感觉到后面有人,回头一看是爷爷。祖孙两个慢慢地走上了台阶,重新走到了烈士墓前。往年清明,总会有一些学校机关到这里来献上些花圈的,也许因为今年革命要紧,没有花圈了。作为烈士家属,嘉和觉得很正常,去年夏天以来,有不少墓还被人挖了呢。像杭忆和楚卿这样验明正身之后还是革命烈士,还能够安安静静地躺在这里,嘉和已经很欣慰了。他这么想着,一边摘了一些抽得特别高的嫩茶枝,做了个茶花圈,放在石碑下,祖孙两个有了一番短短的墓前对话。

"听说吴坤已经出来的事情吗?"

得茶的手指一边下意识地摸着父亲在石碑上的名字,一边点点头,过了一会儿才说:"是姑姑告诉你的吧。"

嘉和摇摇头说:"吴坤来找过我了。"

这才真正让得茶吃了一惊,细长眼睛都瞪圆了,盯着爷爷,嘴微微张着。吴坤是杨真失踪之后立即就被隔离审查的,白夜心力交瘁,从天竺山下来就住进了医院,出院那天做常规检查,连她本人在内的所有的人都大吃一惊,她怀孕了。大家面面相觑,谁也不敢问这是怎么回事,甚至一开始谁也不敢告诉得茶。这个消息最后还是由白夜自己告诉得茶。

事情并不像杭家女人们想象的那么严重,得茶面色惨白,但神情始终保持着镇静,他冷静地问,接下去她有什么打算。白夜说,在她回北方的时候,吴坤已经把她的户口转到杭州,她想跟盼姑姑一起到龙井山中去教书。得茶想了想,说这是个好主意,有盼姑姑照顾她,大家都放心。白夜又说,她不想再见到他了,无论是他,还是吴坤,她都不再想见到了。

得茶听了这话,没什么表情,但额角的汗一下子渗了出来。耳边嗡嗡地响着,嘴却机械地说,你觉得怎么好就怎么办,我尊重你的意见。这么说着的时候他站了起来,似乎有些不好意思地补充说:“你知道我很忙,恐怕不能送你进山了,以后我也可能会越来越忙,身不由己……你要学会保护自己,你……我……”他说不下去了,便要去开门,手捏着门把好几次打滑,白夜站起来给他开了门。他笑着,她也笑着,但彼此的目光都不敢正视。他的嘴角可笑地抽搐起来,眼镜片模糊着,他几乎是摸出门去的。他和她都没有提及孩子的父亲。对得茶而言,这几乎可以说是一个血淋淋的话题——一位与他有深厚关系的老人消失了,一个与他毫无关系的生命却开始萌发,而他们都是通过她向他展示的。这是什么意思?这是什么意思?痛苦就在这样的隐秘的持续不断的心灵拷问中打成了死结。

嘉和看出了孙子的惊异,但他不想再回避这个话题,他已经很长时间没有机会和得茶在一起说说话了。杨真的失踪事件,给了吴坤派沉重打击,反过来说,当然也就给了杭派一个扬眉吐气的机会。不管得茶愿不愿意再招兵买马,扩展队伍,反正他已经被推上了那个位置。他想抽身重新再做逍遥派,那几乎是个幻想。仅仅大半年时间,他和吴坤的位置就奇迹般地换了个个儿。严格意义上说甚至还不能说是换个儿,得茶杀出来之前还是一个普通群众,而吴坤打下去之后却真正成了一个楚囚。

这正是嘉和日夜担心的地方:孙子越来越离开了自己的本性,他在干什么,他要干什么?他眼看着孙子一天比一天地粗糙起来,这种粗糙甚至能够从体内渗透出来,显现在表皮上。他讲话的声音,他的动作举止,甚至他的眼神,都变得非常洗练明快。偶尔回家,喝着粗茶,他的声音也开始喝得很响。这十来年他们杭家平日里也是喝粗茶的,但把粗茶喝细了,正是他们还能够保留下来的不多的生活方式之一。现在,这种样式开始从得茶身上退去了。所以他想他要和他好好地谈一谈。他说:“吴坤放出来了,听说审查结果他没什么问题,这事你比我清楚。我也不喜欢吴坤这个人,说实话我第一次见到他就心里没底,可你对他的那一套我也不喜欢。”

得荼张了张嘴又闭上,他不打算也无法和爷爷解释什么。爷爷继续说着他其实并不想听到的信息:“吴坤来找我了,他说他已经去过白夜那里,她怀孕了,他向我打听,谁是这孩子的父亲?”

得荼终于忍不住了,放下一直按在墓碑上的手,抓住自己的胸口问:“难道你也以为是我?”

嘉和看着孙子,孙子突然闭上了眼睛,然后,眼泪细细地从镜片后面流下来。他几乎已经记不得孙子什么时候流过眼泪了,这使他难过得透不过气来。就在此时,隔着摇曳不停的茶叶新梢,他看到了远远驶来的囚车,他还看见窑窑在欢呼跳跃,一边叫着:“车来了,车来了!”他摇了摇头,说:“好了,不提这个事情了……”

上了囚车的窑窑快活得简直就像一只嗡嗡乱飞的大蜜蜂,他高兴死了,因为他已经忘记了什么是坐汽车的滋味。囚车里很暗,两个小窗子用铁栅栏框死了,外面的春光就像拉洋片似的从他的小眼睛面前拉过。他把脸贴在铁栏杆上,一会儿冲到这头,一会儿冲到那头,目光贪婪地望着外面广大的天空和田野,一会儿突然跳了起来,叫道,鸟儿啊鸟儿啊,飞啊飞——这么看了一会儿,突然想起来,这一切都是爷爷给他带来的,扑上去抱住爷爷的腿,把小脸贴在爷爷的膝盖上,问:“爷爷,我们是不是真的去杭州,是不是真的去杭州,爷爷?”

嘉和靠在囚车的角落里,看着天真烂漫的小孙子,由着他一会儿冲过来一会儿拉开去。得荼坐到前面去了,嘉和坚持要坐在后面陪这个最小的孙子。窑窑远远说不上脱离灾难,一到杭州,他就要被关进由孔庙改造成的临时拘留所。要把窑窑真正弄出来,还有一番周折。嘉和想,要是现在能够由我来代孩子坐牢,我就是天底下最幸福的人了。是的,如果现在上苍能够帮助他杭嘉和实现一个最大的愿望,那么这个愿望就是代孙子坐牢。

窑窑一直贪婪地盯着窗外,两个小时之后,路边的房子开始越来越多越来越大,他高兴地叫了起来:杭州到了,杭州就要到了!

第二十章

杭得茶在杭嘉湖平原父母亲烈士墓前,那条平静的小河旁的不祥预感果然应验了,杭家又一个青年陷入了这场革命的政治险境。

这一天傍晚,对小布朗而言,乃是他在杭州生活的最后一个安详之夜了,因为那一天他是与茶在一起的,他第一次作为评茶师的助手,进入厂部的评茶室。茶叶并不好,连小布朗这样对龙井绿茶没有什么特别研究的人也看出来了,这是一些低次茶,最多也就在七级上下。这些年来持续不断的大干快上,已经使茶叶产量整整翻了一番,但它却是以改制炒青茶、增加粗老茶、减少优质龙井茶为代价的。布朗想,怎么他在茶厂里,却总是看不到小撮着伯伯悄悄塞给嘉和大舅的那些扁平光滑呈糙米色的茶呢,那一两二两的,远胜过这里堆放的一麻袋两麻袋。刚到杭州时布朗对龙井绿茶一无所知,现在凭眼力就能分出好坏来了。但比起大舅来他依然属于茶盲。在他看来,那精美的龙井茶就是谢爱光,那粗糙的,自然就是翁采茶了。

尽管茶不好,但依然少不了看干茶,嗅、摸、开汤,看色、闻香、细品那一系列评品的过程。干这些活布朗是走不到前面去的,他提着一个水壶绕来绕去地跟在后面,看着那些评茶师一本正经地品论。那些评茶的人们刚才还在会场里互相指着鼻子大辩论,对骂,有的低着头挨斗,有的揪着对方的衣领给他来喷气式,这一会儿却都穿上白大褂,戴着白帽子,一人一杯茶,一起低下头看,一起压着杯盖晃荡晃荡摇出那香气来闻,一起含着那茶水在嘴里,眼睛朝天,像漱口那样发出一种只有评茶师才会发出的奇怪的声音,然后眨巴眨巴眼睛,说:七级吧,我看七级也就差不多了。

这时候牛鬼蛇神啊,造反派啊,走资派啊,历史反革命啊,大家在茶上的感觉也不知为什么都会那么相似,即便有分歧,也就在那左右间小小摇晃一下。那一霎间他们好像又回到了那些建设和劳作的日常岁月。要不是小布朗这时候出去冲开水,看到门口墙根上靠着的那些大牌子、那些大牌子上的打着叉叉的名字,真不能想到,下一场批斗会还在等着他们呢。

小布朗很喜欢这种庄严的劳动,实际上他依然是一个勤杂工,但他觉得这活儿很有权威性。他手里提着个水壶一本正经地走来走去,总算找到了一种正在干正事的感觉,和铲煤球到底不一样。就那么出出进进地弄了大半天了,依然兴趣盎然。就在他最后一次走出工作间取水的时候,他拎着水壶的手僵住了,落日的余晖中,他看到了那个小兔子一样担惊受怕的姑娘,她站在前面树阴底下,半个身子从树后探出来,看见他就一个劲地招手,却不走过来。他着了魔似的拎着个水壶就朝她走去,屋子里的人叫着:水呢,水怎么还不来?他就根本听不见了。

谢爱光本来是应该去找杭得放的,但她的脚一拐,却找到了杭布朗,骤然发生的事件把她吓坏了。几个月来,她一直和得放秘密地进行宣传工作。他们散发的关于出身论思考的传单,已经在杭州城里掀起不大不小的风浪。这些文章大都是从北京传过来的,在本质上是拥护革命的,只是对革命中发生的种种不可理解之事提出自己的见解。一开始他们也可以不必做得那么隐秘,但得放和她都更喜欢目前这种地下工作者一般的状态。后来他们才开始发现他们的地下状态是绝对必要的了,因为专政机关已经开始追查这些宣传品,甚至被列入了反动传单,予以查禁。杭得放怎么可能被一个查禁就吓倒了呢,他们越查禁,他就越要行动。他们窝在假山内的地下室里,像两只鼹鼠在烛光下互相鼓励,他握着她的手,双眼炯炯有神,问:“你害怕吗?”

谢爱光那秋水一般的眼睛也放出了钢铁般的光泽,她也紧紧地握着他的手说:“和你在一起,我就有为真理献身的勇气。”

是的,只要和这位眉间一粒红痣的美少年在一起,谢爱光就无所畏惧。然而一旦离开他,她就胆战心惊,她就又变成当初那个多愁善感、身世不幸的江南少女。看来杭得放并不是不明白这一点,所以每次外出发传单,他都和她在一起,今天是惟一例外的一次,他被爷爷的意外事故拖住了。原本他们说定了到农业大学去散发张贴传单,因为今天是个特殊的日子,吴坤派重新崛起,在农大召开誓师大会。吴派是杭城著名的出身论的坚定维护者,得放就专门针对他本人的出身写了一篇文章,来说明这个观点的谬误。他用的完全是反诘的口气,把吴坤的脚底板一直挖到他叔伯爷爷吴升那里,最后反问:照吴派“老子反动儿混蛋”的逻辑,那吴坤本人不就应该是一个货真价实的大混蛋吗?我们不妨问一问他本人,他承认自己是一个大混蛋吗?如果他有勇气承认,那么他的追随者也愿意追随一个大混蛋去做小混蛋吗?如果他们也愿意追随他做小混蛋,那么,所谓的革命造反的吴派组织,不就是一个混蛋组织吗?而一个混蛋组织,又怎么可能是一个革命者的组织呢?怎么配在这样风云际会的革命时代粉墨登场呢?

这份传单,只有交给谢爱光去单独完成了。她答应得也很豪爽,让得放放下心来。但问题是她一到现场就抓瞎了,绕来绕去怎么也下不了手,最后也不知怎么搞的,竟然绕到了女厕所里。一到那里她才发现什么叫冤家路窄,整一个房子里竟然就让她碰上了赵争争一个人。赵争争并不认识她,而谢爱光却听到她的名字都会谈虎色变。可以说吴坤的这一次重新出山,有她赵争争的一大半功劳,吴坤对她自然感激涕零,所以目前她的气焰正盛,看上去她的鼻孔眼睛嘴巴里都仿佛在喷火。谢爱光偷偷地看着,看着看着越看越怕,越看越怕,一边系裤子一边就往外走,走出门口几分钟之后才清醒过来,一下子吓得目瞪口呆——她把那只放传单的绣有“为人民服务”的军包,丢在厕所里了。她刚要回头去取,就见赵争争从厕所里出来,肩上就挎着那只包。爱光闪到树后,心尖子拎到了喉咙口,是去向她要,还是躲开?她思想激烈地斗争,手心额角全是汗,脑袋里一片空白。再缓过神来,赵争争已经走回了她那个革命斗争的大本营。谢爱光几乎要虚脱了,怎么办?她几乎是失神地、下意识地走到了小布朗的茶厂,把这件事情告诉他之后,她一屁股坐在树下,就站不起来了。

小布朗已经很长时间没看到爱光了,他可不能看到女孩子遭这样的罪,胸脯一拍,说:“什么鸟事把你难成这样?看你布朗哥哥给你跑一趟,立马摆平。”话毕,拖过大舅给他买的自行车,一把拎起那爱光,把她架到后座上坐好,嗖的一声,就飞出茶厂。他身上还穿着工作用的白大褂,脸上甚至还戴着个大白口罩,不知道的人,还以为他是个医生呢。

这一路上杭布朗是又拍胸脯又说大话,也没见他歇了嘴,不一会儿就到了农大的校址华家池。进了校门,先让那谢爱光去探探风,然后再作打算。谁知没过几分钟爱光就慌慌张张回来,轻声道:“赵争争她又上厕所,一会儿就出来,喏喏喏,就在那前面,就在那前面,树林子后面,那条路很偏僻的,啊,她出来了,一个人。她出来了,背上那个包就是我的,她干什么老往厕所跑,她是不是想逮我!”一边说着就一边往外跑,直怕那赵争争眼尖看到她。

应该说这时候的杭布朗要干什么,心里是很盲目的,今天横空里杀出一个谢爱光,把多情的布朗心搅乱了。也是忙中生乱,他横冲直撞地驶向赵争争,偏偏那自行车的刹车突然失灵,布朗是想擦过赵争争身边时来一个海底捞月,抢过此包就跑的,谁知绕过树林子,真擦过赵争争身边时非但没刹住车,还把那刚想转身的赵争争撞了一个四仰八叉。华家池因为大,本来人就不多,这条通向厕所的小路此刻更是没有一个人。布朗捡起那包就往回骑,后面一点声音也没有。他骑出大门口见着了爱光,远远地就把那包往她身上一扔,爱光惊讶地问:“成了吗?”布朗一挥手说:“走你的吧。”顺手就把白大褂和口罩、帽子脱下一起扔了过去。爱光也不敢再恋战,嗖的一下也就跑得看不见了,前前后后的时间加起来,不过也就那么三五分钟。

布朗本来可以回去干他的活了,但他扶着自行车,心里却有些嘀咕,因为他的本意是抢包可不是撞个姑娘。这个动作做得不规范,让布朗心里也不踏实。他是个胆子大到天边去的人,又有好奇心,就想着偷偷回去看一看。重新骑着自行车往回走,我的天,那姑娘还躺在地上。布朗这一下也就顾不得那许多了,冲过去就抱起那姑娘,大声地喊着来人哪来人哪有人倒在这里啦。

其实厕所离吴坤他们的会议室并不远,只是当中隔着林子,听到人喊,出来一看就乱了,赶紧张罗着把赵争争往车上送。赵争争看来是腿折了,头脑清醒过来,对吴坤说书包被抢。吴坤一听这才急了,一把抓住布朗的胸问有没有看到人抢军包。布朗横抱着这个被他撞倒的姑娘,一时愣了,说不出话。他生来就不是一个会撒谎的人,而且五分钟前他刚刚作过案,同时要他编谎话他还一时编不过来。倒是那赵争争还算头脑清楚,说:“我刮到一眼,那人是穿件白大褂的,刚刚走,这个人就过来了。”

吴坤盯着赵争争,脸上做出心痛的样子,心里气得破口大骂,这叠传单他已经看到了,当时就想叫人送回去封好。偏这个赵争争多事,要在厕所附近再候一候,结果煮熟的鸭子飞了。心里这么想,嘴里却焦急万分地说:“快快,快送医院!”

布朗因为抱着赵争争,一时就放不下来了,只好跟着他们那一伙上了他们的车。真是荒唐,他原本是要上另一辆车的啊,一切都乱了!

现在是第二天早上了,得放正要送爷爷去医院,就见一头雾水的谢爱光摇摇晃晃地出现了。他吃惊地把她拉到门后,问:“你怎么啦,这些传单没发出去吗?”他一把接过了那只装在另一只旅行包里的黄军包,紧紧攥在手里。

谢爱光几乎就说不出话来了,使劲睁开眼睛,才吐出那么几个字:“我在外面待了一夜,没敢回家……”

得放一看这架势,就知道事情不好,赶快又细问过程,等谢爱光终于说完之后,才又问:“那么我的布朗叔呢?”

谢爱光无力地晃着脑袋,说:“我也不知道,昨夜我一直在他家门口等到十一点,他会不会被他们抓走了?”

得放想了想,让爱光等着,拎着那包就回到房间里。爸爸杭汉也是昨天夜里赶到的。看着奶奶和爸爸,得放抓了抓头皮,说有要紧事情,一定要现在跑一趟。奶奶心疼孙子,说:“放放,这些天你都在干什么,你看你瘦得多么厉害,你有心事要和家里人说啊。”

嘉平斜靠在床上,摇摇手说:“去吧去吧,自己当心就是了。”

得放正要走,想了想,把那只包塞在床底下,说:“这是我的东西,可别和任何人说。”

叶子看着变得沉默寡言的孙子,又说:“放放,可不能到外面再去闯祸啊。”

得放站了起来,看着这一对风烛残年的老人,看着一声不响站在旁边的父亲,鼻子一酸,嗯了一声就往外走,他得赶快找到布朗叔叔。把他也拉到他们的行动中来,这是他没有想到的。但他不能责怪谢爱光,看她一夜惊魂未定流浪在外的样子,他还能对她说什么呢?

杭家年轻人里头,仿佛再没有人像布朗那样富有传奇色彩了。他带着山林和岩石的气息,来到这个江南的不大不小的城市,往哪里一站,都显出他的与众不同。

吴坤他们一群人把赵争争往医院里一塞,就紧急布置搜寻传单的制造者去了。他刚从审查中解脱出来,急于需要制造一些事件来证实自己。今天是他重新出山第一天,抢包事件倒也是歪打正着,正好可以体现一下他的能力。赵争争的父亲到医院看了看女儿,没有多少安慰,还责备了她一顿,她也是个要强的女人,红卫兵,不是说倒就倒的。可是等围着她的人都匆匆散去,她就悲从衷来,摸着上了夹板的断腿大哭起来。

把她亲自抱到医院里去的布朗,原本是可以拔腿就跑的,反正谁也没看出他是罪魁祸首。可是看人一个个走了,竟然没有一个男人留下来为她张罗,他就有些不好意思走。后来护士终于来了,他想他这下子可以走了,不料姑娘却哭了起来。女人的眼泪,在布朗看来是很简单的,那就是像男人发出的求救信号。姑娘哭了,布朗心乱如麻,深深自责。幸亏他这点头脑还是有的,还没有发展到当场忏悔坦白交代的地步,但这时让他抬起屁股就走,他是死都不肯的。什么女红卫兵,女造反派,只要是姑娘,就是女人。女人低头捂脸在哭,布朗心旌摇动,老毛病又犯,阶级立场派性立场,统统灰飞烟灭。他就上去,两只手一起上,摸着她的头发和后脑勺,轻声轻气地说:“好姑娘,别哭,好姑娘别哭,很快就会好起来的,我不会不管你的。”

赵争争除了那天夜里和吴坤在床上跳了一回舞——那也是属

于激烈运动——这辈子也没有听到过这样温柔的话,领略过这样温柔的动作。布朗又因为不怎么会说杭州方言,与人交谈,多用在学校学的国语,这倒反而给他平添一分文明。这个都市里的堂吉诃德的肢体动作狠狠地吓了赵争争一跳。女强人猛然抬头,大叫一声:"流氓,你想干什么!"

这一声流氓,可算是当头一棒,把布朗给当场打醒了。这是他在杭州城里第三次享受这种殊荣,而前两次"流氓"之后的下场,想起来还都让布朗他不寒而栗。他神经质似的跳了起来,连一声再见都来不及说,一下子就蹦到门口,刚要开溜,听那女人又一声厉喊:"站住,你是谁,哎哟,你给我站住!嘶嘶嘶——"她用力太猛,断了的腿被拉了起来,痛得她直抽凉气。布朗一只手还搭在门把上,头回过来说:"你忘了,我是把你送到这里来的人,我是你的救命恩人啊。"

这都是赵争争从来也没有听到过的话,赵争争的声音也低了,声音也不自觉地温和了,说:"你过来,你别走,我想起你来了。"

这一坐就坐住了。赵争争腿疼,寂寞,睡也睡不着,又不时地想动弹,拉住杭家那帅小伙子布朗就不让他走了。也是布朗被那一声流氓叫出了一根神经,当赵争争问他姓什么的时候,他没说他姓杭,他说他姓罗。赵争争就小罗小罗地叫个不停起来:小罗啊,你可不能扔下我不管啊,你已经救了我一回了,你可要救人救到底啊。新上任的小罗心里却有点发毛,他没想过要把她护送到底,他只想把她护送到有人接手就仁至义尽。人生要紧关头,不是一步两步,实际上只差半步。刚才只差半步他就逃出一门之外,和这女红卫兵从此井水不犯河水。可现在他真的走不了了,眼看着夜色降临,他对小赵说他得回家,明天还要上班呢。小赵嗲声嗲气地哭着说:不行不行你不能不管我,今天夜里他们肯定要开半夜的会,不到十二点钟他们不会有人来看我,你得等到他们来后才能走。

这种口气,打死赵争争也不可能对吴坤说。在吴坤面前发嗲,就好像用《梁山伯与祝英台》的越剧腔进行大批判发言,死活对不上号的。但这个小罗像是从天上掉下来的,地里冒出来的,和他们平常对话的人一点关系也没有。小赵看出来了,她和他不是一个阶层的,果然,他是工人阶级。阶层越不一样,交往起来越轻松,萍水相逢,反而容易推心置腹。再说赵争争跌断了腿,抢去了包,刺激不小,吴坤对她,又比对那阿乡采茶还一本正经,况且那白夜竟然要生孩子了,真是岂有此理。赵争争和翁采茶,从哪方面看都不是一种性格的人,但从心乱如麻这一点来看,却是殊途同归。也是火山总要喷发,借此突然事故,赵争争心火乱蹿,忙中出恍惚,看来是把稻草当黄金,把小罗当吴坤来依靠了。总之,种种因素使赵争争一把抓住布朗不放。春暮时分,豆蔻年华,革命激情,受伤的心灵,得不到的爱情,难以出口的欲望,加上那个歇斯底里的狂热,乖戾的扭曲的个性,浓缩成一团火,曾经一茶炊砸死陈揖怀的女学生,现在摇身一变,成了楚楚可怜的江南小女子。

布朗再喜欢姑娘,也被这种突如其来的不正常的狂热弄懵了。他不能不对姑娘的恳求做出积极的反应,但他心里直犯嘀咕,不知道他那么一求就应的态度对不对。另外,姑娘那种明显的依赖也让他觉得不太正常。他想,即使他真的救了她的命,她也用不着紧紧抓住他的手不放啊。他再一次想解释他为什么要回去的原因,但姑娘不听。姑娘说:什么春茶夏茶,我是不喝茶的,资产阶级的一套。你别去茶厂了,给我当助手吧。布朗连连摇手说不行不行,我刚刚找到这个工作,评茶,很有意思的工作,我不能丢了。赵争争笑了起来,又嘶嘶嘶地疼得直抽冷气,说你呀你呀,真是没见过世面。我让你给我们总部开车怎么样,我们这里刚到了辆吉普车,差个司机,你来,我让你来,没人敢不答应的。小赵握着他的手,目光深情地看着他。她这种突如其来的移情、这种对爱情的渴望、这种心理学家也分析不清楚的扭曲的精神状态,怎么能让布朗搞得清楚呢。他本是胆大的小伙子,但这断了腿的姑娘的感情还是让他有些害怕。他说让我想一想,让我想一想。总算此时救兵到了,吴坤重新走了进来,赵争争这才放了布朗一码。

布朗回家的路上,想到他的自行车还在华家池,只好一路步行,走回去找车。正是满天的繁星,花香四溢的春夜,黑暗遮蔽了马路两边围墙上的长长的大字报,他听到有人在扯大字报的声音。那是穷人的声音,穷人们的一种新的冒险的谋生方式,像老鼠一样昼伏夜行,撕了大字报再卖到废品站去,小布朗听着撕纸张的窸窸窣窣的声音,看着法国梧桐树上新生的绿蝴蝶般的新叶,突然想念起刚才的姑娘。她的眼泪虽然有些莫名其妙,她的发嗲虽然有些生硬做作,她的热情虽然有些神经兮兮,她的状态虽然有些喜怒无常,但那毕竟是冲着他来的啊。为了什么?也许什么也不为,就因为我救了她,一位英雄在她面前出现了。布朗心里有些发痒,自以为是的情感又在他的心里蠢蠢欲动。他昏头昏脑,但总算还能认出自己的自行车,他骑上车子,横冲直撞,看着天上一轮明月,街上已空无一人,横河边绣球花开得密密匝匝,一大团一大团地在阴影中凹进凸出,一阵揪心的刻骨铭心的思念涌上心头。他太想念远方那茶树下的父老乡亲了。鼻腔有一些发酸,嗓子有一些发痒,一声山歌就响彻了江南静悄悄的西子湖畔——

> 月亮出来亮旺旺亮旺旺,
> 想起我的阿哥在深山;
> 哥像月亮天上走天上走
> 哥啊哥啊哥啊
> 山下小河淌水清悠悠……

不知为什么,他吼得那么响,竟然没有联防队来喝令他不准唱黄色歌曲,也没有社会治安指挥部来捉拿他扰乱社会秩序。郊外的夜,没有人来打扰,这个城市的夜晚表面上看去依旧美丽静谧,但有人正在密谋,有人正在流泪,有人刚刚被噩梦吓醒,有人却已经死去。他不知道,那个名叫谢爱光的姑娘就在他歌唱的时候离开了他的家门口。夜太深了,她等了他几乎大半天,直至深夜,她等得失去信心了。

得放听了爱光的话后匆匆离去,叶子就要张罗着带嘉平上医院。嘉平却不想去,说自己实在没什么,有点头晕罢了,也没什么了不起的,休息几天就好了。再说医院里现在看病也讲成分了,要自报家门,牛鬼蛇神给不给看病,还要看医生的心情。要是真不给看,还不是加一层气,本来没什么病,反倒添出病来了。

嘉平说这番话的时候也是头脑清清楚楚,不像是病重的样子,叶子一听就没了主意,被杭汉一个眼色唤了出来,悄悄地对母亲说:“这种事情一定不能放松,我认识的一个人也是这样被打了一下,开始那几天木知木觉,后来不对了,越来越糊涂,现在变成傻瓜了。”

叶子一听更急了,不知如何是好,母子两个重新回到嘉平床前时,叶子一声也不响,还是杭汉说:“爸,趁我现在在身边,陪你去医院走一趟,看不看得上医生,那是另外一回事情,你也不要太在意。你想想你是以受伤的名义送回来的,现在医院里都不去一趟,人家不是又要说你没病,把你拖回去了?”

嘉平听了此言,微微回过头来问叶子:“你说呢?”

叶子突然一阵心酸,这种熟悉的神情叫她想起多年以前,她轻轻地仿佛淡漠地说:“随你。”嘉平怎么会不从这句话里读出无限的怨嗔呢,他说:“那就去吧。”话音刚落,他就看到叶子笑了,她的小薄耳朵现在皱起了花边,不再透明了,但她的笑容依然像六十年前。

笑容刚落,叶子的眉头又皱了起来,她开始为怎么样把嘉平送到医院里去而犯愁了。嘉平的脑袋不好抬起来,必须躺着,可是现在还有谁会为嘉平备车啊。杭汉走到门口去看看,也是奇怪,今天大街小巷里连辆三轮车也照不到面。倒是巷口有一辆垃圾车停着,车的主人正在吃杭州人的早餐泡饭,听了杭汉的发问才说:“今天杭州城里,除了大板车和垃圾车,还会有什么三轮车,统统都到少年宫开大会去了。”杭汉大半年关在郊外,听了三轮车工人也造反,不免又觉稀奇,那吃泡饭的说:“你当只有‘杭丝联’‘杭钢’是工人,人家踏儿哥就不是工人?是工人就好造反。你看我这辆车子为啥干干净净搁在这里,我们环卫工人也要造反上街游行了。”

杭州人叫踩三轮的工人踏儿哥,今天是踏儿哥们的盛大节日,看来找三轮车的念头可以休矣。杭汉看着那辆干净的垃圾车,突然心里一动,说:“师傅师傅,我爸爸生毛病了,特约医院又远,在洪春桥呢,一时也弄不到车,这辆垃圾车能不能借我们用一用?师傅帮帮忙好不好?”

那环卫工人倒也还算仗义,一边剔着牙一边说:“你们杭家门里人,我们这条巷子也都晓得的,这次吃生活了是不是?你们也有今天这种日子。好了好了,饭吃三碗,闲事不管,我这辆车昨天刚刚发下来,用了一天,昨日夜里我用井水刚刚冲过,你看看,是不是跟没用过一样的?”

杭汉一听算是明白过来了,悄悄就塞过去两块钱,那人却不好意思了,说不要那么多的,一块就够了,又叫他们快去快回,“你当我就不担风险啊,我也担风险啊,人家问起来,这老头子怎么坐到垃圾车里,谁给他的车,我怎么说——”他还在那里剔着牙齿说个没完,杭汉却拉起垃圾车就往家门口跑了。

这母子两个用废纸铺好了车,把最后那块板子和上面的板子都抽掉了,又在车里放了一张竹榻,然后小心翼翼地把嘉平抬了出来。往竹榻上那么一靠,嘉平笑了起来,说:“没想到老都老了,还出一把风头。”母子两个都不懂这话什么意思,嘉平有气无力地说:“人家盖叫天才配坐在垃圾车里呢,去年夏天轮到他游街时,杭州城里万人空巷,平常看不到他戏的人,那天都看到他台下的真人了。我倒是没有想到,我也有这么一天。”

杭汉听父亲那么说话,心里难受,放下车把手说:“要不我再去想想别的办法?”

嘉平连连摇手说:“你这个孩子,羊坝头里住住,连玩笑也不会开了,坐垃圾车不是很好?再说三轮车工人革命也是有传统的。二十年代三轮车工人就造过好几次反的,不过那时候他们是想当踏儿哥,要革公共汽车的命,今日革命,要革人的命,性质两样的。”话说到这里,他还精神着呢,突然头一歪,哎哟哎哟叫了起来,吓得叶子、杭汉两个扑上去抱着他直问哪里疼哪里疼,他也不回答,只是叫个不停,当下叶子的眼泪就吓了出来,突然嘉平睁开了一只眼睛,斜看了旁边一眼,接着两只眼睛都睁开,面部一下子恢复了正常,他就不疼了。

叶子捂着胸说:“哎哟阿弥陀佛,你刚才是怎么啦?”

嘉平疲倦的脸上露出了狡黠的笑容,让她把耳朵凑过来说:“住在我们家院子里的两个造反派刚刚出门,现在他们会到单位里去说,我的病有多重了,连老脸都不要,垃圾车都肯坐了,我是装给他们看的啊。”他嗨嗨嗨地笑了起来,叶子轻轻地用手指点了点他的头,说了一声,看你这死样,吓死我了,自己也笑了起来。杭汉一看父母的样子,心里也就轻松了很多。他现在才明白为什么会有那么多女人迷恋父亲的原因了。

三个人上了路,果然招来不少看客。正是西子湖桃红柳绿的四月天,人们再是革命,也忘不了在湖畔顺便地观光。有不少人其实是观光顺便着革命。去医院的路上要路过湖滨,还要沿里西湖走,不少人就跟在那垃圾车后看西洋景。杭汉在前面埋头拉车,倒也心无旁骛,嘉平闭着双目躺在竹榻上是眼不见为净,惟有那叶子,在后面扶着车,照顾着嘉平,还要受许多眼睛的盘问,心里便有些慌。她自 1949 年之后就没有出来工作过,平时一家人吃喝都要靠她张罗,她几乎没有一个人出去走走的习惯了。这一次大庭广众之下步行穿过半个西湖,她就有点手脚眼光没处放的感觉。路过少年宫——从前的昭庆寺时,见那里人山人海好不热闹,到处都是三轮车,车夫们到这里来聚会游行。那些站在会场边缘的人,看着他们杭家人这奇怪的样子,都乐得哈哈大笑,叶子听得心慌起来。嘉平闭着眼睛说:“别怕,都当他们死过去了。”可叶子还是怕,低声地说:“他们会不会来拦我们的车?”这话还真是给她说着了,就见一个踏儿哥恶作剧地拦住他们的车说:“给我停了,交代,什么成分?”

杭汉被这些人一拦,只得停住,回头看看叶子,叶子突然镇静下来,说:“你倒是去看看,杭州城里哪里还找得着一辆三轮车,都到这里来开大会了,有这辆垃圾车还算我们运气。我们是城市贫民,老头子昨日摔了一跤,你看他这副样子,快点放开,一口气上不来我们找到你不放,还不是你倒霉?”

那人一听连忙放开,众人复又大笑,杭汉拉起车迈开大步就往前飞,叶子跟在后面一溜地小跑,那样子肯定是又紧张又滑稽的,嘉平就睁开一只眼睛,瞄靶子一样地朝后看着,一边夸奖着叶子说:“还行,应答得好,到底还是杭家门里的女人。”叶子一边擦汗一边说:“冤家,前世修来的苦,一辈子都在为你这种人担惊受怕。”嘉平哈哈地笑了起来,一边皱着眉头,脑袋就隐隐地疼了起来。叶子又担心,叫着杭汉慢一点慢一点,一面又去扶嘉平的头问疼不疼。嘉平突然一下子抓住叶子的手说:“叶子,你恨死我了是不是?”

叶子吓了一跳,只怕儿子听见,但眼泪却不听话地流了出来,默默地走着,朝旁边看,那是断桥啊,白娘子和许仙相会的地方,她摇摇头,就把手抽了回去。

真是奇事,少年宫和北山路不过相隔半里,但一拐进北山路,左边是白堤和西湖,右边是葛岭宝石山,人立刻就进入了另一个世界。湖边水面,已有荷叶浮起,上有晶莹露珠。叶子就记得嘉和曾告诉过她,湖边植荷,乃是杭人对白乐天的纪念,《西湖梦寻》中所谓“亭临西湖,多种青莲,以像公之洁白”,说的就是这个事情。一下子想到嘉和,叶子的心就紧了起来。

快到从前镜湖厅的地方,嘉平叫杭汉先把车子停下来,这里人已经不多了,一般游客走的都是白堤,相对而言,此处倒是一个僻静地。今日天气也好,西湖水面亮晶晶的,这才是苏东坡的“水光潋滟晴方好”呢,嘉平精神一下子振作了许多,说:“就当我们踏青吧。”

叶子摇着头,心里想,也就是你这样的人,还有心赏风月,却不把这话说出来。

嘉平看出叶子的心事了,却举起手来,这才发现手抖得厉害,说:“叶子,你看放鹤亭还在呢,我倒一直担心它也被砸了。”

这时杭汉也放下车把说:“不能把什么都砸了吧,人家总要来玩,西湖毕竟还是天堂嘛。”说完这句话,却见二老都不应答,回头一看,父母眼中都湿漉漉的,他们想到了什么?一下子杭汉也就想到了蕉风,心里面一阵阵地刺痛,就蹲了下来,说不出一句话。却听到父亲说:“可惜大哥今日不在。”又听母亲说:“也没有藕粉莲子羹了。”这话倒如打哑谜一般,让杭汉这样实在的人也生出许多玄想,他抬起头来看看,仿佛看到了当年的西湖博览会,看到了那顶早已被拆掉的通往放鹤亭的木桥。三个人闷声不响待了一会儿,就见头上柳条儿飘飘摇摇,像一把把绿头发,荡来荡去,绿枝下有红白桃花瓣儿纷纷扬扬,落了一地。二十分钟前他们还在一种甚嚣尘上的世界里呢,此地却照样一片落英缤纷。待在这样的湖边,他们三个人甚至产生了一种幻觉,仿佛他们是从某一个时间隧道里突然钻出来似的,杭汉叹了一口气,重新拉起了那辆垃圾车,这辆车子使他们回到了现实之中。

直到过了岳坟,他们的话才重新多了起来。想是因为一路上杭汉话少,又怕他触景生情,想念蕉风,就另找一个话题,问他这些日子,除了革命、交代问题之外,有没有进行别的科研活动?比如,你们的那个龙井 43 号,实验有没有停下来啊?

说到茶事,杭汉这才像是触到了哪根筋一样地一下子振作起来,回头问父亲,你怎么也知道龙井 43 号啊?嘉平说我怎么不知道,你当我抗战期间跟茶是白白打交道的。什么有性繁殖无性繁殖,都是吴觉农先生告诉我的呢,可惜他老人家现在也和我一起倒运了。我记得龙井 43 号是六〇年开始培植的吧,它算不算是无性繁殖系啊?

杭汉连连说我正在做这个课题呢,反正这种事情总还是要有人去做的。爸爸你的记性真是好,这种专业的问题,我本来以为只有伯父这样的人才能够问得出来,没想到你也知道。龙井 43 号当然是无性繁殖的。妈妈你知道吧,有性繁殖是通过种子来完成的。因为异花授粉,所以遗传基因不好,跟鲁迅先生的那个九斤老太说的那样,会一代不如一代的。无性繁殖呢,是利用茶树的营养器官,喏,就是利用叶啊,茎啊,根芽啊,来培育成一株茶树,这个原理嘛,就是细胞全能性的原理。好了,我不说这个了,这个太复杂,不过我要告诉你,当年迎霜生出来的时候,正是为了纪念迎霜这种无性繁殖系新品种培育成功才取的名字。迎霜属于小乔木型,中叶类,早芽种,是 1956 年从平阳桥墩门茶场引进的福鼎大白茶和云南大叶种自然杂交后代中再单株选育而成的。那时候蕉风正在市茶科所呢,整个过程她都参加了——他突然煞住了话题,这三个人都是那么费尽心思地想绕开伤心的话题,但绕来绕去还是绕不开,痛苦始终还是他们的轴心,他们离它不过半步之遥。倒是这时候医院帮了他们的忙,他们终于到了此行的目的地。

"这就是你们的医院吧。垃圾车拉进去要不要紧啊?"叶子担心地轻声叫了起来。

差不多就在这辆垃圾车跌跌撞撞拉进医院的同时,一辆吉普车也驶入茶厂。小布朗上班才一会儿,就被人叫了出来。从车里跳出了一个男人,看上去面熟,那人上下打量了他一番,说:"你就是罗布朗吧,昨天我看到过你,跟我走吧,你们那个赵部长正等着你呢。"

布朗想,什么部长,难道那个小赵还是个部长?他倒没有问这个,只说我正在评茶呢,单位里工作紧得很。那人宽容地笑了笑说:"这些事情你不用多管,你现在安心学开车,有时间就陪陪赵部长,她的腿摔断了,不是你先发现的吗?"他说话的口气有点奇怪,眼睛一直专注地盯着布朗。布朗摇手说:"我不去我不去,我们当工人的,和你们学生搞在一起算什么。我也不会守病人,你们自己回去吧。"说到这里,吉普车里跳下一个司机,推着布朗就往车上拉,一边说:"你是不是有毛病,你知道是谁亲自来接你了。我跟吴司令那么多天,你还是他第一个来接的人呢。走吧走吧,你交运了。"

这之前,吴坤已经到过他们厂部。在那里,吴坤发现"罗布朗"姓"杭"不姓"罗",但他还是把布朗送去学开车,让他成为赵争争的司机。

第二十一章

初夏杭城是四时中最美的季节,刘庄更占西湖山水之秀。青年军官李平水却毫无心绪,一个由地方与军队联合召开的高级会议正在此地秘密进行。乘会议间隙时间,他独自来到湖边散心。

刘庄原主人刘学洵,乃广东人氏,在西湖丁家山下建刘庄,近人记载:落成之始,最称宏丽,蛎墙虹栋,错杂水湄,窗际帘波,与湖际水波互相萦拂,洵为雅观。1954 年,又集西湖旧园林中韩庄、杨庄、康庄、范庄于一体,改建为西湖国宾馆,与一水之隔的汪庄遥遥相望。刘庄、汪庄,都是中国最高领导人常来常往的地方,作为军人,李平水知道,毛泽东这些年来基本都居住在汪庄。故而这次省一级的高级会议,才能到这里的刘庄来开。

会议在湖山春晓楼旁的望山楼开,景色虽美,却把会议所要讨论的内容衬托得更加剑拔弩张。近日杭州发生了千人冲击军区仓库的重大事件,今日各路山头派系的核心人物,被召集在此,共同协调此事。这本是一件黑白非常分明的事情,谁知越开越不分明。李平水只是工作人员,但他多少总能刮到几句,心里气闷,便出来走走。刚刚入伍那几年,他曾经在这里当过警卫人员,此次也算是旧地重游,没走几步,就碰到了也来参加会议的杭得荼。

杭得荼是从丁家山东麓绕过来的。会议休息期间,他特意去看了看当年康有为题刻的"蕉石鸣琴",这是一块形如蕉屏的石崖,相传雍正年间浙江总督李卫常常在此弹琴,音韵绕石,响入行云,故有"蕉石鸣琴"之说。得荼从未到过这里,倒是小时候听父亲说康庄还有南海先生所题的“人天庐”等景。信步走去,却看到山间一片茶园,还有几个战士在茶园采茶,这稀罕的情景倒叫得茶有些纳闷。正思忖着这湖上园林之最的刘庄怎么会有茶园,却见李平水朝他走来,红着脸伸出手来对他说:“杭老师,原谅我那天态度不好,我急疯了,骂你了吧,骂你什么我记不起来了。”

“你骂我胆小鬼,见死不救的王八蛋。”杭得茶提醒他说。

“你看你都记住了,我们当兵的就是粗。”李平水悔恨地敲着自己的脑袋说。杭得茶摆摆手说,“算了算了,谁碰到这种事情不急。”

原来那日千余人包围军区武器库时,李平水就在现场,实在顶不住时,曾打电话向得茶求救,但得茶没有响应,不是不想来,是实在抽不出身,他们这一派拦住了已经整装待发的吴坤派,把他们堵在他们占据的那幢楼里。两幢大楼里朝外的喇叭,每天都在高声大叫着,一边读《致杜聿明投降书》,一边就回《别了,司徒雷登》,一边唱造反有理,一边就回文化大革命就是好。这一派赵争争伤愈归队,那一派得茶就找来了得放,两边都是能言善辩之辈,吴坤和得茶,只在幕后摇扇子。这里除了批斗牛鬼蛇神之外,派别之间也已经有过好几次血腥的冲突,虽然还没闹到死人的地步,但毕竟已经给人一种不祥之地的预感,行人单独也不敢再从那通过。

人们越来越急躁了,越来越不愿意持守势而不进攻了。文攻武卫的口号越来越被人们接受。得茶绝不想出名,但名声依然大振,社会上与他们观点接近的人们纷纷慕名而来,工农学商,什么样的职业都有。他们开始把这里当做自己的阵营。前几天,不知有谁喊了一声:吴坤他们已经在进武器了!大家纷纷探出头去,就见一辆解放牌大卡车驶进校园,沿圈站着十几个头戴藤帽手执铁棍的彪形大汉,他们跳下车之后,得茶他们才发现,卡车上放的全是铁棍藤帽。吴坤他们这一派的人看到领导阶级工人老大哥给他们送粮草来了,激动地大喊大叫,一个个跑出去抱铁棍的抱铁棍,扛藤帽的扛藤帽,倒像是过年了小朋友们争相着出去看烟火。有几个男的,还抡着铁棍朝得荼他们的大楼空打,动作像舞台上的孙悟空戏金箍棒。两派的人趴在窗口上看的,都有人神经质地笑。杭家兄弟没有跟着笑,运动以来,笑容几乎已经在这对兄弟的脸上放逐了。

几个摩拳擦掌的核心人物,不约而同地来到得荼身边,他们要得荼在最短的时间里做出判断:如果一旦发生冲突,吴坤还会承诺他曾经许下的诺言,不在校园里实行红色恐怖吗?得荼对这一问题无法做出肯定的回答。簇拥着他的那群青年人,是把他当做那种在错综复杂的情势下相对冷静而又能审时度势的人来拥戴的,他们把他的沉默当做了认可,立刻就有人向工人老大哥们打电话:喂喂,我是总部啊,我们紧急向你们求援,我们紧急向你们求援,请给我们送一卡车文攻武卫的战斗武器来。什么,枪?什么枪,气枪,打鸟的,行啊,别管是打什么的,是武器就行。

操场没消停地热闹了一天。这里来一卡车武器,那里也来一卡车武器。也搞不清楚谁有枪没枪,看来双方都有了枪,恐怕还有手榴弹。武器搬完了之后又来了人,得荼和吴坤两个人的眼睛都红了,两个人的面孔都铁青了。他们不再听得进别人的意见,只想着如何进行较量。不同的是吴坤凡事先行一步,藤帽铁棍一到,就立刻发放下去,枪和手榴弹先让人保管着。而得荼他们这一派的武器一到,他就亲自点数,放进临时仓库,他以从来也没有过的严峻说:“都给我记住,没有我的命令,谁也不能动武。”没有人反对他的意见,但每个人心里想的不完全一致。得荼掂掂自己的分量,他吃不准他能不能驾驭这些已经被武装起来的人。

可以说这是他从来也没有面临过的严峻形势,他知道这是吴坤的一着险棋,他们彼此之间太知根底了。吴坤了解他在大多数情况下都是被动的,他还了解他憎恨暴力,可是他吴坤却是那种与天与地与人奋斗都其乐无穷的人,他早已不满足每天对着大喇叭互相对骂的局势了。别以为我不知道是你们在散布我的谣言,整我的黑材料,你们让我吃不下饭,我还能让你们睡得着觉?拉来这一车的铁棍,是威胁,也是一种可能性。这就像美国制造了原子弹一样,必须摆在那里让人们胆战心寒。好吧,我现在看你杭得茶怎么办?他透过他那顶楼办公室的窗子,看着对面,杭得茶的窗子。

得茶正在这时候踱向窗口,他走到窗前,下意识地拉开窗帘,几乎凭本能地抬起头来——他相信对手就在眼前。

他们的目光隔着大操场相击了。隔着窗子,两人都只露出上半身,他们一言不发,惟一有区别的是嗜茶如命的得茶手中依然还捧着一杯茶。他们在怒目而视中沉默地较量。

李平水那十万火急的电话正是这时候打来的,他紧急呼吁道:"怎么你们还没有出来吗?我们这里已经抗不住了,这帮暴徒已经扣押了我们仓库的保卫人员,正在威胁我们,说再不把东西交出来就要往仓库里冲呢!"

得茶一边擦着一下子不知从哪里来的汗,一边也对着话筒叫:"你看清楚了吗,真是来抢武器的?"

"我看到我那个混账老婆了呢,她冲在最前面,妈拉个巴子,我真恨不得拿起枪来崩了她,这臭婊子养的!"

不到万分危急的地步,李平水哪里会骂出这样的脏话。得茶高声提醒他:"国家有令,抢劫军用仓库,可以用军法处置!"

"杭得茶你是不是还没睡醒,今日天下还有什么王法?有王法还敢冲部队吗?我们上头有令不准开枪,你懂吗?仓库里有一百万发子弹,一万多颗手榴弹,一千多件枪械,四十多万军用物资,要是被他们抢去后果不堪设想。上头让我们死守,又不让我们开枪,他妈的屌毛灰的上头不让我们动,说军队一动,天下就大乱,死的人就更多。你懂吗?现在只有一条路,就盼着你们来救我们一把了。杭得茶你要是不来你就是见死不救的王八蛋!”

那头电话重重搁下,杭得茶生出来到现在也没有被人家那么王八蛋王八蛋地骂过。但杭得茶最后还是忍住了没有去。他知道,只要他一动,吴坤就会动,而吴坤一动,就会流血,就会死人。这是不可逾越的界线——他的手上绝不能沾有血迹。两害相衡取其轻,李平水骂他,他也是可以理解的。但不愿意看到李平水不安的样子,便换了一个话题,问:“我是第一次来这里,都说刘庄景色好,没想到这里也有茶。”

李平水脸色也轻松了一些,说:“那还是前几年毛主席让我们警卫员种的。那时候不是困难吗?我们还养猪呢。毛主席和我们一起还摘过这里的茶。”说到这里,他的表情就不免自豪。

杭得茶看他的样子,笑笑说:“怪不得迎霜崇拜你,你还有些资本可夸。”

“她说我什么啦?我好久没见到这小姑娘了。”李平水真的有些兴奋起来,他喜欢这个小姑娘,和她很有天谈。

“她跟我严肃地谈了一次,说我没有救你,没有站在你这一派上,是错误的。她还说你心情不好,我更应该支持你。你看,她才几岁,还知道你心情不好,她是坚定的李平水派,对你的立场很坚定嘛。”

他们总算露出了一点笑容,但很快就消失了,李平水又被杭得茶的话触到了痛处。是的,他心情不好,很不好,他不知道他的生活中发生了什么,一切都因为这场革命而乱套了。

李平水和翁采茶感情很不好。开始他还当她是天生脾气暴烈,可能神经还有些过敏,后来才隐隐约约地发现事情不对。他哪里知道翁采茶她心里躁得很。她刚开始认识亲爱的小吴时,赵争争还若隐若现,那白夜还不知道在哪里飘呢。可如今一转眼,白夜都快生孩子了。虽然吴坤他从不回家,白夜也从不找他,但他们法律上总归还是一对夫妻啊。这倒也不去说它了,翁采茶最气不过的是赵争争。这个赵争争,仗着她父亲在造反派里走红,还有就是和北京的关系,死活缠住这亲爱的小吴不放。话说回来,这次小吴遭难,她也没少给他出力,反过来她翁采茶就是罪魁祸首了,要不是她看管不严,杨真能不见吗?因为如此,小吴对她就淡了许多。同时,吴坤为了革命,又不得不和她赵争争虚与委蛇。赵争争一夜一夜地赖在小吴房间里不走,还一趟趟拉小吴到她家里去,接受各种各样的指示。小吴常常叹着气告诉她,看样子他们家里是就等着他离婚,好把这个神经兮兮的女儿嫁给他了。可是他现在得顶住,他不能离,他要一离,就没法和纯朴的最爱最爱他的小采茶在一起了,不要说明铺,连暗盖都不行了。

正是因为这样的左右夹攻内外煎熬,把个翁家山里长大的采茶姑娘也弄得神经兮兮,心理变态了。一方面她是看到李平水就触气,他那张一点也不比吴坤逊色的、充满军人正气的脸,在采茶眼里,突然变成了臭狗屎。她不知道,其实她的那张圆盘龇牙大脸,在他心里唤起的感觉,也和她对他的感觉一模一样。这样的感觉还能有肌肤之亲吗?见它的鬼去吧!李平水没有一点蜜月的感觉,倒是采茶有,但那是和小吴的蜜月,和这个绍兴佬浑身浑脑不搭界。她给自己仇视丈夫李平水找了很多理由,比如不能和她一样站在毛主席的革命路线一边,却和祖祖辈辈压迫他们翁家的杭家人眉来眼去,交往密切,丧失最起码的阶级立场等等。其实往深里一想,李平水真是活活要冤枉死。翁采茶她分明是恨赵争争,恨白夜,爱吴坤,那恨不能明着恨,爱又不能明着爱,憋在心锅里煮,还不煮成一锅的毒汁,见着李平水就喷,能不喷得他们之间的关系漆黑一团吗?

大年三十李平水给了翁采茶一耳光,春节之后,他就提出了离婚。但翁采茶坚决不同意。其实采茶是很愿意离婚的,真正不同意她离婚的是吴坤。她和他的交往到目前为止,实质性内容远远要比与赵争争交往来得多,但表面上看起来却远远不如与赵争争亲密。吴坤不愿意让采茶离婚,他顺口胡编着一些理由,告诉她何以他不能当下离婚的原因。第一第二第三第四,她认真地点头,全神贯注地敬仰地看着他。她对他的感情,已经从崇拜发展到了迷信的地步。随便他说什么,她都一点一滴地往心里去。因为专心致志地凝视,她的眼珠仿佛甲状腺病人一样鼓鼓地突了出来,她那样子反倒越来越像她的爷爷小撮着。看来她的无限忠于的不仅仅是毛主席,还有他吴坤的。她那种愚蠢而又忠诚的样子,真是让吴坤看了又感动又厌烦。他站起来想扬长而去,但却又把这个蠢货压倒在床上。蠢货啊蠢货啊,整个动物性的过程中,他心里没有停止过这样的叹息。

从床上起来的翁采茶,像是吃足了夜草的马儿,备足了干粮的旅人,憋足了劲儿的拳击手,雄赳赳地打回家门去。不离!李平水,你想得美,你一个当兵的,竟然也敢和老百姓一样无法无天,你竟敢离婚!你凭什么要和我离婚?你说我不干不净?你血口喷人,你给我找出证据来,你找不出证据,我告你诬陷。李平水当然找不出证据,他又没法到造反总部去捉奸,他只是凭感觉能够意识到他们必然是心中有鬼,但那不足以离婚啊。再说因为老婆是个造反派,部队这一方也特别谨慎,部队要顾全大局,只好让李平水忍气吞声了。

世代当师爷的李家祖辈,学会了从蛛丝马迹中发现破绽,李平水天生地也仿佛有着这种遗传,对那个翁采茶的革命引路人吴坤的行动也就特别关注。今天的会议,他第一次看到吴坤,就坐在他斜对面。李平水自己就是一个相当帅的小伙子,但他看了吴坤,还是不得不承认吴坤的风采当得上英姿飒爽、风华正茂,他立刻明白了翁采茶如此讨厌他这个丈夫的重要原因。这个漂亮的敌人一看就不好对付,但李平水他暗下决心,一定要把他给对付下来。

真是说到曹操曹操就到,他突然就看到吴坤朝他们这个方向走过来,便问得荼,要不要一起走开。得荼想了想,说:“你先走一步,我看他是又要找我动心机了,且看他如何表演吧。”

吴坤笑容满面地朝得荼走来,好像他们从来也没有怒目而视、血流五步的千钧一发之际。他显然已经伸出手来要和得荼言和,见得荼没有那反应,也不在乎,手就顺势往空中画了个抛物线,指着湖光山色说:“真是名不虚传的好地方,什么叫人间天堂,我今天才叫真正明白了。”看得出来,他这话是由衷赞叹,并非没话找话。他从囚禁中出来,感觉与没有失去过自由的人显然不同,现在他更热爱生活了。他现在也更不在乎别人对他怎么看了,关了两个月,他悟出了更深的东西,他也更有了洞察力。刚才会上那些决策者们的动作,在他看来,不过是一场政治游戏,他笑笑,对得荼说:“让他们闹去吧,跟我们无关。”

他这话显然是针对他们两派都没有介入那天冲击军队仓库的事件而言的。这话让得荼厌恶,因为这里面没有丝毫的正义与道理,只有权力和阴谋。仿佛他们这些二十世纪六十年代的人一下子又退回到两千多年前的春秋战国,仿佛他们不过是各路诸侯,正在进行一场大混战。

他的这种心理活动吴坤是知道的,他过去很在乎得荼怎么想,但现在完全不一样了。他站在湖边,看水波如绫,暖风如酒,杨柳如发,青山如眉,双手使劲地拍了拍汉白玉制成的栏杆,不禁吟道:“……断鸿声里,江南游子,把吴钩看了,栏杆拍遍,无人会、登临意……稼轩的《水龙吟》,还记得吗?”

尽管杭得茶对与吴坤对话已有了充分的思想准备,但他此刻的表现还是让得茶惊异,虽然他在念词,但他这个样子实在有点接近于小丑。

“我知道你怎么在心里评价我,你在说,这个人怎么会变得那么厚颜无耻,在经历了这一切后,怎么还会那么轻松地与我对话。可我还是要一意孤行,而且我还是要感谢你的。我要感谢你两条,一条是我被审查时你没有再落井下石,当时只要你一句话,我就彻底完蛋。第二条是你没有下令冲出去保护仓库,你没动所以我也没动,那天我们手里有机关枪,你要一动,我们双方就是一场血战,事情就彻底闹大了。当时我已经控制不住自己了,你却有这个自制力,这是你的高明之处。我对你不断有新的认识,看来你也并不是不能搞政治的人。”

“我想一个人待一会儿。”

“我和你的想法恰恰相反,可能是一个人待的时间太长了,我现在特别想和人待在一起。”

“那你就去找你同道吧,我就告辞了。”

“等一等,”吴坤突然声音低沉了下来,他的脸色也刹那间变得难看了,他没有再看着得茶,却问他,“……你知道白夜什么时候生……”

他的问话把得茶的心也拎起来了,他痛苦地抓住了栏杆,摇摇头,说:“你真是一个卑鄙的家伙。”

这话不但没有让吴坤火冒三丈,他反而还似乎有所解脱,他说:“对不起,我也想孩子不会是你的,可凭什么证实,那孩子是我的呢?你知道她在北方和什么样的亡命之徒鬼混在一起——”

得茶真想给他狠狠的一掌,但他还是克制住了,掉头就走,此时的吴坤就像甩不掉的牛皮糖一样黏在他身后,走过梦香阁,走过半隐庐，走过花竹安乐斋，一边不停地唠叨："你知道接下去的议题是什么，啊？是治安，是抓现行反革命！你以为这事情跟你无关吗？你想抽身已晚，你回去问问，你们家那个布朗先生，是怎么会到赵争争的总部开车的，他明明姓杭，怎么又会突然姓罗的？"

得荼一下子站住了，回过头来："你说什么，什么姓杭姓罗？"

吴坤就乘机拉住了得荼的胳膊，一边重新往湖边走，一边说："我跟你说，我们俩的话还没有谈完嘛，你着什么急呢。回到学校，手下一大批人，我们又得针尖对麦芒，好不容易有这么一个机会，在国家领导人享受的地方享受一下，你怎么就不能和我坐下来好好谈一谈呢，我不是跟你说了，我是感谢你的，投之以桃报之以李嘛——"

得荼没工夫听吴坤啰嗦，打断他的话又问："你跟我说清楚了，布朗的事情，跟治安有什么关系？"

他们重新走回到了湖边，吴坤笑笑说："他们这些中学生毛孩子，也就只能当当马前卒，太缺乏头脑了。有人撞了赵争争，抢了传单。有人又救了赵争争，正是你那个表叔，赵争争傻瓜一个，还把他留下来开车。我仔细看了攻击我的传单内容，满口混蛋，幼稚得很。但写到我们家祖上的不少事情，倒是有鼻子有眼。杭州城里谁对我们吴家知根知底呢？非杭家莫属也。"

杭得荼像听天方夜谭一样地听着吴坤说这些，他已经很久没有回家，家里发生的事情，他真是一点也不知道。

"你别以为我会怀疑你在幕后操纵，不，从传单的文笔和思想来看，显然这不是你的思路。再说，我也不会真正在乎这些小玩意，它们掀不起大浪。问题在于，杭州城最近连续不断发现了一些政治传单，从一开始对出身论的讨论发展到对中央文革的攻击，甚至还有对文革本身的质疑——你说，这不是太幼稚了吗？"

杭得荼越往下听，心里那可怕的阴影就越深。

“从传单的纸张,写文章人的口气,印刷传单的器具来看,都和写我的传单如出一辙,你说,这事情应不应该告诉你啊?”

杭得茶面色苍白,镜片后的眼睛眯了起来,远远地望着湖对面的汪庄。从杨真先生失踪以后,他就一次次地想抽身退出这混乱的派系战场,一次又一次,总有事由让他退不下来。今天他又一次下了决心,这决心又被重大的事件拦腰打断。

“欲加之罪,何患无辞?”他说。

“在这件事情上,我准备向你学习。你当初没有对我落井下石,并非你对我有什么恻隐之心,你只是实事求是罢了。这一次我也一样,我也实事求是。而且我比你做得更好,到现在为止,我还没有对任何一个人说起过我刚才对你说的那番话。有许多时候,我并不像你想象得那么卑鄙。”

这番话打动了得茶,他第一次侧过脸来,不那么警惕地看了看吴坤。吴坤却轻轻一笑,换了话题,指着对面的汪庄,说:“你看到汪庄了吗,从前的茶庄,改变中国的多少重大决策,就是这样喝着龙井茶做出来的。比如关于无产阶级文化大革命的决定,就是在那里通过的草案。你还记得去年夏天我和白夜登记后的那天夜里吗?你和得放、我和白夜挤在一间房间里听广播,这个改变中国,也改变我们个人命运的决定,就是从对面发出来的。我真想到那里去看一看啊!”他最后的一句话,几乎像做梦一样自言自语吐露出来,那声音轻得几乎只有他自己听得到。

得茶摇摇头,即使这样的时候,他还是没有真正放松警惕,他打断了吴坤的遐想和梦语,问:“说吧,你到底想和我做什么交易?”

吴坤那英俊的面容一下子扭曲起来,仿佛从一个美梦又回到了噩梦般的现实,他牙痛似的抽了抽腮帮,看着湖面说:“不管你怎么骂我,请你帮我核实一下,究竟谁是孩子的父亲。我知道你没有再去见过她,可我去过。她什么也不会对我说,但她会对你说实话。我知道这种想法和要求都很卑鄙,和你对我的评价一样。但它像毒蛇一样缠住了我,无法摆脱。拜托你了,好不好?”

在如此美丽的湖光山色之间,在进行了这样重大的有关革命与抱负的严肃对话之后,最后的心愿又落实到这小小的隐秘的一角,得茶被吴坤的要求惊骇了。他看见他的发红的双眼,甚至有些可怜起他来。他们的头上,杨柳枝哗啦啦地飘着,在寂寞中,这本来属于温柔的声音,也显得很刚烈了。

杭家政治旋涡边缘中的另外一群老弱病残,撇开了年轻的核心人物,他们自己有自己的中心事件,他们的秘密和热情,一点也不亚于那些在历史舞台上企图扮演主角的人。被吴坤发现了蹊跷的布朗,就参与了这起家族中的秘密行动。

吉普车在飞驰,窑窑实实在在地被搂在了杭嘉和怀里,他的心少有地安宁和平静,这是一种无所依托之后的感觉。那种遥远的青年时代由于坚强带来的一意孤行的感觉,经过多年的沉寂之后,从他的暮岁重新迸发浮升而起,变成一种固执的力量。他对他自己重新建立起信心——在日常生活中的优柔寡断后面,原来他还不是一无所有,他依然深藏着非常状态下的沉着果敢的玄机。

小布朗开着车就坐在他身旁,初夏的景色飞快地倒退而去,他突然明白过来,即使是和他的晚年的寄托、他的孙子得茶,也不必寻求深刻的了解,他们之间也已经淡远了那真正深刻的联系。

孙子总是和他谈论谁是谁非,但杭嘉和不喜欢谈论这个。在连高声说话都觉得不礼貌的嘉和看来,眼下发生的所有事件对他都是无意义的,天大的事情就是把窑窑救出来。

使他绝望的是,他最亲爱的孙子得茶并不这样排列事件。他再也不会是那一个与他对茗的眉清目秀的年轻人了。在得茶无奈的脸上,写着永远有比挽救窑窑更大的事件,而他的宝贝孙子窑窑就这样一天天地在拘留所里备受着煎熬,这正是他坚决地要把窑窑抢出来的根本原因。因为他绝不再相信这些孩子会被好好地放回去,从此没有阴影地生活。他从窑窑父亲的身上看到了窑窑未来的命运,他要趁他现在还活着的时候,一次性根治好这块心病。这个近乎于疯狂的行动,得到了热烈坚定而又同样固执的小妹妹寄草的全力支持。在他冷静周密的策划下,行动居然初步成功了。

按照事先的步骤,已经在孔庙另一进大院里生产纪念像章的寄草一马当先,到看守大队那里去套近乎。她已经给所有的战士洗过两次被子了,给队长洗过了三次,还天天惦记着给他们晒被子。她的这种高涨的拥军活动,一开始让解放军叔叔们着实受不了,不过凡事一多,也就平常了。

关系一近,寄草开始得寸进尺。找到队长,一枚小碗大小的伟人像章就仔仔细细地别在队长的胸口,自己的上半身呢,也算是半虚半实地碰撞一下队长的军装口袋,便听到队长紧张的呼吸声了,寄草知道机会已到。一声队长啊,便倒出无限苦恼——反正总是人手不够,现在全国人民都在掀起忠于毛主席的运动,毛主席像章供不应求,但我这里订了货却交不出去,这是一件很重大的事情,希望部队支持。

队长说,我们很愿意支持,可是怎么支持啊?我们这里的一群小现反还不知道该怎么办呢。我看有几个人,还得我们喂饭吃,还得我们给他们换裤子呢。队长这话说得不假,那几个和窑窑差不多大的,吃饭睡觉也不知道自己照顾自己,晚上踢被子,还得队长去盖。队长有一天没去,第二天就好几个拉肚子了。这些孩子哭啊闹啊,哪里还哄得住。喊爹喊妈哭声震天,真是把个孔庙也要掀翻了。寄草见有缝隙可钻,又说:“队长你看这些孩子,哪里就真的会是反革命了,不就是不懂事失手干了一些自己也不知道轻重的事情嘛,迟早有一天会送他们回去的,我看你也犯不着太认真。真反革命,枪毙也活该,这些孩子,睁一只眼闭一只眼好了。”

寄草的话甚合队长之意。恻隐之心,人皆有之,何况面对的又是这样一群孩子。寄草便出一两全其美之策,说,我这里人手紧,像装盒这样的事情,小孩子也可以做的。你们带他们过来,弄点事情给他们做做,旁边守着人,我们也给你们看着,这里高墙深院的,小不点点的孩子,能逃到哪里去。你们也不用那么费力看着,我们也算是添了一点人手。你看呢?队长你去请示一下,不过就看你怎么说了。

半老徐娘的寄草就用胳膊肘子碰碰队长的腰窝。而有着千里之外山村农妇老婆的队长,被城里女人的媚眼和胳膊若有若无地一撩拨,腰板也就软了下来,面色倒还是庄严的,胸前刚才别着的那枚碗口大的像章已经波浪起伏,寄草微微一笑,走了。队长灵魂深处私心一闪念:那妇人的眼光和少女的到底不一样,妇人的眼光抛给过来人——哪怕这个过来人是个解放军叔叔,也是挡不住的诱惑。那意思明白极了,明摆着就是要让人犯《三大纪律八项注意》第七条的错误。队长一边斗私批修,一边心猿意马,一边又据理力争,没过两天,孩子们就放过来了。队长有些磨磨蹭蹭,说,厂长,我还是出了力的。寄草继续抛媚眼,手搭在队长肩上,使劲一拍,拿出了下层城市妇女的市民腔,说:“可惜啊,可惜啊,可惜我已经四十出头奔五十的人了,一朵鲜花败得差不多。要是退回去十年,我杭寄草不把队长老婆弹掉,我就不是杭州城里的龙井西施。队长,你不相信去打听打听,我杭寄草什么角色?多少‘王孙公子’排着队伍来追我,过去了,过去了。队长,你可真是年轻有为,前途无量啊。”

可惜队长是个北方农家老实子弟,也没有看过《红楼梦》,否则不可能不想起那个嬉笑怒骂的烈女子尤三姐。总之队长是懵了一下,他可没想到这个看上去不过三十多岁的女人,实际上要大出去那么一截。而且她那么又拍肩膀又大声说笑的风格,俺们贫下中农出身的军人也不习惯。正怔着呢,寄草恭恭敬敬地捧过一杯香茶,双手送到队长面前,说:“队长,我是真的要谢谢你的了,粗茶一杯,请用。”

队长再看了看这位女同志,这时她的大眼睛里,只有深情和诚挚,还有一种说不出来的距离。队长接过杯子,喝了一大口,说:“好香的茶啊。”他的脸就红了。

那一天终于来到。牛鬼方越把他的粪车冲洗得干干净净,暗中撒了消毒药粉。上午9时,进了孔庙。孔庙里有一个厕所,说是今日要来淘粪。门口把关的,看也不看,就让方越进去了。跑过工场的时候,方越看到寄草站在门口呢,手里还捧着一杯茶,茶杯上有一只盖子,这是他们的联络暗号,说明事情一切顺利。

工场里面,瞎子果儿正在一边干活一边演出他的拿手好戏,背唱一首首的语录歌。他唱的语录歌,和所有的人都不一样。别人唱的,大多是劫夫谱的曲,果儿唱的,全是他自己谱的曲。他能用绍兴大板、越剧、杨柳青和莲花落——凡是他从前讨饭时光想得起来的曲调,他都能够用方言来套在毛主席语录歌里,唱一首,大家拍手笑一首。他说他一个人就是一支毛泽东思想文艺宣传队。今天他唱得格外卖力,孩子们一边把像章往盒子里装,一边听得哈哈大笑。

趁大家笑得前仰后合之际,寄草就过去又轻轻踢了窑窑一脚,他就一个人捂着肚子出去了,厕所不远,就在工场后面。班长光顾着听果儿的节目了,也没人跟着窑窑出去。窑窑到了厕所门口,旁边就转出来一个人,把草帽往头上一仰,窑窑愣了,嘴巴就瘪了起来,方越看看不好,再不止住,窑窑就要拉“警报”了。连忙说:“不许哭,爸爸是来救你的。”话音刚落,一把挟起孩子就往粪车里塞,边塞边说:“窑窑再臭也要熬住,出了大门爸爸会抱你出来的,一声也不准响。”然后咣当一声就盖上了盖子。大粪车里那个刺鼻啊,还不光光是臭,方越也许是怕太脏,往那里面不知倒了多少乱七八糟的消毒粉剂,熏得窑窑连气都透不过来。粪车飞驶,来得个快,窑窑在里面像个不倒翁,一会儿摔到这里,一会儿摔到那里,两只手也不知道是捂鼻子好还是扶粪车壁好,他那一颗小小的心啊,吓得把眼泪都给冻住了。

等到他真正被爸爸从粪车里抱出来的时候,另一股臭气扑面而来,他看到了一条河,一条臭烘烘的大河。父亲把粪车往一座大石桥下一搁,背起他就往桥上走。桥很高,他们一口气爬到了顶上。下面一片白晃晃,窑窑的眼睛被刺得闭了起来。他叫了一声“爸爸”,紧紧抱住爸爸的脖子。爸爸没有像刚才那样迫不及待地安慰他,与他说话,这时他却闻到一股刺鼻的酒气,爸爸的两只眼睛像兔子一样血红,呼呼地直喘粗气。爸爸呆呆地站在大石桥上,看着桥下的流水和桥两岸的人家。他不知道这样过了多久,直到他害怕起来,叫了一声“爸爸,我饿了”,爸爸才醒过来。

在桥下的小吃店里,父子两个买了几个肉馒头,窑窑接过来就吃,这段时间在孔庙,吃得太差,窑窑见了那肉馒头,眼睛就发出异样的光芒。他人小,胃口到底不大,两个馒头塞下去就饱了。接下去的事情骇人听闻,但因为他昏昏欲睡,竟然没有觉出太大的恐惧。他们来到了沿河的一间小屋子。爸爸把他放在床上,紧紧地关锁上门窗。爸爸的动作和神态都有些怕人,屋里点亮了一盏灯,孔庙囚牢里的那种感觉又回来了。不过终究身边有了爸爸,窑窑缩在床头,发现爸爸依旧保持着刚才那种在大石桥上的怪样子。他死死地盯着儿子,问:“窑窑,你说这样弄下去,什么时候是个头?”他翻来覆去的,老是这句话。窑窑听不懂。但有一句话他听懂了,爸爸问他:“你还敢去孔庙办学习班吗?”窑窑一听这话,身体立刻又缩小了一半,一直缩到了墙角落里。爸爸笑了起来,怀里掏出了一瓶酒,已经有半瓶在行动之前喝掉了。方越是不胜酒力的,有一点就醉,今天一口气竟然喝了半瓶,还塞到窑窑嘴里说:“你也喝一点,喝了酒我们一起到极乐世界去。”窑窑拼命抵抗,甚至哭了起来,叫着爷爷。爸爸叹了口气说,叫爷爷也没有用啊。爸爸不想让你跟爷爷走,你还是跟爸爸走,我们一起上路好吗?窑窑就摇头,他还是想跟爷爷在一起,爸爸的样子让他害怕。爸爸不再理睬他,管自己喝酒发呆,一会儿踮起脚来看电灯线,一会儿在抽屉里找出了一把剪刀,还看着儿子发愣。儿子却困了,开始睡觉。醒来时发现一切都不对了,他是被爸爸拉扯醒的,爸爸浑身上下都是血,他吓得尖叫起来,爸爸说:“别叫,爸爸不小心把手割破了,你去打电话,隔壁小店里有公用电话,叫来彩阿姨把爷爷叫来。我告诉你电话号码,你会打电话吗?”

窑窑生平打的第一次电话,救了爸爸的命。他一点也不知道他睡着之后发生的一切。他不知道父亲举着那把剪刀是怎么来到他身边的。他想先杀了儿子再自杀,刀举起来几次却下不去手,最后他气急败坏了,干脆一刀先把自己割了。最初的血喷出来时他一点也不疼,还有一种突然释放的愉悦,仿佛那沸腾的酒气也随之而去了。但接下去的事情开始不妙,当方越因为失血过多开始无力开始感到就要失去知觉时,他突然酒醒了,他突然明白自己是在干什么了。他挣扎着叫醒孩子,他要活,儿子则让他活了下来。

接下去发生的一切,窑窑是记不全了。他很幸运,接电话的正是来彩,来彩立刻陪着爷爷和奶奶一起过来了,他们推门进去的时候,窑窑依旧缩在墙角里。地上、床上、墙上都是血,孩子瞪着大眼睛,看着门背后。方越斜倚在那里,已经半昏迷了,但他还知道用一块毛巾扎住了自己的手腕。奶奶一把抹住方越的手腕,给他重新包扎,二话不说先上医院。嘉和问她要不要紧,奶奶翻翻方越的眼皮说还来得及。来彩已经吓昏了,不知所措地抱着窑窑。

医院不远。奶奶让布朗背着方越进去,又把窑窑交给嘉和,说:"布朗一出来你们就走,这里的事情我来料理,方越没事情,会活过来的。"

"那我就按原来的计划行事了。"

"我就说方越找不到儿子才割腕的。"

老夫妻俩处理这件人命关天的大事时,仿佛在说别人的事情。窑窑在这一事件中混混沌沌,连哭都没有再哭一声。他浑身上下依然臭烘烘的,不一会儿,就跟着爷爷又上了车。

汽车往西天目驶去。布朗直到现在才开始明白,为什么杭家那么多人反对他学车的时候,惟有大舅一个人要他坚持下去。他今天是向赵争争请了一天的假把车开出来的,他只说是家里乡下客人要用一下,自己也不知道到底要做什么事情。刚才他们在羊坝头等了半天,差点以为事情不成功了。后来才知道,方越救出窑窑后,没有按原计划给他们打电话,却自顾自喝酒想自杀。幸亏他悬崖勒马,父子两条命都保住了。他的汽车,终于还是派上用场了。

布朗盲目地开着车,一路上几乎没有和大舅说一句话,他有他的烦恼,而眼前最大的烦恼,则是家族的人对他不再信任了。他相信,如果不是用车实在是需要他,他是断断不会被嘉和大舅派用场的。为什么不再信任他,那还用说,替那个赵部长开车了,这不是叛徒吗?他想到昨天到羊坝头去时,竟然碰到了谢爱光,正和迎霜说话呢,见了他,用那样一种鄙视的目光看,头一扬就别开了。他跑上去拉住她说:"我这是怎么啦,我不就是开一个车吗,为什么你们都不理我了?”谢爱光看看他,说:“布朗,你没有把什么都跟你那个女人说吧?”

布朗气得直跺脚,我的女人,我有什么女人,我倒是想要有个女人呢,可女人在哪儿啊?那赵部长能算是女人吗?采茶能算是女人吗?还有你,你还能算是女人吗?我把你的事情摆平了,可你连一声谢谢都没有,又和那个得放鬼鬼祟祟搞到一块儿,鼻孔指甲黑糊糊的,你们干的那些事情真让人担心啊。昨天那个亲自接他去学车的吴坤还看着他问:“小罗,你姓杭吧?”把他一下子就问愣了,一句话也答不出来。那吴坤就看着他笑,点点头走了。这事情他多想跟一个人说一说,可是他跟谁说呢?

布朗想,我要是浑身上下都长上嘴巴,那该多好啊。他不知道该怎么为自己辩解,他会唱歌,会说情话俏皮话,可就是不会说道理。他只好气得一跺脚走人,被迎霜拉住了,说:“你别走,表叔,我相信你不是叛徒,可你干吗要跟那个杀人犯好啊!”布朗跳起来直叫:“谁叫你们不早点告诉我的!我怎么知道她是杀人犯!”

布朗想离开赵争争,但他不知道该怎么开口。赵争争那里永远人来人往,热闹非凡。受伤家养,使她细皮嫩肉的苗条身材丰满了一些,她本来长得有些单薄,这让她的五官清秀之余不免有些尖刻,但现在她看上去面相温柔多了,这倒使她更为放肆地把动作做得大大咧咧,把口气骂得更乡村俚语。从她那张樱桃小嘴里,不时地蹦出各种走资派、对立面的头头、牛鬼蛇神的名字。她做一个豪爽的一扫光的手势,说:“刘少奇嘛,毙了他完事!杭得荼,我看也顺便一起毙了!”大家看着她那飒爽英姿的样子,纷纷鼓掌。

但天下哪有不散的宴席?如火如荼的造反岁月,有多少阴谋和阳谋,一天下来,也总有没人来陪她的时候,特别是吴坤,日来渐稀。没奈何,只好把保镖兼司机的小罗再找来,并且看着健美的小布朗,目光再一次迷离。她说她要洗头了,松了头上那两个“小板刷”,让布朗提一壶温水,替她从头上浇下去。布朗说我可不是干这个的,赵争争说好你个小罗,你敢跟本部长顶嘴,你没看我脚不能动吗,你就连一点革命的人道主义精神也没有吗?她嬉笑怒骂,软硬兼施,布朗想想倒也是,说来说去,是他把她给撞成这样的,他有责任,这责任因为不能公开,竟然成了心病,使他堂堂正正的杭布朗,不得不成为一个小罗,被这个赵部长牵着鼻子走。他垂头丧气地拎着一壶温水,给这黄毛丫头冲头,冲着冲着,突然那茶炊事件闪现在眼前,那可是迎霜亲口告诉他的,绝对不会走样。这一吓,把他吓出了一身的冷汗。他怪叫了一声,扔了茶壶就跑,赵争争湿淋淋地抬起头来,怎么也不明白这个小罗是怎么一回事情。

现在,车已经到西天目山苕溪口子上,大舅抱着窑窑下了车,对布朗说:“回去后什么也别说,明白吗?”

布朗真的火了,他突然觉得他在杭州的这些亲戚,心机实在太多了,便大叫一声:“不用你们交代我也知道!”

嘉和愣了一下,放下窑窑,走到布朗身边,扳过他的肩,说:“你这是替我大舅受委屈了,不要紧,想得开。”

布朗抬头看看,这里的青山绿水,和西湖完全是另一种风光了,他说:“这是什么地方,这里的山和杭州可不一样。”

嘉和想告诉他,这里还只是西天目山。世事就这么怪,明明是为了去东天目山,但为避人耳目却从西天目绕道而去。想了想,还是没有说,只说:“你先回去,大舅已经给你另外安排了一个地方工作,那里对你更好。”

布朗点着头却不和大舅对话,自顾自说:“我知道这里是忘忧表哥的地方,你不说我也明白,你们都小看我,把我当叛徒,什么都不告诉我,你们都是很糟糕的,我要回云南去。”

这可是布朗从云南回来以后说过的最严厉的话了。嘉和苦笑了一声，这才说：“布朗，我们这次救窑窑，我连得茶都没告诉，再说忘忧表哥也不在这里。这里是西天目，他可是在东天目呢。”

原来这天目山脉，自安徽黄山蜿蜒入浙，就在那浙西，形成了山地丘陵。在吴越王钱镠的故乡临安县城，形成了东西天目山的主峰。布朗说错了，他的忘忧表哥，是在安吉境内的东天目山麓当守林人呢，和这里可是两个方向，差不少的路程。布朗一听大舅相信他超过了相信得茶他们，心里立刻就清爽了，露出笑容说：“你们要上这西天目山吗？我和你们一起去，这车我也不要了，扔掉拉倒。反正待在杭州我也实在受不了了，看到大山，我真快活啊。”

嘉和看着这二十几岁的大孩子，心里真是担忧，他想，一把窑窑安排好，他就立刻回来帮助这个外甥。他要把相信他的晚辈们一个个地料理好，他才能够死得瞑目啊。他语重心长地对布朗说：“布朗啊，我这次回去，想把你和你爸爸安排得近一些，你常常能够见到他。你说好不好？你是男人，大男人，是山里来的，也是城里来的，你要懂得什么是忍，什么叫咬着牙挺过去。大舅想一个一个地替你们把事情做好，你说好不好啊？你看，窑窑最小，得先安排他。是不是？布朗，你是听话的好孩子，你让大舅喘过一口气来好吗？”

嘉和是想教诲外甥的，但他的声音已经那么凄婉，几乎接近于哀求，那是心力接近交瘁时的一种自然反应，是在最亲密的人面前不需要任何隐瞒时的自然流露。大舅那只断了小手指的传奇的左手，搭在布朗的肩上，微微地抖动，布朗惊呆了。回杭州这些年，大舅在他心目中，德高望重，举重若轻。他今天这样说话了，我小布朗还是一个人吗？他双手举起大舅的这只手掌，劈面就给自己两个大耳刮子，那声音响得窑窑一个胆颤抱住爷爷的大腿。然后，布朗二话不说，跳上车就发动了汽车，一声不吭地开足马力，向东天目驶去。布朗将他们平安送至目的地，才独自回城。

现在,在一场惊吓之后,孔庙的黄昏终于降临了。

这是一个美丽的黄昏,斜阳西照,把庙堂翘檐拉出了长长的影子,如今的孔庙当然不再被叫做孔庙,也断然不再有抗战前汉奸未拆之时那么壮观,但依旧还保留着夫子的气息。队长独自走过那圆柱排起的长廊,那大石板一块块地依旧铺在地上,没有被后来的大众化的水泥取代。院子里有松有柏,有被填埋的月池,现在很安静,白天却乱作一团。一个小反革命不见了,这件事情直到快吃午饭的时候,才被值勤的班长发现。问题很快查清,厕所旁边有个通往外面的大窨沟洞,没有盖盖子。只有一种解释,孩子上厕所,不小心掉了下去。队长亲自带着人下去捞,什么也没捞上来。大家唏嘘的唏嘘,检讨的检讨,孩子们重新被关进了二道门内,大气不敢再喘。队长到局里紧急汇报,又来了几个人,看了看周围环境,说:“早就说要搬,怎么就磨蹭到现在?”

队长心里沉重,他不知道这件事情会对他有什么影响,军职的升迁可不是闹着玩的。遥远的北方山中那烛光下的妻儿老小的面容,凄凉地浮现在眼前,他原本可是打算坚持到十五年之后让妻子随军的啊。这么想着时,他听见刷衣服的声音。他抬起头来,那个让他刹那间心猿意马的女人正在埋头刷洗衣服。他踱到她身边,看了一会儿,摸了摸那块大石板,说:“这里还有不少这样的大石头。墙角里、大殿后面都有,不知道是什么时候搬到这里来的。”

“有八百多年了吧,”寄草说,“你看这块石头,吾善养吾浩然之气。皇帝写的。”

真的?队长表示怀疑,这女人点点头,当然是真的,我和这个孔庙是什么关系?我义父就是死在这里的,就是撞死在这里的石板块上的,也许,就是撞死在这块石头上的。你听说过我义父吗?

队长惊异地问:你义父就是那个姓赵的,赵寄客就是你父亲?我们刚进来时就作为革命故事教育战士呢,是你的义父?那你是谁？你和那个杭嘉和是什么关系？你是他的妹妹？啊，我明白了你是谁。我现在全部明白了。

他们俩就在暮色中沉默了一会儿。片刻，寄草说："喝杯茶吧。"

她又为他冲了一杯香香的浓茶。他捧过来，啜了一口，说："喝你们杭家人的茶，不简单啊。"

寄草一边继续洗衣服一边说："喝了也就喝了。"

队长往不远处那个没盖上的窨沟洞看一看，说："可惜那孩子死了。"

"死了，对你来说，总比这孩子逃出去要好，是不是？"寄草继续洗着衣服，像是拉家常一样地说。

队长怔了一下，他再一次掂出了这杯茶的分量。默默地再喝了一口，说："明天我们就撤离这里了。"

"噢，"寄草吃惊地抬起了头，"那么快？"

"早就这么议着，这些孩子虽然都还小，但都是有现反记录的，关在这个大院里犯人不像犯人，劳改不像劳改，怎么办？明天就搬到正式的劳改农场去了。"

寄草看了看囚门，那里面还有一群孩子，她突然一扔刷子，说："可怜！"

队长摇摇头："这孩子死了，死得真是时候。哎，我走了，喝你们杭家人的茶，可真不简单。"他又强调了一句。

他拖着沉重的脚步走了，走进了那扇小囚门。寄草明白他跟她进行了一番什么样的对话。

夜色降临到了从前的孔庙之上，黑暗重新笼罩了这块土地，寄草长长地松了一口气。

第二十二章

夏天的某个中午,小布朗到赵争争处退车钥匙。赵争争正在午睡,趴在桌上,嘴里还流着口水。杭州的夏天热,一点也不亚于云南。小布朗呆呆地看了一会儿赵争争的睡相,觉得她那样子很好玩,就伸出手去捏住她的小尖鼻子,赵争争醒过来了,见是小布朗,生气地用手一挡,喝道:“你干什么你?改不了你的流氓腔!”

小布朗被这些杭州姑娘“流氓流氓”的也骂皮掉了,脸皮石厚,也不生气,车钥匙在手指头上潇洒地绕了几圈,就甩了出去。咣当一声,准确无误地扔到赵争争眼前,嬉皮笑脸地说:“流氓我不伺候您了。”

赵争争还没从瞌睡中完全醒来,听了小布朗的话,说:“你别胡说八道,我还有事情要审你,你给我坐下。”

小布朗不但不坐,反而走到门口,说:“我可是跟你说过了,我不伺候你了,你这样的姑奶奶我也吃不消伺候,再见。”

赵争争这才清醒过来,一下子关上门,黑下脸来问:“你别想就那么走了,给我说清楚,你到底是姓罗还是姓杭?”

小布朗一下子愣住了,那么热的天,他的背刷的一阵冰凉,半张着嘴,好一会儿也说不出一句话。也是绝处逢生,他突然指着赵争争的鼻子喝道:“你问我,我还问你呢,陈老师是不是你用大茶炊砸死的!”

这一问也算是击中要害,赵争争也一下子愣住了,她的俏丽的五官可怕地扭动起来,好一会儿,才说:“你听谁说的?”

"大家都那么说,谁都说是你。"

"不是我一个人! 不是我一个人!"赵争争突然轻轻地叫了起来。小布朗看着她,直到现在,他才真正相信大茶炊事件不是传说,他从赵争争的脸上读出了事实的真相。赵争争仿佛也看清了此刻小布朗的神情,她突然换了一种口气,说:"打死他又怎么样,一个花岗岩脑袋,打死了也就打死了,你想干什么?"

"我也不想干什么,就是想弄弄明白,我救的那个女人是个什么东西!"

小布朗要走,手刚拉着门把,又被赵争争一声喝住:"罗布朗,你以为我不知道就是你撞的我? 你说,是不是你撞的我?"

小布朗突然血往上涌,一下子回过头来,冲着赵争争就低吼:"是我撞的你,怎么样,你再拿把大茶炊来砸死我啊? 我等着呢,来啊,朝我头上砸啊!"

他一只手指着脑袋,头就朝赵争争身上逼,把赵争争直逼到角落里。他们两人呼哧呼哧喘气,好一会儿,赵争争突然说:"我要砸你,我早就砸了,吴坤问我多少次了,我都保了你。还有那个翁采茶,这个阿乡,她也说你不是好东西,她跟你什么关系,她怎么认识你的?"

小布朗这才放下手来,他可没想到离开赵争争那么犯难。他说:"赵争争,你可不能再打人了,要遭天神报应的,真要到了那一天,我小布朗也救不了你了,你明白吗?"

这么说着他一下子拉开了门,真是千巧万巧,翁采茶和他碰了一个顶头呆。她呆呆地看着他,突然指着他鼻子叫道:"你真的在她这里干活啊!"

小布朗一把撞开了她,说:"滚开!"就扬长而去,他烦透了,这都是一些什么样的女人啊!

翁采茶摸不着头脑,走进来说:"争争你真用的他,他就是那个人啊,吴坤专门让我来认一认,没想到真是他!”

一听翁采茶提吴坤的名字赵争争就来气,一来气她的脾气就又发作:“我用什么人要你管啊,你是个什么东西,也配来问我?滚开!”

翁采茶丈二和尚摸不着头脑,一分钟里挨了两次骂,不由尖叫一声,捂着脸就冲了出去,剩下那赵争争在房间里浑身发抖地继续咒骂:“你是个什么东西?也配来问我,你是个什么东西?”她自己也搞不清楚,她这是在骂罗布朗呢,还是在骂翁采茶。

和爱光又有另一番的告别。实际上他就没有想过要和谢爱光再见,杭州姑娘伤透了他的心。不过一点儿招呼都不打就和她再见,他又觉得自己没有尽到责任,想来想去,还是去找了一趟得放,想跟得放交代几句再走,顺便再见一见二舅。没想一到马坡巷,就在得放的小房间里看到了得放和爱光。他们正一人一支笔地趴在床沿上写什么东西,那么热的天,他们关着门窗,拉着窗帘,电灯加了罩子,拉得很低。黑簇簇的斗室里看到布朗,爱光就有点不好意思,说:“布朗叔叔,我错怪你了,你和那个赵争争没关系。”

瞧,从前可是叫哥哥的,现在随着得放叫叔叔了,听了真难受。布朗也不回答她的话,拿起床上那把蒲扇哗嗒哗嗒使劲扇了起来,一下子就把满床的纸扇得五花飞散,边扇边说:“你们这是干什么,不怕把自己蒸熟了?”他一动作,那个响声啊,顿时就把得放、爱光两人吓得一把拉住了他,压抑了声音说:“别吵别吵,爷爷好不容易睡着,他这些天老头痛,夜里也睡不好,我们一点声音也不敢响。”

布朗捡起一张飞到眼前的纸,随便刮了一眼,问:“这姓苏的人是谁?哪一派的?”爱光接过来就说:“是苏格拉底,也不是哪一派的,是外国人。这些你就别问了,听说你要走?”

布朗的确是要离开杭州了,大舅很快实现了他的诺言,他将作为一名杭州茶厂的外援人员对口学习和支援,到浙中腹地金华花乡罗店,专门负责收购茉莉花。可现在听到爱光那么说他心里难受,还有点伤心,什么苏格拉底外国人,他知道他们说的东西他插不进去话,他们写的那些东西也不是他能够掺和进去的。这才大半年时间,爱光就变了,她的头发又开始长了起来,脸上有了些坚毅的神情,那种楚楚可怜的无依无靠的神色正从她的目光中消退。他知道,她的变化与得放有关。

这么想着,他就拉过得放,拍了拍他的肩膀,说:“侄儿,我就把爱光交给你了,你做什么事情都要心里有数,爱光有个三长两短,我可饶不了你。”

他的自作多情让两个少年有些不知所措,惶恐中得放禁不住开了一句玩笑:“你怎么只说爱光,我要有个三长两短你怎么办?”

布朗就使劲用扇子打了一下得放的脑袋,说:“你要有三长两短,我也饶不了你!”他的眼睛在昏黄中闪闪发光。两个少年看着他,都很感动,但不知道怎么跟他对话。他就又笑了,嘭嘭地敲着自己的前胸,说:“有你布朗叔叔长辈在此,你们怕什么?哪怕吃枪毙,我劫法场也要把你们劫出来!”

说得好!得放暗暗地叫了一声,突然蹲了下去,把前些天抢回来的那包宣传单从床底下掏了出来,神色庄严说:“布朗叔,我想求你一件事情。这包宣传品在杭州是不大好发出去了,放在这里我又不放心,怕牵连了爷爷。你看看,能不能带到外地去发了,随便你怎么散发都可以。这是我和爱光的思考,我们不想就这么让它埋没掉。”

布朗抱过了那只包,激情澎湃,拔出插在后腰的箫,就递给了他们,说:“表叔我也穷,没别的送给你们,这管箫你们就留着,想起我布朗就吹一吹,不管我在哪里都会听到……”

也不知出于什么样的感情驱使,得放突然一下子抱住了布朗,房间里更加幽暗了,激性借着暮色暗暗涌动,三个青年人的眼眶里,顿时便盈满了生离死别的眼泪……

罗店离市区不算远,每天收集的花,就由布朗集中收购,送到市区的茶厂去。这个过程,也是他学习制作茉莉花茶的过程。杭州也产茉莉花,厂里也有生产花茶的打算。不过运动一来,什么打算都泡汤了。这次他能到这里来,还是大舅下的大力气。也是大舅的徒弟在造反组织里还算混得好,因此还给师傅一点脸面,把个哪里都能派用场、哪里都不能正经派用场的“百搭”杭布朗发派出去了。

浙东和浙中,武斗正在日益升级,金华的派仗,打得如火如荼。虽然如此,花儿到了季节,也是要管自己开得如火如荼的。茶厂既然未到彻底停产的地步,总还有人守在那机器旁出活。那条送花的路上十分地不安全,已经出过好几次事情。有时候封路,有时候子弹往耳边飞出去,吓得那些送花的姑娘连哭带叫,花儿人儿跌成一团,不敢再往城里送花了,眼看着那些花儿就在枝头上白白地枯萎,多么心痛!小布朗一来,解决了。他可不怕,他总有办法把花儿都送出去,在这里竟然干得比杭州还好。

浙中金华,扼闽赣,控括苍,屏杭州,水通南国三千里,气压江城十四州,是个人杰地灵的好地方。那个写了《海瑞罢官》、成为文化革命批判先声的史学家吴晗,就是此一方土地之人。布朗读书不多,对此也无大兴趣,他倒是对这里的花儿真有一番热情。

此地素有花乡之称,分为三大类:木本花卉一类,有紫荆、腊梅、栀子花、佛手、茉莉、玳玳花、白兰等,草本花卉有兰花、荷花、百合花、紫罗兰等,盆景花卉有六月雪、石楠、罗汉松、山楂、紫薇等。

花茶也是中国一绝。茶性易染,用香花窨了茶叶,花香为茶吸收,就成了花茶。美国人在冰茶里添加了柠檬香精,越南人把荷花蕊磨成粉拌入茶叶,那都不是中国式花茶。

窨制花茶,最早记载见之于南宋。一个名叫赵希鹄的人,写了一本《调燮类编》,其中专门讲了莲花茶的制法,说:在太阳还没有出来的时候,将半开的莲花瓣拨开,在花心中放入一撮细茶,再用麻皮绳松松地扎住,让它在里面过一夜。第二天早上倒出来,用纸包好后焙干。这样反复三次,最后焙干了再用,真是不胜香美啊。他又说:花儿开了的时候,摘下那些含苞欲放的,以一比三的比例,来配茶叶。在瓷罐里,一层茶一层花地放,直到放满了,再用纸箬扎固后入锅,隔锅汤煮,取出后待冷,用纸封住,再到火上去焙干。这些记载,也可以说是中国花茶窨制工艺的雏形了。

真正大批量地生产花茶,应该说只是一百多年前的事情,以福州和苏州为中心。北京人爱喝花茶,称之为香片。这数十年来,华东华中和华南地区也开始生产花茶。小布朗生活的云南,主要生产紧压茶和红茶,所以花茶对他来说,着实是一件非常新鲜的事情。到目前为止,他看到的只是茉莉花茶,像白兰花茶、珠兰花茶,还有什么玳玳花啊、桂花啊、玫瑰花啊,甚至柚花啊,都能制成茶呢。采花期分为三季:霉花,从入霉到出霉;伏花,伏天采的花;秋花,秋天采的花;布朗是伏天去的那里,正是花汛期间,花期短,产花却最多,几乎占了全年花量的一半。

布朗是个大众情人,正在花田里的摘花姑娘们一见布朗就叫:那么多的萝卜挤了一块肉!那么多的萝卜挤了一块肉!一开始布朗真不明白这是什么意思,后来才懂,原来姑娘们是萝卜,而他是肉啊。他很高兴,他生来就是那种喜欢当挤在萝卜里的肉。杭州的姑娘们伤了他的心,现在好了,旧的已去,新的又到,金华姑娘们来了,而且是伴随着鲜花一起到的。他一边帮着她们采花,一边信口胡说:“我是上面派来管你们的工人阶级,我是老大哥,你们统统都得听我的。从现在开始,你们可别跟我讲这派那派的,因为我是少数民族,不管你们汉人这派那派,毛主席有指示的,不让我们少数民族参与你们的事情。”

农村少女,到底实在一些,还真被他的胡编的最高指示蒙住了。她们一个个睁大了眼睛,鼻子对着鼻子地观察着他,想知道少数民族和她们有什么区别。她们看了他半天,有一点失望,说:“你怎么看上去和我们一样啊?”

布朗又胡说:“你们知道什么,我刚到杭州的时候,吃的是生肉,夜里就睡在院子里,我平时连衣服也不穿,就披一块毛毡。我也不会说汉话。不过我们少数民族是很聪明的,到什么山唱什么歌,你看我现在已经什么都会了,除了不会参加派仗。”

有个姑娘读过初中,见过一些世面,怀疑地问:“被你那么一说,你不是变成西藏农奴了?”

“你知道什么,西藏农奴是穿不上衣服,我是不喜欢穿衣服。我们西双版纳可舒服了。我们那里的人,过的都是神仙一样的日子。从来没有人冻死饿死的。因为我们那里,插根筷子也发芽啊。饿了,手一伸,摘串香蕉,吃饱了就睡。想唱歌就唱歌。”他看着那一个个乌溜溜的眼珠,禁不住故伎重演:“怎么样,听我唱一个我们那里的歌好不好?”

姑娘们小嫂们一时就连摘茉莉的心思都没有了,叫着嚷着要听他们那里的歌,惟有那初中女生警觉地问:“你们那里的歌不会有封资修吧,黄色歌曲要批判的。”

“小姑娘你靠一边去,乖乖听着别说话,你知道什么是封资修,啊?封、资、修,三个台阶,一级比一级高,我们那里连封都还没封上呢,我们那里是原始共产主义,是共产主义,原始的,懂吗?”

再没有人敢对布朗提出什么来了,采花的金华姑娘们不懂何为原始,但何为共产主义她们还是知道的。但乡下人和城里人到底不同,城里人只管造反,每月工资照拿,总有饭吃。乡下人,不伺候着地里的东西长出来,他们就得喝西北风。因此妇女们大多还是留在了田头阡陌。除了斗大队和小队里的地主富农之外,她们还没有多少可能参与更大的阶级斗争风暴。有那么多的农活要干,她们想派性也派不成。听说有歌儿听,她们倒也喜欢。小布朗先唱了一首土家族的山歌:

韭菜花开细茸茸,
有心恋郎莫怕穷,
只要两人情义好,
冷水泡茶慢慢浓。

他唱得字正腔圆,大家都听明白他唱的是什么了,有几个害羞的姑娘就红着脸。倒是那几个小嫂儿胆子大些,问:“你们少数民族现在还准唱这种邪火气的歌啊?”

布朗不懂什么是邪火气,但猜想,大概就是不正经的意思吧,连忙点着头说:“我们那里什么邪火气的歌儿都让唱的。”

“是毛主席批准的吗?”

“不是他老人家恩准还能是谁?”

大家就放心了,七嘴八舌:“那你也不能光唱茶啊,我们正在摘花呢,你怎么不唱花儿呢?”

“怎么不是唱的花儿,韭菜花开细茸茸,不是花是什么?”

“那算是什么花啊,要茉莉花才是花呢,你听我们唱——”一个胆子大一点的小嫂儿就开了口:好一朵茉莉花,好一朵茉莉花,满园的花香比呀比不过它,我有心摘一朵戴,又怕种花的人儿将我骂。

大家听了都说好,只是担心这歌不是少数民族的,毛主席没批准。布朗说:“毛主席怎么会没批准?毛主席旧年就在天安门上说了,好听的歌就好唱。”

采花的人儿听了真是喜欢,也不想讨论是真是假,也不去追究布朗是不是在假传圣旨。一个女子边采花边就唱开了当地的民歌:李家庄有个李有松,封建思想老古董,白天屋里来做梦,勿准女儿找老公,胡子抹抹一场空。

大家听了哄堂大笑,她们都知道这首民歌很有名,但不知道这首《李有松》还曾唱到 1957 年的世界青年联欢节上去过。好多年都没唱了,没想到来了个杭布朗,把大家的兴头都吊了起来。有个大嫂嫂突然心血来潮,拉开喉咙唱道:索拉索拉西拉西,爹娘养我十八岁,婚姻大事由自己,高跟皮鞋带拉链,六角洋钿储袋里,夫妻两个去登记,登记归来笑眯眯。

一群女人花丛里这么唱着,笑得腰都直不起。直到那乡村女知识青年突然说:“不对,你这里怎么还有高跟皮鞋带拉链啊,那可是四旧呢!”

大嫂嫂正在怀旧的兴奋中,被后生小姑娘一驳就生了气,叫道:“我们那时候就是讲穿高跟鞋的,是毛主席共产党人民政府叫我们穿高跟皮鞋的!”

那小姑娘也不示弱,说:“那他们城里人为什么现在要斩高跟皮鞋的跟?我们城里的姨妈皮鞋跟统统斩掉了。”

“那是她们不晓得毛主席发过话,喂,杭同志,毛主席是不是说过高跟皮鞋好穿的?”大嫂急着要找最高指示来给自己撑腰。布朗一想,不能什么事情都往毛主席头上推,万一有一天被揭发出来了不好办。灵机一动,指着手里的花儿叫:“怎么我手里的花和你们的不一样啊?”

大家就围拢来看,七嘴八舌:“这个是单瓣,那个是双瓣,当然不一样啰。”

原来这单瓣的花儿,又叫尖头茉莉,是本地的土产。那双重的花瓣是从广东那里引种来的优良花种,一个是傍晚六七点钟开放,一个是晚上八九点钟开放。一个姑娘看着布朗手里的花叫了起来:“哎你怎么那么乱采啊,你怎么花萼也没留下来呢?”

原来采花采茶一样,都是有学问的。像这种窨制花茶的茉莉花,采摘标准也是很讲究的。一是要含苞欲放,能在当天夜里开放的;二是花体要肥大,要留花萼,花柄要短,不留茎梗;三是青蕾和开花,一个没开,一个已经开过了,那是万万不能混采进去的;四是采摘时间,放在下午两三点钟之后,此时的花儿质量最好。

布朗看着姑娘们那灵巧的手儿在花间飞舞,食指和拇指尖夹住花柄,掌心斜向上,两指甲着力,轻轻一掐,那花蕾儿便离柄而下了。天气热,花柄就韧,姑娘们在采前两小时已经用水喷淋过一次。此刻,她们已经采完了今天的花儿,按惯例又复巡了一遍,把那刚刚成熟的花蕾再次采尽,免得明天开了花,就没有用了。

采完了花,布朗带着姑娘们,一串的自行车,浩浩荡荡去了城里。那车后座上,一律用两根硬木扁担,加固两只花篓的耳环,固定在载重架上。每只花篓上安放通气筒一只,花篓上还罩着一层纱布。布朗带着这一队的人马,不由感慨地说:“把花送到茶那里去,就好像把女儿嫁出去一样啊。”

众女子又笑,说:“你才晓得啊。刚刚松开了心子的花,就是十七八岁的黄花闺女啊,嫁到茶那里去了,吃亏啊!”

布朗不明白有什么吃亏的,大家又笑,说:“你可是到这里学制花茶的,你到厂里去看看就明白了。茶可不是个好男人,一天里要用三个花女人呢,用过了,就扔掉了,可怜啊,你去看看就晓得了!”

不知道是不是因为有布朗带着队,还是一路花气袭人,终于逼倒了那些打派仗封路口的造反派,总之,他们送花的路上还算平安,有几次有人拦住他们,听他们说花儿等不得,上去翻倒两筐,见里面没有枪支弹药手榴弹,也就放行了。如此这般,半个月时间布朗都在花地里,与姑娘们打打闹闹,唱唱小调,胡编些最高指示,竟然没有人来揭发他。

有时,小布朗送完花,就留在厂里帮忙学做花茶。

布朗是个肯出力气的小伙子,他先学摊放花层,借此他还有机会每日见到那些他已经在心里很放不下的采花姑娘。花儿一到,摊晾,堆积,翻动和筛花,忙得个不亦乐乎。然后再拿茶与花来搭配,拌放。这是个累活快活,必须在三五十分钟里完成。制成窨花后他就可以喘一口气。它们堆在用竹围成的圆囤里,布朗想,它们总算是被送进洞房了。想起那些花儿正在迅速地萎缩下去,而它们的茶男人却精气神越来越足,妈的!他就喜爱地拍拍那圆囤,你们的日子可真是比人还好过。

第二天又是累活儿,一夜洞房,花儿已经老得不行了,只得筛除。然后还得让茶再娶上两次新嫁娘,又是烘啊,又是提啊,最后花儿总是被吸干了精华,扔到一边,那茶却越来越香,越来越漂亮。最后装箱之前,还得像炒菜时撒味精似的,撒上那么一些花干。一杯花茶,浮现那么一二朵洁白的茉莉,想想看,有多漂亮。布朗现在天天喝花茶了,不喝,他觉得对不起那些采花的姑娘们。

绝大多数的夜里,小布朗就睡在花地旁的草棚里,半夜露水打下来,小布朗睁开眼睛,一下子就看到了草棚盖子上露出的那长长方方的一块小玻璃天窗,像是镶上了星星的火车票。每当这时候,他就想起了遥远的大茶树,想起了他的近在咫尺的爸爸。罗力的劳改农场离这里并不远,可是他一直就没有时间去看他。花汛未过,小布朗一天也不能离开这里啊。

得放交给他的任务也没法完成。这只绣有为人民服务的军包里的宣传品内容,小布朗从来就没有拿出来看过,他只知道那是专门骂吴坤的。吴坤在省城，离这里一大截路呢，小布朗简单地想。军包就压在他枕头底下，那些纸再不散发掉，就要被压坏压皱了。

下午摘花前，小布朗就把这些纸拿出来，悄悄塞在姑娘们的花篓里，没两天就塞完了。这些纸采花姑娘们可不会去看，一路送到城里的茶厂，就倒进了花堆，小布朗就在这时候留心地再把它们拣出来，放在那些办公桌上，传达室里，大门口，有时也扔在人家过往的自行车兜里。他觉得这件事情太简单了，这算一个什么事情啊，还值得他们几个为之热泪盈眶。

他渐渐地习惯了这种与花与茶相伴的日子。这些从土地和山林里生长出来的东西，与他有一种无法言说的默契，那是因为他以为自己原本也是从土地和山林里生出来的吧。但这样的日子也长不了。

半个月之后就开始不对了，茉莉花田里开始出现了几个男人。他们一到，采花的女人们再也不敢唱民歌了，一个个低着头干活，乖得很。布朗从来没有看过《红楼梦》，但他和贾宝玉的观点出奇地相通：宝玉以为男人是泥做的，女人是水做的。布朗认为，男人和女人比，女人好，男人不好。他倒明白不能以偏概全，虽然采茶和赵争争都是个大大造反派，但他依然认为，现在主要还是男人在造反，女人不造反，不造反好。他的生活方式习性，一切都和造反对不上路。比如田里来了几个男人，他就没法唱歌了。女人好，咬着他耳根，悄悄告诉他快走，这些男人是来查他的反动言行的。这半个月里，布朗编了多少毛主席语录，唱了多少邪火气的山歌，连自己也弄不清楚了。看来还是有人告了他的密。

初中女生也过来跟他咬耳朵，问他知道这些男人究竟是来查什么的？布朗摇摇头，他脸上的表情说明他已经知道事情的底细了。姑娘说："那些传单是你发的吧，别人没看出来，我可是看出来了。"

“查就查出来吧，也没什么了不起。”

“说是反动传单呢，正在查那个写的人。你要不走，抓住了，弄得不好要吃枪毙呢！”

这可真是晴空霹雳，嘻嘻哈哈的小布朗怎么也没有想到，他也会有这一天。现在他该怎么办呢？他可不能再回杭州，那就是自投罗网，更不能把这摊烂污甩给大舅，他为他操了多少心啊。他也不能去看近在咫尺的父亲，父亲已经够倒霉了，他不能再给他雪上加霜。

就这样，他躺在窝棚里，看着那张带星星的火车票，突然跳坐了起来，他想：该到走的时候了！

真是舍不得啊，那雪白花丛中的香喷喷的江南女子们。布朗只好咬着牙齿离开她们，直到这时候他还做不到不辞而别，他蹲在花丛中，和那几个铁杆的姑娘嫂子告别。花儿就在他的脸上摩挲，香气一阵阵地扑来，手里汗津津地拿着几张纸币，折拢了又摊开，还不停地说：“放心，我一回云南就给你们把钱寄来。”原来他还有本事从这些穷乡下女人手里借到路费。那些和他一起唱过歌的采花的金华女人，一边看着那湿漉漉的钞票，一边心疼地问：“你地址有没有记清楚？不要到了那边云南寄不回来钱！”

小布朗急了，就要把钱重新塞还给她们，说：“我是这样的人吗？那我还配唱那些歌子给你们听吗？”

女人们顿时就慷慨起来，把那几张烂钞一边往小布朗身上塞，一边说：“快跑吧你这闯祸坯，回到你们少数民族那里去吧，别到我们汉人这里来夹手夹脚了，快跑吧！”

夜里，那位初中女生采花姑娘悄悄地把布朗送出小河头，还给了他一封信，说：“你到国清寺里打听一下，肯定能找到我的表哥，这封信交给他，他会帮助你的。那里的山大，山多，人家要抓你也不好抓的。”

原来小布朗也聪明了,对外说是回云南,实际还是在老地方转啊。但姑娘的话让他激动,小布朗的心,仿佛回到了大茶树下。他知道,在大茶树下的女人们会对他这样赤胆忠心,可这里是什么地方啊?采花的姑娘啊,你为什么对我那么好啊!

茉莉花在星夜下含苞欲放,一粒粒像是星星铺地,他和她都流下了眼泪。这是花的缘分啊,多么短暂和香美啊……

第二十三章

杭嘉和坐着得荼开的吉普赶到马坡巷，来开后门的是叶子，看到这祖孙两个，急切地凑上去耳语："昨天夜里他们来过了吗?"然后彼此盯着，仿佛都害怕听到更不幸的消息。好一会儿，嘉和才说："什么都没找到。"

叶子轻轻拍着胸，说："我们这里也是。"

昨天夜里，羊坝头和马坡巷的杭家都遭受突然的抄家，查问得放的下落，第二天一大早得荼就赶了回来。嘉和很奇怪，他已经好多天没见到这个大孙子了。得荼仿佛比他还了解这次突然抄家一样，带上爷爷就往马坡巷走。嘉和问他怎么知道家里发生的事情的，得荼摇摇头不作回答。他没法告诉爷爷，抄家一结束，吴坤就打电话把这个消息告诉他了，他还在电话那头说他是守信用的，实事求是的，杭得放现在的确已经是反动传单的重要嫌疑人了。他的文章不但攻击他吴坤，还攻击文化大革命，性质已经变了。虽然这一次他们什么也没有抄出来，但证据是最容易找到的。他还在电话那头为自己辩解说："你别以为我在火上加油，我什么话也没有多说。而且你看，行动一结束，我第一个就把消息通给你，我是守信用的。"他再一次强调。

实际上，前不久在花木深房里，杭得荼和杭得放已经进行过一次长谈。长谈之前，得荼先关上了门窗，拉上窗帘，然后掀开床单，从床底拖出他连夜从假山下地下室里搬出来的油印机，还有没散发出去的传单。得放吃惊地看着大哥，问："谁告诉你的?"

“用得着谁告诉吗？还有没有了，都给我清点一下，立刻处理了。”

得放本来想告诉他布朗带走了一部分，想了想，到底还是没有说。就见大哥拖出一个铁脸盆，一张一张地往那里面扔点着火的传单。得放蹲下来，拉住大哥的手，生气地说：“你干什么，我又不是写反动标语，你干吗吓成这样？”

得茶一边盯着那些小小的火团从燃烧到熄灭，一边说：“我知道你想干什么，可别人不知道。”

“我就不能发表一些自己的起码的见解吗？人家的大字报不是满天飞吗？”

“你的文章我都看过了，你多次引用马克思的怀疑精神，以此与同样是马克思的造反精神做比较。这种危险的政治游戏到此可以停止了。”

“你没有理由扼杀我的思考。我好不容易有了一点自己的思想，想用自己的头脑说一点自己的话，就像当年的毛主席和他的同学办《湘江评论》时一样。难道让一切都在真理的法庭上经过检验，不是马克思主义的精神来源吗？”

小小的火团不时映到他眉间的那粒红痣上，使他看上去那么英俊，充满生机。得茶说：“看来这一段时间你开始读书了。”

“从妈妈去世之后我就开始读书，从北京回来后我就更加想多读一点书。我正在通读马列全集。”

“你在冒天下之大不韪啊。”

“我不明白你的意思。”

“你可以读书，可以思考，但你不应该要求对话，更不能抗议。”

“我没有抗议，我拥护科学共产主义，拥护马克思主义，我也不反对这场文化革命。可是我反对唯出身论，反对文攻武卫——”

“你知道这是谁提出来的——”

"反正不是毛主席提的!"

得茶站了起来,真想给这个固执的早熟的弟弟一掌,让他清醒清醒。可是他又能够说什么呢?不是他自己已经陷进去,而是整个国家、整个民族,都在没有精神准备的前提下陷了进去,行动风驰电掣,思想被远远地甩在后面。而得放,刚刚发现了一点属于自己的思想的萌芽,就急于发言。这里有多少是少年意气,又有多少依然属于盲动呢?所有这些话,几乎都是只可意会不可言传的,他只能语重心长地交代弟弟,不要再继续干下去了,更不要把别人也扯进去。但得放显然误解了他的话,他轻蔑地说:"你放心,我不会把你扯进去的。我知道你现在和过去完全不一样了。"

脸盆里的余火全部熄灭了,两兄弟站在这堆灰烬前,他们痛苦地发现革命在他们兄弟之间发生的作用——革命的最伟大的口号,是让全世界无产者联合起来,结果革命却不但没有使他们兄弟融合,反而使他们分裂了。

此刻得茶皱着眉头问:"得放不在家?"见叶子摇头,就说:"奶奶你在巷口守着,暂时别让得放回家。他要来了,让他在巷口等我。按道理他今天一定要来的。"

叶子听得眉毛都跳了起来,拉着得茶的袖子,问:"怎么回事啊,布朗跑掉了,现在又不让得放进家门,你们都跑光了,我这个老太婆还活着干什么?"

嘉和就朝得茶摇摇手,一边安慰着叶子说:"没啥事没啥事,今天是中秋,得茶有点时间,过来看看二爷爷。嘉平怎么样,家里的事情他知道吧?"

叶子一边带着祖孙两个往院子里走,一边说:"大字报都贴到墙头了,他能不知道?不过他倒沉得住气,叫我把他弄到院子里去,说是要看看天光,小房间里憋气死了。"

果然,嘉平没病一样,躺在竹榻上,在院子当中大桂花树下摆开架势,榻前一张小方凳上还放着一杯茶,见了嘉和笑说:“真是不凑巧,多日不见大字报,昨日夜里又送上门来了。”

他指了指小门口贴着的大字报,又用手指指凳子,让他们坐下。

嘉和却是站着的,说:“大白天的,当门院子里坐着,怎么睡得着?坐一会儿我还是陪你进去休息吧。”

嘉平倒是气色不错,笑笑说:“这是我家的院子,现在弄得反倒不像是自家院子了。他们上班去了,我得过来坐坐,老是不来坐,真的会把自己家的院子忘记掉了呢。”

嘉和到底还是被弟弟乐观的态度感染了,拖了一张凳子坐下,说:“昨日夜里没把你们吓一跳?”

“到你那里也去了是不是?这个吴坤,子系中山狼,得志便猖狂,是他出的主意吧,这就叫狗急跳墙!”

得荼听了这话十分通气,这些话也是他在心里想的,只是组成不了那么痛快淋漓的词组。趁着院子里无人,也接着话头说:“这一次好像没那么简单,虽然不是正式的公安机关,但也不是简单的群众专政。”

“在朝在野差不多。你自己现在也算是一方诸侯了,你倒说说看,多少人是公安局抓的,多少人是你们自己挥挥手就抓的。现在你打我我打你的派仗,真有点当年军阀混战的味道。这种局面总是长不了的,到时候也总会有个分晓。”

得荼暗暗吃惊,这些话虽然和他所看见的传单上的内容不一样,但有一种口气却是相通的,那就是唱反调的精神,禁不住便问:“二爷爷,近日没有和得放聊过什么吗?”

嘉平挥挥手,说:“你最近有没有和你爷爷聊过什么?”

得荼知道,这就是二爷爷对他的状态的一种评价。可是他能够对这两位老人说什么？所有的事情都纠缠在了一起，绞成了一团乱麻，他没法对他们说清楚其中的任何一件。

嘉和不想看到孙子尴尬的神情，站起来仔细检查嘉平后脑勺上被砸伤的地方，见伤口已经看不见了，就小心地又问："听叶子说，近日你有呕吐的感觉？"

"大哥你可不要吓我。"嘉平笑了起来，他的确是有一点要呕吐的感觉，不过一来不严重，二来怕一说又弄得家中鸡犬不宁，便闭口不提。他们兄弟两个，虽同父异母，但彼此心灵相通。嘉平看得出来，嘉和是有心事的；嘉和也看出来了，嘉平不想让他多担心。兄弟俩都有话不说，又不能闲着，这才弄出另外一番热闹来了。

嘉平说："大哥，我刚才躺在院子里七想八想，竟然还叫我弄出几个西湖十景，不过还没全，等着你来补呢。"

"你看看你看看，都说我像父亲，老了还是你像，你又是诗社又是踏青，造反派在屁股后头戳着你你也不管，这不是杭天醉的做派又是谁的！"嘉和点点嘉平，看到弟弟无大碍，嘉和心里到底要轻松一些。

嘉平指指南北墙头上各生一株瓦楞草，说："你看这墙头，别样东西不生，单单这两株草生得好，又是南北对峙，我看正好叫做'双峰插云'。"

他这一说，得荼正含着一口茶，几乎要喷出，眼睛恰巧就对着金鱼池，池中还漂着几片浮萍，便指着说："你不用说，这里就有二景，一个叫做'玉泉观鱼'，一个叫做'曲院风荷'，对不对？"

嘉平伸出大拇指，用道地的杭州方言夸奖说："崭！崭！"又指着走廊南面挂着一口已经被砸得不会再走的钟说："此乃南屏晚钟也。"又指着钟前方挂下的一只空鸟笼说："此乃柳浪闻莺也。"

嘉和拦住他说："二弟你这就牵强了，既无柳也无莺，哪里来的柳浪闻莺呢？"

嘉平摇摇手说:"大哥有所不知,你看这鸟笼下园中有一片草是不是长得特别好?那是去年得放他们来造反时,把他自己养的八哥砸死了,迎霜哭了一场埋在此地,不料生出这么些草来。看到它,就好比听到那八哥的声音了。"

这话又回到感伤上来了,嘉和勉强地说:"这倒也算是新的一解,前无古人后无来者的。不过我看你这里恐怕也是再生不出什么苏堤春晓、断桥残雪了吧。"

嘉平一看气氛又不对起来,得想出个新招让大哥宽心,急忙又说:"西湖十景我就不提了,我这里还有新节目,说出来你保证笑煞。还是关在牛棚里的时候我们诗词学会的会长老先生教我的。他能把所有贴他的大字报都断句成词曲,那可是要有点功夫的。我学了好久才略通一二。刚才我还试了一次,你看,那面小屋门口不是新贴的大字报吗?"

大字报是昨夜一行人来查得放没查到,一怒之下写的标语,无非谩骂罢了,没水平且不说,连文句也不通。全文如下:"牛鬼蛇神,听着了,此事定难逃尔等密谋与暗中勾结,铁证如山罪恶重重,新出路在眼前,坦白可从宽抗拒从严,不许留一点,竹筒倒筷子滑溜!"可嘉平说:"你看我当场就把它给断成《虞美人》,而且用的就是李煜那首词的韵。他开头那句,不是'春花秋月何时了'吗,你看我的——"

嘉平断完大字报,嘉和苦着脸,这时也笑得说不出话来。你道他是怎么断的,原来是这样——"牛鬼蛇神听着了,此事定难逃;尔等密谋于暗中,勾结铁证如山罪恶重。重新出路在眼前,坦白可从宽,抗拒从严不许留,一点竹筒倒筷子滑溜!"

得荼笑着说:"什么叫一点竹筒倒筷子滑溜,不通!"

嘉平也笑了,说:"本来他的大字报就写得狗屁不通,又是尔等,又是滑溜,风马牛不相及,我也就拿它来开玩笑罢了。"

话说到这里，气氛算是活跃一点了，嘉和叹了口气，这才对得茶说："今天这个日子，你能到场，我对你二爷爷也是一句交代——"

刚刚说到这里，就见嘉平眼圈红了，边挥着手说："算了算了，想得起来想不起来都已经那样，得茶还算是有心，得放连一次都没有去过呢。"

得茶一下子站了起来，原来谁都没有忘记今天是什么日子——今天是得放的母亲自杀一周年的忌日啊。还没来得及说什么呢，就见叶子匆匆忙忙跑了进来，对着这三个男人说："来了。"

躺在竹榻上的那个男人几乎跳了起来喝道："小心暗钩儿，别让他进来！"他一冲动，把从前做地下工作时的术语都用了出来。

"不是得放，是那个姑娘，爱光。"叶子这才把话说全，"我让她在巷口等，你们谁去？"

得茶站了起来，说："前天我就和得放说好了，今天夜里到鸡笼山和得放会一会，得放还没见过他妈埋的地方呢，以后扫墓怎么扫啊。"

两个老人看着得茶要走，嘉平就伸出手去，问："得茶啊，跟我说实话，得放会坐牢吗？"

得茶又坐了下来，他不知道该怎么跟这两位老人说好，斟酌了片刻才说："不知道……"

嘉平的手松了下来，想了想，说："告诉得放，今天夜里我也去。我们不去，你们找不到地方。"

得茶看看爷爷，爷爷说："我们也去。"

谢爱光对第一次与得茶见面记忆犹新。她能够清楚地记得那辆吉普是怎么样行驶到她面前的，他对她说的第一句话是——"上来"。那个年代，自己会开车的非驾驶员是很少的，杭得茶戴着眼镜的那副典型的斯文样子,和他开车时的熟练架势,看上去有些不那么协调。他的神情虽然不可以说冷漠,但起码是冷淡的。她上车后坐在他的身旁,他几乎连一句话都没有跟她再说,就沿着南山路出了城。

与谢爱光恰恰相反,第一次交谈,杭得茶对这个半大不大的姑娘几乎没有留下多少深刻的印象,他只看到了她眼睛里的那种可以称之为恐惧的东西,但这种恐惧,时不时地就被另一种东西克制住了。许多年以后,杭得茶明白了一些简单的道理:没有什么东西能够战胜恐惧,甚至单纯的勇气也不能,但爱能使心灵强大无比。没有对红痣少年的那份初恋,谢爱光便只是一个软弱的单薄的少女,她之所以看上去勇敢无畏,并非是与生俱来的。

而在得茶看来,她幼稚得甚至都不知道自己在干什么,她不知道自己已经陷得有多深,他们的前面,将有什么样的万丈深渊在等待。他把她尽可能地往城外带,他们的车,一直开到了钱塘江畔的月轮山下。上山的时候她气喘吁吁,他淡淡地看了她一眼,伸出手去,姑娘的脸立刻就红了,摇摇头拒绝了。她站住了,从半山腰上,也已经能够看到钱塘江,六和塔黑压压地矗立在头顶,山上几乎没有人。他们绕着塔走了一圈,得茶才问:“是得放让你来的?他今天夜里还能够去鸡笼山吗?”

他说话的口气和神情都有点冷淡,起码给爱光的感觉是这样。她告诉他说,一切照旧,她就是为传达这句话来的,现在她要走了。

得茶突然让谢爱光等一等,问她,想不想爬六和塔。这个建议让爱光奇怪,但她还是勉强同意了。塔里几乎连一个人都没有,他们两人绕啊绕的,越绕越窄,爬最后两层的时候,谢爱光累得动不了了,还是让得茶硬拽上去的。到了顶层后,谢爱光一句话也不能说了,依在塔墙上只有喘气的份儿。得茶看着她,想:这样的姑娘,进了监狱,怎么禁得起打呢?想到这里才问:“你打算怎么办?”

谢爱光被得荼的话问愣了,脱口而出道:“我,我和得放在一起啊!”

“不,你不能和得放在一起。”得荼绕着那狭小的塔楼,一边慢慢地走着,一边说,仿佛是在自言自语,甚至没有再看谢爱光一眼。“你们谁都不知道你们在做些什么,你们不知道言论的深浅——言论可以让一个人去死。”

他就这样踱到了塔窗前,眺望着钱塘江,他敬爱的先生就是在这里失去踪影的,在他看来,杨真先生和眼前这个黄毛丫头,虽然同样发出了自己的声音,但对世界的认识,依然是不一样的。他说:“你跟我走吧,我带你暂时去避一避。”

他以为她会和得放那样不听话,可是他越往龙井山中驶去,就越发现这黄毛丫头的神情自若起来。当他的车停在狮峰山下,他带着她往胡公庙走去时,他甚至发现她跑到他前面去了。快到目的地时他停住了,说他得再打听一下,爱光笑笑说不用了,还是她带他去吧。他恍然大悟,说:“你们就住在这里?”

“放暑假的时候白姐姐叫我过来住的,得放有时也来住,我们一直和白姐姐保持密切来往。”

他的后脑勺一阵灼热,站在原地,没有回过头去。因为他知道她就在身后,只要他回过头来,他就能看到她。刚才攀登六和塔的时候,他不是已经下了决心吗,让爱光住在这里是最安全的。其中也不乏权宜之计——至少,为了白夜,吴坤会有所收敛。想到这里他更加难过,现在他已经证实了一些模糊不清的东西,他知道,白夜之所以敢这样做,正是因为她身上还有着控制吴坤的力量。而眼下,除了骨肉之情,还有什么力量对吴坤来说才是最重要的呢?他犹疑地看着爱光,说:“你能不能上去跟白姐姐说一声我来了,想见见她?”

爱光答应着往山上走,没走几步又被得荼叫住了,说算了,以后再说吧。爱光就松了口气。她知道白姐姐现在绝不愿意见到得茶,还不如不提出见面更好。

得茶缓缓地朝山下走去,漫山的茶丛正在萌发着夏芽,中午的阳光热极了,仿佛连茶蓬也被这阳光晒蔫了。

他好不容易才找到一个公用电话机,很巧,接电话的正是吴坤。他是这样对他说的:"你不是很想了解白夜的情况吗?她现在和得放他们在一起。是她把他们接到山上的。你还不至于把白夜也牵连到所谓的反动传单里去吧。至于你想通过我了解的问题,我觉得白夜已经做出了回答,你没有必要再通过任何人去了解了。"

吴坤在电话那头耳语:"我只能给你一天时间,你让得放赶快离开白夜,公安局正在立案,事情弄大了,已经不在你我控制中了,明白吗?"电话机两头的这两个男人分头放下耳机时,脸上都露出了极其复杂的神情。不安和痛苦交替出现在他们的脸上,他们想到的每一步都出乎他们的意料之外,这真是一个神秘的悖论,他们想把握时代,结果连自己也把握不了。不知为什么,他们个人的命运,和他们心目中的时代目标,越来越南辕北辙了。

1967 年的中秋节几乎和节日无关。入夏,中国陷入了轰轰烈烈的全面武斗,从棍棒石头,到长矛大刀,到机枪手榴弹。所幸天气虽然炎热,派仗也打得热火朝天,终究还没有打到茶园里,老天保佑,那一年的茶事倒还算过得去。入秋,毛泽东视察华北、中南和华东地区之时,茶场正在对茶园、工分、成本和产量进行定量和微薄的奖励,而杭州亦刚刚做出了凭工业品购货卡可以买些微低档茶的规定。

在那个中秋节,茶学家杭汉被一纸借令暂时从牛鬼蛇神劳改队里提了出来,省劳改局指名要他专程到金华劳改农场的茶区去,说是那里有一个留场人员发明了茶树密植法,要专家去专门进行核实与技术指导。

造反派很惊异,说杭汉又不是搞这个科研项目的,他是有严重历史问题的家伙,还是半个日本佬,怎么好当了专家请到外地去?万一他去破坏革命形势怎么办,万一他潜逃怎么办,万一……他们一连提了许多个怎么办,被劳改局的人一句话挡回去了:什么怎么办?我们点谁就是谁!你们是嫌我们没有阶级立场,还是嫌我们不懂茶叶?告诉你,我们劳改农场的茶园多得很,我们种的茶不比你们少。

来人穿着军装,又是专政机关,气势先就强了三分,造反派一听也就不敢犟嘴,速速通知了正在茶园里挖地的杭汉。杭汉看了那通知也犯了愁,说:“我得准备下个月的茶树害虫预防喷治工作,再说,茶树密植也不是我主管的科研项目,能不能换老姚去?”老姚也是他们一个队的老牛鬼,据说也是有严重历史问题的人,年纪大了,这些天被造反派整得够呛,杭汉就想把这个美差让给他去。没想到造反派牛眼睛一瞪:“叫你去你就去!你想不去你自己跟他们说。”杭汉被领到办公室,来人见了杭汉倒蛮客气,伸出手去称他杭专家。杭汉摇着手说不敢不敢我叫杭汉,来人说我知道你是杭汉,我们要的就是你这个杭汉。杭汉还想向他们建议让老姚去,来人连连摇手,说:“我们可是点名要的你这个杭汉,是有人专门向我们推荐的你啊,你认识一个叫罗力的人吗?”

杭汉张着嘴,好一会儿才点点头,问:“这密植法是他发明的?”

来人点点头,问:“你去不去?”

杭汉说他一定去,只是有些资料都在家里,他得回家去拿。来提他的人笑笑说:“我们有车,现在就送你回城,今天夜里你在家里住,我们也不来打搅你,你给我们找些资料和科学证据,要真是个发明,对罗力也有好处呢。这话我就不多说了,明天一早我们来接你。”杭汉还傻乎乎地问:“我们这里没有人跟着我去?”来人大笑,还拍拍他的肩说:“你还真以为你是个汉奸了,你要是汉奸你抗日战争怎么没往日本跑啊!”看来那人不比这里的造反派对他了解得少,杭汉的心一下子就放宽了。

当天上午杭汉就回了家,先去马坡巷看父亲,长辈对他隐瞒了抄家之事,他也没有向长辈们提及今天是蕉风的周年忌日,倒是说到了罗力的密植法,这无疑是个雪中送炭的好征兆。杭嘉和说:“罗力也做茶了,这密植法真是他发明的?”杭汉回答:“这正是我要弄明白的事情,我对密植法没有专门做过研究。不过我知道金华属于浙中地区,虽然不如浙东浙南浙西北,也算是茶的次适生区。”

“那里也是有一些好茶的,东白山茶、磐安茶,还有兰溪毛峰等,我不知道罗力他们生产的是什么茶。”

嘉平就催着杭汉回羊坝头,说有许多有关茶的书籍都在得茶的花木深房中,你得赶快回去重新核实一些数据。父子两个告别的时候看上去非常随便,就同他们依然是天天在一起时一样。嘉平只是问了一声:“能对付吗?”

杭汉说:“那得看姑夫干得怎么样,到底经不经得起科学的实证。”

“经得起你要大吹特吹,经不起你得给我说成经得起,你得帮着他把这事情摆平了。”嘉平说。

杭汉一时就有点发窘,不知所措地看看伯父嘉和。嘉和用他那双瘦手干搓着自己的老脸,一边说:“我估计着,劳改局方面一定要汉儿去,就是看准了我们杭家和罗力之间的关系,就是要我们公私兼顾。难为他们这种时候还想得到茶叶。你看看这个世道,血淋淋的打成什么样子了。倒是劳改局的人不去打派仗,当然他们也不能打派仗,放着这么些犯人要守呢。不过守着犯人,还能想到地里生的东西,这就算是顺天意民心的了,我们要为人家想到这一层。第二层,你姑夫这个人实在,他要是调皮,哪里会坐十五年牢。他既说他发明了密植法,也就是八九不离十,还得看你怎么说。你说得好,你姑夫就跟着好,你说得不好,你姑夫就跟着倒霉。这也是你姑夫点了名要你去的缘故吧。再退一步说,哪怕这密植法是不成功的——"

"——你放心,我总会把它弄到了成功为止。我也想着搞点科研呢,多少日子荒废掉了。"杭汉听了这两位老人的发话,心里有了底,便表态说。

杭汉对茶树的栽培,多年来已经积累了许多经验,但出国好几年了,关在学习班上,他主要的任务就是惩罚性的挖土,有时害虫多了,也让他过问,但密植这一块,这些年国内的科研现状他了解得不多。嘉和对制茶评茶销售茶这一块,可谓了如指掌,但说到栽培,他到底还不是个行家。伯侄俩吃了夜饭,就通宵翻书查资料。这些资料,本来杭汉都有,这场运动,七抄八抄,都不知散落何处了,干这一行的杭汉弄不到,反而是学史学的得荼这些年来积累了许多,他是作为茶文化书籍版本搜集的,放在花木深房里。破四旧抄家时他也没有处理掉,塞在床底下,这会儿就派上大用场了。

杭汉面临的,是茶叶栽培史上一个重大的课题。

茶,从野生到栽培,从单株稀植到多株密植,从丛栽密植到条栽密植,由单条到多条,是一个不断发展的过程。布朗生活过的云南原始大森林里,有着原始的野生大茶树,有着过渡期的大茶树,布朗的义父小邦崴就生活在那些过渡性的大茶树下。还有一些人工栽培的古代大茶树,时间也有千年了。

嘉和一边敲着自己的太阳穴说:"老了,记性到底不好了。记得我小时候读茶书,《华阳国志》里是记载过茶的,说周武王的那个时候,就把茶当做贡品,说是'丹漆茶蜜……皆纳贡之',是不是这个意思?”

“你还说你记性不好,一个字都不差的。我们说到茶树栽培有史可稽,就是从周武王开始的。不过这种东西,跟他们讲也是没有用的,他们只管现在的密植成不成功,还会管你三千多年前的事情?”

“这也难说。秦始皇焚书坑儒,做得总算绝,结果把他自己绝掉了。三皇五帝,照样绝不掉。为啥,总有人要听这些事情,要用这些事情。比如西汉吴理真,在蒙山顶上种茶,‘仙茶七棵,不生不灭,服之四两,即地成仙’。现在是说不得的,说了就是四旧,封建迷信。不过总有一天人家会晓得,会感谢这个吴理真。为什么?因为他就是史书上记下来的第一个种茶人。没有他们这些种茶的,我们能够喝到今天的茶吗?多少简单的道理,只不过现在不能说罢了。”

杭汉惊讶地抬起眼睛,说:“没想到这些东西您都还记着,我们小时候你都教我们过的。”

嘉和连连摇手,“哪里哪里,我就晓得到这里为止了,比如《茶经》里说的‘法如种瓜,三岁可采’,我就知道得不实。本想查查贾思勰的《齐民要术》,事情一多,也就过去了。现在再要找,怕是早封了烧了。贾思勰该是魏人,封建主义吧。”

杭汉这才露出点笑意,说:“还好你点了一个我知道的题。《齐民要术》上说了,当时的种瓜,是在垦好的土地上挖坑深广各尺许,施基肥播籽四粒,这就算是穴播丛植法了。唐代人就是这样种茶的。到了宋代,《北苑别录》记载到种植密度,说是‘凡种相离二尺一丛’,用的是圈种法。我算了算,大概是一千五百多丛一亩吧。到了元明时期,开始用穴种和窠播,每穴播茶籽十到数十粒。到清代就更进步了,出现了用苗圃育苗然后移栽的。你看这段史料倒蛮有意思,没想到得荼还会搜集这个。”

嘉和坐下来,看着杭汉,手就搭在他的肩上,他能说什么呢?什么也说不出来啊。杭汉嘴角抽搐着,还在笑呢,中年男人的眼泪渗了出来,说:“伯父,只有你晓得我为什么心都扑在茶上。茶养人,茶也救人吧,茶不是救了姑夫吗?”

嘉和多么想告诉他孩子们又逢劫难的事情啊,可是叫他怎么说呢,他又怎么能够说呢?只有闷在心里啊……他老泪纵横的样子,让杭汉看了万箭穿心。也许是不忍看下去又无法说出口,他竟然像一个孩子一样搂住了嘉和的脖子。静悄悄的花木深房,黄昏中颓败萧瑟,现在,身边没有女人和孩子们,两个伤心之极的男人,终于可以相拥而泣了。

和长辈们完全不一样,得茶和得放连一滴眼泪也没有。在越来越浓的暮色中,他们每人手里捏着个手电筒,在西郊杭家祖坟的茶蓬间半蹲半伏,满头大汗地寻找着黄蕉风的埋骨之处。去年今日,也是深更半夜,杭家人匆匆做贼一般地把蕉风的骨灰葬在此处,当时种下一株茶苗,留作记号。无奈此一年家事国事俱遭离乱,老人尚能识得旧地,年轻人却反而找不到地方了。今日中秋,本该月圆,却是个阴云出没的夜晚,杭家兄弟久等不到家中老人,只得取了电筒,自己来寻找。

几代人的老坟,又加这几十年的变迁,周围都变了样,这两兄弟东摸摸西摸摸,惊飞了几多夜鸟,扰乱了几多秋虫,秋茶在他们的拨弄中哗啦啦地响个不停,但他们依然不能确定那株旧年的新茶,焦虑和痛苦烧干了他们的泪水。得茶还时不时地担心着怕有人跟踪得放,摸索一会儿就直起身体来,看看远处山下的龙井小路,依稀有光,他立刻就让得放蹲下来,一动不动。两兄弟这样摸索了很久,终于放弃了努力,找了一蓬大茶,得茶看了看说:“这是太爷爷,我们挨着他坐。”得放也不吭声,坐下了,拿出一包烟来,取一支给得茶,得茶看了看弟弟在暗夜里的模糊的面容,说:"你还真抽上了。"两人各自抽着那劣质的香烟,静悄悄地等着长辈们的到来。

月亮倒是很大很圆,不过时常穿行入阴云,一会儿又钻了出来。星光下的茶园明明灭灭,一会儿发出蜡般的色泽,像靓丽少女,一会儿没入暗夜,却像个阴郁的男人。得茶已经记不得他有多少天没有度过这样清寂的夜晚了。从前在养母家求学时,夜里他是常常到父母的墓前去的,今天的这片茶园让他想到了那些日子。他拍了拍兄弟的肩膀,仿佛为了要减轻他思念母亲的痛苦,说:"别着急,爷爷说要来,就一定会来的。"

得放的唇边亮着那微弱的一点红,劣质烟味就在兄弟间弥漫开来,他淡淡地说:"我不着急。"他看了看哥哥,又补充说:"其实我常到这里来。有几篇文章就是在这里起草的。"

得茶不想跟他再争论,另外找了一个话题,说:"我还真担心你把那姑娘再带来。"

"她是想来的,我没让她来,盼姑姑到城里去接爷爷他们了,白姐姐身体不大好,我怕她一个人待在山里出事。"

得茶一下子闷住了,听到她身体不好的消息,他就站了起来:他为什么会这样狭隘,他为什么跨不过这一道关口——谁的孩子难道就那么重要吗?他狠狠地吸了口烟,悔恨和说不出来的无所适从,堵住了他的胸口。

就在这时候,他听见弟弟问他:"大哥,他觉得她怎么样?"

得茶吓了一跳,以为他问的是白夜,此时月亮又出来了,清辉普照大地,茶园里的枝枝条条在月光下闪闪发光,弟弟眉间的那粒红痣也在月光下闪闪发光。他的声音也变了,变得像月光一样柔和。他的漂亮的大眼睛在月光下蓄满了少年人的深情。得茶突然明白,他指的是另一个姑娘,连忙说:"好啊,很好啊!不过你现在问我这个是不是太早了?”

“那你就答应我一件事。”得放转过脸来,看着哥哥,说,“我不相信会发生什么了不起的事情。可是,事情真要像你说的那样发生,你得答应我照顾爱光。”

得荼怔住了,得放变成了另一个人,变成了那个他仿佛不认识的年轻人。他耸了耸肩,不想把这重大的托付表现得太隆重,说:“这算个什么事情,我现在也会照顾你们。”

“你要当着先人起誓,对茶起誓,”得放说,“当着我妈妈的灵魂起誓!”

得放那么激动,让得荼不知所措起来,他一边说“好的,我起誓”,一边站了起来说:“好像事情还没到那么严重的地步。昨夜是抄过了家,不过没抄出东西,再说也不是公安机关,也没有通缉令捕你。”

得放依旧蹲着,说:“这个我知道。不过我不理解你对女人的态度,你对白姐姐就没有行使你的责任。”他说这话时,不像一个十八岁的青年,却更像一个已婚的男人。

得荼一下子误解了他的话,他蹲下去,失态地一把揪住弟弟的胸口,失声轻吼:“我再跟你说一遍,这孩子不是我的!”

“我不明白这对你怎么就会变得那么重要。如果爱光碰到这样的事情,我是说,这样的痛苦和凌辱,我会更加爱她。更加更加更加更加……爱她……”他说得气急起来,发出了急促的声音,“大哥,你不知道你对白姐姐意味着什么,她有那么丰富的心灵和智慧,她只是缺乏力量,因为她所有的力量都被提前用完了。她无所依靠,我在北京时就看出来了,她没有人可以依靠……”

“是她不让我见她——”

“她是女人!”得放打断了他的话,“你对她的感情太复杂了!你本来应该听懂她的意思!”

“闭嘴!”

“——所以你也不知道爱光有多好,你永远也不会知道爱光有多好,我现在是多么多么地爱她。我现在和你坐在一起,我多么想把你换成她,刚才我们在寻找妈妈的骨灰,我想要是和我寻找的是她,那该多好。如果我们找到了,和我抱头痛哭的人当中,要是有她那该多好。对不起,我并不是说你对我不重要,我不是这个意思——”

他笨拙地还要解释,被得茶挡住了,说:“我明白……”然后就一个人走到茶丛中去了。他远远背着得放一个人站在茶丛中,有的茶蓬和他差不多高,他看上去仿佛也成了一株茶树。天上的乌云散了,月亮奇迹般地挂在天空,因为无遮无挡,月亮看上去是那么孤独,那么无依无靠。呜呜咽咽的,那是什么声音?是得放用小布朗送给他的箫吹奏呢,小布朗正在天台山中避难,他不能来,得放就把他的箫拿来了。但他不会吹奏,只能发出一些箫才会有的特殊的声音。得茶站在茶丛中,他没有意识到自己正在流泪,弟弟的话击中了他,弟弟的呜咽的箫声击中了他……得放把他的感觉全都说出来了,如果此刻,是他和她坐在一起,是他们在茶园中抱头痛哭……他为什么不敢见她,什么事情把他变得那么复杂胆怯,他依然说不清楚,但他相信一旦见到她她会清楚的,他要立刻就去见她,马上,现在——

一豆烛光朝他们奔驰而来,越来越近,越来越近,那个身影终于在茶园边缘停住了,他们看见了那个单薄的细长老人,甚至看见了月光下的那根断指。只见他分开了茶道,朝得茶走来,得茶惊讶地问:“爷爷,怎么只来了你一个人?”

他没有听见爷爷回答,爷爷突然用手遮住了自己的眼睛,他听见他说:“等一等,等一等。”他说着蹲了下去。得茶连忙上去扶起爷爷,焦急地问:“爷爷,你眼睛怎么啦?”

得放也停止了箫声，他惊得全身的汗都凉透了，朝他们跑去时，身边的茶蓬哗啦啦地响动着，他们等了好久，才看到大爷爷站了起来，说："现在好了，看见了。"然后对着得放说："得放，你爷爷要到这里来了，我是说，要到这里来陪你妈妈了……"

月亮仿佛也不忍听到这样的消息，它就一下子躲进云层，茶园顿时就陷入黑暗之中了……

第二十四章

老人在受难，新人在出生，年轻人在逃亡。通过得荼和小布朗的秘密安排，得放潜入杭州以东的崇山峻岭之中。

天台山，山有八重，四面如一，当斗牛之分，上应台宿，故曰天台。从地图上看，它位于浙江东南，南接括苍，西连四明，跨天台、新昌、宁海、奉化、鄞县，东北向入海，构成舟山群岛，它那西南与东北的走向，亦成了钱塘江、甬江和灵江的分水岭。唐诗僧灵彻诗云：天台众峰处，华顶当其空，有时半不见，崔嵬在其中。六十年代初，天台主峰华顶来了一群杭州知青，建起了林场和茶场。动乱以来，秩序不再，这里有许多人下山了，留着几个守林人和一些空房子，布朗一到这里，就和得荼取得了秘密联系，现在他再也不敢乱说乱动了，他得成为他们杭家人的坚强后盾。

得放安顿好嘉平爷爷的后事之后，由得荼陪着来此山中。得荼这样做，一旦发觉，自然冒天下之大不韪。得放还阻止过他，说："吴坤正愁抓不到你把柄呢。"得荼摇摇头，他突然觉得那些事情的可笑，他要回到他的茶上去。很久以来他就心仪此山，不仅因为山中有国清寺，还因为日僧最澄与荣西都来此山留学，茶之东渡，此山为重。他要重新捡起他的学问，就从现在开始。只是他不曾想到，第一次访天台，他会以送一个落难者为由来到这里罢了。

国清寺在天台山南麓，得荼他们一路上来，过寒拾亭，就坐在丰干桥头休息。这丰干，与寒山拾得，都是唐代国清寺的高僧，桥却是宋时的古迹,菩萨保佑,古刹建在山中,小将们砸城里的四旧一时忙不过来,这里的四旧成了漏网之鱼留下来了。得茶一行坐在桥头,见此时寺门已封,陪他们一起来的那位金华采花少女的表哥、名叫小释的林场青工,开了一句玩笑,说:“去占个卦看看我们还能不能反过来。”

布朗看看得放,说:“占什么卦? 和尚尼姑都没有了,他们连自己的命都占不过来呢。”

想必他们三人都想到了去年砸灵隐寺的事情。得放就有些不好意思,换了个话题,打听这国清寺的年代。得茶善解人意,正要回答,便又被那小释抢了先,说:“国清寺是天台宗的根本道场,北齐时候就有了。”

布朗大大咧咧地问:“什么叫北齐,我怎么从来就没听说过?”

小释一下子就说不出来了,只道那国清寺的开山祖庭智者禅师是北齐名僧慧思的弟子,据说离现在已经有一千多年了。那年他入天台山,过石桥,见了一个老和尚对他说,山下有皇太子基,可以造寺院。智者就问他,现在连造个草房都那么难,怎么可能造成那么大的寺院呢? 那老和尚说,现在还造不成,要到三国统一之后,自有贵人来造。还说:寺若成,国即清。后来果然就跟老和尚说的一样,这个寺院就叫国清寺了。

听了这样的半传说半史话,大家就看着得茶。得茶不想说话也不行了——北齐啊,公元550到577年嘛,三国也不是魏蜀吴,是北周北魏和南陈吧,小释你说是不是? 小释连连摇手说我可不知道那么多,杭老师听你的,那贵人是谁呢? “贵人是谁你真不知道?”得茶已经看出来了,这小释有一种出家人的举止,必是国清寺还俗的和尚无疑了。他怎么会不知道贵人呢,贵人不就是那隋炀帝杨广吗? 传说那年杨广在江都生病,智者带着天台茶为他看病,茶才这样地传到了北方各地。所以才有释皎然的“丹丘羽人轻王食,采茶饮之生羽翼”之说嘛。杨广继位之后,这才在天台山建了天台寺,后称国清寺,一时香火鼎盛,僧侣达四千多人呢。

听罢此言,布朗长叹一声:“也不知道贵人会不会救我们一把呢?”

得放立刻反驳:“什么贵人,那是皇帝,我们会有皇帝来救吗?彻底的唯物主义是不相信任何神秘力量的。从来就没有什么救世主,也不靠神仙皇帝!”

布朗吓了一跳,他惶恐地看了看得茶,说:“皇帝是没有的,贵人怎么会没有呢?有一首歌不是这样唱的吗——桂花儿开在桂石崖哎,桂花要等贵人来……贵人就是毛主席嘛!”

“毛主席是人民领袖,但不能把他当神仙皇帝,也不是什么贵人,我反对把毛主席庸俗化!”得放一根筋似的照自己的思路说话,他平时对爱光也是这样说的,便以为别人也会像爱光那样崇拜他的思想。无奈布朗听不懂这个,也不感兴趣,说:“反正一个人说大家听,这个人就是皇帝。说毛主席是皇帝有什么关系?毛主席不是万岁万岁万万岁吗?这个我知道,我看过很多老戏,见到皇帝都是那么叫的。”

得茶不想听他们两个风马牛不相及地扯这个危险的话题,便指指桥头一块碑,说:“小释,这块碑上写的东西倒是有点意思:一行到此水西流。一行就是那个僧人数学家吧,为什么他一到这里,水就西流呢?”

小释见那两个争论,真是一头雾水,倒是这个郁郁寡欢的杭老师有点禅意,这时候得茶不介入他们的话题,却问这么一句话,就像赵州禅师说“喫茶去”一样。他心里赞许着杭老师,但要他说有关此地古物的更深的事理,他是说不出的。他只好老老实实地回答说:“我只晓得,当年有个会算算数的禅师,听到寺院里的算盘珠子自己簌簌簌地响了起来,就说,今天要来一个弟子,让我算一算他什么时候到。一算,禅师就明白了,又说:门前水西流,我的弟子就要到了。果然,不一会儿,水西流了,一行大师就到了。”

得荼站起来,借这件机缘巧合的事对二位说:“可见有些事情是没有道理可讲的。桥下的水明明是向东流的,怎么突然就朝西流了呢?你怎么想也想不通,但这是一个客观事实。所有的推理和逻辑在事实面前就止步不前了。是先承认推理和逻辑,还是先承认事实呢?好了,你们再坐一会儿,我到前面看一看,立刻就回来的。你们不要动了,休息好,这里的山,够你们爬上一天的呢。”这么说着,就朝国清寺大门走去。

得放是明白人,知道大哥这就是在回答他们的问题了。但他们还是听不太明白。得荼自己也不太说得清楚。但是他刚才坐在丰干桥头望着这块碑时,心里确实动了一动,他被这条碑文的口气吸引住了:一行到此水西流!这是一种毋庸置疑的斩钉截铁的口气。从前他听人说到佛教信仰者的勇气,有“逢祖杀祖、逢佛杀佛”一说,这种气概在这条碑文上体现出来了。其实,一行到此时,恰遇北山大雨,东山涧水猛涨,千转百回,奔流湍急,出口处一时无法倾吐,就向西山涧夺道而流,“水西流”遂为事实。在此,水西流是第一性的,是源头,是以此发生作为后来事物的印证的。如果一切逻辑推理最后得出了水没有西流,那不是水西流的错,因为水依然西流,那是逻辑和推理的错误。比如领袖与万岁的关系……杭得荼惊愕地站住了,灵魂像一大片无边无际的荒野,因为无人走过,里面生满了荆棘,他站在它面前,心中升起了从未有过的豪气和恐惧。

小释跟在得荼身后,他是个饶舌的精力过剩的言语夸张的乖巧后生,一路指着那遥遥相望的寺院大门,热情地当着解说员:“杭老师,我看你这个人真是有慧根,你说的话也句句是机锋。别人就不问水西流,就你问到了。杭老师现在我告诉你,水向西流是一句,还有一句叫门朝东开,你看这寺院的大门是不是朝东开啊。杭老师你知道不知道门为什么朝东开啊?”

“是紫气东来吧。”得茶随便答了一句。小释一下子愣在了大门口,说:“你怎么知道?”

小释说这句话的时候,得茶也微微愣住了,他看见那上了封条的朝东开的大门上,端端正正地贴着一张大通缉令,得放的相片赫然其上。他从来也没有想到,狂热的革命者得放,一旦扮演一个在逃犯的角色,看上去也会那么像!这像是当头一个棒喝:原来要成为一个阶级敌人,是这么简单的一件事情啊!

小释趴在门缝上看寺内,一边说:“也不知道那株隋梅怎么样了。那是全中国最老最老的一株梅树,有一千四百多年了呢。”一边说着,一边不动声色地就把那张通缉令扯了下来。

陪着得茶他们上山的时候,小释一路上想必是为了宽得茶他们的心,说的都是山中人语,仿佛此地不知秦汉,无论魏晋,还扳着手指头把天台八景数了一个遍:赤城栖霞、双涧回潮、寒岩夕照、桃源春晓、琼台夜月、清溪落雁、螺溪钓艇。登到一峭壁断崖之处,但见草木盘桓其上,瀑布飞泉间担有一石,悬空挑起,上书“石梁飞瀑”四字,千丈瀑布自上而跌,一路飞泻而下。众人见了惊呼起来,那小释说:“这就是八景中的石梁飞瀑一景啊,这镌在石梁上的四个字还是康有为的字呢。”

得放问:“怎么红卫兵没来把它当四旧炸了?”

“这是天地造化,鬼斧神工,想炸,那么容易!”小释回答。

此时的得放,倒有兴味想起他学过的知识,便考据说:“你们看,这里的山体由流纹岩、凝灰岩和花岗岩构成,因为是节理发育,所以经世代侵蚀之后,才会形成这样的地貌。我说的没错,出来之前专门叫爱光找了本地理书看的。”

杭家几个年轻人一边说着,一边坐下来休息。又问那小释,还有什么风光可供口资。那小释倒像是此处老农似的回答:“天台山的风光,哪里是一天两天走得完说得尽的。光那山下你们走过的国清寺,就够说上几天几夜的了。还有一个叫‘太白莹’的地方,传说那是李白读书和创作的‘天台晓望’处。又有个右军墨池,据说是王羲之草书《黄庭经》的地方。还有个地方叫‘归云洞’,你们过一会儿再上去就能看到的。那里的茶特别好,有两句诗专门讲这个的,叫做‘雾浮华顶托彩霞,归云洞口茗奇佳’。从归云洞再往上爬,就到山顶的‘拜经台’了。站在那上面,往东是东海,往北,还看得见杭州湾呢。”

这小释懂得那么多,真让得茶吃惊,布朗指着他说:“我怎么来那么多天了,还不知道你说的这些?”

小释道:“你也没杭老师那么感兴趣问我啊。”

得茶看出来小释还想当诲人不倦的老师,便有心问:“我没来过这里,不过看汉代史书上记着,说是葛玄在华顶上开辟茶圃,现在还能找到吗?”

那小释就惊奇地看着得茶说:“你连这里有葛玄的茶圃都知道啊。人家都说归云洞口的那些茶树上千年了,就是葛玄种的呢。听我师父说,这个葛玄是一千年前的人呢,那么这些茶树就是一千年的树了,跟山下寺里的隋梅年纪一样大的了。”

“真要是葛玄种的,那就比隋梅年纪还大了。葛玄是东汉末年的道士,我们杭州不是有座葛岭吗,那是纪念抱朴子葛洪的,葛玄是葛洪的长辈,距今有一千八百多年了。”

“噢,茶还能长那么多年啊,那还不成了茶树精了。”

“从茶的生物学年龄来看是一种长寿植物。短的也有几十年,长的,上百年上千年的都有,这是并不奇怪的。这里的华顶云雾茶非常有名呢,到山顶喝茶去吧。”得茶淡淡地说着,站了起来招呼大家快走,他发现山里的气温的确很低。刚进山时有人就交代过他们,说华顶山上无六月,冬来阵风便下雪。现在已经入秋了,他们刚才汗出得前背后背都贴住,现在却凉飕飕的有些抗不住了。

要是两年前能够到国清寺天台山来一趟,杭得茶的心情会和今日天壤之别吧。那时他还想对日本国与中国茶事活动的渊源关系专门写一篇论文,非常想亲自走一走当年日本高僧最澄走过的地方。公元九世纪初,最澄到国清寺学佛,回国后开创日本天台宗。第二年其弟子空海再来天台,他们都带回了茶籽播种在日本本土。宋代日僧荣西再来东土,到天台万年寺学佛,回国后撰《吃茶养生记》,开篇便说:茶者,养生之仙药也,延寿之妙术也;山谷生之,其地神灵也;人伦采之,其人长命也,天竺唐人均贵重之,我朝日本酷爱矣。得茶当时还有心情注意到荣西关于佛理与茶理之间的那种特殊的观照。按照佛教之理,荣西在书中论证五脏的协调——心、肝、脾、肺、肾的协调,乃是生命之本,同五脏对应的五味,则有苦、酸、辣、甜、咸。心乃五脏之核心,茶乃苦味之核心,而苦味又是诸味中的最上者。因此,心脏,也就是精神是最宜于苦味的。这些书本上轻轻松松接受到的东西,现在重新感受,却完全不一样了。

那小释一边跟着得茶他们走,一边悄悄地问得茶:"杭老师,你怎么知道的东西那么多啊?"得茶想着自己的心事,漫不经心地回答说:"你是说我知道茶吧。你知道得也不比我少嘛。再说,我本来研究的就是这个,专业嘛。"

"我也是专业啊,"小释突然兴奋起来,贴着得茶耳根,"茶禅一味啊,我在寺里就是专门侍弄茶的。"

得茶的细长眼睛睁大了,目光一亮,小释不说,他是不会问他的。

“你是山下国清寺还俗的吧?”

“也不叫还俗。运动一来,还也得还,不还也得还,我们国清寺的师兄师弟都被赶跑了。我不走,就到山上茶场里等着。”

“等什么?”

“等着有一天再回寺啊!”小释自信心十足地回答。

得茶站住了,问:“你怎么知道你还能回寺?”

“杭老师,你怎么啦,你不是读书人吗,你怎么也问我这个?书上不是都写着吗?历朝历代,种种劫难,反正总是要轮回的啊。没有毁寺,哪里来的建寺啊?哪里会总是这样下去的呢,阿弥陀佛,你不是也要回去教书的吗?”

得茶真没想得那么远,他甚至有点吃惊了,问道:“你怎么知道我要回去教书呢?”

小释得意地说:“猜猜也猜出来了,你不回去教书,你跑到山里头来干什么?你不好在城里头搞运动啊。我看出来了,你要是出家,肯定是个高僧。”

得茶想了想,说:“我永远也不会出家。”

“为什么?你有家吗?如果你有妻儿,你可以在家当居士啊。”

“我也不当居士。”

“啊,我知道了,你有女人,破不了执。”小释得意地说。

登至华顶,天已傍黑,人们将歇下来。听山风阵阵,心中便有些戚戚。刚从杭州城跑出来的时候,一心只想有一个安全的地方藏身,现在这个地方算是安全了吧,不知怎么地却开始想念起不安全的杭州城来。小释给他们一个个安顿好,又跑去烧水,一会儿开水上来了,每人冲了一碗茶。得放便问得茶,这是不是他刚才说的云雾茶。得茶到底没有爷爷的那点功底,他只听爷爷说过,好茶未必都是明前茶,比如华顶茶,便是谷雨后立夏前采摘细嫩芽叶制成的,但他自己也没有看到过,更不要说是尝了。现在看到大粗碗底躺着的这种山中野茶,条索细紧弯曲,芽毫壮实显露,色泽绿翠有神,一股热水冲下去,香气就泛了上来,尝一口,还真是滋味鲜醇。虽如此,还是不敢妄加断语,眼睛就看着小释。那小释真是个机灵的人儿,想必在国清寺时也是个称职的茶僧,一边给各位倒茶,一边就口占诗一首:"江南风致说僧家,石山清泉竹里茶,法藏名僧知更好,香烟茶翠满袈裟。各位现在喝的,正是华顶云雾茶。"

杭家人虽然茶字挂在口上,其实这些年来,和大家一样,也喝不到什么名贵茶,爬了这一日的山,口又渴了,如今一碗下去,真是醍醐灌顶,琼浆玉液一般,纷纷地只道"好茶"二字。得茶头上密密的汗出来,心里却一下子清了许多,坐在床板一头,说:"可惜是过了炒茶的季节,否则真是要好好看看你们是怎么样制作这茶的,和龙井茶真有另一番特色。"

"这有什么难的,我跟你一讲你就明白了。鲜叶摊放,下锅杀青,再摊凉,用扇子扇水汽,再揉,再烘,再摊凉,再扇,再锅炒,再摊凉,再炒,再干,再摊凉,再藏。"

小释说得快,大家又不是真正懂制茶的,满耳朵听去都是摊凉。就有人笑说:"这茶可真是够热的,只管摊凉。"小释却一本正经地说:"这就叫水里火里去得,热里冷里经得嘛。没有这番功夫,哪里来的好茶。做人也是一样的,也是要摊凉的,你们这会儿不是正在摊凉吗?"

各位端着茶的,正喝得起劲,听了这小释一番话,竟然都如中了机锋一般,有些愣怔起来了。得茶便到屋外茶园去领略天风。小释跟着出来问道:"杭老师怎么还不休息啊?"得茶笑了笑说:"爆炒了那么多天,我正要好好地摊凉摊凉呢。"

华顶山头,旧有茶园二百多亩,还分了两千多块地方。又因为山头坡度大,茶园多建筑石坎,成梯形茶园,有的还在那梯级上种粮食,只在坎边种茶树,称为坎边茶。别小看这坎边茶,每年每蓬大的可采五斤,小的也可采一二斤。茶园的周围,都种植着高大茂密的柳树、金钱松、短叶松和天目杜鹃、沙萝树,还有野生的箭竹和箬竹等,它们形成了一道挡风避风的天然屏障,是茶树生长的阳崖阴林的又一个极好的例证。小释告诉得荼,从前这里是有许多个精巧的茅篷的,每个茅篷里都住着一二个寺僧,专门管理着附近的一二片茶园。现在,这些茅篷都没有了。

得荼问他,是不是一个也没有了,小释有些黯然地说:"反正我是没有看到过。我也没有在那些茅篷里住过。"

他突然说:"小释,我托你一件事情好不好?"

小释说:"杭老师有慧根,只管吩咐。"

得荼说:"这件事情并不难办,别让我弟弟看到刚才的通缉令。"

小释想了想说:"知道了。"

不知什么时候,小布朗已经守在他的身边,他们两人谈了很久。得荼把许多话都告诉他了,包括通缉令的事情,包括他回去后可能会遭遇的境况。很有可能他会被隔离审查,这还是轻的,不过再严重的后果他也已经考虑到了。他希望他能够照顾好得放——他太年轻气盛,没有韬晦,但他纯洁,正直,他相信得放绝不是什么反革命。躲过了这一阵子就好了,关键是要把这一关躲过去。拜托你了,表叔,你虽和我年龄一般大,可你是我的长辈。你自己也在逃亡当中,不过你没有被通缉,再说你的生存能力比得放强,你有你的大茶树,不是吗?你比我们都强,因为我们没有大茶树下的故乡。

小布朗按着心口说:"我的大茶树,就是你们的大茶树啊!"

两人就无言了,再从山头放眼,又有一番景象,真如史书记录的那样:东望沧海,少晴多晦,夏犹积雪,自下望之,若莲花之萼,亭亭独秀。坎边茶倔强地生在石岩山土之中,在暮色中就像修行打坐的老和尚。得荼想起了他还曾经记录着的一首有关天台茶的诗:华顶六十五茅篷,都在悬崖绝洞中。山花落尽人不见,白云堆里一声钟。现在他就站在华顶,白云就在脚下,但他听不到钟声。他命运的钟声喑哑了。城里的亲人啊,我必须回到你们的身边,我还要尽我的责任啊。

反动标语的事件之后,小学应届毕业生杭迎霜,已经将近有大半年离校逃学。家里的灾难,一波又一波就没有停过,甚至连她这样敏感的小姑娘,都被灾难整麻木了。虽然如此,初冬的早晨,在西湖边法国大梧桐树上看到那张大大的通缉令,看到通缉令上哥哥得放的相片,迎霜还是差不多吓昏过去了。她一把抱住树身,仿佛想用自己的身体遮住通缉令,抬头一看,二哥还在她眼睛上头,他的熟悉的大眼睛,他的英姿焕发的眉间一痣,依然向她发着特有的光芒。他微微抿着的嘴唇里发出的声音,只有小妹妹一个人听到了,他正在问她:小妹妹,除了加加林,谁能记住那第二个登上月球的人?

胆小如鼠的迎霜,偶尔却会冒出一些胆大包天的念头。她一只眼盯着通缉令,一只眼盯着湖边人行道上来来往往的行人。天知道她怎么突然出手,昏头昏脑地一跳,扯下了那张通缉令,三叠两叠地就塞进裤子口袋。至少有十个人以上看到了她的出其不意的反动之举。他们张大着嘴,被这种光天化日之下的无法无天惊得目瞪口呆。还没等他们开口叫出声,迎霜已经跳上了一辆公共汽车,扬长而去。一队游行队伍恰巧过来,人们的目光就被新的节目吸引,声音也被新的口号掩盖。每天都有新的号外传来,这一次是庆祝什么?噢,是庆祝郊县的一次武斗胜利。战斗发生在三国东吴领袖孙权的故里。一千多年前他们就爱打仗,现在这传统被再一次光荣地继承了。这一仗打死了一百多人,伤残了三百多人,关押了七百多人,烧毁房屋一千二百多间,砸了两千多间,顺便砸了一百六十多个单位。这是多么辉煌的战绩啊——毛主席万岁万万岁!

在一片打倒和万岁交错沉浮的口号声中,小姑娘迎霜立在车厢里,一只手抓车把,一只手捂住那通缉令,她已经吓得灵魂出窍,眼神失散,几乎昏倒。她不知道自己是怎么下的车,下到了哪一个车站,走进了哪一扇大门,推开了哪一间屋子的窗。李平水正坐在窗前发愣,突然窗子打开了,一张面色苍白满脸汗水的小姑娘的脸出现在他面前。他惊讶且疲倦地站了起来,问:“迎霜你怎么来了?快进来。”

迎霜摇摇头表示自己不进这个家门,李平水突然明白了,说:“进来吧,她不在。”但仿佛已经吓破了胆的小姑娘还是不进来,李平水叹了一口气走出门去,一边搂着那小姑娘的肩,把她往里推,一边说:“你放心,她不会再来了,我们刚刚办完离婚手续。”

李平水这些日子,和他们杭家人,真算得上是同死落棺材,倒霉在一起了。他所在的部队保护的地方省级领导,全都成了“二月逆流”,李平水死心塌地忠于的首长们,被造反派们像一大串螃蟹般地拎到台上,强扯了领章帽徽还算客气,干脆剥了军装就按着跪倒在地上,又是打又是拔头发又是喷气式。本来李平水他们这些下级军官也只是在台下看着,算是受蒙蔽无罪反戈一击还有功呢。但巧不巧的,李平水这乡村教师的儿子这时候耳边却突然响起了年初周恩来总理给他们打来的电话,他那年轻的胸腔一热,跳了起来就憋喊:“周总理说我们这支部队是好的,是为了顾全大局才受委屈的,你们敢反周总理吗?”

上上下下的人看着这青年军官一时都傻了,这挡车的螳臂!这撼树的蚍蜉!这不到黄河不死心的小爬虫!吴坤坐在主席台上,看着这群氓中的一分子,这小数点后面的又一个零,心想:又一个历史的牺牲品,他们永远不懂何谓政治,永远不懂什么叫此一时彼一时,永远不懂什么是政治角逐中的丛林法则。你这块弱肉,我本不想强食,但你送到我嘴上来了,我有什么办法?

和李平水一起闹事的军官民兵,这下可被整惨了,一个个被打得七荤八素,还有人被打死的。也不知道是不是因为那时采茶还没有和李平水离婚,打得还算手下留情。不过李平水一点也不后悔,他要不是那么主动跳出来,恐怕那翁采茶还不肯跟他一刀两断呢。现在好了,打也打过了,人也弄臭了,就等着转业后发配了,你还不跟我离吗?

迎霜来之前,李平水刚刚和采茶办完了离婚手续,采茶开了一辆车来搬她的东西。她指挥这个指挥那个,搬这搬那的,眼睛尖得很。整个过程中李平水就坐在桌旁的那张椅子上,背对着他们这群强盗坯。他一点也不生翁采茶的气,只是纳闷,从认识到结婚再到离婚,不到一年,这女人从开头到结尾完全不一样。究竟她生来就是一个强盗婆呢,还是这不到一年的时间内才变成了一个强盗婆?她那又愚蠢又庄严的样子,让人看了哭笑不得。他不愿意再去想她。但她还是不放过他,临走时高喝一声:"李平水,你过过目,看看我欠了你什么?"

李平水回过头来一看,好哇,清汤寡水的一个家,比他单身时更加家徒四壁。他没意见,只要她肯离开他,就是他天大的造化。此刻,她正用苦大仇深的目光盯着他,仿佛要用目光的利剑把他钉在历史的耻辱柱上。也不知为什么,他突然微微地笑了,他说:"很好,你走吧。"

哪怕翁采茶已经被吴坤的迷魂汤灌得失了本性,这微微的一笑,还是让她心里一动。然而也就到此为止了,她不会也没能力让这心再继续动下去的,于是,她哼了一声,昂首阔步,飒爽英姿,永远地断开了她的短暂的第一次婚姻。

遵照李平水的嘱咐,迎霜记住了不要把通缉得放哥哥的这件事情,告诉家中的爷爷奶奶。一切都变了,爷爷死了,大爷爷的地位也改变了。单位里的人,不再像从前那样把他当做烈士家属看待了,现在他是几乎接近于反革命家属了。单位里好几次把他叫去要他说出他那个侄孙的下落,陪斗也有过好几次了。

奶奶的日子更不好过,居民区三天两头把叶子弄去,要她说清楚她和日本鬼子的关系。也不知怎么回事,每一次叶子被召去,会议到的人都特别齐。说起来也都是几十年的老邻居了,但运动一来,突然重新陌生,大家看着她就像是看西洋景。她怎么到的杭州,怎么先嫁的嘉平后嫁的嘉和,真是打破砂锅璺到底,一遍又一遍,永远也不厌烦。每次叶子还没有到现场,老远就听到这些放了半大脚的老太婆津津有味地肆无忌惮地扳着手指头,老大啊老二啊谁先谁后啊说个不停。等她终于受尽污辱出来之后,门口总也会围着一群看热闹的男女,仿佛她是那种秘密从良的妓女,运动一来,底牌翻出,洋相出尽。

干脆批斗就批斗,坐牢就坐牢,这也罢了。但现在就像钝刀子杀人。对他人隐私的热衷夹杂在高昂的批判运动中,就像味精撒在了小菜中。没有这种所谓的风流事情可揭发批斗,人们来开批判会的热情就不高,甚至假借各种事情不来了。随着运动的无休止,叶子的位置也越来越颠倒。她本来是作料,最后却成了主菜。时间长了,有人甚至奇怪叶子怎么还不自杀。居民区里已经有好几个差不多问题的女人死了。叶子比她们的事情都要复杂,她却不自杀,还每天去买菜。日本佬儿,到底心凶命硬,你看他们杭家被她克成了什么样子。革命的老太婆们咬着耳朵散布着迷信,看着她那踽踽独行的背影说。

迎霜从李平水处回家,在弄堂口碰到来彩。来彩也被揪出来了,不让她管电话了,让她天天扫弄堂。她倒不在乎,扫就扫吧,她也就重新从来卫红回到了来彩。那么多人见了叶子都不敢说话了,就她见了还喊:“杭师母,买菜啊。”这会儿看到了迎霜,她也不避讳,叫着说:“哎呀迎霜你怎么才回来?你奶奶发病了,爷爷刚刚把她送到医院里去呢。”

迎霜急得耳朵就嗡嗡地响了起来,就在弄堂口跺着脚叫:“来彩阿姨啊,我奶奶生的什么病啊,昨天她去菜场,回来我就看她不好了呢,她生的什么病啊,到哪家医院去了啊,来彩阿姨,我爷爷留下什么话了吗?”

来彩看迎霜急成这样,说爷爷只让她乖乖在家等着,她让她赶快回家看看,也许家里会留下纸条什么。迎霜急忙回到家里,奶奶床头乱翻一阵,什么也没翻出来,正急得要哭呢,枕头底下突然飞出半张纸来。迎霜看了眼睛都发直了,那不是刚才她留在了平水哥哥家里的通缉令吗?怎么奶奶的枕头底下也会冒出来呢?得放哥哥的脸上还有泪痕呢,迎霜明白了奶奶为什么昨日回来就生病了。“奶奶啊……”迎霜捧着那张扯成了小半张的通缉令,泪水又叠到泪水上去了。

第二十五章

杭嘉和的视力是越来越不行了,但叶子一病,他的眼睛仿佛又亮了起来。昨天叶子咳了一夜,他们俩都失眠,但互相间却谁也不提。早上叶子起来,跟往常一样发炉子,他也像往常一样跟了出去。叶子提着炉子,蹲下来扇火,突然轻轻地哎呀一声,人就歪了下去,倒在地上。嘉和一看,天都要塌了,一把抱起来,就往屋里冲。叶子拼命挣扎,说不要紧不要紧,昨夜没睡好,头有点昏罢了。嘉和哪里肯听,他预感到大事又要不好了,拿上一点钱,关了门,背了叶子就出门。叶子说:"嘉和,我真没事情啊,你让我躺一会儿就好了。"

可是这句话说完,她就一下子昏了过去。嘉和背着她出门,医院离家并不远,两站路的光景,下了车,叶子又清醒过来,说:"我真没大病,你一定要来,多礼数。"这最后一句杭谚是说嘉和多事,嘉和却笑了,他产生了错觉,真的以为自己是多礼数了,说:"来也来了,还是看看放心。"挂号的时候叶子坐在凳子上等着,还撑得住。医院里人多得如沙丁鱼罐头,等嘉和急急地挂了号,回过头来一看,一群人正围着叶子,叶子又昏过去了。有人说她是小中风,有人说是高血压,有人说是心脏病,嘉和急得抱起叶子就往门诊室里冲。帮帮忙,帮帮忙,他的声音让人同情,大家让开一条缝,让他们挤到医生身边。两个医生对面对坐着,一个臂上挂着红袖章,一个胸前别一块黑布。红布的年轻,黑布的年老,红布的气盛,黑布的气馁,红布的面前畏畏缩缩没几个人肯上去,黑布的面前挤了一大堆人,嘉和本能地转向了黑布者。

好不容易轮到了叶子,几句话问下来,黑布老者就说:“老同志,你的爱人病很重,要立刻住院。”

叶子迷迷糊糊的一听要住院,急得撑起来就要往家里回,被嘉和一把按住了,厉声说:“不准动。”叶子吓了一跳,看看嘉和的脸色,不再反抗了。嘉和连忙又问黑布老者要不要紧,老者也不说什么,只说快住院快住院。嘉和心一沉,知道这就是医生的诊断,病人已到了非住院不可的地步了。

叶子就在这时候猛烈地咳了起来,黑布老者看了看红布,小心翼翼地问:“这个人病得不轻,要立刻挂瓶,我去去就来。”

红布便有些不耐烦,说:“你是在这里看病的,外面的事情要你多管干什么?”

老者为难地站住了,来回看了好几次,咬咬牙又说:“病房满了,这个人必须马上挂瓶消炎,我去去就来。”

红布生气地看着他,终于挥挥手说:“去去去,就你事情多。”

老者拔腿就走,边走边对嘉和他们说:“跟我来,跟我来。”嘉和抱着叶子出去时,还能听到那红布故意大声的说话:“牛棚里放出来半天的人,还当自己是从前三名三高的专家,不要看现在这里当着大夫,下半日还不是扫厕所倒垃圾,神气什么?”

嘉和听得清清楚楚,他不由看看走在他身边的老大夫,那大夫却好像没听见似的,把他们叫到三楼走廊尽头上的一张空折叠床边,一边帮着嘉和把叶子扶下,一边说:“你再来迟一步,连这张床也没有了,先躺下再说吧。”

老大夫又走到急诊室里面,跟一个小护士说了几句话,那小护士点点头说她知道了,老大夫这才走了出来,告诉嘉和说现在就给病人挂瓶子,赶快治病,半天也不能拖了。嘉和把老大夫送到楼梯口,老者突然回头问:“你是杭老板吧?”

嘉和不由一愣,已经很多年没有人那么叫他了,偶尔有人这样问,那必是四九年以前买过他们忘忧茶庄茶的老顾客。他点点头,老者一边往下走一边说:“好多年没喝过你家的茶了。”嘉和下意识地跟着他往下走,一边问:“大夫你看她的病——”

老者叹了口气:“你还是送迟了一点,试试看吧。”

嘉和说:“拜托你了,我这就去办理住院手续。”

老者看了看他,像是有话要说,又不知该怎么说,嘉和明白了,问:“是不是住院不方便?”

老大夫这才回答:“你想想,要不我怎么把你带到这里来。病人先躺在这里再说,能住就住,不能住放在这里我也好到时候过来看看。每个住院的人都要登记出身,我怕你们住不进呢。”

“没关系,我有烈属证。”嘉和连忙说。

“就怕他们查她的。实话告诉你吧,我和你妹妹寄草在一个医院工作过,你们家的事情我知道,碰碰运气看吧。”老大夫叹了口气,急急地要走,说:“我也是被监督着呢,再不走又得挨批了。我走了,有什么事情再联系。”

老人走了,嘉和看着他那慌慌张张的背影,心里堵得自己仿佛也要发心脏病了。

心里有事,嘉和是能不露在脸上就不露在脸上的,奇怪的是叶子总能从同样的风平浪静中看出旋涡来。一见嘉和那张平静的面孔,她就准确地判断出丈夫的心情。她躺着,头上一盏日光灯直逼在脸上,身边走来走去的到处是人,她不再说她要走了。闭着眼睛,眼泪却从眼角流出来了,嘉和看看不对,掏出手帕给她擦,擦了又出来,擦了又出来,好一会儿也没擦干。周围人的脚在他们身边踏来踏去,有几双脚还停下片刻,不一会儿又走开了。这对老人在这样闹哄哄的走廊上静悄悄地伤心,仿佛只是给那个沸腾的世界做一个注脚。护士来了,叶子顺从地伸出手去,让她们扎针。她一生也没生过什么大病,这把年纪了,看到打针还是害怕,别过头去不看。嘉和一边摸她的头发一边说着好了好了,你看马上就好了。偏偏那扎针的护士把叶子的手当做了实习的器具,扎来扎去的,血出了好多,嘉和心疼得眉头直皱,护士一走,他抱住叶子的脑袋问:“痛不痛,不痛吧?扎进去就不痛了。”叶子抖着脑袋说:“没事情,你放开你放开好了。”

看叶子挂了吊针稳定多了,嘉和心里稍微平静了一些,他想出去给得茶打个电话。近来得茶比前一阵子空多了,他已经靠边站,原因是给得放通风报信,帮助得放逃跑。在嘉和看来,得放已经是够狂热革命的了,他只是提出了唯成分论反动、文攻武卫这个口号值得商榷,闹到正式通缉这一步,真是连他也没想到。得放一跑,吴坤派就吃住了得茶,得茶靠边审查,虽不能回家,但比本来却清闲多了。电话打过去,接电话的却说得茶不在,有紧急事情出去了。嘉和又想找寄草,突然想到寄草去了龙井山里,和盼儿一起陪着白夜,白夜的预产期快到了。

这么想了一圈,也没再想出人来,嘉和惦记着叶子,回头就往楼上跑,还没到三楼走廊口上呢,就听见楼上吵着像是谁在训谁,上去一看,那不是红布头正在训那年轻护士吗?“谁让你们随便打的针,你弄清楚这人身份了吗?院里造反总部定的新规定,成分不清者一律不准住院,一律不准按住院条件治病,你们是吃了豹子胆了,谁是你们的幕后策划者?”

那刚刚给叶子挂瓶的护士,吓得说不出话来,只会说半句:“是、是、是你们那里——”

“是那老东西让你干的吧,我就知道这事情不明不白。把针头先拔了,他们这一对老甲鱼要是没问题,我头砍了给你们看!”

说着就要往叶子身上拔针,嘉和扑过去一把拦住,大声叫了起来，说："你不能这样做。"

周围立刻就聚了一群看客，也不说话，也不劝，也不走开，定定地看着他们。那红布头见了嘉和，冷笑着说："我当你躲到哪里去了，看看你这相貌都不是好东西，你说，你什么成分？"

嘉和拿出烈属证来。红布头一看，自己脸就红了起来，说："你怎么不早拿出来？"

嘉和使劲咽下了一口气，才说出话来："刚才照顾病人，没想到拿。"

红布头看上去也使劲咽了口气，说："以后记性好一点，到处都是阶级敌人，给你看病的老东西就是个阶级敌人，不认真一点能行吗？"

这么说着，到底自讨没趣，掉转屁股就走了。看客们见这里打不起来，也一哄而散，嘉和连忙蹲下来，对一直闭着眼睛一言不发的叶子说："好了，没事了，好了，没事了。"叶子睁开眼睛看看丈夫，微微点点头。阳光照了进来，照到了叶子的脸上，她的小小的耳朵上，耳朵不再透明了，不再像一朵含苞欲放的花儿了。嘉和伸出手去，捏住了她的那只耳朵。这是他们最亲密的最隐私的动作之一，叶子朝他有气无力地笑了。她的身体的感觉很不好，但心里很安静，她不知道，为什么这种时候，她的心里反而很安静了。

小护士过来，拍拍胸说："吓死我了，你们是烈属啊，早一点拿出来多好，明天床位空出来我们就让你们先进去，我还当你们也要打道回府呢。"

嘉和说："谢谢你了，小同志。"那护士轻轻说："谢我干什么？谢我们老院长吧，就是刚才那个老牛鬼。你们真是险，撞到那红布头手里，他是专门和老院长作对的，幸亏你们是烈属呢。"

话还没说完，叶子就激烈地咳了起来，嘉和把叶子上半身抱在怀里，一边轻轻拍着背，一边说"就好，就好就好"，一边亲昵地理着她的头发,细细地把落在前额的发丝夹到她的耳后根去。他的那种新郎般的亲昵和他们之间的那种忘我的恩爱,把小护士都看呆了。

那边,入冬的龙井山中胡公庙旁,那十八株御茶前,那低矮的简陋的农家的白墙黑瓦里,灯光昏黄,年轻的孕妇正在不安地辗转。

寄草小心翼翼地用手指头按了按白夜的脚脖子,像发面一样凹进去一个洞,深深的,这使盼儿紧张起来,问:“姑姑,要不要紧?”

寄草摇摇头,说:“你们早就应该把她送到医院去了。”

“不是说待产期还有一个月吗?”老处女盼儿心慌地拉着姑姑走出了房间,一边轻轻地耳语说,“白夜不愿意那么早去医院,她不愿意看到吴坤。”

正那么说着,就见站在门口的得荼拦住了她们,屋里一道灯光劈来,把他的脸剖成两半,两只戴着镜片的眼睛,一只完全蒙在暗中,使这张脸看上去近乎于一个海盗。他那一言不发的神情叫这些杭家的女人看了害怕。主啊,盼儿轻轻地在心里祈祷了一句,她不是一个多言的人,只管自己把眼睫毛飞快地颤抖起来。

“她怎么样了?”他问。

“盼儿你去找人,找担架,我去烧水。你怎么来了,你不是被他们隔离审查了吗?”这最后一句话才是对得荼说的。

“我跳窗出来的。”得荼说,两个女人仿佛不相信地看了一眼,他不再做解释,摇摇手就走进了屋子。盼儿一边画着十字一边惊异地问:“小姑,他真是跳窗出来的?”

寄草一边推着盼儿往山下走,一边说:“快去吧快去吧,总算来了一个男人,可惜没有吉普车了。这么多山路,怎么送出去啊!”

在那个夜晚,谢爱光看到了得荼的惊人的一面。她没有这种心理准备，当他的面容从门口出现时，她还长吐了一口气，说：“我真担心通知不到你，还怕他们不肯放你出来。我确定不了你到底能不能够到，没敢告诉白姐姐——”接下去的话被得荼那令人惊异的动作打断了，她看到他一言不发，突然走进里屋，跪在床前，双手一下子搂住了白夜的脖子。

此刻的白夜是背对着得荼的，也许她根本没想到得荼会来，也许她早就有心理准备，总之她没有回过头来。得荼仿佛用力要掰过她的面孔来，而她也在用力地回避，甚至把自己的脸埋到了枕中。他们两人这样一声不吭地扭来扭去，把跟进了里屋的爱光吓坏了，她发出了哭音轻声叫道：“大哥你要干什么，白姐姐刚刚睡了一会儿。”

得荼突然停止了扭动，他站了起来，在房间里急促地不安地走动着，突然站住了说：“爱光你出去！”

“你疯了！”谢爱光生气了，“你不知道白姐姐要生宝宝了吗？”

“五分钟！”

“一分钟也不行！”

得荼盯着这固执的少女，他的隐在昏暗中的瘦削的脸，让她想起伦勃朗的画，那还是运动前在一个偶然的时刻看到过的画——她从来也没有想到她会碰到这样的人，她现在所经历的事情使她变成了另一个姑娘。

得荼看上去还是那么冷，他和得放多么不同，得放是火，是普罗米修斯，得荼呢，他像什么，像水吗？

“你出不出去？”他再一次问。

爱光摇摇头，她吃不准他要干什么，现在她有些后悔起来，她不该悄悄地把得荼叫来，白姐姐会生我的气吧。她没有时间多想，因为她看到得荼再一次伏到白夜的脸前，一边用一只手抚摸着她的汗津津的头发，一边开始亲吻她的脖子、她的额角、她的眼睛、她的面颊。他的忘我的神情,甚至是有点丧失理智的神情让爱光惊心动魄,他除掉了眼镜,在昏暗中她清清楚楚地看到他的变得有些陌生的面容,她还亲眼看到,他的眼泪落在白夜的缓缓转过来的苍白的酒窝里。开始闭上眼睛的谢爱光发起抖来,一边慢慢地往门口移。当她再一次睁开眼睛的时候,她看见他正在亲吻她的唇,他们想克制自己的哭声,但他们的低啜更像是嚎啕大哭,他们相拥相依的场景,让谢爱光忍不住也哭了起来。她走出门外,走到那星光灿烂的茶坡前,她一直在哭,一边叫着得放的名字,这一切超过了她能够想象的、能够承受的极阈,爱情原来是这样地痛苦啊……

满天的星光闪烁,盼儿在茶园间奔跑,她拉着九溪奶奶在茶园里奔跑,茶蓬钩拦着她们的衣服,一片刷刷刷的声音。九溪在后面照着手电筒,一边推着她们一边低声地催:"快一点儿,快一点儿,真是小脚老太婆也比你走得快啊。"

杭盼不知道发生了什么,是不是主让她把这个生孩子的事情接下来。和白夜只有过一面之交,那一面就是惊心动魄、跌宕起伏,她发现她是那种要让上帝特别操心的女人。她仿佛是一条纯洁的歧途,一个无辜的陷阱,一种命中注定的错误。盼儿和这样的女人的区别,仿佛就是此岸与彼岸的区别。但这并不妨碍她对得茶所产生的那种奇特感情的理解——人们被自己与生俱来所不具备的一切所神秘地吸引,你能够说那是因为什么?没有迷途的羔羊,便没有上帝。杭盼甚至认为这一切和运动无关,没有运动,杭得茶依然会和白夜一见钟情,白夜依然会和吴坤分道扬镳。运动来了,有一些温文尔雅的人开始杀人,那并不能证明是因为运动带来了撒旦,使他们变成魔鬼。盼儿想,那是因为撒旦早就已经潜伏到人心最黑暗的深处了。

九溪奶奶也已经快七十了,冬夜无事,正在家里整理霉干菜,听说有个大肚皮快要生了,夹起个包袱儿就往外走,一对大脚,倒也走得利索。一边在茶园里奔着一边自说自话:“要死不要死啊,什么也没有怎么生伢儿啊! 尿布呢? 啊,红糖呢? 鸡蛋? 这种东西老早就要备好。山里头生孩子,多么不放心,又不是从前旧社会。人家都往城里跑,她这个产妇娘怎么反而往山里跑——”这么说着,突然在御茶树前停住了,盯着盼儿问:“杭老师,她不会是资本家地主出身吧?”

九溪在后面扛着担架,摆摆手,说:“老太婆,你是要吃巴掌了是不是,看你说什么呀,你怎么能这么说呢?”

九溪奶奶仿佛醒了过来,叫了一声“我这个老发昏”,拔腿就跑。他们已经听到了哭声,那是爱光的哭声,仿佛这时候她已经有了预兆,灾难又要降临了。

是的,随着暮色的降临,嘉和发现灾难真正降临了。他坐在叶子床头,握着叶子的手,却看不见叶子了。这使他心里升上了从未有过的恐惧。黑夜张着血盆大口,一次次地要吞没他,但至今还没有把他吞没,但每次都仿佛又吞没他一点点,一个手指头,一只胳膊,半只肩膀,一条腿。现在,黑暗开始来吞没他的心。

每次都是这样,在他几乎彻底绝望的时候,光明在千钧一发之际赶来救他。这是一场光明与黑暗的秘而不宣的战争,双方选了他的肉体来做战场。他一个人独处时,还有选择忍耐的余地。但这一次他真的惊慌失措,因为这是一个陌生的地方,冷飕飕的走廊,一只瘦弱的手,依赖地躺在他的大薄手的怀中。刚才护士收去了大瓶,护士说明天能不能住进病房还得看情况。现在嘉和真是后悔也来不及了,他想回家,可是怎么回去呢? 他得的肯定是夜盲症,但昨天晚上还能看到大致的影子,为什么现在一片模糊呢?

心里越是恐慌,越是害怕叶子知道。叶子不知是睡了一觉精神好了许多,还是因为挂了瓶子药起了作用,总之她不再咳嗽了,握在嘉和手中的手,仿佛有了一点力气,反过来握着他的手了。两只手相依为命,相互滋长着活下去的残存之力。他什么也看不见了,但他微笑着,仿佛他洞察一切。他心里战战兢兢地想着:是的,他能够挺过去的。一辈子都挺过来了,这一次就挺不过去吗?别人身上都挺过来了,在叶子身上——他的一生中最长久最美的伴侣身上,难道就挺不过去吗?他要挺不过来,叶子怎么办啊,她那么孤零零的一个人躺在走廊上,这可怎么办啊?他想都不敢想这件事情,刚刚想了一个头,他就吓得头发根子都倒竖了起来,一使劲地就抽出手来,握住了叶子的耳朵。他只是凭感觉握住的,但他的感觉非常正确。叶子一点也没有觉察出来,她还会轻轻地嗔怪了一句:“七老八十的,干什么啊,也不怕人家看见。”

“半夜三更的,有谁啊。”他说,叶子看到了他的微笑,多日没有见到过的温柔的微笑。这是他年轻时的笑容啊,是叶子也曾经为之深深动心的笑容啊。叶子的眼泪就流了出来。走廊里没有人了,她想跟他说说心里话。

“大哥哥,你不要生我的气吧。”

“生病不肯看,我怎么能不生气呢。”他还是笑着,故意岔开话题,他知道她说的是什么,可是他直到现在还想回避这个话题。叶子却故意不回避了,是重病给了她勇气吧,她一向就是顺着他的意思说话的啊,她最能够懂得他的不说出来的意思,她是他潜在的生命河流中的一叶小舟啊。

“我是喜欢嘉平的啊……”叶子说,她也微微笑了起来,仿佛还有点骄傲,“我从小就喜欢他。我只弄错了一点点事情。”她握住他的另一只手,“有很长时间,我一直以为你像我的兄弟,他像我的男人。后来我才知道,这件事情恰恰反了,是他像我的兄弟,你像我的男人啊。”

嘉和把头贴到了她的耳边,他的热气吹到了她的耳根上,他能够想象出六十年前的透明的小薄耳朵,他想起了他的手足兄弟嘉平。有多少话活着的时候来不及说,又有多少话活着的时候不能说啊。兄弟,难道我看不出你对叶子的爱,难道我看不出你多少年来的悔恨吗?可我还是想得到那个女人的全部,那个灵魂也全部属于我的女人。他轻轻地耳语:“你什么时候才弄明白这个简单的道理啊?”

“是你真正到我房间里来的那天吧。第二天早上,我就明白了。”

“过了那么多年才肯告诉我……”嘉和还是笑了,只有他明白,什么叫“真正到我房间来的那天”。

“本来想好了,到我死的那一天告诉你的呢。”又怕这样做不吉利,“你要生气的。……看,生气了?你看你还是生气了。”

“我生气了,我要罚你呢。”

“罚我什么都认,只要能回家就认了。嘉和,你到窗口看看有没有星,明天的天气好不好。”

“从这里就看得到,满天的星,明天是个好天气。”

“明天我们回去吧,我们在家里养病,还有茶吃。在这里你连茶都吃不到呢。”

“好的,明天天一亮我们就回家去,我们吃药打针,不住院挂瓶了。”

“说话算数——”

“你看你,我什么时候说话不算数过呢?”

盼儿满脸是汗,也许还有泪,她对到来的一切措手不及,尽管她已经把送白夜的时间安排在最近的明天,她还是没有赶上新生命的步伐,新生命执意要在今天夜里降临。在她的身边降临,这是主的旨意啊。

担架抬到南天竺山路边的辛亥义士墓前,就再也无法往前走了,白夜的惨叫在黑暗笼罩的茶山间震荡回响,得茶亲自抬着担架,他几乎可以说是在暗夜中狂奔,他听到他的心在他的眼前引路,狂跳,狂叫,他还听到姑婆寄草在叫:不得了,血从担架上流下来了!

有人叫着手电筒,有人放下了担架,只能在茶园里生孩子了。直到这时候,得茶还没有想到死,他只想到生。他扑上去,抱住那正在生育的女人上身,急促地倾诉:“……我的宝贝我的心,你生的是我的孩子,是我的亲骨肉,你一定会做得很好,我们会永远在一起,一分一秒也不分开……”

冬日的夜,一阵风吹过,斗转星移,茶蓬在黑暗中哗啦啦地抖动,鸟儿扑簌簌地飞上了星空,得茶仰天看着星空,他看见群星噼里啪啦地往下掉,一直掉进了茶丛,一大片一大片的,像萤火虫,像流星雨,白灿灿变成了一片片的茶花,他看到女人垂死的面容,她在强烈的惨叫之后会有间隙的呻吟,那时她望着星空,吐出的声息他能听懂,她在向他倾诉……我爱你……她的一只手使劲地抓住了一根茶枝,那纷纷扬扬的茶花滚动着落到她的身上,滚入她的血泊。他看到了她一次次往后仰去的脖颈——那是她活着的时候就在不断逝去的容颜。他要抓住那美,可是直到此刻他依然不知道他为什么会那么爱她——因为那注定要消逝的美丽,因为那么悲惨,那么美好,那么样祈祷之后依然还会有的茫然——也许还因为过失——因为过失悔恨而分外夺目的美丽……

接着,女人的喊叫仿佛已经不再重要,在那越来越暗的手电筒的惨淡之光下,杭盼亲眼看到新生命黑郁郁的脑袋,从生命之门喷涌而出,一个女婴掉进了茶丛。她孱弱地啼着,九溪奶奶手忙脚乱地倒提着她的那双小腿,拍着她的小屁股,一边包裹一边说:“姑娘儿,姑娘儿,恭喜恭喜。”

白夜不再叫喊了,但再也不会睁开眼睛了。她歪着头,依偎在得荼的怀中,世界重归于宁静,天人合一。杭盼闻到了一股香气,这种香气只有她们这里有了,那是茶花在夜间发出的特有的茶香气。她走远了几步,重新看到黑黝黝茶园在月光下发亮,这是梦境中的神的天地,这是天国的夜。

她跪了下来,轻声歌唱赞美诗:

……
清辉如雪,温柔的月,轻轻向着静寂的地,
重新自述平生故事,赞美造就她的主上帝;
在她周围,无数星辰,好似万盏光耀明灯,
一面游行,一面颂神,反复赞扬创造深恩。
……

然后她听见那边所有的人叫了起来:“白夜,白夜,白姐姐,白夜……”夹杂着哭叫声的,是婴儿星空下的猫一样的哭声……

天亮了,杭嘉和挺过来了,他感受到了一丝光明,两丝光明,三丝光明,他感受到了一小片光明。他看到他心爱的妻子静静地躺着,一段黑夜,仿佛把他们隔开在了永恒的忘川。不过现在好了,那不过是仿佛,一段模拟的地狱,现在他挺过来了。他下意识地想从叶子的手里抽出自己的手。他发现有些僵硬,他用另一只手去摸摸叶子的耳朵,也有些僵硬。他的心一下子僵住了。他伏下头去贴在叶子的面颊上,他立刻就全身僵硬了。他的眼前一片漆黑,他重新掉入了黑夜。

第二十六章

随着绿色世界的沉寂,红色世界更加沸腾了。

1969年的春节与九有缘,走到哪里,人们都在画葵花。一共九朵,象征着就要召开的九大。少女们手里举着两朵绸制的大葵花,一路唱着:长江滚滚向东方,葵花朵朵向太阳……

那一年春节什么都得凭票,连买茶叶末末都得排队。大家都在马路上摆市面,人行道上,买茶叶的队伍排得几里长。马路上,迎接九大召开的舞队也排得几里长。两条并排的长龙相互看着,谁也不干扰谁。居民区凭证指定购买的茶叶店,正是杭家从前的忘忧茶庄,先是公私合营,之后成为国营商店,一路改了许多名字,最后改成了现在的红光茶叶商店。白天依稀还能看到一点天光的杭嘉和,多年来第一次自己排队到他自己从前开的茶庄去买茶。

就在这时候他听见有人叫他,凭感觉他知道了,这是特意来向他们告别的军人李平水。

转业的消息刚刚知道的时候,李平水首先想到的便是那个名叫迎霜的小姑娘。他倒也没有认真想过对那小姑娘究竟怀着怎么样的一份情谊,只是觉得杭家与他的个人感情,眼下已经可以用患难之交来形容了。这么想着,就到了羊坝头杭家。听说迎霜不在家,心里却有些失落。爷爷嘉和一边排队一边跟他聊了一会儿话,告诉他,受得放的牵连,得荼现在还在海岛普陀山的一家拆船厂里服苦役,好在盼姑姑带着他的女儿夜生在那边陪他,他还算过得去。老人家不愿意多讲自己的不幸,转了话题,对即将脱下军装的李平水说，“平水是个好地方，刘大白就是平水人。”

李平水很兴奋，说：“爷爷你也知道刘大白？他和我爷爷他们可是年轻时认识的，很有名气的呢。”

“我也认识他啊，写《卖布谣》的，中国最早的白话文诗，是我的老师啊，葬在灵隐，也不晓得坟有没有被挖掉。”

他们过去也没交谈过多少话，那一天却说了不少。突然他们都不吭声了，他们几乎同时都看到了那支正在马路上练习迎九大召开的舞蹈队。

舞蹈队中的杭迎霜，人一下子拔高了，奇怪的是她的脖子竟然长出了一截，两只细胳膊正在严肃地挥着那纸向日葵，有时，随着音乐向前伸两只胳膊，有时向后飞上一条腿。她看上去就是那种跳主角的人物，一群少女总是围着她转。她是葵花心子，而她们只是葵花叶子。李平水克制着自己内心的激动，他很想叫她一声，但他知道那样是不妥的。他又希望她能够看到他，因此站着不动，等着她向他一步步地舞来。她果然和她的队友们舞过来了，但她没有看到他，她专心致志地飞了过去。李平水很失望，他呆呆地看着姑娘远去的方向，刚要转身，突然看到那明眸皓齿向他飞快地一转，那粲然的一笑，便瞬息即逝了。

那天夜里，突然锣鼓喧天鞭炮齐鸣，高音喇叭震天响，李平水没有开门出去打探究竟。他正处在这样一个空当：部队已经把他当地方上的人看待了，而地方还在把他当部队上的人。很奇怪，一旦他被踢出了历史的前台，他对前台的热闹也就一下子完全失去了热情。大墙外很快就传来了口号声，李平水干脆倒到床上去了，刚刚躺下，就听到有人敲门，他拉开门，一股风就旋了进来，他愣住了，迎霜睡眼惺忪地站在他面前，手里拿着一朵向日葵，吃力地吐着一个个的字眼：“党……的九大……胜利召……开了……给我一口水喝……"

李平水愣了一会儿,猛然清醒过来,赶快让迎霜进门,这姑娘一进来就陷进他放在屋里的惟一的奢侈品——一张破沙发上,两只脚伸直了,直拿手当扇子扇风,一边断断续续地告诉李平水她来这里的原因。

原来他们学校有一个硬性规定,一旦最新指示降临,有人来敲门通知你,哪怕你半夜三更也得起来,并且立刻通知你的下家,反正你不能让这条联络线给断了,要以最快的速度,把红太阳的声音传到千家万户。今天她练舞蹈练得很累,晚上回到家中就早早地睡了,连晚饭也没有吃。谁知到了夜里,就有她的上家嘭嘭嘭地来敲门了,一边敲一边叫:杭迎霜,杭迎霜,党的九大胜利召开了!党的九大胜利召开了!迎霜正睡得稀里糊涂,好不容易睁开了一条缝,走到大门口,见她那上家也是睁不开眼睛的样子,上气不接下气地对她说:"党的九大胜利召开了!你怎么叫半天也不出来?"说完这句话,她就精疲力竭地朝门板上一靠,累得说不出话来了。这上家正是迎霜读小学时那个对她龇牙咧嘴态度十分恶劣的大个子姑娘,她进入中学后对迎霜倒客气起来,没想到杭迎霜还不道她好,她竟然说:"明天再说吧!"那大个子姑娘愣住了,不相信自己的耳朵,又加了一句:"你不要搞错,党的九大胜利召开了!"迎霜没有搞错,但她依然坚定地说:"我知道,明天再说吧!"然后,她一言不发地就往门里走,边走边说:"我太累了,我真的太累了!"这么说着,一晃就不见了。

迎霜并没有真正睡着,她昏沉地睡去,竟然在一分钟里梦见了大金牙,他向她挥舞拳头,大喊大叫,又好像她被揪上台去,人们开始纷纷批判她,大个子姑娘冲在最前面。她吓得一下子就醒了过来,套上鞋子就往外冲。她冲出大门,见大街上已经红绸飞舞,锣鼓震天。她捂着胸膛想,自己刚才都在说什么啊,竟然说到明天再说。谁不知道最高指示不过夜啊，我竟然说让它过夜。她飞快地往她的下家冲去，不知道该作什么样的实际行动，才能够补偿自己的罪过。七想八想，只能祈求毛主席他老人家保佑她，让她的下家还在家里，不要让她的上家捷足先登。她的下家离她家的路着实不近，三五里路小巷子里摸过去，也不知道害怕，只管心里喊着：毛主席，原谅我！毛主席，原谅我！——但她不知道毛主席究竟有没有原谅她，反正她的下家已经不见了，她家的人说九大召开了，她到学校里去了。迎霜顿时就吓出了一身冷汗，二话不问就往下下家奔去。到下下家又是三五里路，不幸的是下下家也不见了，也到学校里去了。这一下迎霜可真吓出了眼泪，抽泣着绝望地在杭州黑夜的大街小巷里横横竖竖地走，不知道她下一个目标是哪里。现在她既不敢回家，也不敢去学校。她的头脑仿佛失去了思考，却由她的脚来代替。她就是这样来到李平水处的，在她自己每每感到走投无路的时候，她的脚总会带着她的头脑来到这位年轻的军人的门前。

李平水喜欢看到那少女的神情，他对她产生了一种令人苦恼又难以启齿的深深的欲望，这是一种多么不可告人的低级趣味，她才十六岁啊！他在心里诅咒自己。

为了与他身上那种可怕的堕落的动物性做斗争，他站了起来，一边用两只茶杯倒腾着凉开水，一边说："那天我看到你了，我去向你告别，我要走了。你在大街上跳什么呀？跟芭蕾舞里的吴清华一样，你没看到我吧，你那个认真劲儿，我可不敢叫你。"他把凉了的茶送了过去。过半大不大的少女飞快地喝了一口，继续倒在破沙发里说："那是倒踢紫金冠，最大的难度。你看到我了吗？我也看到你了，可我没办法和你打招呼。"

她依旧坐着喝茶，过了一会儿才突然醒悟过来，她问："你说什么，你要走了，你要走了，你要到哪里去？你要离开杭州吗？"

“我想大概是那么一回事情,如果顺利,我可能会回到平水去,我的家,绍兴,我从那里来,再回到那里去,这是一件很正常的事情。你干什么,你哭什么?我还没有走呢,也不是说走就走的,你要是想来,你可以天天到我这里来,我带你玩去,反正我现在也已经是在等通知了。”

她没理睬他,管自己痛痛快快哭了一场,头就靠在沙发上,一会儿,睡着了。李平水披了一件军大衣在她身上,他想:小姑娘,你快长大吧。

第二天,她没有来,第三天也没有来,第四天也没有来。李平水想,这个小姑娘不会再来了,她已经把他忘记掉了。

江南多雨,难得有那么春意盎然的日子,杭汉在衬衣外面加了一件中山装,一大早就来到了所里后园茶树育种研究室的那片茶园中。这个研究室是杭汉在非洲的时候建立的,现在已经颇具规模了。运动一来,虽然一切都停顿了,但从前的积累还在。草木不懂人间的运动,依旧顾自己春来萌芽,秋去开花,长势良好。

宋代老祖宗宋子安在他的《东溪试茶录》里,把茶树分为七种:白叶茶、柑叶茶、早生茶、细叶茶、稽茶、晚生茶、丛茶;把树型分为了三种:灌木、半乔木、乔木。把茶叶分为两类:大叶与小叶,它们发芽的时间也分早与晚。一般来说,叶片大萌发早,新芽肥壮,制作出来的茶就好。以后各朝代沿用的都是这个分类法,杭汉他们,现在依据的也还是这一种传统。

新品种示范园里种植的一些新品种,倒是杭汉还没有出国的时候就已经见到过的。五十年代末的那几年,杭汉和他的几个同事,花了三年时间,跑遍了浙江省,调查出了二十多个比较好的品种。加上引进的云南大叶种茶与当地福鼎茶的杂交种,再加上苏联和日本引进的品种,还有全国各种的优良茶品,当有数百种之多了。比如龙井43,这种中叶类特早芽的无性繁殖系新品种,早在1960年春天就开始试种了,那还是杭汉和他的同事们在龙井茶区众多的茶树品种群体中,采用单株选育而成的呢。从目前的试验情况来看,它的发芽早、发芽齐和产量高、品质优的优势已经是显而易见的了。

这几天,在造反派的监督下,他们这些臭老九知识分子,还是给龙井43做了一次鉴定,发现它的产量每亩大约能够产毛茶二百公斤以上,比福鼎的大白茶可增产百分之二十呢,制成的炒青或烘青,品质也都超过了福鼎茶。

当然,最关键的还是看它能够制作出什么样的龙井茶,为此他们特意到西湖各乡村去网罗炒茶高手来。谁知造反派说"请"之前还要政审。原本倒是看中小撮着的,无奈这个老革命和资本家牵丝攀藤,最近仗着老资格和孙女的牌头,又在起撬头呢。

原来春天刚刚到,握着刀子前来割"尾巴"的人也跟着就到了。自留地、宅边地、零星果木,统统逼着大家"自动捐献",又合并了生产队,核算单位也改为生产大队。小撮着眼睁睁地看着他多年来伺候得好好的茶蓬,一夜之间都成了国家的,农民白天还敲锣打鼓地去捐献,夜里睡在床上,想想有一口血好吐。茶乡那几个平时和小撮着谈得来的老茶农就来给他戴高帽子,说撮着伯啊,你孙女现在是什么人啊,你孙女呛一声,杭州城里就要发寒热病啊。要我们边边角落都交回去,你撮着伯情不情愿我们不晓得,可我们贫下中农实在是不情愿啊。你去跟采茶说说,我们这里好不好不要来割尾巴了。

小撮着也是打肿脸充胖子,明明知道采茶不会替他们贫下中农说话,但不去良心不安,譬如当譬如,去一趟,回家也好和乡里乡亲交代。谁知采茶当了造反派,脾气完全变了,住在招待所里,一张嘴巴练得刀枪不入。手背在后面,房间里来回走,边走边数落爷爷:"你懂什么?这种复杂的革命形势下你还给我添乱!你以为这一次又跟上一次你要给毛主席发电报一样。实话告诉你,这一次是有步骤有计划有口号的,要上报给党中央毛主席的。你就知道眼面前这两株茶,这种时光来添乱,居心何在?你不喝这杯龙井茶,你就不活了?你不跟他们杭家人来往,你就骨头发痒了?"

小撮着见孙女在眼面前晃来晃去,头发鬼一样蓬在头上,喉咙嘶哑,又听她说他"居心何在,骨头发痒",站起来一拍桌子,说:"我居心不良,我反对毛主席反对党中央,我骨头发痒,你把我抓抓进去杀杀掉算了!"他掉头要走,倒是采茶拉住爷爷,口气缓和下来,说:"爷爷,你就千万不要跟队里那几个坏分子闹了,爷爷你晓不晓得,我也快入党了呢,你这种时光来添乱,我说不说得清!"

一提到"党"这个字眼,小撮着就跟泡到热水里去一般,浑身骨头软了下来。小撮着二七年脱党之后找不到党,以后再要恢复党籍,真是万里长征一直走到今天,走来走去还在瑞金城。他虽不要看孙女这副吃相,但孙女要入党他还是高兴的,想来想去,长叹一声,说:"入了党要做好人啊!爷爷不给你添乱了。"

不添乱也来不及了,造反派最后确定的制茶高手乃三代贫农,正是大名鼎鼎的九溪爷。

九溪爷一上手,抓一把茶叶便倚老卖老,抖着那嫩叶子说:"哎,识不识货,就看你识不识得茶的神气。你当只有人堆里头有神气啊,茶堆里头也有神不神气的啊。你看看这个,锃亮;再看看这个,暗蔟蔟的,痨病鬼一样。"

有个年轻的造反派专门负责管押杭汉他们这几个牛鬼,人倒还嫩茬,此时把那两种干茶比了又比,说:"有什么花头精,我看差不多。"九溪傲慢地盯了他一眼,说:"那是,懂行的人才能够明茶事哩,那年周总理来了,看了我的炒茶,倒是说出一番内行话来。你们这种胡子还没生出来的潮潮鸭儿,能够说出一个什么来呢?好比看中医,总还是要找老中医的。为什么?老中医一望你这脸的气色,便晓得你病在哪里了啊。你能行吗?"

那年轻的造反派虽然碰了一鼻头,倒还算是一个求知欲尚未泯灭的人。又加上九溪爷三代贫农,工农一家,不好较真的,便蹲下来一边看着九溪爷爷打磨那口锅,一边问他,同样的茶,怎么炒出来的神气会有区别。老九溪摊开手心,指着当中那一点说:"这叫什么你晓得吧,这叫劳宫穴,炒茶人的精气,我们炒茶人叫它脂浆,统统都要由劳宫穴里流出来,进入茶叶片子里去。人的精气足,茶片子的精气也足,人的精气不足,茶的片子也不足。"

那年轻人拍拍胸膛,说他精气足啊,他炒出来的茶最好!九溪爷爷看看他说:"那倒是,你行吗?十大手法,抓、抖、搭、拓、捺、推、扣、甩、磨、压,你要行,我这只位子让给你。"年轻人尴尬地摇摇头,说他进茶科所还不到一年。九溪说:"正是啊,你也就配押送押送这几个不敢动弹的人。"

九溪明摆着是在为杭汉他们几个抱不平呢,可把杭汉他们听得冷汗吓出。倒不是怕他们再吃皮肉之苦,却是怕年轻人火气上来不做这科研,又把他们押了回去,那一年的季节可就又耽误了。没想年轻人那天脾气还特别好,只说老大爷你说给我听听,也是学一手,抓革命促生产嘛,以后这些东西总要学的。杭汉他们几个也低头哈腰地不停给九溪打眼色,让他放一马。九溪这才摆摆手说,你要愿意,我们老头子也不会把这一手带到棺材里去的。说起来总还是你们年纪轻的人脂浆足,炒出来的片子亮头光,神气足。我们老头儿,喏,还有她们妇女,比不过你们的。女人一般就炒炒青锅。女人家手势软,也就是把嫩茶叶子上的露水抖抖干,叶片嘛甩甩燥,等到青锅炒好,摊在匾里凉一凉,梗子叶脉里的水分往叶片上走走匀,炒第二锅的"辉锅",那就一定要由男人出场了。壮男人有劲道啊,不拿出劲道来,这茶叶片子怎么拓得平,又怎么压得扁呢？毛毛糙糙的又怎么拿得出去呢？因此，吃茶吃到壮男人炒出来的茶，那是很运气的呢。

小伙子一听乐了，说那我以后就专门吃壮男人炒的茶。九溪爷爷看看那后生，却摇头说，我看你面相，现在还不能喝壮男人的茶。须喝我这样老头子或者妇女炒的茶才行。他这一讲，别说那年轻的造反后生愣了，连杭汉他们几个也有些纳闷，看面相还能看出喝什么茶来，这倒也算是个新鲜说法了。正心里打问号呢，九溪自己就揭了谜底，说："年轻人，你现在火气旺得很啊，阳气太足，你须喝我老头子的茶，采采阴，阴阳互补，这才有好处。"

年轻人开始听了还笑着点头，后来却听出弦外之音，这不是说他们做人太凶吗？杭汉连忙摇手说开炒吧，九溪爷爷这才一板一眼地用心干起活来。那次炒出来的茶外形秀挺，呈糙米色，泡开来喝，香气持久，滋味醇厚，九溪爷爷一边品着，一边对杭汉说："不相信让你伯父来说说看，他肯定说是和狮峰龙井一模一样的。"

"比群体龙井茶品种的产量可要多得多了。"年轻人突然这么来了一句。九溪爷爷说："后生你倒是说了一句行话。这几个牛鬼，你跟他们多学一点，以后你不会吃亏的。"年轻人朝杭汉他们看看，竟然没有发火。

此刻，杭汉蹲在茶园坡地旁边，静静地看着这些沉默不语的茶蓬，看着它们在阳光下无忧无虑的样子。除了偶尔抬起头来看看天空，又看看手表，他几乎一动也不动，仿佛自己也已经蹲成了一蓬春茶。

正在此时，见那专门管押他们的年轻人急急地走了过来，见了杭汉也蹲了下来，轻声问："老杭，你是不是有一个儿子，眉间有粒痣？"

杭汉吃了一惊，连忙要站起来，被那年轻人按住了。从那回九溪爷爷炒茶之后，这年轻人对杭汉他们，特别是对杭汉本人，态度是要好多了。杭汉点点头，年轻人紧张地说："我把他从后门带进茶园了，你千万别说是我带进来的，我见过他，"他迟疑了一下，还是说出来了，"在通缉令上。"杭汉的背上一下子就渗出一层冷汗，然后一把抓住了那年轻人的手。年轻人慌慌张张边回头要走边说："你叫他说完话就走。哦不，你叫他等今天飞机喷药之后再走，人多就可能认出来！"没等杭汉说你放心，那年轻人就连走带跑地不见了。

两分钟后，得放从茶树蓬里站了起来，他仿佛是从土里一下子钻出来的一般，见了父亲，拍拍屁股上的土说："你放心，没人看到我！"

杭汉依旧一言不发地看着他，儿子仿佛有些尴尬，说："听说爱光要上山下乡去了……"

浅蓝的天空上突然响起了飞机的轰鸣，杭汉一把拉着儿子蹲下，说："不要紧不要紧，是我们茶科所和民航系统合作，用飞机在大面积防治害虫，这些天每日这个时候都来。"

说话之间，就见飞机开始喷洒农药，一股强烈的敌敌畏气息在空气中弥漫开去。得放仿佛闻到了死亡的气息，他想起了上次和爱光一起来时，爸爸告诉他们的那些关于茶叶害虫的事情。他本来没有想过要和父亲谈什么害虫的，结果开口却是一句专业用语："防治效果怎么样？"

"敌敌畏、敌百虫、乐果，这些农药治茶尺蠖、茶蚜，那可真是百分之百，不过鱼塘里的鱼也死了，桑树也污染了，总是有一利有一弊吧。你怎么样，见着你那个女朋友了吗？"

得放突然脸红了，手一下子就按住了胸口，那里面藏着他的护身符，那两条美丽的长辫子。他的整个身体都往东面望去，那里的一架山岭自天竺山由北而南，几经周折，延伸到五云山。天空是多么辽阔，多么蓝，云薄得几乎透明，薄到了几乎没有。空气多么香，是阳光下的鲜茶的香气，带着强烈的青草气，连敌敌畏闻上去也带有一丝甜味——什么都发生过和什么都没发生过一样平静。

飞机又回来了，飞得很低，发出了很大的响声，得放涨红着脸对父亲说："爸爸，我这次是从天台山偷跑出来的，表叔要送爱光去云南，这还是我和表叔一起出的主意。可我实在是想见她一面。我知道这样做很危险，所以我没找别人，找了你。我不能再连累我们杭家人了，我已经把大哥给害惨了。现在我哪里也没去，你想办法让她到琅珰岭上来等我好吗？"

杭汉摸了一下儿子的头发，儿子东藏西躲，竟然已经年余。父亲愿意为他上刀山下火海。他说："我也受着监督呢，不准随便进城。不过我可以想想看，能不能让你妹妹替你跑一趟，我明天能够见到她。"

春天来得早，西湖郊区群山间的明前茶绽出了嫩芽，采茶姑娘们上了山。

杭迎霜因为突然下来的任务而很侥幸地躲过了对她的责难，他们这支文宣队跟着全校初中生，一起来到了翁家山烟霞洞旁。

采茶是个看上去快乐实际上非常累人的活儿。往年采明前茶是断断不会要这些学校的女学生的，为只为今年九大召开，要从月初开到月底，而龙井茶历史上就是贡茶，四九年以后不叫贡茶了，叫人民大会堂需要的茶。这次九大在人民大会堂开会，头一个点了名的，就是这龙井。大批量的采摘，人手就一时不够，这事情恰好让翁采茶负责，还是吴坤给她出的主意，找一些中学女生到龙井茶乡学农劳动，光荣的任务就是替九大采茶。迎霜她们这些女孩子，这才来到了茶区。

来虽来了，还不是一上手就行的，学校方面特意安排了两堂课,一堂是老贫农的忆苦思甜,一堂是茶叶工作者讲解有关采茶方面的知识,迎霜一见那老头儿眼睛就直了,那不是龙井村的九溪爷爷吗?大爷爷和九溪爷爷有些交往,迎霜一看到就认出来了。

但九溪爷爷会干活不会说话,一说话就要豁边,讲到不该讲的范围之外去。比如忆苦思甜,他一忆两忆,就从旧社会一直忆到六〇年:六〇年的那个苦啊,没饭吃啊,那也是真叫苦啊!听得老师们直跺脚,坐在台下的同学们哄堂大笑。六〇年没饭吃的苦,其实在座的同学们那时五六岁了,都是吃到过的,虽然小,也已经有了记忆,但后来饭吃饱了,也就不提这段家丑了。现在让这苦大仇深的老贫农一说,不但不觉得同情,反而好笑——好笑这贫下中农老头儿真没觉悟,反动话都那么一本正经说到大会上来了;又好笑他虽那么说,却也是真话,虽然反动,但谁也不会去告发他。九溪爷爷一边被人家客气地往下架,一边还扭着脑袋想跟人评理:六〇年没饭吃是真的苦啊,我也没有说假话,六二年就开始好起来了,六五年饭让你吃饱,好茶也吃得到了,前些年哪里吃得到……一直架到外面茶蓬里,还能听到他奋力辩解的声音。

因为有了九溪爷爷的教训,再讲采茶知识,学校专门到茶科所去请专家,挑来挑去,竟然挑到了杭汉。他是一块臭豆腐,闻起来虽臭,大家却抢着要吃。看来学校方面也不一定知道杭汉就是杭迎霜的父亲,总之父亲走上那临时的讲台后也没有对迎霜流露出特殊的感情,他的目光漫射了一下台下,在女儿的脸上停留了片刻,露出了只有迎霜才能感觉到的笑容。迎霜的脊梁骨一下子挺了起来,一阵深刻的自豪感升起在她的心间——那是我的爸爸啊,是我的爸爸来传授知识了啊,她取出小本本,目不转睛地盯住了爸爸。

也许这就是杭汉一向的工作作风,也许这里面确实夹着父亲对女儿的特殊的感情,总之,那天杭汉的有关龙井茶的采摘课,讲得非常用心,非常仔细。

他先讲了采摘茶叶的重要意义。他说,采摘茶叶,既是茶树栽培的结果,又是茶叶加工的开端,它关系到茶叶品质和产量,也关系到茶树生长的盛衰和寿命的长短。

接着他开始说龙井茶的特点以细嫩见长,细嫩里头还要再分品级,分为莲心、雀舌和旗枪。

他又讲到了采摘的标准:若按季节,春茶是按一芽一叶的标准开采的,清明前后采的是特级茶和高级茶,到了谷雨前后至立夏,那就可以采一芽二叶了,再迟一点,也可以采一芽三叶了。

再接着,他说到国家定的标准,收购茶叶,都是有标准样品的,一至八级,再加上一个特级,那就一共有九个等级了。若要说以鲜叶的标准——杭汉说到这里,举起手里的鲜茶嫩芽,告诉大家,现在大家采的特级龙井茶,就是这样的:一芽一叶,或者一芽二叶初展,芽要长于叶子,芽叶间的夹角很小,芽叶的长度是二至三厘米。等到采一至二级的茶叶时,芽叶的长度就基本相同了,叶片也要略略大一些了。再到三至四级时,采的就是一芽二叶到三叶了,叶子也开始长于芽了,叶片也就更大了,到了五至六级,叶芽里头就可以夹着幼嫩的对夹叶了,叶子可以长到五厘米了。至于到了七至八级,叶子就已经长到极限,不再长了。

他讲课的时候,又是实物,又是图片,坐在下面的同学们纷纷站了起来伸出手去,嘴里就嚷着:给我看看,给我看看,迎霜静悄悄地坐着,她看不到父亲了,只看到一片雀跃的手。一会儿,大家都坐了下来,像击鼓传花一般地传递着那枚小小的芽大于叶的龙井鲜茶芽,一直传到了迎霜的手里,迎霜就不再往下传了,她轻轻地把这枚芽茶放在手心,她抬起头来看了看父亲,父亲的目光掠过了她,盯在窗外的茶山上,父亲开始讲采摘期了。

如果不是父亲告诉她,那么,会有谁让她杭迎霜知道,茶树刚刚吐露出春芽的时候,茶农就开始在三月的春风里开采,那是被称为“摸黑丛”的呢。而春茶为什么不宜留真叶,为什么要洗丛呢?那是因为春茶留下的真叶到夏茶时会转青,那就被茶农们称为“抱娘茶”了。这些抱娘茶半老不老的,会在采摘夏茶的时候被摘下来,影响夏茶的质量啊。

至于说到采摘方法,父亲说得多么好,“采定级,炒定分,”采摘是茶叶品质中多么重要的一环啊。这里的茶农历来用的都是提手采摘法。父亲模拟了一下这种采摘法的样子,真像采茶舞里那些姑娘的采茶动作啊:手心向下,大拇指和食指夹住鱼叶上的嫩茎,轻轻向上那么一提,看着的同学们都轻轻地会心地笑了起来。父亲的动作,还有他说话的口气,那是多么幽默啊。

突然,父亲的口气严肃起来,父亲说:采下的茶叶,一定要是芽叶成朵,大小一致,匀度好,不带老梗、老叶和夹蒂,这样,既不会伤害芽叶,又不会扭伤茎干。同时,要求茶丛采净,顺序从下采到上,从内采到外,不漏采,不养大,不采小,要全部采净。

大个子姑娘真讨厌,不知道她是不是已经不习惯这种严肃的传授知识的课堂,还是为了出风头,一举手站了起来,然后两只手像鸡啄米一样滑稽地动了起来,又像一只下水鸭子般地叫了起来:“喂,那你说这样采茶,是台上跳跳的,还是真的那么采的?”

她的话显然冲淡了刚才大家严肃的学习气氛,大家看着她不由得笑了起来,大金牙笑得嘴上一片金光。这个大金牙,一直从小学跟他们进了中学,就像甩不开的牛皮糖一样令人生厌。迎霜气愤地盯着大个子姑娘,她恨她,觉得她是一个野蛮人,一个小市民,一个从头到脚粗俗不堪的弄堂女人。她想父亲一定会很尴尬,但父亲却比她估计的要平和得多。他甚至也一起笑了,说这个同学问题提得好,双手采摘是一种新采摘法,1958 年,由梅家坞大队的沈顺招和她的十姐妹从提采法发展而成的。不过这种采摘法一定要做到“一集中,三协作,五个巧”。一集中,是要思想高度集中,这样才能做到心静,手灵,眼准,脚勤。三协作,是要眼、手、脚密切配合。五个巧:突出枝条的茶芽要自下而上交替采;丛间茶芽要双手插入,用手挡开枝条采;不同高低的茶丛要蹲立交替采;雨天和露水茶芽要抓把采;晴天要随采随手放入茶篓。

又有人学着大个子姑娘喊:那茶篓是不是也像台上跳舞用的那样呢?大家又是一阵哄笑,这一次迎霜也不像刚才那样气愤了,她发现父亲能够轻松地应付这种场面。父亲已经开始作结束语了,他一边收拾着那些实物和图片,一边说:“茶篓也要讲究啊。鲜叶一下树,就容易失水,还会散发大量的热量,所以要用通气好的茶篓。他们现在这个季节采茶用的高档茶篓,都是一斤到两斤装的。等采中档茶了,可以用三斤装的。等采低档茶时,就可以用五斤装的茶篓了。还有,千万记住,不要为了多装就用力揿压,这样会把鲜茶揿坏的。你们看,还有什么要问的?”

大家站了起来,拥到杭汉面前,七嘴八舌地问这问那,倒把迎霜挤到了外面。她的心里热乎乎的,父亲啊,我多么爱你,你让我多么骄傲啊!等到大家慢慢散去的时候,她才走到父亲身边,叫了一声爸爸,眼睛里湿湿的,就不知道说什么了。倒是杭汉平静一些,问他刚才讲的课她有没有听懂,迎霜用力点点头,说她都听懂了,还记了笔记呢。

那一天对她多么重要,她向老师请了假,送父亲下山。她和爸爸走在一起的时候,分明看到了人们向她投来的羡慕的眼光,有一丝这样的目光她就够了。

已经是薄暮时分了,同学们都去集中吃饭,烟霞洞前没有人了。父女俩站在洞前,杭汉突然说:“从前洞口竖着一块字碑,上面写着:烟霞此地多。那是因了前人的一句诗,叫做‘白云烟霞此地多’,你大爷爷告诉我,这就是烟霞洞的来历。你们现在当了临时宿舍的房子,从前就叫做烟霞寺,后来改作茶楼,我们一家还到这里来喝过茶呢。”

迎霜很少听父亲讲那么多家常话,她有些吃惊地问:“我怎么不记得了?”

父亲抚着她的肩膀,说:“那时候还没有你。”他想了想,又说:“不,已经有你了,在你妈妈肚子里,正好三个月。”

他没有像家中的其他人一样,在她面前尽量不提妈妈,这使迎霜感到巨大的温暖。她想,就因为他是她的父亲吧,他们之间有权利互相沟通他们的痛苦。正是这种慰藉安慰了她,使她听到妈妈这个字眼时,没有像往常一样流下眼泪。他们趁着最后的天光往洞里走去,说着女儿和父亲之间的悄悄话。

她第一次知道父亲原来懂得那么多。当她问他,为什么这个洞里会有那么多石雕的和尚呢?你看,都被红卫兵砸得那么七零八落了,还剩下那么多——为什么呢?

于是父亲便告诉她关于烟霞洞的传说:一个和尚,经神人指点,在洞里看到六尊罗汉像显形,所以把它们镂刻出来。他刻完了六尊像后就死了。又有一天,吴越王做梦,梦到那和尚对他说,我有兄弟十八,现在才只有六个,那其余的得让你来帮我聚起来了。吴越王醒来后就到处找,果然在这个洞里面找到了六尊石像,连忙就把那十二尊补上去。这都是我们小的时候你嘉和爷爷带我们出来踏青时讲给我们听的。这里本来有三十八尊大石像,还有一些小的,我小时候专门数过。这些石像,都是利用天然岩穴镂刻而成的,他们大多是五代时的作品。五代你知道是什么朝代吗?不知道,真不知道?算了,你就记住是夹在唐宋之间的那个朝代吧,以后还是要读点书啊。你过来看,这里的入口处有一尊苏东坡的像,那是清代人刻的。你看看这洞口两旁的观音像,你看那身上披着的薄衣,真的像是风都可以吹起来的呢。

迎霜禁不住上前摸了一把,说:“真的吔,好像给她哈一口气她就会活过来一样。”

杭汉看到女儿懂事的面容,他想:可惜蕉风看不到,女儿长大了。

他们走出洞口的时候天色又暗了一层。父亲把她带到了烟霞洞左边的象鼻岩前,这是一块天然生成的象形巨石,两只耳朵紧贴着,鼻子下垂着一直拖到地上。父亲问女儿这是什么石,女儿说我们一来就知道了,这是象石啊。父亲又问她,还看见了什么,女儿摇头。父亲指着那石大象腹下一只小石象,说:看到了吧,它躲在大象肚子下面,不敢出来了呢。迎霜看看胆怯的小象,又看看父亲。父亲突然说:“爸爸就是大象,你和你哥哥,就是我的小象。”迎霜抱住了爸爸的脖子,眼泪就流出来了。十六岁的少女知道父亲的脾气,她明白父亲到了什么样的境地,才会说出这样的话来。

关于二哥回来以及他想见一见谢爱光的事情,就是在这时候由爸爸告诉迎霜的。迎霜听了这消息之后,吃惊地说:“爸爸,爱光姐姐明天就要走,我们还要到车站去送他们呢,这件事情交给我了,你放心,这件事情交给我了。”

第二十七章

爱光本来是被发到黑龙江去的,1968 年底,《人民日报》正式发表文章,传达了毛泽东关于知识青年上山下乡的最高指示。浙江省六万军民在省城集会,杭州一百三十名中学毕业生和近千名知识青年,表示要到遥远的冰天雪地黑龙江支边,爱光首当其冲地被安排在这批人员的名单之中。

布朗把这消息传到天台山中,得放就开始坐立不安。好几次动脑筋想潜回杭州,都让布朗给挡了。他把胸膛拍得嘭嘭响,说:"侄儿,你要相信我,把爱光交到我手里,我送她回云南去。等她在那里安顿好了,发个消息,你也一起来,我们全家到大茶树下快活。"

得放说:"你要走早就好走了,你又没人抓,不是寄草姑婆不放你走吗?"

"这么待下去也不是一个事情啊! 反正工作也丢掉了,老婆也讨不到了,还不如一走了之呢。"

得放听了深感惭愧,无论丢老婆还是丢工作,得放觉得都和自己有关。倒是布朗大方,说了一声:"你在山里等着我的好消息,可别乱跑,找不到你大哥要跟我算账的。"粗粗叮咛了一番,便下了山。他和得放不一样,年来还出入过杭州城几次,派仗打得正紧,也没有人来管他,他倒还算顺利地回了家。

他开门见山地跟妈妈寄草说,他想带着爱光回云南,爱光一个人发到黑龙江,非得死在那里不成。

寄草一开始有些惊异,说:“你把她带走了,那得放怎么办?”

“过一段时间风声不紧了,再把得放也接到云南去,让他们在大茶树下去成亲,比什么不强?”布朗又开始拍胸脯跷大拇指做大。

寄草这一下子真是连话也说不出来了,她眼前晃来晃去的,就是那唱着山歌的大茶树下的小邦崴的身影。她扑上去抱住儿子的高大的身躯,声音都发起抖来了,说:“儿子,他们成亲,你怎么办?”

布朗愣住了,母亲一问,他所有的快乐、坚强都土崩瓦解,突然悲从中来,打开柳条箱子,一只手捧着一团定亲的沱茶,趴到了床上,嚎啕大哭起来。

寄草也伤心地大哭起来——杭家几乎所有的人都走了,但她不能走,大哥嘉和得了眼疾,夜里什么也看不见,她得陪着他;罗力在劳改农场,她时常去看他,她不能离开杭州。母子两个抱头痛哭的声音,惊动了鸠占鹊巢的老工媳,她出来看了看,心里暗暗高兴,想:这个云南蛮胡佬,终于要被发配回去了,这院子终于要全部归我了。

火车站里锣鼓喧天,人山人海。布朗和谢爱光意外地在月台上发现一身行装的赵争争。一开始他们想回避她,后来发现大可不必,这时候的她根本不可能看到他们这两个小人物。她眼里看到的,只有滚滚的时代潮流。

此刻,她一边等待来送她的吴坤,一边发表告别演说。她也要去黑龙江了,是作为支边的优秀代表人物去的。她父亲对她去黑龙江并不怎么支持,但也不便公开反对,倒是吴坤私下里一直鼓励她去,为了动员她,他甚至还吻了她。他说他永远也不会忘记她,他会等待她的。海内存知己,天涯若比邻,他俩的心是连在一起的。赵争争被吴坤那么一吻一嚎,又认不出东南西北了。再说她想,父亲也已经答应了她,过一段时间就把她送到军队中去。她一定会回到吴坤身边的,那时候他就不会像现在那样委靡不振了。

大家都看出吴坤的情绪低落来了。按理说,他目前的处境是相当不错的啊。他一步步进入权力的核心,正在积极策划参与全面揭开旧省委阶级斗争盖子的行动。他是省里造反派的主要笔杆子,整理材料全靠他和他手下的一帮子人。每日熬得眼通红,喉咙沙哑,情绪低落与斗志昂扬周期性地在他的身上交替出现。对立面已经被镇压下去了,连杭得茶这个老对头也已经被他送到海岛上去做苦力了。吴坤最近正在翻读马基雅维利的英文版《君主论》,有时他还断断续续地翻译着,他学习这个十五世纪文艺复兴时期意大利人的思想,完全就和学习二十世纪六十年代的毛泽东思想那样投入和认真。

即便这样,偶有空隙的时候,他依然感到绝望。白夜死了,他失败了,他最终也没有得到她的心。这使他甚至恨她,她用死来打败他,还剥夺了他的女儿。他从来也没有看到过女儿,因为从一开始他就没有承认过她。在杭得茶的罪状中,除了知情不报,包庇弟弟进行反动宣传之外,还有一条人们津津有味挂在口上的,就是作风糜烂,流氓通奸,给他吴坤戴了绿帽子,白夜给杭得茶生了一个私生子。大家都同情他,他也不得不装出一副可怜相。

今天他也到车站来了,出于把假戏演好的责任感,他也要把赵争争这个神经质的姑娘送走。火车站人山人海,群情激昂,他远远地看到赵争争正站在一堆货物上发表宣言。如果说两年前这个形象还让他有所美感的话,她现在的样子却让他想起了翁采茶。她们俩一个聪明一个蠢,但在吴坤眼里却都是愚昧。看着她那种被人卖了还在数钱的兴高采烈劲儿,吴坤想:千万注意,不要落到她那个下场。

他依然在赵争争与翁采茶之间摇摆。真是士别三日,当刮目相看,现在采茶姑娘的政治地位越来越高,已经可以和赵争争抗衡了。她作为省首届贫下中农代表,参加了代表大会,还是常委呢,还坐主席台呢,还发言呢,当然这发言稿少不了小吴给她拟定初稿,添油加醋,又训练她一遍遍朗诵,连哪里声音轻,哪里声音响,哪里拖音,哪里斩钉截铁,都得做了记号。

就这样,采茶模拟读稿的时候,吴坤还是气得火冒三丈。原来采茶不会断句,总是犯“人的正确思想是从天上掉下来的——吗?”这样的白痴性错误,且怎么骂也没用,她的自尊心一点也没有“受伤”;只要是来自小吴的声音,即使骂得她一佛升天二佛入地也是美妙享受,吴坤一想到个人崇拜中还要忍受这样的负面效果,这才体会到个中的滋味。

代表大会召开那天,吴坤也坐在主席台上,一把黄汗都被捏出,总算采茶还争气,该出的效果还是出了。什么掀起农村斗批改新高潮;什么敢想敢说,敢于斗争,敢于造反;什么对一切阶级敌人,一切修正主义黑货,一切资产阶级四旧来一个彻底的大扫除——这都是吴坤他专门划了红杠杠,要读出威风来的,倒还真是让她给读出来了。会后,喇叭里奏响《大海航行靠舵手》,采茶热烈地和省里的头面人物们握手。吴坤站在边幕上看着这一切,仿佛看到采茶那两只袖筒里扯出了两根线,线头正在他吴坤手里捏着呢。翁采茶油头汗出,两眼放光,活像杨家将里的那个杨排风。那天夜里,杨排风羞羞答答地上门来听取意见了,被吴坤无事生非狠狠训斥了一顿。可怜采茶一个乡下姑娘,哪里晓得知识分子的这些弯弯肚肠,只当自己事情没做好,连忙掏出一个小本子就认真地记。她又认不了多少字,急得圆珠笔乱点。吴坤训完了,从她的眼睛中看到了那种生理性的渴望,越发生气,心想自己难道是头种马吗?就说:以后没事情多读点书,少出点洋相,你现在也已经是个人物了,别给我丢脸。说完一甩门走人。

此刻,当他正要朝赵争争走去的时候,突然看到了一张久违的脸,他定了一下神——是他们杭家人啊!好大的胆子,这种时候,还敢到火车站来。他摇了摇头,正想走开,突然又看到一个少女朝他们走去,且与他们耳语。这一次他不再想走开了,他要看看他们杭家人,在杭得荼不在的情况下还会有什么动作。想到那些挖他吴坤家族脚底板的宣传品,吴坤心里就升上了巨大的仇恨,这些公开抛出的资料,毕竟还是影响了他继续上升的走势。一方面他觉得上升也很无聊,一方面他却不能没有那条上升的抛物线。他的心就在这种对抗中僵持着,却发现周围突然万籁俱寂,鸦雀无声,然后,月台上升起了另一种完全与刚才彻底相反的感情,巨大的哭声,冲破锣鼓和口号,震天动地地响了起来。

少女迎霜腰间系着一根大红绸带,看样子是被那突然响起的哭声惊住了。她惶恐地往四周看了看,布朗叔和谢爱光已经不见了。现在,这里是人的海洋,她的嘴巴一下子张成一个 O 形,她显然是叫出了声,但乐曲声响了,她不得不舞起红绸,跟着节拍舞蹈。但她发出的却是另一种声音,她跳着欢天喜地的舞,流下了眼泪。她身边有许多人在痛哭流涕,她不可能不触景生情。从她脸部的表情可以看出,她也已经在哭了。但她不敢停下她的大红绸子。哭声和锣鼓声乐曲声仿佛在打一场殊死的派仗,最后哭声终于被打下去了,变成了抽泣和呻吟,但歌声却越来越斗志昂扬,迎霜依旧合着那节拍在挥舞,但她的表情麻木和茫然,现在,她什么也看不见了,她也什么都听不见了……

十里琅珰岭,绿袖长舞,直抵江边,山峦翠色,尽在其中。左枕危嶂,右临深溪,缘木攀萝,方可登临。旧时又称扪壁岭,自古以险峻难行而著称,只有身强力壮的胆大儿郎才能攀越,故琅珰亦称郎当。

杭汉陪着杭嘉和,守在那五云山的通道口上。这一条游人罕至的道路,挡不住进山香客的脚步,每年春秋两度的履行,曾踏出了一条二人并行的山路。这些年不再烧香,茶园虽盛,山路却渐渐地被荒草埋没。得放与爱光到这里来秘密相会,就是看中了此地的荒僻。他没有想到,大爷爷和父亲也赶到了这里。

得放回来的消息,杭嘉和竟然是从吴坤那里得来的。吴坤有内线,因此杭得放一进杭州城就被盯住了。他立刻就去了一趟杭家。杭家客堂间里没有人,他想了想,就熟门熟路地朝后院的花木深房走去。

门开着,一个老人坐在门口晒太阳,一个孱弱的老人,一个失去了任何力量等待太阳下山的老人。听到脚步声,他抬起了头,但他不说话。吴坤看到他手里捧着一杯茶,看到了他捧茶的那只断了小手指的手。老人的心一惊,定住了。

他说:"我是吴坤。"

老人想了想,说:"知道了。"他的声音多么平静啊,吴坤佩服这样的声音。他凑过脸去,对着他的耳朵,轻轻地耳语,单刀直入地问:"知道得放回城的事情了吗?"

老人一声不响,过了一会儿,喝了口茶,目光看着空中,问:"有人在追捕他了?"

吴坤踌躇了片刻说:"是的。"

"少不了你的功劳吧。"老人又说。老人朝他看了一眼,他突然发现,老人能看见他。他又踌躇了片刻,说:"是的!不过现在还来得及,请你快跟得放联系,让他无论如何不要反抗,追捕他的人都带着枪,已经有令,他要拒捕就开枪击毙。爷爷,我和你一样,都不希望出意外,你看,怎么办才比较好呢?"

他几乎就要为自己的诚恳感动了,如果那老人不是突然扔过来那样一个冷笑。老人招招手,让吴坤把脸凑近了一些,仿佛要仔细审读一番,继而才说:"来寻良心了?"

他的话让吴坤大吃一惊，他张了张嘴，什么也说不出来，杭嘉和已经站了起来，风一样地朝前庭走去，一边说：“我们杭家，和你们吴家作了一百年的对，但你和你爷爷还是不能比。他比你清爽多了。”

话音未落，他已经出现在大门口了。

长长的琅珰岭，满山满坡的美丽的茶园，像健美的少年和优雅的少女……得放拥抱着亲爱的姑娘，他太爱她了，太爱她了，但他以往从来也没有这样亲吻过她，他的手从来也没有掠过美丽的姑娘那温柔的胸膛，他们曾经一夜夜地畅谈，但他们从来没有互相拥有。现在他们多么渴望在蓝天白云下，在满山茶蓬中，在青山绿水和鸟语花香中奉献出自己啊……

布朗亲自陪着爱光来到这里，他一边气急败坏地骂着得放，一边为他们站岗放哨。他轻声咆哮着，叫着：“得放，你不听我的话，你不是我的侄子！你知道你这样做有多危险吗？我会被你大哥骂死的！”

得放一边把布朗往外推一边说：“行了行了我的好表叔，让我和爱光待一会儿吧。”

“一个小时够了吗？”

“你说什么，一个小时，你疯了，我从天台山赶过来—— 个小时？”

“最多不能超过两个小时！”

“两个小时？”这对年轻人同时叫了起来。布朗吃惊地看着他们说：“两个小时还不够啊，你们也太贪心了！”

“两个小时怎么够呢？从前我们说话，能够从天黑说到天亮呢！”红痣少年说。

小布朗更吃惊了，他几乎叫了起来：“什么，姑娘马上就要被我带到天的最南边去了,你还只想跟她说话,你们——啊,你们多么傻啊!”

这对年轻人开始有些明白表叔的意思了,他们一下子就脸红了起来,爱光就拿她的手去打布朗的背,边打边撒娇般地说:“布朗叔你坏,你坏!”

小布朗可没有时间跟他们开玩笑,他一把抓住爱光的手,掏出那只祖母绿戒指,一下子就套在爱光手上,说:“结婚吧!你看,连戒指也有了,我本来是想在云南大茶树下为你套的呢!”

爱光右手的无名指套着那枚戒指,尖尖的手指朝向天空,她的手哆嗦起来,她的眼泪也在眼眶里哆嗦起来。她跪倒在茶坡上哭了。得放有些手足无措,一边也跪下来,一边手忙脚乱地为她擦眼泪,对她解释说:“别哭,别哭,我不跟你结婚,你放心,我不是和你来结婚的,我告诉你我看了多少书,我们那里山高皇帝远,一些知青的书籍倒没有烧掉,正好供我读。史学书,有郭沫若的,翦伯赞的,范文澜的,吴晗的,还有一些古典名著,《静静的顿河》、《春潮》、巴尔扎克的《人间喜剧》、莎士比亚的悲喜剧——”他没有能够再把书名报下去,他的嘴已经被姑娘的温热的唇堵住了。

呵……在蓝天下亲吻是多么神奇啊,你的眼睛也被我吻成蓝色的了,你浑身上下散发着茶的香气,散发着野花的芬芳。青春多么美好啊,我们一定要活下去,我现在知道了许多关于爱的事情,我现在明白为什么大哥不赞成我写那些东西了。大哥并不是不勇敢,你看,他不是很坦然地到海上小岛去服苦役了。我听说当时他也可以不去,只要他坚定地和我划清界限,可是他不认为我有什么反动之处,他说这不过是对真理的一种思辨罢了。是的,大哥只是认为我远远还没有想透就想叱咤风云。也许他是对的。我单枪匹马,读一点书,知道一些皮毛就写文字,虽然用了大字报的语言,看上去有些张牙舞爪,我自己却越来越清楚,实际没有多少花头。

瞧,我向你承认这一点,真让我难为情,你不会因此而看不起我吧……噢……可是你的亲吻真甜蜜啊,我真想和你永远地躺在茶山上,亲吻,亲吻,亲吻,直到茶叶把我们俩全盖上。呵,我们过去浪费了多少好时光,我还剪过你的辫子。我多傻啊,越读书,越觉得自己蒙昧。真不明白他们为什么还要通缉我。其实我什么也没有说透……你怎么不亲我了,你吻我啊,你吻我啊,我只有在你的吻中才会才思汹涌……有时候我想,我还是被他们抓住了更好,会判刑吗?也许,三年两年的,熬一熬也就熬过来了。关键问题是要碰到能听得懂我的话的人,谁是真正的马克思主义者?我们不妨到法庭上辩一个高低吧,这个世界上,难道真的就没有听得懂我的话的人……你看,天多么蓝啊,请在蓝天的衬托下,让我看一看你手指上的祖母绿吧。表叔该骂我们了,我们为什么还在说个不停,我多么爱你啊,其实我想说,我多么爱你,不是说话的那种爱,是另一种爱,在那一种爱里,吻是远远不够的……你看到我怀里揣着你的长辫子了吗?我每一个夜晚都是亲吻着她睡去的,现在,她就在我怀里……让我像表叔说的那样来爱你吧……怎么啦,你怎么啦,你听到了什么?有人在喊?他们在喊什么——

他们突然惊坐了起来,听到布朗大叫一声:快跑——他们不但没有跑,而且还惊站了起来。然后,他们看到了前方出现的两个人,是爷爷和父亲。他们朝他们这里摇着手,得放很高兴,掏出贴在心口的那两根大辫子,也摇晃了起来。就在这时,他本能地感觉到还有人在盯着他。他回头一看——枪!举枪的人!他大叫一声:爱光快跑,嗖的一下跳了起来。他拉着爱光飞速地开始奔跑。他们看见茶蓬一团团地在眼前蹦跳起来,鸟雀惊叫,蜂炸蝶惊,山下的粉墙灰瓦东倒西歪,他们好像听到后面有人喊:别跑了别跑了,前面有危险!但他们什么也没有听见,他们像风一样地掠过,像鸟一样地飞,像小鹿一样地跳跃,他们彼此听到了强烈的喘息,茶蓬哗啦啦地惊呼起来了,他们突然弹跳起来,有什么东西把他们抛向了空中,然后,他们就像两片刚刚浸入水中的茶叶一样,舒展着,缓缓而优美地沉入绿色的深处去了……

后面的人在峭壁前煞住了脚,布朗只来得及抓住那两根落在茶蓬上的大辫子。所有的人都惊呆了,连茶蓬都惊得目瞪口呆,天地也在那突然的一跃中同时沉入谷底。追赶者面面相觑,有人飞快奔跑,寻那绕向悬崖的路。布朗惊异地抓着这两根辫子,茫然地捧给了后面追上来的嘉和与杭汉。辫子上沾着茶叶,也沾着那对青春少年的柔情蜜意,它在簌簌簌地发抖……突然,所有的人都听到了一声惨叫,他们看到另一个人朝峭壁撞去——是杭汉!他发出了根本不像是他发出的那种惨烈的长长的叫声。又听到另一个声音撕心裂肺的大叫:布朗,拉住他——

人们就见杭汉直往崖下扑去,他的脚被那个刚才大叫的半瞎的老人一把拖住。但老人的分量那么轻,被疯了的杭汉一下子甩了起来,甩到了茶蓬上。杭汉拼命地踢,用脚,用手,疯狂地朝那老人砸去,想摆脱老人,好跟那一双儿女而去。老人像一片落叶一会儿翻到东一会儿翻到西,在茶蓬上发出了嘭嘭的声音,但他咬紧牙关,一声也不吭,而杭汉却歇斯底里地不停地发出惨叫,他的叫声,真是令石头也要落泪,让那些持枪的军人也侧过脸去。这时布朗已经冲上去,从背后挟住了杭汉,他们俩一起也制服不了杭汉,杭汉依旧疯狂地冲着跳着喊着,直到布朗也大叫起来:“大舅,大舅!大舅啊!”杭汉才停止了冲动。他瘫倒在茶蓬前,那被他甩在茶蓬上的嘉和摇摇晃晃地站了起来。他什么也看不见了,但他还能够在布朗的搀扶下,走到杭汉前,慢慢地扶起侄儿。这杭家的三个男人,一声不响就寻寻觅觅地找那通往悬崖的绝路去了。

当年夏天里的某一日,罗力站在劳改农场茶园路口迎候杭汉。

罗力是个高个子,但背明显地已经驼了下来,花白头发却还是又浓又密,穿着一件背心,一条长裤,浑身晒得和非洲黑人没什么两样,衬在一大片的蓝天、绿坡和黄壤之间,十分显眼。他站着的样子,依稀还有当兵的架势,他几乎没有挪步,定定地立在那里,等着杭汉走近。他们已经见过好几次面了,这一次见面,只是伸出手去,和他握了一握,他的手掌疙疙瘩瘩,完全像老农的一样了。

这一片密植的茶园,一个个茶蓬,个头儿又矮又壮实,罗力说:"这是我最早开辟的一片密植茶园,你不是一直想看看吗?"

杭汉的一头黑发全白了。他一句话也没有说,静静地蹲了下来。

罗力说:"天太热,先喝水,先喝水。"

杭汉依然一声也不响,罗力把水勺凑到他的嘴边,他喝了起来。罗力一边对他说:"这里的茶,一年能收三四百斤干茶,比一般的茶园产量要翻一番。"

杭汉看了看茶蓬,仿佛有些厌恶地别过头去。罗力仿佛没有看见,他嘴里嚼着一片鲜茶,指着茶园说:"其实这种种茶法,五十年代我刚刚进来时就有人开始试验了,叫多条式矮化密植茶园。那时候一般茶区实行的都是单条式种植,我们这里却是三条式矮化密植。你记住了,大行距 150 厘米,小行距 30 厘米,丛行 20 厘米,每亩大约 15000 株。这片茶坡,原是个荒山,就交给我负责,班上原本还有个专门种过茶的,教了我不少本事,刑满释放走了。这样七弄八弄也有十年了吧。"

杭汉依旧不响,罗力看了看他,说:"你不是问过我这个茶种是什么种吗?我一直也没有跟你说过,我跟家里的任何人也没说过这个事情。你想听吗?"

杭汉终于点点头,算是他见到罗力后的第一个反应。

下面这个故事,就是罗力一口气讲完的,杭汉在整个过程中,几乎没有插过一句话，但一直都是全神贯注听着他说。

“事情得从 1961 年说起，饿死人的那一年。其实在这之前的两年，我们劳改队里已经开始饿死人了。我认识一个上海的大资本家，从前的大资本家，他有三个老婆，三反五反的时候抓进去的，他开始在田头抓蚂蚱吃，有一天他抓了四十几只。从那以后，我们劳改队里就开始饿死人了。当然，他最后也饿死了。”

罗力那么说着的时候，仿佛是在说着别人的事情，他们靠在大樟树下，风儿习习，阳光刺眼，和这个故事的阴森的背景恰恰形成了一个强烈的反差。罗力一边说着，一边不停地抽烟。

“我算是身体比较好的，但我还是饿死了。这话不是夸张瞎说，我是真的饿死了一回。

“我是怎么样被人抬进棺材，我自己当然是记不得了。但是那天半夜里，我突然从一种激烈的震荡之中醒来了。四周一片漆黑，我抬起手来，发现我的前后左右都是东西，怎么推也推不掉。我的耳边，还响着一阵阵的狼嗥，还有就是一刻也没有停过的震荡，从身边两个方向夹击，我花了好长时间，才明白自己是在什么地方，我遇见什么了。”

“是狼吧?”这是杭汉插的惟一一句话，他的嗓子完全变了，嘶哑得难以让人听清他说的是什么。

“我们那时候，常常把死人埋到茶山旁边的一个土坑里去。那地方本来没有狼，后来狼开始出没，吃死人的尸体。有时候它们能成功地把棺材弄开，把尸体拖出来，有时候不行，它们只能把棺材啃得坑坑洼洼，天一亮，不得不离开。

“说实话，我应该感谢那些想吃掉我的狼。你知道它们饿到了什么程度，它们几乎就把我的棺材都抬起来了。他们有的四面夹击，有的爬到顶盖上去咬盖子，它们叫成了一片，把棺材翻了好几个个儿,我就在里面来回地翻身。你知道,那时候的棺材很薄,我甚至能够感到狼的爪牙和我只有一张薄纸的间隔了。从狼开始来吃我的时候开始,我就再也没有昏过去,一直跟它们耗到天亮,我从棺材缝里看到了天光。

"天开始亮时棺材不再动弹。一开始我也以为狼已经全部走了。我的棺材因为被狼折腾了半夜,棺材上的钉也被咬得松开了。用不着我花多少力气就把那盖子撑开,我从棺材里爬出来的时候,吓得一下子定在棺材里说不出话来。我的棺材被拖到了一棵大樟树底下,棺材板周围,横七竖八地躺着好几条死狼,血淋淋的脑袋撞开在棺材上,撞得棺材板上到处是狼血,树根上也是狼血。原来狼隔着一块板吃不到我的肉,就恨得使劲用头撞棺材,撞树桩子,结果,棺材板没撞开,树也没撞倒,倒把它们自己撞死了好几条。

"我爬出棺材板,就觉得自己又要死了,我连一点力气也没有,只好坐在死狼旁边。正巧,脚下有几株茶蓬,矮矮的,根脚处发着很小的枝芽,在早晨的风里微微颤动,还有一滴小得不能再小的露水落在那上面。你知道我这时候想起了谁?"

"……"

"我想起了大哥。1937 年,我上前线的时候他跟我告别,曾经跟我说,一定要活下去。当一个人活不下去的时候,想一想山里面的茶,它们没吃没喝,一点点的水,一点点的土,可是它们还是活了下来,还发芽,开花,长成茶蓬。一个人,要像茶一样地活。想到这里,我就把那几根茶枝吃了下去。可是我连用手去拉茶枝的力气都没有。我就躺在茶蓬下面,用嘴咬着茶枝,一点一点咬上去。直到吃掉那株茶蓬的新叶,我才活下来了。"

话说到这里,他们两人不约而同地站了起来,看着身边的这株大树。

很久,杭汉才问:"是这里吧?"

“就是这里,茶救了我。我活过来以后的第二年,就要求到这里来种茶。农场答应了。我拿那株茶蓬做了扦插。我后来知道,这就是他们搞茶叶的人说的单株选育。我还给这种茶取了个名字,叫不死茶。”

杭汉握紧拳头,捶打了几下树干。阳光很猛,青草气阵阵袭来,他看着满坡的绿茶蓬,全都是黑的。

罗力终于说:“还有迎霜啊!”

杭汉的嘴唇抖动了起来。罗力又说:“听说跟着一个转业军人到绍兴去了,也好。反正总是要下乡的,还不如跟一个好人,也能照顾得到。”

杭汉的嘴里摘了一把鲜叶嚼着,看着老茶蓬一样的罗力,他说不出话来,他也流不出眼泪来了。

第二十八章

公元第一千九百七十一年之秋,东海边的苦役犯杭得荼,照例在海滩上度过他的白天。那是他在列宾的名画《伏尔加船夫》上看到的生活,但数年过去,他已经开始习惯了。

得荼所在的拆船厂,环境倒是不坏,“南方有山,名补恒洛迦,彼有菩萨名观自在。”得荼在一本破旧的《华严经》上看到了这段文字,补恒洛迦是普陀的梵语,汉语意为小白花,也是中国著名的供奉观音菩萨的佛教圣地。

自1966年的革命以来,这个从唐代开始兴盛的中国佛教四大名山之一的海天佛国,僧尼已经被赶得几乎一个不剩。得荼在劳作之余,踏遍了这个十二平方公里的小岛,那些被称之为普济、法雨和慧济的大寺,那些从前的小小的庵院,是得荼经常光顾的地方。千步金沙和潮音古洞,常常是寂寞无人的,正好由着他杭得荼去叩访。在那些监禁他的人看来,只要他不离开岛,他就算是蹲在一个大监狱里。而在杭得荼看来,只要能够脱离了那场他深陷其中的丑剧闹剧,他就算是脱离了樊笼。

他和这里的景色非常默契,大海、沙滩、破败的佛门,落日、打鱼的船儿。夏天到来的时候,海上云集的风暴把天压到极低极低,黑云翻墨,世界就像一个倒扣的锅底,他和他们的那一群,背着纤绳在沙滩上跋涉着,拖拽着那些从泊在海边的破船上肢解下来的零件。他们的身体几乎弯到了贴着地面,他们的手垂下来,汗滴到了脚下张皇爬动着的小蟹儿身上。苦难就这样被勒进了他的肩膀，鞭子一样抽在他的灵魂上。肉体的苦到了极致，就和精神的煎熬合二为一。苦到极处之时，偶尔他抬起头来，看沙滩与田野接壤的堤岸，那里长长的地平线上是高阔的天空，天空下是两个小小的点儿，那是盼姑姑和女儿夜生。她们几乎每天都到海边来眺望他，给他生存下去的慰藉。

孩子已经虚龄五岁了，十分可爱，一直就由杭盼养着。她很想给孩子取一个跟上帝有关的名字，甚至悄悄地取名为圣婴。但她不敢公开那么叫她。接生的九溪一家与左邻右舍七嘴八舌，报了一大批时髦名字：卫东、卫彪、卫青、红卫、卫红、文革、闻雷，听上去简直就是一支皇家侍卫队或者宫廷御林军。最后还是得荼一语定乾坤，说："孩子是夜里生的，又是白夜生的，就叫夜生吧。"大家听了都一愣，说不出不好，也说不出好。有人冒失，便问那姓，得荼有些惊异地看了看对方，仿佛这根本就不是一个问题，说："我的孩子，当然随我的姓。"

知道底细的杭家女人，一开始都担心吴坤会来抢了女儿回去。竟然没有，连看都没有来看一次。江南大学和一般社会上的人，都把此事作为一件稀罕的风流韵事，甚至那些对吴坤很反感的人，也以为他在这件事情上做得很大度。不错，杭得荼的确因此而一棍子打下去了，但这能怪谁呢，竟然生出一个私生子来，吴坤没有一刀杀了杭得荼就算有理智了。

得荼并不算是正式的公安机关判刑，实际上还是一种群众专政的特殊形式。定下来送海岛后，盼儿一声不响地就办了退休手续，杭家的女人中，只有她可以陪着得荼一起去服苦役。男人受难之际，也是女人挺身而出之时，这是从祖上传下来的传统。这在别人也许是不能想象的，但对他们杭家的女人而言，却恰恰是天经地义的。

杭得荼开始了另一种生活。

也许那种泛舟海上的古代高士的梦想，一直在他的意识深处潜伏，也许他生性本来就是恬静，趋于自然，厌倦繁华的，也许这几年火热的入世的硝烟弥漫的战斗生活，实在是离他的性格太远，也许他到岛上的时间还不长，离群索居的生活的可怕的那一面还没有显现出来。当然，还也许海边人们对他还算不错，他们中甚至还有人对他抱以一定程度的同情。再说，他干活也着实让他们挑不出毛病。人们难以想象，这样一个瘦弱的戴眼镜的大学老师，怎么还能跟得上他们的步伐。得茶甚至连病也没有生过一场，看上去明显的变化，只是他的背驼了下去，他还不到三十，腰已经有些伸不直了。

休息的时候，他也和那些拆船的民工一样，端着大茶缸子喝茶。茶是本地人自采自炒的，也是他杭得茶过去从来没有吃过的。休息的日子，得茶在山间行走散步的时候，曾经在寺庵附近看到过不少茶蓬，它们大都长得比大陆上的茶蓬要高大。他记得普陀十二景中，还专门有"茶山风露"一景。民工们对他多有敬畏，那是因为他们已经听说了他杭得茶流放前的赫赫名声。他们告诉他，他们现在喝的就是佛茶，听说可以治肺痈呢。这个说法让得茶觉得新鲜，茶叶可治白痢，得茶倒是在不少史籍中见过，但此地的茶可治肺痈血痢，却是他头一次听说。为此他还专门写信回去，向他的爷爷嘉和讨教。

爷爷嘉和在给孙子得荼的信里，尽量把有关佛茶的事情写得详细，那是他对孙子的最深切的爱。他已经七十出头了，但他也在和时光较量，他也在等待。他用那种平常的口气对孙子这样说：

普陀山对于你是一个新鲜的地方，对于爷爷我，却是不陌生的。只是多年不曾上岛，不知当年满山满寺的茶树今日尚存否？你在信上说，这里的茶树长得特别高，当年我也就此问题问过山中茶僧，蒙其告知，原来此地的茶一年只采一次，夏秋两季养精蓄锐，到了谷雨时分，自然就“一夜风吹一寸长”了。我还不知道你有没有可能去看一看此地人的采摘茶叶的方法，当年我上岛时，正是谷雨时分，我就发现了他们的采摘方法，较之龙井茶，是比较粗放的，但粗放自有粗放的好处，另外，佛茶也有龙井没有的洁净之处。尤其是炒茶的锅子，炒一次就要洗涮一次，所以成茶的色泽特别翠绿。再者，不知你有没有注意到干茶的样子，我已经多年未见这佛茶了，但当年佛茶的样子我却记忆犹新，它似圆非圆，似眉非眉，近似蝌蚪，有人因此叫它“凤尾茶”。凭爷爷数十年间对茶的浏览，这种形状的干茶，还是独此一家呢，不知今日还存此手法否？……

见爷爷信后，得茶立刻就取来干茶比较，却是一些常规的长炒青，并无凤尾状之茶。有一位老人说，你爷爷此说无错，当年佛茶正是这样蝌蚪状的，不过那都是和尚炒的，从前的茶，也大多是和尚种的。如今和尚没了，哪里还会有什么佛茶。

祖孙之间的这些通信往来，从不涉及家事和国事，甚至连得放与爱光的双双坠崖的大事也过了很长时间才告诉他。这样，他们才渐渐地少了许多监视下的麻烦。盼儿与夜生有行动自由，但几年中她们一次也没有回省城。来回做联络工作的还是寄草。经过一段时间的休整，杭嘉和的眼睛白天依稀能见光，他常常和孙子通信，他口授，寄草笔录，往往孙子的一封信，他能回两三封。

尽管如此，入秋之后他还是有一段时间未收到孙子的信，这使他忐忑不安。所幸不久盼儿来了信，原来得茶的右手骨折了。得茶受伤，是因为拉纤时，绷紧的钢纤绳突然断裂，纤绳飞扬到了半空，分头弹了开去，一边的断头不偏不倚地打到了他的右手臂上，当下打断了他的手臂，把他痛得当场就昏了过去。

短暂的养伤的日子，杭得茶莫名地烦躁起来，夜里失眠，白天也无法克制自己的失落。这种极度的灵魂的痉挛，在他听到他永远失去了他的手足得放和爱光之后,曾经剧烈地发作过一次。在那些日子里,他甚至想过要葬身大海。活着太痛苦了,所以越来越多的人寻求死亡,这种无法忍受的煎熬直到现在也没有平息。此刻,望着湛蓝的大海,他焦虑不安,仿佛又有什么事情会在那个秋天发生一样。看得出来,草民们对那些翻来覆去的政治风云变幻,已经失去了 1966 年的热情,他们已无暇面对更远更大的东西,他们几乎已经被他们自己的细密如秋茶般的忧愁和烦恼压得喘不过气来了。

只有杭盼,依旧虔诚如故,现在她祈祷主能够让得茶趁受伤这个机会休息几天。岛上的人对他不错,有不少人认为他迟早是要回陆地去的,甚至直接奉命管教他的人也对他睁一只眼闭一只眼。不过国庆节后,得茶还是重新回到海滩上。他的右手还吊着绷带,但这并不妨碍他用左肩背纤。大家都劝他干些轻活,他那一份他们会替他干的。得茶没有答应,他觉得他已经好了,可以上工了。

一切仿佛并没有改变,依旧拉着沉重的纤绳,在沙地上匍匐前进,汗依旧流在大地上,蟹虾们依然在沙滩上蹦跳。当一条条大船被一点点拆完的时候,他杭得茶的命运仿佛也在这样一天天地被拆掉。天那么高,风那么紧,心那么凉,沙滩上的人们被衬得那么小,前景那么渺茫。远远望去,他看见一个女人抱着孩子从沙滩上向他跑来,孩子一边欢快地跑着一边叫着爸爸,那是盼姑和女儿夜生。风吹起了她们的头发,这是一幅他已经领略过多少次的图画,所有的无奈、等待、消沉、绝望、希冀和慰藉,都在这里了。汗从他的眉间雨一般落下来,他擦了一把。现在他的视线不像刚才那样模糊了,但他却比刚才更难受,他像是被挨了一枪,气都透不过来了,站在原地发呆,拉纤的队伍立刻从他身边过去,他的纤绳脱落在地上。他看到了她们身后的那个男人。女儿很快就跑到了他的身边,杭盼惊魂未定地对他说:“怎么办?他来了怎么办?”女儿也慌慌张张地对着他耳语:“爸爸,坏人来了,坏人来抓我们了!”然后一把抱住了得茶的脖子。

那个男人终于在离他们不远的地方站住了。他们互相对望了一眼,得茶把目光重新投向大海。平静的海面上,有几条渔船在缓缓地游弋,然而这个人来了,新的惊涛骇浪又将掀起来了。

吴坤几乎可以说是浙江最早得知九一三事变的知情者之一。他非军人,与此军事集团虽保持良好关系,但还不是那条线上的人,照后来的人说,他还没有上那条贼船,这实在可以说是万幸。也曾有人提出疑问,说他与赵争争保持了非同一般的关系,而赵争争之父却明显是上了贼船的小集团成员,他这个准女婿能没有一点关系?保吴坤的人立刻反驳:这正是吴坤抵制反党小集团、捍卫正确路线的铁的事实。众所周知,赵父和其女赵争争多年来一直想把吴坤纳入他们的势力范围之内,吴坤同志以大无畏的革命精神、灵活机智的革命策略,像打虎英雄杨子荣一样地深入威虎山,像钢刀般插入了敌人胸膛,既消灭了敌人,也保全了自己。现在,他终于可以和他多年来相恋的革命伴侣、我省杰出的贫下中农代表翁采茶同志喜结革命连理了,你听,那喜庆的鞭炮声,既是对毛主席革命路线的又一次伟大胜利的欢呼,也是对这革命友谊的升华的由衷赞叹。

想把吴坤打下去的那一方,听着那结婚的鞭炮,还真是无话可说,暗暗咬牙切齿:这只狐狸,真是越来越狡猾了!

此时此景下的吴坤,真是悲喜交加:悲的是他不得不和翁采茶这个他现在讨厌透顶的女人绑在一块儿过日子;喜的是他总算摆脱了赵争争——照杭人的方言,他可是差了“一刨花儿”,就得和赵争争绑在一块儿了。

吴坤和赵争争，原本定于那年国庆节结婚，他虽然还想拖，但赵争争的父亲终于出马了。他不想让女儿的相思病继续生下去，也不希望赵争争真的在广阔天地干一辈子革命。女儿精神异常，他也不是一点不知道，他想让女儿回来发展，首先得建一个家，稳定她的政治能力和精神状态；另外，赵父对吴坤还是满意的。接班人的问题，于家于国都是最重要的大问题啊。就这样，老将出马，一顶两，谈了一个下午，主要是谈革命，最后顺便谈了谈感情。吴坤何等聪明一人，立刻心领神会，他踌躇片刻，才暗示赵父，这个主动权不在他，完全就在赵争争。赵父对他的回答很满意，当下就给赵争争发了电报。远在天边的赵争争，在黑龙江火速地办好一切手续回来，天天等着和吴坤去进行法律登记，但吴坤却迟迟不办。赵争争这一下是真急了，吴坤却轻描淡写地说：急什么，明天结婚，今天登记也来得及。

吴坤倒不是因为要等着林彪的飞机在温都尔汗爆炸。他迟迟不办手续，是因为他实在不想娶这个能够一茶炊把老师打死的悍妇。她那种嘴脸，反应在家庭里将是一场长期的内战，这一点他已经有了充分的思想准备。

他为什么一定要娶他实在是不想娶的女人呢？这个绝顶聪明的男人，对这个问题无以回答。他只知道他是不自由的，有一种超越个人之上的冥冥中的力量在左右着他。但他已经走在前不着村后不巴店的半道上了，要回去是不可能的，回头就是灭亡，别人不答应，他自己也不答应。那么，只好往前走了。而往前走，首先就得娶赵争争这个神经质老婆。两难的境地把吴坤搞得自己也几乎发精神病。时局却在这意想不到的时刻伸出手来，救了吴坤一把。

20 日那天，未来的岳父大人应该从上海回来，但他不但没有回来，而且开始音讯全无。与此同时，杭州那些和赵父一条船上的人,也开始同时失踪。政治嗅觉极灵的吴坤,立刻通过他的耳目,打探到了最机密的消息。这个爆炸性的消息几乎把吴坤震昏。他一直以为自己还残留着的那些可以被称之为信仰的东西,这一次彻底毁灭。接下去他要做的,就是操作层面上的事情了。不再有行动,只有许许多多的动作了。

国庆节那天,原定吴坤与赵争争的结婚日,赵争争披头散发地来到了吴坤的住所。她手里拿着一张当日的省报,指着那上面继续刊登的中国二号人物的巨幅画像,说:“你看,他不是还在吗?谁说他死了,啊!谁在散布政治谣言,谁敢阴谋迫害写进党章的接班人?”她面色苍白,目光呆滞,20日那天夜里吴坤宣布不能和她结婚时,她就一下子痰迷了心窍,以后几天她的精神状态越来越不对头,一会儿顶两个枕头,一会儿抱一床被子,一会儿跳红头绳舞,吵着闹着非要和吴坤结婚。周围的人不知吴坤底细,都对他冷眼相看,已经有传闻说他也要步他那个准岳父的后尘。

正是在这千钧一发之际,吴坤找到了默默忍受心灵煎熬的翁采茶。翁采茶的政治生命十分干净,她和吴坤的关系早就中断了,但对吴坤的爱情有增无减。可以说她的生命的再创造过程,完全是由吴坤一手完成的。没有吴坤,就没有她翁采茶的今天。拥抱吴坤,就是拥抱今天,就是拥抱她翁采茶自己的生命。这种爱已经到了完全盲目崇拜的地步,爱也使她“智慧”起来,使她甚至有所发明有所创造,把所有献给毛主席的歌,都悄悄地换成吴坤的名字,把所有的我们,都换成了我——把敬爱都换成了心爱,这就够了,所有的献给毛主席的歌,这一来都成了情歌:心爱的吴坤,我心中的红太阳,心爱的吴坤,我心中的红太阳,我有多少贴心的话儿要对你讲,我有多少热情的歌儿,要对你唱……

她虽然心里日夜唱着情歌,但她和赵争争一样,披头散发,喉咙嘶哑,和爱情的本质——美——越来越相去甚远。就在这时候,她那不忍目睹的形象又让酷爱女人美的吴坤见到。吴坤站在门口,一见那母夜叉样子,浑身都摇晃起来。眼看着他就要厥倒,翁采茶一个箭步上前把他扶住,她泪流满面、痛不欲生地叫了一声:小吴,我会帮你的!我会帮你渡过这一关的!吴坤这才清醒过来,他默默地几乎可以说是勇敢地端详着采茶的脸,一咬牙一跺脚一别脸,牙齿缝里挤出一声:嫁给我吧!还没等她回答,他就面无人色地一个人走了。

事情并没有到此就结束。越来越糊涂的赵争争刮到了一点风声,更加变本加厉地来闹。有一天他半夜才回家,打开帐子,吓了一大跳,赵争争一声不响地躺在他的床上,两只眼睛睁得大大地看着帐顶。见了吴坤,笑嘻嘻地说:你可回来了,新婚之夜让我好等。

已经决定和翁采茶结婚的吴坤,这些天度日如年,正在等待着上面给他划线,岂能容忍赵争争再来添乱。这个疯女人,不知道会把她自己和他吴坤都送上历史的陪绑台。真是无毒不丈夫,吴坤大吼一声:把她绑起来,送到古荡去!

杭州人都知道,这里的古荡就是指第七人民医院,也就是精神病院的所在地!他那么一声吼,下面的人还不手忙脚乱,赵争争哭着叫着,口吐白沫,就被送到精神病院去了。赵争争是独女,家里还有一个母亲,正在为丈夫日夜以泪洗面呢,听说女儿被那背信弃义的"女婿"绑到精神病院去了,还不打上门来拼命。吴坤倒也有"大无畏"的精神,坦然相迎赵母,把她请到屋里,压低声音,说:我让你看看,这些都是什么?说完就拿出一大叠子信。赵母一看,站不住了,几乎昏倒在沙发上,原来都是有人告发赵争争当年用茶炊砸死人的事情。吴坤这才对她说,过去这些事情压着不办,是因为赵父之故,现在大树一倒,谁来护她?他吴坤也是泥菩萨过河,无力保她的。杀人是要偿命的,最轻的也得判个十年二十年,你说怎么办?我还怎么跟她结婚?我想来想去,最好的办法就是把她送进精神病院,精神病人杀人不犯法的。再说我们也不是故意把个好人送到精神病院去。她的确是有病,谁不知道她精神失常,阿姨,难道你们真的不知道?

赵母顿时就被吴坤的分析击倒了,她想来想去,也只有送争争进精神病院,才能逃过这一关。她当然也知道吴坤乘此机会逃脱了,但她一句厉害的话也不敢说,她怕吴坤把那些信抛出去,那她的女儿就彻底完蛋了。

吴坤和翁采茶的婚事,是在几乎无人喝彩中举办的。采茶倒是请了所有的要员,她现在是个人物了。但那天这些人没有一个到的,倒是来了一大群长着和翁采茶差不多鼓暴眼睛和龅牙齿的乡下亲戚,他们很快就进入了吃喝的主题,操着一口郊区方言,为酒精和蹄髈闹得热火朝天。他们还一个劲地来劝新郎倌喝酒,说出来的话粗鲁又肉麻,把个吴坤绝望得恨不得掀酒桌。他自己也喝多了闷酒,对这一次的捞稻草般的婚姻行为越来越没有把握:如果结婚什么也改变不了,他吴坤照样要进班房,或者照样要被一棍子打到泥地里去,那么他何苦要结这个婚呢?

采茶再笨,也清楚吴坤因那些政治要员的缺席而不安,就一个劲地安慰吴坤,说:“这些天会多,他们没有时间。真的,真是临时有一个会议,要不不会一个不到的。”

新婚之夜让采茶看上去温柔了几分,吴坤对她生起了一番怜悯,他想,凭什么她非要嫁给他这个明天就有可能进牢房的男人呢?她是真的扑出性命在对他啊。正那么想着,醉醺醺的小撮着过来了。他显然是喝多了,话语就乱说,举着个酒杯嚷道:“孙女婿,孙女婿,我这个孙女是我一手养大的,有句话我是要倚老卖老讲的。本来这句话我不会来跟你讲,现在你是我孙女婿,我要跟你讲了。你看林贼骨头也已经摔死了是不是?我看你也好快点把得茶放回来了。你这样搞人家干什么呢?孙女婿,我们欠他们杭家人的情啊，你把得荼放回来吧！”一语未毕，他就瘫倒在地，嚎啕大哭起来。

他这一番酒疯，把吴坤闹得手脚冰凉，把整个酒席也都给搅了。翁采茶气得话不成句，厉声喝道：“把这个死老头子给我弄出去！”家里的人倒也从来没有看到过采茶还有这样的威严。“死老头子”倒是被他们抬出去了，但他们自己也一块儿跟着溜之大吉，这个婚礼就此宣告结束。

昏黄的灯光下，采茶看着垂头丧气坐在床头的吴坤，紧张又心疼，一头抱住他的膝盖就跪了下去，说：“吴坤，我求求你振作起来，死活我都和你在一起。你放心，我们虽不能同年同月同日生，但愿能够同年同月同日死……”情急之中，她把古装戏里的台词也搬出来了。吴坤长叹一声，想：到底是乡下人啊，谈情说爱也是一股咸菜味道。这么想着倒头就朝里床睡去。

采茶吓得大气不敢透一声，悄悄给他脱了鞋，盖上薄被，关上灯，挨着他躺下。想到奋斗多年，她现在终于成了吴夫人，还呜呜咽咽地哭了一场。早上醒来，手一摸，吓得就从床上蹦了起来：天哪，新郎倌不见了！

现在，两个对手重新坐在沙滩上对话。严格意义上说，这只能算是一个人在进行独白。一开始他们都沉默不语，吴坤递给得荼一支烟，得荼没有接，吴坤也不勉强，自己点上了，说：“我知道你是不抽烟的，不过有一段时间你好像抽得很凶。我从我那个窗户口里常常看到你抽烟，有时夜里你一直抽到半夜。”

三年之后的他们都发生了很大的变化。得荼靠在一块礁石上，穿着百衲衣一般的工作服，腰里扎根大带子，手上还挂着的白绷带已经黑得和他的衣服分不出颜色来了。他的背微微弓着，比以往更瘦，头发又多又乱，或许因为海风之故，他黑得几乎让从前的熟人见了他都要一愣。那种黑是一直要黑到骨子里去的,脖颈处和脚踝都还沾着泥沙印子。他浑身松懈下来斜躺在地上的样子,几乎像一个奄奄一息的行乞人。相比而言,吴坤不知是胖还是略有些浮肿,看上去比过去大出了一块,也白了很多,只是胡子拉碴的,看上去没有过去精干了。他们之间的眼神也有了变化。得茶是越来越不动声色了,你甚至搞不清这是麻木还是冷静,他的那双眼睛,抵消了他所有的落魄。吴坤的眼睛布着血丝,眼袋发黑,控制不住的疲倦感从他的眼睛里跌落,强烈的烟酒气在他们之间弥漫开来。

吴坤一边抽烟,一边告诉得茶,其实他对他的情况还是很了解的,有关他的情况还常常送往省城要人的案头,有人对他埋头拆船做苦力,难得一点空余时间便看看佛书、学习英语以及谈谈茶事的状态不理解,以为他是在放烟幕弹,但是他吴坤心里明白,杭得茶就是会这样生活的人,况且他还有女儿和姑姑相陪。

女儿夜生仿佛听到了两个大人在谈论她似的,她跑了过来,亲昵地靠在爸爸的身上,一边叫着爸爸,一边偷偷地拿眼角瞟着对面抽烟的那个男人。她的头发卷卷,完全是白夜的遗传,但她的神态五官却非常像对面坐着的那个男人。五岁的小姑娘漂亮得像个天使,吴坤看着她,心都揪了起来,他的灵魂都仿佛要被这小不点儿的东西抽走了。他一眼就认出来了——这是他的女儿!千真万确,这是他的女儿!喝了一夜的酒,他的胸口和脑袋都剧烈疼痛起来,是那种肠子断了的痛。

酒精使他双手哆嗦,他要伸出手去抱女儿,她立刻警觉地闪开了。他皱着眉头问:“她怎么那么黑?”

盼姑姑过来拉走了夜生,小姑娘一边叫着爸爸再见,一边还没忘记瞟那男人一眼,突然用手一指,说:“坏人!”然后拔腿就跑,大大的海滩,留下了她歪歪斜斜的小脚印。

吴坤笑了起来，针扎一般的感觉一阵一阵地向他袭来。然后他听见他说："你不会为了我女儿黑不黑，专门来一趟这里吧。"

杭得荼第一次听到林彪事件，就在这个时候。吴坤尽他所知，把有关副统帅的爆炸事件告诉了他。他看着在下午阳光下闪闪发光的平静的海面，说："等着吧，文件很快就会传达，全国人民很快就会像从前祝福他永远健康一样，举起手来打倒他，像从前打倒刘少奇一模一样……"

显然话说到这里，他开始感到表达的困难。他知道杭得荼一定会像他最初听到这个消息一样震惊，但杭得荼不会愿意在他面前表露任何感情。他知道他在杭得荼眼里，乃是一个货真价实的伪君子，一个坏人。时至今日他依然认为他和他之间的感情是不平等的。当他远远看到他背着纤绳在沙滩上蠕动时，他的眼眶发热发潮，这印证了他的预感——他跟他杭得荼之间的关系远远还没有了结。

他开始自言自语，杭得荼发现他酒醉未醒。但他并没有醉到话不成句的地步，相反，他的思路反而异常活跃起来。他手里拎着一个二两装的小酒瓶，不时抿一口，一边就像从前那样高谈阔论起来。他谈到了历史上一些重大的事件，正因为其重大，所以发生的原因才是相当复杂的；因为复杂，所以认识和廓清是需要时间的。我们这一代人遇到的这一场运动可以称得上历史重大事件了，它是需要时间和空间来完成的——三年，五年，十年，二十年？谁知道。这要看一些历史人物的具体情况，历史人物往往是历史事件的起始与终结的标志。我研究秦桧时就有这种体会，秦桧真像现在盖棺论定的那样，仅仅只是一个千古奸臣吗？不那么简单吧。他就一点也不考虑时代的大势，国家的利益？也许在他那个位置上，他认为这样才能真正保全社稷江山呢。这是一个很复杂的问题,不是用一句人民的意愿就能解释的。可是他和赵构一死,事情就起了重大的突变。如果我以后还有可能研究史学,我一定要做这样一篇文章——《论死亡在历史进程中的关键作用》。你看,林彪一死,我们对这场运动的认识就到了某种水落石出的深度。但是,我们怎么可能超越这个阶段去认识时代呢?我是说,如果我们的选择被历史证明是错误的,这怎么能怪我们呢?

他诚恳地也有些茫然地盯着得茶,仿佛得茶就是历史老人,他急需要他作出某一种解释。直到这时候,得茶才站了起来,他向海边走去。他不可能不激动,但他依然警觉,他对这个人失去了起码的信任。看来他认为他自己是大难临头了,也许林彪事件已经牵涉到他。但他跑到这里来干什么呢?他的心里一阵紧张,难道他是为了夜生而来?

他拎着个小酒瓶,跟在他后面,依旧喋喋不休,他说他什么都看穿了,人性就是恶的,林彪都当了中国的二把手了,他依然不满足,在如此的高层中还要发生这样的权力之争。再没有什么比政治更丑恶了,他吴坤还是被愚弄了。接下去会怎么样?他不知道,也许他们之间该换一个个儿,该是由他来背纤了!

那支背纤的队伍从他们身边喊着号子,缓缓地走了过去。海边的天气,说变就变。刚才还是万里晴空,突然海角就升起了不祥的乌云,它妖气腾腾的镶着异样的金边,不一会儿就弥漫了整个天空。海鸟在海上乱飞,发出了惊慌失措的喊叫。世界黑暗,仿佛末日降临,乌云在天际飞速地扯裂又并合,大海汹涌险恶,变幻莫测。归帆在和大海搏斗着,想赶在暴风雨前归来,但它们已身不由己了,它们被大海张开大嘴一口咬住,只露出了一点点桅杆的头。有时又吐出一口,这时船身就露出了船舷,人们刚刚松了一口气,船身又陷到波涛之中。然而归帆并没有真正被吞没,它们正在做最后的拼死一搏!

背纤的队伍,仿佛根本就没注意到暴风雨就要来临,他们深深地弯着腰,躯体几乎就要和地面成水平线了。他们拉纤的号子和着海浪激荡回响,一波一波地传到了他们的耳边:

一条大船九面波喔——杭育
万里洋面好玩玩喔——杭育
碰到南风转北暴喔——杭育
十条性命九条拼喔——杭育

大滴的雨像眼泪,噼噼啪啪地打下来,打到了衣衫褴褛的得茶身上,也打到了衣冠楚楚的吴坤身上。吴坤本能地往回跑了几步,想找个避雨的地方,但回头看见杭得茶站在老地方看着大海,他就又走了回来。大雨很快把他们两人浇成了水柱。吴坤拎着那只不离身的小酒瓶,他显然进入了一种亢奋的状态,挥舞着手,对杭得茶大声地喊着:"我知道你心里怎么看我,我知道在你眼里,白夜死后我就彻底堕落了,我甚至不敢认我的女儿,我竟然反诬我的女儿是你的血肉,我用我的并不存在的绿帽子换回了红缨子,你心里想说什么我全知道。可有一条你无法否定,我知道她是我的女儿,是我的女儿!"

杭得茶一把拎住了吴坤的衣领,他什么都能忍受,但无法忍受夜生不是他的亲骨肉的说法。他从对方的眼光里看到了恶意的快感,他听到对方说:"你以为只有你痛不欲生,你不知道我每夜这里都在痛!"

得茶轻轻地收回了自己的手——不,他不要和这样一个灵魂对峙,他曾经把他杭得茶的灵魂降得多么低,他绝不要和这样一个灵魂对峙。他转身走了。吴坤拎着酒瓶,固执地跟在他后面,说:"你得跟我说几句,你不能这样一声不吭地打发我走。我可以向你保证,我要是没事,这一趟我要是躲过去了,我第一件事情就是把你弄回去,我向你保证,我一定把你弄回去。我跟你说的是真话,你看我给你带来什么了,你看看这些。”他从兜里拿出几张旧报纸,雨点很快把报纸打湿了,“你看,这是我这次回老家专门为你收集的茶业大王唐季珊的消息。你看这里还有阮玲玉的相片,她给唐季珊做情人,人称茶叶皇后。我没想到我那个吴升爷爷把这些都从杭州给背回去了,要是留在杭州,那还不烧个鸡巴干净。”他粗鲁地笑了起来,但旋即收住,“这些东西对你以后一定会有用的。你那个茶叶博物馆,迟早会办起来,我在这里预言。你相不相信,啊,你相不相信?”

得荼默默地走了回去,雨大得发出了擂鼓般的声音,他取过吴坤手里的已经被雨浇湿的报纸,放进他的口袋。吴坤看着他,嘴一直也没有闲着:“我要是落难了,你可不要忘了我。我想来想去,我周围那么些人中,只有你不会忘了我。”他痛哭起来,从昨天夜里到今天下午,他一直不停地喝酒,心被酒浇得火烧火燎。这场暴雨来得好啊!

然后,他就看见杭得荼朝那队拉纤的人群走去。他有些茫然地跟在他后面,一边说着,一边流着眼泪,但他没有能够挤到他们的队伍中去。他只看到得荼背起了那根属于他的纤绳,他那刚才仿佛被劳作压垮的身躯突然弹跳起来,力量神奇般地回到了他的身上。他和人群中那些人一样,把身体绷直,几乎和地面成一平行线,暴雨像鞭子一般抽到他的背上,他嘴里也发出了那种负重前进的人们才会发出的呻吟般的呼号声。

他有些惶恐,跟在得荼身边叫着:“你不能这样,我的女儿还在你手里!是我的女儿,你不能一句话都不跟我说,你给我停下,你给我停下,停下!”

他歇斯底里地叫了起来,捶胸顿足,痛心疾首,他一点也不明白得荼为什么一句话也不跟他说——拉纤的队伍就这样从他眼前

过去了,缓缓地越拉越远。他只听到他们的嘶哑的呻吟的声音:

一条大船九面波喔——杭育
万里洋面好玩玩喔——杭育
碰到南风转北暴喔——杭育
十条性命九条拼喔——杭育
……

第二十九章

春天来了!

天气乍暖还寒,阴沉沉的云缝中,不时还有日光从阴霾里射出光线,杭州西郊那美丽的山林里,茶芽又开始萌生了。

一群人缓缓而行在茶山间。看得出来,这是一支有老有小的家族的队伍,一位老人由他的晚辈左右搀扶着,走在最前面。山路崎岖,起伏不平,这些人一会儿陷入了茶园深处,一会儿又冒出半个身子,像一叶小舟,在茶的波浪间犁开一条细细的航程。

这是杭嘉和的第七十六个春天,也是他的第七十六个清明节。当下还不能判断这个春天属不属于他们杭家人——整整十多年没有团圆在一起的亲人们,竟然奇迹般地聚会在 1976 年的清明节早晨。

并不是所有的自由人都到齐了的,从云南归来的小布朗就没有能够及时赶到。此刻,断后的杭得荼与杭寄草走在一起,他悄悄地问:“姑婆,他跟你说了他会赶到这里来的吗?”

寄草摇摇头说:“哪里来得及说,一见面就先和我吵一架,没良心的东西,随他去!”

杭得荼眯起了眼睛看着天空,说:“我有点担心,杭州街头这两天到处都是标语,不知云南那边怎么样?”

前几天就从绍兴赶到杭州的杭迎霜,看了看大哥,说:“悼念周总理,全国都一样吧。”

自得放爱光出事之后,布朗被抓进去审了一段时间,没弄出什么新材料,这才放了他。他一出狱就回了云南,小邦崴的好几个女儿等着他挑选呢。这次是为了祖坟的迁移之事才重返杭州城的,妈妈寄草专门到火车站去接他。深夜到的杭州,在车站就被人挡住了,说起来让人不相信,他是让一个女疯子拦住的。那个破衣烂衫的女疯子,一边哼着“北风吹,雪花飘”,一边在月台上踮着脚跳芭蕾舞,引来了很大一群人,有人笑着,有人还问:疯婆儿,你的大春呢,你的大春哪里去了?那疯婆儿大吼一声,指着对方厉声责问:你是什么人,敢对赵部长这么说话?无产阶级专政的铁拳不会放过你们!

说话间的时候,她的一双眼睛就朝人群里射来,像一把钩子钩住了布朗。布朗打了一个冷战,低下头问妈妈:“妈妈你看她是不是赵争争,是不是?”寄草冷笑一声说:“她也有今天!”

赵争争疯了的事情他们倒是早就听说了,当时甚至还有点拍手称快,老天罚她发疯也不为过。但亲眼目睹她现在的惨状,寄草还是不舒服,心想还是头低低下管自己一走了之,赵争争眼睛却已经盯住了布朗,目光中露出了狂喜的神情,她大叫一声:“大春,大春,你终于回来了!八路军回来了,黄世仁你等着吧——想要逼死我,瞎了你眼窝——”她突然唱了起来,笔直地朝布朗扑去:“大春,大春,我等得你好苦啊——”

这一招惊得布朗回头就跑,旁边的人哄笑着让出一条道来,看这女疯子追她的大春。布朗赶紧重新跳上车厢,一边对乘务员说:“你们怎么不把她送回去?她一个人在这里闹多可怜。”那乘务员却说:“你是说那个女花疯啊,听说还是造反造疯的,精神病院里出出进进多少次,现在连他们家里的人都懒得管她了,外面的人怎么管得住她?”

布朗和寄草只得另找一个小门悄悄往外溜。走到外面广场上,布朗就站住了,吞吞吐吐地要说什么,寄草就先开了口,说:“你是不是想去照看那个赵争争?”

布朗连忙说:“妈妈,你说怎么能这样呢?她可以进监狱,可以进医院,可以开会批判,可是不应该让一个女人在夜里发疯。”

“枪毙她也不为过!”寄草想起了得放爱光,狠狠地诅咒了一句。

布朗想了想,说:“可还是不应该让她在夜里到火车站发疯。妈妈你说一句话,你答应我把她送回去,我就把她送回去。”

“我要是不答应呢?”

布朗想了想,说:“那我也得把她送回去!”

寄草还有什么话可说呢,她生气地低声叫了起来:“要去你自己去,反正我是不去的!”她挥挥手就自顾自朝前走,还以为儿子会跟她走呢,没想到再回头一看,儿子不见了。这母子俩刚刚见面,就不欢而散。

十岁的夜生蹦蹦跳跳地跑在小径上,她耳尖,听到了爸爸们的对话,接着自己的思绪说:“周总理我看到过的。盼姑婆,你说是不是,周总理是不是我们都看到过的噢?很好看的!”她赞叹了一句,虽不那么庄重,却是由衷的。

“你那么小,还记得?”杭寄草说,“我们夜生真是好记性。那年她才几岁,七二年,才六岁啊,刚刚从岛上回来,大哥在楼外楼给摆了一桌。就那天周总理陪着尼克松到楼外楼吃饭,还吃了龙井虾仁呢。有许多人看到他们了,那时候周总理还没生病吧。”

“爸爸你看到周总理了吗?”窑窑问。他操着一副正在变声的嗓子,那声音听上去很奇怪,让夜生一听就要笑,一听就要笑。

方越一边挡开那些伸过来的茶枝,一边说:“周总理倒是没见着,但是我看到了美国的国务卿基辛格,那天我到解放路百货公司买东西,看到他也在那里买东西,你们猜他在买什么?”

迎霜果断地说:“他在买茶!”

方越吃惊了,不是装出来的,盯着她问:“你怎么知道,他真是在买茶,听装的特级龙井,我亲眼看到的。”

迎霜有些心神不宁,清明祭祀一结束她就急着要赶回去。此番来杭,她有她的特殊使命。

在行进中,只有前面那三个男人一直没有说过一句话,杭汉、忘忧和一边一个扶着的杭嘉和。岁月仿佛已经成功地改造了他们,使他们越来越趋同于家族中最老的老人杭嘉和。此刻,他们在茶丛中小心翼翼地走着,悄悄地对一个眼神,不时地朝前面看看,祖坟马上就要到了。

祖坟早已成了一种家族史的象征,后逝的人们已经不再长眠在此。杭州西郊山中的隆起的青冢正在岁月中渐渐隐去。但既然还是祖坟,过往行人总还绕着点儿,茶蓬不经修剪,在它们四周长得又大又密,几乎盖住了它们。这一次是市里统一行动,要彻底起掉这一带的土葬之坟,统统夷为茶园。初夏,杭家祖坟就要全部被迁往南山。今年清明,将是全家到鸡笼山的最后一次上坟了。正是这个大举动,把杭家人又集中到了杭州西郊。

杭家祖坟中的这些先人的骨骸,本来可以埋在里鸡笼山中的茶园,那就要简单多了。这也是一片重新聚集的墓地,连苏曼殊的坟也迁葬到了这里。那前面还有一块空地,是辛亥义士墓,也是前几年刚从西湖边迁来的,有陶成章的,徐锡麟的,陈伯平的,马宗汉的。这些人的名字,当年如雷贯耳,如今与茶相伴,也是无人问津了。杭嘉和却觉得这样很好,一个时代被埋在了茶园里,这是一种很好的归宿。但他还是决定把祖坟都迁到今日的南山陵园,叶子、嘉平、得放和爱光,还有白夜的墓地都已经安排在那里了,他自己也将在那里将息,他不想让那些已经死去的人再与他们隔开。很奇怪,他不信神,但他重视死的仪式。他不相信真正会有另一个世界,但他在活着的时候想象那个世界,并在那个世界里为自己寻找归宿。

他的眼睛不好使,但他看得清这里的一切。他用他的那根断指,缓慢地深情地一个个地指着那些茶蓬:这是他父亲杭天醉的,这是他母亲小茶的,这是他大妈妈沈绿爱的,这是他妹妹嘉草的……他非常准确地一下子指出了埋骨黄蕉风的地方。那里种着一株迎霜,生得茂盛,正当壮年。

不知晚辈中哪一个冒失地问了一句:都在这里了吗?杭嘉和嘴唇哆嗦起来,面容苍白,他怔了一会儿,一个人就往旁边小溪对面的那片斜坡走去,他单薄的身子把那片茶蓬蹭得哗啦哗啦响。忘忧连忙上去,扶住嘉和。他们一起走到山坡茶园边,他四处看了一看,认出了那棵大茶蓬,他在这棵大茶蓬下站了一会儿。模糊的目光就幻出了往事:是看到了一起被埋进了坟里的大水缸,还是被嘉草抱着的那条玉泉的大鱼?他使劲地甩着脑袋,不知道是想把这些令人心碎的往事埋进心坟,还是甩出胸膛。满嘴的苦味泛了上来,眼前的游丝越来越多,越来越粗,金光闪闪的在他面前乱舞,耳朵也跟着听到一阵阵金属般的声音。他在四月的春风里站不住了,下意识地拔了一把鲜茶叶塞进嘴里嚼了起来。

成年的杭家男女们,只有寄草在前人的隐隐约约的传闻中得知她那个同父异母的汉奸哥哥的下场,她却从来也没有问过大哥嘉和。每当他们上坟从山上下来,路过山脚下的那片茶园时,大哥嘉和总会把脚步放慢一点,他从来也不把自己的目光投向那片茶园,那是一种故意的拒绝。

现在,只有他杭嘉和一个人知道这个家族的秘密了。那个叫吴升的人也已经死了。吴升是在抗战胜利之后的第一个春天找到他杭嘉和的。他老眼昏花,带来了一只骨骸盒,他们俩一起把它埋在了这里的山脚下茶园边。吴升没有因为这样安排而责怪嘉和,他知道为什么这只骨骸盒不配进山上的祖坟。家族中的许多人都把这个人彻底忘记了,更年轻一些的,甚至从来没有听说过他——是汉奸,是仇人,也是亲骨肉。不配进杭家的祖坟,但到底也没有让他暴尸荒野。这是家族史上的死结,不能说,不能听,也不能看。一切的记忆带来的创伤剧痛,能到此为止吗?

家族中其他的成员,就在祖坟前坐下来等待。只有夜生站着,远远看着忘忧,她是昨天刚刚见到这位爷爷的,不知为什么她又好奇又害怕。此刻,她紧张地悄声问窑窑:“你跟忘忧爷爷住一起是不是?”

窑窑点点头,他是那次历险之后第一次回杭州,他的小反革命事件早已经不了了之了,但十六岁的少年还是十分小心,一直少言寡语,惟独和小夜生一路聊个不停。他告诉她什么是三枝九叶草,什么是华中五味子,什么是辛夷,什么是何首乌,南天竹的果子要到秋天才红,虎耳草可以治身上痒和耳朵疼。七叶一枝花长在高山顶上,你要是爬得上去,你就能看到它,它可是名贵的草药啊。独花兰就更不好找了,只有西天目山和宁波有。你去过西天目山吗?你见过那里的大树吗?一大蓬聚在一起的树,真是要多漂亮就有多漂亮,爷爷说这是一个野银杏的家族,已经五代同堂了。那上面还有几个人也抱不过来的大树,山越来越高,树越来越大,树就开始不再像树了,它们和巨人一样长到云天里,让人觉得人和天很近很近了。

夜生听得气都透不过来,但她还是不按辈分叫他窑窑,论起来他该是夜生的堂叔,但夜生只叫他窑窑,“他那么小,我怎么叫他叔叔啊!”小姑娘撒娇地说。

此刻,她盯着不远处绿茶丛中那雪白的大人,继续问:“他那么雪雪白的,你夜里慌不慌他?”

窑窑摇摇头说:“忘忧叔叔是世界上最好最好的人,我每天夜里都跟他脚碰脚睡在一起的。”

杭窑不愿意告诉夜生他第一次看到忘忧表叔时的情景:在越来越浓的暮色中他从山林中浮现出来:天风浩荡,飘其衣衫,望似天人。走至跟前,只见他浑身雪白,面露异相。在此之前,杭窑他从来也没有看到过这样浑身上下雪白的人。他的白眼睫毛很长,他的面颊是粉红色的。杭窑本能地一下子抱住了爷爷,爷爷却把他正过来面对忘忧表叔,对他说:“他是表叔。”

他就这样跟表叔度过了八年,现在他完全可以说,表叔比他的亲生父亲还要亲。

“全世界我爸爸最好,我盼姑婆第二好,我自己第三好。”夜生突然说,她说的话,把那些静静等待着的人们都说笑了。

“那你就一定会喜欢你忘忧爷爷了。”

“为什么?”

“我爸爸说,忘忧表叔和你爸爸脾气都一样的,都是随了嘉和爷爷的。”

“为什么? 那我是随了谁的? 还有你呢,你是随了谁的?”夜生不停地摇着窑窑的腿,窑窑一时说不出来,就愣在那里,说:“让我想一想,让我想一想。”

杭得茶把女儿拉了过来,说:“小姑娘话不要那么多。”

迎霜摸摸她的头,说:“她真能问,是个当记者的料。”

杭得茶像是为迎霜专门作讲解一样地说:“我明白小叔这句话的意思。我们杭家人尽管每个人都很有个性,但基本上分成了两大类,一种是注重心灵的,细腻的,忧伤的,艺术的;另一种是坚强的,勇敢的,浪漫而盲目的,理想而狂热的。”

“像嘉和爷爷和嘉平爷爷,也像你和二哥。”迎霜补充说。除了她,还没有谁敢在大哥面前提起得放。她身上有了一种杭得茶过去不熟悉的东西。沧桑在她的眉间留下了印记,她的从前有些傻乎乎的神色如今一扫而光。她的蒙蒙眬眬的眼神变得有力明亮，今天，她的目光中还有着一种抑制不住的企盼和激动。十六岁那年她毅然退学，跟着李平水回到茶乡平水，她在那里劳作，几年后成了一名乡村小学教师。她和李平水还没有结婚，已经六年过去，她依然在等待某一种命运的改变，她越来越开始像她的已经逝去的二哥。

“爸爸快告诉我，我随了谁的嘛，我随了谁的嘛。”夜生还在叫。她很活泼，还有点杭家女子都没有的顾盼神飞。她的头发卷卷的，打扮上也透着股洋气。杭盼养着她，把她给有点养娇了。

得茶却注意到了那个看上去落落寡合的小窑窑。窑窑在东天目山的安吉读完了小学。安吉是个产竹子的地方，旁有太湖，还有一条河流东苕溪，他和忘忧表叔却住在深山坳里。在人们眼里，守林人林忘忧是个神秘散淡的边缘人物。守林人带着孩子去上学，每天要走五里山路。手里拿一根棍子，沿路打草惊蛇，露水湿了他们的草鞋，也湿了他们的裤腿。这里的山民都把窑窑当做表叔过继的儿子，他们对他很好。在这个少年的身上，有着许多的积累起来的同情。

这个少年看上去有一种很特殊的山林气，但和土气却是不一样的。此刻他手里抓着身下的一团泥，正在下意识地捏弄着，他生得清秀，下巴尖尖的，手指很机敏。

方越有些骄傲地说：“我去看过窑窑烧的东西，他迟早有一天会超过我的。”

原来读书之余，窑窑一直在帮着表叔烧土窑。表叔常常烧制一些简单的民间陶制品，它们大多只是些碗碟之类，与山里人以物易物，但许多时候他都是送人。他是一个尽责的守林人，在家里养猪，养蜂，南瓜爬到瓦屋顶上，香菇在屋后的木头架子上生长，破开的竹片从山后接来泉水，日日夜夜在门口的大缸里流溢。窑窑来后他就更忙了,他们只有在等待出窑的那一会儿才会静静地坐在一起。那时表叔的白睫毛静静地垂下来,火光反映到他脸上,发出了充满着凉意的安详的光芒。

忘忧他仿佛早就洞察到自己的命运,因此他不但学会了节制,还学会了怎样节制。他的这种性情也成功地移在了窑窑的身上。因此,尽管有着父亲的夸耀,窑窑依旧沉静地看着茶园不说话。

父亲就及时地提醒他说:“你把你那段看不懂的古文拿给你得茶哥哥看看啊?”然后转过脸来对得茶解释道:“你知道窑窑在学烧紫砂壶,昨天他拿了一段话来让我翻译,是《壶鉴》上的。我倒了那么些年的马桶,还真翻不好了,我就让他抄了带给你,带来了吗?”他转身又问儿子。

窑窑按着口袋,看得茶,得茶拍拍他的脑袋,说:“我试试看。”

窑窑这才把那张纸从口袋里取了出来,小心地交给了大哥。

原来前年忘忧去邻县长兴出了一趟差,回来时给窑窑带了一把紫砂壶和关于紫砂壶的一本书,还说那是他特地在长兴街头给他买的。因为用这种壶泡茶容易聚香,隔夜不馊,外表越养越好看,天冷暖手,天热不烫手,还可放在温火上炖烧,价钱又便宜,就带回来了。

但窑窑看到的却远远不止这些。他捧着那把方壶,爱不释手。很难说清楚这种第一感觉的产生,究竟缘于何方。那是一种生长在山里的人们的艺术感情吧,就像江河边的人对水的感情一样——山里人对土石的感情、对那种凝固的物质的感觉,是非常直觉的。

那本同时带回的名叫《壶鉴》的书,是在一个熟人家里得的,而那熟人则是在抄从前的一户大户人家家的时候抄来的,窑窑甚至连许多文字都读不懂。品壶六要:神韵、形态、色泽、意趣、文心和适用,他找了父亲,好歹解释下来了。其中有段文字,他读不通,也不知有多少白字儿跳过。问忘忧表叔,他也摇头,说他可以告诉他一株树的知识,但他说不出一把壶的道理,这该问爷爷。

那年9月,杭窑小学毕业之后就不再直接进入中学了,表叔把他带到了长兴乡间一户制壶的农家,他的即知即行的制壶生涯从此开始。

长兴与陶都宜兴一县之隔,虽然一为浙,一为苏,但接壤毗邻,因为学习制陶手艺,他也就常去那里。都说宜兴之所以成为陶都,归根结底是和这里特有的紫砂泥土有关。这种特质的泥长兴也有。历史上长兴人虽有“千户烟灶万户丁”之说,但主要还是以生产粗放的大缸为主。真正生产紫砂壶,时间并不长。杭窑很幸运,在长兴学到了手艺。又以那里为基点,常常往宜兴跑。那时候,大师级的人物顾景舟、蒋蓉等人,都还倒霉着呢,是很容易见到的。有人悄悄地向他们讨教,使他们心中暗自欣慰,而少年杭窑也学到了不少东西。

大人们教他一门手艺,初衷是想让他今后有一碗饭吃,并因此可以去养活家中的老人和病人。殊不知同情与恩爱正是艺术的一双门环,少年拉着它们打开了大门,走了进去,双手沾满了紫砂泥。他的艺术生命开始了。

他一直没有机会把《壶鉴》上的那段话抄给爷爷看。昨天一到,就问爷爷,爷爷却说,问你大哥吧,他现在在资料室里工作,他读的书多。窑窑今天就特意带来,只是不好意思拿出来给大哥看。他以为祭祀是个很隆重的过程,大哥不会在意他这小小的要求,他没想到生死之间的关系是那样融洽的,在墓地上,他照样可以求知。

这段文字一般的人翻起来还真是费劲:

> 若夫泥色之变,乍阴乍阳。忽葡萄而绀紫,倏橘柚而苍黄;摇嫩绿于新桐,晓滴琅玕之翠,积流黄于葵露,暗飘金粟之香。或黄

> 白堆砂,结哀梨兮可啖。或青坚在骨,涂髹汁兮生光。彼瑰琦之窑变,非一色之可名。如铁,如石,胡玉?胡金?备五文于一器,具百美于三停。远而望之,黝若钟鼎陈明庭。迫而察之,灿若琬琰浮精英。岂隋珠之与赵璧可比异而称珍哉。

得茶凝思了一会儿,刚想问谁带笔了,迎霜就把笔和一张纸放到他手里。他几乎不假思索地就开始翻译起来:

> 说到那泥色的变幻,有的阴幽,有的亮丽。有的如葡萄般的绀紫,有的似橘柚一样的黄郁;有的像新桐抽出了嫩绿,有的如宝石滴翠。有的如带露向阳之葵,飘浮着玉粟的暗香;有的如泥砂上洒金屑,像美味的梨子使人垂涎欲滴;有的胎骨青且坚实,如黝黑的包浆发着幽明;那奇瑰怪谲的窑变,岂能以色调来定名。仿佛是铁,仿佛是石,是玉吗?还是金?齐全的和谐归于一身,完整的美均匀着通体。远远地望去,沉凝如钟鼎列于庙堂;近近地品,灿烂如奇玉浮幻着精英。何等的美轮美奂啊,世上一切的珍宝都无法与它相匹。

杭得茶几乎可以说是一挥而就,把杭迎霜看呆了,说:“齐全的和谐归于一身,完整的美均匀着通体——大哥真亏你翻得出来。”

得茶摇摇手不让迎霜再赞美下去,说:“哪里哪里,这都是我早就翻译过的,这跟茶也有关系嘛,属于茶具这一类的文献,是吴梅鼎的《阳羡茗壶赋》吧?”他问窑窑。

制壶少年结结巴巴地连连称是,他很激动,口不成句地告诉大哥他所知道的有限的茶壶知识。即使迎霜击节赞赏,窑窑还是不能懂得,什么叫“齐全的和谐归于一身,完整的美均匀着通体”。这些道理,都要在他制壶多年之后才开始明白。他只能就他有限的见闻倾吐他的艺术热情,他说他那本《壶鉴》中有许多实物的相片,有供春的,陈明远的,时大彬的,还有曼生壶。他甚至知道了第一个在壶身上刻字的人俗名叫陈三呆子。最后他终于激动地问:“大哥,我们家也有一把曼生壶吧?爸爸告诉我这是我们家的传家宝,我什么时候能够看到它呢?”

得荼看着坐在他面前的那两个孩子,他们一人把一只手搭在他的膝盖上。他就想,其实血缘也是可以通过后天来缔造的吧,窑窑和夜生与杭家本无血缘关系,但现在有谁会说他们不是我们杭家人呢?他们的举手投足,神情举止,甚至他们的容貌,都越来越和杭家人一样了。

这么想着的时候,他把那张写有古文译文的纸朝里折了一下,准备交给窑窑,突然他眼睛一亮,下意识地就把纸攥进了手心,然后看着迎霜,神情严肃地问:“这是从哪里来的?”

“都是从杭州出去的啊。”迎霜微微一愣,便坦然地说。显然,大哥他已经看见了纸张背面的《总理遗言》。

得荼让窑窑带着夜生到前面茶园中去玩,然后再一次严峻地问迎霜:“你不就是想让我看这份东西吗?现在再问你一次,这是从哪里来的?”

得荼的神色让迎霜有些吃惊,她这才告诉他,她在绍兴的时候,就收到了董渡江他们给她寄的这份传单了。现在她终于按捺不住自己内心的激动,她问大哥,他能判断出这封遗书的真伪吗?

得荼站了起来,离开了祖坟,往前面那片竹林走去,迎霜看不出来他到底是怎么想的,她跟在他后面,一句话也不说。这几年她很少和大哥见面,很难想象从流放中回来的大哥会不会有什么变化。

得荼却用与刚才没有多大区别的口吻说,如果她真的想听听他的真实想法的话,他可以说,这份遗书,他已经看到过了,据他分析,八九不离十是他人写的。迎霜对此回答立刻表示异议,显然她太希望这是一份真实的遗言。她强调说,这封遗书的真实性是显而易见的,从遗书中对人的评价来看,这也是符合周总理一向的风格的。

得茶站住了,看着满坡不语的春茶,别转头问:"你认为周总理的风格是什么?"

迎霜一下子就被大哥问住了。但她已经不是那个纤细胆小神经质的姑娘了,她想了想,反问道:"那你说周总理的风格是什么?"

得茶仿佛也被这姑娘问住了。他眯起眼睛,看着前方的春岚,一会儿,才指了指正在萌生新芽的茶丛,说:"我也说不好,不过用茶来比喻,大概也不会离得太远吧。"

直到这时候,他还是不太想把自己的真实想法告诉迎霜。因为在他看来,周总理首先是政治家,周恩来既无子女也无个人财产,死后甚至不留骨灰,这个彻底的唯物主义者绝对不会依赖死后的遗言。

他不忍对眼前这个姑娘说破这一点,但又不想让她过深地卷到其中去,只好沉默。然而对杭迎霜言,用茶来比喻周恩来,的确也是她从未听到过的见解。苦难没有磨损大哥的锐利的思想,他依然是一个有独立见解的人,但此刻的谈话使她发现她和大哥之间的距离。问题也许并不在于这份遗言的真伪,而在于你希望它是真的还是伪造的。

"即便真是政治谣言,我想也没什么大不了的,大家都在散布谣言,部队、工厂、农村,我只是其中的一个。"她坦然地对大哥说。

"历史上一些重大转折关头,舆论从来就是先行的,法国有启蒙学派,中国有五四运动。你不要以为时势仅仅造英雄,时势也造舆论。反过来,舆论再造时势,相互作用,重塑历史。"他们这么交谈的时候,已经走得很远,茶园浓烈的绿色层层渲染,"这是夜生的出生地。"他突然话锋一转,说。

他的口气那么平静,以至于迎霜以为得茶已经来过这里许多次,或者他的痛苦的心灵已经趋于缓和,变成了一种长久的隐痛。

但敏感的姑娘立刻发现并非如此,她听见他说:“这是白夜走后我第一次来这里,没有你的陪伴我没有勇气来。”他低下头去,咬紧的牙根把腮帮也鼓出来了。他站了一会儿,突然快速地往回走,边走边说,“那么多年过去了,我依然认为只有白夜是我的知音,只有她能听懂当我说到历史的殉难者时,我是指的什么。我们也已经有许多年没有提起杨真先生了,如果他活到今天,如果你二哥和爱光还活着——”他的声音再一次发起抖来,“我知道你现在想和二哥那样地活着,我知道你已经不是那个只会冲茶的小姑娘……”他又沉默了,他在为永远失去的东西惋惜,“但我还是要说,我们喝茶的杭家人天性就是适合于建设的,适合于弥补和化解的,而我们目前遭遇的则是一个破坏的年代。这破坏中甚至也包括了我的名字,我也是我自己的迫害者。”

迎霜不能完全听懂他的话,但她被他的话感动了,她好几次想打断他的思路,但都没有成功,远远地他们看到祖坟前的家人在向他们招手,得茶一边加快步伐,一边说:“这一切是怎么发生的?为什么会发生?这一切到底要到什么时候才能终止?我把希望寄托在你们身上。相对而言,你们年轻、自由,如果我说现在你们的使命是读书,认识,积累,还有,至关重要的一条,保存自己,做历史的见证者,做我们杭家茶人的传人,难道我有什么错误吗?”

大哥喷薄而出的话使迎霜热泪盈眶,她拉住了大哥的手,刚才她几乎没想过要把这事情告诉大哥,现在她突然发现此事非常重大。原来昨夜她从已经当兵的董渡江和当了工人的孙华正处回来时,带回了他们印发的一批遗书传单,连带着一只小型的油印机。孙华正说他这几天好像已经受到了监视,而董渡江是军人,一切都在光天化日之下,没有可以隐藏的地方。

“你把它们藏在什么地方了?”

迎霜脸红了,回答说:“我先到了假山下的地下室,那里是二哥他们印过传单的地方,还和从前差不多。我把它们藏在煤球筐后面,本来想今天下午上街时带上的。”

“这件事情就由我来处理了。”

“那怎么行?最起码也得我们两人一起来处理。”

得荼再一次站住了,他们很快就要回到家人的队伍之中去,有很多话不能当着他们的面讲,他的酷似爷爷的大薄手掌压在了迎霜肩上,他说:“这不算个什么事情,我能把它处理好。至于你,当然不能回家了,上完坟,你就跟忘忧叔走。不要担心,一切都会过去的。你要听我的话,跟着忘忧叔,他救过方越,救过窑窑,跟着他到山里去,你会万无一失。好了,我们不能再讨论这件事情了,到此结束。”

迎霜还要争辩,得荼指着不远处那些已经老了的杭家男人,说:“小妹妹,你看看你爸爸头上的白发,你看看爷爷,你看看那些坟上的老茶和新茶……”

迎霜听到大哥的声音在发抖,她看到了大哥眼中的泪。大哥那年去海岛劳动改造,也是微笑着的,他现在流泪了……

他们踏着急促的脚步,朝祖坟走去,夜生一直在叫着他们,坟前已经插起了香烛,供放着清明团子。这个几乎中断了十年的民间习俗,终于从室内走向了户外。与别家不同的,只是杭家人那特殊的祭祀方式,一杯杯祭奠的香茶已经冲好了,杭家人在茶香的缭绕之中,跪了下来,连从未参加过这种仪式的窑窑和夜生,也随着他们跪下来了。

尾　声

就这样,漫漫长夜之后的又一个白日来临了。

它依旧是那种和暮色一般的白日——但那是春的暮色,然后还会有更黑的夜,会有无数的小白花来抵抗那黑,无数细密的光明在孝布一般的深黑中交织,夹着深深不安的老人的叹息;女人哭泣,青年扬眉剑出鞘,魑魅魍魉在密室蠕动幢幢鬼影。然后,山中之民有大音声起,天地为之钟鼓,神人为之波涛,九州莽莽苍苍,茶林如波如云……

老人杭嘉和行走在大街上,他拄着拐杖,似乎没有目标地漫步着。大街上人很多,连人行道也几乎拥挤得水泄不通。天气乍暖还寒,阴沉沉的云缝偶尔射出一道金色的阳光,他看到许多人举着标语,喊着口号向市中心走去,他们脸上的表情,让他想起半个多世纪前他和嘉平参加的那场运动。甚至还有人散发传单呢,有一张,像美丽的蝴蝶飘到了他的身上,他眼力很不好,但还是读出了那些标题:……遗言……

他小心地叠了起来,放到内衣口袋里,他想回家去好好地拿着放大镜看看。有人群向他的方向拥来,他站住了,不动,让人群从他身边漫过去。

从山间扫墓归来的晚辈们几乎都守在他的身旁。只有孙子杭得茶带着女儿夜生先回家了。临走时孙子和忘忧叔耳语多时,之后忘忧就和迎霜一起走了。孙子还让家中的其他人陪他到寄草姑婆家去等小布朗。这些细节嘉和都听在耳里,他心里明白,但一言不发，他知道，又有什么事情要发生了。

一条长龙似的大幅标语，像挡箭牌一样地横在路上，汽车也不得不小心翼翼地绕过他们，有时车头挨在“怀念”上，有时又挨在“杰出的共”上，标语太长，手握标语的人们一字儿排开，还弯了好几个弯，排成了三大行，迎霜眼尖，突然指着第二排叫道：“你们看那不是布朗表叔！”

小布朗肯定也已经看到家人了，他得意地拍拍自己的胸膛，又跷跷大拇指，仿佛这件天大的事情已经包在他身上了。他的头上和许多人一样扎了一块白布，上面写了一些什么他没有在意。把赵争争安顿好出来，已经是今天早上了，他一上街就进入了人的洪流，看见家里的人，他使劲地招手，意思是让他们全进来。

这时，一辆囚车呼啸着从杭嘉和身边驶过，老人的心一紧，囚车气势汹汹地朝前冲，但前面的人越来越多，杭家人几乎都拥了上去，只有盼儿紧紧地挽着父亲的手，靠在一株大树下。杭汉他们回头朝他看看，他挥了挥手，意思是让他们自己活动去，他不要紧，他能把自己照顾好。

囚车被游行队伍挡住了，车上那个戴眼镜的男人，贪婪地把眼睛贴在囚窗上，他好几次看到了那个把手捂在胸前的老人，他被一个中年妇女扶着，慢慢地走着，不时地没入人海，但又及时地浮出来，有时还抬起头，以他特有的那种神情，面向天空，嗅着空气。看到老人那期待的神情，戴着手铐的男人，脸上就露出不知是欣慰还是痛苦的神情。

尽管得茶做了比较精细的安排，他还是晚了一步，带着夜生走向羊坝头那杭家的老宅时，翁采茶领着的搜查小组已经搜出了迎霜藏在地下室的传单与油印机，此时正在巷口的公共电话亭里给吴坤打电话，让他赶快过来。吴坤接了采茶的电话大吃一惊，说：

“你在省里管的是农业这个口子,公安这一块你插什么手?”

“还不是为了你!”采茶一边观察着外面的动静一边轻声说,“从杭家搜出了东西,这不是明摆着给你机会!”

正在独自喝闷酒的吴坤恨不得顺手就给采茶一耳光,他不明白,翁采茶为什么那么恨他们杭家人,这可真是有点无缘无故的恨了。短短四五年间,采茶的地位就升到他上面,根据分析,她甚至有可能当下一届的中央委员。老造反派吴坤却时运不济,他从林彪事件中摆脱出来后,却一直没有能够东山再起。翁采茶替他分析原因,说他是栽在他们杭家人手上了。因为在让杭得茶回来的问题上,他表现得过于热情,结果杭得茶是回来了,他却失去了上峰的信任。

吴坤知道事情并不像采茶说的那样,政治斗争,在他们这帮人中,越来越演变为猪狗般的权力之争。他不屑为了一个委员去鸡斗鸭斗,越来越看不起那些粗鲁的破脚梗。他内心深处非常鄙夷那个“老娘”,文革初期他曾看到过一些她的出身背景资料,不过也就是一个土地主的女儿,上海滩上的三流小明星。他对那个专写社论的笔杆子也很不以为然,酒至七分时想,“什么一座座火山爆发,一顶顶皇冠落地”,整一个东北二人转,他的文章我吴坤照样写出来。这群人当中,只有那个戴眼镜的军师他尚有几分佩服。

他更加看不起采茶,但也越来越不能与采茶抗衡。采茶依旧读破句,念白字儿,顽强地扫盲,越来越丑,但官越做越大,口气也越来越自信。现在她命令他,问他:“你来不来?”

“不来!”吴坤愤怒地一下子搁掉了电话,他心里一片乱麻,知道大事不好,谁要是搅到总理遗言案中去,十有八九是要掉脑袋的了。女儿!这个字眼立刻就跳出来了。他紧张地掂量,要不要和他们杭家联系一下。正要出门,翁采茶已经出现在他面前,一把把他推进房间,厉声喝道:“吴坤,我不管你是不是老酒又烧糊涂了,你跟我马上走！你今天要是不跟我走，你就永世不得翻身！”

吴坤拍案怒起，一把推开翁采茶，大骂一声：“放屁，你是个什么东西，敢跟我这么说话！”

奇怪的是采茶没有跟着发火，停顿了一下，才温和地说：“小吴，跟我走吧，这一次该是你打翻身仗了。想一想，你已经有多久没坐过主席台了？”

这是多么低级趣味又是多么赤裸裸，但又是多么准确、生动、形象，多么一语中的：是的，你已经有多久没有坐过主席台了？而那种呼啸的群众场面，那种一呼百应、地动山摇的着了魔似的感觉，是多么令人欲仙欲死啊！

有多少普通的人，甚至愚蠢的人，都无法摆脱这样的致命的诱惑——你看，我眼前的这个柴火丫头，这个曾经话不成句的蠢女人，她多么流利地道出了权力的快感啊！

可是你知道你在冒什么险吗？水可以载舟，也可以覆舟，我们真的就这样一条道走到黑了吗？你从来就没有想过，有一天，我们会上历史的审判台吗？

什么，你说什么？我们上历史的审判台？翁采茶茫然地摇摇头：没想过，从来没想过！再说想也没用，反正也退不回去了。你要是现在不跟我去，你完蛋，我也得完蛋。你想想，这些年来，要不是我顶着，你还能坐在这个位置上吗？你真的肯跟杭得荼换个个儿，去背那个纤吗？

吴坤呆住了，他那么聪明一个人，却发现聪明不过采茶的愚蠢。翁采茶已经看出了他的心理演变，加重了语气，说：“这不都是你说的吗，皇帝丞相什么的莫非就是天生的，这不都是你告诉我的吗？”

采茶上前，抱住了他，把她的脸贴在他的胸口，对他说：“别害怕，有我跟你在一起呢。你看，我不是听了你的话，连孩子都不要了吗？我不是早就跟你说过，不能同年同月同日生，但愿同年同月同日死吗！我们无牵无挂，我会陪着你一条道走到底的！”

他按住胸口，他的心在痛，他知道那是良心在痛，是他又要从恶时的一次良心的警告。但这样的警告从来也没有真正起过作用，因此他痛恨他的残存的良心。他拼命地捶打着胸口，想把那种痛苦打回去——他一边摇摇晃晃地套着风衣，一边问：他本来是要走进那富丽堂皇的宫殿的，为什么结果他却走进了一间茅草房呢？

夜生不明白发生了什么，上坟归来，刚到巷口，来彩妈妈就向她招手，对她耳语，说：“快叫你爸爸跑！”话音未落，得荼已经来到她们身边。看着来彩的神色，他顿时明白了一切，因此吐了口长气。刚才他让寄草姑婆和盼姑姑把爷爷接到她们那里去坐一会儿，就是怕万一家里发生了什么不测让他们再受打击。他托来彩管着夜生，对她说：“爸爸要出门去了，可能要去很长时间，不要紧，家里还有很多人呢，他们一会儿就会回来的。”

正在那么说着的时候，一个披着件大衣服的男人走了过来，手里还拿着一本厚厚的书。夜生想，这个人怎么跑到我们家里呢？

那个人和爸爸说话的时候，却几乎一直盯着她，这使她很不自在。然后她听到他说：“没想到吧。”

她又听到爸爸说：“倒是想到了，这种时候你哪里闲得下来，却是没想到你亲自来了。‘捕快’之举，你也有兴趣？”

那人笑了，夜生记住了他的话，她听到他说：“我刚才去过你的花木深房，和过去一样，你的茶具图还在墙上。我还注意到了一幅茶砖壁挂，右下角有她的字……白夜……还有，你看，这部《资本论》，我记得那是杨真先生留下的。那上面写着什么，我上一次没有看出来，我以为是我不认识的什么英语单词，刚才我突然明白了，那是拼音字母：风雨如晦，鸡鸣不已。”他看着夜生，蹲了下来，把书交给她,朝她抽搐着脸说:"这书没问题,你留着吧。"

得茶突然闪过了一个不相干的念头,他想起了那个大风雪天,在医院里,隔着窗帘,寄草姑婆朝杨真先生对天指了指,他们会意的神情一直放在得茶心上。许多次他想问姑婆,那是什么意思,最后都重新咽进肚子里。他知道,有些话是永远也不能问的,但是现在他有些遗憾了。

夜生看看爸爸,见爸爸没反对,就把那部《资本论》接受下来,抱在怀里。

吴坤说:"东西从你家抄出来,不等于你是祸首,如果你和此事无关,你可以上诉。"

"上诉什么?"

"我当然不相信你会是政治谣言的传播者。"吴坤铁青着脸,暗示他。

"当今天下,谁还和此事无关?"

吴坤愣住了。夜生紧紧地抱着爸爸的腿,恐惧地看着吴坤。得茶轻轻地摸着女儿的鬈发,他说话的口气几乎就如叹息:"你啊,走得实在太远了……"

他那谴责中的痛心,只有吴坤一个人听得出来,他的眼眶一热,就大叫起来:"走得太远的是你!"如果他不是这样气势汹汹地大叫,他对他自己就失去控制力了。

"就像你永远出乎我的意料之外一样,我也永远出乎你的意料之外啊!"得茶的微微驼着的脊梁挺了一挺,人突然就高大了一截。他很淡地一笑,是的,即便如此之淡的笑容,他也已经很久没有过了。

现在,囚车终于从人群中冲了过去,那幅巨大巨长的标语被冲开了,人群挤在囚车后面,愤怒地呼喊着,挥着拳头,就像是密密麻麻铺天盖地漫山遍野的新茶。布朗、迎霜，还有其他的杭家人，他们从各个方向走来，云集在此，又都被这巨大的洪流冲散了，裹挟进去了，他们互相招呼着，搀扶着，横拽着标语的队伍又往前进发了……

七十六岁的老人抬起头来，一缕阳光漫射在他的脸上，正是那种茶叶最喜欢的、来自于阳崖阴林的温和的光。他嗅到了四月的空气中那特有的茶香，他一边被人群推动着，不由自主地往前走着，一边仿佛看见了这个时候的茶山——

……天空蔚蓝，眼前浓翠；一道道绿色瀑布，从崖间山坡跌落下来，南峰北峰的青翠绿毯，仿佛刚刚用水洗过；新芽如雀舌，齐刷刷地伸向天空；自由的鸟儿在天空飞翔，欢快的涧水下水草在绿袖长舞；粉蝶在茶园间翩翩起飞，蜜蜂发出了春天的特有的懒洋洋的嗡叫；新生的藤萝绕着古老的大树悄悄攀缘，姑娘们在山间歌唱：

……
溪水清清溪水长，
溪水两岸好风光，
哥哥呀，上畈下畈插秧忙，
妹妹呀，东山西山采茶忙，
……

他想，今天可真是采茶的好日子啊……

总 尾 声

三季发芽,一季开花,结籽休眠,再到来年。如此生生不息,绵延无尽,屈指算来,杭州郊外群山中的茶坡,又绿过了二十余载。真正是吾生须臾,长江无穷啊……

金秋十月又来到了,这是二十世纪行将成为历史的见证。江南杭州,良辰美景,不亚于春时。茶叶世族羊坝头杭家传人杭得茶,与女儿夜生、女婿杭窑,小心地推着一把轮椅,把他们杭家的世纪老人杭嘉和,送上了秋意盎然、秋茶芬芳的龙井山路。

自从祖坟迁走之后,嘉和就再也没有去过鸡笼山了,算起来快有三十年了吧。他从来也没有想过,自己竟然能活得那么久,几乎就已经活到了一个世纪。他的头脑依旧清楚,遥远的往事想起来特别亲近,眼睛却几乎已经完全失明了。

秋高气爽,晨岚已散,一片巨大的茶园,如藏在无人知晓处的神秘的绿色湖泊,宁静得连一片叶子也不动弹。秋风屏气静心,迎候这杭家四口的到来。茶园中突兀地立着一株金色银杏,亭亭玉立,煦阳下如孤独美人。溪畔芦花,晨晖中透明如纸。柏油路从灌木丛中绕出,仿佛一头平坦通向红尘,一头蜿蜒伸往世外。远远望去,茶园上空升起了一些五颜六色的彩球,挂着长长的飘带,上面的大字在风中转折,一会儿飘出"和平、发展,二十一世纪",一会儿又飘出"热烈庆祝和平馆揭幕"等不同的字样。

从家里出来,杭嘉和始终没有说过一句话。他低垂着目光,两臂护在膝前,大手中握着那把祖传宝物,它静悄悄地躺在他的怀里。壶在土中深埋了几十年,一点也没有变化,壶是属土的,大地保护了它。

壶艺家杭窑借国际茶文化节,在中国茶叶博物馆办了一个个人壶艺展。今天他们这一行人,是作为杭家人的代表,专程替茶博馆送这把壶去的。"内清明,外直方,吾与尔偕藏",他们决定让这把家传之物参加杭窑的壶艺展,算是祖先对晚辈的福荫。展览结束之后,他们将把此壶捐献给茶博馆。也就是说,把这把壶永远珍藏在杭家先人曾经长眠过的地方。

中国茶叶博物馆于 1987 年在吴觉农先生九十寿辰祝会上,由中国茶界著名人士联名签字倡议筹建,遍察中国茶区,最终决定,馆址设在杭州。

选择具体方位的时候,江南大学文化史教授杭得茶,也被市政府提名为顾问之一。但他教学工作很忙,有好几次选址活动他都没有机会参加。直到最后一次,继承了父亲事业的茶学专家杭迎霜给他打来电话,他才知道,茶博馆最终有可能选在他们杭家从前的祖坟所在地。

"你不觉得这很有意思很有些神秘吗?"迎霜说。

得茶知道迎霜是在用这种口气掩饰她那多少有些激动的心情。1978 年,杭家一下子归来了三个人——已经被打入死牢的杭得茶、在劳改农场中留场的罗力和逃亡在外的杭迎霜。杭得茶作为英雄,在大学受到了隆重的礼遇;罗力彻底地被平反了,寄草亲自把他接回城中,破镜重圆,他们收回了房产,在小院子里安度晚年。杭迎霜考入农大茶学系,毕业后才与李平水结婚。研究生毕业之后,不管她愿不愿意,她就作为一个专家进入了政界。

迎霜此刻的这个消息多少让得茶吃惊,同样为了掩饰自己的潜在的心理活动,他也用轻松的口气说:"从文化民俗学角度看,风水术不过是人对自然界山水地貌的评估罢了,所以我们杭家老祖宗看中的地方恰恰和人民政府看中的地方不谋而合,这是一点也不奇怪的。”

迎霜问大哥,他对这一选址持什么态度。得荼说,他当然将投赞成的一票,并且相信这一票将能够代表爷爷。作为世纪老人,爷爷已经成为杭家人的牢固纽带,他的认可依然是举足轻重的。

反过来得荼问迎霜怎么看,迎霜笑了,说:“你又不是不知道,我是黄昏里的猫头鹰,我现在研究和建议的是兼并、破产,市场竞争和国际接轨,如果有一天让我亲自出马,我要让我的企业只剩三分之一的人员。所以我是个万人嫌,你是个万人爱。比如我看到的茶就和你看到的茶完全不一样。你看到的是那幢漂亮的供人品茶说闲话的博物馆,我看到的是八十年代中期以后开始步履维艰的茶叶贸易。我在破,你在立;我在批判,你在赞美;我在摧毁,你在建设——”

“——所以我们不过是一枚硬币的两面。”得荼堵住了迎霜猫头鹰式的歌唱,自八十年代中后期茶叶贸易进入低谷之后,他们常常就茶事争论:一个说不要再总是唱赞歌翻老黄历了,中国虽然是茶的故乡,但 1886 年对外出口十四点三万吨,直到将近一百年后的 1984 年,才超过这个数字,印度早就走到我们前面去了。从茶叶市场的状况来看,品牌混乱,出口疲软,企业倒闭,价格不一,茶山荒芜,假冒伪劣产品不断,进行治理乃当务之急,歌功颂德,怀念先人,不妨往后靠一靠再说吧。

得荼听了这话,耐耐心气,细细解说:歌功颂德也是解放生产力的一种手段,要实事求是,不要搞教条主义。从历史上看,多年来的大力呼吁和埋头苦干,被实践证明是可行的。本世纪初华茶不也一度陷入严重危机吗?所以才有吴觉农先生的呼吁:中国茶业如睡狮一般,一朝醒来,决不至于长落人后,愿大家努力吧!正面的鼓劲和反面的批评一样都是同等重要的。现在出口贸易不好,我们多做宣传,打开国内市场,也是一条茶业自救的道路。不管怎么说,我们和一百多个国家有着茶叶贸易往来,我们的茶叶产量,始终排在世界前三位嘛。

迎霜听了放声大笑,说大哥你到底还是不是个历史学家啊,怪不得这些年你专著出得那么少。得茶听了也放声大笑,说小妹你不是一向最佩服浙东学派的经世致用吗,黄宗羲算是世界级大史家了吧,他还提出农商皆本呢。史家若能和吴觉农说的那样即知即行,恐怕中国的事情就要好办得多了。

三年之后的 1990 年 10 月,茶博馆试开馆之时,首届国际茶文化研讨会也在杭州开幕了。那段时间,杭家人几乎都被这件事情拖进去了。除了那块特制的茶砖壁挂,得茶几乎把他花木深房里多年积累的资料全都拿出来了。馆里收集资料的年轻人依然不满足,他们小心翼翼地找到了年届九十的杭嘉和老爷爷,年轻的姑娘甜言蜜语地对老爷爷说:老爷爷,老爷爷,你是茶界的老寿星,你再回忆回忆,1900 年的时候,茶馆是怎么样的?嘉和想了想说:1900 年,我好像还在妈妈的肚子里。年轻人就笑了,悄悄地把笔帽盖住了笔尖,看上去这位老爷爷木木的,神情总有那么几分恍惚,眼睛也不好使,给他看一张相片,他用了放大镜,还要凑到鼻尖上,问他一个问题,他要沉思半天,才会说"是"或者"不是"。年轻人是性急的,或许还是急功近利的,他们不相信还能从这个半盲的九旬老人身上打听出什么茶事来。不过他们倒是喀嚓喀嚓地拍了不少相片,但这些相片最后也没有用出一张去。他们排来排去,杭嘉和老爷爷既不是当代茶圣,也不是茶界泰斗,忘忧茶庄既不是汪裕泰,也不是翁隆盛。杭嘉和老爷爷就这样心安理得地被隐到茶史的背页上去了。

倒反而是多年没有回杭的布朗,由迎霜提议,借着为茶博馆建云南竹楼,名正言顺地回了一趟老家。迎霜说这样一来他也算是为这件大事出过力了。竹楼就搭在馆内的斜坡之上,还没有搭好呢,就有不少游客来楼前拍照了。布朗对此深为得意,他喝了一点米酒,微醉醺醺,但绝不会从竹楼上掉下来,他骑在竹竿上,眼前是青山绿水,满坡茶树,还有红瓦白墙,修竹芭蕉,不禁兴起,就高声地唱起来了:

山那边的赶马茶哥啊,你为什么还没有来到?
快把你的马儿赶来吧,快来驮运姑娘的新茶!
驮去我心头的歌,细品我心底的话,茶哥哥啊——

他把那一声"茶哥哥"的拖音喊得回肠荡气,余音绕茶,白云山间尽是他的"茶哥哥"。人们听了都笑了,惟有小布朗骑在竹竿上哭了,他想起了得放和爱光,想起了他们像绿叶沉入水底般的飘摇的身姿……

他的"茶哥哥"没有影响在茶博馆对面宾馆召开的茶文化研讨会,曾经作为政变和阴谋策源地的五七一工程,现在作为浙江宾馆,正在进行中日茶道冲泡表演。

中方的茶博士中,有杭家茶事传人杭夜生,她是作为华家池农业大学茶学系中一名年轻的女教师的身份出场的。盼姑婆把她那手冲泡茶的绝活都教给了夜生。夜生也把她的大量业余时间花在琢磨茶艺上了。

而日本方面出场的茶道专家中,则有一位年届六旬头发拳曲的女士,从她今天的容颜之中,依然能够看得出她当年的端庄美丽。她的表演与众不同,华丽的和服配以现代钢琴协奏曲,茶具灿烂夺目,动作近乎于舞蹈,与日本传统茶道中那种克制、枯寂的最高境界距离甚远。得茶注意到台下坐着的那些日本茶人中,有一些不禁以帕捂嘴,轻轻笑了。得茶想,也许这在日本国,乃是一种离经叛道之举吧。这是一种故意的、自觉的世俗,他记住了那个名字:小堀小合。表演结束之后他却没有再看到过她,后来,他渐渐地把她忘了。

自1992年第二届国际茶文化研讨会在中国常德召开,1994年8月第三届在中国昆明召开,1996年第四届在韩国汉城召开,1998年第五届又将回到中国杭州。

整个夏天杭得茶一直很忙,作为资深茶文化研究专家,他被会议有关方面聘为顾问,但他在人们眼里,终究不是一个完整纯粹的茶界中人,而在史学界,他的研究几乎就属于雕虫小技了。相比而言,杭汉父女作为茶叶专家在国内外茶界的影响更为人知。所以,当一封寻人启事般的来信寄往国内时,作为收信人的中国国际茶文化研究会会长先生,首先还是派人把此信交给了专家兼官员杭迎霜女士。

信,正是那位名叫小堀小合的日本女子从京都寄来的,她是日本茶道百合流派创始人,从前是一名优秀的服装设计师,后来倾其家产从事茶道。十年之后,创立了自己的百合流派,并开始了和中国茶界的频繁接触。此次,她的茶道表演团亦在被邀请之列。会议将在1998年10月间举行,但小堀小合却突然来信,说自己想在会议之前先赶到杭州,并希望会长先生帮她寻访她那死在杭州的父亲的有关情况。

在创建中国茶叶博物馆中的国际和平馆时,小堀小合出过很多力。该馆一旦建成,全世界茶人将在产茶大国中国拥有自己最大的活动中心。在日益发展的茶文化活动中,这无疑是一件可以入史的大事。会长先生非常重视这件事情。正是在这封信里,他第一次知道,小堀女士的父亲,是作为一名侵华日军军人而死在杭州的,小堀小合,正是为了赎父亲的罪孽而选择了和平之饮的茶道,并从此走上了中日友好之路。

是出于某种直觉,德高望重的会长先生想到了有着日本血统的杭汉父女。曾经担任过政协主席的会长先生对茶学家杭汉比较熟悉,由此也认识了杭家的后起之秀杭迎霜。父女二人,父亲已经老了,依旧偏重于他的茶叶栽培学,而女儿的本业则在茶叶的综合开发利用。会长很快就把信转给了他们。

迎霜立刻把信送到大哥得荼处,也是凭着一种直觉,她觉得这位女士和杭家,将会有某种不可分隔的关系。得荼拿到此信,粗粗一读,就完全明白是怎么回事了,转至爷爷处,还没读完,杭嘉和就不再让孙女读下去,翻箱倒柜地找出了一张照片,照片上那个樱花树下头发拳曲的少女,尽管和今天的六旬老媪相去甚远,但得荼还是一眼就把她认出来了。

那天夜里,他和爷爷谈了很久,爷爷告诉他,小堀投湖之前,的确是留下过一点东西的。他除了归还曼生壶之外,还在那壶里放了一块怀表,怀表上刻着"江海湖侠赵寄客"七个字,他亲眼看见过,是盼儿给他看的。

"你是说,这块表一直就在盼姑姑手里?"得荼小心翼翼地问。

"还有那把曼生壶。"爷爷闭着眼睛回答。

"可我们那么多年了,再没看见过那把壶啊?"得荼不免疑惑。

倒是正在美院工艺系进修的杭窑想起来提醒说:"我倒是记得爸爸说过,他帮着盼姑姑埋过一把壶,壶里还有一块表。"

方越作为中国瓷器专家,正在美国巡回展出中国古代瓷器精品,一时半会儿的哪里回得来,倒是杭窑又想起来了,爸爸好像还说过,那天埋壶,寄草姑婆也在的,还有布朗叔叔也在场。可是眼下寄草和布朗不在,这一家子真是能走,布朗在云南不说,寄草和罗力却又跑到东北老家去了。他们俩也已是古稀之年,一生颠沛流离,多少有他们那些经历的人,活不到一半就呜呼哀哉了,有几个能像这对夫妻那样越活越新鲜,仿佛下决心要把青春夺回来一样。平反以后,他们两个就开始了国内大旅游,一年去一个地方,补发的钱全让他们花在路上了。好在嘉和有他们的电话号码,立刻就让得荼拨过去,巧得很,接电话的正是杭寄草。她听了他的话之后很不以为然,说:“你们真是咸吃萝卜淡操心。曼生壶是祖上传下来的,谁不知道它的贵重,那么些年,埋在土里谁也不提,为了什么?你们也不想想,盼儿一辈子没嫁人,每天念叨上帝,她不就为了图一个清静。现在来了一个日本女人,就算她是那个小堀的女儿,也犯不着我们再去为她效劳!她爹是个什么魔鬼,把我们杭家害成什么样了,血海深仇啊!你们不记得,我和大哥可记得呢!”说着说着,寄草激动起来了,声音里就有了哭腔,“你们看看爷爷那只断指,就不会再去动这种脑筋了!”

接过寄草姑婆这样的电话,连已经倾向于小堀小合的杭得荼也开始动摇了。至于窑窑,他和比他大一点的得荼、迎霜以及再小一点的夜生一样,对此事完全是一无所知。但专门从事紫砂壶制作的工艺师杭窑对这只曼生壶发生了强烈的兴趣,他可真是想一睹为快啊。

杭窑很早就知道自己本没有杭家人的血缘。美国倒是有他的亲奶奶,奶奶虽然死了,但留下了一笔遗产,还有那个美国飞行员埃特,他父亲这一次就是在老埃特的安排下去的美国,但忘忧表叔对这件事情几乎完全无所谓,他本来可以随爸爸一起出去,老埃特甚至专门给他发出了邀请,但忘忧表叔谢绝了。窑窑想,忘忧表叔留在国内,不能说跟他的首次紫砂壶展没有关系。他现在一心希望自己的这次紫砂壶展能获得成功,不辜负老人们对他的一片苦心。他想,若他有那么一把曼生壶,哪怕借来几天摆一摆,也是壮他的行色,他是杭家人,他叫杭窑啊!

那天夜里,他把他的心事告诉了他的新婚妻子夜生。第二天,他们直奔龙井山中,他们在那个已经完全破败了的佛门小院内徘徊了很久,他们看到了那两株经历了八百年沧桑的宋梅,他们还看到了那片破庙深处的山泉,山泉旁倒是长着一些茶蓬,可是有谁知道,那把曼生壶究竟埋在哪一株茶蓬底下呢?

夜生摇着头对窑窑说:“不,我不能对盼姑婆要求这个,她把我一手拉扯大,我不能挖她心里的痛处。”

杭盼又回到龙井山中她从前的居处,每个星期天,她依旧到城里的教堂中去,她的生活,可以用一成不变来形容。

夜生看着那半坡的狮峰茶,眯起了眼睛,说:“文革结束时那个人自杀,他的女人也跟着一起死了,事情闹得满城风雨,家里人从来也没提起过。你还记得吗?连你也不提。”

“那时你才几岁能记住什么?”窑窑知道夜生说的“那个人”是谁,“再说他也没有养过你一天,这事和你没关系。盼姑婆因为能够养你,她是很幸福的。”

夜生的眼眶里开始盈上了泪水:“你说得不对,我并没有什么都忘记。那时候我已经不小了,我还能记得那天夜里那人来找我和爷爷的样子,他喝了很多酒,连站都站不住了。”

那年秋夜,人们正在大街上狂欢,吴坤最后一次来见他的女儿。在此之前许多次,都是他悄悄地跟在后面,没有让她和杭家人发现,这一次无所避讳了。

他是在大门口碰到杭嘉和的,夜生正要领着他到清河坊十字街头去看游行队伍。他们在夜色中的骤然相逢,显然令嘉和吃惊。

他说:“求你们一件事情。等得茶回来,把这些资料交给他。我今天整理东西的时候发现的,那年我去海岛前专门为他搜集的,当时没留下,现在毁掉了也可惜。得茶以后一定用得上的。”他勉强地说着,声音很轻,仿佛气力已经用尽。

嘉和明显地犹疑一下,推了推夜生,让她过去拿。夜生迟迟疑疑地走上前去，接过那个大信封，突然，她被吴坤一把抱住，只听他嗫嚅道："女儿，女儿，我的女儿，是我的女儿，是我的女儿啊……"

他的嘴就亲在了夜生的小脸上，吓得夜生大声尖叫起来，太爷爷太爷爷地狂叫起来。嘉和血一下涌了上来，大声叫着扑上去，一把夺过了夜生，一边叫着："你干什么，你干什么！你们的路走到头了！你们的日子过到头了！"

吴坤仿佛并不在乎老人的怒喊，他立刻就清醒过来，放开了夜生，站着不动。嘉和挟着夜生退回大院，狠狠地关上了大门。不知道过了多久，门打开了，嘉和一个人走了出来，他轻轻地问："你还在吗？"

"我在。"吴坤回答。

"我眼睛坏了，什么也看不见。你刚才说，得荼能回来？"

"你说得对，我们的日子过到头了，你们的日子开始了。"他苦笑了一下，答非所问。他突然觉得万分疲倦，他觉得他所有的话都已经没有必要说了。

"你想走？"嘉和仿佛感觉到了什么，问。

"以后也不会再来了。"

嘉和沉默了，他在掂量这句话的真正意思。

"你手里拿着什么？"

"茶……"

"我还以为是酒呢。"他苦笑了一下。

嘉和想起了许多年前那个星夜来访的年轻人，他仿佛听到了叶子为他专门去打酒时的急促的小碎步子。

一阵锣鼓和口号声，再一次潮一般地涌过，然后重归秋夜的寂静，他们听到了几只秋虫在墙角的颤鸣。

"你有什么话要说吗？"老人终于问。

年轻人想了想，抬起头来，说："无可奉告。"

这是他说的最后一句话，然后，他就走入了秋夜，一会儿就消失在黑暗中。

黑暗中的杭家老人，手中捧着一杯茶。他们的对话，门背后的夜生全听见了。

现在，曼生壶静静地躺在老人的怀里，壶中的那只怀表，盼儿亲自给小堀女士送去了，她们此刻该正在泛舟湖上吧。壶是忘忧亲自起出来的，杭家人并不知道他和盼儿之间进行了什么样的交流，只知道没费什么口舌，盼儿就领着忘忧来到埋曼生壶的地方。起出壶来之后，林忘忧又陪着盼儿一起去见小堀，他知道没有他的陪伴，这次对话将是不能成行的。

守林人林忘忧已过天命之年，像一杯茶那样，并不让人时时记得。他守在山中，仿佛就是等着山外人的召唤，一旦大事了却，他便重归山林。

他是最懂杭嘉和的人，当得茶打电话告诉他，爷爷希望他回一趟杭州，他几乎什么也没有问，第二天早晨，他已经在嘉和的面前了。

嘉和双眼模糊，他闻了闻空气，说："忘忧啊……"

忘忧带来了山中的气息，嘉和闻得出来。他说："忘忧啊，茶博馆的国际和平馆要揭幕了。今年十月，要来千把个国际茶人呢……"

茶叶博物馆的一切大事情，他们杭家人都知道，杭得茶是他们的特约研究员。

忘忧说："大舅，你说吧，要我做什么？"

嘉和想了想，才说："去找找盼儿吧……"

他知道，只有忘忧能够说动盼儿，只有忘忧才有资格去说。

轮椅行至茶叶博物馆的入口处，杭嘉和让他们把车停住。他遥看着前方,看到了前方那片朦朦胧胧的又红又白又绿的云中仙境一般的地方,他指了指那个方向,问:“这就是茶叶博物馆吗?”

得荼和夜生都点头称是,杭嘉和也点了点头,说:“……和我二十岁时看到的一模一样……”

夜生惊讶地看看杭嘉和,小声问:“太爷爷,你八十年前就看到过茶博馆了?”

杭嘉和点点头,举起那只断了一个手指的手,指着前方,很慢很清晰地说:“那天你赵太爷把我从山上接下来,就在这里,我看到了它,红的,白的,绿的,和我现在看到的一模一样……”

夜生紧张地看了看父亲杭得荼,父亲并没有她的紧张,她松了一口气,又问:“那,别人也看到了吗?”

杭嘉和摇摇头,没有再回答重孙女的话,他只是指了指前方,然后,把曼生壶又往怀里揣了揣。微风吹拂茶山,茶梢就灵动起来,茶的心子里,鸟儿就开始歌唱了,茶园仿佛涌开了一条绿浪,推送着他们,缓缓地就朝他们想去的地方驶去……

无声之中,独闻和焉……

1998 年 11 月 28 日 20 时 12 分